Allen Müttern

»In der Tat, die Porträtkunst birgt eine geradezu
göttliche Kraft in sich und leistet nicht nur,
was man der Freundschaft nachsagt –
dass sie Abwesende vergegenwärtigt –,
vielmehr stellt sie auch Verstorbene erkennbar
vor Augen, sogar noch denen,
die viele Jahrhunderte später leben.
Das wiederum trägt dem Künstler
Bewunderung ein und verschafft
den Betrachtern Lust.«

Leon Battista Alberti (1404-1472),
*italienischer Humanist, Schriftsteller, Mathematiker,
Architekt, Kunst- und Architekturtheoretiker*

Das Zitat, das gewiss auch Lucas Cranach
zu Ohren gekommen ist, entstammt Albertis
»Über die Malkunst«, ein Standardwerk
über die Malerei des Mittelalters.

Inhaltsverzeichnis

Personenverzeichnis   11
An die tugendhafte Frau
Margarethe Lutherin, Witwe zu Mansfeld,
meiner herzlieben Mutter.   15

Teil 1 – Der Antichrist   17
Teil 2 – Schwarze Tränen für die Kinder   101
Teil 3 – Wohin soll das nur führen?   169
Teil 4 – Fünfzehnhundertsiebzehn   253
Teil 5 – Freiheit   327

Nachwort   423
Vom Wolf und Lämmlein   438
Die durstige Krähe   440
Vom Hund im Wasser   441
Glossar   442
Bibliographische Hinweise   446

Personenverzeichnis

(Historische Persönlichkeiten sind mit einem Sternchen versehen.)

Margarethe Luder*, geb. Lindemann, Martin Luthers Mutter und Ehefrau des Hans Luder
Sie gibt Martin, der sie liebevoll *Hanna* nennt, weit mehr als nur mütterliche Fürsorge.

Hans Luder*, Martin Luthers Vater und Ehemann der Margarethe Luder
Ein Mann, der nicht viele Worte macht.

Martin Luder/Luther*, Reformator und Sohn von Hans und Margarethe Luder
Wird in diesem Roman durch die Augen seiner Mutter gesehen. Heute sieht die protestantische Welt die Kirche durch seine Augen.

Christina*, Margarethe*, Dorothea*, Maria*, Jacob*, Barbara*, Elisabeth*, neben Martin Hans' und Margarethes weitere Kinder
Vier ihrer Kinder wird Margarethe überleben.

Augustine mit den Riesenhänden, Hebamme
Für Wunder zuständig.

Lioba, Magd im Hause Luder
Hat immer ein Messer in ihrer Nähe.

Die Hüttenmeisterfamilien Bachstedter, Reinicke*, Franke*, Lüttich* und weitere
Ihr Zusammenhalt wird auf eine harte Probe gestellt.

Hieronimus Buntz*, Studienfreund Martin Luthers
Womöglich der Auslöser für Martins Entscheidung gegen die Jurisprudenz und seinen Gang ins Kloster.

Johannes Lindemann*, Margarethes Bruder
Jurist in Eisleben, der den Ungehorsam seiner Schwester deckt und lichterloh entflammt.

Dietrich Zecke, gräflicher Montanbeamter
In Zeiten der Not kann man auf sein Verständnis leider nicht setzen.

Die Mansfelder Grafen* von Vorderort, Mittelort, Hinterort
Waren sich schon vor der Reformation nicht einig, und sind es auch in Fragen der neuen Lehre nicht.

»Die Ahne«, Hans Luders Großmutter* in Möhra
Sie weiß anscheinend am besten, wie man sich vor Dämonen und bösen Geistern schützt.

Ratsherr Lindemann* mit seiner Ehefrau* aus Eisenach
Margarethes Eltern, die ihre Tochter unterhalb ihres Standes mit Hans Luder, dem Sohn eines Bauern, verheiraten und dennoch große Erwartungen hegen.

Lucas Cranach der Ältere (d.Ä.)*, bedeutender Maler der Reformation
Hat einen hervorragenden Blick für seine Modelle, bei Margarethe allerdings …

Hans(i) Cranach*, ältester Sohn von Lucas Cranach d.Ä. und in Ausbildung zum Maler
Soll eines Tages die Geschäfte des Vaters übernehmen.

Lucas Cranach der Jüngere (d.J.)*, zweitältester Sohn von Lucas Cranach d.Ä. und ebenfalls in Ausbildung zum Maler
Er wird eines Tages das Geschäft seines Vaters übernehmen.

An die tugendhafte Frau Margarethe Lutherin, Witwe zu Mansfeld, meiner herzlieben Mutter.

Gnade und Friede in Jesus Christus, unserem Herrn und Heiland, Amen. Meine herzliebe Mutter! Ich hab die Schrift meines Bruders Jacob von Eurer Krankheit empfangen, und ist mir ja herzlich leid, sonderlich dass ich nicht kann leiblich bei Euch sein, wie ich wohl gerne wäre; aber doch erscheine ich hier mit dieser Schrift leiblich, und will ja nicht von Euch sein geistlich, samt allen den Unsern.
[…]
Erstens, liebe Mutter, wisset Ihr von Gottes Gnaden nun wohl, dass Euer Krankheit seine väterliche gnädige Rute ist, und gar eine geringe Rute gegen die, so er über die Gottlosen, ja auch oft über seine eigene liebe Kinder schickt, da einer geköpft, der andere verbrannt, der dritte ertränkt wird, und so fortan, dass wir allesamt müssen singen: Wir werden um deinen Willen täglich getötet und sind gleich wie die Schlachtschafe. Darum Euch solche Krankheit nicht soll betrüben noch bekümmern, sondern sollet sie mit Dank annehmen, als von seiner Gnaden zugeschickt, angesehen, wie gar ein geringes Leiden es ist, wenn es gleich zum Tode oder Sterben sollt, gegen das Leiden seines eigen lieben Sohnes, unsers Herrn Jesu Christi, welches er nicht für sich selbst, wie wir, leiden müssen, sondern für uns und unser Sünde erlitten hat.
[…]

Der Vater und Gott alles Trostes verleihe Euch durch sein heiliges Wort und Geist einen festen, fröhlichen und dankbaren Glauben, damit Ihr diese und alle Not möget seliglich überwinden, und endlich schmecken und erfahren, dass es die Wahrheit sei, da er selbst spricht: Seid getrost, ich hab die Welt überwunden. Und befehle hiermit Euer Leib und Seele in seine Barmherzigkeit, Amen.

Es bitten für Euch alle Eure Kinder und meine Käte. Etliche weinen, etliche essen und sagen: Die Großmutter ist sehr krank. Gottes Gnade sei mit uns allen, Amen.

Am Sonnabend nach Ascensionis Domini, MDXXXI.
Euer lieber Sohn
Mart. Luther.

TEIL 1

DER ANTICHRIST

Der Tod lauert uns Menschen auf allen Wegen auf. Und täglich sterben wir, weil täglich ein Teil unseres Lebens schwindet. Selbst wenn wir wachsen oder gebären, nimmt das Leben ab, und wenn es dann eisig wird, geht es zu Ende. Gevatter Tod, so war mir seit Kindertagen erzählt worden, sei ein Forstmann, der seine Axt an jeden Menschen ansetze. Und auf dem Weg nach Eisleben war so ein Tag, an dem ich die Kälte seiner Axt am ganzen Körper spürte. Blankes, kaltes Eisen auf warmer Haut. Die Dunkelheit war nicht mehr fern. Bei diesem Wetter waren nicht einmal Straßenräuber unterwegs. Der vom Regen durchnässte Schleier klebte mir am Kopf. Die Tage, die wir nun schon unterwegs waren, zählte ich nicht mehr. Ich wollte nur noch in Eisleben ankommen, in diesem Jahr 1483. In dreckigen Herbergen und stickigen Gasthöfen hatten wir auf unserer Reise übernachtet. Hans war sparsam. Seit Mittag gingen wir deswegen wieder zu Fuß. Niemand hatte uns für die zwei angebotenen Münzen bis nach Eisleben mitnehmen wollen. Aber eigentlich war das nicht das Schlimmste. Nach der Fahrt auf dem Wagen des Töpfers hatte ich mich so steif gefühlt wie ein altes, abgerittenes Pferd. Ich sehnte mich nach einem sauberen Bett und der Ruhe eines Heimes. Außerdem brauchte ich dringend Wärme für das wachsende Leben in mir, sollte es nicht sterben.

Denk an etwas anderes!, mahnte ich mich. Gerade spürte ich kräftige Tritte gegen meine Bauchdecke, kein gutes Zeichen, obwohl ich doch alle Regeln der klugen Frauen aus Möhra befolgte: Ich hatte den ungestümen Koitus vermieden, Niesen, die sitzende Lebensweise und Erschrecken außerdem. Mehrmals täglich rief ich die heilige Dorothea an. In Sangerhausen hatten wir vor ihrem Schrein sogar einen halben Tag lang für das Wohl unseres Ungeborenen gebetet, dann hatte mich Hans von dort weggezogen.

»Wir schaffen das!« Hans wandte sich mir zu. Der Regen hatte seine Reisekappe dunkelbraun gefärbt, er hielt sein Bündel verkrampft in der linken Hand. Kurz verweilte sein Blick auf meinem gewölbten Leib, dann fügte er hinzu: »Du musst schneller gehen, Margarethe. Deinetwegen kommen wir noch zu spät!«

Stechend jagte ein Schmerz meine Wirbelsäule hinab. *Hoffe auf den Herrn und sei stark!* Ich biss die Zähne zusammen und nickte. Die Stadttore würden bald geschlossen werden, und auch ich wollte die Nacht um keinen Preis auf einem düsteren, menschenleeren Feld verbringen. Wenn ich ihm eine gehorsame Ehefrau war, würde es der Allmächtige dieses Mal besser mit mir und dem Ungeborenen meinen. Nie wieder wollte ich derart für meine Vergehen bestraft werden wie vor zwei Jahren in Möhra am Fest Mariä Heimsuchung, von dem mir nur noch einige Erinnerungsfetzen geblieben waren. Ich kannte den Beginn und den schlimmen Ausgang der Geschehnisse. Alles dazwischen, vor allem, wie es zum schlimmen Ausgang überhaupt kommen konnte, wusste ich nicht mehr. Allein der Ausgang zeigte mir jedoch, wie sehr ich vor zwei Jahren als Mutter versagt hatte. Und die Ahne hatte mir meine Schuld bestätigt. Ein galliger Geschmack wie von ungenießbarem Essen trat mir auf die Zunge, sobald ich Mariä Heimsuchung in Gedanken auch nur streifte. Ich konzentrierte mich wieder auf das Hier und Jetzt, was mir trotz der erbärmlichen Kälte zuträglicher erschien.

Meine Füße versanken im Schlamm des Weges, und der Rücken bereitete mir immer mehr Schwierigkeiten. Mir war, als zöge jemand einen Gürtel beständig enger um meinen Bauch. Dabei wechselten sich jetzt Kälte und Hitze in mir ab. Anzeichen der einsetzenden Geburt?

Ungeachtet dessen drängte mich mein Ehemann weiter vorwärts, das ansteigende Feld hinauf. Er hatte den Blick in die graue Ferne gerichtet. Die Gegend hier war weniger bergig und ließ mich die dichten Wälder und die steilen Schluchten Thüringens vermissen. Auch wenn mir Möhra, diese kleine Bauernsiedlung, längst nie so lieb geworden war wie das Haus meiner Familie in Eisenach, war mir der Abschied von dort nicht leicht gefallen. Schließlich hatte ich Christina, unser erstes Kind, in Möhra zurücklassen müssen, was mir das Herz zerriss. Es verging kein Tag, an dem ich nicht an sie dachte, obwohl ich Gegenteiliges versprochen hatte.

Ich wurde nervös, weil die Finsternis ganz nah war. Die Ahne – wie Hans' Großmutter in Möhra von allen nur genannt wurde – war überzeugt, dass Geister und Wiedergänger vor allem bei Unwettern und in den Zwölfnächten, den Nächten zwischen dem Jahreswechsel, in denen die Dunkelheit am tiefsten ist, umgehen. Hans von meiner Furcht vor Geistern zu erzählen, wagte ich nicht. Er würde sie genauso wenig verstehen wie meine Angst vor dem Forstmann. Doch wir Menschen sind Bäume im Revier des Forstmanns. An unseren Ästen tragen wir Früchte, gute Werke. Aus schadhaften Ästen gehen Eitelkeit, Ruhmsucht und andere Vergehen hervor. Kahle Äste gehören geschnitten, sie übertragen Unfruchtbarkeit bis in die Wurzeln hinab. Die größte Gefahr jedoch sind Früchte voller Würmer, die an uns Menschenbäumen wachsen. Es sind Schwächen wider die zehn heiligen Gebote, Verwachsungen unserer Seele.

Vielleicht hatte Hans an diesem Tag das erste Mal Mitgefühl mit mir, weil er kurz darauf meinte, dass Eisleben jeden Moment auftauchen müsse. Und es stimmte. Der Ort erschien vor uns, als wir oben auf dem kleinen Hang angekommen waren. Eisleben war das Wirtschafts- und Verwaltungszentrum der Grafschaft Mansfeld. Johannes, mein ältester Bruder, lebte dort. Er hatte mir geschrieben, dass die Stadt von einem Stadtvogt sowie zwölf Ratsmännern regiert wurde – ähnlich dem Rat in Eisenach, dem unser Vater angehörte. Zudem befand sich die Münzstätte der Grafschaft in Eisleben. Eine Aussicht, von der sich Hans besonders angezogen fühlte, denn wo Gott Kupfer und Silber in den Berg gelegt hatte, da war alles möglich. Trotz dieser Aussichten wuchs mein Unbehagen mit jedem weiteren Schritt in Richtung unserer neuen Heimat.

Mein Blick schweifte über die Umgebung. Rauchende Schlackehalden umgaben die Stadt. Und wo Schlacke war, waren auch Bergwerke. Wunden, die der Mensch gewaltvoll in den Leib von Mutter Erde schlug. Die vielen schmalen Wasserläufe zwischen den Halden muteten wie dunkle Blutströme an, die aus den Wunden hervorquollen. Wo war der Wald mit den goldenen Blättern, die ich am Herbst so liebte? Wo die lebendige Natur mit all ihrer Schönheit und Kraft? In Eisenach bei meinen Eltern hatte ich mich bei Waldspaziergängen unter dem Blätterdach der Bäume immer wie unter einem Schutzmantel gefühlt. Die Bäume waren wie eine übergroße Hand, die mich und meine Familie umschloss und beschützte.

Beim Betrachten der kargen Eisleber Landschaft wurde mir klar, dass es in der Grafschaft Mansfeld keinerlei Schutz geben würde: Ich war meinem ungeduldigen Ehemann ganz und gar ausgeliefert.

»Komm schon, noch die letzten Schritte!«, mahnte Hans erneut und rauher. Mit seinen kleinen, braunen Augen schaute er mich auffordernd an. Ich verstand seinen Blick als Vorwurf, mit dem dicken Bauch nicht schnell genug voranzukommen. Dabei war es doch auch sein Kind, um dessen Leben ich rang. Wie sollte ich es noch zwei oder sogar drei Wochen in mir halten können, wenn jeder weitere Schritt meine Kräfte aufzuzehren drohte?

Unter Schmerzen beschleunigte ich meinen Schritt dennoch. »Natürlich«, murmelte ich. Stillschweigend bat ich Gott, dass er uns auf dem letzten Stück Weges vor einem Gewitter verschonen möge.

Hans ging zielstrebig auf das Stadttor zu. Ich vermutete, dass er die hereinbrechende Nacht nicht einmal bemerkt hatte. Mich und unser Ungeborenes überließ er dem einsetzenden Sturm.

Hans' Abstand zu mir wurde immer größer, und am liebsten hätte ich ihm zugerufen, mich an die Hand zu nehmen. Aber dafür hätte er mich ja berühren müssen.

Jeder Schritt bedeutete Schmerzen, die jetzt meinen gesamten Körper erfassten. Noch rechtzeitig, bevor ich einen Angstschrei ausstieß, erinnerte ich mich daran, wie oft meine Hebamme – Ilse aus Möhra – mich ermahnt hatte, ruhig zu bleiben, da sich die Gemütsverfassung der Mutter auf ihr Kind übertrage. Ilse hatte mir bei der Geburt meiner ersten Tochter zur Seite gestanden. Christina, wie konnte ich dich nur in Möhra zurücklassen?

Ich strich mir über den Leib, was meine Panik jedoch nicht zu mindern vermochte. Mein Kind zu spüren, hatte mich vor dem Reiseantritt stets beruhigt. Am liebsten hätte ich jetzt den Rosenkranz aus meinem Bündel hervorgeholt, doch dafür war keine Zeit.

»Die Türme von St. Andreas!«, rief Hans und beschleunigte seinen Schritt abermals, als könne er dadurch seinen Traum, mit Kupfer zu Wohlstand zu kommen, schneller wahr machen. Als Geselle hatte er in der wenig ergiebigen Grube unweit der elterlichen Gehöfte erste Erfahrungen im Hüttenwesen gemacht und dabei sogar ein bescheidenes Vermögen erworben. In der Grafschaft Mansfeld wollte er nun schaffen, was meine Eltern seit der Ehezusage von ihm erwarteten: den Aufstieg vom Sohn eines Großbauern zu einem geachteten Bürger, zu einem Hüttenmeister. Ich wollte ihm Stütze und Hilfe dabei sein.

Vor Schmerz stöhnend schritt ich weiter voran. Der Sturmwind pfiff kälter, und einzig der Gedanke an das Leben in mir hielt mich auf den Beinen. Seitdem ich von der Schwangerschaft wusste, schlief ich nur so viel wie nötig. Hans' Ungeduld und der Umstand, dass mein zweites Kind das Leben seiner Mutter spüren und in sich aufnehmen sollte, drängten mich weiter vorwärts. Der Regen wurde härter. Mit der linken Hand auf meinem Leib hielt ich mir vor Augen, dass Johannes in Eisleben auf uns wartete, was mich schließlich völlig verschwitzt bis an das Stadttor von Eisleben brachte.

Das Torhaus war unbeleuchtet, nur die schmale Mondsichel spendete ein wenig Helligkeit. Eine schrecklich leblos wirkende Gegend empfing uns. Wie an den Rand der Erdscheibe verpflanzt, fühlte ich mich. Außer uns verlangte niemand mehr Einlass. Der Wind zischte hinter dem Tor, als wolle er uns dafür beschimpfen, dass wir um diese Zeit noch Einlass begehrten. Hans sprach gerade mit dem Wächter und zeigte auf mich.

Ich streckte die Hand nach ihm aus, doch er sah es nicht, weil er schon die ersten Schritte in die Stadt hinein tat. Erschöpft lehnte ich mich an einen der Torpfosten und wandte mich vom Wächter ab. Inzwischen war ich überzeugt, dass wir es mit einer Nacht zu tun hatten, die genauso gefährlich war wie eine Zwölfnacht. Ich rang mit mir, nicht den Nachtspruch aufzusagen, der in den Augen der Mutter Kirche unheilig war. Nur er allein bot Schutz gegen die

Wesen der Dunkelheit. Aber wer ihn sprach, gestand den Glauben an Geister ein, was eine Todsünde war. Unbeeindruckt davon hatte die Ahne stets betont, dass nachts alles geschehen könne. Man erblicke vielleicht Feen, Geister oder Weichlerinnen, jene Zauberfrauen, die Schadens- wie auch Liebeszauber sprachen. Die Ahne konnte sehr fesselnd erzählen, ihre Stimme war klar und kräftig wie die einer Sängerin. Nicht einmal beim Lachen hatte ich jemals auch nur eine einzige Falte in ihrem Gesicht gesehen.

Von Geistern und Dämonen hielt Hans wenig, und oft hatte er sich bei Gesprächen darüber zurückgezogen. Ich hingegen war eine willige Zuhörerin gewesen. Die Ahne war die eigentliche Herrin in Möhra, sie hatte sämtliche Salzunger Groschen der Luders, so nannte man die Münzen, mit denen man in der Gegend um Salzungen und Möhra bezahlte, verwaltet. Sie war auch die Einzige gewesen, die Zeit und Verständnis für mich und mein Heimweh aufgebracht hatte. Städter waren in Möhra nicht gern gesehen, und ich war einsam gewesen. Wir Frauen sind wie Weiden und schwächer als Männer. Denn Weiden sind Bäume, die direkt am Wasser stehen, ganz nah am Strom sündiger Vergnügungen. Immer wieder streicheln wir den Wasserlauf mit unseren langen, herabhängenden Ästen, immer wieder versündigen wir uns.

Der Wärter verhinderte meinen sündhaften Nachtspruch im letzten Moment, indem er hinter mir das Tor mit einem solchen Knall in die Verriegelung zog, dass ich zusammenzuckte. In Eisleben betrat ich wieder festeren Boden, was mir etwas mehr Halt gab. Von links her fiepte es aus mindestens einem Dutzend Kehlen. In Möhra hatten wir Essigwasser gegen Ratten eingesetzt. Mühselig schloss ich zu Hans auf. In meinem Bauch bewegte sich das Ungeborene so heftig, als wolle es sich jetzt schon aus meinem Leib herausstrampeln.

Ich ahnte, was in Hans vorging, als er die Fronten der

Häuser betrachtete, die sich ein paar Schritte vor uns aneinanderreihten: Teilweise vierstöckig, auf die eigene Kraft vertrauende, mächtige Gebäude kündeten nicht nur vom Selbstverständnis der Eisleber Bürger, sondern auch von den vielfältigen Möglichkeiten des Kupferbergbaus. Während Hans sich nicht satt sehen konnte, schien der Wind die Gefache samt den sie umgebenden Balken vor meinen Augen krumm zu ziehen. Graue Wolken kamen der hereinbrechenden Nacht zu Hilfe und verdunkelten den Ort zusätzlich, ebenso wie die Schieferdächer. Nicht einmal das Mondlicht wollte sich darin spiegeln.

»Bald, Margarethe!«, sagte Hans und dachte dabei wohl weniger an eine glückliche Geburt als an das Haus, das er uns in Mansfeld zu kaufen gedachte, sofern alle Gespräche hier in Eisleben zu seiner Zufriedenheit verliefen.

Als Erstgeborener hätte Hans in Möhra keine Zukunft gehabt. Gewöhnlich erbte der Jüngste sämtliche Besitzungen, und so hielt es auch die Bauernfamilie Luder. Ein Umstand, der meinem Mann – davon war ich überzeugt – nicht ungelegen gekommen war, so abfällig wie er manches Mal über die Widerspenstigkeit von Mutter Erde sprach.

Hans wollte aufsteigen.

Ich wollte gesunde, starke Kinder gebären.

Ich war doch schon zwanzig Jahre alt.

Ob mir dies mit der jetzigen Schwangerschaft endlich gelänge? In meinem Bauch war es plötzlich ganz ruhig, keine einzige Bewegung spürte ich mehr.

Die Bleibe, die mein Bruder in Eisleben für uns gefunden hatte, befand sich zu Füßen von St. Petrus und Paulus im Süden der Stadt. Es handelte sich um eine Wohnung im Erdgeschoss. Wir folgten Johannes' brieflicher Wegbeschreibung dorthin. Es wurde noch dunkler um uns herum.

In der beschriebenen Gasse angekommen, ließ uns der Hauswirt nach mehrmaligem Klopfen in den Eingangsbereich des Hauses treten. Wieder vernahm ich das Gefiepe von Ratten und dann das Geräusch ihrer tippelnden Pfoten auf dem Boden. Hier waren die Tiere überall, wie zu Zeiten der Plage in Eisenach. Auch die Gebäude glichen eher denen in Eisenach anstatt den düsteren, strohgedeckten Bauernhäusern in Möhra.

»Das Ehepaar Luder?«, brummte der Mann. Er reagierte nicht auf die Geräusche der Nager.

»Gewiss«, brummte Hans zurück. »Hans und Margarethe Luder.«

Ein Ziehen in meinem Leib ließ mich zusammenfahren. War das Ungeborene wieder aufgewacht? Erneut legte ich die Hand auf meinen Bauch, um ihm etwas Wärme zu spenden, während der Hauswirt nach ein paar knappen Worten über die Hausregeln das Mietgeld entgegennahm. Nicht minder wortkarg übergab er uns den Schlüssel zusammen mit einem schwachen Talglicht und verschwand wieder nach oben, wo er wohnte.

Unsere aus Stein gebaute Bleibe war einfach und von der Größe her überschaubar, das hatte ich bereits von außen erkannt. Ein Unschlittlicht brannte im Flur, von dem links zwei Türen abgingen. Hans begutachtete sofort die Kammern. Ich hingegen wartete, bis der plötzliche Trommelwirbel in meiner Brust wieder verstummte. Ich öffnete mein Bündel, das neben meinen beiden Büchlein – ein Beicht- und ein Sterbebüchlein – meinen Rosenkranz, einen Satz frische Untergewänder sowie zwei getrocknete Hauswurzrosetten enthielt. Ich legte beide Rosetten in die Flurecke bei der Treppe. Nur durch die Hauswurz waren wir vor Blitzeinschlägen sicher.

Erst als dies vollbracht war, nahm ich das Unschlittlicht zur Hand und folgte meinem Ehemann durch die vordere der beiden Türen in die Wohnstube, von der aus ich in eine weitere Kammer mit einem Bett und einem Fenster sehen konnte. In der Wohnstube, die Hans schon wieder verlassen hatte, empfing mich ein Kachelofen, der wohl von der Küche aus mit Holz versorgt und geschürt wurde. Die Ofenkacheln zeigten ein ineinander verschwimmendes, schimmerndes Grün und Blau – genauso, wie ich mir das Meer vorstellte –, als rängen die beiden Farben miteinander um die Vorherrschaft. Mit der gemütlichen Bank davor wirkte der Ofen wie ein Fremdkörper an diesem unbewohnten, kalten Ort.

Ich strich über die Topfkacheln. Als Kinder hatten meine Geschwister und ich in ihren becherartigen Vertiefungen süße Dörrfrüchte füreinander versteckt, meist Apfelscheiben und an Festtagen sogar Feigen. Warme Früchte waren ein besonderer Genuss, und oft ließen mich meine Brüder die Feigen als Erste herausfingern. Gerne hatte ich meine Funde mit ihnen geteilt. In Eisenach war der Ofen mit seiner Bank das Herz unseres Heimes gewesen. An diesem Ort der Behaglichkeit hatten wir uns an langen Abenden versammelt; es waren meine schönsten Erinnerungen an Zuhause. Mutter hatte uns Kindern auf der Ofenbank Lieder vorgesungen – mit einer zärtlichen, verletzlichen Stimme, die wir sonst nicht an ihr kannten. Sie war überzeugt gewesen, dass der Leibhaftige Fröhlichkeit verabscheute und deswegen bei Gesang das Weite suchte. Ihre Vorliebe für den Ofen und das Singen musste sie an mich weitergegeben haben, ließ ich mich doch nun gleichfalls auf der Bank nieder und stellte das Unschlittlicht zu meinen Füßen ab.

Während ich so dasaß, ging mein Blick über den Esstisch zum Straßenfenster hinüber. Es war aus dunkelgelbem Butzenglas gefertigt. Vom Sturm angetrieben, schlug der Regen hart dagegen.

Ich begann, das Lieblingslied meiner Mutter anzustimmen: »*Mir und dir ist keiner hold, das ist unser beider Schuld …*«, wobei ich die weiteren Zeilen lediglich summte. Der Regen wurde drängender, die Bewegungen in meinem Bauch schienen sich ihm anzupassen. Ein gutes Zeichen dafür, dass das Ungeborene lebte. Als Erstes würde ich im Haus alles reinigen und säubern, sagte ich mir und verdrängte den Gedanken an eine Frühgeburt. Ich erhob mich und begab mich in die Küche.

Dort war Hans gerade dabei, den Ofen anzuschüren. »Diese unzuverlässigen Knechte sollte man entlassen!«, fuhr er auf. »Eigentlich müsste unser Hausrat bereits hier sein!«

In der Tat! Nichts konnte mir unseren schwierigen Neuanfang besser vor Augen führen als die Unwirtlichkeit der leeren Wohnung. Wenigstens aber waren wir in diesem Haus vor Regen und Sturm sicher. Nach dem Befeuern des Ofens würde es bestimmt behaglicher werden. Seit Kindestagen fühlte ich die Nähe des Forstmanns bei Kälte besonders.

Als ich dabei war, das Unschlittlicht zurück in die Wohnstube zu tragen, ließ mich ein jäh peitschender Schmerz im Unterleib einige Schritte nach vorne stolpern. Die Lichtschale entglitt meinen Fingern, flüssiger Talg ergoss sich über den Boden vor dem Tisch. Tagelange Fußmärsche war ich einfach nicht gewohnt.

Hans kam zu mir. Ich musste wohl aufgestöhnt haben. Er befahl mir, mich auszuruhen, und ich war geübt darin, seinen Anweisungen zu gehorchen. Wusste ich doch, welch großen Wert er darauf legte, Dinge nur ein einziges Mal sagen zu müssen. So hatte er auch nur ein einziges Mal sagen müssen, dass Christina in Möhra verbleiben musste! Was Hans anging, war ich dankbar für meine Erinnerungslücke bezüglich der Geschehnisse zu Mariä Heimsuchung. Ganz sicher würde ich es nicht ertragen, sollte er damals zu dem Unglück mit beigetragen haben …

Johannes, mein ältester Bruder, verhinderte, dass ich zu grübeln begann, denn nach einem kurzen, kräftigen Pochen an der Haustür betrat er froh gelaunt die Wohnstube.

Der Hauswirt musste ihn über unsere Ankunft verständigt haben.

»Mein Schwesterlein sieht aber blass aus«, meinte er zur Begrüßung. Zuletzt hatten wir uns bei meiner Hochzeit vor drei Jahren in Möhra gesehen.

Erst als er mich umarmte, bemerkte er meinen Umstand. »Herzlichen Glückwunsch, kleine Hanna.« Er überreichte mir einige Karotten, Äpfel und einen gerupften Hahn. »Für eure erste Mahlzeit hier. Willkommen in Eisleben.«

Wenn Tadel anstand, hatte Mutter mich manches Mal in strengem Ton Margaretha – auf *a* endend – zu sich gerufen, woraus meine Brüder den Kurznamen *Hanna* gemacht hatten. Vorsichtig und nicht zu hastig – ich wusste Hans' Blick auf mich gerichtet – trug ich die Vorräte in die Küche. *Kleine Hanna*, hallte es in mir nach, und ich lächelte in mich hinein. Meine drei älteren Brüder hatten mich bis zuletzt so genannt. Und auch heute noch, als ehrbar verheiratete Frau, fühlte ich mich in Johannes' Gegenwart wie die jüngere Schwester, die immer noch vor allem Unbill der Welt beschützt wurde.

Johannes folgte mir. »Soll ich schon nach einer Hebamme schicken lassen? Wehmutter Orbette wird selbst von den Frauen der Ratsherren gelobt. Auch unseren kleinen Johann hat sie gut auf die Welt geholt.«

Ich legte Huhn und Gemüse auf dem Rand der Kochstelle ab. »Das hat noch Zeit«, entgegnete ich, doch meine Stimme zitterte verräterisch.

Ilse hatte geschätzt, dass das Kind um den Festtag der heiligen Barbara herum groß genug wäre, um zu überleben. Zwei oder besser drei Wochen musste es also noch im Leib bleiben. Ilse hatte Hans auch von der Reise so kurz vor der Geburt abgeraten.

Selbst ihr hatte mein Ehemann nur ein einziges Mal sagen müssen, dass er bestimme, wann im Hause Luder gereist werde.

»Ich bereite uns jetzt erst einmal eine Mahlzeit«, schlug ich vor. Beschäftigung war seit jeher ein probates Mittel, um mich abzulenken. Außerdem würde eine Stärkung auch meinem Ungeborenen guttun. Bis zur Geburt in drei Wochen brauchte es sicher noch einige Kräfte, um sich in die richtige Position zu drehen, mit dem Kopf hin zum Geburtskanal.

Ich dachte an meine anderen beiden Brüder Heinrich und David, von denen ich schon viel zu lange nichts mehr gehört hatte. Mein letzter Brief an David war bislang unbeantwortet geblieben. Das Schreiben half, um Sehnsüchte und Heimweh zu beherrschen.

Hans kam zu uns in die Küche. Seine Züge waren seit Johannes' Ankunft kantiger geworden, sein Blick nervöser. Immer wieder schaute er auf Johannes' pelzverbrämte rote Robe, wie sie auch unser Vater trug. In Eisenach waren rote Kleidungsstücke den Doktoren der Rechte vorbehalten. In Vaters Gegenwart war Hans gleichfalls nervös gewesen.

Während Johannes wie früher um mich herum war und alles über unsere Reise und die Zustände in Möhra und Eisenach erfahren wollte, begann Hans, das Bruchholz in der Kochstelle zu entzünden. Ich zog den einzigen Grapen, den unsere Vormieter zurückgelassen hatten, von der Kochstelle. Mit etwas Geschick bekam ich das Huhn sogar in das Gefäß hinein.

Johannes flüsterte mir vertraut über die Schulter: »Du weißt das Huhn nach Mutters Art zuzubereiten, nicht wahr, kleine Hanna?«

Begeistert von dieser Idee, bejahte ich, und doch suchte Johannes tief in meinen Augen nach der unbeschwerten Fröhlichkeit von früher. Ich kannte diesen Blick an ihm, seitdem festgelegt worden war, dass ich in die Bauernfamilie der Luder aus Möhra einheiraten würde.

»Mach es, wie es in Möhra gekocht wurde!« Hans' Stimme klang streng, als er zu Johannes aufschaute. Hans war beinahe um einen Kopf kleiner als mein Bruder. Vielleicht war das der Grund, warum er seit der ersten Begegnung mit Johannes versuchte, Größe zu zeigen?

Kurz schwiegen wir alle. Johannes schaute mich fragend an, ich wich seinem Blick aus.

»Erzähl mir von Mansfeld!«, forderte Hans nun schon etwas höflicher. Immerhin hatte er einen Juristen vor sich.

Gott sei Dank antwortete mein Bruder auf seine versöhnliche Art: »Die Fördermengen steigen weiter an. Besonders die Stollen um Mansfeld scheinen ein unerschöpfliches Bergwerk zu sein. Die Grafschaft ist im gesamten Abendland der drittgrößte Schwarzkupferproduzent.«

Schwarzkupfer, so nannten sie rohes Kupfer, bevor das Silber daraus gewonnen wurde, und Hans würde es zukünftig als Hüttenmeister erschmelzen, sofern sein riskanter Plan aufging.

Er trat auf Johannes zu. »Wieviel Silber enthält das Erz?«

Das war es, worum sich hier alles drehte. Silber. Dafür wuchsen Teufelshügel vor der Stadt anstelle von Wäldern und vielem anderen mehr.

Wie mein Ehemann und mein Bruder so dicht voreinander standen, fiel mir erst auf, wie sehr sie sich unterschieden. Johannes war hochgewachsen, mit breiten Schultern und aufrechter Haltung. Er strahlte Freude und Zuversicht aus. Hans hingegen wirkte verschlossen, beinahe feindselig und war kleiner, beinahe auf Augenhöhe mit mir.

»Aus tausend Lot Kupfer schmelzen sie fünf Lot Silber«, entgegnete Johannes.

Hans' Augen weiteten sich, was mir sagte, dass dies noch weit mehr war, als man ihm vorab berichtet hatte. Für mich war das Berg- und Hüttenwesen schwer zu begreifen. Man brach Steine im Liegen und in beinahe völliger Dunkelheit aus einem feuchten, stets von Wettern bedrohten Berg und gewann daraus in der Hütte umständlich Schwarzkupfer, das dann nicht einmal ein Hundertstel Silber enthielt? Ich dachte an ein Feld, auf dem nur jedes zweihundertste Samenkorn Früchte trug. Unter diesen Umständen würde die gesamte Oberfläche der Erdscheibe vermutlich nicht als Ackerfläche genügen, um alle Menschen satt zu bekommen.

»Und die Grafen sind wirklich bereit, weitere Schmelzhütten zu verpachten?«, fragte Hans nach.

»Dazu befragst du besser Onkel Antonius. Ich bin Jurist mit ganzem Herzen«, gab Johannes mit seinem verschmitzten, jungenhaften Lächeln in meine Richtung zurück.

Hans fixierte ihn stumm, dann nickte er und verschwand in der Stube.

Meine Gedanken glitten wieder zu dem ungeborenen Leben zurück, das ich hoffentlich noch eine gute Weile in mir halten konnte.

Während ich den Hahn gedankenversunken in das Bratgefäß zwängte, erzählte mir Johannes von seiner Familie und seinen Geschäften in Eisleben, und auch von unserem Bruder Heinrich wusste er Neues zu berichten. Von David hatte er leider nichts mehr gehört, seitdem der nach Neustadt an der Saale gegangen war. Das ein oder andere Mal fragte ich genauer nach und schälte Karotten währenddessen. Ich genoss Johannes' Aufheiterung und strich ihm in der Intimität unserer kalten Küche über den Arm. Wie sehr ich mich nach Berührungen sehnte. Kurz war mir, als hätten wir erst gestern unsere kindlichen Geheimnisse ausgetauscht.

Gerade wollte ich mich nach seiner Wilhelmine erkundigen, und ob sie schon das zweite Kind unter dem Herzen trug, als der Boden unter mir zu schwanken begann. Ich bemühte mich, die Bewegung auszugleichen und bemerkte dabei Johannes' überraschten Blick. Jetzt schwankte der Boden nicht nur, er kam mir sogar entgegen. Das Messer entglitt mir und traf klirrend auf dem Steinboden auf. Luft, ich brauchte mehr Luft!

Als ich wieder zu mir kam, beugte sich eine Frau in Mutters Alter über mich. Sie trug eine dunkle, kapuzenartige Kopfbedeckung, eine Gugel, die ihr bis auf die Schultern reichte. Ein Kleidungsstück, das ich von Mönchen her kannte. Ihre Statur war kräftig, fast schon die eines Mannes. Von meiner liegenden Position auf der Ofenbank aus gesehen, wirkte sie riesig und düster. Oder kam es mir nur so vor, weil ich mich selbst in diesem Moment so winzig fühlte?

»Das ist Augustine, Wehmutter Orbette ist leider bei Hüttenmeister Bachstedter unabkömmlich«, vernahm ich aus dem Hintergrund Johannes' enttäuschte Stimme. Ich verstand: Wir Neuankömmlinge bekamen, was übrig war.

Unwillkürlich fasste ich an meinen Bauch. »Ist es noch am Leben?« Ängstlich suchte mein Blick die Hände der Hebamme. Schmale, kleine Hände wie die von Ilse vermochten bei einer komplizierten Geburt die Haken im engen Geburtskanal lebensrettend zu ersetzen. Augustines Finger waren jedoch unförmig und unvorstellbar groß für eine Frau. Johannes' enttäuschter Ton eben war berechtigt gewesen. Nur weil ich zur Höflichkeit erzogen worden war, unterdrückte ich mein Entsetzen und biss die Zähne zusammen.

»Es ist bald so weit, Luderin«, erklärte die Hebamme streng und schaute sich prüfend in der Stube um. »Hier sollte dringend einmal gereinigt werden.«

»Nein, keine Nachtgeburt«, stammelte ich. Die Nacht war die Zeit des Allmöglichen, die Zeit der Geister. Sie sollten nicht in der ersten Lebensstunde meines Kindes ihr Unwesen treiben. Das Prasseln des Regens gegen die Fensterscheiben klang wie die Eröffnung von etwas Unabwendbarem: einer frühen Geburt.

Aus dem Schatten hinter der Hebamme traten jetzt zwei Mädchen heraus. Knapp stellte Augustine die Helferinnen als ihre Nichten vor, die in der Tat die gleichen breiten

Schultern und den gleichen strengen Gesichtsausdruck wie ihre Muhme besaßen. Ich dachte an Ilse mit ihren zarten, kleinen Händen. Wie anders meine erste Hebamme doch gewesen war, wie weich und einnehmend. In den klammen, schweren Reisekleidern hievte ich mich von der Bank hoch und lehnte mich gegen den inzwischen lauwarmen Ofen. Am liebsten hätte ich die vierlagigen Gewänder zumindest bis auf das Unterkleid abgelegt, aber das wäre unschicklich gewesen. »Bis zum Fest der heiligen Barbara sind es noch drei Wochen«, beharrte ich verzweifelt, als ob Ilses Schätzung ein unumstößliches Gesetz wäre.

Stumm betastete Augustine meinen Bauch. »Gottes Plan ist ein anderer«, verkündete sie und wies auf ein seltsames hölzernes Gebilde, das eines der Mädchen vor dem Fenster zur Straße abgestellt hatte und nun zu einer Art Stuhl auseinanderzog.

War ich dieses Mal womöglich zu lebendig gewesen, nachdem das Kind nun verfrüht aus meinem Leib herausdrängte? Ungeachtet meines Einwandes, setzten sie mich auf den Apparat – einen vierbeinigen Stuhl mit fester Rückenlehne, starken Griffen zum Festhalten und einem leicht nach hinten abfallenden Sitz mit halbrundem Ausschnitt, dessen gewölbter Rand Gesäß und Schenkeln Halt bieten sollte. Unterdessen verließen die Männer die Stube. Johannes hatte noch einmal bestärkend meine Hand gedrückt. Ich hatte sie gar nicht mehr loslassen wollen.

Nachdem Augustine die Tür hinter sich zugezogen hatte, setzte sie sich auf einen kleinen Hocker vor den Gebärstuhl und tastete sich unter meinen Röcken zielsicher bis zu meinem Geschlecht vor. Es machte mir Angst, dass sie sogar sitzend noch immer auf Augenhöhe mit mir war.

Ein hoher, spitzer Schrei entrang sich meiner Kehle, als ihre fleischigen Finger in mich eindrangen. Mein Blick heftete sich auf den meeresfarbenen Kachelofen. Gerade hatte das Grün die Oberhand über das Blau gewonnen. Schluss-endlich roch Augustine noch an meinen Gewändern und betrachtete sie eindringlich. »Wasser und Blut sind Euch bereits abgegangen.«

Ich zitterte vor Angst. »Wie kann das …?« Ich musste es in den regennassen Kleidern nicht bemerkt haben. Wieder fehlte es mir an Luft, so dass sie alle Mühe damit hatten, mich aufrecht sitzend auf dem Stuhl zu halten.

»Senta, du holst den Pfarrer! Henrike, du bleibst hier und stehst uns bei!« Die Worte der Hebamme übertönten mein Stöhnen. Das ältere der beiden Mädchen – mit den gleichen Händen wie seine Tante – verließ die Stube.

Für den Befehl, den Pfarrer zu holen, konnte es nur zwei schreckliche Gründe geben: Entweder wollte die Hebam-me mein totgeweihtes Kind unbedingt noch getauft haben, bevor es seinen letzten Atemzug tat, oder sie beabsichtigte, meinem gähen Tod zuvorzukommen. In Möhra hatte es ei-nige gäh Verstorbene gegeben, unerwartet bei der Feldar-beit oder in den Stallungen waren sie umgefallen, ohne letzte Beichte und damit die Möglichkeit, Absolution und Wegzehrung zu erhalten. Tote, die die Sterbesakramente nicht erhielten, waren der Hölle geweiht. So stand es in meinem Sterbebüchlein. So durfte es keinesfalls passieren!

»Sein Kopf ist sehr groß.« Augustine tastete meinen Leib von außen ab, und mir war, als kämen die Pranken eines Bären auf mir nieder. Wie sehr wollte ich diese Frau doch gegen die sanfte Ilse eintauschen.

Der wenig später eintreffende Pfarrer Rennebecher ließ mich zuerst wissen, dass er seinen Dienst gewissenhaft seit vierzig Jahren in St. Peter und Paul versah. Danach erst war er bereit, mir die Beichte abzunehmen. Vor Christinas Ge-burt vor zwei Jahren hatte ich gebeichtet, davon geträumt zu haben, wieder in Eisenach leben zu dürfen. Ich vermiss-te die Stadt, in der wir vier Geschwister von unseren Eltern zu gottesfürchtigen Menschen erzogen worden waren, die keine Messe ausließen. Als junges Mädchen hatte ich sogar einmal in der Eisenacher Pfarrkirche übernachtet. Heimlich mit Johannes. Möhra war mir nie wirklich zum Zuhause geworden.

»Kleine Hanna«, vernahm ich es von irgendwoher.

Pfarrer Rennebecher erteilte mir die Absolution und die letzte Kommunion. Dann verließ der Geistliche den Raum. Nicht ein tröstendes Wort hatte er für mich übrig gehabt, stattdessen nur die Hebamme mit einem strengen, ja beinahe verachtenden Blick bedacht.

Ich dachte plötzlich an Hans, meinen Nachlass und meine Unfähigkeit, dem Kind in mir das Leben zu schenken, und vergrub mein Gesicht in den Händen. Ich verlangte nach meinem Sterbebüchlein, das die so wichtigen Anweisungen enthielt, wie dem Leibhaftigen in der Todesstunde zu widerstehen sei, doch Augustine ignorierte meine Bitte. Sie half mir hoch und drängte mich in die Schlafkammer. Ich wäre lieber vor dem beruhigenden meeresgrünen Ofen niedergekommen, doch die Hebamme bestand auf einem ungestörten Raum mit Bett.

Senta mit den großen Händen hatte die Kammer und das Lager bereits gesäubert und vorbereitet. Der Regen war hier drinnen nicht mehr zu hören; die Fenster waren von einem Überstand des Obergeschosses vor den Wettern geschützt.

»Mein Rosenkranz«, murmelte ich und konnte vor Schwäche gerade noch mit dem Kopf in Richtung der Wohnkammer weisen.

Auf einen Befehl der Hebamme hin reichte Johannes die Kette herein und versprach, für mich und das Kind zu beten. Hinter oder neben ihm versuchte ich, Hans zu erblicken, aber er zeigte sich nicht. Der Gebärstuhl wurde hereingetragen, und Augustine schob meinen Bruder aus dem Raum.

Gebenedeit ist die Frucht deines Leibes!

Verunsichert öffnete ich die Schließe meines Umhangs und legte mich rücklings auf das Bett, neben dem der Gebärstuhl aufgestellt war. Mein Atem ging schneller, als ich sah, wie die Mädchen Waschschalen in die schmale Kammer hereintrugen und Leinentücher schichteten, so rein und weiß ... in meinen Gedanken sah ich schon, wie sie sich mit dem Blut meines zweiten Kindes färbten. Ich schloss die Finger um das Kreuz an meiner Kette und begann, das Glaubensbekenntnis zu beten. »Ich glaube an Gott den Vater, den Allmächtigen, den Schöpfer des Himmels und der ...« Eine heftige Wehe ließ mich verstummen.

»Das Kind senkt sich schon in Euer Becken, Luderin«, erklärte Augustine und wies mich an, wieder auf dem Gebärstuhl Platz zu nehmen.

Mein Rosenkranz, die rote Seidenschnur mit den Gagatperlen, glitt mir durch die verschwitzten Finger. Ich wickelte sie mir um das Handgelenk, dann umfasste ich die Armlehnen. »Gegrüßt seist du Maria, voll der Gnade, der Herr ist mit dir, du bist gebenedeit unter den Frauen ...«

Augustine setzte sich wieder auf ihren Hocker, Senta stellte sich hinter mich und schlang ihre Arme um meinen Bauch. Henrike, die jüngere Schwester, stand dagegen neben der Hebamme und schien alles genau zu beobachten.

Auf Augustines Kommando hin presste ich, den Blick auf ihre riesigen Finger geheftet, die das Kind aus meinem Bauch herauszustreichen versuchten. Meine Schmerzen lenkte ich durch den Druck meiner Hände auf die Armlehnen ab.

»Nur nicht schreien!«, hatte Mutter mir vor meiner ersten Geburt mit auf den Weg gegeben. »Eine sittsame Frau schreit nicht«.

Um Haltung bemüht, betete ich weiter: »... und gebenedeit ist die Frucht deines Leibes Jesu, der in uns die Hoffnung stärke.« Ich hoffte, dass die Jungfrau Maria, die einst ebenfalls geboren hatte, mir nun beistand.

Nachdem sich der Kopf des Kindes nicht weiter voranschob, wie Augustine kundtat, hievten mich die Frauen vom Stuhl wieder zurück auf das Bett. Ich nutzte die Wehenpause, um ein paar Mal tief durchzuatmen, bevor Augustine mit frisch gesalbten Fingern, die sich wie scharfe Messer anfühlten, wieder in mich hineingriff. Alles in mir brannte, als ob mein Körper eine einzige eitrige Entzündung wäre. Augustines Gesichtsausdruck blieb darüber unbewegt. Erneut sehnte ich mir Ilse herbei, die mir während Christinas Geburt die Hand gehalten und das Rosenkranzgebet mit mir gesprochen hatte. Ilse hatte mir das Gefühl gegeben, neben göttlichem auch menschlichen Beistand zu haben.

Emotionslos sagte Augustine mit den Riesenhänden: »Es steckt mit der Schulter im Muttermund fest, als hätte es sich verkeilt. Ich muss es drehen.«

Ich erbrach mich vor Angst. Meine Mutter war überzeugt gewesen, dass viele Hebammen das Kind bei falscher Lage lieber im Leib sterben ließen, anstatt das Risiko einzugehen, dass es auf dem Weg hinaus starb. Denn in diesem Fall wurde der Kindstod der Hebamme angelastet, starb das Kind jedoch im Mutterleib, war es die Schuld der Gebärenden. »Bitte!«, flehte ich. »Lasst mein Kind nicht im Leib sterben!«

Die Hebamme antwortete nicht. Sie arbeitete unbeeindruckt weiter und versuchte, das Kind von außen zu bewegen.

Es gelang ihr nicht.

Jetzt blieb nur noch, das Kind von innen zu drehen. Ich schrie schon auf, bevor Augustine meinen Schoß überhaupt berührte. Henrike klemmte mir daraufhin einen Beißkeil zwischen die Zähne, Senta drückte meine Schultern auf das Lager nieder. Sie behandelten meinen Körper, als gehörte er ihnen. *Gleich packen sie die Haken aus!*, war ich überzeugt. *Um das Kind damit herauszuziehen.*

Bei der nächsten Wehe versuchte Augustine drei Mal, das Kind zu drehen und so zu legen, dass es mit dem Kopf voran aus mir herauskommen konnte. Das kahle Zimmer um mich herum verschwamm, und mir war, als bohrten sich ihre Hände mit jedem Versuch tiefer in mich hinein.

»Ich bekomme es nicht gedreht.«

Erst als die endlose Wehe vorüber war, zog die Hebamme ihre blutbesudelten Hände unter meinen Gewändern hervor. »Es muss sich von alleine wenden, Luderin. Sein Kopf ist außergewöhnlich groß.«

Ich benötigte einige Atemzüge, um mich wiederzufinden. Der Beißkeil fiel mir aus dem Mund und hinterließ einen bittersüßen Geschmack auf der Zunge. Ich fror am ganzen Körper und zitterte unkontrolliert. Mein trockener Hals lechzte nach Wasser. Noch nie zuvor hatte ich solch unsäglichen Durst verspürt, und doch war ich nicht einmal in der Lage, einen Becher allein zum Mund zu führen. Mein Körper gehörte mir nicht mehr. Die Schöpfung hatte ihn an diesem Abend für sich zurückgefordert und ließ ihn von drei fremden Frauen in meiner Schlafkammer peinigen.

»Auf den Gebärstuhl!«, verlangte Augustine. Eine Schweißperle, blank poliert wie ein weißer Chalzedon, rann ihr die rechte Schläfe hinab.

Mit schlaffer Hand deutete ich auf den Boden und war froh, dass Senta mir die Kette, die mir vom verschwitzten Arm geglitten sein musste, wieder um das zitternde Gelenk band. »Jesus … der für uns, der für … uns das schwere Kreuz getragen hat«, nahm ich das Gebet mühsam wieder auf.

»Sie ist heiß, feuerheiß«, ließ Senta ihre Muhme wissen, die daraufhin kurz aufschaute und mit tiefer Stimme wiederholte: »Auf den Stuhl zurück!« Sie klang wie ein Mann.

Das wiederholte Hin und Her zwischen Bett und Stuhl raubte mir Kräfte, die ich lieber für die Wehen aufsparen wollte.

Im Vergleich zur verkrampften Rückenlage empfand ich den Gebärstuhl nun jedoch als Erleichterung. Auf ihm glaubte ich, meiner verbleibenden Kraft eine Richtung geben zu können, und meine Oberschenkel fühlten sich etwas entspannter an. Außerdem konnte ich besser sehen, was die Hebamme tat.

Die nächste Wehe überrollte mich wie eine Welle und trug mich mit sich davon. Sie schlug meinen Kopf zur Seite und gegen Henrikes Leib. Der Schmerz wütete im ganzen Körper so intensiv, dass ich von den Ohren bis zu den Füßen hinunter zuckte.

»Bitte presst, wenn ich es Euch mit meiner linken Hand anzeige, indem ich eine Faust mache.« Augustines rechte Hand verschwand bei diesen Worten wieder in meinem Schoß, die linke hatte sie wie zu einem Schlachtruf erhoben.

Während ich meine Pressbewegungen dem Auf und Zu ihrer Linken anzupassen bemüht war, betete ich in Gedanken das dritte Gesetz im glorreichen Rosenkranz. *Jesus, der uns den Heiligen Geist gesandt hat* ... Dann presste ich, weil sich Augustines Hand schloss, und meinte dabei, in alle Richtungen zu zerreißen. *Gegrüßt seist du Maria, voll der Gnade, der Herr ist mit dir* ... Meine Sinne schwanden. Mir war, als hinge da eine andere Frau im Gebärstuhl, eine Fremde, die gerade ihr Kind zu verlieren drohte. Überall war schon Blut auf dem Boden, von Schuhen verschmiert. Der Umstand, dass ich während der Nacht – der Geisterzeit – gebar, hatte von Anfang an nichts Gutes verheißen.

»Luderin!«, vernahm ich als Nächstes und spürte, dass mir jemand grob auf die Wange schlug. Ich musste bewusstlos geworden sein.

»Bleibt bei uns!« Es war Augustines Stimme.

Ich öffnete die Augen und sah, wie Henrike eine Decke über mich breitete. Mir wurde eiskalt, als sie mir mit einem warmen Leinentuch die Stirn zu tupfen begann. Der Forstmann setzte seine Axt an meiner Wurzel an, und ich konnte den bevorstehenden Schmerz schon spüren, den seine Axt beim Auftreffen verursachen würde.

»Es klemmt in Eurem schmalen Becken fest und hat schon eine Weile kein Zuckerlein mehr getan«, erklärte Augustine. »Die nächste Wehe ist entscheidend. Da müsst Ihr seinen Kopf durchbekommen.«

Die Fensterläden schlugen so heftig gegen die Hauswand, als gemahnte mich Gevatter Tod daran, dass niemand ihm entkam, dass einzig er, der unerbittliche Herr des Waldes, über Leben und Tod entschied. Ich fühlte mich machtlos, wie Laub vom Wind umhergetrieben. In mir wuchs die Überzeugung, dass alles, was ich bisher getan hatte oder noch tun würde, auf das Gleiche hinauslief: auf den Verlust meines zweiten Kindes. Hier in dieser düsteren Stadt, in der sich nicht einmal der Mond spiegeln wollte. Ich machte das Kreuzzeichen, dachte an meine Lieben im fernen Eisenach und hier in Eisleben, an meine Christina und die heilige Dorothea, die Beschützerin der Kindbetterinnen.

Bei der nächsten Wehe schrie ich trotz Mutters Gebot meinen Schmerz laut hinaus. Mit der Kraft der Verzweiflung presste ich, bis ich spürte, dass sich meine Beckenknochen auseinanderschoben. Mein Körper bäumte sich auf, nicht einmal Senta konnte ihn länger gegen die Rückenlehne drücken. Auch meine Stimme verselbständigte sich. Ich hoffte nur, dass Hans mir diese Verfehlung verzeihen würde.

Dann ging mir endgültig die Luft aus, und ich sank zurück in den Stuhl. Ein Vorhang senkte sich über mich.

Ich sah, hörte und spürte nichts mehr.

»Luderin?«

Ich ertastete das Bett unter mir und stöhnte: »Ilse?« Meine Hebamme aus Möhra war also doch noch gekommen!

»Ich weiß nicht, ob ich das Leben Eures Kindes noch zu retten vermag. Es gibt nur noch eine einzige Möglichkeit.« Die Worte drangen überraschend hart und klar zu mir vor, wie Schläge. Das war Augustines, nicht Ilses Stimme, leider.

Was für ein in diesem Moment unsinniger Gedanke, schalt ich mich kurz darauf. Es ging jetzt um das Leben meines Kindes. Wer auch immer ihm auf die Welt verhelfen konnte, sollte tun, was notwendig war! Auch wenn sich dafür Ilses und Augustines Hände gleichzeitig an mir hätten vergehen müssen. Zum Zeichen meines Einverständnisses senkte ich die Lider, wohlwissend, dass alles, was jetzt folgen würde, vermutlich unchristlich und darum verboten war.

»Verriegelt die Tür!«, hörte ich Augustine anordnen.

Ich riss die Augen auf, als ein poliertes Messer im Schein der Talglichter aufblitzte. Erst jetzt begriff ich, was mir bevorstand. Mir blieb nur die Hoffnung auf Gottes Erbarmen.

Sie flößten mir einen Trank ein und entkleideten mich bis auf das ärmellose, dünne Unterhemd. Nicht einmal Hans hatte mich jemals so gesehen. Doch war ich inzwischen für jede Art von Widerspruch, Anstand oder gar Gebet zu erschöpft. Ich fühlte, dass der Trank meinen Sterbeprozess beschleunigte.

Ich bekam den Beißkeil zwischen die Zähne geschoben, damit ich mir vor Schmerz nicht die Zunge blutig biss. Eines der Mädchen, ich vermochte sie nicht mehr voneinander zu unterscheiden, drehte mich auf die linke Seite, damit Augustine dort das Messer ansetzen konnte. Ich war schändlich nackt, kein Mensch mehr. Den Schnitt führte sie etwas oberhalb meiner Scham aus, und es fühlte sich an, als schlitzte sie mich von einer Hüfte bis zur anderen auf. Ich konnte nicht mehr schreien oder mich gar bewegen. Der Trunk lähmte meine Gliedmaßen, nicht aber mein

Schmerzempfinden. Ich schlug meine Zähne tief in das Holz in meinem Mund. Es fühlte sich an, als rissen die drei Frauen mich mit bloßen Händen auf. Sie drehten mich wieder auf den Rücken und schoben Decken unter mein Kreuz. Dann wühlte Augustine in mir. Schmatzende Geräusche drangen an meine Ohren.

Eine unbestimmte Zeit später machte ich kein Blut mehr auf dem Boden und an den Betttüchern aus. Ich selbst trug frische Gewänder: über dem Hemd ein langes, reinweißes Unterkleid. Wie in Gottes ewigem Reich.

»Euer Kind ...«, vernahm ich Augustines Stimme.

Sofort wanderte meine Hand unter der Decke zum Bauch, der mir kaum vermindert schien und brannte. Ich kämpfte darum, die bleischweren Lider offen zu halten.

Hans stand mit gutem Abstand zum Bett im Raum.

»Sie hat es gerade noch vor Mitternacht geboren«, erklärte Augustine ihm. »Und es scheint gesund zu sein.«

Der Schmerz war noch zu stark, als dass ich begriff, was sie gerade gesagt hatte. Ich dachte nur an die Bibelworte aus dem Brief des Petrus: *Wer im Fleisch gelitten hat, für den hat die Sünde ein Ende.*

Hans nickte in meine Richtung, beinahe anerkennend. »Es ist ein Junge.«

Erst als das Bündel in Augustines Armen zu weinen begann, verstand ich. Jeder Schrei ließ die zurückliegende Nacht mehr verblassen, denn unser Kind schrie das Lied des Lebens. Auch mir war jetzt zum Weinen zumute, und ich faltete meine Hände zum Gebet. Mit Tränen auf den Wangen dankte ich allen, um deren Beistand ich auf dem Gebärstuhl gefleht hatte. Doch der Schmerz trübte mein Bewusstsein noch immer und dämpfte das überwältigende Glücksgefühl.

Als sich meine Hände wieder lösten, trat Augustine mit dem Bündel an das Bett heran. Das Kind war fest in reines

Leinen gewickelt, nur seine Händchen zappelten in der Luft. Senta half mir, mein Neugeborenes im Arm zu halten. Sein Weinen ging in ein Greinen über.

»Noch heute werden wir ihn in St. Peter und Paul taufen«, unterbrach Hans den Moment der Zweisamkeit mit meinem Sohn. »Pfarrer Rennebecher nimmt sich Martins gleich am Nachmittag an.«

Martin?, ging es mir durch den Kopf. Der Tagesheilige Martin hatte Kranken beigestanden, Arme unterstützt und mit Nackten selbstlos seinen Mantel geteilt. Er war ein Mann der Nächstenliebe, ein guter Kamerad und vorbildlicher Christenmensch.

Ich nickte, wohlwissend, dass ich hier das Bett hüten würde, anstatt meinem zweiten Kind während der Aufnahme in Gottes Reich beizustehen. Aber so war es nun einmal Sitte. Sicher würde Johannes nach der Taufe bei mir vorbeischauen.

Ich streichelte dem Winzling über die samtenen Wangen. Noch immer war meine Angst nicht erloschen, dass er sterben und in den gottfernen Limbus, den Ort der ungetauften, neugeborenen Seelen gelangen könnte. Abgesehen von dem großen Kopf wirkte er äußerst schmal.

»Martin«, flüsterte ich und blies meinen Atem sachte durch seine langen Wimpern, so dass er blinzeln musste – seine erste Reaktion auf mich. Martins Augen waren wie die meinen, von der Form her mandelförmig und leicht schräg stehend. Er war ein Teil von mir. Ich war überwältigt. Martin war das erste Kind, um das ich mich kümmern durfte. Ich wollte Liebe geben, trösten, für ihn einstehen und ... vielleicht auch zurückgeliebt werden. Endlich würde ich einen Halt in meinem Leben haben. Martins Geburt war wie Balsam auf die Wunde, die Christinas Schicksal mir zugefügt hatte, und ich hoffte, mit meiner zweiten Mutterschaft mein Versagen vom Fest Mariä Heimsuchung wiedergutmachen zu können.

»Ich werde dich beschützen, was auch immer kommen mag. Mein letztes Gewand mit dir teilen und dir stets beistehen.« Das waren meine vorauseilenden Taufworte an meinen Sohn, der das Weinen inzwischen ganz aufgegeben hatte. Mein Leibesschmerz trat in den Hintergrund. Es war genau der Moment, in dem Gott mir die Gewalt über meinen Körper zurückgab.

»Der größte Kampf steht Euch erst noch bevor: das Kindbettfieber«, warnte Augustine, auch an Hans gewandt.

Ich wusste, wovon sie sprach, konnte ich doch ein Dutzend Frauen aufzählen, die in Eisenach an der tückischen Krankheit gestorben waren. Mit den Gedanken noch immer bei den Geschehnissen der vergangenen Nacht, hatte ich unseren Martin nicht mehr in die ausgestreckten Arme der Hebamme zurückgeben wollen, die nunmehr resolut erklärte, die kommenden Tage und Nächte an meiner Seite zu wachen. So lange, bis der Verdacht auf Kindbettfieber verworfen werden könnte oder die Krankheit besiegt sei. Das überraschte mich, weil mein Mann doch so sparsam war und viele Kindbetterinnen ohne tägliche Pflege auskommen mussten.

Nachdem Hans die Kammer verlassen hatte, verlor Augustine kein einziges Wort über die Schnittgeburt, sondern meinte nur, dass sie unserem Kind zur Beruhigung erst einmal fremde Milch einflößen würde. *In wenigen Tagen ist auch meine Milch nicht mehr unrein,* dachte ich zuversichtlich und wandte den Blick erst von unserem Sohn, als Augustine, Martin auf dem Arm wiegend, den Raum verlassen hatte.

Als ich alleine war, klärten sich meine Gedanken. Die Nacht war der Zeitraum des Allmöglichen, vornehmlich der Geister, aber manchmal geschahen auch Wunder.

Gott hatte eines an mir gewirkt.

Unser Kind war drei Wochen zu früh gekommen.

Sie hatten es mir aus dem Leib schneiden müssen.

Es lebte.

Ich lebte.

Zuvor hatte ich noch nie von einer Schwangeren gehört, die eine Schnittgeburt überlebt hatte. Gewöhnlich wurden Kinder, wenn überhaupt, aus dem Leib ihrer bereits verstorbenen Mütter herausgeschnitten. Schnittgeburten waren verboten.

Was mir bewusst war und mich tief in meinem wunden Körper erschauern ließ, war die Tatsache, dass die Entbindung des Antichristen stets als Schnittgeburt dargestellt wurde. Damit trat mein kleiner Martin mit einer denkbar schweren Bürde ins Leben. Ein Grund mehr, warum ich mich besonders um Schutz und Lenkung bemühen wollte. Die schreckliche Schnittgeburt hatten wir gemeinsam überstanden, ohne den jeweils anderen hätten wir vermutlich nicht überlebt. Wir hatten uns gegenseitig das Leben gerettet.

In Augustines bislang ausdruckslosem Gesicht hatte ich Helligkeit ausgemacht, als sie Martin auf dem Arm gehalten und betrachtet hatte. Helligkeit, die vielleicht daher rührte, dass ihr mit der Schnittgeburt etwas Einzigartiges gelungen war. An diesem elften November im Jahr 1483 war für mich noch nicht vorstellbar, dass mir etwas bevorstand, das die Kraftanstrengung von Martins Geburt noch übertreffen könnte.

»Margarethe, komm zu dir! Komm aus deiner Tagträumerei zurück.« Hans Luther ruckelte am Arm seiner Frau, und obwohl deren Augen geöffnet waren, wähnte Lucas Cranach sie in einer anderen Welt. Sie wirkte wie nach einem schlimmen Traum, desorientiert und verschwitzt.

Bisweilen hatte Lucas auch Alpträume und benötigte dann am Folgemorgen einen strengen Spaziergang einmal um den Marktplatz herum, um sich wieder der realen Welt zu versi-

chern. Auf der jüngsten Bestellliste für Zeichenutensilien, die
er erst vor einer Stunde vervollständigt hatte, stand der drei-
zehnte Dezember 1527 geschrieben.

»Willkommen in Wittenberg«, begrüßte er nun seine Gäste.

Hans Luther nickte und blickte gleich danach in das breite,
mehrstöckige Cranach-Haus mit den eng beieinanderstehen-
den, schier unzähligen Fenstern, das sich hinter Lucas auftat.
Es war das größte in ganz Wittenberg und lag außerdem noch
in der klangvollsten Straße der Stadt: Schlossstraße 1.

»Hattet Ihr eine angenehme Fahrt?«, erkundigte sich
Lucas, obwohl die Antwort seinen Gästen ins Gesicht geschrieben stand. In den Zügen von Hans und Margarethe
Luther las er die Erschöpfung einer vieltägigen Reise, die wenig komfortabel gewesen sein musste. Graue, fahle Haut,
dunkle Augenringe und gerötete Lider zeugten ganz deutlich
von Anstrengung und zu wenig Schlaf. Um dies festzustellen,
bedurfte es nicht einmal des geschulten Blicks des erfahrenen
Porträtmalers, der jeden Muskel und Knochen des menschlichen Gesichts kannte und dessen Regungen zu deuten wusste. Im Winter von Mansfeld nach Wittenberg zu reisen, war
niemals angenehm, selbst wenn die Luthers in einer Sänfte
hierher getragen worden wären.

»Es ging«, entgegnete Hans Luther dennoch und stieg erst
jetzt ungelenk vom Kobelwagen. Ihn schien der Rücken zu
schmerzen.

Lucas sah, dass Margarethe Luther erst jetzt wieder langsam zu sich kam. Ihr Ehemann half ihr auf Wittenberger Boden, wo sie erst einmal leicht wankte und sich sammeln musste. Dann gab Hans Luther dem Wagenführer mit dem Mansfelder Wappen auf dem Umhang Anweisung, vor dem Haus
auf seine Rückkehr zu warten. Von Martin hatte Lucas erfahren, dass seine Familie nicht mehr ohne Schutz reisen konnte,
denn die Altgläubigen benutzten nur allzu gerne Schwerter
und Messer als Waffen anstelle von Worten.

Die frühe Ankunft der Luthers brachte zwar seine Pläne

für den heutigen Tag durcheinander, aber Lucas' Freude über ihre Anwesenheit verdrängte dies. Die Aufgabe, die Lapislazuli-Lieferung vom Schmuckhändler entgegenzunehmen, würde er Hansi übertragen. Sein ältester Sohn war Lehrbursche in seiner Malwerkstatt und kannte sich mit der Reinheit des Gesteinpulvers inzwischen ebenso gut aus wie er. Die Prüfung der Einkaufslisten für die Apotheke würde er einem der anderen Lehrbuschen überlassen oder auf die erste Hälfte der Nacht verschieben.

Die Luther-Eltern kannte Lucas von Martins Hochzeit vor zwei Jahren. Die eigentliche Trauung hatte nur in kleinem Kreis mit engsten Freunden – zu denen auch er zählte – stattgefunden. Zum Hochzeitsmahl zwei Wochen später waren dann auch Martins Eltern geladen gewesen. Bereits damals hatte Margarethe Luther jene kunstvoll auftragende Haube mit den flatternden Verzierungen aus hauchdünnen Kupferblättchen über der Stirn getragen, die sie auch heute schmückte.

Lucas bedeutete seinen Gästen einzutreten. »Lasst uns erst einmal in die Wohnkammer hinaufgehen«, schlug er vor und zeigte auf die Treppe am Ende des Flures, auf der gerade sein Hausdiener erschien.

»Willkommen in Wittenberg. Mein Name ist Korbinius Hufnagel«, stellte dieser sich vor, nachdem er einen Nießer unterdrückt hatte, und nun auf sie zukam.

Lucas beobachtete, dass Hans Luther dem Diener zunickte, der sich tief und lang verbeugte. Margarethe war hingegen einen Schritt zurückgetreten. Wittenberg galt erst seit zwei Wochen als pestfrei, er verübelte ihr diese Vorsicht nicht.

»Erlaubt Ihr?« Mit ausgestrecktem Arm bat Hufnagel darum, die Umhänge des Hausherrn und der Gäste entgegenzunehmen.

Margarethe Luther behielt den ihren an. Auch Hans Luther überreichte lediglich seine schwarze Kappe, die sein ergrautes Haar freigab. Martin hatte sein welliges Haar also von ihm! Ungewöhnlich lang hatte es sein Freund getragen, als er diesen bei seinem heimlichen Besuch damals in Wittenberg als Junker Jörg gemalt hatte. Ein Bildnis, das er später hundertfach vervielfältigt hatte, um von dem Mann zu erzählen, der nicht Mönch, sondern Kämpfer war, ein Kämpfer mit Worten anstatt mit Schwertern.

Lucas zwang sich, sein Studium der lutherischen Züge an Martins Vater, die Suche nach den kleinsten Ähnlichkeiten, noch etwas zurückzustellen. »Ich freue mich, dass Ihr meiner Einladung gefolgt seid und ich Euch porträtieren darf«, überbrückte er die Stille. »Die Bildnisse sollen ein persönliches Geschenk für Martin werden. Seit langer Zeit schon vereint uns tiefe Verbundenheit.« Trotz des Altersunterschiedes von mehr als zehn Jahren – Lucas zählte inzwischen fünfundfünfzig Jahre –, schätzten Martin und er nicht nur die gemeinsame Zusammenarbeit: die Herausgabe einiger von Martins Schriften und Lucas' Bilder, die mit Martins Worten Hand in Hand gingen und eine Einheit bildeten. Sie standen sich, wohl aufgrund ihrer ähnlichen Charakterzüge, auch persönlich nahe. Beide besaßen sie eine überwältigende Leidenschaft für ihre Sache, der sie sich nicht nur tagsüber, sondern auch viele Nächte hindurch widmeten.

Martins Familie in Mansfeld war groß. Von seinen Eltern, Hans und Margarethe Luther, hatte Martin so gut wie nie gesprochen. Vielleicht war er sich lange nicht sicher gewesen, wie er Vater und Mutter beschreiben sollte. Oder gab es gar ein Geheimnis um sie? Lucas würde es herauszufinden. Ein Porträtmaler konnte, wenn er sich nur geschickt anstellte, alles erfahren. Einmal mehr bedauerte Lucas, seine eigenen Eltern zu Lebzeiten nicht gezeichnet zu haben. Der Tod der beiden vor einigen Monaten in Kronach – zuerst war der Vater gestorben und nur wenige Tage darauf auch die Mutter – war ein Verlust und hatte ihm erneut deutlich gemacht, wie vergänglich doch alles auf Erden war – solange Pinsel und Farbe es nicht festhielten. Und die Voraussetzung für ein gelungenes Porträt war neben einer gelungenen Gesprächsführung immer noch die genaue Beobachtung des Modells – eine Erkenntnis, die ihm auch während seiner jahrelangen Tätigkeit als Hofmaler immer wieder zugutekam. Und jemanden oder etwas zu beobachten, war für ihn genauso selbstverständlich wie zu atmen. Seelische Regungen und Befindlichkeiten enthielten für ihn genauso viel Aussagekraft wie Mimik und Gestik.

In diesem Moment wanderten Margarethes Augen zur Tür an der rechten Wand des Flures, hinter der das Klirren von Gläsern zu hören war. Danach wurde Margarethes Aufmerksamkeit von Stimmen abgelenkt, die durch die Tür an der gegenüberliegenden Flurseite zu ihr drangen.

Lucas deutete auf die Wand, zu der sie zuerst geschaut hatte. »Darf ich Euch aus meiner Weinstube etwas zu trinken nach oben bringen lassen?« Er hoffte, durch den ruhigen Klang seiner Stimme rasch das Vertrauen seiner Gäste zu gewinnen. Vertrauen war die Basis dafür, dass sich Hans und Margarethe Luther ihm öffneten. Und er war überzeugt davon, dass jeder Porträtmaler das Wesen seiner Modelle ergründen musste. Nur wer das Innere eines Menschen erfasste, vermochte sein wahres Antlitz zu malen. Ein Porträt war mehr als eine Formstudie von Nase, Augen und Mund. Den meisten Menschen – von Martin einmal abgesehen – stand ihre innere Verfasstheit nämlich nicht offen ins Gesicht geschrieben. Viele trugen eine Maske, die nichts von ihrem eigentlichen Wesen erkennen ließ. Oft bewirkten nur Schmerz oder Trauer, dass solche Menschen die Fassung verloren und sich dadurch ihr wahres Antlitz zeigte. Am eindringlichsten bestätigte sich dies bei jenen, die sich am Hofe des Kurfürsten aufhielten, früher bei Friedrich dem Weisen, jetzt bei Johann dem Beständigen. Seitdem Martin Wittenberg zu einer vielbereisten Stadt gemacht hatte, trugen jedoch auch immer mehr Wittenberger Bürger diese Maske wie eine zweite Haut. Wollte Lucas aber keine Maske malen, sondern ein ehrliches Bildnis, musste er zum Inneren seiner Modelle vordringen.

»Weißen Wein, bitte«, unterbrach Hans Luther seine Gedanken. »Für uns beide.«

Bei diesen Worten sah Lucas ein winziges Lächeln, eine gewisse Helligkeit, über Margarethes Züge huschen. Er befahl seinem Hausdiener, besten weißen Wein für seine Gäste in die Wohnkammer zu bringen. Was den eigenen Getränkewunsch anging, brauchte er nur zu nicken, Hufnagel wusste auch so, was er wollte.

Da trat einer seiner Maler aus der Arbeitskammer und bat ihn um die Abnahme einiger fertiggestellter Bilder. Erst danach könnte er das Signum der Cranach-Werkstatt auftragen – eine sich windende, bekrönte Schlange mit den Flügeln einer Fledermaus, die einen mit einem Edelstein bestückten Ring zwischen den spitzen Zähnen hielt. Aus der anderen Richtung tauchte nun der Weinschenk auf, und einmal mehr war Lucas, als hätten seine Bediensteten nur auf sein Erscheinen gelauert. Lucas bekam das monatliche Rechnungsbuch für den Ausschank gereicht. Von jeher prüfte er die Begleichung ausstehender Zahlungen persönlich. Auch diese Aufgabe nahm er sich für die kommende Nacht vor.

Danach stieg Lucas seinen Gästen voran ins Obergeschoss hinauf. Er liebte diesen Aufstieg, denn mit jeder einzelnen Stufe entfernte er sich mehr von der im Erdgeschoss herrschenden Geschäftigkeit. Mit jedem Schritt wurden die Geräusche aus Apotheke, Weinstube und Malwerkstatt weniger aufdringlich. Mit jedem Schritt verflüchtigte sich der Geruch von Papier und Tinten, die er für seine Druckerei im Haus am Markt ebenfalls hier im Erdgeschoss der Schlossstraße lagerte.

Erst im zweiten Obergeschoss wandte er sich wieder um und bemerkte, dass Hans Luther keuchte, was nicht weiter verwunderlich für einen Mann seines Alters war. Lucas verlangsamte seine Geschwindigkeit und fühlte sich fast so entspannt wie auf seinem morgendlichen Rundgang durch das Haus. In aller Frühe, wenn sogar die Mägde, die für die Befeuerung der Öfen zuständig waren, noch schliefen und das

Haus in völliger Reglosigkeit und Dunkelheit vor sich hin-
dämmerte, genoss er die Stille. Die liebte er fast ebenso sehr
wie die Malerei.

Bedächtig setzte Lucas den ersten Schritt in den Flur des
zweiten Obergeschosses. Neben zwei Gästekammern befanden sich hier die private Wohnkammer der Familie, seine
Schreibstube und direkt dahinter die Porträtkammer. Alle
Räume hier oben wurden durch eine Heizküche warmgehal-
ten und versprachen neben der notwendigen Ruhe auch die
gebotene Wärme. Wärme schaffte Vertrauen, und Vertrauen
beförderte Gespräche. Zuerst nur zögerlich, dann offener.
Bisher hatten sich ihm noch alle seine Modelle geöffnet.

Margarethe und Hans Luther glaubte er sogar schon ein
wenig zu kennen: Durch den vertrauten Umgang mit Martin,
der sicher von ihnen geprägt worden war. So war es bei ihm
und seinen Eltern auch gewesen. Vom Vater hatte Lucas sein
Talent zum Zeichnen geerbt und es seinerseits an Hansi, seinen Erstgeborenen, weitergegeben, der ihm in vielerlei Hinsicht erstaunlich ähnlich war. Hansi besaß sein festes, braunes
Haar und war ebenso hochgewachsen wie er. Und Hansi war
gleich ihm, was sie auf eine unbeschreibbare Weise miteinander verband, ein beseelter Maler mit dem Wunsch, von der
Welt zu lernen. Eine verjüngte Kopie seiner selbst, ihn hatte
es damals zum Lernen nach Wien gezogen.

Von der Mutter hingegen stammte Lucas' strenger Hang
zur Ordnung.

Als er seinen Gästen voran durch einen langen Flur die
Wohnkammer betrat, hatte der Hausdiener längst die Ge-
tränke gebracht und war auch schon wieder verschwunden.
Die Schnelligkeit schätzte Lucas besonders an Korbinius
Hufnagel, auf den er sich ohne Einschränkung verlassen
konnte.

Lucas bat die Luther-Eltern, Platz zu nehmen, und schloss
die Tür hinter ihnen. Sie ließen sich einander zugewandt vor
den Fenstern nieder. Jedem Stuhl hatte der Hausdiener ein

Tischlein beigestellt, auf dem ein Becher gefüllt mit teuerstem weißen Wein stand, den Lucas unten im Ausschank nur zu besonderen Anlässen über den Tisch reichte. Ein Riesling. Und den liebte er, mit grob gestoßenem schwarzen Pfeffer zu trinken. Ein besonderes Erlebnis auf der Zunge, das auf dem gegensätzlichen Geschmack von fruchtig und würzig beruhte. Und ein spannendes zugleich, denn nie wusste er, wann er auf eines der Pfefferbröckchen beißen würde. Eine von seiner Ehefrau belächelte Vorliebe, die Hansi dabei war, zu übernehmen.

»Bis zum fertigen, gerahmten Gemälde sind mehrere Schritte notwendig.« Lucas setzte sich, nahm einen langen Schluck, fruchtig gegen würzig, und pausierte kurz, um das Getränk angemessen zu genießen.

»Bevor ich mit dem eigentlichen Gemälde beginne und Ölfarben auf das Holz auftrage, werde ich eine Vorstudie erstellen.« Die Anfertigung der Vorstudie delegierte er im Gegensatz zum Farbauftrag äußerst selten. Die Vorstudie ermöglichte ihm, gegenüber seinen überwiegend adligen Auftraggebern persönlich für die Qualität der Bilder zu bürgen. Außerdem war so manch hoher Herr, wie zum Beispiel der Kurfürst, nur bereit, Modell zu sitzen und seine kostbare Zeit mit »elendigem Rumsitzen« zu verschwenden, wie seine Gnaden es auszudrücken pflegte, wenn ihn der Meister höchstpersönlich skizzierte. Nach der Vorstudie war es jedoch unabdingbar, Aufgaben an seine Werkstattmitarbeiter zu übertragen. Nur so konnte die zügige Entstehung eines Werkes gewährleistet werden.

Hans Luther lehnte sich vor und hustete ungesund. Seine Finger umschlossen den Weinbecher. »Eine Vorstudie?«

Lucas nahm einen etwas ranzigen Geruch an seinem Gegenüber wahr, ließ sich aber nichts anmerken und nickte. »Das ist notwendig, gerade für außergewöhnliche Porträts.« Er hoffte, den Luthers damit zu schmeicheln. Zudem entsprach es der Wahrheit. Schließlich waren seine Gäste die wohl bekanntesten Eltern im ganzen Heiligen Römischen Reich. Inzwischen geachtet von jedermann, der der neuen Lehre anhing.

»Eine Vorstudie ist eine Skizze, die mir als Vorlage für das eigentliche Ölgemälde dient.« Ein Pfefferkrümel kribbelte auf Lucas' Zungenspitze. »Ich zeichne sie auf Papier und werde dabei Euer Gesicht finden, Euch selbst finden. In einer Vorstudie kann ich einfacher korrigieren. Ist die Ölfarbe erst einmal auf eine Holztafel aufgetragen, sind Änderungen nur noch schwer möglich.« Allerdings bedeutete eine Vorstudie zusätzlichen Aufwand, den er bei anderen Modellen bestrebt war, möglichst zu vermeiden. Da waren die Stunden für die Skizzen-Erstellung und deren Übertragung auf die Holztafeln. Nicht zu vergessen die dickeren Malschichten in Öl, die notwendig waren, um die Linien der Skizze zu überdecken. Ganz zu schweigen von den daraus resultierenden längeren Trocknungszeiten der Farbschichten. Obwohl viele seiner Porträts ohne Vorstudie auskamen, wollte er bei Martins Eltern diesen zusätzlichen Aufwand betreiben. Lucas stellte den Weinbecher zurück auf das Tischchen. Die anstehenden Porträts waren in mehrfacher Hinsicht etwas Besonderes für ihn. Abgesehen davon, dass sie ein freundschaftliches Dankeschön für Martin darstellten, freute er sich bereits seit seinem Brief an die Luthers darauf, ein Ehepaar aus kleinbürgerlichem Stand darzustellen. Und zwar so, wie es wirklich war. Die Kleidung in ihrer Schlichtheit zu erfassen. Das Haupt des Mannes unbedeckt zu zeigen. Auch brauchte er die Spuren des Alters auf ihren Gesichtern nicht zu beschönigen. Da war kein Kurfürst oder irgendein anderer hochherrschaftlicher Repräsentant, der ihm Gestaltungsvorgaben machte. Niemand würde verlangen, dass er den Kopf größer, die Augen stechender, die Haut glatter und die Haltung noch aufrechter wiedergeben sollte. Lucas fiel das Porträt von Kardinal Albrecht von Mainz vom vergangenen Monat ein. Unzweifelhaft zeigte es die Person des Mainzer Erzbischofs, allerdings an-

ders, als er das Modell auf dem Stuhl in der Mitte der Porträtkammer ursprünglich erfasst hatte.

Das Bildnis von Martins Eltern würde er endlich wieder
einmal *ehrlich* zeichnen können. Ehrlich zu zeichnen, das
war ihm vom Vater in Kronach gelehrt worden, und danach
sehnte er sich seit langem. Dass Ehrlichkeit nur sehr selten
den Vorstellungen seiner adligen Auftraggeber entsprach,
hatte er früh lernen müssen, sich aber inzwischen daran ge-
wöhnt. Manches Mal langweilte es ihn fast, dann war er froh,
sich um seine anderen Geschäfte kümmern zu können.

»Für die Erstellung der Vorstudie benötige ich zwei Sitzungen, für jeden von Euch.« Lucas hoffte, dass die Luthers
ihre Meinung nicht wieder ändern würden, nachdem sie nun
erfahren hatten, dass ein einziges Treffen nicht ausreichte. Er
hatte diesen Umstand in seinem Schreiben absichtlich nicht
erwähnt, um sie nur ja nicht abzuschrecken. Sofort sprach er
weiter: »Es werden Pendantbildnisse werden. Dafür zeichne
ich Euch nacheinander als Halbfiguren auf einem separaten
Untergrund im Dreiviertelprofil. Zu einer Einheit werden die
Gemälde erst, wenn Eure Porträts fertig sind und Ihr als Ehepaar nebeneinandersteht. Durch ein einheitliches Format,
eine ähnliche Hintergrundgestaltung, Eure sich kreuzenden
Blicke und die einander zugewandte Körperdrehung.«

Martins Eltern ließen keinen Einwand vernehmen. Auch
ihre Gesichter zeigten keinerlei Vorbehalt, überhaupt schien
ihre gesamte Mimik nur wenig ausdifferenziert zu sein. Hans
Luther trank einen langen Schluck vom Wein. Seine Frau hatte ihr Getränk noch gar nicht angerührt, der Becher war noch
bis zum Rand gefüllt. Sie wirkte, als wäre sie mit den Gedanken noch immer nicht ganz bei ihm und seinem Vorhaben
angekommen. Seiner Kunst, die mit Druckgraphiken und
hunderten Bildabzügen von Martin einen nicht unwesentli-
chen Anteil zur Verbreitung der neuen Lehre beigetragen
hatte, wurde für gewöhnlich mehr Aufmerksamkeit entgegengebracht.

Lucas fuhr mit seinen Erklärungen fort, übermäßig viel Zeit blieb ihm nicht. Seine Erfahrung hatte gezeigt, dass ältere Modelle schnell ermüdeten. »In der ersten Sitzung beginne ich mit einer groben Skizze. Daraus entwickele ich in der zweiten Sitzung eine feinere Zeichnung, die Vorstudie. Die übernehme ich dann auf die Tafeln, auf der ich später die Ölfarben auftrage und das eigentliche Gemälde erschaffe. Für Letzteres ist Eure Anwesenheit aber nicht mehr nötig.« Das zeitsparende Porträtieren war ihm vor allem aus ökonomischen Gründen ein Anliegen. Nur zu gut wusste er zudem um die Ungeduld seiner Modelle, weswegen er auch die Vorstudie der Luthers auf ihre Gesichter zu reduzieren gedachte.

»Wann wollt Ihr mit der Skizze beginnen, Meister Lucas?«, fragte Hans Luther nun schon ungeduldiger und griff sich an den Pelzkragen seiner Schaube. Wieder hustete er, diesmal so heftig, dass sein ganzer Körper durchgeschüttelt wurde.

Lucas trank einen langen Schluck, um Hans Luther in Ruhe aushusten zu lassen. Das gebot die Höflichkeit. »Am besten fangen wir sofort an, wenn Ihr schon einmal hier seid«, schlug er dann vor.

Die Luthers schauten sich an.

Lucas fand, dass er ihnen für die Entscheidung einen unbeobachteten Augenblick geben sollte, und erhob sich. Mit seinem Weinbecher in der Hand trat er ans Fenster und öffnete es. Etwas frische Luft täte Hans Luther sicherlich gut.

Selbst im Winter riecht es in Wittenberg nach Fisch, dachte Lucas beim ersten tiefen Atemzug. Als habe sich der Geruch der Tiere, die im Sommer fangfrisch aus der Elbe verkauft wurden, in die Stadt hineingefressen. In die Häuser der Bürger, in die kurfürstliche Residenz, ja vielleicht sogar in die Stadtkirche, deren Turmspitze die höchste Erhebung um den Marktplatz herum war.

Lucas trank einen weiteren Schluck Riesling. Die intensive Würze des Pfeffers hatte sich mittlerweile in seinem Mund bis in den Rachen hinein ausgebreitet, und er rollte den Wein lan ge am Gaumen, ohne ihn jedoch hinunterzuschlucken. Vom Marktplatz her, der direkt an die Schlossstraße 1 grenzte, vernahm er ein wildes Stimmengewirr, überwiegend von Händlern. Dass ihre Ware einzigartig und heute ganz besonders günstig sei, waren nur einige der Satzfetzen, die bis zu ihm heraufdrangen. Jetzt meinte er, neben dem Fischgeruch auch feine Düfte von Kümmel und Anis auszumachen. Stand an Stand drängten sich die Bauern mit Eiern, Obst und Gemüse. Die Waren der Stoffhändler leuchteten in allen Farben. Gemeinsam mit den Schmuck- und den Eisenhändlern belegten sie den Hauptgang des Marktes. Lucas' Blick wanderte zur Ruine des Rathauses am Kopfende des Marktplatzes, vor dem Schuster und Kürschner wie jede Woche ihre Waren feilboten. Erst jetzt ließ er den Pfeffer-Riesling genüsslich die Kehle hinablaufen und atmete, als sein Mund fast trocken war, ein paar Mal tief durch.

»Dann beginnt mit Margarethe«, hörte er da Hans Luther hinter sich sagen und wandte sich wieder seinen Gästen zu.

»In der Zwischenzeit kann ich noch Geschäftliches erledigen«, fügte Martins Vater noch hinzu, der seine Schaube immer noch nicht abgelegt hatte, genauso wenig wie seine Frau ihren Umhang.

»Sehr gut, gerne.« Lucas schloss das Fenster und ließ sich wieder auf seinem Stuhl nieder. »Die Tafeln für Eure Porträts haben eine Höhe von fünfzehn und eine Breite von zehn Daumen. Das ist die gängige Größe, auf die wir für diese Art von Malerei zurückgreifen.« Die Gesellen und Meister der Werkstatt wussten dieses Format bestens zu handhaben. Mit ständig unterschiedlichen Bildmaßen zu arbeiten, verlangsamte den Herstellungsprozess unnötigerweise. »Pendantbildnisse eignen sich als Wandschmuck, Martin wird sie vermutlich in seiner Wohnstube aufhängen. Das tun immer mehr Leute, die sich porträtieren lassen.«

»Gut«, bestätigte Hans Luther, trank seinen Wein aus und erhob sich. Lucas spürte, dass der Hüttenmeister es gewohnt war, auf unterschiedliche Menschen zu treffen, ein Mann, der früher zugepackt und entschieden hatte.

Er verabschiedete Vater Luther, wobei sein Blick an dessen Stirn hängenblieb. Vielmehr an der Stirnwulst über den Augen, die im Profil stark hervortrat und die Martin in noch deutlicherer Ausprägung besaß. Neben den schräg stehenden Augen war sie das charakteristische Merkmal, das Lucas in den Porträts seines Freundes besonders herausarbeitete. Vater und Sohn waren sich zumindest äußerlich sehr ähnlich, das konnte Lucas jetzt schon sagen. Damals auf der Hochzeit hatte er kaum ein Wort mit Martins Eltern gewechselt und war ihnen auch nicht so nahe gekommen wie heute.

Lucas ließ Hans Luther von seinem Hausdiener bis auf die Straße bringen, wies einen Gesellen an, die Farben für die Skizze frisch anzurichten, und begab sich dann mit Margarethe Luther in die Porträtkammer einige Räume weiter. Beim Gehen überkam ihn der Impuls, die Frau zu stützen, doch wollte er ihr unter keinen Umständen zu nahe treten.

In der Porträtkammer angekommen, schloss er leise die Tür und bedeutete Margarethe, auf einem Stuhl mit einem roten Samtkissen in der Mitte des Raumes Platz zu nehmen. Der Stuhl war zum Fenster hin ausgerichtet, damit das Gesicht der Porträtierten möglichst viel Licht erhielt. Sie sollte entspannen, während er ihr Wesen Pinselstrich für Pinselstrich durchdrang.

Kaum hatte sich Margarethe hingesetzt, erregte das plötzlich einsetzende Geschrei seines jüngsten Kindes im Dachgeschoss des Hauses ihre Aufmerksamkeit. Ruckartig hob sie ihren Kopf, eine Bewegung, die so gar nicht zu der abwesenden, alten Frau passte. In ihre eben noch müden Züge trat nun ein wacher, lebendiger Ausdruck, und ihr trüber Blick klarte sich auf.

Lucas sah darin eine Gelegenheit, sich ihr vorsichtig zu nähern, jetzt, wo sie endlich aufmerksamer schien. »Meine Frau Barbara hat vor wenigen Wochen unsere Anna zur Welt gebracht«, sagte er erklärend und schwieg dann auch gleich wieder, um einer möglichen Erwiderung oder wenigstens ihren Glückwünschen zur Geburt Raum zu geben. Barbaras Stimme und wie froh sie über die überstandene Geburt war, hallten in seiner Erinnerung nach.

»Jedes Kind ist ein besonderes Geschenk Gottes, ein Vertrauensvorschuss an uns.«

Lucas war so sehr in Gedanken, dass er eine Weile benötigte, bis er begriff, dass nicht Barbara, sondern Margarethe Luther gerade zu ihm gesprochen hatte. Ihre Stimme berührte ihn, sie hatte zärtlich geklungen.

»Ihr habt recht, ein Kind ist ein besonderes Geschenk Gottes«, entgegnete er. War sein größtes Geschenk doch seit nunmehr fünfzehn Jahren sein Sohn Hansi, der ihm selbst dann noch ein Lächeln abrang, wenn ihn die Arbeitslast zu erdrücken drohte. Sein Ältester war talentiert, noch mehr als er im selben Alter, vor allem aber war er mitfühlend und ein aufmerksamer Beobachter. Auch Hansi wusste schon, hinter die Maske seiner Modelle zu schauen, und zeigte den ordentlichen, wohl organisierten Charakter eines zukünftigen Unternehmers.

Lucas reichte Margarethe ihren Weinbecher und dachte bei ihrem Anblick ungeduldig, dass es wohl mehr Zeit bedurfte, um sie zu ergründen. Vermutlich mehr als geplant. Während er den Brief an sie verfasste, hatte er sich vorgestellt, dass sie genauso offen und gesprächig wäre wie Martin. Auf einem der vielen Treffen mit Philipp Melanchthon und ihm hatte Martin bis in die Nacht hinein wortreich erklärt, wie er sich die Holzschnitte vorstellte, mit denen Lucas die Übersetzung des Neuen Testaments illustrieren sollte. Martins Stimme hatte sich dabei vor Eifer fast überschlagen, und Melanchthon war kaum mehr zu Wort gekommen. In solch hitzigen, den Geist kitzelnden Gesprächen nannte Martin ihn auch nicht mehr Gevatter Lucas, wie er es in ruhigeren Zeiten tat, sondern rief ihn nur noch »Meister«. Meist hatten sie dann auch schon einiges von dem teuren Riesling getrunken, an dem Margarethe Luther noch nicht einmal genippt hatte. Ob er ihr vielleicht etwas vom gestoßenen Pfeffer reichen sollte? Zur Anregung.

Ihm gefiel, wie sie vom durch das Fenster hereinfallenden Tageslicht beschienen wurde. Warm schimmernd fing es sich in den flatternden Kupferblättchen ihrer Haube, während ihre hohlen Wangen weiterhin ihr Gesicht verschatteten. Seine Mutter hatte früher einen ähnlich ausladenden Kopfputz getragen. Barbara hingegen zeigte viel mehr Haar, was er sehr reizvoll fand. *Wie verloren Margarethe in dem riesigen Stuhl wirkt, ganz anders als ihr Sohn,* dachte Lucas. Martin war so raumfüllend, so präsent. *Seine Mutter ist das genaue Gegenteil,* stellte er enttäuscht fest. Besonders wenn sie sich wie jetzt in sich selbst zurückzog und tief in Gedanken versunken war. Sie schwieg auch dann noch, als er sie nach Mansfeld fragte.

Grübelnd rückte Lucas Ennlein in Position und befestigte ein ölgetränktes Papier an ihr. Er hatte seiner Staffelei den Namen seiner jüngeren Schwester gegeben, die im Alter von drei Jahren sein allererstes Modell gewesen war. Obwohl er damals selbst nicht mehr als dreizehn Jahre gezählt und seine Ausbildung zum Maler gerade erst begonnen hatte, war ihm Ennleins Porträt gelungen, sein Vater hatte diese Einschätzung mehrmals bekräftigt. Seitdem wusste Lucas, dass er Menschen malen wollte und konnte. Mit ihrem wunderbaren Lächeln und ihrem eindringlichen Blick hatte Ennlein ihn über ihren Tod hinaus, der nur zehn Tage nach der Fertigstellung des Porträts eingetreten war, darin bestärkt, das Leben und die Menschen für die Ewigkeit festhalten zu wollen. Mit Ennlein und ihrem unverstellten Wesen hatte alles begonnen.

Lucas lächelte bei dem Gedanken an die Schwester. Das erste Bildnis eines Malers war wie das erste Buch eines Dichters oder die erste Ernte eines Bauern. Es war etwas Besonderes und besaß einen ähnlichen Zauber wie der erste Kuss.

Und der Zauber seines ersten Porträts war offensichtlich auf seine Staffelei übergegangen. Noch nie war ihm auf Ennlein ein Bild misslungen, deswegen weigerte er sich auch, jemals auf einer anderen Staffelei als ihr zu malen.

In der Porträtkammer stand Ennlein exakt zehn Fuß vom Stuhl mit dem roten Samtkissen entfernt, auch sie hatte er nach dem Licht ausgerichtet. Alles war damit am vorgesehenen Platz. Da das gegenüberliegende Haus in der Elbgasse bereits am Morgen Schatten warf, hatte er sich letztes Jahr dazu entschieden, das braune Butzenglas in jedem Fenster durch milchig weißes ersetzen zu lassen. Damit war die Porträtkammer mit den weißen, nackten Wänden der hellste Raum im ganzen Haus. Dass der Glasaustausch eine hervorragende Entscheidung gewesen war, fand er auch heute wieder. Das Papier vor ihm glänzte und schien zu rufen: Bezeichne mich! Auf dem Tisch neben Ennlein lagen Pinsel, Paletten, ein Messer und ein Wasserbehälter. Sämtliche Pinsel schlossen auf Kante ab. Wasserbecher und Palette standen ordentlich gesäubert nebeneinander.

Es klopfte an der Tür, und auf Lucas' »Ja, bitte« hin reichte Hansi die frisch angerichteten Farben in tönernen Schalen herein. Deckfarben trockneten schnell, einmal auf der Palette, mussten sie zügig vermalt werden. Lucas griff nach einem schmalen Pinsel, ohne sein Modell dabei aus den Augen zu lassen. Es bewegte sich nicht, einzig sein Brustkorb hob und senkte sich. Einmal mehr schien Margarethe die Welt um sich herum gar nicht wahrzunehmen, nicht zu sehen, wie er jetzt kleine Portionen vom Schwarz, Weiß und Braun auf die Palette strich. Die Farben waren etwas dünnflüssiger als süße Sahne und damit perfekt zum Vermalen.

Da schob Margarethe ihre Hand unter ihren Umhang und strich sich mit kaum merklichen Bewegungen über eine Stelle am Unterbauch. In ihrem Gesicht zeigte sich ein Ausdruck von Schmerz und Angst. Besorgt trat er um Ennlein herum, fürchtete er doch, dass sein Modell im nächsten Moment vom

60

Stuhl gleiten könnte. Einen Sack voller Gulden hätte er dafür gegeben, ihre Gedanken zu kennen.

Ich überstand das Kindbettfieber, und auch der Schnitt an meinem Bauch verwuchs langsam zu einer Narbe bis auf eine Stelle in der Mitte, die sich nach der Geburt entzündet hatte. Wenn es draußen stürmisch und kalt wurde, wie einst bei unserer Ankunft in Eisleben, zog sie. Sie war sowohl ein Kainsmahl wie auch der Beweis dafür, dass Wunder geschehen.

Nachdem ich Pfarrer Rennebecher die Schnittgeburt gebeichtet hatte, war er Martin nicht mehr näher gekommen und hatte sehr schlimm über Augustine geschimpft. Sicher kannte er die Darstellungen über die Geburt des Antichristen. Als Buße hatte er mir zehn Fastentage und fromme Werke aufgetragen, in meinem Fall die Begleitung der anstehenden Versehgänge im Monat Januar. Letztendlich empfahl er mir angesichts meiner heiklen Lage, einen Sündenerlass für mindestens neunzig Jahre im Fegefeuer zu kaufen, jenem Ort, an dem wir nach dem Tod unsere Sündenstrafen abbüßen müssen, bevor wir in den Himmel dürfen.

Für dessen Erwerb gab ich die Münzen hinweg, die mir meine Mutter als Notgeld zugesteckt hatte. Die Summe entsprach dem Gegenwert eines Schweines.

Ich glaube nicht, dass Hans die Schnittwunde bis dahin aufgefallen war. So gut es möglich war, ließ ich meine Gewänder beim Koitus über dem Bauch, und Hans versuchte nie, sie hochzuschieben.

In der Eisleber Zeit gedieh Martin langsam. Er war ein schwächliches Kind, ohne viel Fett und sehr anfällig für Fieber, den roten Hals und ein geschwollenes Bäuchlein. Ich versorgte ihn nach allen Regeln der Kindspflegung. Bis zum Beginn des Zahnens waren meine Milch und fromme Gebete die allein zuträgliche Nahrung. Dann wurden seine

Schultern langsam etwas breiter. Und als die ersten beiden Zähne hervorkamen, begann ich, seine kleine Zunge allmorgendlich mit einer Mischung aus Honig, Weihrauch, Salz und Süßholzwurzelsud einzureiben, damit er schnell sprechen lernte.

Weit mehr als nach Milch hungerte Martin nach Berührungen und Zärtlichkeit. Jeden Morgen noch vor dem ersten Gebet, aber erst nachdem Hans zu den Hütten aufgebrochen war, trat ich an Martins Wiege. Da griff er schon ungeduldig nach mir und gluckste vor freudiger Erwartung. Ich nahm ihn hoch, um ihn in mein Bett zu holen. Über Nacht trug er lediglich zwei Leinenhemdchen und die Wickelbinden um den Unterleib, die ich ihm in meinem Bett komplett abnahm. Ganz nackt strampelte er fröhlich vor sich hin, es sah aus, als machte er sich frei. Ich reinigte ihn gründlich, und dann, so nackt wie sie ihn mir aus dem Leib geschnitten hatten, legte ich ihn mir an die Brust. Damit er nicht fror, zog ich eine Wolldecke über ihn. Seine ersten hastigen Züge wurden von hohen, freudigen Tönen begleitet, die seinen ganzen Körper vergnüglich beben ließen. Es dauerte immer eine Weile, bis Martin in einen gedämpften, ruhigen Saugrhythmus fiel, begleitet von einem genüsslichen Schmatzen, das mich in seiner Entspanntheit an das zufriedene Schnurren einer Katze erinnerte. Leise sang ich ihm Lieder vor und streichelte ihm über die samtenen Wangen. Während er so trank, schaute er mich die ganze Zeit mit klaren Augen an, so als versuche er, sich mein Bild fest einzuprägen.

Meine Mutter hätte mich für diese Nähe gescholten. Es ziemte sich nicht, so Haut an Haut, außer man war ehelich verbunden. Mutter war immer für mich da gewesen, dafür liebte ich sie auch sehr, aber berührt hatten wir uns selten.

Augustine hatte mir diese besondere Nähe empfohlen, und ich wollte all das wiedergutmachen, was ich Martin mit der Schnittgeburt angetan hatte. Nach anfänglichem

Zögern hatte ich es mit der körperlichen Nähe ausprobiert, und bereits beim ersten Versuch, zwei Wochen nach Martins Geburt, hatte er dabei vor Freude zu quietschen begonnen. Und jedes Mal, wenn er sich an meine Brust schmiegte, fühlte ich diese wunderbare Wärme seines kleinen Körpers auf meinen übergehen. Nie hatte ich das Wunder des Lebens so intensiv gespürt wie mit Martin in den Morgenstunden. Wenn er satt war, strich ich ihm über die Schultern, bewegte seine Gliedmaßen vorsichtig und pustete ihm über den Leib. Das ließ ihn jedes Mal so sehr glucksen, dass Spuckebläschen in seinen beiden Mundwinkeln schäumten. Wenn ich dann damit aufhören wollte, hielt er mich an der Hand fest und verzog sein Gesicht ganz unglücklich. Oft machte ich dann so lange weiter, bis er wohlgenährt unter der Wolldecke an meiner Brust einschlief.

Da das Einbinden bei ihm oft mit Tränen einherging, begann ich meistens erst damit, wenn er nach der Morgenmilch tief und fest schlief. Er mochte es nicht, doch es war notwendig. Die Glieder von Kindern haben wegen ihrer Zartheit eine fließende Struktur und können die unterschiedlichsten Formen annehmen, auch kranke, wenn man sie nicht in die richtige Position bindet. Im schlimmsten Fall können Arme und Beine sogar abfallen, weswegen ich keinen einzigen Tag auf diese Prozedur verzichtete. Kinder mit Verformungen hatten es schwerer im Leben, und diese Last wollte ich Martin nicht auch noch aufbürden.

Als Erstes wickelte ich seine Arme in Leinen ein, so dass nirgendwo mehr ein Stück Haut zu sehen war. Nicht einmal seine Finger kamen noch zum Vorschein, auch sie durften sich nicht verformen, damit er später eine Feder führen konnte. Dann packte ich weiche Wolle unter seinen Steiß und auf die Stellen am Rücken, auf denen er tagsüber lag. Vorsichtig drückte ich ihm die Arme an den Leib und streckte seine Beinchen durch, so gut es ging, um ihn nicht aufzuwecken. Zwischen die Schenkel kam ein extra dickes Leinentuch für seine Notdurft. Zuletzt schlug ich das lange Tuch um seinen gesamten Leib wie bei einem Krautwickel, bei dem man zuerst das untere Ende einschlägt und dann zu wickeln beginnt. Einzig sein Köpfchen mit dem flaumigen Haar schaute nun noch heraus, wie bei einer Larve. Damit alles den Tag über zusammenhielt, verschloss ein Band das Bündel.

Schon damals wünschte ich, dass Martin seinem Vater gefiele, schließlich war er der erstgeborene Sohn. Jedes Abendgebet handelte davon. Aber den Kränkeleien unseres Sohnes begegnete Hans eher mit Ungeduld, zudem fand er, dass ich Martin zu sehr umsorgte. Er wusste ja nichts von der Schnittgeburt! Hans verlangte es nach einem starken, widerstandsfähigen Kind. Schon damals war er überzeugt, dass unserem Sohn durch eine Schulung in den Sieben Freien Künsten und eine vorteilhafte Heirat der Aufstieg in eine höhere Schicht – als Jurist, Ministerialer oder Syndikus – gelingen würde. Martin sollte vollbringen, was er nicht erreicht hatte. Hüttenleute standen Juristen im Ansehen um vieles nach, auch wenn sie sich noch so vornehm kleideten.

Die Konzentration meiner Zuneigung auf meinen Sohn hielt noch so lange an, bis ich im Jahr 1484 erneut schwanger wurde und meine Gedanken nicht mehr nur bei Martin sein durften.

In Eisleben, wo wir kein ganzes Jahr blieben, war Hans kaum zu Hause gewesen. Wenige Tage nach dem Festtag der heiligen Anna, es war an einem heißen Sommertag, hatten wir Mansfeld erreicht. Damals wusste ich bereits, welch wichtige Rolle die heilige Anna für den Bergmann spielte. Für Maria, die Tochter der heiligen Anna, stand der Mond, der silberne. Für Annas Enkel Jesus, die Sonne, die goldene. Anna war damit das Bergwerk, das Gold und Silber hervorgebracht hatte. Ihr Schoß war für den Bergmann, was der Boden für den Bauern war. Fast täglich baten die Bergleute um Annas Segen. Berührt hatte ich diesen Brauch übernommen und setzte auf Anna all meine Hoffnung, um die Trennung von Christina zu überwinden. Es half nicht. Der geheime Wunsch, meinem Kind in Möhra doch noch etwas Gutes zu tun, überfiel mich immer häufiger, obwohl sie es mir verboten hatten.

Die Landschaft um Mansfeld herum wurde großflächig durch Schächte, Halden und Schlackeberge geformt. Sie umgaben die Stadt wie eine Kette und erinnerten mich an Fesseln, die Gliedmaßen oder den ganzen Körper zur Reglosigkeit verdammten. So weit ich auch schaute, erblickte ich keinen einzigen Wald, nur hier und da dürftigen Niederwuchs. Ein Großteil des Baumbestandes war gerodet worden, um die Erzlagerstätten darunter freizulegen. Zudem benötigte man Holz als Brennstoff für die Schmelzöfen.

Wir betraten Mansfeld durch die Rabenpforte. Hans kannte den Wächter bereits und wurde ohne Fragen eingelassen. Gemeinsam mit dem Hüttenmeister Lüttich hatte er die ersten Feuer im Mansfelder Revier gepachtet und war damit auch Hüttenmeister.

Mansfeld war ein trüber Ort. Alles war grau und schwarz. Die Dahlien und Hortensien, selbst die vereinzelten Kiefern und Lärchen wirkten wie ausgebleicht. Nie war ich an einem farbloseren Ort gewesen. Am bedrückendsten wirkten auf mich die tief hängenden Rauchwolken der Meiler, Feuer und Röststadel, die Hans bald mitschüren würde. Nicht einmal den Himmel konnte ich mehr sehen. Selbst im Sommer, so schien es mir, gab es hier keine langen, hellen Nächte. Die Mansfelder lebten unter einer ständigen Wolkendecke, die mich husten ließ und kleinste Aschepartikel durch die Luft schickte.

Unberührt von all der Trostlosigkeit unserer neuen Heimat brabbelte Martin, den ich vor dem Bauch nah an meinem Herzen trug, unbeschwert vor sich hin. Insgeheim war ich noch nicht frei von dem Gedanken, dass die Schnittgeburt auch nach dem ersten Lebensjahr noch schlimme Folgen für ihn haben könnte. Mein Morgengebet war voll der Bitten um Gegenteiliges. Laut las ich Martin dabei aus meinem Beichtbüchlein vor. *Wir begehren Gnade, Ablass und Unterweisung.*

An diesem ersten Tag in Mansfeld waren viele Menschen unterwegs. So viele hatte ich in Eisleben nicht einmal während unseres neunmonatigen Aufenthalts gesehen, was aber daran lag, dass ich unser Heim so selten verlassen hatte. Hans führte mich vor das Rathaus, zeigte mir den Markt und die Scherren hinter St. Georg und das Tal, wo ich von nun an Fleisch und Brot kaufen würde. Beinahe alle Häuser des Ortes reihten sich vom Rathaus aus gesehen links und rechts entlang der abfallenden Straße.

Mansfeld erinnerte mich ein bisschen an das hügelige Eisenach. Die Stadt lag auf dem mittleren und niedrigsten von drei Hügeln und wurde zu beiden Seiten von einem Tal begrenzt. Stolz führte mich Hans zu unserem Haus. Ihm schienen die schwebenden Ascheflocken in der Luft nicht aufzufallen, zumindest störten sie ihn nicht. Ich wischte mir die grauen Punkte immer wieder von der Kleidung in der Hoffnung, der Ascheregen höre bald auf. Hin und wieder grüßte mein Ehemann einige vorbeieilende Herren. *Ja, hier ähneln ihm die Leute weit mehr als in Eisleben,* dachte ich. *Sie sind ständig in Eile.*

Was mir ebenfalls auffiel, war, dass sich die Menschen hier trotz der Hast ausnahmslos höflich begegneten. Die Bergleute und die den Bergbau unterstützenden Handwerker wie Schmiede, Wagenmacher und Köhler bildeten eine Gemeinschaft, die auch in wirtschaftlichen Nöten zusammenstand, wie ich schon in Eisleben erfahren hatte. Ein jeder, der mit dem Berg zu tun hatte, ungeachtet ob einfacher Hauer oder Hüttenmeister, gehörte dazu.

Ich bemerkte, wie Hans' Blick über die Dächer der Häuser zum Schloss der Grafen hinaufglitt. Der mächtige Bau auf dem höchsten der drei Hügel schien greifbar nah, wäre da nicht das trennende Tal gewesen. Auch die Dächer des Schlosses wurden vom Hüttenqualm verdeckt, sicher das Einzige, was die edlen Herrschaften mit den Bürgern Mansfelds gemeinsam hatten. Die Grafen kamen selten in die Stadt und waren einander wohl spinnefeind, obwohl sie doch eine Familie waren, was ich nicht verstehen konnte.

Hans lächelte, als er vor unserem Haus ankam. Es tat gut, ihn einmal innehalten zu sehen. Es war die erste Freudensbekundung, seitdem wir Möhra verlassen hatten. Nicht einmal unserem Sohn, der immerhin schon die ersten Worte herausbrachte, war es gelungen, Hans ein kleines Lächeln abzuringen.

Ich schaute mir unser Heim von außen genauer an. »Und unsere Nachbarn? Bist du ihnen schon begegnet?« Ich zeigte auf die Fenster linker Hand des überbauten Tores, vor dem wir standen.

Hans schwoll die Brust. »Das ist alles unseres, Margarethe!«

Vor Schreck war mir danach, mich zu bekreuzigen.

Als Nächstes eröffnete mein Ehemann mir, dass wir uns erst einmal keine Magd leisten könnten, die für uns einkaufte und im Haushalt half. Alles Geld samt meiner Mitgift hatte er in unser Haus und die Schmelzhütten gesteckt.

Ich nickte wenig überzeugt. Insgeheim hoffte ich immer noch auf Vaters Menschenkenntnis. Er hatte Hans für einen Mann gehalten, der wusste, was er tat, und zu Großem fähig war. Im Gegensatz zu Hans' jüngerem Bruder, den sie Hänschen nannten. Er war dem Hartgebrannten verfallen und keiner Schlägerei aus dem Weg gegangen. Wenn Vater mich in Möhra in Hänschens Nähe gesehen hätte … die Ahne hatte ihren ungeliebten Enkelsohn mehr als einmal aus dem Haus getrieben, weil er ihr Groschen gestohlen hatte, um mehr Branntwein kaufen zu können. Just in diesem Moment vor unserem Haus erschien mir wieder das zornige Gesicht der Ahne, und wie sie mit ihrem Stock mehrmals hintereinander durch die Luft peitschte, wenn sie ihren Worten mehr Nachdruck verleihen wollte. Ihre Stimme war immer hell und klar wie die eines jungen Menschen gewesen, ihre Ausstrahlung bedrohlich und faszinierend zugleich.

Ich schaute Hans an, der seine vehemente Art ganz eindeutig von seiner Großmutter geerbt hatte. Seine Eltern waren zurückhaltender gewesen.

»Das Vorderhaus enthält alle Wohnräume«, erklärte Hans weiter. »Hinten sind noch ein Hof mit einer Scheune und ein Wirtschaftsgebäude. In der Scheune wirst du unsere Tiere verpflegen und dahinter im Garten Gemüse für uns anbauen.«

Als Tochter eines Ratsherren sollte ich Ställe ausmisten und Unkraut jäten? Vater hätte sich empört, ich schwieg jedoch. Von Möhra war ich harte körperliche Arbeit zwar gewohnt, doch in unserer neuen Heimat hatte ich mir Erleichterung erhofft. Zum Dreschen hatten sämtliche Frauen und, soweit schon alt und kräftig genug, auch die Kinder mithelfen müssen.

Noch immer war ich beeindruckt und erschrocken zugleich von dem riesigen Gebäude vor uns, das wie ein Bollwerk auf mich wirkte. Es war mehr ein Anwesen als ein Haus, passend zu einem gutsituierten Bürgerpaar, das die Früchte seines beruflichen Erfolges mit einem Prachtbau krönte.

»Es ist sehr groß«, bemerkte ich vorsichtig. Schon das gewaltige, überbaute Flügeltor in der Mitte, das das Haus in zwei Hälften teilte, hatte meine Augen größer werden lassen. Nun dachte ich, dass dieser Bau mit vielen Menschen gefüllt werden müsste, damit in seinem Inneren keine Leere herrschte.

Hans unterbrach mein stummes Zählen, wie viele Tage

es noch bis zu den Zwölfnächten hin war: »Die Familie Kelner hat es mir für einen guten Preis überlassen. Ich kann es über zwanzig Jahre hinweg abbezahlen.«

Eine Verpflichtung für eine so lange Zeitspanne? Ich schluckte schwer. Ob der Forstmann uns nicht vorher …

»Wir bezahlen den Hauszins zuerst in Hühnern, und wenn ich weiteres Land erwerben kann, auch in Getreide«, fuhr er fort.

Und all das ohne eine Magd? In Gedanken sah ich mich in diesem riesigen Haus, und wie ich immer kleiner wurde. Sah, wie ich mein Kind nicht mehr wiederfand in den vielen Räumen, und wie mühselig es sein würde, diese tagsüber einigermaßen hell und vor allem warm zu halten.

»Ich schaffe das«, sagte ich schließlich, mehr um mich selbst zu ermutigen. Erst aufgrund des Hauses wurde mir bewusst, was für große Träume der Bauernsohn aus Möhra zu verwirklichen versuchte.

»Davon gehe ich aus«, erwiderte Hans und schloss das Tor auf. Er führte mich herum. In der linken Haushälfte befanden sich die Küche, eine kleine Stube mit Ofen, der von der Küche aus geschürt wurde, ein Abstellraum und einige Kammern unterm Dach, in denen wir und die Kinder schlafen würden.

In der rechten Haushälfte waren eine zweite Küche, eine große Stube und, ebenfalls im Dachgeschoss, weitere Schlafräume für Gäste. Einige Möbel standen bereits an Ort und Stelle. Unser Eisleber Hausrat war dieses Mal vor uns eingetroffen. Darunter befanden sich auch die Geschenke meiner Mutter zur Hochzeit, die Hans in Eisleben teilweise aus Platzgründen in den Keller verbannt hatte: das Silberbesteck und gute Stühle aus meinem Elternhaus, die mich stets an meine Herkunft erinnern sollten. Die geschnitzten Figuren an den Lehnen der Möbel ließen mich an Johannes denken und wie er mit einem Blatt Papier und etwas Kohle versucht hatte, die Motive abzupausen, um sie später in der Schule für einen Pfennig das Stück zu verkaufen. David hatte ihm dabei geholfen.

Wir gingen in den Keller und sahen uns danach die Scheune und das Wirtschaftsgebäude an. Jeder einzelne der mehr als ein Dutzend Räume wurde aufmerksam durchschritten.

Dann musste Hans los, Meister Lüttich traf ihn *Bei der Heide*, einem ihrer Schächte, und er konnte es kaum noch erwarten, dorthin zu kommen. Hans ließ mich mit Martin in dem leeren Haus zurück.

Eine Weile stand ich nur reglos da und lauschte den unbekannten Geräuschen. Es war kalt wie in einem Grab. Vermutlich war hier erst jüngst jemand verstorben. Vielleicht vor Einsamkeit?

Ich presste Martin im Tragetuch fest an meine Brust. Aschestaub aus der Mansfelder Luft hing ihm an den inneren Lidwinkeln, wo sonst Schlafkörnchen klebten. Ich säuberte sie ihm. Ungeachtet dessen, begann er zu kauen, ein Zeichen dafür, dass es Zeit für den Karottenbrei war.

Wir gingen in die Küche des linken Hausflügels, wo ich alle Unschlittlichter anzündete, die ich finden konnte. Dann heizte ich den Kachelofen an und machte Feuer in der Kochstelle. Endlich wurde es heller im Raum, und mein Sohn musste nicht länger frieren. Zuletzt war das Holz in Eisleben knapp gewesen. Da hatte ich Martin die gesamte Zeit über an meinem Leib getragen, doppelt dick in Leinen eingewickelt. Und ihm vorgesungen. Wie ich es auch jetzt tat, während ich seine Mahlzeit zubereitete. Er lehnte sein Köpfchen an meine Brust, als lausche er den Tönen meines Herzens. Augenblicklich war er ruhig, nicht einmal sein Husten kam mehr durch, der ihn die vergangenen Wochen gequält hatte. Obwohl er noch keine vollständigen Sätze sprechen konnte, war es dennoch so, als könnten wir uns unterhalten und jedes Wort und jede Gemütsregung des anderen verstehen. In solchen Momenten ließ er mich die Einsamkeit vergessen. *Heilige Anna, dafür danke ich dir.*

Hans' Welt lag fern unseres großen Hauses und den leeren Räumen. Sie spielte sich in den Hütten und Schächten ab, bei Gesprächen mit den Herren der Saigerhandelsgesellschaften, bei Diskussionen des Rates mit anderen Hüttenmeistern und bei Einzelheiten ihrer Vertragswerke. Am häufigsten sprach Hans mit Meister Lüttich über den Kauf neuer Feuer. Regelmäßig stieg er selbst in den Berg hinab, begutachtete dort den Verlauf der Erzflöze und die Arbeit seiner Leute. Wenn er abends nach Unschlittqualm roch, wusste ich, dass er wieder im Berg gewesen war. Die Hauer und Treckjungen trugen Unschlittlampen auf ihren Köpfen, und in den schmalen Gängen saugte ihre Kleidung den Unschlittrauch auf wie ein Schwamm das Wasser. Wenn Hans nach einem Tag im Bergwerk über mich kam, musste ich so manches Mal meinen Kopf wegdrehen, weil mir der ranzige Geruch so unangenehm war.

Nur selten bekam ich von seinen Geschäften etwas mit, außer wenn er im Schlaf davon sprach oder vor sich hin schimpfte. Ihn danach zu fragen, wagte ich nicht. Das Einzige, was ich von seiner Arbeit wusste, war, dass sie in den Hütten durch mehrmaliges Rösten und Schmelzen in den Feueröfen viele nutzlose Bestandteile aus dem geschlagenen Erz herausholten, so dass silberhaltiges Schwarzkupfer übrig blieb.

Jeden Tag hatte ich Angst um die gesamte Unternehmung und betete inbrünstig. In den ersten Jahren war der Rosenkranz mein ständiger Begleiter. Mehrmals täglich rief ich die heilige Anna an – die eine Hand auf meinen gewölbten Leib gelegt, die andere um Martins eingebundene Schultern.

Mir war das Innere des Berges unheimlich – und ebenso die Schmelzhütten mit ihren tausend Feueraugen, den Öfen und der grauen Ödnis –, der Hölle so ähnlich. In der feuchten, lichtlosen Dunkelheit im Berg versammelte sich so vieles, vor dem ich mich fürchtete: Die Ahne hatte Berggeister gekannt und von ganzen Zwergensiedlungen unter Tage erzählt, wo reinste Edelsteine gefördert würden.

Die erste Zeit in Mansfeld dachte ich jedoch nicht allzu oft an Berggeister, denn unser Hausstand wuchs stetig und verlangte meine volle Aufmerksamkeit. Bald besaßen wir sogar zwei Pferde, die Hans jeden Morgen mit zu den Hütten nahm. Sie zogen Karren mit Brennholz und Kohle bis an die Öfen heran und brachten das Erz aus dem Berg zur Hütte. Ich kämpfte vor allem mit dem Haushalt, einem Dutzend Hühnern, dem Gemüsegarten, in dem nichts richtig anwuchs, und der Übelkeit, die mich bei jeder schnellen Bewegung und bei langem Stehen überkam. Mein Bauch wuchs beständig, und es gelang mir sogar, die kleine Stube in der linken, der hellen Haushälfte, etwas herzurichten. Die rechte, dunkle Hälfte mied ich soweit als möglich. Dort war es seltsam düster, was – glaube ich – nicht nur an den kleineren Fenstern lag.

Stets fror ich in dem großen Haus. Es war, als ob mich der Forstmann beständig im Auge behielte und nur auf seine Chance wartete: meine nächste Geburt?

Augustine aus Eisleben, die einige Schwangere in Mansfeld versorgte, meinte, ich würde zu Beginn des Jahres 1485 niederkommen. Sie sollte auch mein nächstes Kind entbinden. Einer anderen Hebamme hätte ich meine Schnittnarbe erst erklären müssen.

Das wenige Holz, das ich im Wald sammeln konnte, reichte nicht, um Martin und mich warm zu bekommen. Kein Wunder, dass er des Morgens immer länger bei mir bleiben und unsere Zweisamkeit genießen wollte. Auch bestand er weiterhin darauf, dass ich ihm über die Schultern strich sowie seine Beine und Arme bewegte. Hatte er früher schmatzend an meiner Brust gesaugt, schmiegte er sich nun einfach eng an meinen Leib. Trotz aller Anstrengungen wünschte ich in diesen Momenten, dass er nie größer oder selbständiger werden und eines Tages sogar ein Leben ohne mich führen würde. Das war selbstsüchtig von mir, weshalb ich es auch beichtete.

Beim Holzsammeln durfte nur Astholz mit geringem Durchmesser mitgenommen werden, hochwertiges Stammholz war allein dem Bergbau vorbehalten. Inzwischen wurde das Holz schon aus anderen Grafschaften herangefahren. Es war teurer geworden als Fleisch, und weil das so war, brachte Hans glühende Schlacke aus den Hütten mit nach Hause. Wir erhitzten damit Wasser, was zwar unangenehm roch, aber dennoch willkommen war.

Im Laufe der Monate lernte ich außerdem, Ratten zu schätzen. In den ersten Tagen in Mansfeld hatte ich noch Essigwasserschälchen in der kleinen Stube aufgestellt. Doch wo Bergbau betrieben wurde, tötete und verscheuchte man die Nager nicht einmal aus den Wohnhäusern, damit sich ihre Art weiterhin im Berg nützlich machte, wo sie als Warner dienten. In Möhra waren es Singvögel gewesen. Ratten konnten viel aushalten, sofern sie aber anfingen, wild fiepend umherzulaufen, war die Luft wirklich giftig: Das unverkennbare Signal für die Bergleute, den Schacht so schnell wie möglich zu verlassen. Ungünstige Wetter im Berg hatten schon so manchem Krummhals, wie die Hauer wegen ihrer berufsbedingten Haltungsfehler genannt wurden, das Leben gekostet.

Wir waren gerade fünf Monate in Mansfeld, da gebar ich am dreizehnten Januartag des Jahres 1485, genau wie Augustine es vorhergesagt hatte, unser drittes Kind, eine Tochter. Wir tauften sie auf den Namen Margarethe, nach Hans' Mutter und mir, riefen sie aber nur Grete. Zu dieser Zeit nannte mich Martin schon *Hanna*, er musste es bei Johannes' jüngstem Besuch anlässlich Gretes Geburt aufgeschnappt haben.

Wieder fesselte mich danach das Kindbettfieber für einen gesamten Monat ans Bett. Auch entzündete sich die nie vollständig abgeheilte Stelle in der Mitte der Schnittnarbe erneut und eiterte. Martin musste lange auf unsere gemeinsame Morgenzeit verzichten. Inzwischen band ich ihn auch nicht mehr, seine Gliedmaßen waren inzwischen stark genug. Augustine mit den Riesenhänden stand mir während dieser Zeit zur Seite. Nur zähneknirschend war Hans auf meine Bitte eingegangen, Augustine für drei Pfennige nach Mansfeld holen zu dürfen. Hans hatte trotz des guten Preises gezögert, weil man schlecht über die Hebamme redete, aber krank oder gar tot war ich meinem Ehemann nicht von Nutzen. So gab er schließlich nach.

Seitdem Grete auf der Welt war, schrie sie. Wenn sie hungrig oder nass war, war es ein normales Schreien, dessen Melodie mir schon von Martin vertraut war. Insgeheim atmete ich auf, wenn es nur das war. Denn vor dem anderen Schreien entwickelte ich geradezu Furcht. Es begann normal, schwoll dann aber an und war geradezu ohrenbetäubend. Als ob sich Grete entsetzliche Wut aus dem puterroten Leib schreien müsse. Sie warf dann auch ihren Kopf umher und bäumte sich mit einer Kraft auf, die man bei einem zarten Säugling niemals vermutet hätte.

Ich nahm sie dann hoch, wiegte und streichelte sie, doch nichts beruhigte mein Kind. Meine Brustwarze, die vor Milch troff, wurde ein ums andere Mal von ihr ignoriert. Anders als Martin schien Zärtlichkeit sie eher abzustoßen. Selbst mein leiser Gesang, der Martin immer beruhigte, war ihr nicht angenehm. Grete brüllte dann nur noch lauter. Manchmal verging darüber ein halber Tag, und ich dachte oft, sie würde das nicht überleben, so rot wie sie im Gesicht war. Irgendwann rieb ich Gretes Körper mit Eichelöl ein, so wie es mir meine Mutter in einem Schreiben geraten hatte, doch auch das änderte nichts. Als ich Hans meine Ratlosigkeit gestand, warf er mir vor, dass sich zwei unserer Hennen, die für die Zahlung des Hauszinses gedacht gewesen waren, zu Tode gehackt hätten, weil ich, verdammt noch mal, das Kind nicht ruhig bekam. Grete musste die im Haus herrschende Kälte gespürt haben. Es war, als wollte der übermächtige seelenlose Bau uns in die Knie zwingen, als wiese er uns von sich. Ich konnte nicht mehr tun, als sie dreifach in Leinen zu packen.

Grete tat sich schwer im Leben, obwohl Martin doch das Kind war, das den schwereren, weil unchristlichen Start ins Leben gehabt hatte. Er hustete von der dreckigen Mansfelder Luft, und er schlief unruhig. Ich fühlte mich schlecht ihm gegenüber.

Ich wusste nicht, ob es Hans, das schlechte Gewissen gegenüber Martin oder die Verzweiflung wegen Grete war, die mir zunehmend den Appetit raubte. Vielleicht war es auch die Enttäuschung darüber, dass im Garten nichts anwuchs und Hans mit jedem Tag sparsamer wurde. Ich sei doch die Frau des Hüttenmeisters Luder, sprach man mich mehrmals auf der Straße an, und ob ich nicht einmal auf einen Besuch vorbeikommen wolle. Ohne Magd und Knecht gehörte mein Tag jedoch dem Garten, den Tieren, den Kindern und dem übermächtigen Haus, dem ich nicht gewachsen war, so sehr ich mich auch anstrengte und Hans' Anforderungen genügen wollte.

Zuerst hatte ich das Essen vor lauter Arbeit einfach vergessen, dann aber kam der Hunger einfach nicht mehr zurück. Sicher hatte mich auch die zermürbende Pein, Christina im Stich gelassen zu haben, darben lassen. Schließlich ging es sogar so weit, dass ich würgen musste, während ich die Mahlzeiten zubereitete. Wie an dem schrecklichen Tag im Jahr 1485, an dem das große Essen anstand. Hans hatte die Familie Lüttich aus Eisleben, die Bachstedters, die Reinickes, Frankes und einen hochgewachsenen Herren von der Montanbeamtenschaft der Mansfelder Grafen eingeladen. Zu diesem sollte ich besonders höflich sein, hatte Hans mir eingeschärft. Er war derjenige in der Runde, in dessen Macht es stand, die Pachtkonditionen zu unseren Ungunsten zu verändern, so dass weniger für uns zum Leben übrig blieb. Der Montanbeamte, so hatte mir Hans erzählt, besäße sogar so großen Einfluss auf die Grafen, dass er Kündigungen bestehender oder die Verweigerung neuer Verpachtungen herbeiführen könne. Hans war davon überzeugt, dass der Montanbeamte nicht zögern würde, ihm einige Feuer wegzunehmen, sollten wir ihm nicht vertrauenswürdig und vor allem geordnet erscheinen. Zu Vorfällen dieser Art musste es auch schon gekommen sein. Die anderen Gäste beim großen Essen waren Hüttenmeisterfamilien und sogar im Besitz von Erbfeuern. Sie hatten die Hütten also nicht wie Hans für eine gewisse Zeit von den Grafen gepachtet, sondern gaben sie von Generation zu Generation als Erblehen weiter.

Vermutlich hatten die geladenen Familien noch nie anders gelebt als unter dem Aschemantel und den Rauchwolken. Vielleicht vermissten sie die Sonne hier am Rande der Erdscheibe schon gar nicht mehr. Eine schreckliche Vorstellung, allein aus diesem Grund fühlte ich mich unter ihnen wie das schwarze Schaf.

Ich hatte die Vorbereitungen für das Essen auf drei Tage verteilt. Hans hatte gefüllte Tauben, weißes Brot und Holundermus gewünscht. So etwas hatten wir in Möhra trotz der guten Ernteerträge nie gegessen. Der Anstand gebot es aber, wie ich von Eisenach her wusste, noch einen Gang vor dem Fleisch zu reichen. Die Marktfrau empfahl mir Grünkohl mit Rinderbrühe. Entgegen seiner üblichen Knauserigkeit kam Hans am Vorabend mit Muskat, Ingwer, Rohrzucker und einem prall gefüllten Salzfass nach Hause. Wieder roch er ranzig wie die Krummhälse. Ich verdrängte den Gedanken, wie viele Tage wir allein von den Ausgaben für die Gewürze eine Magd und einen Hofknecht hätten bezahlen können.

Dann aber riss ich mich zusammen, hatte meine Mutter

mir zuletzt doch geschrieben, dass schon alles gut werden würde. Hans sei bestimmt sehr fleißig, und er halte das Geld schließlich für die Familie zusammen.

In diesen Tagen kam meine Seele allein bei Gott zur Ruhe. Er war mein Fels, worin mich der Herr Pfarrer bestätigte.

Zur Vorbereitung des großen Essens benötigte ich etwas Überwindung, um alleine in die große Stube der düsteren rechten Haushälfte zu gehen. Ich glaube, wir hatten diesen Teil des Hauses seit unserem Einzug kein einziges Mal mehr betreten. Ich zündete dort zwei Dutzend Unschlittlichter um mich herum an. Erst zum Essen würde ich die Kerzen verwenden. Eine Hauswurzrosette schob ich hinter die Unschlittlampe beim Fenster. Ich wollte sichergehen, dass die rechte Haushälfte vor Blitzen geschützt war. Ein entsprechendes Gebet hatte ich schon am Morgen gesprochen, während Hans sich seine beste Kleidung angelegt hatte: ein Wams und darüber eine dunkelbraune Robe. Das Haar hatte er sich am Vortag eigens stutzen lassen. Vom Tag unserer ersten Begegnung an war es dünn und zart gewesen, wie der Flaum von jungen Vögeln, genauso wie bei Martin. Der Augenausdruck unterschied sich bei Vater und Sohn jedoch erheblich. Anders als bei Hans spiegelte sich in Martins Augen jede Gemütslage deutlich wider, und immer blickten sie aufmerksam in die Welt, beinahe zu aufmerksam für ein Kind. Was auch immer er empfand, vermochte ich, in seinen Augen zu lesen.

In der Küche musste ich mich immer wieder hinsetzen, weil mir die Beine einzuknicken drohten und mir übel vom Geruch der Speisen wurde. Um nichts in der Welt konnte ich mir in diesem Augenblick vorstellen, etwas essen zu müssen. Grete, in einem Tuch auf meinem Rücken, schrie wie immer. Dabei war sie doch schon acht Monate alt. Als Martin die Tauben am Spieß einer gründlichen Begutachtung unterzog, betete ich Ruhe herbei. Nur für diesen einzigen Abend.

Ich glaube, für Hans hatte es bisher noch keinen wichtigeren Tag in Mansfeld gegeben. Er hoffte sehr darauf, gute Verbindungen zu den anderen Hüttenmeistern herstellen und weitere Feuer erwerben zu können. Zudem ging es bei dem Essen auch darum, dass die Hüttenmeister den gräflichen Montanbeamten für sich einnehmen wollten, denn der herrschte im Auftrag der Grafen auch über die Abgaben, die für die Erbfeuer zu leisten waren. Bisher waren Herrenfeuer mit weniger Abgaben als Erbfeuer belastet. Die Besitzer der Erbfeuer zahlten den Kupferzehnt an den Grafen, der bei den derzeit großen Produktionsmengen erheblich ausfiel. Der fixe Abgabenbetrag in Form des Pachtzinses, der von den Hüttenmeistern der Herrenfeuer an den Grafen ging, fiel deutlich geringer aus. Eine Regelung, die wohl in Zeiten kleinerer Produktionsmengen festgesetzt worden war.

Für mich war das Essen der Eintritt in Hans' Welt. Ich hoffte, dass er endlich einmal zufrieden mit mir sein würde. Sorgfältig deckte ich die Tafel in der großen Stube ein. Mutters Silberbesteck kam zum Einsatz. Ich lächelte, als mich die Erinnerung an unbeschwerte Zeiten in Eisenach überkam.

Ein greller Schrei aus der Küche holte mich ins Hier und Jetzt zurück. Ich rannte, denn es war Martins Stimme gewesen. Ich fand ihn weinend vor der Kochstelle vor. Grete auf meinem Rücken war urplötzlich verstummt.

Mit weit aufgerissenen Augen hielt mir Martin seinen Finger entgegen. Nicht Schmerz, sondern Schreck stand in seinen Augen. »Tut weh, Hanna. Tut weh!«

Sofort tauchte ich seine Hand in den Eimer mit kaltem Wasser, in dem ich zuvor die Tauben gewaschen hatte, und strich meinem Sohn beruhigend über das Haar. Für ihn zu singen, wagte ich nicht, weil Grete endlich einmal still war.

Stattdessen presste ich ihn ganz fest an mich. Er wiederum schlang seine Arme um mich und schluchzte mit kindlicher Stimme: »Meine Hanna.«

Ich weiß, wir hatten gerade zu wenig Zeit füreinander. »Ja, ich bin deine Hanna«, entgegnete ich und strich ihm über die Wangen, woraufhin er meine Geste erwiderte. Martin war so liebesbedürftig und zärtlich, wie ich es nur von Mädchen her kannte.

Erst als ich ihn beruhigt hatte, machte ich mich an die Zubereitung des Holundermuses. Eigentlich hätte ich es gestern schon kochen müssen, denn diese Art Nachtisch war in Eisenach immer kalt serviert worden, doch Grete hatte es verhindert.

Hans' erste Bemerkung, der mit einigen Flaschen Wein aus dem Ratskeller zurückkam, war: »Du trägst doch die gute Haube heute?« Es klang eher wie ein Befehl als wie eine Frage, und es schmerzte mich, wie er mit mir redete. »Und zieh dir endlich etwas Sauberes und Feines an!«

Mit der guten Haube meinte er Mutters Sturz, den ich zuletzt beim Kirchgang in Möhra, kurz nach der Hochzeit, getragen hatte. In Möhra hatten die Frauen nur einfachste, nicht einmal gesäumte Schleier besessen. Deshalb hatte ich mir auch keine rechte Mühe mehr mit meinem Sturz gegeben, um nicht aufzufallen, dennoch war ich weiterhin *Die aus der Stadt* gewesen.

»Die Gäste müssen jeden Moment hier sein!«, setzte Hans noch nach und prüfte den Sitz seines Wamses nun schon zum fünften Mal. »Bring die Kinder nach oben, und wehe, sie verhalten sich nicht ruhig!«

Entsetzt schaute ich Hans an, meine Schnittnarbe zog heftig in diesem Moment. Grete einen ganzen Abend lang ruhig zu halten, verlangte nach einem zweiten Wunder in meinem Leben, wovon ich nicht zu träumen wagte. War den wenigsten Menschen doch nicht einmal ein einziges Wunder im Leben vergönnt.

»Hast du verstanden?«, fragte er mit forderndem Unterton, weil mir meine Züge wohl entglitten sein mussten.

»Gewiss«, stammelte ich nur und schalt mich für mein aufmüpfiges Wesen, das der siebten Seligkeit zuwiderlief, die von Friedfertigkeit sprach. Ergeben senkte ich den Kopf, bis Hans sich entfernt hatte.

Nervös füllte ich Martin etwas vom Holundermus in eine Schale und Kohl in eine zweite und bedeutete ihm, unters Dach und dort in die erste Kammer gleich nach der Treppe zu gehen. Ich hatte den Kindern für diesen Tag in der düsteren Haushälfte ein Lager bereitet, damit sie möglichst nah bei uns waren, denn auch sie waren nicht gerne allein. Ohne Geschrei saugte Grete an meiner Brust. Anders jedoch als Martin war sie beim Trinken nicht entspannt und froh. Sie schien es eher schnell hinter sich bringen zu wollen. Nach dem Stillen kam sie in die Wiege. Auf dem Fensterbrett, das Martin noch nicht erreichen konnte, hatte ich eine Unschlittlampe entzündet. Es wurde einfach nicht warm hier drinnen.

»Passt du auf sie auf?«, fragte ich ihn.

Mein kleiner Sohn nickte, während er seine Hände angestrengt zusammenpresste. »Beschütze Grete. Bin großer Bruder.«

Ich war weder zu müde noch zu aufgeregt, um stolz auf Martin zu sein. War er doch noch nicht einmal zwei Jahre alt. Ich nahm mir vor, mir nach dem großen Essen endlich wieder mehr Zeit für ihn zu nehmen, und versprach, ihm aus einem ganz besonderen Buch vorzulesen, das von Fröschen, Wölfen, Lämmern und vielen anderen Tieren handelte. Mein Bruder Heinrich hatte mir das aus dem Lateinischen übersetzte Fabelbuch des sprachkundigen Steinhöwel als Geschenk zur Geburt meines ersten Sohnes geschickt. Eine jede Buchseite war wunderschön mit leuchtend bunten Blumenranken verziert, und ich glaubte, dass Martin schon bereit für die Geschichten war.

»Wölfe?«, fragte er fasziniert und deutete mit seinen Fingern am Mund lange Eckzähne an.

Ich nickte, gab Martin einen Kuss auf die Stirn und verließ die Kammer.

Vor der Tür flehte ich Gott noch einmal um Ruhe während der Zeit des Essens an und hoffte, dass Hans' Ungeduld nicht in Zorn umschlug.

Zurück in meiner Schlafkammer legte ich das weiße Unterkleid an und zog das grüne Oberkleid darüber. Mit den Fingern entwirrte ich mein Haar. Auf dem fein gefalteten und gestärkten Sturz vor mir auf dem Bett lag die Silberdose, wie eine Aufforderung, die Ratsherrentochter in mir nicht völlig zu vergessen. Als würden Mutters Hände die Dose noch umschließen, nahm ich sie hoch und küsste sie dankbar. In ihr kamen unzählige Hefteln, Glasperlen und Nadeln zum Vorschein. Auch bewahrte ich meine Rosenkranzkette seit einiger Zeit darin auf. Das kleine Pergament, das ein Lächeln auf meine Züge zauberte, lag zuunterst. Mutter hatte mir in zehn Schritten aufgeschrieben, wie der Sturz hergerichtet wurde. Und in der Tat, solche Worte wie Fächerung oder Längs- und Querfalten hatte ich beinahe schon vergessen.

Mir war, als legte ich die Kopfbedeckung zum ersten Mal an, so ungeschickt stellte ich mich an. Schenkte ich Hans' Worten Glauben, lag es heute zu wesentlichen Teilen an mir, ob der Montanbeamte ihn weiterhin zu fairen Konditionen und für lange Zeit die Feuer pachten ließ.

Zuerst kam der Sturzschleier, mit dem ich Stirn, Wangenansatz und Kinn straff einband. Mehrmals musste ich korrigieren, damit die Saumnähte gegen das Ausfransen des Stoffes nicht zu sehen waren. Bei Mutter hatte das Anlegen immer so einfach angemutet. Über den Sturzschleier kam die Haube, das eigentliche Kunstwerk mit den fächerartigen Falten vor allem auf Höhe der Ohren, genau abgezählt und allesamt gleich breit. Für diese Details hatte ich in den zurückliegenden zwei Jahren keine Augen mehr gehabt. Unruhig band ich die mächtige Haube unter dem Kinn zusammen. Mit mehr als einem Dutzend polierter Hefteln mühte ich mich redlich, sie in ihre großzügig aufragende Form zu bringen. Das Ergebnis war nicht zufriedenstellend, aber ich hatte keine Zeit mehr für einen weiteren Versuch. Durch die undichte Dachluke drangen bereits Stimmen zu mir herauf. Ich hoffte, dass der nicht ganz korrekte Stand am Hinterkopf und die unregelmäßige Faltung niemandem auffallen würden. Schließlich waren wir in einer Bergmannsstadt und nicht unter Juristen in Eisenach. Schnell noch probte ich mit Hilfe eines Handspiegels ein Willkommenslächeln und war zufrieden. Es ging doch! Mein Gebet sprach ich auf dem Weg die Treppe hinab. *Der Herr über alle Zeit und Ewigkeit möge uns einen ruhigen Tag und ein gutes Ende gewähren.*

Ich hetzte an Hans' Seite, um unsere Gäste zu begrüßen. Dabei wackelte der Sturz bei jedem Schritt auf meinem Kopf hin und her. Ich hätte ihn fester binden müssen.

Die Mansfelder kannte ich bereits von meinen Kirch- oder Stadtgängen her. Herr Lüttich, Hans' Partner aus Eisleben von der ersten Stunde an, sah freundlich aus. Er entschuldigte seine Gattin, die wegen eines heftigen Kopfschmerzes unpässlich sei. Meister Bachstedter war mit Gattin und Sohn Barthel gekommen, der schon erfolgreich die Schule im Ort besuchte, wie man uns gleich bei der Vorstellung berichtete. Ich schätzte Barthel auf vier, höchstens fünf Jahre. Für ein Kind wirkte er seltsam steif und ernst, wie er so dastand, die Hände vornehm um seinen Pelzkragen gelegt. Ich war unsicher, wie ich mich ihm gegenüber verhalten sollte.

An Meister Bachstedters Ehefrau Verena fiel mir noch vor ihrem makellosen Gesicht mit den wasserblauen Augen, der geraden, kleinen Nase und der Alabasterhaut ihr vorbildlich gebundener Sturz auf. Wie ein zum Flug ansetzender Vogel, der sich jeden Moment von ihrem Hinterkopf in die Lüfte erheben würde, mutete er an. Mutter hatte einen perfekten Sturz hinter vorgehaltener Hand »den Schwan« genannt. Damals hatte mich diese Vorstellung amüsiert: Mutter mit einem Schwan auf dem Kopf. Doch genauso trug ihn heute die Bachstedterin. Ihrer war cremefarben, über der Stirn mit einer Spitzenborte versehen und – was sie wohl übersehen hatte – feinsten Aschepünktchen darauf. Der Stolz, mit dem sie die Kopfbedeckung trug, bewirkte, dass ich mich neben ihr ganz klein fühlte. Und das nicht nur wegen meines wackeligen, gänzlich unperfekten Machwerks. Auch was ihr wunderbar blaues Seidenkleid betraf, konnte ich nicht mithalten. Es zeigte so viel Haut, die wie eine Sonne über dem Meer aus dem tiefen Ausschnitt herausleuchtete, wie ich es noch nie zuvor an einer Frau gesehen hatte. In der Taille war das Kleid von Verena Bachstedter ungewöhnlich schmal gehalten und betonte so ihre weiblichen Formen. Ich musste mir Mühe geben, sie nicht ständig anzustarren. Der kleine Barthel Bachstedter verbeugte sich vor Hans, mir nickte er knapp zu, als wüsste er schon ganz genau, wie man in der Öffentlichkeit mit Meistern und deren Frauen umging.

Dann kam Hüttenmeister Franke mit seiner Frau Angelika und den Töchtern Berta und Gerburg, die keinen Augenblick von der Seite ihrer Mutter wichen und ihren Blick fein gesenkt hielten. Die Frankin war ebenso wie die Bachstedterin eine Meisterin der gefächerten Kopfbedeckung, und auch sie schien die sich darauf befindlichen Aschepartikel nicht zu bemerken. Dennoch waren die Frau von Meister Franke und die Reinickerin in meinen Augen nur eine blasse Kopie der Bachstedterin: Ihre Kleider waren weniger großzügig ausgeschnitten, ihre Haut weniger hell und ihre Schwäne etwas kleiner. Im Gesicht der Frankin zog sich sogar eine knotige Narbe schräg übers Kinn.

An den Hüttenmeisterfamilien hatte mir schon vor dem Tag des großen Essens gefallen, dass sie weniger verschlossen waren als die Frauen in Möhra, und dennoch spürte ich eine Wand zwischen ihnen und mir. Wahrscheinlich weil ich für die große Gemeinschaft der Bergleute, zu der Hans schon gehörte, noch immer eine Fremde war. Und ich bezweifelte, dass ich neben Haus, Hof und Kindern jemals genug Zeit haben würde, um ihre Besuchseinladungen anzunehmen. Die Meister und sogar der kleine Barthel trugen pelzverbrämte Schauben und rochen nach Unschlittqualm. Der hatte sich auch bei Hans bereits in jeder Pore seiner Haut festgesetzt und ließ sich selbst bei ausgiebigem Baden nicht mehr abschrubben.

Der gräfliche Montanbeamte stellte sich als Dietrich Zecke vor. Noch heute erinnere ich mich an seinen Namen, weil Dietrich Zecke so anders war als die Hüttenmeister. Er besaß nicht deren Offenheit und schaute zudem grimmig und herablassend drein. Seine Haut glänzte, wies viele rote Stellen auf und war unrein. Er wirkte älter, als er war. Vielleicht aufgrund der Macht, die ihm seine Stellung verschaffte und der er sich durchaus bewusst war. Hans hatte erwähnt, dass Zecke in unserem Alter war.

Hans führte die Gäste in die große Stube, ich machte mich an das Auftragen des Grünkohls. Mit halb gesenkten Lidern brachte ich auch die Tauben.

»Luderin, setzt Euch doch zu uns.« Höflich bittend schaute Meister Franke mich an, als ob *ich* das zu entscheiden hätte.

Hans nickte.

Ich lächelte, so wie ich es gerade vorhin noch geübt hatte. Und der Abend begann auch ganz gut.

Mein Gesicht versteinerte erst, als von oben ein Geräusch in die Stube drang.

Hans zuckte sichtbar zusammen.

In Gedanken wiederholte ich das Gebet, das ich bereits

auf der Treppe gesprochen hatte und bat zusätzlich noch die heilige Anna um Ruhe.

Dann war es wieder still. Danke, Anna.

Wir begannen, die gefüllten Tauben zu essen. Die Töchter der Frankes tupften sich mit dem bereitgelegten, reinweißen Tüchlein wie Erwachsene den Mund ab. Dann senkten sie wieder ihre Blicke. Der kleine Barthel Bachstedter imitierte die Gesten und Handgriffe seines Vaters ganz genau, sein Blick war ernst dabei, als dächte er ebenfalls schon über die Herausforderungen im Montanwesen nach. Fast wirkte er wie ein kleinwüchsiger Erwachsener, wäre da, bevor er sich setzte, nicht der kurze Blick in Richtung Küche gewesen. Dass er dort eine süße Nachspeise vermutete, verriet mir seine Zunge, mit der er dabei kurz über die Lippen gefahren war.

Man kam auf die Silberpreise in Ungarn zu sprechen.

Das große Stück Fleisch vor mir quälte mich, es war, als verlangte man von mir, Schlamm zu essen. Wann hatte ich zuletzt eine halbe Taube und dazu noch reinen Wein zu mir genommen? Meine Aufmerksamkeit richtete sich ganz auf die Kinder im Dachgeschoss.

Mitten im Gespräch der Herren wandte sich Montanbeamter Zecke an mich. Sein Gesicht war schweißüberzogen, als sei Essen schwerste körperliche Arbeit. »Wie gefällt es Euch in unserem schönen Mansfeld?« Er hatte die Angewohnheit, seinen Mund beim Sprechen kaum zu öffnen und die Wörter zwischen den Zähnen hervorzustoßen, weswegen sie von einem Zischen begleitet wurden. Die Worte *in unserem schönen Mansfeld* hatte er dabei besonders betont, so dass ich daran zweifelte, ob er sie überhaupt ernst meinte. Dementsprechend verunsichert war ich, wie eine ihm wohlgefällige Antwort zu lauten hatte.

Als ich nicht gleich etwas erwiderte, lehnte er sich zurück und begann, demonstrativ mit den Fingerspitzen auf dem Tisch zu trommeln und mich gründlich zu mustern.

Das war mir sehr unangenehm. Ich glaube, ich roch seinen Schweiß, während ich noch immer nach einer Antwort suchte. Hans stieß mich unter dem Tisch mit dem Knie an, damit ich endlich etwas sagte.

»Gut«, antwortete ich schließlich mit einiger Verzögerung und hoffte inständig, dass dies irgendwann der Fall sein würde.

»Es gefällt uns gut«, fühlte sich Hans gedrängt zu sagen und lächelte den Beamten demütig an. Unübersehbar war Hans der Bittsteller in dieser Runde. Es lag in Zeckes Macht, ob er die Feuer weiter bewirtschaften durfte oder nicht. »Nirgendwo anders bin ich bisher so gut aufgenommen worden«, ergänzte mein Ehemann, und ich fragte mich, wo er überhaupt schon einmal aufgenommen worden war. »Und die Geschäfte entwickeln sich gut, die Bergschätze hier in der Grafschaft sind einzigartig.«

Herr Zecke nickte knapp und hörte endlich mit dem Trommeln auf, um sich wieder seinem Essen zu widmen. Dabei kaute er mit angewidertem Blick, als habe man ihm Ungenießbares vorgesetzt.

»Luderin, Ihr solltet einmal zu unseren Nadelnachmittagen kommen. Wir sticken, spinnen und häkeln außergewöhnlich schöne Dinge.« Die Bachstedterin holte bei diesen Worten ein Tüchlein hervor und zeigte es Beifall heischend der gesamten Runde, am längsten Herrn Zecke. Die anderen Frauen bestätigten diese Einschätzung mit einem Nicken. Der Montanbeamte schaute nicht mal auf.

Ich beäugte das Tüchlein und gab ihr recht. Das Tüchlein war wirklich kunstvoll, doch ihre Einladung schien mir allein der Höflichkeit geschuldet zu sein. Sicher hatten auch die Frauen schon bemerkt, wie wenig uns miteinander verband.

»Ich reiche dabei mein berühmtes Aprikosengebäck«, fügte die Bachstedterin noch hinzu.

Ganz offensichtlich war sie die Wortführerin der Hüttenmeister-Ehefrauen, denn wieder nickten die anderen beiden Frauen mit Begeisterung, als läge ihnen der Geschmack der Aprikosen noch auf der Zunge.

Der Beamte räusperte sich, wohl ein Zeichen dafür, dass er sich langweilte und es bei dieser Zusammenkunft doch nicht um Weiberkram gehen sollte.

»Ich will es versuchen«, entgegnete ich noch schnell und im Flüsterton, bevor die Hüttenmeister das Gespräch wieder aufnahmen. Es ging um die große Bergordnung und die Veränderungen, die sie mit sich brachte. Einer nach dem anderen reichten sie sich das Salzfass. Dabei fiel mir auf, wie schwielig und muskulös ihre Hände und wie Ruß geschwärzt ihre Fingernägel waren. Vater hatte weiche Finger mit kurzen Nägeln gehabt, die weichsten Hände der Welt.

Ganz offensichtlich hatte den Herren das Salz an den Speisen gefehlt, und so großzügig, wie der Beamte Zecke damit umging, fürchtete ich gar, er könnte sich vergiften.

Als Meister Lüttich sich an Meister Bachstedter wegen der Beschaffung neuer Schürfhaken wandte, zischte Hans mir zu: »Du hast die Schinkenwürfel im Grünkohl vergessen. Der Grünkohl schmeckt nach gar nichts!«

»Das tut mir sehr leid«, entgegnete ich leise. Mein Fehler beim Kochen und Würzen stimmte mich traurig. Nachdrücklich nickte Hans in Richtung meines Tellers. Seine Aufforderung an mich, doch endlich zu essen.

»Meine Ehefrau lässt Euch herzliche Grüße ausrichten, Luderin«, wandte sich Meister Lüttich an mich.

Beim ersten Bissen wurde mir übel, aber ich durfte mir jetzt keinen Patzer mehr erlauben. »Ich danke ihr dafür, Meister. Ich werde für ihre Genesung beten.«

Hans neben mir nickte, und so tat es auch die Familie Franke.

Ich goss den Gästen Wein nach. Niemand sprach dabei. Mir war, als beobachtete die gesamte Runde jede meiner Bewegungen, aller Freundlichkeit zum Trotz.

Keinen einzigen Fehler mehr! Mein Herz schlug heftig. Ein Blick zu den Frauen erinnerte mich an die Notwendigkeit, meinen Sturz endlich zu richten. Eine so ungeschickt gebundene Kopfbedeckung kam eher einer bleiernen Ente als einem stolzen Schwan gleich. Hans' Erwartung an meine Erscheinung war sicher eine andere gewesen. *Hoffe auf den Herrn und sei stark!,* hatte der Herr Pfarrer bei der jüngsten Sonntagsmesse verlangt.

Endlich kamen die Gäste wieder miteinander ins Gespräch. Hans wollte die Zustimmung der anderen Hüttenmeister für Neuerwerbungen einholen. Keines seiner Vorhaben sollte Feindschaften unter den hiesigen Meistern heraufbeschwören. Sie hatten schon genug mit den zerstrittenen Mansfelder Grafen zu tun. Im vergangenen Jahr war Graf Albrecht III. gestorben und hatte die Söhne Günther, Ernst und Hoyer zurückgelassen, und erst seit wenigen Wochen waren auch die Kinder von Ernst I., namens Gebhard und Albrecht, vaterlos. Das tat mir leid für die nachkommenden Generationen des Grafengeschlechts, doch Hans und den Meistern verschafften die Todesfälle eine Verschnaufpause bei den Streitereien. Sie hofften nun, auf großmütigere Nachlassverwalter innerhalb der Verwandtschaft der Halbwaisen zu treffen. Mit ihren Änderungswünschen an der Bergordnung hatten Ernst I. und sein Bruder Albrecht III. die Hüttenmeister in eine äußerst unsichere Lage gebracht. Aber darüber sprach man bei diesem Essen nur kurz, weil der gräfliche Beamte zugegen war. Dietrich Zecke zeigte zudem nur wenig Interesse für die Probleme mit der Bergordnung. Ich glaube, er wollte sich nur satt essen und dem neuen Hüttenmeister seine Macht demonstrieren, indem er seine Nähe zu den gräflichen Nachlassverwaltern betonte und mehrfach auf seine Entscheidungsgewalt hinwies.

Immer wieder fiel sein unangenehmer Blick auch auf mich. Die Hüttenmeister erörterten die Vorteile von Erb-

und Herrenfeuern, und es fielen Namen wie: *Auf der Wiesen*, *Vorm Beerbaum* und *Am Möllendorfer Teich*. Der Montanbeamte fuhr immer wieder harsch dazwischen und verunsicherte die Meister, die keine Erwiderung darauf wagten. So rechnete Meister Bachstedter laut vor, ab welcher Produktionsmenge Herrenfeuer steuerlich privilegiert waren, da die dafür anfallende Abgabenlast ja nicht an die Produktionsmenge gekoppelt war. Der Montanbeamte verkündete daraufhin jedoch, dass es durchaus passieren könne, dass die Besteuerung der Herrenfeuer ebenfalls an die Produktionsmenge gekoppelt werde, was bei den aktuell großen Mengen zu weniger Gewinn für deren Pächter führen würde. Auch bei der Diskussion darüber, was für Erb- und gegen Herrenfeuer sprach, äußerte sich Zecke ziemlich mürrisch. Meister Franke trug zunächst vor, dass der Besitzer eines Erbfeuers keine zeitliche Befristung für seine Schmelzarbeit und damit auch weniger Unsicherheit durchzustehen hätte. Der Montanbeamte beschied dazu kurz und bündig, dass es wohl Absichten gäbe, sämtliche Feuer der Grafschaft in den Besitz des Grafen zu bringen und zu verpachten.

Beunruhigt begann ich, die Taube auf meinem Teller in kleine Stücke zu schneiden. Aus dem Augenwinkel bekam ich mit, dass die Reinickerin und die Frankin Blicke mit Verena Bachstedter austauschten, wusste aber nicht, worum es ging.

Lange nagte ich an einem Flügel. Die größeren Fleischstücke musste ich geradezu in mich hineinzwingen, die Herren waren da längst bei ihrem zweiten Tier. Ich fragte mich, ob Grete noch lebte, nachdem sie schon so lange ruhig war. Immerhin befanden wir uns in der düsteren, unberechenbaren Hälfte des Hauses.

Keine Fehler mehr, keine falsche Bewegung!, ermahnte ich mich. Zum Glück kam das Würgen erst, als ich die große Vorlegschale in die Küche brachte. Erschöpft lehnte ich mich an die Wand und wünschte mir einen der Stühle aus der anderen Küche herbei. Die mit den Schnitzereien aus Eisenach. Vermutlich hätten sie mir ein Lächeln ins Gesicht gezaubert und meine verkrampften Züge etwas aufgehellt.

Zurück in der großen Stube stellte ich fest, dass die Herren nicht nur beim Essen Tempo und Eifer an den Tag legten. Ich hörte, wie sie leidenschaftlich über ihre Hütten und die Bergpolitik sprachen. Sie zeigten sich zuversichtlich und waren voller Drang, viel zu schaffen, aufzubauen und von den Saigerhandelsgesellschaften nicht nur wie Handwerker, sondern auch wie ernstzunehmende Kaufleute behandelt zu werden. Die großen und mächtigen Saigerhandelsgesellschaften waren in erster Linie kaufmännisch orientiert. Sie kauften Schwarzkupfer von Hüttenleuten wie Hans, entsilberten es in ihren Saigerhütten und verkauften das gewonnene Silber samt den Nebenprodukten danach weiter. Unter den Mansfelder Hüttenleuten war Hans ein ganz anderer Mensch mit einem freundlicheren Gesicht. Er fühlte sich offenkundig wohl mit ihnen.

Da ertönte von oben ein Schrei.

Als führe ein spitzer Stachel in meinen Leib, sprang ich auf. Eilig entschuldigte ich mich bei unseren Gästen und begab mich hinauf in die Kammer. Grete lag puterrot in ihrer Wiege. Um ihren Mund herum war etwas Rotes geschmiert. Sie strampelte und boxte mit ihren kleinen Fäustchen wild umher, denn sie hatte sich nur die ersten zwei Monate binden lassen, danach war ihr Geschrei beim Einwickeln nicht mehr auszuhalten gewesen. Sachte nahm ich meine Tochter hoch. Jede Berührung könnte ihre weichen Gliedmaßen verformen.

Martin stand neben der Wiege. »Grete hungrig.«

Ich erkannte, dass er ihr etwas von seinem Holundermus gegeben hatte, vermutlich als sie zu weinen anfing. Es rührte mich, wie hilfsbereit mein kleiner Sohn schon war. Vorsichtig drückte ich das Köpfchen meiner Tochter an die Brust und wiegte sie, doch bekam ich sie nicht beruhigt.

Regungslos stand Martin neben mir und schaute aus seinen kleinen, schräg stehenden Augen zu mir auf. Seine Pupillen waren kaum mehr als winzige Punkte. »Traurig«, sagte er und klammerte sich an mein Bein, enttäuscht darüber, die Schwester mit seiner Nachspeise nicht beruhigen zu können. Er ließ mein Bein auch dann nicht los, als ich mit Grete auf dem Arm die erste Runde in der Kammer drehte. Sie schrie sich die Seele aus dem Leib, trotz all meiner liebevollen Tröstungsversuche und mütterlichen Wärme.

Da betrat Hans die Kammer. Er schlug die Tür so hart zu, dass das Unschlittlicht erlosch. Jetzt standen wir drei im Halbdunkeln. Kurz fiel Hans' Blick auf Martin, dann schaute er mich an. »Du wirst unten gebraucht, Margarethe. Die Nachspeise gehört aufgetragen.«

»Ich bekomme sie nicht ruhig«, antwortete ich verzweifelt. Trotz des Kindergeschreis verstand Hans meine Worte.

»Leg sie ins Bett zurück. Unten wirst du dringender benötigt. Man fragt schon nach dir.«

»Nein!«, schrie Martin da, noch immer an mein Bein geklammert. Jetzt begann auch er zu weinen. »Hanna hierbleiben!«

Grob nahm Hans mir unsere Tochter ab und legte das steife, schreiende Kind in die Wiege. Nicht einmal die Decke schlug er über es.

Martin gab er eine schallende Ohrfeige, dann zerrte er mich aus der Kammer und schloss hinter sich die Tür.

Mir brannte die Wange, als hätte er *mich* geschlagen. *Keinen Fehler mehr, Margarethe!*, sagte ich zu mir. Dabei hätte ich lieber meine Kinder getröstet und sie nicht länger unter dem düsteren Dach allein gelassen.

»Für den Rest des Abends bist du unten bei den Gästen!«, befahl Hans und schob mich hinab in die Küche.

Mit zittrigen Händen und beschaut von Herrn Zecke trug ich das gezuckerte Holundermus auf und nahm wieder am Tisch Platz. Erfolglos versuchte ich, den Sturz, an dessen linker Seite Gretes Finger rote Holunderspuren hinterlassen hatten, gerade zu richten.

Ich quälte gerade den ersten Löffel Mus in mich hinein, da zischte Herr Zecke zwischen seinen Zähnen hervor: »Ihr habt wohl schwierigen Nachwuchs?« Ein hämisches Lächeln zuckte um seine Mundwinkel.

Die drei Frauen hielten ihren Blick auffällig abgewandt, wo sie mich doch vorher so aufmerksam beschaut hatten.

Hilflos sah ich zu Hans.

»Margarethe benötigt etwas länger, um sich in die Mutterschaft einzufinden«, antwortete er nach einiger Zeit. »Und den Rest werde ich zu richten wissen. Jedem Kind steckt Torheit im Herzen, aber die Rute der Zucht wird sie austreiben.«

»Die Rute ist wahrlich eine nützliche Sache«, bemerkte Zecke, ohne den Blick von mir zu nehmen.

Ich fröstelte bei seinen Worten. Die Hüttenmeister nickten zögerlich, einer nach dem anderen.

Die Bachstedterin lächelte gekünstelt in Richtung des Beamten, die Reinickerin senkte betreten den Blick. Die Frankin beäugte die Flecken Holundermus auf meinem Sturz. Ich hatte alle Mühe, Haltung zu bewahren, und wäre vor Scham am liebsten im Boden versunken.

Gretes nächster Schrei ging mir durch Mark und Bein. Er war so schrill, als habe man sie unbekleidet auf glühende Kohlen gelegt. Reflexartig griff ich schon an die Armlehne meines Stuhls, wie ich es gewöhnlich beim Aufstehen tat, als Hans' bestimmter Blick mich innehalten ließ. Das Zittern meiner Hände ging auf meinen gesamten Körper über. Also blieb ich, wo ich war.

Gretes Schrei klang jetzt so wütend, dass ich fürchtete, sie würde für den Rest ihres Lebens nie mehr Frieden mit mir schließen. Sie war doch aus meinem Fleisch und Blut und ein genauso wichtiger Teil von mir wie Martin. Dennoch war es, als lebte Grete hinter einer Wand, durch die hindurch sie mich zwar sah, aber keine meiner Berührungen spürte.

Unbeeindruckt von Gretes Befinden nahm Hans das Gespräch über die Hütte *Am Möllendorfer Teich* wieder auf.

Dietrich Zecke betonte, dass er sie erst einmal nur für zehn Jahre zu verpachten gedachte. Und keinen Tag länger! Seine zischende Stimme war zu einem fernen Pfeifen in meinen Ohren geworden. Nur die Schreie meiner Tochter hörte ich noch klar.

Urplötzlich verstummte Grete.

Tausend Ängste fuhren durch mein Mutterherz. Gewöhnlich ebbten ihre Schreie nicht so abrupt ab, sondern gingen in ein erschöpftes Jammern und Wimmern über, bis schließlich nur noch ihre regelmäßigen, tiefen Atemzüge zu hören waren.

Martin!, dachte ich als Erstes. Was hatte er in seiner Not und Angst getan?

Ich schaute Hans an, doch der wollte Geschäfte machen und begann, über die Einzelheiten der Pachtkonditionen zu sprechen.

Nach Gretes Geburt hatte ich gehofft, nie wieder eines meiner Kinder im Säuglingsalter hergeben zu müssen. Diese Hoffnung drohte gerade zu zerplatzen. Mit zugeschnürter Kehle erhob ich mich und entschuldigte mich einmal mehr. Ein Blick in Zeckes verzogenes Gesicht verriet mir, dass er wahrscheinlich gerade die Pachtkonditionen für Hans' Feuer noch einmal überdachte. Würde er sie anheben, so dass Hans keinen einzigen Gulden mehr mit nach Hause brächte und wir unser Hab und Gut verkaufen müssten?

Trotz der uns drohenden wirtschaftlichen Gefahr ertrug

ich die Ungewissheit über Gretes Befinden nicht länger und stieg die Treppe hinauf. Hans in die Augen zu schauen, wagte ich nicht. Als ich die Kammer der Kinder betrat, lag Grete in ihrer Wiege. Sie hatte sich vom Rücken auf den Bauch gedreht und strampelte fröhlich. Sie lebte und war ruhig! Doch Martin konnte ich nirgendwo entdecken.

Leise rief ich: »Martin?«

Ich ahnte, wo er sein könnte, und schlich mich in die andere Hälfte des Hauses hinüber. Ich musste Martin finden. Nie mehr wollte ich eines meiner Kinder in seiner Not alleine lassen.

»Martin?«, rief ich erneut die Treppen hinauf. In dieser Hälfte des Hauses war es wärmer und heller, obwohl so gut wie kein einziges Licht brannte.

Als Antwort erklang ein Wimmern aus unserer Schlafkammer. Wenigstens jetzt wollte ich für meinen Sohn da sein. Hans hatte ihm jüngst verboten, unsere Schlafkammer zu betreten. Martin musste sehr verzweifelt sein, wenn er sich darüber hinweggesetzt hatte.

Ich schob die Tür zur Schlafkammer auf und sah eine kleine Erhebung unter meiner Bettdecke.

»Martin«, sagte ich leise.

Er bewegte sich nicht.

Ich schloss die Tür hinter mir, ließ mich mit einem Seufzer auf der Bettkante nieder und begann mit leiser, sanfter Stimme zu singen: »Mir und dir ist keiner hold ...«

Daraufhin bewegte sich etwas unter der Decke.

»Das ist unser beider Schuld ...«, fuhr ich fort.

Martin steckte seinen Kopf unter der Decke hervor und schaute mich mit verweinten Augen an. Er summte das Lied mit und kroch schließlich zu mir. Den Kopf bettete er auf meine Oberschenkel, seine Arme umklammerten meine Hüften.

Ich weiß nicht mehr, wie lange wir so aneinandergeschmiegt dasaßen, bis ich erschrocken die Augen aufriss, weil Hans mit einer Weidenrute vor mir stand. Einem langen, elastischen Schößling. Das erkannte ich an der Farbe und dem geraden Wuchs im Vergleich zur Haselrute. Die Weide, das Symbol weiblicher Verderbtheit.

Hans zog Martin von meinem Schoß und schleuderte die Decke auf den Boden. Eingeschüchtert sprang ich auf.

»Knie dich vor das Bett!«, verlangte er von unserem Kind.

Ängstlich folgte mein Sohn, sein schmächtiger Körper zitterte.

Hans drückte Martins Oberkörper grob gegen das Bett. »Man darf einem Kind nicht zu viel Liebe zeigen. Es wird sonst hochmütig und leitet davon das Recht ab, Übles zu tun!«

Mein Junge kniete vornübergebeugt wie auf einer Richtstätte, die rechte Gesichtshälfte auf das Bett gepresst. Als Hans zum Hieb ansetzte, stürzte ich auf ihn zu. Mein schmaler Junge war sehr verletzlich, ein Schnittkind. Mit ihm musste man liebevoll umgehen. Doch mein Mann stieß mich weg und führte den ersten Schlag aus.

Martin schrie laut auf. Zum zweiten Mal an diesem Tag setzte es Prügel für ihn. Das Zischen der blattlosen Rute blieb mir noch lange im Ohr. Ein hohes Flirren war es. Ich presste mich an die Wand neben der Tür. Ich wusste nicht wohin mit meinen Händen und drückte sie so fest aneinander, dass es weh tat. »Heilige Anna, hilf!«, flüsterte ich vor Hilflosigkeit. »Sprich für mich beim Allmächtigen vor.«

Jetzt drehte sich Hans zornig zu mir um. Martin kniete noch immer mit entblößtem Hinterteil und weinend vor dem Bett. »Du bist zu weich mit den Kindern!«, erklärte er und hielt mir die Rute hin.

Ich regte mich nicht.

Daraufhin streckte Hans mir die Rute noch einmal energischer entgegen.

Ich aber presste mich nur fester an die Wand und sah,

dass Martins Blick mich um Beistand anflehte. *Wenn er doch nur endlich seine Augen schlösse.*

Hans drehte sich wieder zu Martin und drückte seinen Kopf noch einmal tiefer in das Bett.

»Wenn aber Kinder in ihrer Erziehung keine Liebe erhalten«, brachte ich mit brüchiger Stimme hervor und sah Hans' Augen vor Entsetzen beinahe aus den Höhlen treten, »wenn sie keine Liebe erhalten, können sie anderen Menschen nur mit Misstrauen und Eifersucht begegnen.«

Kurz war alles still. Martin weinte auch nicht mehr.

»Misstrauen?« Hans ließ von Martin ab und trat auf mich zu, so dass mir der Geruch von rauchigem Unschlitt in die Nase stieg. »Ich hoffe sogar, dass er misstrauisch wird. Sonst wird er von allen übers Ohr gehauen werden. Was meinst du, wo wir heute wären, wenn ich jedem gleich vertraut hätte?« Hans zog mich am Oberarm vor meinen gebeugten Jungen, der seine Augen zukniff, als sprühe man ihm Säure ins Gesicht. Dann drückte Hans mir die Rute in die Hand und umschloss diese mit der seinen. Ich schüttelte den Kopf, weil ich ahnte, was er vorhatte.

»Nie wieder wirst du mir widersprechen, Margarethe!« Hans näherte sein Gesicht dem meinen, wie er es gewöhnlich nur vor dem Beischlaf tat. Sein Atem roch nach Muskat und saurem Wein. Meine freie Hand drückte er auf Martins Rücken, meinen Oberkörper beugte er über den Kleinen. Ich war so machtlos gegen ihn und schüttelte noch immer den Kopf.

Meine Hand führend, schlug er mit der Rute zu. Ich war sein Werkzeug. Vor Verzweiflung musste ich die Augen schließen. Unter Martins Schreien taten wir fünf Schläge gemeinsam.

»Und zukünftig erwarte ich von dir, dass du strenger mit ihm bist!«

Die nächste Anweisung verstand ich kaum noch. Lediglich die Worte *Schläge* und *Rute zum Wohl* drangen noch zu mir durch.

Dann, einige mir unendlich lang erscheinende Augenblicke später, ließ er mich wieder los. Ich torkelte und fand am hüfthohen Bettpfosten Halt.

»Besser sie weinen zu ihrem Guten, als später wir über ihre Schlechtigkeit!« Laut und deutlich sprach Hans an Martin gewandt im Folgenden das Verbot aus, die elterliche Schlafkammer jemals wieder zu betreten. Dann schickte er Martin ans Ende des Flures, wo er seine Verfehlung mit dem Gesicht zur Wand bereuen sollte. Mit verweintem Gesicht hievte Martin sich hoch. Seinem staksigen Gang konnte ich ansehen, dass ihn jeder Schritt schmerzte.

Mit einer Hand klammerte ich mich an den Bettpfosten, die andere streckte ich tröstend nach Martin aus, der an der Kammertür war.

Er war tapfer, mein Junge. Schmerzerfüllt schaute ich ihm nach.

Kaum war Martin aus dem Raum, stellte sich mir Hans in den Weg. »Und nun zu dir!«

Ich schaute weiter an ihm vorbei.

»Niemals wieder wirst du meiner Anweisung zuwider handeln!«

Jetzt begann Hans zu schreien, als stünde ich am anderen Ende des Raumes. »Ich hatte dich gebeten, dieses einzige Mal nur mir und meinen Gästen Aufmerksamkeit zu schenken! Es geht um so viel! Ich könnte meinen Ertrag durch die Feuer *Am Möllendorfer Teich* verdoppeln!« Spucketröpfchen flogen aus seinem Mund und nässten mein Gesicht.

Nun sah ich Hans an, obgleich ich mir am liebsten die Ohren zugehalten hätte, doch mein Rest an Verstand und göttlicher Folgsamkeit verhinderte dies. Folgsamkeit hatte ich ihm vor Gottes Altar bei allen Heiligen geschworen. Also musste ich einen anderen Weg finden.

»Ich gestehe«, flüsterte ich, »dass ich mit meinen fünf Sinnen gesündigt habe.«

»Ich wünsche nie wieder so ein Debakel wie heute! Nie wieder verabschiede ich unsere Gäste alleine. Die Frau eines Hüttenmeisters hat an seiner Seite zu stehen!«, wiederholte er. »Gehorsam ist deine allererste Pflicht als Ehefrau!«

Das wusste ich und bat in Gedanken: *Herr, wende mein Geschick, wie du versiegte Bäche wieder füllst! Nimm dich deiner verlorenen Weide an.*

»Warum machst du es mir so schwer?«, spie Hans hervor.

Ich fand, dass ich es schwer hatte. Er verlangte, dass ich meine Kinder züchtigte, ihnen den Hintern blutig schlug. Und ich fühlte mich in diesem Haus allein. Mit den zusätzlichen Einnahmen aus den neuen Feuern hätten wir uns eine Magd leisten können, aber Hans dachte nur an das Wachstum seiner Geschäfte. Mit den Worten: *Er hat seine Gründe,* hatte meine Mutter des Öfteren das Verhalten meines Vaters entschuldigt. Ich brachte keine Antwort heraus, auch weil Hans rot anlief. Wie Grete, wenn sie nicht mehr zu beruhigen war.

»Als Erstes solltest du anständig kochen lernen. Halbvolle Teller haben die Gäste zurückgelassen!«

Ich klammerte mich fester an den Bettpfosten und spürte Tränen über meine Wange laufen. »Es tut mir leid.« So sehr war ich bemüht gewesen, alles zu seiner Zufriedenheit herzurichten.

Hans wandte sich von mir ab und sprach mehr zu sich selbst als zu mir: »Beim Anblick ihrer Fuchsschauben habe ich mich im Möhraer Wams richtig schäbig gefühlt!«

Tatsächlich waren die Mäntel der Herren mit den Fuchspelzkrägen, die sie nicht einmal zum Essen abgelegt hatten, wunderschön gewesen, der von Meister Bachstedter hatte sogar bis weit über die Schultern hinabgereicht. Selbst der kleine Barthel Bachstedter hatte schon eine Schaube getragen. Mehr und mehr Tränen liefen meine Wangen hinab.

»Das werde ich zu ändern wissen!«, sagte Hans plötzlich. »Und noch etwas …« Er holte etwas aus der Tasche seines Wamses und hielt es mir anklagend hin. Durch den Tränenschleier hindurch sah ich es nur undeutlich. »Als ehrbare Frau gehört sich dieses Zeug nicht. Nie wieder will ich so etwas in meinem Haus sehen!«

Die Hauswurz, unser Schutz vor Gewittern, lag in seiner Handfläche.

Ich wagte nicht, nach der getrockneten Pflanze zu greifen. Hans' zorniger Blick ruhte weiterhin auf mir. Laut dem ersten Gebot war Aberglaube verboten, und so nickte ich schuldbewusst.

Der Eintritt in die Welt meines Ehemanns war mir versagt geblieben, und beurteilte ich das Benehmen Dietrich Zeckes richtig, würde es von heute an für Hans schwieriger werden. Wegen mir standen Haus und Hof auf dem Spiel.

Hans warf die Hauswurzrosette auf den Boden und zertrat sie, wahrscheinlich dachte auch er gerade an den Montanbeamten.

Dann zeigte er auf das Bett. »Und jetzt knie du nieder!«

*****

TEIL 2
SCHWARZE TRÄNEN FÜR DIE KINDER

Der Tod ist eine gute Sache, denn er besänftigt erhitzte Gemüter, befreit Gefangene, setzt Armut und Krankheit ein Ende und scheidet vor allem unglücklich Verheiratete.

Hans und ich sprachen auch zu Beginn des neuen Jahres kaum miteinander. Mehrmals noch hatte ich mich bei ihm für das misslungene Essen entschuldigt und Besserung gelobt, doch er mied mich weiterhin. Im Winter war das noch schwerer zu ertragen, weil die Stadt ebenfalls in Stille versank.

Mein Hunger war noch immer nicht zurückgekommen, ich hatte kaum noch Fleisch am Leib. Hätte ich Zeit gehabt, wäre ich, allein schon um der Einsamkeit zu entfliehen, sogar zu den Nadelnachmittagen von Verena Bachstedter gegangen. Auch wenn ich nach wie vor vermutete, dass nicht Zuneigung der Grund für ihre Einladung gewesen war. Was wollten die Hüttenmeister-Ehefrauen von mir oder Hans, dass sie mich zu sich baten?

Es kam der Tag, an dem Hans wieder etwas mehr mit mir sprach, es war der Tag vor dem Kirchgang anlässlich des Dreikönigsfestes. Ich war in Eile, denn die Reinigung der Fußböden im Haus hatte länger gedauert, als ich dachte. Eigentlich hatte ich gerade in den Garten gehen wollen, um Asche vom Kohl zu wischen und die Hühner zu füttern, da überreichte mein Ehemann mir ein Bündel.

In der Hoffnung auf ein Zeichen der Versöhnung öffnete ich das Bündel und entfaltete einen schwarzen Mantel, der innen weiß gefüttert war. »Eine Kirchgangstracht?« In Eisenach hatte Mutter ein solch besonderes Gewand besessen. Wir Kinder waren ihr mit aufgesteckten Zöpfen zur Kirche gefolgt. Jetzt würde ich wie Mutter zum Gottesdienst schreiten, mit dem einen Unterschied, dass mir mein Mantel deutlich zu groß war.

»Du bist sehr großzügig«, sagte ich und wusste diese Geste der Versöhnung zu schätzen. Wie ein Flämmlein keimte neue Hoffnung in mir auf, dass es mit meinem Problem bald ein Ende haben könnte: Wenn er sogar Kleidung erstehen konnte, wäre sicher auch etwas Geld für eine Hilfe im Haushalt und Garten übrig. Vielleicht könnte die Magd dann auch einmal nach Martin schauen, wenn ich Grete die Nacht hindurch beruhigen musste. Gerade schlief meine Tochter. Martin fieberte in der Kammer daneben, sein Hals war eitrig. In der vergangenen Woche war ich nur von Kind zu Kind geeilt, hin und her, so dass mir oft schwindelig geworden war.

Mein Körper wurde von Tag zu Tag schwächer, mit jedem Atemzug ging mir die Arbeit schwerer von der Hand. Ich versank in träumerische Gedanken darüber, ob die Magd auch kräftig genug war, um mir beim Schaufeln von Pferdemist behilflich zu sein. Es gab so viele andere Dinge zu tun. Heute Morgen erst war ich beinahe unter der Last des Brennholzes zusammengebrochen. Gerade war mir erneut danach, mich abzustützen. Ich wollte ja kämpfen, doch mein Leib war mir dabei im Weg. Ich betete wie eine Besessene. *Herr über alle Zeit und Ewigkeit, lass es Tag werden in unseren Herzen, damit wir nicht in die Irre gehen.*

Auch für sich hatte Hans neue Kleidung erstanden. Eine schwarze Kappe saß auf seinem Haupt, und über dem Wams trug er eine Schaube. Der rotbraune Pelz am Kragen, den auch Meister Lüttich und die anderen Hüttenmeister besaßen, war von feiner Machart.

»Sehe ich jetzt nicht wie die anderen Hüttenmeister aus?«, fragte er stolz. Seine Gesichtszüge hellten sich auf, wie zuletzt, als er den Pachtvertrag für die Hütte *Am Möllendorfer Teich* erwartete.

Ohne meine Antwort auf seine Frage abzuwarten, verschwand er wieder. Vermutlich ging er zu einem Treffen mit dem Montanbeamten, um mein Versagen beim großen Essen wiedergutzumachen. Dietrich Zecke hatte ernst gemacht und eine zusätzliche Prüfung durch einen der Mansfelder Schauherren, welche die Einhaltung der Bergordnung überwachten, angeordnet. Die Prüfung ergab, dass Hans, gemessen an der Qualität des Schiefers in seinem Bergteil, zu wenig Haugeld zahlte. Das Haugeld war der Verdienst der Hauer, der pro Fuder – ein Dutzend mit Erz gefüllte Eimer – ermittelt wurde. Wegen des erhöhten Haugelds blieb Hans weniger Erlös als bisher.

Den neuen Kirchgangsmantel ließ ich im Haus zurück und schob mich ins Freie, um frische Luft zu bekommen. Graue Matschinseln bedeckten den Hof. Nicht einmal der Schnee war in Mansfeld wirklich weiß. Hans war gerade zum Tor hinaus.

Das Hühnerfutter verwahrten wir in einer schmalen Seitenkammer der Scheune. Ich ließ die Hühner aus dem Stall, streute Körner in den Schnee und begann, den aschegesprenkelten Kohl zu putzen. Verzweifelt wienerte ich jeden, als wäre er bestes Geschirr, nur um meinen kraftlosen Leib wieder zu spüren. Mir lief der Schweiß von der Stirn, obwohl ich fror. In Gedanken begab ich mich in das Haus der

Bachstedters zu einem der Nadelnachmittage. Nadel, Stickrahmen und Garn hielt ich in der Hand und stickte an einer Tulpe. Die anderen Hüttenmeisterfrauen arbeiteten ebenfalls an einem floralen Motiv und tauschten sich über das allgemeine Geschehen, ihr Freud und Leid aus. Mir imponierten ihr Eigensinn und ihr Stolz auf die Arbeit und Geschäfte ihrer Männer. Ich beneidete sie darum, dass sie sich das Leben leichter machten als ich. Nicht nur im Tagtraum.

Nachdem ich mit dem Kohl fertig war, fiel mir auf, dass die Futterschale noch im Hof stand. Also brachte ich sie in die Scheune zurück. Meine Beine waren schwer, meine Knochen schmerzten bei jedem Schritt. Für einen Augenblick ließ ich mich im Stroh nieder. Mattes Tageslicht fiel durch die Ritzen der Bretterwände. Zuerst sah ich in Gedanken die neue Kirchgangstracht, gefolgt von meiner mit Holundermus beschmierten Haube am Tag des großen Essens. Dann wurden die Bilder immer kleiner und schwebten davon.

»Du bist es!«, flüsterte da eine Stimme, kindlich und rein.

Die Stimme ließ mein Herz schneller schlagen.

Vorsichtig richtete ich mich auf. »Christina?«

Ich rechnete. Mein Mädchen musste inzwischen fast vier Jahre alt sein. Hatte Christina etwa ihre schmale Kammer in Möhra verlassen, um doch bei mir in Mansfeld zu sein?

»Ja, Mutter, endlich sind wir wieder vereint«, antwortete sie.

Sofort schossen mir Erinnerungsfetzen an Mariä Heimsuchung durch den Kopf, wie Stücke eines zerrissenen Briefes, dem jedoch entscheidende Teile fehlten. Als seien lediglich die Anrede und noch das Siegel erhalten. Der Anfang und das Ende der schrecklichen Geschehnisse.

Zitternd wandte ich mich der Stimme zu, sah aber niemanden. »Christina?«, rief ich hoffungsvoll. »Mein Mädchen, wo bist du?«

Es knackste in der Nähe des Wassertrogs, der an der Längswand der Scheune stand. Ich schaute zu ihm hinüber, aber Christina zeigte sich nicht. Eine Stimme ohne Körper? Eine zweite Stimme kam hinzu, eine mir bekannte. Es war die der Ahne, der einzigen Frau, der ich in Möhra vertraut hatte. *Sie ist eine Gefahr für uns!*, mahnte sie eindringlich. Es waren keine Töne aus dem Hier und Jetzt, sondern aus der Erinnerung. Das konnte ich noch unterscheiden. *Sie ist eine Gefahr für uns!* Ich war fest davon überzeugt, dass die Ahne mit *sie* meine Christina meinte. Wie konnte so ein unschuldiges Wesen eine Gefahr sein?

»Mutter!«, rief die kindliche Stimme nun verzweifelt – ein Hilferuf. »Muuuuutttter!«

Eine böse Vorahnung kam in mir auf, woraufhin ich mir die Ohren zuhielt und sprach: »Ich bekenne vor dem allmächtigen Gott, dass ich an Zauberei und an Geister geglaubt und damit das erste Gebot gebrochen habe.«

Christinas Stimme konnte nur eine Täuschung des Teufels sein. Wie um alles in der Welt konnte sie nach Mansfeld kommen? Und warum war die Ahne damals von einer Gefahr ausgegangen? Ich strengte mich an, noch tiefer in die Vergangenheit vorzudringen, doch es gelang mir nicht.

Es war Sünde, was hier gerade geschah, das machte ich mir mit den folgenden Worten erneut klar: »Der Mensch, der die Gebote bricht, ist hässlich, unsauber und schwärzer in der Seele als ein Kohlenstück.« Ich erhob mich aus dem Stroh und stolperte aus der Scheune.

Mein Herz raste, und mir war, als würde mir etwas Eisiges über den Nacken fahren. Seltsamerweise fühlte es sich im Hof wärmer an. Ich stürzte auf das Haus zu.

Sie ist eine Gefahr für uns!

Nicht nur das Haus, sondern der ganze Hof schien mir mit einem Mal unheilvoll. Die Hühner und die blassen Kohlköpfe im Beet unter den Apfelbäumen, auf denen schon wieder neue Aschepartikel lagen.

Am Eingang zum Haus erkannte ich Augustine mit den Riesenhänden. Sie trug einen dicken Wollumhang und hatte die Kapuze wie immer tief ins Gesicht gezogen. Sie hielt Martin auf dem Arm.

Noch mehrmals drehte ich mich zur Scheune um. Der liebliche Geruch von Christinas Haut wollte mir nicht aus der Nase gehen. Was, wenn ich gerade doch keiner Einflüsterung des Teufels erlegen war? Wenn Christina es doch irgendwie nach Mansfeld geschafft hatte? Ich vermisste sie so sehr.

»Eure Kinder schreien sich die Seele aus dem Leib, Luderin!«, begrüßte Augustine mich schroff. Auf dem letzten Stück Weg war mir die Hebamme entgegengekommen, Martin saß auf ihrer Hüfte.

Aufgelöst schüttelte ich den Kopf, das Haar klebte mir am Hals. Erst in diesem Moment erinnerte ich mich daran, dass die Hebamme wegen meiner ständig eitrigen Stelle am Unterbauch hatte vorbeischauen wollen, wenn sie dieser Tage nach Mansfeld kam, um eine Wöchnerin zu versorgen. Oder war sie ebenfalls eine Einbildung, eine Eingabe des Gehörnten?

Aber nein, es war wirklich Augustine, denn nun hakte sie mich unter und ging mit mir ins Haus. Dort gebot sie mir, mich hinzulegen. Ich trank dünnes Bier, während sie Martin mit Streicheleinheiten zum Einschlafen brachte, was so gar nicht zu ihr passte. Gretes Schreie erfüllten das Haus.

Ich schloss die Augen, dennoch bekam ich Christinas Stimme nicht aus meinem Kopf. In mir wechselten sich Angst und Wiedersehensfreude ab. Sie hatte so lebendig geklungen, was dafür sprach, dass es kein Traum war. Der Herr Pfarrer predigte außerdem, dass wir einfachen Menschen gar nicht träumen können. Nur die Heiligen und Könige hätten Träume, von Gott gesandte Eingebungen. Was wir gewöhnlich Sterblichen erlebten, wären falsche, diabolische Täuschungen, die uns der Gehörnte eingab. Ich zwang mich dazu, mich auf Augustine zu konzentrieren. Dabei wurde mir zum ersten Mal bewusst, dass sie ihre Gugel nie absetzte. Als wollte sie ihr Gesicht vor jemandem verbergen. In Eisenach hatte es heilkundige Frauen gegeben, denen man Weichlerei nachsagte, und Johannes hatte mir öfters von Hexenmalen erzählt, von einem sechsten Finger, von blutroten Malen auf weißer Haut und dem bösen Blick. Die meisten Weichlerinnen beschwören Vieh und Mensch, am liebsten aber Kinder. Sie fügen der Saat Schaden zu, indem sie es hageln oder schlimm regnen und stürmen lassen.

In der Stadt kursierten gewisse Gerüchte über meine Hebamme. Das wusste ich von Hans, und aus Eisenach war mir bekannt, dass Menschen, die mit angeblichen Weichlerinnen verkehrten, gemieden wurden. Ich begann, auf Augustines Händen nach Malen zu suchen.

Sie ist eine Gefahr für uns!

Ungerührt strich Augustine die eiternde Stelle zwischen meiner Narbe mit einer übel riechenden Tinktur ein. Ihre kräftigen Bewegungen schmerzten. Ich war überzeugt, dass sie meine Gedanken lesen konnte, auch ohne mir ins Gesicht zu blicken. Einmal nur sah sie mich tadelnd an.

»Ihr solltet Euch mehr Ruhe gönnen«, stellte sie fest.

»Mehr Ruhe? Das ist nicht möglich!« Ich schlug meine Gewänder wieder über meinen Schoss. »Ich habe eine Familie zu versorgen.« Gretes Schreie erinnerten mich ohne Unterlass daran. Mühsam erhob ich mich von meinem Bett, um mit der Hofarbeit fortzufahren.

»Ich bin noch nicht fertig, Luderin!« Augustine drückte mich wieder auf das Lager zurück.

Stöhnend kam ich erneut hoch. Ich musste unbedingt arbeiten, wo mir doch sowieso schon alles langsamer von der Hand ging als früher!

Augustines zweifelnder Blick ließ mich jedoch liegen

bleiben. »Zuerst muss ich noch Euren Bauch abtasten. Dessen Wölbung kann auch von neuem Leben herrühren.«

Ich überlegte, wann ich zuletzt von der heimlichen Krankheit der Frau befallen gewesen war, kam aber vor Aufregung zu keinem Ergebnis. Das Einzige, an was ich noch denken konnte, war: *Oh Herr, erbarme dich deiner reuigen Sünderin und gib ihr noch etwas Zeit, bis du ihr das nächste unschuldige Leben anvertraust.*

Noch mehrere Male hatte Hans meine Hand mit der Rute darin geführt. Zuletzt einen Tag vor Martins erstem Schultag, weil er sich eine Walnuss aus einer Schale stibitzt hatte. Ich war überrascht gewesen, als Mutter mir schrieb, dass meine drei Brüder ohne die Rute nicht so charakterfest geworden wären. In unserer Kindheit hatte ich diese Züchtigungen nie mitbekommen oder nicht mitbekommen wollen?

Martin jedenfalls hatte Angst vor seinem Vater. Und ich manchmal auch. Insgeheim befürchtete ich, dass der Berg und die Schmelzöfen die Seele meines Mannes schwärzten. Ich bat den Herrn über alle Zeit und Ewigkeit, mich und die Kinder vom Berg und den Hütten fernzuhalten. Das war kurz nach der Geburt unserer dritten Tochter Maria im Jahre 1486 passiert. Maria war ein stilles und in sich gekehrtes Kind. Auch ihre Zunge rieb ich allmorgendlich mit Honig, Weihrauch, Salz und Süßholzwurzel ein. Mit jeder weiteren Tochter fühlte ich mich Christina gegenüber schlechter. Grete und Maria versorgte ich mit allen mir zur Verfügung stehenden Mitteln. Christina in Möhra aber war auf sich allein gestellt. Einmal musste ich ihren Namen im Schlaf gerufen haben, woraufhin Hans mich am nächsten Tag sofort zur Beichte schickte. *Die Beichte schwört den Menschen auf die Gebote unserer christlichen Kirche ein!* Jede Beichte machte mich kleiner, ich fühlte mich unwürdiger, und meine Angst, nur ja keine Verfehlung zu vergessen, lähmte mich so sehr, dass ich bald gar kein Wort mehr im Beichtstuhl herauszubekommen drohte.

Ich glaube, Hans hat Christina nie geliebt. Die Sorge um das Mädchen, die zermürbenden Gedanken, die ich mir wegen ihrer Stimme in der Scheune machte, die drohenden Worte der Ahne über die Gefahr und meine krampfhaften Bemühungen, mich endlich an Mariä Heimsuchung zu erinnern, raubten mir weitere Kräfte. Immer öfter las ich im Sterbebüchlein, ganze Seiten kannte ich inzwischen auswendig. *Wie man sich schicken soll zu einem kostbaren, seligen Tod. Die Kunst der Künste.* Besonders gefielen mir die klugen Ratschläge an den Sterbenden. Einzig das Bildnis in der Mitte des Buches schaute ich mir nie genauer an. Es zeigte den Tod und ein Mädchen. Jeden Tag konnte es soweit sein und die bedrohlichste Stunde unseres Lebens, die Todesstunde, gekommen sein. Dann würden die teuflischen Mächte um jede frei werdende Seele ringen. Mein Sterbebüchlein, mein treuer Geleitsmann zur Ewigkeit, wusste Rat, wie man sich diesen Versuchen widersetzen konnte. Sorgsam prägte ich mir jedes Wort ein. Die Vertiefung in das Sterbebüchlein brachte auch noch etwas anderes Gutes mit sich: Es lenkte meine Gedanken weg von Christina, weg von Möhra und meiner damaligen Unzulänglichkeit. Ja, davon war die Ahne überzeugt gewesen: dass ich an allem schuld war, was Christinas Schicksal betraf.

In Martins erstem Schuljahr im Jahr 1488 gebar ich Dorothea, unser viertes Mädchen, das ich nur Thechen rief. Thechen war klein und zierlich, weswegen ich befürchtete, dass sie das erste Lebensjahr nicht überstehen würde. Sie kam als einziges unserer Kinder mit einem kahlen Kopf zur Welt. Nicht ein einziges Haar fand sich auf ihrem Haupt, und in ihren ersten Lebensstunden gab sie nicht einen einzigen Laut von sich, hustete auch keinen Geburtsschleim aus. Und: Thechen wurde mit einer gespaltenen Oberlippe geboren.

Nach der Niederkunft habe ich viel gebeichtet, damit

mir diese Missbildung verziehen wurde. Geld, um weitere Ablässe zur Verringerung meiner Jahre im Fegefeuer bezahlen zu können, gestand mir Hans nicht zu. Jedes zaghafte Lächeln von Thechen, das ihren Spalt zusätzlich betonte, erinnerte mich an meine eigene Sündhaftigkeit. Meine Kinder wurden für die Vergehen bestraft, die ich begangen hatte. Der Herr Pfarrer warf mir in der Beichte manches Mal Faulheit und Trägheit vor.

Mein Kirchgangsmantel schien immer größer zu werden, mein Atem ging kurz, und wenn ich mich im Spiegel betrachtete, sah mir eine fremde Frau daraus entgegen. Mich umfingen die Schwingen des Todes, die sich mit jedem Tag enger um mich legten. Ich konnte die nahenden Schritte des Forstmanns schon hören. Sie raschelten durchs Laub und knackten im Unterholz.

Das Leben in Mansfeld außerhalb des Hauses zog wie die Rauchwolken der Hütten an mir vorbei. Die Nadelnachmittage mit den anderen Hüttenmeisterfrauen waren fern. Meine Kinder und ein von Asche befreiter Kohl waren meine Welt, erstere hielten mich am Leben und bewahrten mich so manches Mal vor der Einsamkeit. Zum Beispiel wenn ich Martin die Tierfabeln vorlas, aus dem Buch mit den schönen pflanzlichen Verzierungen auf jeder Seite. So manches Mal klopfte Martin mitten in der Nacht – für Hans nicht hörbar – an unsere Tür. Nie wieder hat er es gewagt, einen Fuß in die elterliche Schlafkammer zu setzen. Auf sein Klopfzeichen hin trat ich in den Flur, und Martin zog mich in die Kammer gleich neben unserem ehelichen Schlafraum und in sein Bett. Er hielt das Fabelbuch dann schon bereit, ich kam unter seine Bettdecke und im mageren Schein eines Unschlittlichtes las ich ihm vor. Behutsam strich ich ihm beim Lesen wie früher über die Schultern. Dabei schmiegte er sich eng an mich, wir wärmten uns gegenseitig. In solchen Momenten jauchzte er wieder vor Freude und lächelte mich an.

Seine Lieblingsfabel handelte von einem Wolf, der neben einem Lamm an einem Bach trank. Der Wolf beschuldigte das Lamm grundlos, für die Eintrübung des Wassers verantwortlich zu sein. Auch wenn das Lamm verneinte und erklärte, dass dies gar nicht möglich sei, und auch die Verfluchungen des Wolfes über Zerstörungen des Ackers mit handfesten Argumenten zurückzuweisen wusste, wurde es schlussendlich doch von ihm gefressen.

Wenn ich ihm vorlas, fragte Martin mich oft nach der Bedeutung einzelner Wörter, und sehr bald verstand er, dass die Tiere in den kurzen Begebenheiten der Fabeln menschliche Züge aufwiesen. Zumindest hatte er gleich zu Beginn bemerkt, dass Wolf und Lamm sprechen konnten. Und jedes Mal, wenn er erneut vom Schicksal des Lamms erfuhr, kam er auf neue Ideen, wie dem schwächeren Tier zu helfen wäre. Seine Einfälle reichten von einem eingezäunten Haus nur für Lämmer bis hin zum heimlichen Schleifen der Wolfszähne, während dieser schlief. Darüber lachte sogar ich, und Martin fiel mit ein. Er hatte vorgeschlagen, dem Lamm Flügel zu schenken, damit es wegfliegen konnte, sobald der Wolf zum ersten Bissen ansetzte. Von unserem Gelächter wäre beinahe Hans aufgewacht, was mir das Knarzen des Bettes nebenan verriet, ich hatte die Türen nur angelehnt.

Viele Nächte verbrachte ich gemeinsam mit Martin im Gespräch über die Fabeln. Tagsüber benötigten Thechen und Maria meine Aufmerksamkeit und Hilfe. Sie konnten ja nicht einmal alleine essen. In ihrer Zurückgezogenheit waren sich die beiden sehr ähnlich, weswegen sie auch schnell einander genügten, trotz des Altersunterschieds von fast zwei Jahren. Die beiden waren mir nach der kräftezehrenden Schreizeit Gretes wie das zweite Wunder in meinem Leben erschienen.

Mit der Geburt ihrer jüngeren Geschwister hatte Grete ihr aufreibend wütendes Schreien aufgegeben. Laut und unbändig war Grete weiterhin, aber auch ungewöhnlich mutig für ein Mädchen. Augustine hatte mir zur weiteren Erziehung meines fordernden, forschen Kindes *Frau Stempe* ans Herz gelegt. Grete, die wild herumsprang und an allem zog und zerrte, was nicht irgendwo befestigt war, konnte ich mit der Androhung, Frau Stempe zu holen, besänftigen. Frau Stempe wurde für ungehorsame Kinder herbeigerufen. Sie besaß einen breiten Entenfuß, mit dem sie diese zur Strafe zerstampfen konnte, so die Mär. Wenn Grete also nicht zu bändigen war, machte ich Anstalten, in den Hof zu treten und nach Frau Stempe zu rufen. Grete nahm sich spätestens, wenn ich zum Rufen ansetzte, zurück. Meine zweite Tochter konnte auch sanft und ruhig sein.

Sie mochte es, wenn ich ihr morgens ganz allein zwei Zöpfe flocht, einen hinter jedem Ohr entlang, da trat kein einziger Laut über ihre Lippen. Mit ihren jüngeren Geschwistern wusste sie wenig anfangen, zu Martin hingegen schaute sie auf und war sein ganzes erstes Schuljahr über sehr traurig gewesen, weil er tagsüber nun nicht mehr zu Hause war und keine Zeit mehr mit ihr verbringen konnte. Erst als Martin Grete eine seiner Murmeln schenkte und sie dieses für ein Mädchen unschickliche Spiel versteckt in ihrer Kammer spielen durfte, wurde sie versöhnlicher. Ein Mädchen hatte gewöhnlich im Haushalt zu helfen, zu nähen oder zu sticken, anstatt Vergnügungen zu suchen.

Hans hatte darauf bestanden, Martin im gleichen Alter wie Barthel, den Sohn der Bachstedters, einzuschulen: mit viereinhalb Jahren. Rechnen, Schreiben und Lesen begriff er schnell, auch wenn ich ihn nie mit einem Lächeln von der Schule zurückkommen sah. Bis auf die wenigen Tage, an denen dort gesungen wurde. Die Jungen wurden im Chorsingen angeleitet, und die mit den besten Stimmen durften sogar die heilige Messe am Tag des Herrn gesanglich begleiten. Martin gehörte zu ihnen, daneben auch sein guter Freund Hans Reinicke, der Sohn des Hüttenmeisters. Martins Vater äußerte sich nicht zu den Gesangskünsten seines Sohnes, er selbst bekam nicht einmal ein Summen über die Lippen.

Manches Mal, wenn Martin uns beide allein in einem Raum wusste, schmiegte er sich an mich und trug mir eines seiner Lieder vor. Mit einem leisen Pfeifen begleitete ich seinen Gesang, was ihn fröhlich stimmte und strahlen ließ.

»Meine Hanna«, flüsterte er dann am Ende, ließ aber sofort von mir ab, sobald sich eines seiner Geschwister näherte. Er war ein ungewöhnlich zärtliches Kind, sensibel und für jede meiner Berührungen empfänglich. Wir pflegten weiterhin unsere Fabelnächte, diese Zeit, die wir ganz für uns hatten. Überhaupt hielt ich es mit jedem der Kinder auf seine eigene Weise.

In einer dieser Nächte, ich war auf dem Weg in Martins Kammer gewesen, vernahm ich Christinas Stimme zum zweiten Mal.

»Immer nur er!«, schimpfte sie, und von dem kindlichen Liebreiz ihrer Stimme war nicht mehr viel übrig.

Bevor ich eine Rechtfertigung vorbringen konnte, erinnerte ich mich auch schon der Ahne in Möhra. *Wenn Geister einem erscheinen, ist das schwarze Heer nicht mehr weit!*, hatte sie immer gesagt. Gemeint war das Heer der Verdammten, der schwarzen Seelen, die so manchen in der Nacht holen kamen.

»Margarethe!«, ermahnte ich mich laut, um vom heidnischen Gedankengut abzulassen. »Denke immer an das erste Gebot: Du sollst neben mir keine anderen Götter haben.«

In dieser Nacht las ich holprig und unkonzentriert, was Martin schnell merkte, weshalb er mich nach wenigen Zeilen bat, doch lieber gemeinsam zu singen, ganz leise, damit sein Vater es nicht hörte.

Um das Osterfest des Jahres 1489 herum erhielt unsere

Familie unerwarteten Zuwachs. Für viele Tage fesselte mich hohes Fieber ans Bett, weil sich die nie ganz verheilende Stelle in der Mitte des ansonsten vernarbten Geburtsschnitts auf sehr schlimme Art erneut entzündet hatte. Für die Tage meiner Unpässlichkeit hatte Augustine sich bereit erklärt, meinen Haushalt zu versorgen, ohne dass wir ihr dafür etwas bezahlen mussten, wie sie noch anfügte. So sparsam wie Hans war, hatte er ihr Angebot – wider aller Gerüchte, die in der Stadt über sie umherschwirrten – angenommen. Augustine schlief während dieser Zeit auch bei uns.

Ich grübelte oft darüber nach, ob sich die Hebamme vielleicht vor jemandem versteckte. Waren die Hexenhäscher bereits hinter ihr her? War es Zufall, dass die Besuche der Hüttenleute bei uns immer seltener wurden? Aus Möhra wusste ich von Weichlerinnen, die Kinder derart verhext hatten, dass diese die ganze Nacht hindurch schreien mussten. Ob Augustine etwa mit Grete … ich wagte den Gedanken nicht zu Ende zu bringen.

Während meiner Krankheit schlief ich in einer der Dachkammern in der düsteren Haushälfte, damit das Fieber nicht auf die Kinder überging. Krankheiten und Gifte aus den Körpersäften steigen stets nach oben. Augustines Lager befand sich nur eine Kammer weiter.

Es war am dritten Tag meines Fiebers sehr früh am Morgen gewesen, dass Hans ganz leise die Krankenkammer betrat. Bestimmt dachte er, dass ich noch schliefe, hielt ich doch meine Augen geschlossen. Wegen des Unschlittgeruchs wusste ich jedoch, dass er nah am Bett stand. Diesen Geruch hatte ich wegen der seit langem zwischen uns herrschenden Distanziertheit fast vergessen. Der Kirchgangsmantel vor einigen Jahren war das einzige Zeichen einer Annäherung geblieben. An diesem Morgen war es absolut still im Haus. Ohne eine einzige Bewegung stand er da, und ich dachte schon, dass er mich im nächsten Moment zur Arbeit hochscheuchen würde, doch das tat er nicht. Stattdessen verließ er nach einer Weile wortlos die Kammer.

Erst an meinem letzten Tag im Krankenbett kam er wieder. Es war am späten Nachmittag gewesen.

»Was ist mit den Kindern?«, fragte ich sofort. Zuerst blinzelte ich nur, weil das Licht in Hans' Hand mich blendete. Erst nach einer Weile sah ich Augustine und ein Mädchen neben ihm stehen. Auf ungewöhnliche Weise war es hübsch, darüber vermochten die zerschlissenen Gewänder nicht hinwegzutäuschen. Sein Gesicht war schmal und gerahmt von weißblondem, offenem Haar. Unter seinem Gewand zeigten sich Brustansätze, weswegen ich es auf mindestens zwölf Jahre schätzte.

Mit Augustines Hilfe setzte ich mich auf und legte den Schleier über mein verschwitztes Haar. Das Fieber war noch nicht ganz verschwunden, ich fühlte mich noch schwach.

»Sag meiner Frau, wie du heißt!«, forderte Hans das Mädchen auf. Der Fuchskragen seiner Schaube leuchtete rotgolden im Licht der Unschlittlampe.

»Ich bin Lioba«, sagte das Mädchen daraufhin gehorsam.

»Ab Morgen wird sie dir zur Hand gehen«, erklärte Hans, und ich glaubte, meinen Ohren nicht zu trauen.

Auf diese Aussage hin sah ich Liobas grüne Augen aufleuchten. Wie die Augen einer Katze bei Nacht, wenn man ihr mit einem Licht in der Hand begegnete.

»Für eine Kammer und zwei Mahlzeiten am Tag«, fügte Hans hinzu. »Das sollte für eine wie sie reichen.«

Endlich Hilfe für Haus und Hof! »Danke«, brachte ich hervor.

Nachdem Hans gegangen war, berichtete Augustine, dass sie Lioba im Wald aufgelesen hätte. Sie selbst sei auf der Suche nach Schneeglöckchenköpfen für eine Tinktur gewesen. »Ich fand sie neben einem toten Mann, das Blut quoll ihm noch aus dem Herzen.«

Unvermittelt fuhr mir vor Schreck die Hand vor den Mund. Ich schaute zu Lioba, deren grüne Augen sich nunmehr mit Tränen füllten. Sie wollte unbedingt verhindern, dass wir sie weinen sahen. Das erkannte ich daran, dass sie die Augen weit aufriss. Sie wollte stark sein, das spürte ich.

»Er war mein Vater, und sie haben ihn umgebracht, weil er seine Geldkatze nicht hergeben wollte.« Lioba ballte die Hände zu Fäusten, so fest, dass ihre Fingerknöchel weiß hervortraten.

Das Mädchen hatte mit ansehen müssen, wie man seinen Vater getötet hatte?

Augustine bedeutete Lioba fortzufahren.

»Mich hatte Vater vorsorglich hinter ein Dickicht geschickt, als er sie kommen sah. Es waren zwei Männer. Zwei starke Männer«, fauchte sie.

»Sie hat keine Familie mehr«, erklärte Augustine. »Und ich kann sie nicht durchbringen. Sie scheint mir recht klug und hat versprochen, fleißig zu sein.«

Das also meinte Hans mit »einer wie ihr«: Eine Waise ohne Eltern, die ihr bei einer späteren Verheiratung eine Mitgift mit in die Ehe geben konnten. Ohne Geld oder Anstellung hatte das Mädchen keine Zukunft und müsste sich allein aus Versorgungsgründen dem erstbesten Unhold, der es wollte und ernähren konnte, zur Frau geben. Eine schreckliche Aussicht, die mich um ihretwegen bekümmerte. Doch bis dahin wollte ich es gerne mit der geschundenen Seele probieren, und bisher hatte ich mich auf Augustine, auch wenn sie mir weiterhin ein Geheimnis war, noch immer verlassen können.

»Gut, dann gehen wir es an«, sagte ich schließlich und sah, wie Augustines breite Schultern erleichtert nach unten sanken.

Während all meiner Tage auf dem Krankenbett hatte sie

den Haushalt, mein Fieber und vor allem auch die Kinder im Griff gehabt. Die Dankbarkeit, die ich ihr dafür entgegenbrachte, hatte die Gerüchte, sie sei eine Weichlerin, eine, die Magie anwendet und schädliche Tränke braut, vollkommen verdrängt.

Es war Augustine selbst, die meine Befürchtungen zu neuem Leben erweckte. »Ihr habt von dem Hexenbuch gehört?«, fragte sie noch, bevor sie die Krankenkammer verließ.

Ja, das hatte ich. Beim vorletzten Kirchgang. Das Buch war seit einiger Zeit im Umlauf und klärte über Hexen und Zauberer auf. Es forderte deren Verfolgung und Vernichtung.

»Wir sollten die Verbreitung des Buches verhindern«, sagte Augustine schroff und in überzeugtem Tonfall, als ginge es darin nicht um Zauberinnen, die ihre Seelen an den Teufel verkauften und einen Pakt mit ihm schlossen.

Ich hielt die Luft an, Lioba stand neben meinem Bett und der Hebamme. Augustine fuhr sich mit der Hand unter die Kapuze, ohne dabei einen Fingerbreit von ihrem Kopf freizulegen. »Die Hüttenleute sind eine große, starke Gemeinschaft«, sagte sie. »Sie könnten die Verbreitung des Buches aufhalten.«

Aber warum?, fragte ich mich im Stillen, weil ich es nicht wagte, die resolute Hebamme in Liobas Anwesenheit darauf anzusprechen. In diesem Moment schlug jemand gegen unsere Eingangstür im Erdgeschoss. Ich wollte mich erheben, doch Augustine war schneller als ich. Sie schaute mir noch einmal intensiv in die Augen, wie um mich auf ihre Sache einzuschwören, was mich erschaudern ließ. Dann eilte sie nach unten. Hatte ich sieben Tage lang das Wohl meiner Familie in die Hände einer Frau gelegt, die eine Gespielin des Teufels war?

Kurze Zeit später war Augustine schon wieder zurück. »Die Frau vom Schmied kommt nieder, und ich habe ihr meine Hilfe zugesagt.« Augustine begab sich wieder die Treppe hinab.

Ich nahm mir vor, sie demnächst etwas genauer zu beobachten, was mir nicht leichtfiel, denn sie war mir ans Herz gewachsen.

»Lass uns das Abendmahl zubereiten«, sagte ich zu Lioba, erhob mich und ging mit ihr zusammen in die Küche der hellen Haushälfte hinüber. Von den Tagen zuvor war im Grapen noch etwas Ragout übrig, das ich nun erwärmte. Meine Gedanken waren dabei noch immer bei Augustine und ihrem Anliegen das Hexenbuch betreffend. »Kannst du kochen?«, fragte ich Lioba.

Mehrmals hintereinander nickte sie. »Ja!«, sagte sie so überzeugt, als gäbe es auf dieser Erde kein Mädchen, das diese Kunst besser beherrschte als sie. Einen demütigen Blick oder sittsam gesenkte Lider, wie es die Töchter der Hüttenmeisterfamilien hielten, konnte ich an Lioba in der Zeit, in der sie bei uns war, kein einziges Mal feststellen.

»Dann rühre das hier erst einmal für mich.« Ich begab mich in die kleine Stube, um den Tisch herzurichten.

Als ich die Küche wieder betrat, stand Lioba – das weißblonde Haar nunmehr zum Zopf geflochten – rührend vor der Kochstelle, ein benutztes Messer lag auf dem Schneidebrett. Prüfend schaute ich in den Grapen. Das Fleisch kochte, und sie hatte Petersilie klein geschnitten und hinzugegeben. Ein guter Anfang.

Zu fünft verspeisten wir die Fleischmahlzeit, Hans trank Wein und verkündete am Ende, dass er nächstes Jahr aufsteigen werde. Es bestand die Aussicht, dass er Vierherr wurde. Dann würden ihm endlich auch die Ratsherren – Lichtpein, Eckhard und Thormann – zuhören, erklärte er mit Nachdruck.

Lioba hatte gewaltigen Hunger, und so überließ ich ihr den Rest aus meiner Schale. Mein Appetit war immer noch nicht zurückgekommen, obwohl wir doch schon seit beinahe sechs Jahren in der grauen Stadt wohnten. Sechs Jahre, in denen ich Asche vom Gemüse geputzt und immer nur düstere Wolken über unserem Haus gesehen hatte, am Rand der Erdscheibe in endloser Blässe der Natur.

Und ich war erneut schwanger.

Nachdem wir Schalen und Becher gemeinsam abgeräumt und gesäubert hatten, zeigte ich Lioba ihre Kammer. Diese befand sich in der düsteren Haushälfte neben meiner Krankenkammer. Augustine hatte schon in ihr genächtigt, und es passte gerade einmal ein Bett in sie hinein. Für die Nacht gab ich ihr noch eine weitere Decke und eines meiner wollenen Übergewänder, dann verabschiedete ich mich. Sobald ich den Haushalt wieder selbst versorgen könnte, würde Lioba die Einzige sein, die in diesem Hausteil schlief. Ich machte, dass ich endlich wieder in die helle Hälfte hinüberkam.

Obwohl die ersten Frühjahrstage nicht mehr fern waren, war es noch bitterkalt draußen, das spürte ich an den eisigen Windzügen, die durch die Räume fegten. Der Geruch von Schlacke zog sich durchs Haus, das eindeutige Zeichen für einen harten, langen Winter in der Bleibe eines Hüttenmeisters.

Mit kalten Füßen betrat ich das Obergeschoss der hellen Haushälfte, um nach den Kindern zu schauen. Nichts stillte meine Sehnsucht nach Ruhe und Geborgenheit mehr als der Anblick meiner schlafenden Kinder. In Kindern finden sich Unschuld, Natürlichkeit, Furchtlosigkeit und Gottvertrauen zugleich, und diesen Zustand musste ich ihnen so lange wie möglich erhalten. Das wurde mir an diesem Abend bewusst. Während meiner Krankheit hatte ich fünffachen Abschiedsschmerz durchgestanden. Für jedes Kind einen. Christina, Martin, Grete, Maria und Thechen. Ich dachte, ich würde sterben und sie eine lange Zeit nicht wiedersehen. Meine Jahre im Fegefeuer waren jetzt schon viel zu viele. Geld für weitere Ablassbriefe besaß ich nicht.

Wenn ich aber, wie in diesem Moment, durch ihre Kammern von Bett zu Bett schritt, fühlte ich das Glück, für sie da sein zu dürfen. Ihre schlafenden Gesichter weckten die Hoffnung auf neue Kräfte in mir. Martin schlief endlich wieder tiefer, was ich an seinen gleichmäßigen Atemzügen und dem Auf und Ab seines Brustkorbs erkannte. Grete in der Kammer neben Martin am Ende des Flures schmatzte laut, was ich als Zeichen ihrer Zufriedenheit deutete. Meine Maria lächelte und hatte das mit offenem Mund schlafende Thechen nahe bei sich. Die beiden bewohnten den Raum direkt am Treppenabgang. Sie waren so schutzbedürftig und vertrauten sich in dieser unwirtlichen Gegend nicht nur Gott, sondern auch mir an. Ich wollte sie mit allem Notwendigen versorgen, so dass sie starke Weiden wurden. Weiden, fern dem Wasser der Versündigung.

Ich begab mich zu Bett, wo mir Hans sofort meine Nachtgewänder bis knapp über den Schoß hinaufschob. Ich bewegte mich auch dann nicht, als er über mich kam, sondern betete nur stumm, dass die gerade erst einigermaßen verheilte Stelle am Unterbauch nicht gleich wieder aufreißen möge.

Mit einem einzigen Stoß drängte er in mich hinein. Ich versteifte mich vor Schmerz und spürte an der Narbe etwas Feuchtes, das mir den Bauch hinablief.

Bald war die unkeusche Tat vollendet.

Hans rollte sich von mir herunter und schlief bald darauf ein.

Mir brannte der Unterleib, und der Geruch von Blut stieg mir in die Nase. Thechen begann zu weinen. Ich erhob mich, ging hinüber und tröstete sie. Erst danach versorgte ich meine tatsächlich wieder aufgerissene Wundstelle.

Weit nach Mitternacht las Augustine mich halb erfroren unter dem Kreuz in der kleinen Stube auf und murmelte einige mir unverständliche Verse.

Von da an begann ich jeden Morgen mit einer Andacht. Gemeinsam mit den Kindern kniete ich vor dem Holzkreuz in der kleinen Stube. Wir sprachen einige Vaterunser, das Glaubensbekenntnis und baten den Herrn um einen sündenfreien Tag. Einer der innigsten Momente des Tages war das für mich. Ein Lichtstrahl, der Wärme ins Haus brachte, das mir immer noch fremd war. Während der Andacht sah ich vor meinem inneren Auge oft die Heilige Familie: Josef, der fleißig in der Werkstatt arbeitete, und die Muttergottes im Haushalt, die das gehorsame Jesuskind unterwies. Schon die heilige Gottesmutter Anna wurde häufig mit einem Büchlein bei Marien dargestellt, weswegen ich es mit dem Vorlesen auch sehr ernst nahm. Die Kinder liebten die Texte aus meinem Beichtbüchlein, und manches Mal, wenn die Kleinen schon schliefen, trug ich Martin und Grete sogar aus dem Sterbebüchlein vor. Grete war ganz gierig nach der Stelle, die von der Verschlagenheit des Leibhaftigen und seinem Hunger auf unsere Seelen in der Stunde unseres Todes erzählte. Sie war das einzige meiner Kinder, das keine Angst vor der Hölle zu haben schien.

Gemeinsam sprachen wir dann die einzig korrekte Antwort gegen die Einflüsterungen des Teufels: »Ich glaube, was die Kirche glaubt.« Damit begaben wir uns in die Hände unseres gestrengen Gottes, auf dass er uns mit dem Wasser seines Lebens reinigte und uns unsere Aufgaben zuwies.

Zur Zeit der Morgenandachten war Hans schon längst auf dem Weg zu den Hütten. Mutter sagte, man würde in der Ehe langsam zusammenwachsen, man müsse sich nur besser kennenlernen und Schlimmes gemeinsam durchstehen. Dafür gab mir Hans aber keine Zeit, er war stets in Eile und nur des Nachts, am siebten Tag, dem Tag des Herrn, oder an Festtagen zu Hause.

Hans hatte neben neuen Herrenfeuern vier Hufen Ackerland erworben und für dessen Bestellung – Gott sei es gedankt – einen Knecht ins Haus geholt. Arnulf schlief in der schmalen Kammer neben Liobas Raum. Ihm schien die Düsternis dort drüben wenig auszumachen. Auch war er froh, die Abendmahlzeit an unserer Tafel miteinnehmen zu dürfen. Doch selbst der erfahrene Arnulf rang dem Mansfelder Boden nur wenig Ertrag ab. Der Verkaufserlös der mickrigen Ernte floss zudem in das Betreiben der Hütten. Mit einigen Säcken Getreide bezahlten wir unseren Hauszins, anstatt wie früher mit Federvieh, so blieb uns mehr Fleisch, um satt zu werden. Die Preise für Kupfer stiegen weiter an und damit auch die Einnahmen der Hüttenmeister. In unseren ersten Jahren in Mansfeld hatte Hans acht Gulden für einen Zentner Rohkupfer erhalten, inzwischen waren es elfeinhalb. Hans beschäftigte pro Feuer um die dreißig Männer. Ich empfand die Verantwortung, die damit auf ihm lastete, als bedrückend. Insgeheim befürchtete ich, dass Herr Zecke nur auf den Zeitpunkt wartete, zu dem Hans der erfolgreichste Unternehmer der Gegend war, um ihn genau dann zu Fall zu bringen. Denn dann würde der Fall am tiefsten und der Aufprall am schmerzhaftesten sein. Nur so konnte ich mir erklären, dass der Montanbeamte in den letzten Wochen das Haugeld nicht erneut heraufgesetzt hatte. Ich mied jeden Kontakt mit dem Mann, dessen Schweißgeruch mir schon in die Nase stieg, sobald nur sein Name fiel. Dann war mir jedes Mal, als stünde er aufdringlich nah vor mir oder würde, wie beim großen Essen, verschwitzt in unserer großen Stube sitzen und ungeduldig mit den Fingern auf dem Tisch trommeln.

Die Hüttenmeister veranstalteten immer häufiger ausladende Feste. Zuletzt war ein gelungener Transport mehrerer Ladungen Schwarzkupfer über die Alpen mit viel Wein und Schnaps begossen worden. Je mehr das Tempo und der Eifer im Bergbau zunahmen, desto mehr wuchs auch der Sturz von Verena Bachstedter in die Höhe. Mit jedem

Kirchgang gewann er an Fächerung, Volumen und Eleganz. Seit einigen Wochen ging sie außerdem in Seide und Brokat gewandet nicht minder stolz als die Gräfinnen oben vom Schloss zur Messe.

Hans erwarb ähnliche Gewänder für mich. Doch manchmal glaubte ich, dass er mich nicht einmal dann ansah, wenn wir gemeinsam in einem Raum waren. Auch die Frauen, die sich um die Bachstedterin scharten, mehrten sich. Inzwischen gehörten die Gattinnen der Ratsherren Lichtpein und Thormann ebenfalls ihrem erlauchten Kreis an. Nach dem Kirchgang wechselte ich ab und an einige höfliche Worte mit ihnen, aber zu ihnen dazugehörig fühlte ich mich nicht. Obwohl ich, trotz meines dicken Bauches, endlich einmal zu einem ihrer Nadelnachmittage gegangen war. Etwas abseits hatte ich gesessen. Es war kalt und zugig auf dem Stuhl neben der Tür gewesen, die anderen Frauen saßen näher am Ofen als ich. Die leuchtend blauen Teppiche in der Stube der Bachstedters waren perfekt gebürstet und das Aprikosengebäck sehr schmackhaft gewesen. Sie hatten mich ausgefragt, nach meiner Ehe und Hans' Geschäften; ich hatte mich sehr unwohl dabei gefühlt. Und doch wollte ich weiter hingehen, damit ich nicht völlig vereinsamte. Ich häkelte eine Nachthaube für Maria.

Die Kinder konnten zunehmend kleine Aufgaben im Haushalt übernehmen und beim Holzholen und der Bewirtschaftung des neuen Landes mithelfen. Grete stellte sich zudem nicht schlecht beim Spinnen an. Vor allem aber packte Lioba kräftig mit an. Sie war mindestens genauso stark wie ein Knecht ihres Alters, was mir beinahe unheimlich war. Mit ihren leuchtenden grünen Augen und ihrem weißblonden, langen Haar brachte sie einiges Durcheinander in unsere häusliche Ordnung. Zumindest in die Ordnung meines Sohnes und seiner treuesten Verehrerin Grete. Lioba gefiel Martin von Anfang an, und immer öfter suchte er ihre Nähe, was Grete gar nicht mochte. In den Nächten verlangte er immer seltener, dass wir gemeinsam lasen oder sangen. Einmal beobachtete ich, wie er – als Lioba den Flur vor den Kammern der Kinder schrubbte – nach ihrem Haar griff und daran roch.

Im Jahre 1490 gebar ich Jacob, unser sechstes Kind, in einer unkomplizierten Geburt. Anders als Martin war Jacob ein kräftiger Junge, ein Säugling von acht Pfund. Auch bei ihm hielt ich es wie die Gottesmutter: Ich stillte ihn selbst, und er dankte es mir mit einem ausgeglichenen Wesen und langem Schlaf, sogar an meiner Brust hielt er die Augen geschlossen. Ganz anders als Martin, dessen klarer Blick mich stets festgehalten hatte. Wenn Gott es mir zugestand, würde Jacob unser letzter Sohn sein. Unser Erbe, der das Werk fortführen würde, dessentwegen uns Hans Tag für Tag allein ließ.

Für meinen Ehemann konkretisierte sich zu dieser Zeit die Aussicht, das Amt eines Vierherren von Mansfeld zu bekleiden. Damit würde er für das Wohlergehen unseres Stadviertels verantwortlich sein, Streit schlichten und im Falle einer Stadtverteidigung Befehle erteilen dürfen.

»Bitte bringt uns ein wärmendes Getränk, Korbinius!« Lucas stellte das Glöckchen auf den Tisch neben der Staffelei, mit dem er soeben nach seinem Hausdiener gerufen und Margarethe Luther aus ihren Gedanken in die Gegenwart zurückgeholt hatte. Vielleicht half etwas Wärmendes ja dabei, mit dem Porträtieren rascher voranzukommen. Noch hatte er Martins Mutter nicht einmal für das Dreiviertelprofil positioniert.

Kurz darauf kehrte sein Diener mit zwei Bechern zurück. Auch heute glänzte Hufnagels bis auf einen dünnen Haarkranz kahler Schädel wie poliert. Hufnagel war gründlich und unermüdlich. Zudem besaß er die besondere Fähigkeit, sich unsichtbar zu machen und die Vertrautheit in der Porträtkammer nicht zu stören, während er seinen Dienst verrichtete. Eine Eigenschaft, die ihm als Einzigem in der Dienerschaft das Privileg eingebracht hatte, das zweite Obergeschoss betreten zu dürfen. Selbst die Öfen hier oben zündete nicht die Ofenmagd, sondern Hufnagel an.

Den ersten Becher hatte Hufnagel soeben lautlos neben Margarethe Luther abgestellt, ihren noch vollen Weinbecher nahm er wieder mit. Lucas' zweites Getränk plazierte er neben dem Zeichenzubehör auf dem Tisch.

Lucas wandte sich wieder Margarethe zu. Sie wirkte noch immer geistesabwesend, griff langsam nach dem Becher und trank einen Schluck vom Kräuteraufguss. Lucas beobachtete genau, wie sich dabei die vielen Falten um ihren Mund zusammenzogen.

Erst nachdem sie den Becher abgestellt hatte – was gleichfalls langsam vonstatten ging –, sprach er sie an: »Bitte dreht Euren Kopf etwas mehr aus dem Profil, so dass ich Eure linke Gesichtshälfte besser sehen kann.« Zur Demonstration drehte Lucas sich in die gewünschte Richtung. Zunächst die genaue Körperhaltung der Porträtierten zu bestimmen, war sehr wichtig. Erst danach galt es, die Blickrichtung, den Lichteinfall und den Hintergrund festzulegen. Ein Gesicht zeigte einen gänzlich anderen Ausdruck, je nachdem ob der Kopf geneigt oder gedreht war, oder das Licht von oben, unten oder von der Seite darauf fiel.

Margarethe Luther drehte sich auf Anhieb in die für das Dreiviertelprofil richtige Position. Sie zeigte Lucas ihre gesamte linke Gesichtshälfte, von der rechten aber lediglich den Teil zu Nase und Mund hin. Sie trug noch immer ihren Umhang und die gewaltige Haube. Den Geruch von Geräuchertem, wie ihn Hans Luther ausgedünstet hatte, nahm er nun, wo sie allein waren, auch an ihr wahr, wenn auch weitaus schwächer.

»Ihr könnt Euch das Stillhalten erleichtern, indem Ihr Euren Blick an das linke Fensterkreuz heftet«, empfahl er und zeigte darauf. Lucas merkte, dass es zunehmend wärmer in der Porträtkammer wurde. *Korbinius Hufnagel, du Fuchs hast also noch einmal Holz nachgelegt!* Vielleicht würde sein Modell den Umhang nun doch noch ablegen.

Wie auf all seinen Pendantbildnissen wollte Lucas die Frau mit nach links und den Mann mit nach rechts gerichtetem Kopf festhalten. Auf diese Weise kreuzten sich ihre Blicke wie ihre Leben.

In einer langsamen Bewegung führte Margarethe gerade ihre linke Hand vom Bauch weg und legte sie auf die rechte in ihrem Schoß. Lucas war bemüht, nur ja keine Regung von ihr zu verpassen, bot sie ihm sonst doch so gut wie keine Möglichkeit, ihr Wesen zu erfassen. Er spürte, dass er sehr behutsam mit ihr umgehen musste.

Lucas stellte sich mit der linken Schulter zum Fenster, so dass das Licht ungehindert auf Ennlein fiel und seine Hand keinen Schatten aufs Papier warf. Wie auch bei allen anderen Porträts würde er erst einmal mit der sogenannten kalten Malerei beginnen und die Umrisse und Äußerlichkeiten wie Kleidung und Haartracht zeichnen, ohne Spuren des Inneren, ohne Spuren der Seele. Jene Linien, die gut ausgebildete Künstler bei ein und demselben Modell nahezu identisch malten.

Weil ein gelungenes Porträt jedoch niemals ohne das Malen des wahren Antlitzes auskam, legte man über die kalte Malerei ein zweites, personalisiertes Bild, das den Charakter des Modells wiedergab und dem Bildnis damit erst Leben einhauchte. Zum Schluss, wenn die Skizze fertig und das Porträt mit Ölfarben auf eine Holztafel gemalt worden war, galt es dann, insbesondere durch die farbliche Ausgestaltung, das Augenmerk auf einen Schwerpunkt im Gesicht der Person zu lenken. In seiner Wiener Zeit hatte er im Hintergrund meist symbolüberladende Landschaften mit vielen Details gemalt. Seit Jahren verzichtete er nun schon in der Porträtmalerei darauf, denn aufwendige Hintergründe lenkten den Blick des Betrachters nur vom Wesentlichen ab, anstatt darauf hin: auf den Porträtierten, der sich mit dem Bild ein teures Stück Ewigkeit erkauft hatte.

Lucas mischte einen mittelgrauen Ton an und skizzierte damit zuerst Margarethes Kopfform in groben Strichen. Er gab noch etwas mehr Schwarz in sein Grau, musste das bereits angetrocknete Schwarz zuvor aber erst noch etwas nässen. Eindeutig arbeitete er heute zu langsam.

Als Nächstes zeichnete er die Umrisse von Nase, Augen und Mund, so dass ein erster Eindruck ihres Gesichtes entstand. Mit mehreren kurzen Strichen skizzierte er ihre Oberlider, die Unterlider und Brauen. Es waren Martins Augen, die Lucas inzwischen blind zu zeichnen wusste und die er noch dutzende weitere Male zu Papier bringen wollte. Margarethes Iris deutete er nur leicht an. Bei ihrer Präzisierung drückte er schon fester auf. Deutlich arbeitete er heraus, dass die Iris von einem Teil des Oberlides verdeckt wurde, ein Hinweis auf Müdigkeit. Als dunkler Punkt kam die Pupille hinzu. Seitdem Margarethe das Fensterkreuz fixierte, hatte Lucas sie kein einziges Mal blinzeln gesehen und auch keine Anzeichen dafür, dass sie schwitzte, trotz der zusätzlichen Ofenwärme und des heißen Getränks.

Margarethes Lippen waren rissig und farblos. *Alte Lippen*, dachte er bewegt und fing sie genauso ein. Derart realistisch hatte er zuletzt gezeichnet, als sein Vater ihm noch Lehrstunden in der Porträtmalerei erteilt hatte. Damals in Kronach. Und bei der Vorstudie für Martins erstes Bild, das war kurz vor dem Reichstag in Worms vor sechs Jahren gewesen. Damals hatten sie sich bereits zwei Jahre gekannt. Für einen Kupferstich hatte er Martin streng, dramatisch und voller Entschlusskraft gezeichnet. Doch der Kurfürst hatte sich Martins Darstellung vernunftbetonter, ausgleichender gewünscht, und natürlich war Lucas diesem Wunsch nachgekommen. Ausgleichend? War Martin niemals gewesen! Wenigstens die Aufschrift unter dem Brustbild war geblieben: *Die unvergänglichen Bilder seines Geistes bringt Luther selbst zum Ausdruck, das Wachs des Lucas' dagegen seine sterbliche Gestalt.*

Margarethes Nase war fleischig, es kribbelte in seinen Fingern, als er sie malte. Nasen und Ohren, dass wusste er, wuchsen im Alter und ließen ein Gesicht dadurch unförmig wirken, was auch für Margarethes Züge galt. Ihren Kopf umriss er erneut, um ihn knochiger zu bekommen.

Immer schneller sprangen Lucas' Augen nun zwischen seiner Skizze und dem Modell hin und her. Die Zeichen eines harten, arbeitsamen Lebens – die unzähligen Falten und ihre fahle Haut – fielen ihm besonders auf. Ihr Gesicht verriet ihm Unnahbarkeit, Zurücknahme und Verschlossenheit.

»Meiner Barbara habe ich gleich fünf wundervolle Kinder zu verdanken«, erwähnte er wie nebenbei. Einer seiner Kunstgriffe, um Menschen zum Sprechen zu bewegen, war: selbst vermeintlich private Informationen preiszugeben. Angebotenes Vertrauen öffnete.

Fünf wundervolle Kinder!, wiederholte Lucas in Gedanken. Zuallererst sein Ältester, Hansi, dem er in etwa zehn Jahren seine Werkstatt von einmaligem Ruf zu übergeben gedachte. Die Werkstatt mit dem Zeichen der geflügelten Schlange, die unverkennbar mit Martins Porträts verbunden war.

Margarethe reagierte nicht auf seine Ansprache, sie saß auch weiterhin völlig unbewegt auf ihrem Stuhl. Er würde bald mit der kalten Malerei fertig sein, bis dahin müsste es ihm gelingen, sie zum Reden zu bringen. Lucas ließ sich die Enttäuschung darüber, dass Margarethes Gesprächigkeit in so heftigem Gegensatz zu der Martins stand, nicht anmerken. Konnte eine derart zurückhaltende Frau Martin auch nur in Ansätzen etwas mitgegeben haben, was ihn zur Reformation der Kirche befähigt hatte? Lucas versuchte sich vorzustellen, wie Margarethe – in Martins leutseliger Art – voller Überzeugung ihre Meinung zu einer Sache auch gegen Widerstände vortrug, aber es gelang ihm nicht. Bei Katharina von Bohra,

Martins Frau, konnte er sich das wiederum sehr gut vorstellen, erlebte es sogar regelmäßig im Schwarzen Kloster. Er kannte Katharina besser als die meisten Wittenberger, schließlich war sie nach der Flucht aus dem Kloster Nimbschen zunächst in seinem Hause untergekommen. Es war seine Gattin Barbara gewesen, die Katharina auf die Führung eines eigenen Haushaltes vorbereitet hatte. Gemeinsam hatten er und Barbara die ehemalige Nonne auch in der heimlichen Zeremonie mit Martin zum Traualtar geleitet.

»Für die Kinder bin ich meiner Ehefrau sehr dankbar. Wie noch für vieles andere mehr. Sie liegt seit Annas Geburt noch darnieder«, sagte Lucas und betrachtete seine Skizze unzufrieden. Wenn Barbara ihm nicht gerade Nachwuchs gebar, füllte sie ihren Platz an seiner Seite souverän aus. Sie umsorgte die Familie ohne geringste Anzeichen von Erschöpfung. Wenn er außerhalb Wittenbergs zu tun hatte, überwachte sie sogar seine Geschäfte. »Barbara und Korbinius Hufnagel sind die wertvollsten Stützen meines Haushalts.« Die beiden waren in der Tat wichtiger als jeder Malergeselle, der unten in der Werkstatt kunstfertig Gemälde kopierte. Dennoch überfiel ihn trotz Barbaras und Korbinius' Unterstützung hin und wieder die Angst, den großen Haushalt nicht mehr versorgen zu können, den Überblick und die Kontrolle über ihn zu verlieren. Eine Angst, die ihm sogar Alpträume bescherte. Deswegen hatte er sich beim Einzug in das Haus auch vorgenommen, täglich vor dem Zubettgehen alle Dinge zu regeln, die sich regeln ließen. So blieb keine Rechnung länger unbeglichen, und jede neue Bestellliste wurde abgezeichnet, was ihn viel Zeit kostete. Seine finanziellen Ängste waren wahrscheinlich das Erbe des Vaters, der um jeden Gulden, den er für seine Malerei erhielt, hart hatte verhandeln müssen. Von einem Grundgehalt über einhundert Gulden zuzüglich Gewändern, Pferd und Pferdefutter, wie es Lucas als kurfürstlicher Hofmaler jährlich erhielt, hatte der Vater in Kronach nur träumen können. Eigentlich lief alles zufriedenstellend, aber die Angst fand immer wieder ihren Weg in seinen Kopf zurück. Er war mehrfacher Hausbesitzer, verkaufte erfolgreich Apothekerwaren wie gestoßene Gewürze, Süßzeug und gefärbtes Wachs. Auch der Weinhandel brachte ihm gute Einkünfte. Aber eine Ehefrau und fünf Kinder, einen Hausdiener, sechs Mägde und fünf Knechte, zwei Kinderfrauen, einen Weinschenk, den Apotheker sowie mehr als ein Dutzend Maler in seiner Werkstatt durchzubringen, war durch eine schlimme Missernte oder ausbleibende Auftragsarbeiten dennoch schnell gefährdet. Ein Schwein kostete mittlerweile einen ganzen Gulden, und das Warenangebot auf dem Markt wurde derzeit immer geringer, da die Bauern während der vergangenen Erntezeit für den Bau der neuen Stadtmauer von den Feldern abgezogen worden waren.

»Gegenseitige Wertschätzung ist etwas sehr Wichtiges unter Eheleuten«, hörte er da auf einmal wieder die zärtliche Stimme von Martins Mutter. Margarethes Züge wirkten nach diesen Worten auch nicht mehr so verstört und geistesabwesend wie nach ihrer Ankunft. Lucas meinte sogar, etwas Weiches, Liebevolles in ihnen auszumachen.

»Ihr habt recht«, pflichtete er ihr bei und begann zu erzählen, wie er und seine Frau die Entwicklungsfortschritte der Kinder ohne den Einsatz einer Rute zu überwachen versuchten.

Margarethes gelöster Gesichtsausdruck änderte sich auch dann nicht, als er von seinem Zweitgeborenen, Lucas, erzählte, dem als einzigem seiner Kinder an schlimmen Tagen nicht mit Worten beizukommen war. »Mein inzwischen zwölfjähriger Junge ist listig und leider nicht mit dem Herzen bei der Malerei. Auch er ist Lehrbusche in meiner Werkstatt, erscheint dort aber selten pünktlich.« Lucas ließ den Pinsel sinken. Er sah das Gesicht des jungen Lucas vor sich, die Augen noch klein, die rötlichen Haare zerzaust und ständig gähnend, weil er am vorangegangenen Abend in der Weinschenke ausgeholfen und sich einen Spaß daraus gemacht hatte, aus jedem abgeräumten Becher die letzten Tropfen zu lecken.

»Kinder haben einen eigenen Willen, den wir Eltern nicht brechen, nur lenken können«, merkte Margarethe leise an.

Der Gedanke der Lenkung gefiel Lucas, und er fragte sich, ob er seine Mädchen – Ursula, Klein-Barbara und Anna –, natürlich nach seiner Vorauswahl, nicht selbst den für sie geeigneten Heiratskandidaten aussuchen lassen sollte. In diesem Moment begriff er, dass nicht Martin die stärkste Verbindung zwischen ihm und Margarethe Luther war, sondern die Tatsache, dass sie beide Eltern waren.

»Auch Eheleute sind zuweilen starrköpfig, beinahe so wie kleine Kinder«, fügte Margarethe hinzu, die trotz des gelösten Gesichtsausdrucks nach wie vor starr auf ihrem Stuhl saß. Allein ihre Lippen bewegten sich.

Lucas dachte, dass Barbara am starrköpfigsten war, wenn es um die Kinder ging. »Meine Frau meint, ich bevorzuge Hansi«, sagte er und war selbst verwundert, dass er etwas preisgab, was zwischen Barbara und ihm immer wieder zu Streitigkeiten führte. »Aber vielleicht ist das mit den ältesten Söhnen einfach so.«

Margarethe lächelte leicht, die Falten um ihren Mund herum glätteten sich. Sie sah nun ganz anders aus.

»Martin war das erste Kind, um das ich mich kümmern durfte.«

Deswegen wird er für sie auch immer etwas Besonderes bleiben, schlussfolgerte Lucas und verfolgte, wie Margarethe den Blick vom Fensterkreuz nahm und nun ihn anschaute. »Ich liebe alle meine Kinder gleich und würde für jedes einzelne mein Leben geben. Ich hatte es dem Herrgott sogar angeboten ...«

Lucas nickte stumm, und als Margarethe Luther nach einem Moment der Stille fortfuhr, wusste er, dass sich sein Gespür, ihr nur genügend Zeit lassen zu müssen, damit sie sich ihm öffnete, als richtig erwiesen hatte. Er hörte ihr zu und malte weiter an ihren Konturen.

»Während Hans für die Mädchen wenig Interesse zeigte, erkundigte er sich ab und an noch nach Jacobs Befinden. Ansonsten konzentrierten sich seine Ambitionen auf Martins Zukunft. Immer wieder hat er sich mit anderen Hüttenmeistern über weiterführende Schulen und Universitäten besprochen«, erzählte Margarethe so leise, als sei Lucas gar nicht im Raum.

»Am Fünfzehnertag, wie ich ihn in der Erinnerung irgendwann taufte, hatte unser Ältester sein erstes Jahr in der Lateinklasse hinter sich gebracht, im Haus direkt neben St. Georg.«

»Das hat Euren Mann sicher stolz gemacht.« Lucas sprach ebenfalls leise, um die vertrauensvolle Atmosphäre im Raum nicht zu zerstören.

»Ich glaube, ja.« Margarethe richtete sich im Stuhl auf, als wappnete sie sich für die folgenden Worte.

Lucas schöpfte Hoffnung. Das war nicht mehr die erschöpfte Greisin von vorhin. Das war eine Frau mit genau den Gegensätzlichkeiten, die den Betrachter eines Bildes reizten: Tod und Schönheit. Vergänglichkeit und Leben. Alter und Vehemenz. All dies hatte er gerade in ihr gesehen, und er wollte mehr davon. Bisher hatte sie ihre kraftvolle Seite wie einen Schatz vor ihm verborgen, wie eine Muschel die Perle in ihrem Inneren. »Seit der ersten Lateinklasse überzeugte sich Hans jeden Tag vor Sonnenaufgang von Martins Lernfortschritten«, führte Margarethe jetzt etwas lauter aus, ohne dass ihre Stimme dabei den sanften Tonfall verlor. »Erst ließ er sich lateinische Schriften vorlesen und, mit fortschreitenden Kenntnissen unseres Sohnes, auch Bibelverse zitieren, obwohl er selbst kein Latein sprach.«

Lucas beobachtete, wie Margarethe, den Blick noch immer auf ihn gerichtet, einen Schluck von dem Minzaufguss trank. Nachdem sie den Becher wieder abgestellt hatte, schüttelte sie kaum merklich den Kopf, und schon war das Kraftvolle, die Perle, in ihr wieder verschwunden. Erneut leiser und gebrechlich fuhr sie fort: »Selten war Hans zufrieden mit Martins Arbeit. Entweder war ein Vers zu langsam aufgesagt, holperte seine Stimme beim Lesen oder kam eine Übersetzung nicht schnell genug über seine Lippen. Der Sohn eines anderen Hüttenmeisters war damals Klassenbester, und Hans wollte dies ändern.«

Bei ihren letzten Worten war Margarethe in den Stuhl zurückgesunken und hatte ihren Kopf abgewandt, so dass Lucas sie jetzt im Profil sah. Besser, er beendete die Sitzung für heute. Margarethe sehnte sich bestimmt nach Ruhe und Erholung. Doch er wagte nicht, sie nochmals anzusprechen und aus ihrer erneuten Versunkenheit herauszureißen. Sie wirkte so zerbrechlich. Also verließ er lautlos mit der Farbpalette und dem Pinsel in der Hand seine Porträtkammer. Er wollte einem seiner Ratsfreunde einen Besuch abstatten, um wichtige Angelegenheiten mit ihm zu besprechen.

Seit dem Besuch der Lateinklasse schlief Martin schlechter, und er gestand mir, dass ihn die Erinnerung an den schulmeisterlichen Rohrstock oft halbe Nächte wach hielt. Noch lange nach den Schlägen fühlte es sich für ihn so an, als zupfe jemand beständig an seinem Körper wie an den Saiten einer Laute. Dieses außergewöhnliche Bild fand mein inzwischen Achtjähriger für seine Schmerzen. Erst Wochen später erfuhr ich vom Wolfszettel.

Nikolaus Omler, ein Freund meines Sohnes, hatte Martin mit kreidebleichem Gesicht von der Schule nach Hause gebracht. »Ich gehe dort nie wieder hin«, weinte mein Kind.

Ich führte Martin in die Küche und gab ihm erst einmal dünnes Bier, damit er wieder etwas Farbe bekam. Grete, die schon freudig auf ihren Bruder zugelaufen war, schickte ich weg, um erst einmal mit Martin allein zu sprechen.

Dass Martin nicht einmal nach Lioba fragte, zeigte mir, dass es schlimm um ihn stand. Martin stand das Haar in alle Richtungen, als hätte er sich geprügelt. Seine mandelförmigen Augen waren rot unterlaufen und zeugten von tiefen seelischen Wunden. Äußerliche Schrammen oder blaue Flecken konnte ich jedoch nicht entdeckten.

Er trank einen Schluck. Sein Blick schien Halt an mir zu suchen. Tränenspuren waren auf seinen schmutzigen Wangen zu sehen.

Plötzlich lag Zorn in seinen Zügen, und seine Augen verengten sich. Als ihm bewusst wurde, dass ich den sündigen Zorn sah, drehte er sich von mir weg.

»Was ist passiert?«, fragte ich, setzte mich auf den Eisenacher Stuhl vor dem Ofen und zog Martin auf meinen Schoß. So zornig kannte ich ihn gar nicht, dieser Gesichtsausdruck war mir bisher lediglich von Hans vertraut. *Je älter Martin wird, desto mehr kommt er nach seinem Vater,* dachte ich in diesem Moment. Tatsächlich wurde mein Sohn immer ehrgeiziger und verinnerlichte zunehmend Hans' Motto: Wer zögert, geht unter! Keinen der Hüttenmeister hatte ich jemals zögerlich gesehen. Damals mit seinen acht Jahren, im ersten Jahr der Lateinschule, zeigte er erste Anzeichen von Rastlosigkeit.

Auf dem Stuhl vor dem Ofen erfuhr ich nun, dass Martin heute wieder an der Reihe gewesen war, den sogenannten Wolfszettel zu führen. Auf diesem wurden sämtliche Mitschüler notiert, die während des Unterrichts Deutsch und nicht Latein sprachen, oder sich in irgendeiner Weise ungehorsam gegenüber dem Schulmeister verhielten. Für jedes Vergehen gab es einen Strich auf der Liste, und für jeden Strich setzte es einen Rutenschlag auf den blanken Hintern. Die Wolfsliste wurde am Ende einer jeden Woche ausgewertet, also heute.

»Fünfzehn!«, brachte Martin hervor, als ich ihn fragte, wie viele Schläge er erhalten habe, und wurde erneut blass.

Fünfzehn Rutenschläge? Nun stieg auch in mir der Zorn auf. Wie kam der Schulmeister dazu, mein Kind noch mehr als sein eigener Vater zu verprügeln?

Dass der Schulmeister davon überzeugt war, dass ungehorsame Kinder Wolfskinder seien, erklärte mir Martin weiterhin, was mir schwer fiel zu glauben. Sie waren doch einfach nur unfertige Menschen, die kaum mehr als eine Probebeichte, also noch nicht einmal die erste Kommunion erhalten hatten.

»Wir vertrauen auf Gott, Martin, dass alles seine Richtigkeit hat«, entgegnete ich mit verräterisch zitternder Stimme.

Wie Hans vertrat auch der Schulmeister die Auffassung, dass man Kinder nur durch Prügel erziehen und zur Einsicht bringen könne.

»Gestern hat er sogar befohlen, dass schon ein Strich für jedes deutsche Wort, das wir aussprechen, zu setzen ist«, schloss Martin seinen Bericht ab. »Dabei wollte ich Barthel nur warnen, weil er sein Tintenfass mit dem Buch fast vom Tisch geschoben hat. Und Vater sagt doch immer, wir sollen nichts vergeuden. Die lateinischen Worte dafür sind mir auf die Schnelle aber nicht eingefallen. Ist das etwa gerecht?«

Sofort presste ich meinem Sohn die Hand vor den Mund. War es doch eine Sünde, Gottes Gerechtigkeit anzuzweifeln.

Vehement entgegnete ich: »Gott handelt gerecht.« Eher halbherzig fügte ich hinzu: »Wer seine Rute schont, hasst sein Kind. Wer es lieb hat, der züchtigt es, auch wenn es noch jung ist. Dadurch lernt es am schnellsten.« Es waren Mutters Worte.

Im gleichen Moment wurde mir jedoch bewusst, welch gutes Herz Martin mit seiner Tat bewiesen hatte. Um seinem Schulkameraden, dem ehrgeizigen Barthel Bachstedter, einen Strich auf der Liste zu ersparen, hatte er selbst mehrere in Kauf genommen. Ich wusste, dass Barthel meinem Sohn nicht gerade freundlich gesonnen war, weil Martin ihn in manchen Fächern überholt hatte. Martin liebte es, auf Latein zu lesen, zu schreiben und zu diskutieren. Der Sohn der Bachstedters hingegen war der Beste im Rechnen. Mit seinen noch nicht einmal zwölf Jahren erzählte er jedem stolz, dass er bald an der Universität von Leipzig studieren und danach in den gräflichen Kreisen verkehren werde. Die anderen Kinder in der Lateinklasse, Martin eingeschlossen, dachten nicht so weit voraus. Sie waren eher mit der Gegenwart beschäftigt.

In Martins Augen machte ich immer noch Zorn aus, Unverständnis war noch hinzugekommen. Sein Blick irrte in der Küche umher. Ich begriff, dass er mich nicht ansehen wollte, damit ich nicht weiter in seinen Augen lesen konnte.

Da bemerkte ich Grete. Sie stand im Türrahmen und zupfte an den Enden ihrer geflochtenen Zöpfe, wie sie es immer tat, wenn sie aufgewühlt war.

»Was ist passiert?«, platzte sie nun aufgeregt heraus. Das verweinte Gesicht ihres großen Bruders hatte sie verunsichert. Wahrscheinlich hatte sie auch gelauscht. Das tat sie, seitdem sie gehen konnte.

»Martin erzählt es dir später, sofern er möchte«, sagte ich an Grete gewandt. »Jetzt sei so lieb und bitte Lioba, uns eine frische Kamillentinktur zu bereiten. Und bringe noch ein Leinentüchlein und das Salbtöpfchen mit«, bat ich sie, wohlwissend, dass sie unsere Magd, so gut es ging, mied.

Lioba beeindruckte das nicht. Sie verrichtete ihre Arbeiten so zuverlässig und fleißig wie immer. Ich hatte außerdem ihr Wissen, wie man aus den unterschiedlichsten Kräutern Heilmittel herstellte, zu schätzen gelernt. Es schien kein Kraut zu geben, dessen Wirkung sie nicht kannte.

»Aber sie ist eine Lügnerin!«, widersprach Grete.

Entsetzt schaute ich meine Tochter an. »Woher ...?
Wie ...?«

Daraufhin stürzte sie zur Tür hinaus und kam kurz danach mit einem Messer zurück. Zu dritt starrten wir auf das Messer.

»Wo hast du das her?«, fragte ich und nahm ihr das Schneidegerät sofort aus der Hand. Martin schickte ich in seine Kammer und wies ihn an, seine Wunden freizulegen, damit ich sie reinigen konnte.

»Aus der Kammer der Lügnerin!« Grete wies zum Dachstuhl der düsteren Haushälfte. »Sie hatte es unter ihrem Kopfkissen versteckt.«

»Du bist heimlich ...«, begann ich empört, verstummte aber, denn ich hatte die braune Kruste auf dem Messer entdeckt, dort, wo die Klinge in den Griff gesteckt war. *Sie ist eine Gefahr für uns!*, schossen mir plötzlich wieder die Worte der Ahne durch den Kopf.

Metall blitzte in meiner Erinnerung auf. Dann war da auch Blut. Überall sah ich Blut. Blut an meiner Kleidung, Blut auf dem Boden. Gewalt musste im Jahr 1481 an Mariä Heimsuchung im Bauernhaus in Möhra mit im Spiel gewesen sein.

Gretes schrille Stimme holte mich wieder nach Mansfeld zurück. »Da ist Blut am Messer! Sie hat ihren Vater umgebracht, nicht irgendein Fremder war der Mörder. Sie ist nicht nur eine Lügnerin, sondern auch eine Mörderin!« Grete schaute mich entschlossen an.

Ich bekam eine Gänsehaut ob der Ungeniertheit, mit der mein Mädchen Lioba diese schändliche Tat unterstellte. Zudem begriff ich einmal mehr, dass Grete auch damals, als mir Augustine in meiner Krankenkammer Liobas Unglück geschildert hatte, gelauscht haben musste. Wie sonst hätte sie von dem Überfall auf Liobas Vater wissen können.

»Ich werde Lioba auf das Messer ansprechen«, versicherte ich Grete, »und jetzt hole Salbe, Tinktur und Tücher. Oder willst du deinen Bruder noch länger leiden lassen?«

An Gretes verkniffenen Zügen erkannte ich, dass sie heftig mit sich rang. Unruhig trat sie von einem Bein auf das andere. Mit einem gestammelten: »DIE nimmt mir Martin nicht weg!«, folgte sie endlich meiner Anweisung.

Was für ein ungehorsames Mädchen!, kommentierte Christina das Geschehen in meinen Gedanken. *Vater hat recht, wenn er dich zu weich schimpft. Sei so hart zu ihr, wie du es zu mir warst!*

Ich musste Christina zustimmen. Ich war zu weich mit der dickköpfigen Grete, die unsere Magd, ohne mit der Wimper zu zucken, einer Todsünde beschuldigte. Das Messer brachte ich zur Verwahrung in meine Schlafkammer und verbannte die Erinnerung an Möhra mit aller Kraft aus dem Kopf. Da war ja noch Martin, der dringend meine Hilfe benötigte.

Mit pochendem Herzen tupfte ich etwas später das Blut von seinem Hintern und reinigte die Platzwunden mit der Kamillentinktur. Inzwischen dämmerte es draußen. Die Abdrücke auf Martins geschundener Haut stammten ganz sicher von einem Rohrstock. Weidenruten hinterließen viel feinere Striemen auf der Haut und die von Birken eher ausfransende Kratzer. Während ich seine Wunden mit der Salbe betupfte, stöhnte Martin vor Schmerz auf. Grete beobachtete mich genau und kaute dabei an ihren Zopfenden, obwohl ich sie in ihre Kammer geschickt hatte.

Da kam mir eine Idee, wie ich Grete zu mehr Gehorsam bringen könnte. Nicht durch Schläge, sondern durch Sanftmut. *Sie ist eine Gefahr für uns!,* hörte ich die Stimme der Ahne wieder sagen.

»Grete, hole du Maria her, ich schaue nach Thechen und Jacob.«

Kurze Zeit später saß ich mit meinen Kindern im Halbkreis in Martins Kammer auf dem Boden. In unsere Mitte hatte ich ein Unschlittlicht gestellt. Den gebundenen Jacob hielt ich vor der Brust und holte noch rasch Mutters Silberdose herbei. Hefteln und Glasperlen sowie meine geheimen Errungenschaften – Augustine hatte sie mir im Tausch gegen Gemüse besorgt – klapperten darin.

Vor den leuchtenden Kinderaugen öffnete ich die Dose wie eine Schatzkiste. Unter dem Pergament mit der Steckanweisung für den Sturz zog ich als Erstes meine Rosenkranzkette hervor. Die Kette hatte mich schon bei Martins Geburt gestärkt. »Martin und Grete, bringt mir eine Schere und einen festen Faden von unten«, bat ich.

Grete sprang sofort auf und ergriff Martins Hand, als wollte sie diese nie wieder loslassen. In diesem Moment war nichts mehr von der kühlen, gehässigen Grete vorhanden. Es dauerte nicht lange, bis die beiden wieder zurück waren und die Lücke im Halbkreis wieder schlossen. Nun wusste ich aller Augen auf mich gerichtet: Martins, Gretes, Marias und Thechens. Selbst Jacob schaute mich an, als spürte er, dass etwas Besonderes vor sich ging. Ich legte ihn in seinem Leinenkokon links von mir ab, so dass er ebenfalls ein Teil des Kreises war.

Vor den Augen der Kinder zerschnitt ich die rote Seidenschnur meiner Rosenkranzkette an der Stelle zwischen den Vater-Unser- und den Ave-Maria-Perlen des ersten Gesätzes. Dann zählte ich genau sechs der ersten zehn Ave-Maria-Perlen ab. Die Gagatperlen kullerten in die Mitte unseres Halbkreises. Nicht einmal die forsche Grete griff danach, so sehr war auch sie in Ehrfurcht erstarrt.

Erst als die Perlen zur Ruhe gekommen waren, begann ich, meine Kette mit einfacheren Glasperlen aus Mutters Silberdose wieder aufzufüllen und die Enden der Schnur zusammenzuknoten. Die Kinder verfolgten fasziniert, was ich tat. Als Nächstes schnitt ich zwei lange Fäden von der Garnrolle und griff erneut in die Silberdose. Am Ende jedes Fadens befestigte ich ein Holzkreuz, meine geheimen

Errungenschaften, und zeigte es den Kindern. Sie nickten gebannt.

Dann fädelte ich in einem Abstand von zwei Fingerbreiten und jeweils durch einen Knoten voneinander getrennt, drei der auf dem Boden liegenden Gagatperlen auf. Im Unschlittlicht glänzten die Perlen wie schwarze Tränen. Sie standen für den Glauben, die Hoffnung und die Liebe, die ich meinen Kindern mitgeben wollte. Für die weiteren Perlen des Rosenkranzes verwendete ich einfache Glasperlen, größere, grüne für die Vater-Unser-Perlen, kleinere, milchfarbene für die Ave-Marias. Zum Schluss band ich die Enden der neuen Kette noch zusammen. Genauso verfuhr ich mit der zweiten Kette. Mit den drei Gagatperlen war jeder der neuen Rosenkränze auch eine Erinnerung an mich.

Ich wandte mich Martin zu und reichte ihm eine der beiden Ketten. Lächelnd nahm er sie entgegen und presste sie sich fest vor die Brust. Grete schaute ihren älteren Bruder bewundernd an. Jetzt war sie an der Reihe, wegen ihr war mir die Idee der besonderen Rosenkränze überhaupt erst gekommen. Sie zählte inzwischen sechs Jahre und schien mir damit alt genug zu sein, um den Rosenkranz zu beten. Vor allem aber musste sie endlich Gehorsam lernen und gottesfürchtiger leben. Diese Kette sollte sie für immer daran erinnern. Mit den jüngeren Kindern wollte ich zu gegebener Zeit ebenso verfahren. Jedes sollte die drei Eisenacher Gagatperlen, stellvertretend für den Glauben, die Hoffnung und die Liebe, in seiner Rosenkranzkette bei sich tragen.

»Heute werden wir noch nicht das Rosenkranzgebet sprechen«, sagte ich zu meinen beiden Ältesten. Schon als junges Mädchen hatte ich jede Perle als Träne Mariens angesehen. »Ich möchte, dass ihr in den kommenden Tagen erst einmal lernt, die Kette zu erfühlen. Tastet jede einzelne Perle ab, erspürt sie und denkt dabei an Maria, die Mutter Jesu.« Ich machte es ihnen an meiner Kette vor. Das Kreuz befühlte ich demonstrativ mit geschlossenen Augen, um meinen Kindern zu zeigen, dass sie dessen Form allein durch Tasten erfahren konnten. Dann kamen die Perlen.

Martin hielt seinen Rosenkranz fest in der Hand, Grete führte ihren näher ans Licht, um ihn genauer zu betrachten, und ließ ihn danach von ihrem Handgelenk hinabbaumeln. Maria und Thechen lächelten ihren Geschwistern zu, Jacob schaute noch immer mich an.

Neben der Mitgabe von Glaube, Hoffnung und Liebe wollte ich meine Kinder vor allem vor den Todsünden beschützen. »Zuerst wollen wir uns des schlimmsten Verhaltens überhaupt erinnern.«

Ich legte Jacob auf das Bett und straffte meine Schultern. Dann bedeutete ich den anderen Kindern, noch näher ans Licht heranzurücken, beinahe mutete die Situation wie eine Verschwörung an. Wir falteten die Hände. Den flackernden Docht in unserer Mitte fixierend, begann ich: »Ein Handeln wider die Zehn Gebote ist Todsünde.« Die Kinder wiederholten den Satz. Mit ihren drei Jahren gelang dies sogar schon Thechen.

Wir fassten uns bei den Händen. »Die neun fremden Sünden sind wider die Zehn Gebote und ebenfalls Todsünden.« Wir zählten sie gemeinsam auf. Mit den gewöhnlichen Hauptsünden ging es weiter: »Die sieben Hauptsünden sind Todsünden.« Auffordernd schaute ich zu meinem Ältesten, der nun direkt neben mir saß. Ein Luftzug ließ die Unschlittlampe flackern und trieb eine kleine Rauchfahne zwischen uns. Aber Martin verstand meine wortlose Aufforderung dennoch und begann nun an meiner statt fortzufahren: »Die sieben Hauptsünden lauten: Hoffart, Geiz und …« Er rang ganz offensichtlich mit sich, bevor er leise hinzufügte: »Zorn.«

Ich nickte ihm aufmunternd zu. Ja, er war vorhin sehr zornig gewesen. Und zornig würde Gott auf ihn sein, sofern er nicht reute. Das Gleiche galt für Grete.

»Auch Unkeuschheit, Überessen und Übertrinken, Neidhass und zuletzt Trägheit«, ergänzte Martin, und ich hatte keine Zweifel daran, dass mein fleißiger Schüler auch noch die acht Barmherzigkeiten und alle weiteren Todsünden ausführlich hätte erläutern können.

Lange sprach niemand ein Wort. Ich schloss die Augen. »Was hat das Begehen einer Todsünde zur Folge, Grete?«, fragte ich streng.

Grete schwieg erst einmal, fast konnte ich es in ihrem kleinen Kopf rattern hören.

Nach einer Weile vernahm ich Martins Flüstern, er gab ihr wohl das passende Stichwort.

»Jede Todsünde tötet die Seele für das ewige Leben, so dass sie das ewige Leben nicht empfangen kann«, meinte Grete schließlich. Sie überlegte eine Weile angestrengt, dann fügte sie noch an: »Sie macht die Seele übelriechend vor Gott und verschließt die Himmelspforte.«

Mit geschlossenen Augen nickte ich und führte meine fest aneinander gelegten Handflächen zur Stirn. »Herr über alle Zeit und Ewigkeit, beschütze unseren Martin und gib ihm Kraft, nicht wieder zu sündigen. Und mach, dass unsere Grete gehorsamer wird, sich nicht gegen andere versündigt und stets Vaters und Mutters Wort befolgt.«

Ich wiederholte die Bitte gemeinsam mit den Kindern, die sich dabei an den Händen festhielten. Es rührte mich, wie vehement und eindringlich sie ihre Wünsche für das gegenseitige Wohl vortrugen.

Grete setzte noch schelmisch hinterher: »Und mache, dass Martin bald jedes lateinische Wort kennt, und Barthel nie wieder beinah sein Tintenfass umstößt.« Äußerlich erhaben, schmunzelte ich in mich hinein; Grete war ein außergewöhnliches Mädchen.

Wir beendeten das Gebet mit einem gemeinsamen Amen. Im Schein der Unschlittlampe sah ich Martin wehmütig, beinahe wie einen Erwachsenen lächeln. Neben dem Allmächtigen waren wir alle für ihn da, ich glaube, das spürte er in diesem Moment, und doch rann erneut eine Träne seine Wange hinab. Er wandte sich nicht ab, sondern ließ mich sehen, dass er immer noch traurig war.

»Und jetzt erinnern wir uns, wie wir die Sünden büßen«, sagte ich. »Erst reuen wir, dann bekennen wir die Sünden vor dem Herrn Pfarrer, dann leisten wir Genugtuung, indem wir die uns auferlegten Bußleistungen erbringen.«

»Erst danach wird uns Gottes Gerechtigkeit zuteil. Nach Reue, Buße und Genugtuung«, übernahm Martin erneut und schaute mich an. »Wir müssen in Vorleistung gehen, damit Gott uns Gerechtigkeit widerfahren lässt, richtig, Mutter?«

Ich nickte zuversichtlich. Er wusste schon viel über unseren Glauben. »Und was ist das Wichtigste bei der Beichte, Martin?«

Die Antwort kam schnell: »Die Beichte ist nur wirksam, wenn man umfassend beichtet und wirklich alle Sünden vollständig aufzählt. Nur dann erhalten wir Vergebung.«

»Sehr gut, mein Junge.«

»Wenn ich aber vergesse, eine Sünde aufzuzählen, weil ich mich einfach nicht mehr daran erinnern kann«, Martin schaute mit fragendem Ausdruck zu mir auf, »bleibt mir die Vergebung dann versagt?«

Das war eine kluge Frage.

»Wenn ich nicht weiß, ob ich eine Sünde vergessen habe, kann ich mir dann nie der Vergebung sicher sein?«, drängte er weiter auf eine Antwort.

»Du musst dich bei der Beichte sehr gut konzentrieren«, antwortete ich. »Die Sünden lasten auf deinem Gewissen, so schnell vergisst du sie also nicht. Auch tust du gut daran, stets ganz tief in dir drinnen nach Sünden zu suchen.« Ich wusste, dass dies keine Antwort auf seine Frage war, aber ich wollte ihm die schlimme Wahrheit nicht sagen. Zumindest nicht heute. *Wir konnten uns Gottes Vergebung nie sicher sein!* Ich fühlte mich schlecht und bedrückt von dieser Erkenntnis und verdrängte sie sofort.

Um uns auf andere Gedanken zu bringen, suchte ich nach einer Aufmunterung. Da erinnerte ich mich an den heiligen Georg, dessen Geschichte ich in Mutters Büchern in Eisenach gelesen hatte. »In einem fernen Land wohnte einst ein böser Drache«, begann ich leise, um Jacob nicht zu wecken, der inzwischen eingeschlafen war.

Die Kinder merkten sofort, dass nun eine Geschichte folgen würde. Sie setzten sich links und rechts ihres schlafenden Bruders aufs Bett, mit dem Rücken an die Wand und schlugen die Decke über ihre Füße. Auch Martin wartete gebannt auf meine nächsten Worte.

»Aus dem Maul des bösen Drachen drang giftiger Atem, und er konnte sehr laut fauchen. Und immer wieder kam er bis an die Mauer der Stadt heran und tötete mit seinem Atem viele Menschen.«

»Wie hieß die Stadt, Mutter?«, wollte Grete ungeduldig wissen. »Mansfeld?« Ihre Augen weiteten sich erwartungsvoll.

»Nein«, antwortete ich beruhigend, aber weiterhin flüsternd. »Die Stadt liegt sehr weit weg von uns.«

Ich kniete nach wie vor beim Licht und spürte vier Augenpaare auf mich gerichtet. »Um den Drachen gnädig zu stimmen, gaben die Stadtbewohner ihm Tiere zu fressen, und als es keine Tiere mehr gab, opferten sie ihm Menschen. Den Drachen verlangte es besonders nach Kindern.«

Grete griff nach Martin. Maria lauschte mit offenem Mund. Thechen hielt sich – wie so oft – die Hand vor die gespaltene Lippe. Seitdem die Kinder des Wirts von gegenüber sie einmal gehänselt hatten, versuchte sie den Makel selbst vor mir, ihrer Mutter, zu verbergen.

»Eines Tages war die einzige Tochter des Königs an der Reihe, dem giftigen Drachen als Mahlzeit zu dienen.«

»Der Drache fraß wirklich Kinder?«, fragte Grete mit zweifelnder Stimme.

Mehrmals hintereinander nickte ich, worauf meine forsche Tochter dann doch etwas tiefer unter die Decke kroch. Ich nahm Jacob zu mir, dann sprach ich weiter: »Der König jedoch weigerte sich, seine einzige Tochter herzugeben, und wollte stattdessen ihr Leben für viel Silber von dem hungrigen Drachen freikaufen.«

»Für so viel Silber, wie die Grafen es besitzen?« Martin war beeindruckt.

»Für das Zehnfache«, antwortete ich und beobachtete, wie er angestrengt nachrechnete. »Doch der Drache wollte weder Silber noch Gold. Die Königstochter war sehr traurig darüber, dass sie sich nun doch zum Sumpf des Drachen begeben musste.«

Grete beobachtete mich ganz genau, die neue Rosenkranzkette hing an ihrem Handgelenk.

»Kurz bevor sie im Sumpf ankam, begegnete ihr der Ritter Georg. In einer glänzenden Rüstung auf einem stolzen Ross kam er daher, mit einer Lanze und einem Schwert. Ihr kennt ihn doch, den Stadtheiligen von Mansfeld, von dem der Herr Pfarrer stets berichtet?«

»Ja, Mutter.« Martins Augen leuchteten auf. Diese zurückhaltende, sanftmütige Neugier war einzigartig in unserer Familie.

»›Habt keine Angst, denn Gott hat mich zu Euch geschickt, damit ich Euch befreie von dem Drachen. Glaubt an Jesus und lasst Euch taufen‹, verkündete Ritter Georg den Städtern.«

»Glaubt an Jesus und lasst euch taufen«, wiederholte Martin leise staunend, und Grete tat es ihm nach, bei ihr klang es eher fordernd. Thechen und Maria hatten sich die Bettdecke bis unter die Nasenspitze gezogen. Zwei aufgerissene braune Augenpaare lugten ängstlich darüber hinweg.

»Die Städter versprachen dem Ritter, den Glauben an Jesus Christus anzunehmen, würden sie nur von dem bösen Drachen befreit werden. ›Hab keine Angst, ich will dir helfen im Namen von Jesus Christus‹, versprach Georg auch der Königstochter, und nach einem Gebet stellte er sich dem Drachen.«

Grete schaute ehrfurchtsvoll zu ihrem älteren Bruder.

Ich wiegte meinen schlafenden Jacob sanft in meinen Armen. »Es gelang Ritter Georg tatsächlich, dem bösen Tier seine Lanze tief ins Herz zu rammen. Da jubelten die Menschen, und der König schloss seine Tochter glücklich in die Arme. Von nun an wollten sie nur noch an den einen Gott glauben. Denn er hatte ihnen Georg geschickt und sie dadurch errettet.«

Erstaunen lag in der Luft. Ich ließ den Kindern Zeit, die Geschichte zu durchdenken.

»Errettet Gott auch mich von Schulmeister Oberzweig?«, fragte Martin nach einer Weile hoffnungsvoll.

»Zuerst musst du ihm gehorsam sein«, entgegnete ich. »Er prüft dich nämlich und straft dich für deine Sünden.«

Von unten drangen Geräusche zu uns herauf. Arnulf war in Eisleben, um einen Teil der frühen Ernte zum Verkauf zu bringen, und weil sich Lioba stets sehr leise bewegte, musste es Hans sein. Gewiss erwartete er schon im nächsten Moment das Abendmahl. Ich wies die Kinder an, in ihre Kammern zu gehen. Grete sollte sich um Jacob kümmern.

»Ich will auch so mutig und stark wie Georg sein!«, rief Martin mir beim Hinausgehen noch hinterher.

Ich schloss die Tür, dann ging ich hinunter. Zuversicht breitete sich in mir aus.

Schrecken und Freude gehen oftmals Hand in Hand. Meine Eltern kündigten schriftlich ihren Besuch in Mansfeld an, zum Fest der heiligen Anna. Das Annenfest im Jahr

1491 war ein besonderes, weil es auf einen Dienstag fiel und die Heilige sowohl an einem Dienstag gestorben als auch geboren war.

Sicher hatten Vater und Mutter den Sommer als Reisezeit gewählt, um den Strapazen einer Winterreise zu entgehen. Kurz flammte die Erinnerung an meine beschwerliche Ankunft in Eisleben am Tag von Martins Geburt auf, und meine Schnittnarbe zog so sehr, dass mir das Schreiben aus der Hand glitt.

Mutter und Vater hatte ich zuletzt in Möhra gesehen. Elf lange Jahre waren seitdem vergangen. Ob wir uns einander entfremdet hatten? Die schönsten Erinnerungen meines Lebens waren die an meine Familie in Eisenach, an meine Kindheit und Jugend. Mutter war mein Vorbild gewesen, sie war die Weide mit glänzenden Kapselfrüchten, deren kräftige Äste niemals auch nur in die Nähe der Wasseroberfläche reichten. Vater war besonnen und weise.

Nachdem ich von ihrer Besuchsabsicht erfahren hatte, kam mir der Gedanke, meinen Bruder Johannes ebenfalls einzuladen. Viel zu selten saßen wir beieinander, in Mansfeld war er bisher nur zwei Mal gewesen. Außerdem mochte ich seine Ehefrau Wilhelmine. Hans brummte seine Zustimmung zur Einladung für Johannes erst, als ich erwähnte, dass mein Vater als Eisenacher Ratsherr während seines Aufenthalts sicher eine größere Runde erwartete.

Umgehend sagte mein Bruder aus Eisleben zu. Er würde mit Wilhelmine und den Kindern Johann und Caspar zu uns stoßen. Auf Vaters Bitten hin kam auch Onkel Antonius, der uns den Start in Mansfeld unter anderem durch seine Fürsprache bei Meister Lüttich erst ermöglicht hatte. Ich wusste nicht, ob ich Onkel Antonius dafür dankbar sein sollte.

Viele Tage vor der Ankunft meiner Eltern war Hans schon unruhig gewesen, als ob es um ein schlimmes Wetter im Berg ginge, um schwierige Gespräche mit den Saigerhandelsgesellschaften oder um ein Vorsprechen beim Montanbeamten Zecke, der ihn seltsamerweise seit längerer Zeit nicht mehr zu sich befohlen hatte.

Am Nachmittag vor dem Festtag der heiligen Anna erreichte das elterliche Gefährt, beladen mit zwei vollbepackten Truhen ihrer Habe, Mansfeld. Ein Knecht, in ein gut genähtes Lederwams gekleidet, saß vorne auf dem Bock, zudem ließen sie sich von einer Magd begleiten. Mitsamt unseren Angestellten hatten wir im Hof vor der Scheune Aufstellung genommen. Arnulf hatte das große Tor geöffnet. Ich hatte mir eines meiner besseren Übergewänder angelegt, obwohl noch viel in der Küche zu tun war. Grete hatte ich die Hand beruhigend auf die Schulter gelegt. Sie war so aufgeregt, endlich ihre Großeltern kennenzulernen, nachdem die der Nachbarskinder doch alle in der Nähe wohnten und jeden Tag greifbar waren.

Trotz der strapaziösen Reise trug Mutter eine prächtig aufgestellte Haube. Vater half ihr galant vom Wagen. Es war ein Vierrädriger, der von zwei Pferden gezogen wurde. Vater schritt voran auf uns zu. Mutter folgte etwas seitlich versetzt hinter ihm, so dass ich sie gut sehen konnte. Schon der erste Blick überzeugte mich davon, dass sie noch immer die gleiche vornehme Schönheit war, von der ich mich in Eisenach unter Tränen hatte verabschieden müssen. Bis auf die kostbaren Momente, in denen sie uns vor dem Ofen mit verletzlicher Stimme vorgesungen hatte, hatte ich nie erlebt, dass sie ihre Fassung und Haltung verlor. Mutter war kaum größer als ich selbst. Zudem besaß sie edle Züge, mit hohen Wangenknochen und geschwungenen Augenbrauen. Anmut sprach aus ihrer ganzen Erscheinung. Nicht einmal die vielen kleinen Fältchen um ihre Augen und den Mund herum ließen sie älter aussehen. Für mich unbegreiflich, stand sie inzwischen doch im vierundfünfzigsten Lebensjahr, Vater war ihr zehn Jahre voraus.

Grete winkte Mutter zu. Allein der Anblick ihrer Groß-

mutter hatte sie in deren Bann gezogen. Auch heute trug
Mutter ein feines Lächeln im Gesicht. Sie schien noch immer eine zufriedene Frau zu sein, was mich froh stimmte.
Ich spürte, wie Mutters Blick lange auf mir ruhte und zuletzt an meiner Kopfbedeckung hängenblieb.

Zuerst begrüßten die Herren einander. Hans trug trotz
des Sommers seine Fuchspelzschaube, sein bestes Stück.
Auch Vater hatte nicht auf seine vornehmste Kleidung verzichtet, auf seine juristische rote Amtsrobe mit der gleichfarbigen Kappe, von der er sich gerade ein paar Aschefetzen strich. »Und das müssen die kleinen Luders sein, von
denen ich schon einiges gehört habe«, sagte Vater nur für
einen Lidschlag lang ohne Aschefetzen auf den Schultern.

Meine ungestüme Grete sprang vor. »Ich bin Margarethe
und heiße wie meine Großmutter in Möhra und wie meine
Mutter. Aber Ihr dürft mich wie Mutter und Vater Grete
nennen.«

Vorher hatte ich den Kindern klargemacht, dass sie ihre
Großeltern nicht mit dem vertrauten Du ansprechen durften – weil dies in Eisenach nicht üblich war. Grete biss sich
in den Zopf, während sie krampfhaft überlegte, warum sie
gerade verwirrt angeschaut wurde. Dann fiel ihr ein, was
noch fehlte: »Verehrter Ratsherr Lindemann.« Das war Vaters bevorzugte Anrede.

Vater führte Grete zurück an ihre Stelle und wandte sich
dann Martin zu. Er nahm seine rote Kappe vom Kopf und
setzte sie meinem Ältesten auf. »Und du wirst der Jurist in
der Familie Luder werden, ein Doktor beider Rechte, nicht
wahr?« Vaters auffordernder Blick war während dieser
Worte zunächst auf Hans gerichtet. Der wusste, dass sich
hinter den Worten *beider Rechte* die Studien des Kirchenrechts sowie die des Civilrechts verbargen, und nickte bestätigend.

Mutter hielt sich weiterhin einen Schritt hinter Vater, genauso wie ich es von früher kannte. *Zum Glück*, dachte ich, *haben sich die beiden nur wenig verändert.* Von Vaters komplett ergrautem Haar einmal abgesehen. Im eiligen Mansfeld war mir diese Beständigkeit eine Wohltat.

»Hier in der Grafschaft hätte er gute Aussichten, als Jurist gräflicher Rat zu werden«, entgegnete Hans stolz. »Mansfeld ist wohlhabend.«

Vater nickte. Hans' feste Überzeugung diesbezüglich war mir bekannt, seitdem wir Martin eingeschult hatten.

»Was ist ein Jurist?«, fragte Martin irritiert und zog sich die Kappe vom Kopf.

Vater hatte sofort eine Antwort parat. »Ein Jurist ist ein Mann, der am besten entscheiden kann, was richtig und was falsch ist. Ich bin ein Jurist. Und meine Söhne ebenfalls.« Diese Erklärung hatte jeder meiner drei Brüder vor vielen Jahren ebenfalls eingefordert.

Martin schien angestrengt zu überlegen. »Ist ein Jurist so stark wie Ritter Georg?«

Vater schmunzelte. »Vielleicht sogar noch stärker. Er kann das Wohl von mehr als nur einer Stadt beeinflussen.«

Martin war begeistert. »Dann werde ich Jurist, verehrter Ratsherr Lindemann.«

Nachdem auch Mutter uns begrüßt hatte, hielt ich ihr unseren Jüngsten hin. Erschrocken hatte ihr Blick gerade noch auf Thechens gespaltener Lippe gelegen.

Mutter nahm Jacob nicht entgegen, sondern schaute ihn sich im Abstand von einer Armlänge genau an. »Der Erbe«, sagte sie nur. Ihr feines Lächeln veränderte sich dabei nicht.

Als Nächstes verlangte Vater, über den Hof und durchs Haus geführt zu werden. Hans nahm sich dieser Aufgabe an. Die Kinder und ich zeigten Mutter derweil die Gästekammer, die sich in der hellen Haushälfte, schräg gegenüber unserer Schlafkammer befand.

In den vergangenen Jahren waren weniger Hüttenmeister, dafür aber mehr Bergleute zu uns zum Essen gekommen, worüber ich meine Kochkünste hatte verbessern können. Trotzdem kam ich an Liobas Fertigkeiten beim Kochen nicht heran. Vor allem verstand sie sich darauf, die Speisen schmackhaft mit den unterschiedlichsten Kräutern zu würzen. Auf Hans' Vorgabe hin hatte sie heute Birkhühner mit reichlich Pfeffer geschmort.

Jacob hatte ich schlafen gelegt, die anderen Kinder waren bald am Tisch versammelt. Wir vier Erwachsene saßen auf den guten Eisenacher Stühlen, was Vater ein Lächeln entlockte. Er hatte Johannes damals beim Abpausen der Schnitzereien oft beobachtet. Vielleicht dachte er gerade daran, wie Johannes dabei einmal das Gleichgewicht verloren hatte und zusammen mit dem Stuhl umgefallen war. Mir wurde warm ums Herz. So gerne wollte ich Mutter und Vater meinen ganzen Stolz, die Kinder, näherbringen. Thechen und Maria konnten gerade über die Tischkante schauen, ich half ihnen beim Essen.

Vater schmeckte es gut, und Hans zeigte sich ebenfalls zufrieden. Grete hingegen schob ihren Teller nach wenigen Bissen von sich weg, als befände sich Gift darauf. Martin hingegen aß mit größtem Appetit und schaute Lioba heimlich – sobald er sich unbeobachtet glaubte – hinterher. Verzweifelt versuchte Grete daraufhin mehrmals, Martins Aufmerksamkeit auf sich zu ziehen. Damit sie ihn in Ruhe ließ, setzte er ihr Vaters rote Juristenkappe auf, was ihr gefiel, bis Vater sie ermahnte, dass Frauen diese Auszeichnung nicht zustand, worauf Martin das gute Stück wieder zurücknahm.

Wieder boten wir den guten Rheinländer Wein vom Ratskeller an. Mutter aß anmutig, und sobald das Gespräch nicht mehr ihre unmittelbare Aufmerksamkeit erforderte, schaute sie mich an. Mit dem mir vertrauten Lächeln. Vater und Hans unterhielten sich über die jüngsten Silbergehalte und die Entwicklung des Montanwesens. Neben dem Silber wurde Kupfer immer gefragter. Es behielt die Wärme lange bei sich, so dass es für Kochutensilien jeder Art verwendet werden konnte. Der Absatz von Mansfelder Schwarzkupfer stieg weiter an, so viel verstand ich. Und neben Tirol und Ungarn war unsere Grafschaft wohl der drittgrößte Schwarzkupferproduzent auf dem Kontinent geworden. Eine Zahl, die die Hüttenmeister auf den Feiern wiederholt vortrugen, wobei sie besonders betonten, dass die anderen Kontinente so gut wie kein Kupfer abbauten. Der Abbau drang deswegen immer schneller in immer noch tiefere Schichten im Berg vor, dort wo die Gewinnung aufgrund der unberechenbaren Wetter gefährlicher war. Der größte Feind des Bergbaus war jedoch das Wasser. Je tiefer die Schächte in den Berg getrieben wurden, desto mehr Wasser floss zu.

»Was hat sie zu dem Messer gesagt?«, raunte mir Grete mittendrin zu, als sie Lioba in der Küche wusste.

»Wen meinst du?«, fragte ich leise, bemüht, mich weiterhin auf unsere Gäste zu konzentrieren.

»Die Mörderin!«, sagte Grete nun lauter, so dass sie alle anschauten.

»Verzeiht«, murmelte ich und bedeutete Grete zu schweigen. Ich erinnerte mich an das Gespräch mit unserer Magd, in dem ich sie auf das Messer mit dem Blut angesprochen hatte. Gleichzeitig hatte ich mich für Gretes Eindringen in ihre Kammer entschuldigt. Lioba sagte, dass sie das Messer seit dem Überfall zum Schutz bei sich trug. Das leuchtete mir ein. Und flüsterte dies nun auch Grete zu.

»Und woher hat sie dann die Narbe an ihrer Hand?« Grete öffnete ihre Hand und zog mit dem Zeigefinger der anderen eine Linie quer über den Handballen, also genau dort, wo eine Schnittwunde entstand, wenn man beim Zustechen mit dem Messer vom Griff abrutschte und die Klinge hinabglitt.

Ich zögerte verwirrt. Tatsächlich war mir an dieser Stelle bei Lioba am Tage ihrer Ankunft eine Schnittwunde aufgefallen, die mittlerweile gut verheilt war. Ich bedachte Grete mit einem strengen Blick, obwohl ich nicht sicher war, dass sie unrecht hatte. »Später«, forderte ich.

Hans berichtete von immer neuen Quergängen, die sie für die Entwässerung der Schächte anlegen mussten, und erklärte, auf welche Weise er sie verstärkt hatte. Zufrieden berichtete er, was mich überraschte, dass er inzwischen überschüssiges Geld an andere, jüngere Hüttenmeister oder gar an adlige Herren als Kredit vergab. Das schien mir sogar noch riskanter zu sein als der Bergbau. Denn was geschah mit unserem Geld, wenn der Schuldner starb oder sein Unternehmen keinen Gewinn abwarf? Hans nannte die Namen der Meister, die ebenso handelten wie er, es war wohl so üblich. Mir blieb nur die Einsicht, dass nie viel Geld in unserer Haushaltskasse sein würde. Unser Geld musste für uns arbeiten und durfte nicht untätig ruhen, davon war mein Mann überzeugt.

Während Hans von der jüngsten Ratssitzung, der er als Vierherr beiwohnen durfte, erzählte, beobachtete ich meine Grete, die verzweifelt an ihren Haarenden kaute. *Sie* war davon überzeugt, dass Lioba nicht überfallen worden war, sondern selbst jemanden überfallen hatte und zwar ihren eigenen Vater.

Obwohl mein Ehemann das gesamte Gespräch über ausschließlich mit meinem Vater Augenkontakt hielt, zeigte er meiner Mutter gegenüber höfliches Interesse. Sie wirkte ausgeglichen. Nicht ein einziges Mal beschmutzte sie sich beim Essen, nie musste sie ihre Gewänder richten. Ihre Haube war ein stolzer Schwan, wie ihn nicht einmal die Bachstedterin hinbekam. Einmal mehr wünschte ich mir, so wie sie zu sein.

Vater beendete unser erstes Beisammensein mit der Bitte, morgen nach dem Kirchgang eine von Hans' Hütten besuchen zu dürfen. Und da er Mutter an seiner Seite wissen wollte, ging er ebenso von meiner Anwesenheit an Hans' Seite aus. Das war der Schrecken, der die Freude unseres Wiedersehens begleitete: Ich sollte dorthin, wo ich insgeheim die Vorhölle vermutete.

Heilige Anna, hilf und bitte den Allmächtigen für mich um Schutz! Du bist ihm so nahe.

Am nächsten Tag pünktlich zum Messbeginn in St. Georg traf Johannes mit seiner Familie aus Eisleben ein. Auch Onkel Antonius kam wie verabredet dazu. Es war das erste Mal, dass ich ihn sah, und er schien mir ebenso hastig zu sein, wie die meisten Hüttenleute der Grafschaft. Er sprach äußerst schnell, und jede seiner Bewegungen war ruckartig und nervös.

In ihren vornehmen Roben schritten Vater und Johannes auf dem Weg zur Kirche dem Rest der Familie voraus. Hans ging neben Onkel Antonius, Mutter und ich dahinter. Wir hatten unsere Kirchgangsmäntel angelegt und die Rosenkranzketten gut sichtbar am Handgelenk. Ich trug meinen Sturz schon mit etwas mehr Eleganz, fand ich. Es war so vertraut gewesen, als Mutter ihn mir heute früh zurechtgesteckt hatte. Peinlich berührt hatte ich verfolgt, wie sie mir abschließend die Asche vom hellen Stoff bürstete. Mir waren die Schmutzpartikel gar nicht mehr aufgefallen.

Meine Mädchen trugen schwarze Kleider, die ich ihnen genäht hatte. Von den Stoffresten war auch ein einfaches, aber schickliches Gewand für Lioba abgefallen. Anders als meine Mädchen, die sich das Haar wie die anderen Mansfelder Jungfrauen sittsam zu zwei Zöpfen geflochten hatten, fiel unserer Magd das weißblonde Haar offen über die Schultern bis auf die Hüfte.

Immer mehr Menschen gesellten sich auf dem Weg zum Kirchenhaus zu uns, viele Gutgestellte wie die Ratsherrenfamilien Thormann und Gutkäse, aber auch viele minderbemittelte. Männer in speckigen Wämsern und Frauen in zerschlissenen Gewändern folgten. Einige davon kannte ich vom Holzholen im Wald.

Hans stellte die anderen Vierherren meinem Vater vor, und sie wechselten einige höfliche Worte miteinander. Selbst einer der gnädigen Herren vom Schloss war zu uns gestoßen. Onkel Antonius erörterte vor Vater den jüngsten Streit der Grafen, in dem es um weitere Anbauten am Schloss ging. Auch die verwitwete Gräfin Susanne war mit ihrem Gefolge zur Messe erschienen. Jedes ihrer drei Kinder ging an der Seite einer eigenen Kinderfrau. Die Witwe von Graf Ernst I., Gräfin Margaretha, war ebenfalls gekommen. Es war, als hätten sich die beiden Witwen über den Tod ihrer Männer hinweg wieder miteinander versöhnt. Vielleicht würden die Streitigkeiten bald endgültig vergessen sein? Dies blieb abzuwarten. Denn die politischen Entscheidungen für die Grafschaft oblagen nicht den Müttern der Kinder, sondern deren Vormündern, gräflichen Verwandten männlichen Geschlechts. Von den Kindern fiel mir besonders Albrecht auf, der Jüngste von Gräfin Margaretha, weil er interessiert und ohne Berührungsängste die versammelte Menschenmenge beobachtete, während die anderen Grafensprösslinge mit sich selbst beschäftigt waren.

Lioba riss mich aus Albrechts Betrachtung, denn plötzlich, als hätte sie den Teufel höchstpersönlich gesehen, drehte sie sich um und stürzte auf und davon. So verstört hatte ich Lioba noch nie zuvor erlebt. Grete grinste schadenfroh, nicht einmal hinter vorgehaltener Hand, was mich schockierte. Dass Lioba eine Mörderin war, konnte ich nach wie vor nicht glauben, und an diesem einzigartigen Tag wollte ich auch nicht weiter darüber nachdenken. Mutter und Vater erlebten die Annenmesse mit uns, das war das Wichtigste. Ich nahm mir vor, nachher nach Lioba zu schauen.

Es kam mir so vor, als würde die eine oder andere Meistersfrau Mutter neugierig, wenn nicht sogar bewundernd, betrachten. An Anmut und Ausstrahlung übertraf sie sogar die Bachstedterin, fand ich, und suchte auch gleich nach der Frau des Hüttenmeisters, um sie mit einem Kopfnicken zu grüßen. Stattdessen kreuzte sich mein Blick jedoch mit dem des Montanbeamten Zecke, der nahe bei der gräflichen Familie stand. Ich hatte einen herablassenden Blick erwartet, aber Zecke lächelte in meine Richtung. Er lächelte! Jetzt fehlte nur noch, dass er auf Hans zukam und ihn zur erfolgreichen Bewirtschaftung der neuen Feuer beglückwünschte.

Erst als man sich in Reih und Glied stellte, entkrampften sich meine Züge wieder etwas. Die Prozession kam in Gang. Bevor wir festlich in die Kirche einzogen, sollte St. Georg samt Friedhof, der sich direkt an unser Gotteshaus anschloss, einmal umrundet werden. Vor der gräflichen Familie schritten der Herr Pfarrer, der die goldene Monstranz mit der Haarreliquie der Heiligen in den Händen hielt, und die vier mit Lilienkränzen geschmückten Jungfrauen in reinweißen Kleidern, unter denen ich auch die Töchter einer der Schultheißen erkannte. Sie trugen das Annenbild unserer Kirche vor sich her, auf dem Anna lächelnd und in einzigartiger Ruhe das friedliche Spiel ihrer Tochter mit dem einjährigen Enkelsohn Jesus beobachtete. Annas Tochter war neben Eva die einzige Frau, die ihre Entstehung nicht der fleischlichen Vereinigung von Mann und Frau zu verdanken hatte. Die Kussschwängerung durch den Heiligen Geist machte Anna für mich zu einer besonders verehrenswerten Heiligen. Für die meisten Mansfelder war sie die Bewahrerin vor Armut und die silberspendende Heilige. Ich jedoch sah in ihr zuallererst die liebevolle Mutter und Großmutter, und dies war auf dem Bild deutlich zu erkennen. Die Erstarrung, die Dietrich Zeckes ungewohnt freundliches Lächeln in mir ausgelöst hatte, löste sich weiter.

Die bewegende Prozession ließ die Angst vor der zweiten Tageshälfte, den Gang zu Hans' Hütten, in den Hintergrund treten. Als wir schließlich das Gotteshaus für die Messfeier betraten, roch ich Rosmarin und Majoran durch den Weihrauch hindurch. Als wir weiter an den Altar herankamen, erschrak ich kurz.

Wieder mehr Lichter als im vergangenen Jahr.

Wieder mehr Brote.

Und Hans trug seinen Anteil dazu bei und damit auch unsere Familie, mich eingeschlossen. Mehr Brote und mehr Lichter bedeuteten mehr Tote im Berg, mehr Vermisste, mehr Verschüttete. Meistens brachten die Ehefrauen der verschollenen Bergleute diese Spende ins Gotteshaus. Ab dem Tag des Verschwindens ihrer Lieben und dann wöchentlich neu stellten sie die Gaben auf, ein ganzes Jahr lang, um ihren Männern und Söhnen auf diese Weise mit Gottes Hilfe Brot und Licht in ihr steinernes Grab zu schicken. Brot als Zehrung, bis sie vielleicht doch noch lebend geborgen wurden. Licht, um den Weg hinauszufinden. Ein schrecklicher Gedanke war es, dass Bergleute dort unten ohne letzte Beichte und Absolution der Hölle geweiht waren. Arme Seelen waren sie, die ihren letzten Atemzug begleitet vom Quieken der Ratten und dem Hinabtropfen von Gesteinswasser taten. Und jedes Jahr waren es noch mehr. Heute hatten sie die Brote sogar schon aufeinanderstapeln müssen.

Ich schaute zu der mit Eisenblechen beschlagenen Truhe mit den drei schweren Schlössern neben dem Altar, in die wir später durch einen Schlitz im Deckel unsere Münzen werfen würden. Auf der Truhe lag der Sammelablass in Form einer Urkunde bereit. Er war uns schon in der letzten Sonntagsmesse gezeigt worden, damit wir unser Geldsäckchen gut gefüllt zur Annenmesse mitbrachten.

Für dieses Jahr war ein besonders großzügiger Ablass in Höhe von zweieinhalb Gulden ausgeschrieben worden. Die erlassene Zeit im Fegefeuer hatte sich damit, sofern ich mich richtig erinnerte, im Vergleich zum letzten Annenfest verdoppelt. Eintausend Jahre weniger im Fegefeuer waren uns versprochen, und diese wollte ich gerne für meine Familie erwerben. Die Urkunde bestand aus teurem Pergament, an dessen unterem Ende mehrere in metallene, kreisrunde Hülsen gegossene Siegel an Hanfbändchen hingen. Sie war wunderschön bemalt und besaß dadurch eine besondere Strahlkraft: Lorbeergewächse rankten sich unterbrochen von Heiligenmedaillons um das gesamte Schriftstück.

Der erste Buchstabe, ein O, enthielt das Wappen des Heiligen Vaters in Rom. Der Sammelablass begann mit den Worten: *Oliverius, Kardinalsbischof von …* denn dieser und weitere Kardinäle aus dem fernen Italien waren die Aussteller des Schriftstückes, das im Folgenden beschrieb, an welchen Tagen wir die eintausend Jahre Erleichterung, die wir heute erwarben, in Anspruch nehmen konnten, welchen Preis wir dafür zu zahlen hätten und wozu unsere Gelder verwendet würden. Ein Ablass ist wie eine Gutschrift, die wir heute erwerben und gegen erhaltene Sündenstrafen einlösen können. Zu eben jenen in der Ablassurkunde festgelegten Feiertagen. Ablässe machten mir Hoffnung auf weniger lange Schmerzen im Fegefeuer, sie waren eine Erleichterung, die uns Gott im Leben nicht zuteilwerden ließ.

Bereits bei der letzten Messe hatte der Herr Pfarrer die Übersetzung der lateinischen Worte von einem Zettel abgelesen und die Urkunde lange herumgezeigt, bevor er sie wie eine Reliquie zurück in die Sakristei getragen hatte.

Ich musste so sehr in den Anblick der Truhe mit dem Sammelablass vertieft gewesen sein, dass Johannes mich nun anstupste, damit ich weiterging. Wir kamen im vorderen Drittel des Langhauses zum Stehen. Hinter uns drängelten sich die Krummhälse, die Schmelzer und Handwerker noch vor den Armen der Stadt. Grete stand zu meiner Rechten und konnte den Blick vor Bewunderung nicht von der Empore nehmen. Martin stand dort oben bei den Sängern, und ich war sehr stolz, als der erste Ton des Knabenchores erklang. In diesem Moment, in dem ich selig zu Martin hinaufschaute, spürte ich den eindringlichen Blick der Bachstedterin auf mir. Sie war wohl verstimmt, weil sich ihr Barthel nicht unter den Sängern befand. Beim jüngsten Nadelnachmittag hatte sie die *Singerei*, wie sie es nannte, jedenfalls als Trägheit abgetan. Ich sah das anders, behielt dies allerdings für mich.

In manch unruhiger Nacht, wenn mir Möhra, die Worte der Ahne und das viele Blut nicht aus dem Kopf gingen, stahl ich mich hinab in die Küche, setzte mich auf den Stuhl vor den Ofen und sang leise. Als hörte mich Martin im Schlaf, kam er manchmal dazu. Die Nacht war die einzige Zeit, in der Grete ihren Bruder zu Hause nicht in Beschlag nahm.

Auch mit seinen acht Jahren und obwohl er beinahe jeden Satz auswendig konnte, wollte Martin immer noch aus dem Fabelbuch vorgelesen bekommen. Auch das fand auf dem Eisenacher Stuhl in der Küche statt, die Restwärme des Ofens im Rücken. Erst vorletzte Nacht hatte ich ihm von der durstigen Krähe erzählt, nachdem er mich mit den Worten »Meine Hanna« umarmt hatte. Noch immer war er ein ungewöhnlich zärtliches Kind, sensibel und für jede meiner Berührungen empfänglich.

Die Fabel handelte von einer Krähe, die sehr durstig war, aber nicht an das Wasser am Boden eines Kruges kam. Da sie den Krug nicht umwerfen konnte, fiel ihr eine andere Lösung ein: Sie nahm Steinchen in den Schnabel und warf davon so viele in den Krug, dass das Wasser immer höher stieg und sie es trinken konnte. Martin meinte dazu, dass an jedem Tag, an dem man etwas erfahre oder lerne, ein Kiesel auf dem Boden des Kruges hinzukäme. Jeder Mensch besäße seinen eigenen Krug, in dem er Steinchen sammeln könne.

Martin gedieh gut, trotz seines schweren Starts, was mir mit jedem Tag mehr Kraft gab. Für Hans, für den Haushalt und für die Mansfelder.

Ich wandte mich von der Empore ab. Links neben mir verfolgte mein Bruder Johannes mit seiner Familie die Messe. Mutters Sturz vor mir nahm mir die Sicht auf den Herrn Pfarrer, ich hörte also nur seine Worte, die vielerlei Bilder in meiner Fantasie heraufbeschworen. Er sagte, mit Gottes Himmelreich verhalte es sich wie mit einem Schatz, der in einem Acker vergraben ist. Ähnlich Kupfer und Silber im Berg. Ich lauschte dem Klang der lateinischen Gebete wie einer Musik. Nach der Eucharistiefeier standen die Segenswünsche an. Dafür trat ich im Gedränge an Mutters Seite vor den Altar. Während der Herr Pfarrer mit dem kleinen gläsernen Gefäß, das Annas Haare enthielt, über meine Stirn fuhr, und ich meinen Wunsch vorbringen durfte, erschauerte ich ehrfürchtig. Ich bat für das Seelenheil meiner Familie. Laut nannte ich die Namen von Mutter und Vater, meinen Brüdern und natürlich die meiner Kinder und meines Gatten.

Im vergangenen Jahr hatte ich sogar das Haar der Heiligen im Gefäß erkennen können. Es war haselnussbraun, wie das meiner Familie. Heute war ich zu nervös, um meinen Blick auf die Glaskapsel zu lenken, bevor sie meine Stirn berührte. Das war dem bevorstehenden nachmittäglichen Gang zur Schmelzhütte geschuldet. Selbst die Heilige konnte gegen diese Angst nicht viel ausrichten. Anstatt die geforderten Gulden für den Ablass zu zahlen, gab Hans nach Messende lediglich ein paar geringwertige Münzen für den Unterhalt des Geleuchts am Altar. Doch Vater richtete es. Er erstand das Versprechen auf den Erlass von eintausend Jahren Fegefeuer, indem er gleich fünf Gulden in die eisenbeschlagene Truhe warf – für Mutter und für mich – und den Sammelablass dafür sogar berühren durfte.

Nach der Messe führten Hans, Vater und Johannes mit

Onkel Antonius und den Ratsherren noch Gespräche, während wir Frauen uns um Verena Bachstedter herum versammelten. Ihren Ausführungen entnahm ich, dass in der Grafschaft etwas zu köcheln begann, das unter den Hüttenmeistern für Aufregung sorgte. Am Ende des Gespräches waren wir Frauen uns einig, Bedrückung bei unseren Ehemännern bemerkt zu haben, die wohl in engem Zusammenhang mit ihren Geschäften stand.

Die flatternden Kupferblättchen, die Mutter mir am Morgen noch an die Vorderseite der Haube genäht hatte, mussten in der Sonne glitzern, denn die Frankin schaute lange darauf. »Eine gelungene Verzierung«, bemerkte sie leise, nachdem sie sich von der Bachstedterin abgewandt hatte.

Es war bereits Nachmittag, als wir mit Vaters Wagen zur Hütte *Am Möllendorfer Teich* fuhren. Jetzt gab es kein Entrinnen mehr. Ich zwang mich zu einer aufrechten Haltung, Hans sollte nicht merken, welche Ängste seine Feuer in mir auslösten. Er tat es doch für seine Familie!

Am Möllendofer Teich roch es übel, es war verqualmt, und unzählige Schlackehügel befanden sich dort. Sie dampften noch wie die frische Gülle, die Arnulf jedes Jahr auf unseren Feldern ausbrachte. Kohlen lagen überall herum, ebenso allerlei Dreck, als wir das Hüttengelände über einen schmalen Weg betraten. Links und rechts von uns stiegen Rauchsäulen auf, ich vernahm fernes Wasserrauschen, und um uns herum knisterte es. Dazu roch es stechend scharf, so dass ich mir den Ärmel meines Kirchgangsmantels schützend vor die Nase presste. Es war feucht und sehr heiß. Ich war davon überzeugt, dass hier nicht einmal mehr blassgrüner Kohl wachsen würde.

Abgesehen vom Berg mit seinen Schächten und Stollen war kein anderer Ort der Hölle näher und verbundener als eine Schmelzhütte, welche die Schätze des Erdinneren aufnahm und verarbeitete. Mit jedem Schritt, den ein Schacht tiefer in die Erde getrieben wurde, stieg die Gefahr, an die schroffen Felsgewölbe der Hölle zu stoßen. Mir erschien Satans Bildnis vor Augen, wie er von Feuern umgeben in der Mitte seines unterirdischen Reiches saß. Die Ahne war überzeugt gewesen, dass die Seelen in der Hölle ähnlich einem Braten geschmort werden würden, bevor Satan sie vertilgte. Beim Kauen würde er dann sabbern und dunkelgelber Schleim von seinen langen, hervorstehenden Zähnen tropfen. Später würde er die verdauten Seelen wieder ausscheiden. *Oh Herr, komm uns zu Hilfe!*

Instinktiv ergriff ich Martins Hand, Hans hatte darauf bestanden, dass er als einziges der Kinder mit zur Hütte kam. Mein Blick fiel auf das Ofenhaus am Ende des Weges, aus dem es aus mehreren Schloten qualmte. Als spie Satan seinen Atem dort vorne aus. Ich fühlte mich mutig, als ich der Gruppe an Mutters Seite zum Schieferbrennplatz rechts neben dem Haus folgte. Martin fasste ich fester an der Hand. Anstandshalber nahm ich meinen Ärmel wieder von der Nase.

»Dort vorne«, Hans zeigte neben den Brennplatz, »liefern die Pferdefuhrwerke die Schieferstücke aus dem Berg an.«

»Wie viel Silber?«, wollte Vater sofort wissen.

»In den letzten Jahren eins pro Hundert«, entgegnete Hans nicht ohne Stolz. Eine Böe blies ihm Rauch ins Gesicht. Es war Wind aufgekommen.

Vater nickte ihm anerkennend zu, und einmal mehr wurde mir bewusst, dass Hans sich nur dann gesprächig zeigte, wenn es um seine Hütten ging. »Bei der Verhüttung dreht sich alles darum, die metallführenden Minerale wie Kupfer und Silber vom tauben Gestein, vom Schwefel und anderen nicht verwertbaren Bestandteilen zu trennen. Dafür brennen, rösten, schmelzen und reduzieren wir es«, erklärte er an Vater gewandt.

Seine Worte ließen mich an Weizen denken, den man

ebenfalls von der Spreu zu trennen versuchte, der Vergleich hinkte nur insofern, als die Metalle ein fester Bestandteil des Gesteins waren. Die sechs Haufen aus Erzstücken vor uns waren mindestens fünfzehn Fuß hoch. Sie waren auf glühenden Hölzern gestapelt und glommen vor sich hin. Wie tausend Augen, wie tausend Teufel, die um Satan herumtanzten. Unvermittelt wich ich ein Stück zurück, Martin an meiner Hand regte sich nicht. *Schöpfer, sei uns Schutz in der Nacht!*

Hans zeigte auf den Brennplatz. »Mehrere Monate brennen wir sie, damit der Schwefel entweicht …«

Ich zuckte zusammen. Wenn es in der Hölle nach etwas roch, dann nach Schwefel.

»… und sich das taube Gestein von den Erzmineralen trennen kann. Die so gebrannten Schiefer …«

»… kommen dann in den Ofen?«, fragte Martin interessiert. Meinem Sohn schienen der Gestank und die blinkenden Feueraugen um uns herum nichts auszumachen.

»Richtig, Martin.« Mit einem Ausdruck von Strenge, aber auch Innigkeit schaute Hans ihn länger als gewöhnlich an. Ich glaube, Martins Interesse machte ihn stolz.

Wir näherten uns dem Ofenhaus. Dessen Wände, so erklärte uns Hans, bestanden aus Backsteinen. Mutter blieb hinter Vater, und ich drängte mich dicht neben sie, Martin fest an meiner Hand.

»Interessant«, stellte Vater fest, und ich sah seine Augen über das Ofenhaus wandern. Da waren zwei Türen und diverse Öffnungen in der Wand. Auf einmal war das Rauschen des Wassers ganz nah. Es kam von der Rückseite des Hauses, wo die Wasserräder, vom Teich genährt, die Blasebälge für die Öfen antrieben.

»Wir haben sechs Öfen da drinnen«, erklärte Hans.

Exakt sechs Kaminzüge zählte ich, die vor die Mauer des Ofenhauses gesetzt worden waren. Auch aus ihnen rauchte es. Überall rauchte es hier, als hätte man gerade einen Wald niedergebrannt. Einzig das Wasserrauschen kündete noch von Leben.

Wir begaben uns vor die Öfen, wo Hans den diensthabenden Schmelzer herbeirief und wortlos auf den äußersten, linken Ofen deutete. Der Mann hätte mich mit seinem langen, ledernen Mantel gegen den Funkenflug beinahe an einen Mönch erinnert, wenn er nicht so schlimm gestunken hätte. Sein Gesicht wurde von der Kapuze beschattet, so dass ich es nicht erkennen konnte. Hans brachte immer mal wieder Schmelzer, Hauer oder Treckjungen zum Essen mit. Vielleicht hatte ich diesem Mann in unserer Stube schon einmal gegenüber gesessen.

Der Mann griff sich einen der herumliegenden Krähle, öffnete die Ofentür, stocherte mit dem heugabelähnlichen Gerät im Ofen herum und zog damit Schmelze heraus und in den Vorherd, eine Art Grube vor dem Ofen. Eine Hitzewelle schlug uns daraufhin entgegen und ließ uns unwillkürlich ein paar Schritte zurücktreten. Mein Vater holte ein Tüchlein hervor und betupfte sich damit Stirn und Schläfen.

Martin beobachtete trotz seiner tränenden Augen jede Bewegung des Schmelzers, und immer wieder schaute er zu Hans hinüber. »Vater kann wirklich Steine schmelzen«, flüsterte er mir eingenommen zu.

»Schon im Ofen trennt sich die Schlacke von der mineralhaltigen Schmelze.« Hans schien die Hitze nichts auszumachen. »Sie schwimmt obenauf, und wir ziehen sie mit dem Krähl genauso vom brauchbaren Kupferstein ab, wie einem Tier das Fell, um an sein Fleisch heranzukommen.« Hans zeigte auf den dampfenden Schmelzbrei im Vorherd, dann wandte er sich an seinen Arbeiter. »Das reicht«, befahl er, woraufhin der Schmelzer die Klappe wieder schloss und verschwand. Lange schaute Martin ihm nach. Ich fragte mich, wie der Mann diese Arbeit überhaupt tagtäglich verrichten konnte.

»Nach dem ersten Schmelzen sind wir so weit, dass das Erz beinahe zur Hälfte Kupfer enthält. Im nächsten Schritt rösten wir es mehrere Male, und danach schmelzen wir es erneut. Aus mindestens fünfundneunzig Kupferteilen pro Hundert besteht unser Schwarzkupfer. Die restlichen fünf pro Hundert sind im wesentlichen Silber, Schwefel, Blei und Eisen.« Hans führte uns in die Kupferkammer neben dem Ofenhaus, wo das Schwarzkupfer gewogen und gelagert wurde.

Mutter lächelte wie gewöhnlich, doch das ungeduldige Befingern ihrer Rosenkranzkette verriet mir, wie unwohl sie sich fühlte. Damals dachte ich noch, sie fühlte sich gleich mir von dieser vorhöllenartigen Landschaft bedrängt. Aber das war nur einer der Gründe.

An diesem Nachmittag ging so vieles in mir vor. Allem Gestank und aller Leblosigkeit zum Trotz wollte ich Hans' Berichten über seine Arbeit lauschen. Je länger er sprach, desto unschärfer wurde das Bild, das ich bislang von der Unterwelt hatte. Selten zuvor hatte ich ihn so leidenschaftlich erlebt. Seine Züge wirkten heller, und seine Stimme klang weniger hart, wenn er von erstarrenden Metallschichten und Schmelzzuschlägen sprach, die er einzusetzen beabsichtigte, um mit dem geringstmöglichen Einsatz von Brennmaterial die größtmögliche Menge an Schwarzkupfer zu erschmelzen.

Hans nahm ein Stück Schwarzkupfer von der Waage und schlug kräftig mit dem Hammer darauf, so dass es zerbröckelte. Auf seiner Handfläche bot er uns die Einzelsplitter dar.

Vater griff als Erster zu. Dann Martin. Er bestaunte sein Stück wie einen Edelstein.

Als Hans seine Hand nicht sinken ließ, zögerte ich.

Da streckte er sie mir noch ein Stück weiter entgegen, wie damals, als er mir die Rute hingehalten hatte, damit ich Martin züchtigte. Nur wurde seine Geste dieses Mal von keinem zornigen, sondern von einem aufmunternden Blick begleitet.

Meine Wahl fiel auf ein dreieckiges Kupferteil, das blassrot und gelblich gestreift war. Silber konnte ich, wenn überhaupt, nur anhand eines schwachen Funkelns erahnen. Hans trat mit einer Unschlittlampe bis auf eine Elle Abstand an mich heran. »Das Eisen lässt es rötlich aussehen«, erklärte er.

»Ab welchem Silbergehalt wird gesaigert?«, fragte Vater und hielt meiner Mutter sein Stück Schwarzkupfer hin, woraufhin Mutter höflich und elegant den Kopf schüttelte.

»Bei tausend Lot Kupfer müssen es mindestens zwanzig Lot Silber sein, dann erst lohnt es sich, zu entsilbern«, entgegnete Hans.

Ich rechnete. Sofern das Stück in meiner Hand also ein fünfhundertstel Silberkörner enthielt, kam es zur Saigerhütte.

Hans und Vater erörterten die Materie noch eine Weile, danach führte uns Hans noch an den Rösthaufen mit ihren tausend Augen vorbei zum Ausgang zurück. Dort wartete der Wagen, der uns zurückbrachte.

Beim Abendmahl sprachen wir über Martins schulischen Werdegang. Vater empfahl die höhere Pfarrschule in Eisenach zur Vorbereitung auf das Universitätsstudium. Er bestand darauf, dass Martin der Zutritt in die gutbürgerliche Gesellschaft nicht verwehrt bleiben durfte, nur weil sein Vater ein Hüttenmeister war, der seinem Rang nach nie auf einer Stufe mit einem Juristen stehen würde. Und immer wieder setzte Vater meinem Ältesten, der die Zuneigung seines Großvaters sichtlich genoss, die rote Kappe auf. Vater übte sogar Latein mit Martin, wobei Grete ihnen nicht von der Seite wich. Dabei schnappte sie auch ein paar Wörter in der Sprache unserer Kirchenväter auf.

Über Christina in Möhra sprachen wir kein einziges Wort, wofür ich von meiner Erstgeborenen in den nachfolgenden Nächten beschimpft wurde. Christinas Tonfall war bitterböse geworden, was mir weh tat. Also hatte all die Mühe, die ich mir mit meinen anderen Kindern gegeben hatte, an meinem ersten Mädchen nichts wiedergutmachen können.

Als meine Eltern uns wieder verließen, winkte Vater uns mit einem herzlichen Lächeln zu. Vorher hatte er Martin noch seine rote Kappe geschenkt, besser gesagt: mit großer Geste wie bei einer Weihe würdevoll übergeben.

Mutter schaute sich nicht mehr um, als sie wegfuhren.

Ich glaube, in ihren Augen hatten Tränen gestanden, als sie auf den Wagen stieg.

Als Kind und auch noch bei ihrer Ankunft hatte ich gedacht, dass sie aufgrund ihres ständigen Lächelns sehr glücklich sei. Doch während unserer gemeinsamen Zeit in Mansfeld war es mir zunehmend gezwungen vorgekommen. Es war genau die Art von Lächeln, um die ich mich damals beim großen Essen bemüht hatte.

Ich sollte Mutter nie wiedersehen, einzig ihre erschütternde Beichte lesen.

✳✳✳✳✳

TEIL 3
WOHIN SOLL DAS NUR FÜHREN?

Zeichen sind machtvoll und weise, das bestätigte sich immer wieder. Zuerst brannte unsere Kirche nieder und mit ihr das Haar der heiligen Anna. Außerdem versündigte sich Martin zutiefst. Danach fielen blutige Kreuze vom Himmel, schwarze, riesige Spinnen waren überall. Unser unerbittlich richtender Gott zeigte sich unnachsichtig. Und ich? Entdeckte an Tagen absoluter Finsternis Helligkeit.

St. Georg ging in dem Jahr in Flammen auf, in dem Martin im ersten Jahr die Pfarrschule in Eisenach besuchte. Das war im Jahr 1498.

In einer Gewitternacht hatte der Dachstuhl der Kirche plötzlich lichterloh gebrannt, auch der niedergehende Regen hatte das Feuer nicht löschen können, weil er viel zu schnell versiegt war. Alle Bergleute und Handwerker der Stadt waren angerannt gekommen, um beim Wassertragen zu helfen. So hatte es Hans mir berichtet, während ich mich mit den Kindern zum Schutz vor dem Gewitter im Keller verkrochen hatte. Blitze waren das Schwert Gottes, mit dem er uns richtete. Er war erbarmungslos, ich fürchtete ihn so sehr, und schon der Gedanke an die nächste Beichte, in der ich gewiss noch kleiner und noch sündiger vor meinen Gott treten würde, rief Beklemmung in mir hervor.

Lioba hatte als Einzige während des Gewitters darauf bestanden, in ihrer Kammer bleiben zu dürfen. Über ihre Flucht am Tag des Annenfestes wollte sie nicht mit mir sprechen, kündigte nur an, niemals wieder zum Gottesdienst nach St. Georg mit uns zu gehen. Grete hatte unsere Magd deswegen eine Ketzerin genannt. Daraufhin kam Lioba doch wieder mit, als wollte sie Gretes Behauptung widerlegen. Dabei wich sie mir nicht von der Seite, was früher anders gewesen war, und richtete zudem eine Bitte an mich: Sie wollte nie verheiratet werden.

Wie sehr muss die Ermordung ihres Vaters doch ihre Seele zerstört haben, dachte ich daraufhin, *wo wir Menschen doch eigentlich für die Gemeinschaft gemacht sind.* Lioba hatte sich im Haushalt unersetzlich gemacht, ich schätzte sie wegen ihres unermüdlichen Einsatzes und mochte ihr friedliches Wesen. Zeigte sich bei einem der Kinder eine Erkältung, wusste sie diese mit der passenden Tinktur aufzuhalten. Auch Hans musste Liobas Fleiß bemerkt haben, denn er stimmte ihrem Wunsch, nicht verheiratet zu werden, zu.

Trotz aller Anstrengungen hatte unser Kirchenhaus nicht gerettet werden können. Einzig die steinernen Außenmauern waren stehen geblieben, wackelig und löchrig wie das kranke Gebiss eines alten Mannes. Die Glocken waren beim Sturz beschädigt worden, und die Phiole mit Annas Haar war wie vom Erdboden verschwunden. Einzig das Gemälde Annas als liebevolle Mutter und Großmutter war verschont geblieben. Meister Lüttich hatte es im letzten Moment aus der Sakristei retten können. Anna war also nicht ganz verschwunden, obgleich ihrer Reliquie viel mehr Kraft beigemessen wurde als ihrem Bildnis.

Danach fanden die Messen noch lange in der Ruine statt,

bei Wind und Wetter. Die Mauerreste führten uns Mansfeldern unsere eigene Unvollkommenheit vor Augen, unsere Sündhaftigkeit und unsere Schlechtigkeit. Die Gräfinnen kamen nach der Annenmesse nie wieder nach St. Georg. Ohne das Kirchendach war mir, als habe der Allmächtige seine schützende Hand von uns genommen. Als träfe uns jeder Blitz direkt, als ließe jeder Donner unsere Ohren taub werden. Gott hatte seinen Zorn auf uns niedergesandt. Wöchentlich zwang ich mich zur Beichte. *Wir begehren Gnade, Ablass und Unterweisung.*

Sobald die Bergleute mit dem Schwarzkupfer wieder mehr verdienen würden, sollte die Kirche neu und prächtiger als bisher aufgebaut werden. Zum ersten Mal, seitdem wir in Mansfeld wohnten, war mir zu Ohren gekommen, dass die Preise für das Schmelzprodukt sanken, gleichwohl die Saigerhandelsgesellschaften nach immer noch mehr Schwarzkupfer verlangten. Anhand der vielen neuen Kerzen vor dem rauchgeschwärzten Altar von St. Georg wusste ich, dass die weiterhin steigende Nachfrage die Bergleute immer tiefer in den Berg zwang. Dorthin, wo die Luft schlechter sowie die Wasser gefährlicher und es nicht mehr weit bis zur Hölle des sabbernden Satans war.

Im Jahr des Kirchenbrands lag die Geburt meiner letzten Tochter bereits vier Jahre zurück. Hans gestand mir zu, sie nach meiner verstorbenen Mutter Elisabeth zu nennen. Zwei Jahre zuvor, im Jahr 1492, war uns zudem Barbara geschenkt worden. Keine Geburt verlief je wieder so schwierig wie die Martins. Nach Barbara verlor ich noch zweimal meine Leibesfrucht. Doch Augustine war sicher, dass dies jeweils vor dem achtzigsten Tag nach dem Zeugungsakt geschehen war, also noch vor der Eingießung der Seele.

Barbara lächelte oft und machte uns keine Sorgen. Sie folgte jeder Bitte sofort und war auch sonst ein braves Kind. Christina in meinem Kopf machte sich darüber lustig. Sie verhöhnte ihre Geschwister inzwischen auf ziemlich gehässige Weise. *Dummes Kind! Nur wer dumm ist, nimmt alles lächelnd hin.* Ich bekam ihre Stimme nicht mehr aus meinem Kopf.

Über Mutters Tod war ich untröstlich. Bis heute habe ich sie so anmutig in meiner Erinnerung bewahrt, wie sie es zu ihren Lebzeiten gewesen ist. Regelmäßig zünde ich ein Licht in St. Georg für sie an, war sie früher doch mein Licht in der Dunkelheit und ist es auch heute noch. Sobald ich an sie denke, erhellt sich alles um mich herum. Mutters Leben war nicht glücklich gewesen, vor allem meinetwegen. Vater hatte ein Jahr lang nach Mutters Tod auf keinen meiner Briefe reagiert – ich glaube aus Trauer –, und so hatten wir Martin zunächst nach Magdeburg auf die höhere Schule geschickt. Doch ich wollte ihn in Eisenach und von Ratskreisen erzogen wissen. Die Menschen dort waren mir von Kindheit an vertraut. Im Jahr 1498 starb auch mein Bruder Heinrich, der in Creutzburg gewohnt hatte. Seine Witwe hatte mich verständigt.

In Mansfeld sprach inzwischen jedermann vom *Hexenhammer*, dem Buch, auf das mich Augustine aufmerksam gemacht hatte. In Eisenach war bereits eine Heilkundige in einen Turm gesperrt worden, und auch von außerhalb der Grafschaft hörte man von alten Weibern, die der Weichlerei bezichtigt wurden. Es war Verena Bachstedter, die mir bei einem der Nadelnachmittage ans Herz legte, den Umgang mit meiner Hebamme zu überdenken. Sie hatte Augustine in Hettstedt gegen den Urheber der Hexenschrift, den Dominikaner Heinrich Kramer, frei auf dem Marktplatz sprechen hören. Ich war geschockt. Die Bachstedterin meinte, dass es sich für mich als Ehefrau eines angesehenen Hüttenmeisters nicht ziemte, Bekanntschaft mit einer Weichlerin zu pflegen. Dies beflecke ganz Mansfeld und beeinflusse gewiss auch die Verkaufspreise der Erze an die Saigerhandelsgesellschaften. In Gegenden, in denen

Hexensabbate und körperliche Vereinigungen mit dem Leibhaftigen stattfanden sowie böse Zauber den Alltag bestimmten, könnten nur minderwertige Erze im Berg wachsen, waren die Hüttenmeisterfrauen überzeugt.

Ich weigerte mich, Augustine als eine Gespielin des Teufels anzusehen, auch wenn die gesunkenen Erzpreise dafür sprachen. Meine Hebamme war immer nur gut zu meiner Familie gewesen, lange hatte ich sie genauer beobachtet und nichts Verräterisches an ihr entdecken können. Einzig ihre Gugel machte mich nach wie vor stutzig. Mir war, als wolle sie ihr Gesicht vor jemandem verbergen. Die Frankin hatte mir zuletzt zugeraunt, dass Augustine darunter ihre Hörner verstecken würde.

Zuletzt hatte Vater für Martin doch noch eine gute Unterkunft bei seinen Ratsfreunden besorgt. Endlich konnte mein Sohn nach Eisenach auf die Pfarrschule. Er war dort der beste Schüler in der Klasse, was ich der Bachstedterin jedoch vorenthielt. Ich spürte, dass es sie verletzen würde, ließ sie doch keine Gelegenheit verstreichen, uns von Barthel zu erzählen, der bald in Leipzig zu studieren begann.

Martin half gerne schwächeren Mitschülern, davon erzählte er mir oft, und auch wie stolz sein Großvater auf ihn war. In Eisenach lehrte man ihn die Grundlagen des antiken Bildungskanons, die Sieben Freien Künste, die später auf der Universität noch einmal vertieft werden würden. Zweimal im Jahr, zu Ostern und zum Fest Christi Geburt, kam er nach Mansfeld, wo er Hans über sämtliche Lernfortschritte in Kenntnis setzen musste. Martin erzählte ihm von Aristoteles und zitierte ganze Seiten der Heiligen Schrift in fließendem Latein, das Hans nicht verstand. Dennoch hörte ihm mein Ehemann all die Jahre konzentriert zu. Martin war selbstsicherer geworden, so wie es Hans sich immer gewünscht hatte.

Während seiner Besuche kam Martin weiterhin zur Morgenandacht hinzu, was mir viel bedeutete, und in mindestens einer Nacht lasen wir zusammen im Fabelbuch. Am Morgen vor dem Holzkreuz in der Stube, wo ich meine Kinder zusammenhatte, war ich am glücklichsten.

Die neu gewonnene Fröhlichkeit, mit der Martin von Eisenach, von den Franziskanermönchen, seinem Lehrer Güldenzapf und seiner Hauswirtin Ursula Cotta erzählte, imponierte Grete. Auf der Pfarrschule lernte er, eindringlich und wortreich zu berichten. Wenn Martins Ankunft anstand, empfing Grete ihn als Erste. Entgegen ihrer früheren Vorliebe trug sie das braune Haar in seiner Gegenwart im Haus nun nicht mehr zu zwei Zöpfen gebunden, sondern offen und sogar nach vorne über die Schultern gelegt. Noch immer kämpfte sie um seine uneingeschränkte Aufmerksamkeit. Ich war überzeugt, dass Martin in Eisenach nicht länger an Lioba dachte. Einmal hatte er ein Mädchen aus Eisenach erwähnt, mit dem er unter der Aufsicht seiner Hauswirtin gemeinsam gesungen hatte.

Martin widmete Grete viel von seiner wenigen Zeit in Mansfeld, aber auch seine anderen Geschwister verlangten nach ihm – bis auf Barbara, die niemals etwas forderte. Ihr Lächeln wagte sogar Thechen ohne die schützende Hand vor der Lippenspalte zu erwidern. So still und friedlich, wie Barbara ihre Geschwister für sich einnahm, konnte sie nicht dumm sein, wie Christina weiterhin behauptete.

Als Martin und ich nach dem Fest Christi Geburt für einen Moment alleine waren, fragte er mich, was denn Liebe sei. Da war er in seinem zweiten Jahr in Eisenach im Jahre 1499 und gerade sechzehn Jahre alt. Er schien mir genauso verwirrt wie meine Brüder in diesem Alter. Ich war soeben dabei, die Lichter im Flur vor dem ehelichen Schlafraum zu löschen. Da zog mich Martin hinunter in die Küche, auf den Eisenacher Stuhl vor dem Ofen. Erst gestern hatten wir dort im Fabelbuch gelesen.

In der Kochstelle glomm noch Glut, und im Halbdunkel ließ ich mich vor der Ofenklappe nieder. Der Umstand, dass er mich stets an diesen Ort zog, wenn er Trost oder Rat bei mir suchte, ließ mich lächeln. Wie oft schon hatten wir beide dort gesessen.

Martin ließ sich zu meinen Füßen auf dem Boden nieder. »Mutter, erzähle mir von der Liebe!«, forderte er mit der Ungeduld eines Heranwachsenden.

Ich küsste meinen Sohn auf die Stirn und sprach von der Mutterliebe, dem Wunsch, meine Kinder so lange an der Hand durch die Welt zu geleiten, bis sie festen Boden unter ihren Füßen spürten.

»Hanna«, entgegnete er mit weicher Stimme. »Schlägt dir das Herz heftig, wenn du uns Kinder siehst und an der Hand führst?« Er fragte es mit dem gleichen sanftmütigen Staunen, das mich an den kleinen Martin erinnerte, der der Geschichte vom Ritter Georg gelauscht hatte.

Mir wurde warm. »Es schlägt mir sicher heftig, und ich werde aufgewühlt sein, wenn ihr alle euch eines Tages lossagt.« Die Wiederkehr der Einsamkeit war eine meiner schlimmsten Zukunftsängste.

»Ich glaube, ich liebe eine Frau«, eröffnete er mir.

Ich erschrak. Meine Brüder hatten sich ihre Schwärmereien für die Ratsherrentöchter erst sehr viel später erzählt und zudem eher Scherze darüber gemacht.

»Manches Mal kann ich an nichts anderes mehr denken als an sie. Und unabhängig davon, was ich tue, oder wohin ich auch schaue, ihr Gesicht ist allzeit in meinen Gedanken und erscheint mir überall. Als hätte sie sich ohne jeden Schmerz in meinen Kopf eingebrannt.«

Das Feuer in der Kirche lag noch nicht lange zurück, und wir durften keine neuen Sünden auf uns laden. Ich umschloss Martins Hände und sprach leise: »Bedenke, dass auch unkeusche Gedanken wider Gottes Gebot sind.« *Das Leben ist wie ein Markt, auf dem wir Gottes Gnade wie Waren erwerben können. Mit gottgefälligen Taten. Aber Vorsicht!, warnte mein Sterbebüchlein. Auch der Leibhafti-*

ge geht auf dem Marktplatz als Händler um. *Hübsches Spielzeug und feinste Pasteten trägt er in seinem Korb, um die unfesten Seelen anzulocken und in sie zu fahren. Auch weibliche Verlockungen gehören zu seinem Angebot.*

»Du musst dem widerstehen, Martin! Es ist des Teufels«, flüsterte ich, den Blick nun auf die flackernde Glut in der Kochstelle gerichtet.

»Wie kann es Sünde sein, wenn es mich doch so sehr beflügelt? Wenn ich an sie denke, geht das Lernen viel leichter. Wenn ich sie sehe, fühle ich mich kraftvoll, so voller Leben. Dann will ich gute Werke vollbringen und will helfen. Es drängt mich dann, alles zu wissen und …«, er brach ab, weil ich seine Hände losließ. Martin ergriff sie wieder, als müsse er sich daran festhalten. »Und ich spüre, dass Gott nicht nur straft, sondern auch belohnt, schon im Diesseits.«

Eine zu schöne Vorstellung, dachte ich wehmütig. »Ein Zusammensein ohne Ehe, das geht nicht, Martin! Und Vater hat seine eigenen Pläne, was deine Verheiratung angeht.«

Der Gehorsam seinem Vater gegenüber – darauf fußten die Werte unserer Familie. Das schien er nicht bedacht zu haben. Die Eisenacherin, die sein Herz erobert hatte, benebelte seinen Verstand. Wer war nur dieses Mädchen, das ihm in meiner Geburtsstadt begegnet war?

»Und du?«, wollte er sofort wissen. »Hast du ihr stets widerstanden, der Anziehung eines Menschen?«

Fleischliche Begierde ist eine Bürde für uns Menschen, hatte Mutters bevorzugte Ermahnung an mich früher gelautet.

»Nein«, entgegnete ich nach einigem Zögern. Wie hätte ich ihn anlügen können, wo er so ehrlich mit mir sprach, wo er sich mir in seiner ganzen Verletzlichkeit offenbarte?

Es war im Jahr vor der Hochzeit mit Hans gewesen. Der Kuss, den ich mit Vetter Theobald … Ich verbot mir jeden weiteren Gedanken an damals. Es war unkeusch und außerdem Unzucht gewesen. Dass ich überhaupt noch seinen

Namen wusste! Ich war damals sechzehn Jahre alt gewesen und ein dummes Ding. *Dummes Ding!* Christinas Beschimpfungen kamen mir wieder in den Sinn. Ich wünschte mir so sehr, dass ihre Einflüsterungen endlich für immer verstummen würden.

»Diese Sünde habe ich schwer bereut und gebeichtet«, antwortete ich schließlich, »und meine Strafe erhalten. Ich würde es rückgängig machen, wenn es nur ginge.« In der Hochzeitsnacht dachte ich noch, mein grober Ehemann sei die Strafe für meine Untat gewesen, aber in Wahrheit waren es meine ersten Jahre in Mansfeld.

»Mach nicht den gleichen Fehler wie ich, Martin!« Meine Finger fühlten sich ganz kalt an, Martin musste es spüren. Zumal sein Kopf und seine Hände glühten, als wollte er den Wärmeunterschied zwischen uns ausgleichen.

»Ich möchte, dass du unserem strengen Gott und seinen Geboten gehorchst. Du sollst es im Leben leichter haben als ich.«

Unbeherrscht sprang Martin auf. »Aber ich kann sie nicht einfach aus meinen Gedanken streichen!« Er atmete plötzlich ganz schnell und durchmaß die Küche mit kurzen Schritten. Vor und zurück. Und wieder vor und zurück. »Kannst du nicht mit Vater reden?«, wandte er sich mir im Gehen zu. »In Bezug auf Eisenach hat er sich doch auch überzeugen lassen!«

In den vergangenen Jahren spürte ich weniger Groll in Hans. Nur deshalb hatte ich den Vorstoß, mich für Martins Schulwechsel nach Eisenach einzusetzen, überhaupt gewagt. Außerdem hatte sich auch mein Vater dafür eingesetzt, Martin in die gute Gesellschaft von Eisenach einzuführen. Aber eine frühe Hochzeit, noch dazu mit einer Frau, die nicht aus der Familie eines Hüttenmeisters kam, das überstieg meine Vorstellungskraft bei weitem. Ich schüttelte den Kopf.

Da zog Martin die Rosenkranzkette unter seinem Hemd

hervor und hielt sie mir auffordernd hin. »Hast du uns zusammen mit dem Glauben und der Hoffnung nicht auch die Liebe mitgegeben?« Mit Zeigefinger und Daumen rieb er an der dritten der schwarzen Gagatperlen, die für die Liebe stand.

»Es ging dabei um die Liebe zu Gott«, entgegnete ich. »Ihn sollst du lieben.« *Und nicht entehren.*

Martin rieb heftiger an der Liebes-Perle, er war so verzweifelt, wie ich ihn früher nie erlebt hatte. »Vikar Braun sagt, dass wir neben Gott vor allem unsere Mitmenschen und unsere Familie lieben dürfen. Wir dürfen lieben, Hanna, hörst du!«

»Vikar Braun?«, fragte ich. Ich suchte in meiner Erinnerung nach dem Gesicht, das zu diesem Namen gehörte, fand aber keines. Verunsichert schaute ich meinen Sohn an. »Leitet er dich zur Unkeuschheit an?«

»Das tut er nicht!« Martin schüttelte vehement den Kopf. »Vikar Braun sagt aber, dass Liebe sein darf.«

Hatte ich ihm tatsächlich gerade die Liebe zu einer Frau abgesprochen? Diese andere Liebe, die nichts mit der göttlichen Barmherzigkeit oder der Mutterliebe zu tun hatte. Was wusste ich überhaupt von ihr?

»Er sagt, dass ich dieses Gefühl für fromme Taten und für Gebete nutzen soll, anstatt es zu unterdrücken. Bis ich älter bin und Vater mir die Heirat genehmigt. Dann geschieht nichts in Sünde.«

Ein kluger Ratschlag, der sicherlich in der Hoffnung erteilt worden war, dass sich die hitzigen Gefühle mit den Jahren abkühlen würden. Ich war überzeugt, dass Hans die Heirat mit einer Frau, die keine Hüttenmeistertochter war, nie erlauben würde. Längst hatte er die Enkelin Meister Lüttichs für Martin erwählt.

»Ist sie eine Juristentochter?«, fragte ich, weil ich wusste, dass dies vermutlich das einzige Argument war, das Hans' Pläne für Martin ins Wanken bringen konnte.

»Nein.« Betreten senkte er den Kopf, womöglich hatte er meinen Gedankengang erahnt.

»Verhält sie sich keusch dir gegenüber?«, fragte ich.

»Bisher ist nichts Unkeusches geschehen.« Er machte eine Pause. »Doch es drängt mich danach, ihr meine Liebe bald zu gestehen. Ich denke auch, dass sie diese spürt. Sie ist klug.«

Ich atmete hörbar aus und machte das Kreuzzeichen.

Martin wandte sich von mir ab, wahrscheinlich, damit ich ihm nicht ansehen konnte, dass er dennoch unkeusche oder gar ungehorsame Gedanken hegte. Er stand nun mit dem Rücken zu mir und schaute aus dem Fenster.

»Vertrau auf Gott«, riet ich ihm abschließend und faltete meine Hände zum Gebet. »Eine ruhige Nacht und ein gutes Ende gewähre uns der allmächtige Herr.« Ich hatte Martin den vernünftigen Umgang mit der Liebe nicht weisen können, weil ich selbst zu unerfahren darin war.

Martins blasser, zermürbter Ausdruck am nächsten Morgen hielt mir meine Unfähigkeit deutlich vor Augen.

In Gedanken sah ich, wie er sich die ganze Nacht hindurch im Bett gewälzt, die Haare gerauft und fürchterlich gelitten hatte. Liebe war eine Krankheit. Nicht einmal Elisabeth, die hin und wieder gerne hinter meinem Rücken Grimassen zog, gelang es, ihren Bruder aufzuheitern. Lediglich das Lautespielen schenkte ihm Trost. Vorzeitig reiste Martin nach Eisenach zurück.

Ich fühlte mich schrecklich hilflos. Seit dem Gespräch über die Liebe hatte ich das Gefühl, meinen Sohn zu verlieren, weil ich versagt hatte. Allein schon der Gedanke ließ mich verzweifeln.

Mit jedem weiteren Besuch schien sich Martin weiter von mir zu entfernen, er wirkte trauriger und wurde kühler mir gegenüber, was mich schmerzte. Als sein Vater ihm im Jahre 1501 die Einschreibegebühr für die Universität aushändigte, war die Schwere noch immer nicht von ihm gewichen. Dabei erfreute sich die Universität in Erfurt des Rufes, die beste im ganzen Land zu sein. Er würde die Artistenfakultät absolvieren, an der er in den Sieben Freien Künsten unterrichtet wurde, bevor er dann an der weiterführenden Fakultät der Jurisprudenz seinen Magister und Doktortitel erwerben konnte. Und wer den Doktor der Rechte erlangte, das wusste in Mansfeld jeder Hüttenmeister, der stand vom Rang her dem niederen Adel gleich. Ohne adlige Geburt, ohne großes Vermögen.

Martin würde seine erste Liebe überwinden, war ich damals überzeugt. Es war Lioba und keine Eisenacherin! Noch immer sehe ich meinen Sohn in der Nacht unseres Gesprächs zu später Stunde vor der Tür ihrer Kammer knien und um ihre Liebe bitten. Unsere Magd hatte sein Flehen nicht erhört, obwohl er ihr versichert hatte, ohne sie nicht atmen zu können. Wie das verschlossene Mädchen doch das Leben meiner Kinder durcheinanderbrachte! Martin hatte sie das Herz gebrochen, und Grete war in ihrer Nähe grundsätzlich herablassend und spitz, was wir ihr nicht austreiben konnten. Grete besaß ihren eigenen, unbändigen Willen.

Ein ähnlich starker Wille war auch Lioba zueigen. Sie hatte sich jedoch sehr gut unter Kontrolle. Nur ein weiteres Mal nach dem Vorfall am Annentag hatte ich sie erneut verunsichert erlebt. Es war bei den Scherren gewesen. Ich war ganz mit der Auswahl des Fleisches beschäftigt, als der Montanbeamte Zecke Lioba beiseite zog und ihr zuraunte: »Vieles wiederholt sich!« Meine Magd hatte den Satz danach ständig wiederholt, daher wusste ich um diese Worte. Ihr panischer Blick und das Zittern, das ihren ganzen Körper erfasste hatte, sprachen Bände. Womöglich war Zecke derjenige, vor dem sie damals am Annentag bei St. Georg geflüchtet war. Vielleicht hatte sie in dem Montanbeamten ja sogar den Mörder ihres Vaters wiedererkannt. Diese Vermutung behielt ich aber erst einmal für mich. Zu un-

glaublich war sie, und sicherlich ließe sich ein Mann wie
Zecke auch nicht so einfach der Tötung bezichtigen. Ich
fragte mich, ob Zecke Lioba mit seinen Worten wohl bedeutet hatte, dass auch sie durch seine Hand sterben würde? Der Montanbeamte war mir danach jedenfalls noch
unheimlicher als zuvor, ich bekam schon eine Gänsehaut,
wenn nur sein Name fiel.

Zur gleichen Zeit hatte die Grafenfamilie die offizielle
Trennung der Güter verkündet. Die Kinder der Witwe Susanne wohnten im vorderen Schlossteil. Sie nannten sich
Graf Günther III., Ernst II. und Hoyer VI., jeweils verbunden mit dem Nachsatz: -Vorderort. Die Kinder von
Gräfin Margaretha waren sogar untereinander verstritten.
Graf Gebhard VII. gehörte der mittlere Teil des Schlosses,
er nannte sich -Mittelort. Graf Albrecht IV., der aufge-
schlossene Junge von der Annenmesse, baute sich, inzwischen einundzwanzig Jahre alt, den hinteren Teil des Schlosses aus und war daher -Hinterort. Eine Spaltung, die uns
Mansfelder beunruhigte, zumal sie die Verwaltung der Ber-
grechte komplizierter machte.

Vier Jahre nach unserem Gespräch über die Liebe stand
Martin der Weg an die juristische Fakultät offen. Zuvor
hatte er anstandslos das Trivium als Baccalar und als einer
der besten auch das Quadrivium als Magister der Philosophie abgeschlossen.

Zum Beginn seiner juristischen Studien, das war im Jahre 1505 gewesen, schenkte Hans seinem Sohn ein Exemplar des *Codex Juris Civilis,* der sämtliche zivilen Gesetze
enthielt. Gleichzeitig verkündete er, Martin künftig nur
noch mit dem achtungsvollen *Ihr* anzureden. Da besaß
Martin die rote Kappe seines Großvaters schon nicht mehr.
Mein Sohn schien mir weiterhin verändert: Zu seiner Traurigkeit war noch Ungeduld hinzugekommen, und ich hatte
den Eindruck, etwas würde in ihm brodeln. Es war, als leb-

te er nur in zwei Zuständen: in Traurigkeit oder fieberhaftem Eifer.

Wir lasen keine Fabeln mehr gemeinsam. Manches Mal, wenn Martin uns besuchte, wartete ich nachts vergebens auf ihn, unten in der Küche vor dem Ofen.

Augustine bezeichnete Martins Traurigkeit als Melancholie, gegen die sie mir Johanneskraut empfahl, und verschwand gleich darauf wieder, was so gar nicht ihre Art war, denn gewöhnlich nahm sie sich ausreichend Zeit für mich. Auch meine Hebamme hatte sich verändert. Sie wirkte müde, ausgezehrt und war unruhig geworden, was mich ebenfalls mit Sorge erfüllte. Als ich der Bachstedterin davon berichtete, war sie überzeugt, dass es an den nächtlichen Treffen im Hexenkreis läge. Sie legte mir ans Herz, Augustine der Weichlerei zu bezichtigen, was ich nicht tat. Doch der anhaltende Preisverfall beim Erz sprach gegen meine Hebamme.

Der Herr lenkte das Augenmerk von uns Mansfeldern dann auf etwas anderes. Martins böse Überraschung im Jahr 1505 war lediglich das Vorspiel für den großen Schlag, der uns im Herbst desselben Jahres widerfahren sollte.

Wenige Wochen nach Semesterbeginn, es war am Tag des heiligen Ivo, des Schutzpatrons der Juristen, stand Martin unangemeldet vor unserer Tür. Er trug die dunkle, faltenreiche Cappa der Magister, die mich an die Robe des Herrn Pfarrer erinnerte. Darunter zeichnete sich sein Degen ab. Er hatte Sonderurlaub beantragen müssen, um nach Hause reisen zu können, bestand während der Vorlesungszeit doch strenge Anwesenheitspflicht. Etwas Schlimmes musste passiert sein, denn Martin drängte die Familie in die große Stube der düsteren Haushälfte. Obwohl es draußen sommerlich warm war, herrschte hier drinnen eine unangenehme Kühle.

Martin entzündete alle Lichter in der Stube und schloss die Tür. Erst jetzt bemerkte ich, dass mein Sohn einen Bart trug, der ihn älter aussehen ließ. Auch wirkten seine Züge nicht mehr wohlgenährt, sondern kantig. Ob er aufgrund der strengen Regeln der Burse keine Zeit zum Essen fand?

Bis auf Hans und Martin nahmen wir allesamt am Tisch Platz. Jacob mit Grete, Thechen und Maria auf der einen Seite. Ich mit Barbara und Elisabeth auf der anderen Seite. Martin stand nervös an einem Ende der Tafel, Hans am anderen, so dass wir zwischen ihnen saßen.

Warum nur war Martin gekommen? War er auf der Flucht vor der Seuche? Wir hatten gehört, dass die Pestilenz vor Erfurt lauerte. Auch in unserer Grafschaft führten sie bereits Kontrollen an den Toren durch. Vaganten, fremde Bettelleute und Kleidertrödler, ebenso Juden wurden nicht mehr in die Stadt eingelassen. Vergangene Woche war dem Metzger befohlen worden, das Blut nach der Schlachtung sofort mit viel Wasser in den Fluss zu spülen, damit es die Seuche nicht verbreiten konnte. Bisher war kein Seuchenfall in Mansfeld angezeigt worden. Ob die Universität in Erfurt wegen der Pestilenz geschlossen worden war? Ob Martin vielleicht selbst betroffen … diesen Gedanken verwarf ich sofort. Denn diesem Risiko hätte er seine Familie und Heimatstadt durch sein Erscheinen niemals ausgesetzt. Dazu war er um die Menschen um ihn herum viel zu sehr besorgt.

»Du wirst doch zu meiner Hochzeit am Ende des Sommers anreisen?«, wollte Grete gleich zu Beginn wissen. Sie weigerte sich nach wie vor, ihren Bruder in der Höflichkeitsform anzusprechen, zumindest wenn wir unter uns waren.

Hentze Kaufmann, dachte ich in diesem Moment, *wird es als ihr Ehemann nicht leicht haben.* Erst gestern hatte sie von der Hochzeit erfahren und war darüber noch immer ganz aufgewühlt. Allein schon der Umstand, das passende Kleid für die Feier auszusuchen, ließ sie nicht zur Ruhe kommen. Nun schien sich die Unrast ihres Bruders noch zusätzlich auf sie zu übertragen. Manchmal glaubte ich, dass Grete spürte, was er empfand, als wäre sie ein Teil von ihm. »Sag zu, Bruder, bitte!«, flehte sie, als spürte sie die Bedrohung, die im Raum stand, genauso stark wie ich.

Mit einer heftigen Armbewegung gebot Hans seiner Tochter, den Mund zu halten. Die anderen vier Mädchen verhielten sich ohnehin ruhig. Elisabeth hielt Barbara, meinem ständig lächelnden Mädchen, die Hand, und ähnlich vertraut beieinander saßen auch Thechen und Maria. Allein Jacob schaute eher gelangweilt zum Fenster hin. Mein zweiter Sohn schien sich grundsätzlich nur für sehr wenige Dinge zu interessieren. Öfters nahm sein Vater ihn mit zur Hütte und sogar in den Berg. Jacob aber zuckte nur mit den Schultern, wenn ich ihn fragte, ob es ihm gefallen habe. Ganz anders als Martin zeigte er weder besondere Freude oder Begeisterung noch tiefe Erschütterung oder Traurigkeit.

Ich schaute von Jacob zu Martin. Der schien mit sich zu ringen, wie er beginnen sollte, und blickte auf die Tischplatte, als wären wichtige Hinweise in sie eingeritzt, die ihm weiterhalfen.

»Ich beabsichtige, meine Studien der Jurisprudenz aufzugeben«, brachte er schließlich mühsam hervor, als hätte er uns diese Nachricht am liebsten erspart.

»Ich muss mich verhört haben!«, entgegnete Hans sofort.

Martin hielt den Blick weiter gesenkt. Leise führte er aus: »Sie machen zu viele Worte um zu wenige Dinge.« Kaum hörbar lachte er auf. Die Bitterkeit war mir neu an ihm.

Sogar Jacob fiel ob dieser Nachricht die Kinnlade herab. Selbst ihm schien die Tragweite dieser Ankündigung, angesichts der entsetzten Miene seines Vaters, bewusst zu sein.

»Es kann so sein, es kann aber auch anders betrachtet werden, haben mir meine Lehrer andauernd gesagt. Die Jurisprudenz gibt keine Antworten. Anders als es Großvater behauptet hat, habe ich noch nicht gelernt, was richtig und was falsch ist.« Martins Stimme klang jetzt härter, beinahe vorwurfsvoll und auch nicht mehr leise. »Im Gegenteil. Auf jede Frage gibt es ein Dutzend richtige Antworten, aber auch einige Dutzend falsche.«

»Ihr habt Eure Fachstudien doch gerade erst begonnen«, versuchte ich zu beschwichtigen, weil Hans schwieg. Der Semesterbeginn lag noch keine sechs Wochen zurück.

»Das Wesen der Jurisprudenz habe ich längst verstanden!«, entgegnete Martin heftig, aber nicht mir, sondern in Richtung seines Vaters gewandt. Dabei wankte er etwas und musste sich an der Tischkante festhalten. »Vikar Braun sagt, es ist die richtige Entscheidung in meiner Situation.« Bei seinen letzten Worten scheute er sich, auch nur einem von uns in die Augen zu schauen. Schweiß glänzte an seinen Schläfen.

»Vikar Braun?«, wiederholte mein Ehemann herablassend. Seine Stimmlage kündigte mir an, dass gleich ein Donnerwetter über uns hereinbrechen würde.

»Ja, Johannes Braun, der Vikar aus dem Marienstift in Eisenach«, antwortete Martin aufgewühlt. »Mit ihm habe ich vor vier Tagen darüber gesprochen.«

Mit dem Vikar scheint ihn inzwischen mehr zu verbinden als mit mir, sonst wäre er zuerst zu mir gekommen, schoss es mir durch den Kopf. Ich war überzeugt, dass der Grund für seine Verschlossenheit mir gegenüber der schlechte Rat war, den ich ihm auf seine Frage nach der Liebe gegeben hatte.

Du bist ein Wesen, das keine Liebe in sich hat!, hörte ich Christina rufen. Vermutlich hatte sie recht.

»Immer dieses verdammte Eisenach!«, schrie Hans nun plötzlich und schaute mich strafend an. »Aber du musstest deinen Sohn ja unbedingt nach Eisenach schicken. Und was hat uns der Zugang zur Eisenacher Gesellschaft nun genutzt?«

Ich sah, dass Hans rot angelaufen war, und schwieg.

Er wandte sich wieder Martin zu. »Als Euer Vater ordne ich hiermit an, dass Ihr die Jurisprudenz weiterstudiert. Vikar Braun hat in unserer Familie nichts zu melden!«

Doch Martin schüttelte den Kopf.

»Und was dann?«, fragte ich vorsichtig. »Medizin oder Theologie?« Das waren die Fakultäten, an die er wechseln konnte.

Hans' scharfer Blick traf mich, als sei ich für Martins Zweifel verantwortlich. »Es gibt kein: Und was dann!«, herrschte er mich an. In diesem Ton hatte er lange nicht mehr mit mir gesprochen. »Dieses verdammte Eisena …«

»Ich will etwas tun, das uns alle beschützt«, unterbrach ihn Martin harsch, wie es sonst nicht seine Art war.

»Beschützen wollt Ihr uns?«, fragte Hans verblüfft. Auf ihn mussten diese Worte gewirkt haben, als hätte unser Sohn den Verstand verloren.

»Uns alle, ja! Vor dem gähen Tod.« Nun wandte sich Martin an mich. »Hast du uns Kinder nicht gelehrt und hat der Herr Pfarrer nicht immer wieder betont, dass wir alles tun müssen, um diese Art des Sterbens zu verhindern? Ohne die Sterbesakramente kommen wir alle in die Hölle. Ich möchte Gottes Gnade, ich will das Himmelreich für uns!«

Unwillkürlich nickte ich. Danach verlangte es mich gleichfalls. Und danach, meinen Sohn nicht zu verlieren. Ich wollte ihm weiterhin Liebe geben, ihn trösten, für ihn einstehen …

»Um herauszufinden, wie ich Gottes Gnade erlangen kann, möchte ich Gott als Mönch in einem Kloster dienen«, verkündete er. »Ich will von morgens bis abends bei dem Höchsten vorsprechen, um eine Antwort auf meine Frage zu erhalten.«

Ich war geschockt.

»Gott dienen, das könnt Ihr als frommer Jurist ebenso«,

erwiderte ich ungehalten, als ich meine Stimme endlich wiedergefunden hatte. »Wir alle dienen Gott jeden Tag mit unseren Gebeten, mit unseren Bußen und frommen Taten.«

Martins Blick sprang zu Hans, als flüchte er vor mir, als wollte er etwas verbergen. Dabei blinzelte er mehrmals hintereinander. »Die Jurisprudenz ist einzig auf diesseitige Probleme ausgerichtet. Aber gibt es im Leben nicht bedeutendere Dinge als Besitz und weltlichen Ruhm? Gottes Gnade und die Verhinderung der ewigen Verdammnis ist doch viel wichtiger. Oder nicht?«

Sein *Oder nicht?* hing lange unbeantwortet in der Luft. Beim Gedanken an den strengen göttlichen Richter und einen unerwarteten Tod verzog ich das Gesicht. Mein Sohn entglitt mir immer mehr. Es war, als griffe ich verzweifelt nach einer Hand, die feucht war und die meine nicht umfassen wollte, so sehr ich mich auch anstrengte, sie festzuhalten. Insgeheim flehte ich darum, dass wenigstens Hans' Worte Früchte trugen. Martin achtete seinen Vater und war ihm bisher stets gefolgt, was die Lehren des Lebens betraf.

»Ihr werdet Eurem Vater Gehorsam leisten!« Hans war um den Tisch herum auf Martin zugegangen und hob vor ihm die Hand zum Schlag. »Hast du etwa noch nicht gehört, dass man seinen Eltern gehorchen soll«, fügte er noch hinzu und kehrte dabei in seiner Aufregung wieder zum Du zurück.

»Eine Antwort auf die Frage, wie ich Gottes Gnade erlangen kann, kommt uns allen zugute«, erklärte Martin eindringlich und wich vor Hans' Hand zurück. Noch immer war sein Blick unstet, und er blinzelte oft, beides hatte ich zuletzt an ihm gesehen, als er zehn Jahre alt war und gelogen hatte. Damals war es allerdings nur um ein paar verlorene Murmeln aus Ton gegangen.

»Gehorsam bist du …«, ich korrigierte, »seid Ihr uns schuldig, Martin.« Seit nunmehr einundzwanzig Jahren rang Hans dem stinkenden, gefährlichen Berg nun schon die Erze ab. Für seine Familie. Wie konnte Martin das vergessen? Der Gehorsam gehört zum Sohnsein, wenn er diesen aufkündigte, war es, als wollte er nicht länger ein Teil dieser Familie sein.

Martin wagte nicht, mich erneut anzuschauen. »Es tut mir leid«, sagte er nur.

Grete schnaubte abfällig. In Thechens und Barbaras Augen sah ich Tränen schimmern.

Stumm bat ich die heilige Anna darum, dass sie meinen Sohn auf den richtigen Pfad zurückführen möge. Ehre Mutter und Vater, davon sprachen die heiligen Gebote, und indem Martin seine Ausbildung abbrach, trat er Hans' lebenslange Anstrengungen mit Füßen. Deswegen verstand ich den Zorn meines Mannes. Zum ersten Mal in meinem Leben verstand ich Hans. Und dieser Moment verband uns miteinander, obwohl ich zwischen meinem Mann und meinem Sohn hin- und hergerissen war.

Martin hatte es einmal besser haben sollen als wir alle! Warum nur machte er uns ausgerechnet jetzt, wo ich in der Stadt am Rande der Erdscheibe zarte Wurzeln schlug und an meinen Ästen Knospen der Frömmigkeit sprossen, das Leben schwer? Margarethe Luder war in den vergangenen Jahren zu einer Weide fern vom Wasser sündiger Versuchungen geworden. Nicht einmal mehr den Unschlittrauch der Lampen im Berg roch ich noch an Hans. Hans hatte seinem Sohn eine glänzende Laufbahn ermöglicht, genauso wie es Vater immer von ihm erwartet hatte. Im nächsten Moment fragte ich mich, was wohl die anderen Hüttenmeister zu Martins Starrsinn sagen würden? Barthel Bachstedter war gerade zum Doktor der Jurisprudenz promoviert worden, schien allerdings entgegen den Erwartungen seiner Eltern lieber als Hüttenmeister arbeiten zu wollen. Wäre dies Martins Wunsch gewesen, hätte Hans die Kehrtwende seines Sohnes vielleicht noch verwunden. Aber

Martins Entscheidung betraf seine gesamte Familie, sie war ein Nachteil für uns alle.

»Heilige Anna, wir haben fünf Mädchen unterzubringen«, sagte ich in die Stille hinein. Die Mädchen waren leichter zu verheiraten, wenn wir von einem anerkannten Juristen in der Familie berichten konnten. Zum Glück war der Vertrag für Grete schon unterschrieben. Die Verhandlungen zu Thechens Verheiratung, die sich aufgrund ihrer Lippenspalte sowieso schon schwierig gestalteten, würden durch Martins Studienabbruch sicher vereitelt werden.

»Denkt auch an uns in Mansfeld, Martin«, bat ich eindringlich. Viele Jahre hatten wir nur an ihn gedacht. All die Jahre für ihn gearbeitet, und das wollte er einfach so wegwerfen? Weil er an seinem Studienfach zweifelte, was meine Brüder, allen voran Johannes, in diesem Alter ebenso getan, aber selbstverständlich überkommen hatten? Johannes musste Martin wieder auf den richtigen Weg bringen, fiel mir im Moment meiner tiefsten Verzweiflung ein.

»Wir dürfen nicht immer nur an das Diesseits denken. Ich arbeite für das Jenseits unserer Familie. Ich werde Mönch!«, gab Martin kühler zurück als noch zu Beginn des Gesprächs. Sein Ton schmerzte mich ebenso wie die Vermutung, dass er nicht ganz die Wahrheit sprach. Ich sah es nicht nur an seinem Blinzeln und unsteten Blick, ich spürte es auch tief in meinem Herzen.

Er ist ein ungeratenes Kind, das deine jahrelangen Anstrengungen mit Füßen tritt!, fauchte Christina in meinem Kopf. Sie war lauter geworden, und ihre Worte kamen immer schneller, als sei sie toll. *Vergiss ihn!*

Hans hielt seine Hand immer noch zum Schlag erhoben, sie zitterte heftig. Derart erinnerte er mich an jenen Hans, der seine Kinder verbittert mit der Rute züchtigte. Jenen Hans, der auch mich dazu zwang, vor der Bettkante niederzuknien und mir ein Versprechen über lebenslangen Gehorsam abnötigte.

»Ein Mönch ... wohin soll das nur führen?«, murmelte ich. Soviel ich wusste, wurde der Körper der Gottversprochenen durch Fasten ermattet, ihr Stolz durch Betteln ausgetrieben, ihr Geist und ihre Seele durch Abgeschlossenheit jeden Tag aufs Neue auf die Probe gestellt. Auch wenn ich Gottes Gnade und niemals die ewige Verdammnis wollte – diese Zukunft passte nicht zu meinem Sohn, der eine Frau lieben und sich austauschen wollte und so oft menschliche Nähe suchte.

»Mönch sein heißt, stellvertretend für viele tausende und abertausende Menschen, auch für dich, Mutter, für Barbara, für ...«, Martin zählte nacheinander unser aller Namen auf, »nach dem strengen Willen Gottes zu leben. Nur so finde ich heraus, was ihn gnädig stimmt und uns vor einem gähen Tod beschützt. Sprechen darüber nicht auch deine Büchlein, Mutter?«

»Mein Beichtbüchlein nennt vor allem den Ungehorsam eine Todsünde und verlangt, diese umgehend dem Herrn Pfarrer vorzutragen«, entgegnete ich verletzt. Seine unpersönliche Anrede schmerzte mich. Wann hatte er mich zuletzt Hanna genannt? Im Gespräch über die Liebe, wurde mir in diesem Moment bewusst. Das lag einige Jahre zurück.

»In den vergangenen Jahren habe ich so viele Menschen einen gähen Tod sterben sehen und ...« Martins Stimme brach.

»Und ...?«, donnerte Hans hinterher, dass wir allesamt zusammenzuckten.

Martin musste sich räuspern, bevor er fortfahren konnte. »Und ... selbst gesündigt. Schwer gesündigt.«

»Schwere Sünden?«, fragte ich. Immer wieder einmal hatte er mir von dem Moloch Erfurt mit seinen beinahe zwanzigtausend Einwohnern berichtet, einer Stadt halb so groß wie Rom. Von Aufständen, Raufhändeln blutigster Art sowie von Bier und Wein, die dort in Strömen flossen.

Erfurt, hatte er gemeint, sei das größte Nest der Unzucht weit und breit.

»Aber du beichtest doch regelmäßig?«, versicherte ich mich gleich darauf, weil mir plötzlich alles möglich schien. Mir war, als wankte der Boden unter unserem Haus, als verlören wir jeden Halt. Mein Herz blutete, ich wollte ihn nicht hinter Klostermauern weggeschlossen wissen, *wir* – nicht eine Gruppe fremder Geistlicher – waren seine Familie.

»In fünfzehn Tagen bete ich einmal den gesamten Psalter durch«, entgegnete Martin und suchte eine Weile nach den nächsten Worten. »Aber eine Antwort auf die Frage nach Gottes Gnade habe ich dadurch noch nicht erhalten! Und ausreichend Schutz vor dem gähen Tod bietet das auch nicht.« Martin hob die Hand vors Gesicht und begann, an seinen Fingern abzuzählen: »Walter Unsehl, die Herren Professoren Seidenstäcker, Rickert und Weber. Sie alle sind eines gähen Todes gestorben. Nicht zu vergessen die unzähligen Pestilenztoten, die sie an den Stadttoren vorbeitragen.« Er ging einige Schritte um den Tisch herum, weg von Hans. Seine Stimme klang belegt, und unvermittelt griff er an den Degen an seinem Gürtel: »Auch Hieronimus Buntz hat der gähe Tod ereilt.«

Hieronimus Buntz war Martin ein guter Freund und ebenfalls Student gewesen, einmal hatte Martin den wohlerzogenen und aufmerksamen jungen Mann mit nach Mansfeld gebracht. Sie hatten sich an der Artistenfakultät kennengelernt. Nur hatte Martin bei seiner Namensnennung gerade geblinzelt, mehrmals hintereinander sogar, und sofort sah ich wieder den Zehnjährigen vor mir, der wegen ein paar Murmeln die Wahrheit zurückhielt.

Jetzt schaute mich Martin zum ersten Mal richtig an. Ich sah schreckliche Angst in seinen Augen stehen. Es war eine andere Angst, eine grundlegendere Angst als jene, die er früher vor seinem Vater gehabt hatte. Er wollte, dass zumindest ich Verständnis für ihn aufbrachte. Dass ich ihm beistand, was ich nicht konnte, denn er zerstörte gerade unsere Familie und unseren guten Ruf bei den Bergleuten bis hin nach Eisenach zu Vater. Und diesen zu bewahren, war ich meinen anderen Kindern schuldig.

Martin war der klügste Luder, er musste doch einsehen, dass er falschlag.

Hans folgte seinem Sohn mit erhobener Hand um den Tisch. »Niemals werdet Ihr das Studium der Jurisprudenz abbrechen!«

»Hieronimus und all den anderen waren Beistand, Buße und Absolution versagt«, fuhr Martin ungeachtet der Worte seines Vaters fort. »Sie sind der ewigen Verdammnis geweiht, nicht zuletzt weil sie nicht wussten, wie sie Gottes Gnade und den Weg in den Himmel erlangen konnten. Erinnert ihr euch, dass ich im vergangenen Jahr beinahe verblutet wäre? An einem der Ostertage hatte es sich zugetragen. Ich war in Todesangst gewesen!«

Ich nickte. Natürlich war mir der schlimme Vorfall noch in Erinnerung. Es war auf dem Heimweg von der Universität nach Mansfeld passiert, als Martin sich mit seinem Degen am Oberschenkel eine Ader verletzt hatte und die Blutung lange nicht zu stillen gewesen war.

»Auch will ich endlich diese Waffe nicht mehr tragen müssen!« Martin schnallte sich den Degen ab, zerrte ihn unter seiner Cappa hervor und warf ihn samt Gürtel wie einen Fehdehandschuh zwischen sich und seinen Vater auf den Boden.

Entgeistert ließ Hans seine Hand sinken. Sein Arm zitterte noch immer und ließ mich an jene Arbeitstage zurückdenken, an denen er eigenhändig Erzschmelze aus dem Ofen hatte ziehen müssen. Wie angewurzelt stand er da, als habe ihn gerade der Schlag getroffen, und starrte auf die Waffe am Boden. Ich ging zu ihm, damit er nicht zusammenbrach. Sein Motto: Nicht zu zögern, wenn es darum ging, eine Entscheidung zu treffen, sondern zu handeln, richtete sich nun gegen ihn. *Wer zögert, geht unter!* Das hatte er seinem Sohn beigebracht.

Martin ging zu Grete und fuhr zärtlich durch ihr offenes Haar.

»Ritter Georg hätte seine Familie nicht so einfach verlassen!«, warf sie ihm vor und entzog sich ihm. »Und sicher wäre er zur Hochzeit seiner Schwester gekommen. Anstatt eingesperrt in einem Kloster zu leben!«

Martin hielt inne, auf die Trauer seiner Familie war er nicht gefasst gewesen, auf den Zorn seines Vaters sehr wohl. »Ich weiß, dass ich schwächer als der Ritter bin«, entgegnete er zermürbt.

Grete antwortete nicht. Da ergriff Hans wieder das Wort, er stand immer noch stocksteif da, hob nun aber den Blick vom Degen.

»Ihr seid nicht nur schwächer, sondern auch ein Nichts, wenn Ihr jetzt geht!«

Ich sah Tränen in Martins Augen schießen, und sofort raste mein Herz derart, dass es mir in der Brust schmerzte.

»Sofern Ihr jemals wieder einen Fuß in dieses Haus setzen wollt«, Hans' Stimme zitterte, »dann nur als Jurist, aber nicht als ... Mönch! Als Kuttenträger wird *dich*«, verwendete er nun wieder bewusst die persönliche Form der Ansprache, »hier niemand jemals wieder einlassen.« Hans schaute jeden von uns, sogar die jüngsten Mädchen, scharf an.

»Vielleicht ...«, wollte ich gerade ansetzen, als mich der Blick meines Ehemannes traf und innehalten ließ. Sah ich doch, wie tief getroffen und traurig er war. Hans und Martin, ich liebte sie beide, wenn auch auf sehr unterschiedliche Art. Dieser Umstand spaltete mein Innerstes, denn ich wusste, dass ich einen von ihnen verlieren würde.

Hans war im Recht und Martin noch zu jung, um seinen Fehler einzusehen. Ich ertrug es nicht länger, meinen Mann so leiden zu sehen, hatte er doch vom Anbeginn unserer

Ehe an immer sein Bestes für die Familie gegeben. Also hielt ich meinen Einwand zurück.

Martin verstand meine Entscheidung sofort und schüttelte den Kopf. »Ich kann nicht anders! Ich will wissen, wie ich den Weg ins Himmelsreich finde, wie ich Gott für uns alle gnädig stimme. Glaubt mir doch, dass dies das Beste für uns alle ist.«

»Als Mönch bist du für uns gestorben!«, antwortete Hans, riss die Tür so heftig auf, dass sie gegen die Wand schlug und verließ die Stube.

Ich bekam plötzlich keine Luft mehr. Gott war nicht gnädig, er war unerbittlich mit uns, weil wir Sünder waren!

»Mutter, du bist ja ganz weiß im Gesicht«, flüsterte meine sonst so stille Maria besorgt.

Ich versuchte, ruhiger und tiefer zu atmen, bekam aber immer noch zu wenig Luft. Das mussten die körperlichen Anzeichen einer gespaltenen Seele sein.

Hieronimus Buntz ging mir nicht mehr aus dem Sinn. Was war passiert, dass mein Sohn vor uns die Unwahrheit sprach? War es wirklich die Angst vor dem gähen Tod, die Martin ins Kloster trieb und ihn zum Ungehorsam gegenüber seinen Eltern bewegte? Oder waren doch böse Mächte in unser Haus eingezogen, die dies bewirkten, wie mir die Bachstedterin am Folgetag kundtat?

Noch immer hatte ich es nicht übers Herz gebracht, Augustine der Weichlerei zu bezichtigen und sie damit dem Ratskollegium der Stadt auszuliefern. Von Folterqualen hatte ich gehört, die den Weichlerinnen ein Geständnis entlocken sollten. Unter Tränen und mit einem zugeschnürten Hals hatte ich Augustine stattdessen untersagt, mein Haus je wieder zu betreten. Lange hatte sie mich daraufhin angesehen und war dann nach einem sprachlosen Nicken und mit hängenden Schultern gegangen. Am liebsten hätte ich die ausgezehrte Frau, meine Hebamme mit den Riesenhänden, in diesem Moment fest in den Arm genommen.

Kurz darauf hatte ich der Bachstedterin gestanden, dass ich nicht anders hatte handeln können, worauf sie mein Verhalten erst tadelte, meine Schwäche aber, so vermutete ich insgeheim, mit Genugtuung aufnahm. Seitdem ihr Barthel von der Universität zurück war, wich sie ihm nicht mehr von der Seite.

»Herrgott, zeige mir den richtigen Weg, für mich und meine Familie. Und auch für die Gemeinschaft der Hüttenmeisterfrauen«, sprach ich meine Gedanken nun unbeabsichtigterweise aus.

Thechen rannte daraufhin in die Küche und kam mit einem Becher verdünnten Bieres zurück, den sie mir in die Hand drückte.

Gretes vorwurfsvoller Blick spießte Martin förmlich auf. Wie ein bockiges Kleinkind stapfte sie aus der Stube.

»Grete!«, rief er ihr noch hinterher, aber sie kam nicht mehr zurück.

Martin trat zu seinen jüngsten Geschwistern. »Barbara, unser Sonnenschein.« Mühsam rang er sich ein Lächeln ab. »Elisabeth.« Es war ein Abschied, der, so hoffte ich noch immer, kein endgültiger wäre. Martin war so klug, sobald er wieder klar denken konnte, würde er seine Meinung ändern.

Ich sah, wie er nun Jacob bestärkend auf die Schulter klopfte. Mich küsste er auf die Stirn und sagte dann leise zu mir: »Es ist der einzige Ausweg. Ich kann nicht anders, Hanna.« Wie verloren und verzweifelt diese Worte klangen.

Eine Erwiderung seiner zärtlichen Anrede kam mir nicht über die Lippen, zu sehr verstand ich Hans' Enttäuschung. *Hieronimus Buntz!*, hämmerte es in meinem Kopf. Warum hatte solch eine Panik in Martins Augen gestanden, als er den Namen seines Freundes aussprach?

»Er ist dein Vater, höre auf ihn«, flehte ich ihn in einem letzten Versuch an. Ich schaute auf die Stelle der Wand, an

der im gegengleichen Raum in der warmen Hälfte des
Hauses das Kreuz hing, unter dem wir unsere gemeinsamen Morgenandachten abgehalten hatten, die wir in dieser
Runde nun nicht mehr begehen würden.

Martin wollte noch näher an mich herantreten, doch in
meiner Hilflosigkeit hielt ich ihn auf Distanz. »Dann versprich mir wenigstens das eine«, bat ich ihn. Ich glaube,
meine Stimme klang kühl. Ich stand mit dem Becher in der
Hand genau da, wo Hans beinahe der Schlag getroffen hatte. »Bevor du nach Erfurt zurückkehrst, sprich mit deinem
Onkel Johannes in Eisleben über deine Absichten. Er hatte
früher auch seine Zweifel an der Jurisprudenz.« Johannes
war meine letzte Hoffnung. Nur er konnte meine Familie
noch retten.

Martin nickte, dann stieg er über seinen Degen hinweg
und verließ mit wehender Cappa unser Haus.

Wie damals oben in der Schlafkammer, als Hans Martin
vor dem Bett gezüchtigt hatte, griff ich auch diesmal erst
nach meinem Sohn, als er schon längst außerhalb meiner
Reichweite war.

Erst Wochen später, ich hatte alle Heiligen mehrmals angefleht, Johannes noch alles zum Guten wenden zu lassen,
teilte Martin uns brieflich mit, dass er in das Augustiner-Kloster in Erfurt eingetreten sei. Vor der gesamten Familie hatte ich seine Zeilen verlesen.

»Das haben wir alles nur der Mörderin in unserem Haus
zu verdanken! Sie bringt nichts als Unglück, und jetzt verhindert sie auch noch, dass Martin zu meiner Hochzeit
kommt!«, schimpfte Grete. Meiner Überzeugung und Argumentation, dass Lioba keine Mörderin sei, verschloss sie
sich nach wie vor. Dass sie in Liobas Kammer keinerlei
Hinweis darauf gefunden hatte, dass Lioba womöglich einen Raubmord begangen und Diebesbeute mit sich genommen hatte, war ihr nicht Beweis genug. Für mich war
allein schon der Gedanke an einen Überfall, verübt durch

die zierliche Lioba an wahrscheinlich gestandenen Männern, absurd.

»Das blutige Messer und die Narbe in ihrer Hand sprechen für sich!« Grete ließ nicht locker: »Werft die Mörderin endlich aus unserem friedlichen Haus, Mutter!«

Ich schüttelte den Kopf und ermahnte sie, dass Falschbeschuldigungen und vor allem Zorn Todsünden seien, doch das störte sie dieses Mal nicht. »Ich schaue mir das nicht länger an!« Es klang fast, als drohte Grete mir, und tatsächlich schwor sie nun, die Sache mit unserer Magd selbst in die Hand zu nehmen. Das verbot ich ihr, was Grete aber nicht zu interessieren schien, schließlich, so entgegnete sie, sei sie bald eine verheiratete Frau, die nicht länger auf den Rat ihrer Mutter angewiesen sei.

Elisabeth begann zu weinen. Barbara hielt sich tapfer. Jacob hatte seinen Mund selbst dann noch nicht wieder geschlossen, als ich vorlas, dass ein Gewitter bei Stotternheim, kurz vor Erfurt, Martin beinahe getötet hätte. Gott habe ihn lediglich verschont, weil er gelobt hatte, Mönch zu werden. Trotz des nachdenklich stimmenden Gespräches mit seinem Onkel Johannes habe er sich deswegen für den Eintritt ins Kloster entschieden. In seinen Gedanken sei er weiterhin bei uns.

Was nach unserem letzten Gespräch noch immer in mir arbeitete, war Martins unsteter Blick und sein häufiges Blinzeln. So sehr wir unsere Gefühle auch manchmal zu verbergen suchen, verraten uns doch unsere Augen. In mir wuchs die Überzeugung, dass Martin uns nicht alles gesagt, sondern uns den wahren Grund für seinen Entschluss verschwiegen hatte. Da war nicht nur der Wunsch nach Gottes Gnade. Hieronimus Buntz! Ob er Martin zu unsittlichen Berührungen und damit zu schwerer Sünde verführt hatte?

Ich musste raus an die frische Luft, Hans stand fassungslos im Flur. Mit Martins Entscheidung war ein zweites Mal eines meiner Kinder von mir getrennt worden. Ein Leben lang hatte ich ihn beschützen wollen, was auch immer kommen mochte. Zum zweiten Mal hatte ich als Mutter versagt. Sämtliche Gefühle nach der Trennung von Christina kamen wieder in mir hoch. Es war, als risse man mir bei lebendigem Leib ein weiteres Stück Fleisch aus dem Körper.

Doch es sollte noch schlimmer kommen.

»Buongiorno! Come state, papà? Siete anchora stanchi?« Hansi streckte seinen Kopf durch die Tür in die Schreibstube hinein und erkundigte sich auf Italienisch nach dem Wohlbefinden seines Vaters.

Lucas saß in seine Unterlagen vertieft am Arbeitstisch und schaute erst nach einer Weile auf. »Komm herein, Junge«, brummte er. Nicht einmal der morgendliche Rundgang durch das Haus hatte an diesem Tag seine Laune zu heben vermocht. »Und ja, ich bin noch müde, ich habe diese Nacht schlecht geschlafen«, antwortete er auf die zweite Frage seines Sohnes. Er hatte geträumt, dass er verlernt hatte, wie man ehrlich malte, und deshalb in seine erste und bisher einzige Malkrise gestürzt war – ausgerechnet während einer Sitzung mit Margarethe Luther!

Gestern hatte sie noch einige Zeit in seiner Porträtkammer gesessen. Lucas hatte das Treffen mit einem Freund aus dem Wittenberger Rat auf wenige Worte beschränkt und war dann schnell wieder in die Schlossstraße zurückgeeilt, um Margarethe ins Schwarze Kloster, wo Martin wohnte, zu begleiten. Alles andere hätte gegen die Regeln der Gastfreundschaft verstoßen, die in seinem Haus viel galten. Auf dem Weg ins Kloster hatten sie kein einziges Wort miteinander gewechselt. Ihm war das Schweigen unangenehm gewesen. Mehr schlecht als recht hatte Lucas danach die monatliche Abrechnung des Weinausschanks erstellt.

»Die Sitzung gestern ist wohl nicht zu Eurer Zufriedenheit

verlaufen?« Hansi schritt an den ordentlichen Reihen der Bücherregale, die drei der vier Wände des Raumes einnahmen, vorbei und trat vor den Arbeitstisch seines Vaters.

»Woher weißt du …?«

Hansi strahlte Lucas an, ein Strahlen, das alle Sorgen dieser Welt in den Hintergrund drängte. »Ich sehe es Eurem Gesicht an, wenn Euch etwas Sorgen bereitet.« Und im nächsten Atemzug fügte er noch hinzu: »Verzeiht, aber in Eurem Alter solltet Ihr weniger arbeiten. Dann habt Ihr mehr Zeit fürs Porträtieren – darin besteht doch Euer derzeitiges Problem, oder liege ich damit falsch?« Hansi nahm sich einen Apfel aus der Schale neben den fein sortierten Papierrollen und Druckvorlagen.

»Als mein Erbe wird es dir vermutlich nicht anders ergehen«, entgegnete Lucas und konnte sich gerade noch rechtzeitig vor dem nächsten Gähnen die Hand vor den Mund halten.

»Tagsüber werde ich bis zur Erschöpfung arbeiten, Vater. Aber an den Abenden will ich mir die Zeit nehmen, die Sterne am Himmel zu betrachten.« Hansi schaute sehnsüchtig an die Holzbalken der Decke, als sähe er dort das Himmelszelt, das vom Mondschein erhellt wurde.

Lucas wusste, welche Sehnsucht seinen Sohn umtrieb. Er sprach von denselben Sternen, die auch der berühmte Michelangelo Buonarroti in Florenz von der Ponte Vecchio aus zu sehen vermochte. Jener Mann, der lebensecht wirkende Bibelgestalten wie den Israeliten David in der monumentalen Größe zweier Stockwerke aus einem einzigen Marmorblock schlug. Solch kolossale Werke zu erschaffen, wirklich neu und unabhängig zu denken, davon träumte sein Sohn. Michelangelo war derzeit in aller Munde, und das nicht nur als Bildhauer, er war auch ein vortrefflicher Maler.

»Und heute steht also Eure zweite Sitzung mit Frau Margarethe Luther an?«, fragte Hansi.

Lucas nickte.

»Es wird Euch schon gelingen«, bestärkte Hansi. »In Italien würde man jetzt sagen: *Buona fortuna!* Viel Glück!«

Von einer neuartigen, unabhängigen Malerei hatte Lucas früher auch geträumt, und er hoffte, Hansi würde nicht zu enttäuscht sein, wenn ökonomische Erfordernisse seinen Traum zerplatzen ließen. Bisher musste sein Sohn mit keinem Groschen für seinen Lebensunterhalt aufkommen, eine Tatsache, die Lucas umgehend an die Arbeit des heutigen Tages erinnerte. Neben der zweiten Sitzung mit Martins Mutter musste er am Vormittag noch die Bestelllisten für den Papierhandel auf dem Tisch vor ihm bearbeiten. Und am Nachmittag wollte er sich unbedingt unten in der Malwerkstatt sehen lassen. Etwa ein Dutzend Bildnisse wartete dort auf seine Abnahme.

Lucas wurde unruhig. »Die Lutherin wollte eigentlich schon hier sein. Ich hatte mit Ihr abgesprochen, dass sie zur Mittagsstunde kommt. Hans Luther wollte sie herbringen, ich hoffe doch, dass ihm nichts …« Er erinnerte sich an den schlimmen Husten von Martins Vater, zudem ging es auf Wittenberger Straßen ziemlich rauh zu.

»Soll ich beim Schwarzen Kloster nachfragen?«, bot Hansi an und polierte den Apfel an seinem Hemd, das wie seine Hose und Stiefel mit bunten Farbspritzern besprenkelt war. Darin unterschied sich Hansi nicht von den anderen Lehrburschen und Gesellen der Werkstatt, die Lucas für begabt, aber weniger talentiert als seinen Sohn hielt. Lucas selbst hingegen trug zum Malen stets, was er an weniger kalten Tagen auch auf der Straße trug: ein gutes Wams und darunter ein Hemd mit Stehkragen. Schon seit Jahrzehnten hatte er die Farbe perfekt unter Kontrolle und befleckte seine Kleidung nicht einmal mehr mit dem kleinsten Spritzer.

»Ja, frag im Schwarzen Kloster nach«, bat Lucas. »Das wäre nett. Danke, mein Junge.«

Da klopfte es, und Korbinius Hufnagel führte zu seiner Erleichterung Margarethe in die Kammer. Lucas sortierte sofort sämtliche aufgeschlagenen Papiere zu einem Stapel, erhob sich von seinem Stuhl und begrüßte sein Modell.

»Verzeiht, Meister Lucas«, sagte Margarethe. »Ich habe etwas länger gebraucht heute Morgen. Die Erinnerungen halten mich weiterhin in ihrem Bann.«

Lucas nickte. Für Margarethe war der Aufenthalt in Wittenberg vielleicht die letzte Reise zu ihrem Sohn, und das Wiedersehen mit ihm beschwor natürlich Bilder aus ihrer gemeinsamen Zeit herauf.

Stolz stellte er ihr seinen Erstgeborenen vor, der Margarethe um mehr als einen Kopf überragte. Lucas war sicher, dass sie Hansi, so geistesabwesend wie sie gestern gewesen war, bestimmt nicht bemerkt hatte, als er kurz die Deckfarben ins Zimmer hereingereicht hatte. Und das, obwohl er mit seinem dicken braunen Haar, der rosigen Haut und den harmonisch geschwungenen Brauen ein wahrer Blickfang war. Auch heute verließ er nach einer höflichen Verbeugung die Kammer, um die Farben aus der Werkstatt im Erdgeschoss zu holen.

Margarethes Augen hatten bei Hansis Anblick aufgeleuchtet, was Lucas für die heutige Sitzung hoffen ließ. Er deutete auf die Tür zur Porträtkammer und schritt ihr voran.

Wieder nahm Margarethe auf dem Stuhl mit dem roten Samtkissen in der Mitte des Raumes Platz.

»Entspannt Euch«, bat er und trat vor Ennlein, auf der noch das Papier der gestrigen Malsitzung befestigt war, das kaum mehr als eine ausdruckslose Alte zeigte. Er selbst nahm sich vor, nicht an den Alptraum der vergangenen Nacht zu denken.

Heute wollte er auf ihrem Gesicht den Lichteinfall durch Schattierungen kenntlich machen und feine Details ergänzen, damit aus der Skizze eine Vorstudie wurde. Die kalte Malerei hinter sich lassen und dem Bild mit der warmen Malerei eine Seele schenken. Dafür benötigte er mehr Informationen aus ihrem Leben und zwar dringend! Dass ihm gestern die Deckfarben angetrocknet waren, war ihm schon lange nicht mehr passiert. Doch Margarethe hatte sich ihm einfach nicht öffnen wollen. Lucas ertappte sich dabei, an einer seiner Bartsträhnen zu zwirbeln, was er nur tat, wenn er angestrengt nachdachte. Er ließ davon ab und schaute zu Margarethe, die bereits in der richtigen Position, im Dreiviertelprofil, saß. Das Licht der Mittagssonne fiel auf ihre linke Gesichtshälfte, die Schatten damit auf ihre rechte. Die Lichtverhältnisse in der Porträtkammer stimmten mit denen in Martins Wohnkammer im Schwarzen Kloster überein. Dort fiel das Licht ebenfalls von links auf die freie Wand, an der er Martin die Aufhängung des Bildnispaares empfehlen würde.

Lucas richtete Ennlein noch einmal aus – exakt zehn Fuß vom Modell entfernt hatte sie zu stehen – und prüfte die Vollständigkeit seiner Utensilien auf dem Tisch neben ihm. Die Pinsel lagen auf Linie, daneben ein Messer, die Palette zum Mischen und der Wasserbehälter. Und da reichte ihm Hansi auch schon die frischen Farben herein und war gleich darauf wieder verschwunden.

Einmal mehr dachte Lucas, dass er den Jungen viel zu selten sah. Sobald seine Ausbildung in der Malwerkstatt beendet war, wollte Hansi nach Italien gehen. Weshalb Lucas soeben die Idee gekommen war, dem Jungen beim Abschied ein Skizzenbuch zu schenken, in dem er all seine Eindrücke festhalten konnte und das auf dem Deckblatt die geflügelte Schlange mit den Initialien HC zeigte. Immerhin war Italien das Zentrum der neuen Malerei, das mit Da Vinci und Giotto überragende Künstler hervorgebracht hatte. Sein Sohn würde dort Inspiration erfahren – womit Hansi seinen Reisewunsch auch begründet hatte. Vor allem aber wollte er sich in der Technik der perspektivischen Darstellung üben, die von Meistern wie Masaccio und Brunelleschi wiederentdeckt worden war. Lucas interessierte sich weniger für diese Technik, dank der sich ein Bild kaum noch von der Realität unterscheiden ließ. Wirkte es dadurch doch nicht mehr wie eine bemalte Fläche, sondern besaß die Tiefe eines Raumes, so dass man gar versucht war, in es hineinzugreifen. Die reale Welt und ihr Abbild näherten sich einander an, weil das Gemälde neben Länge und Breite gleichfalls nun noch eine dritte Dimension, die Höhe, besaß. Doch das war nicht Lucas' Stil und für die Aussage oder die Stimmung eines Bildes seiner Meinung nach auch gar nicht notwendig. Der gezielte Einsatz von Farben brachte viel mehr!

Ohne zu zögern, gab Lucas Weiß, Schwarz und etwas Blau auf seine Palette. Für die Schattierungen würde er die Farben stark verdünnen und dann mit einem breiten Pinsel großflächig auftragen. Lucas zeichnete Schatten auf die rechte Gesichtshälfte, damit Margarethes Wangen hohler wirkten. Weitere folgten einen Fingerbreit unter den Lippen, zur Hervorhebung der Kinnfalte. Ihre braunen Augen lagen so tief in den Höhlen, als wären sie es leid, die Welt weiterhin zu beobachten, als wollten sie nicht mehr sehen, was sich in ihr ereignete. Hier setzte er die Schattierungen mit weichen Pinselstrichen im Augeninneren an und zog sie entlang der Lidfalten, um noch mehr Tiefe zu erzeugen.

»Gibt es etwas Neues über die Vorbereitungen zur Taufe zu berichten?«, fragte er beiläufig. Die Taufe von Martins zweitem Kind, seiner Tochter Elisabeth, war der eigentliche Grund für die Reise der Luthers nach Wittenberg.

»Frau Katharina kommt gut mit den Vorbereitungen voran.« Margarethes Stimme klang auch heute wieder zärtlich, und Lucas war überzeugt, dass Martins Sprachtalent nicht zuletzt von der liebevollen Stimme seiner Mutter geprägt worden war.

»Wir sind froh, dass die Pestilenz unsere Enkelin verschont hat.«

Lucas nickte, weil er wusste, dass Kinder und Alte der Seuche am wenigsten gewachsen waren. Er versah Margarethes Kinn und Kiefer rechtsseitig mit dichten Schattenlinien. Dann nahm er neue Farbe mit dem Pinsel auf und korrigierte ihr linkes, ihm zugewandtes Nasenloch, es wirkte nahezu schwarz, mit einem leichten Blaustich. Immer wieder sprang sein Blick zwischen der Vorstudie und seinem Modell hin und her. Er wollte mit eindringlichen Hell-Dunkel-Kontrasten arbeiten. Mit Gegensätzen, die er damals bei Martins erstem Bildnis hatte reduzieren müssen, damit aus dem Kämpfer ein Versöhner geworden war.

»Solange ich Martin kenne, hatte er nie Angst vor der Pest«, erinnerte sich Lucas. »Beinahe ist es so, als wäre er davor gefeit. War er denn einmal befallen von der Seuche?«, fragte er, wohlwissend, dass ein einmal Infizierter, der nicht gestorben war, kein zweites Mal erkranken konnte.

Margarethe schüttelte den Kopf.

Lucas machte sich nun an die Details wie Falten an der Nasenwurzel, an Wangen, Mundwinkeln und Hals. Gesichtsmuskulatur, -fleisch und die sie überspannende Haut gab er wahrheitsgetreu erschlafft, teilweise sogar hinabhängend, wieder.

Als er erneut zu Margarethe schaute, um den Verlauf und die Breite ihrer Lippen sowie ihre Mundwinkel zu studieren, bemerkte er, dass sie sich ihre Rosenkranzkette vom Handgelenk zog. Zu einem Teil bestand sie aus schwarzen, edlen Perlen, zum anderen aus Glaskugeln, soweit er das von seinem Platz aus erkennen konnte.

»Martin war nie von der Pestilenz befallen, aber …« Sie brach ab, erzählte nach einer Weile aber weiter. »Die Reinickerin war die Erste, die die Kreuze vom Himmel fallen sah. Zwischen dem Aschequalm der Schmelzhütten hindurch hatten sie blutrot wie die Vorhut des Heeres der Verdammten geleuchtet.«

Lucas konnte seinen Blick nicht von Margarethe lösen. Da saß diese zusammengesunkene, verhärmte Frau auf dem Stuhl, die verzweifelt über die Perlen ihrer Kette strich, als wäre diese die erkaltete Hand eines ihrer Kinder.

»Die Seuche kam in Euer Haus?«, fragte er.

»Die Frau des Ratsherrn Thormann war sicher, kurz darauf Hufgetrappel gehört zu haben. In der Nacht nach Gretes Hochzeit. Immer lauter war es geworden, ich glaube sogar, ich habe es auch vernommen. Schon vor der Festivität waren Spinnen überall bei uns im Haus. Schwarz, haarig und mit fettem Leib.«

Lucas war, als schüttelte sich Margarethe in Erinnerung an diese Begebenheit. Ergriffen legte er den Pinsel beiseite, er musste sie länger und eindringlicher anschauen – Barbara würde es starren nennen – und hoffte, Margarethe damit nicht zu nahe zu treten. Aber nahm sie ihn in ihrer momentanen Verfassung überhaupt noch wahr?

»Die Ratten hatten sich zurückgezogen. Lioba hatte zuletzt ihre Kadaver von der Straße vor unserem Haus kehren müssen. Da war gerade der erste Schnee gefallen.«

Den Namen Lioba hat Martin mir gegenüber nie erwähnt. Wer war diese Frau?, fragte sich Lucas stumm, wollte er Margarethes Redefluss doch keinesfalls durch eine Nachfrage unterbrechen.

Margarethe sagte mit bebender Stimme: »Mansfelds Zukunft stand damals auf dem Spiel, Meister.«

Also war sie sich seiner Gegenwart sehr wohl bewusst, und Lucas vermutete, dass sie auch seinen Blick auf sich ruhen fühlte. Genauso erging es ihm, wenn er in den Straßen der Stadt unterwegs war und sich den Augen vieler Bürger ausgesetzt wusste. So ein Blick konnte schwer sein, Blicke konnte man spüren, auch wenn man denjenigen, der sie aussandte, nicht sah. Bereits in Wien und in Kronach hatte er sofort gemerkt, wenn ihn jemand länger betrachtet hatte. Damals war er noch ein unbekannter Maler im farbbesprenkelten Hemd gewesen.

»Ich würde es nicht ertragen, wenn Hansi …«, vernahm er plötzlich die eigene Stimme. »Oder Barbara …« Er hatte bereits drei Pestwellen in Wittenberg miterlebt. Zwei seiner Maler hatte ihm die Seuche entrissen, ebenso drei junge Mägde und einige Ratsfreunde … zum Glück hatte sich seine Familie stets ausreichend bevorratet, auch mit Reinigungstinkturen, und deshalb das Haus längerfristig nicht verlassen müssen. Und nicht zuletzt hatte die Freundschaft zu den Stadtmedizinern sie vor Verlusten im engsten Familienkreis bewahrt. Die Ärzte waren immer zuerst in die Schlossstraße 1 gekommen, um die Bewohner des Haushalts zu untersuchen und zu verhindern, dass sich die Seuche unbemerkt einschlich.

Die Zeit, in der die Pest das Zepter in der Stadt schwang, war für Lucas trotz allem Leid inspirierend, denn es war eine ehrliche Zeit. Waren dies doch Tage, sogar mehrere Wochen, in denen die Wittenberger keine Masken trugen. Zu keiner anderen Zeit konnte er die Gesichter seiner Mitmenschen genauer betrachten. Wieder ruhte sein Blick auf Margarethe.

»Jeder weitere Tag der Pestilenz steigerte die Unruhe«, berichtete sie. »Sie fraß unsere Bergarbeiter, so dass die Hüttenmeister die bestellten Mengen an Schwarzkupfer nicht mehr an die Saigerhandelsgesellschaften liefern konnten.«

Vertragsstrafen, fallende Preise und der Verlust von wertvollen Arbeitskräften schwebten wie eine Gewitterwolke über unseren Köpfen. Ein Hauer war nicht so einfach zu ersetzen. Das waren Männer mit einer besonderen Ausbildung und viel Erfahrung, welche sie einzig durch die im Berg verbrachten Jahre gewannen. Es ging nicht darum, dass sie nur mit ihren Werkzeugen auf das Gestein eindroschen. Im Halbdunkel ihrer Unschlittlichter mussten sie die Gesteinsschichten in Hinblick auf ihre Spaltbarkeit und Härte voneinander unterscheiden können, notfalls indem sie diese abtasteten. Wäre da nicht der gute Verdienst gewesen, hätte sich wohl kaum ein Mensch für so viele Stunden in die gerade einmal schulterhohen Abbaukammern – sogenannte Streben – gezwängt und in steifer Seitenlage auch noch Schlägel und Eisen dabei geführt. Ich stellte mir die

Arbeit der Hauer wie lebendig begraben und in einem Sarg eingepfercht vor, nur knapp über dem Felsengewölbe der Hölle.

Mit dem Einzug der Seuche wurden die ersten Pestmessen in Mansfeld gelesen. In den Ruinen von St. Georg rief uns der Herr Pfarrer auf, endlich zu einem gottgefälligen Leben zurückzukehren. Vierherren, Hüttenmeister und Rat beschlossen eilig Maßnahmen, um die Pestilenz aus dem Ort zu halten. Für keinen der Herren war es die erste Seuche. Ein jeder Hausbesitzer wurde dazu angehalten, die Straße sauber zu kehren. Das taten wir eifrig, Arnulf und Lioba standen mir treu zur Seite. Notdurften sollten nicht mehr in den Gassen verrichtet werden. Wir entsorgten sämtliche Abfälle ausschließlich in unserer Grube oder in fließenden Gewässern, nicht einmal mehr Rübenschalen landeten auf der Straße. Das Wasser sollte den Unrat und damit auch eventuelles Pestgift mit sich forttragen. Das Gift, so wurden wir belehrt, steige nicht nur von Pestkörpern auf, sondern könne sich auch in Waren, Kleidern oder Briefen befinden oder aus Fäulnis und Gestank hervorgehen. Das Baden war einzustellen, gleichzeitig sollte der Leib besonders rein gehalten und Pestessig bevorratet werden – ein Gemisch, das aus Weinessig, Wacholderwasser, Eberwurz und Alant bestand. Dass die Pestilenz ansteckend war, betonte der Herr Pfarrer immer wieder. Mit ihr verhalte es sich wie mit einer faulen Birne, die alle in ihrer unmittelbaren Nähe liegenden Birnen gleichsam faulen lasse.

In den nächsten Tagen gingen schreckliche Berichte über Epidemien in anderen Orten der Grafschaft um, die mich noch mehr beunruhigten als die wirtschaftlichen Auswirkungen, die die Pest auf Hans' Geschäfte hatte. Es hieß, dass Eltern, aus Angst sich anzustecken, ihre Kinder im Stich und ganz allein sterben ließen, Ehemänner und Geschwister die Infizierten verstoßen hätten und ganze Gemeinwesen zusammengebrochen wären. Wer es sich leisten konnte, verließ die Seuchenorte.

Unsere Nadelnachmittage dünnten sich rasch aus. Bedrückende Ängste gingen um. Nach einigen Wochen schickte uns Verena Bachstedter gar zurück in unsere Häuser, wo wir sicherer waren vor den Winden auf der Straße. Winde vermochten die Gifte von sehr weit her nach Mansfeld zu tragen, zumal sie dieser Tage mit rasender Geschwindigkeit umhertosten.

Bald wagte kaum noch jemand, einem anderen näher als fünf Schritte zu kommen. Möglichst unauffällig suchte man nach kleinen Schweißperlen auf der Stirn seines Gegenübers, nach Zeichen von Atemnot und unverhoffter Mattigkeit – den Vorboten der Seuche. Die Vorboten so vieler Seuchen. Ein verderbenbringender Gestank war ein sicheres Zeichen. Nur der Satan roch noch übler.

Die Pestilenz in Eisenach, meiner Geburtsstadt, ist mir am eindringlichsten durch die schrecklichen Gerüche in Erinnerung geblieben: Eiter, Kot, Schwefel, von qualmendem Wacholder getragen. Damals war ich noch ein junges Mädchen, doch noch heute würgte es mich, wenn ich das Gehölz auch nur aus der Ferne roch. Hart, beinahe stechend empfand ich seine Note, ganz anders als den angenehm weichen Geruch von rauchendem Weihrauch oder Myrrhe. Und vor allem: Wacholderqualm setzte sich hartnäckig in der Nase fest, so dass man ihn nach den Räucherungen selbst dann noch roch, wenn der Kot- und Eitergestank längst verflogen war.

Genau wie damals hatte auch in Mansfeld das Ratskollegium der Stadt Wacholderhölzer ausgegeben, um die Luft auf den Straßen von den Pestgiften zu reinigen. Morgens und abends jeweils zur Zeit der Dämmerung war mindestens eine halbe Stunde lang, auch bei Nebel oder feuchtem Wetter, zu räuchern. Stets hielt ich mir dabei ein mit Kräutersud getränktes Tuch vor Nase und Mund, um mich nicht übergeben zu müssen. Das Tüchlein wurde während der Pestwochen zu meinem ständigen Begleiter.

Am zehnten Tag der Räucherungen brach die Frankin auf offener Straße zusammen. Sie wohnte nur vier Häuser von mir entfernt, von wo ich aufgeregte Stimmen vernahm. Ich geleitete sie in ihre Stube. Zuerst wollte sich die Frau mit der Narbe am Kinn gar nicht von mir helfen lassen und wedelte panisch mit den Armen, um mich von sich wegzustoßen. Andauernd murmelte sie den Namen der Bachstedterin. Dann ließ ihr Widerstand nach, und sie berichtete mir aufgelöst, dass sie ihre Eltern und vier ihrer Geschwister vor Jahren an die Pestilenz verloren hatte. Nun sei sie die Nächste, war ihre Angst. Sie weinte heftig, und ich wiegte sie an meiner Brust wie ein Kleinkind. Dann sprachen wir gemeinsam ein Gebet. Gebete sind wie Pfeil und Bogen, sie sind unsere Waffen, sagte ich ihr, und dass göttliche Strafen zuallererst durch ein bußfertiges Herz und fromme Taten abgewendet werden könnten. Zudem beruhigte sie meine Bemerkung über den Winter. In der vierten Jahreszeit, in der wir auf Vorräte angewiesen waren, die Kälte alles Leben im Griff hielt und die Ärmsten erfroren und verhungerten, hatten es auch die Gifte schwerer. In warmen Sommern konnte die Pestilenz dagegen viel einfacher durch feuchte Gassen wabern, dann war es viel wahrscheinlicher, dass sie uns traf.

Es war gut, dass die Frankin nicht mitbekam, dass die Wachen an den Stadttoren immer strenger wurden. Verdächtige Waren wie Wolle, Tuch und Getreide wurden durchgeräuchert und mussten auf Anordnung des Rates tagelang entlüftet werden, bevor sie auf dem Markt feilgeboten werden durften. Vorsorglich schickte ich unseren Knecht Arnulf täglich vor die Stadttore, um Strauchwerk zum Heizen zu besorgen, falls es doch zum Ärgsten kam.

Es kam nicht zum Ärgsten, sondern zur Katastrophe. Ich vermutete, dass uns in Wirklichkeit unsere Sünden nie vergeben worden waren und unsere Schlechtigkeit nun mit ganzer Wucht auf uns zurückfiel.

Am Tag des heiligen Nikolaus wurde das Marktgeschehen auf Anordnung des Rates eingestellt. Zu gefährlich war die Wareneinfuhr geworden. Womöglich hätten sich einige Händler bereits infiziert, oder die Gifte befänden sich in ihren Handelsgütern. Einzig die Berg- und Hüttenleute wurden am Morgen noch aus der Stadt hinaus- und am Abend wieder hereingelassen. Allein zum Beten kamen die Mansfelder noch zusammen. Wir riefen unsere heilige Anna an, baten sie um Fürsprache beim Allmächtigen und versuchten, uns gegenseitig Trost zu spenden – selbstverständlich im gebührenden Abstand von fünf Schritten. Ich erstand weitere zweihundert Jahre Erleichterung für das Fegefeuer in Form eines Ablassbriefes. Anders als einst der Sammelablass mit den vielen Siegeln seiner Aussteller, war dieses Schriftstück recht einfach gehalten, ohne Zeichnungen und Siegel. Es war eher ein Formular mit einer Menge Schrift in lateinischer Sprache, dessen Inhalt uns der Herr Pfarrer, in zwei Sätzen zusammengefasst, übersetzte. Im Gegensatz zu dem Sammelablass waren handschriftlich unsere Namen, Hans und Margarethe Luder, samt dem Kaufpreis von einem halben Gulden, eingetragen worden, und ich konnte das Schriftstück sogar mit nach Hause nehmen. Es war ein beruhigender Gedanke, die niedergeschriebene Befreiung vom Fegefeuer sogar anfassen zu können und die Gewissheit zu haben, kürzer brennen zu müssen. Der Ablassbrief garantierte Hans und mir außerdem zusätzlich, von einem Beichtvater unserer Wahl einen vollkommenen Erlass all unserer Sündenstrafen zu erhalten. Ein lebensrettender Trost in diesen schweren Zeiten. Ich verstaute den Brief in dem Schränkchen neben meinem Bett, in das mir Martin am Tag seines Abschieds unbemerkt das Fabelbuch gelegt hatte.

Auf Knien betete ich Nächte hindurch vor dem Kreuz in

unserer Stube, dass die Seuche meine Familie und unsere Stadt verschonen möge. Manchmal schlief ich sogar unter dem Kreuz ein. Hans trug mich dann von der Stube in unser Bett und legte eine dicke Decke über meinen ausgekühlten Leib. Ich fragte mich, ob die Ahne in Möhra wohl von der Pestilenz verschont blieb, weil sie doch auf Christina in ihrer schmalen Kammer achtgeben sollte. Trotz der bösen Worte, die meine Erstgeborene mir eingab, war sie weiterhin mein schutzbedürftiges Kind.

Auf Hans' Geheiß hin brachte Lioba mir einen Trank zur Beruhigung, sie hatte ihn aus getrockneter Melisse zubereitet, und mischte für die anderen Familienmitglieder Pestgetränke, die uns vor dem Gift bewahren sollten.

Von diesem Tag an trug ich mein Sterbebüchlein immer bei mir. *Benutze einen Tag in der Woche, um dich auf den Tod vorzubereiten,* verlangte es. Es war schon lange mehr als nur einer. Einmal betete ich sogar dafür, dass Martin in Erfurt von der Seuche verschont blieb. Der Gedanke, dass ich ihn für das Wohl der anderen Familienmitglieder hatte gehen lassen müssen, quälte mich nach wie vor.

Je öfter ich jedoch an das Gespräch zurückdachte, in dem Martin uns verkündet hatte, sein Studium abzubrechen, umso wütender wurde ich. Ja, ich wurde wütend auf meinen Sohn. Nie zuvor war ich wütend auf meine Kinder gewesen. Vielleicht streng, ernst, ungeduldig und ärgerlich, aber nie wütend. Wut ist Anklage, Schuldzuweisung. So viel schärfer als Verärgerung, weil sie unkontrolliert ist und jeden vernünftigen, wie auch ausgleichenden Gedanken erstickt. Sie macht blind, taub und toll, sogar noch mehr, als es Zorn vermag. Ich war wie gefangen in einem Käfig aus Wut, dessen Tür sich verklemmt hatte und nicht mehr öffnen ließ. Die Hilflosigkeit und der Trennungsschmerz hatten mich zu einem schrecklichen Menschen werden lassen. Zum Glück ließ die Pestilenz meine Enttäuschung über diese Tatsache in den Hintergrund treten.

Anfangs war Hans noch täglich zu den Versammlungen im Rathaus gegangen, so wie es von einem Vierherrn erwartet wurde. Doch mit jedem Tag war er innerlich aufgewühlter nach Hause gekommen. Hans' Kopfschütteln an der Eingangstür bedeutete, dass noch kein Pestfall in Mansfeld gemeldet worden war.

Es war der achtundvierzigste Tag nach Gretes Hochzeit, an dem Hans nicht mehr verneinte. Ich taumelte und lehnte mich gegen die Flurwand. Nicht erneut Gottes Strafe! War unsere Familie nicht schon mit genug Unglück geschlagen? Mir war eiskalt, und ich fühlte mich steif, als wären meine Glieder Bretter, die man mir an den Leib genagelt hatte.

Hans bewahrte die Ruhe und berichtete mir, dass es den Metzger getroffen hätte. Zwei Tote gab es in dessen Familie bereits zu vermelden, was nichts anderes bedeutete, als dass die Pest schon länger in der Stadt war. Vom Schwitzen hin zu den Beulen und dem nachfolgenden Tod konnten gut zwölf oder sogar zwanzig Tage vergehen, das wussten wir vom Stadtmedikus. Und weil die Seuche sich schleichend ausbreitete, waren wir angehalten, schon beim ersten Verdacht das rote Kreuz an unsere Haustür zu malen. So wusste ein jeder von der Not seines Mitbürgers und konnte reichlich Abstand halten.

Das Tückische an der Seuche war, dass sie anfänglich einem Fieber glich. Erst später führte sie zu innerer Fäulnis und ließ dunkle Beulen hervortreten. Hans berichtete, dass die Metzgerfamilie samt Gesinde in ihrem Haus eingeschlossen worden war. So durften sie wenigstens in ihren eigenen vier Wänden sterben.

Am gleichen Abend noch bestätigte der Rat an der Seite unseres Stadtarztes, dass die Pestilenz nun auch in Mansfeld angekommen sei. Zu diesem Zeitpunkt hatten die Grafenkinder von Vorder-, Mittel- und Hinterort, die noch immer untereinander verstritten waren, mit ihren Beamten und ihrer Gefolgschaft das Schloss bereits verlassen. Viele Adlige und höhere Herren hielten es ebenso und kehrten erst zurück, wenn die Seuche aufgehört hatte zu wüten. Angeblich war auch Dietrich Zecke zusammen mit den Grafen abgereist. Seit einiger Zeit schon hatte keiner der Hüttenleute mehr Licht in seinem Haus brennen gesehen. Ich war froh, dass der Mann, der Lioba allem Anschein nach großes Leid angetan hatte, vorläufig nicht mehr in der Stadt weilte.

Die Bergleute blieben. Hans berichtete, dass sie alles gemeinsam durchstehen wollten. Gemeinsam gingen sie unter Tage, gemeinsam kämpften sie mit den Schmelzöfen und nur gemeinsam glaubten sie, eine Chance gegen die Pestilenz zu haben. Meine erste Reaktion auf die Pestnachricht war, mich sofort nach Eisenach in Vaters schützende Arme zu begeben, schließlich besaß ich Verantwortung für meine verbliebenen Kinder und das Gesinde.

In den letzten Wochen war Hans noch täglich zu den Hütten geritten und hatte mir meist auch verschwiegen, was er auf dem Weg dorthin sah. Doch als ich aufbrechen wollte, um der ängstlichen Frankin mit einem gemeinsamen Gebet beizustehen, eröffnete er mir, dass die Pest auch in ihrem Haus Einzug gehalten hatte. Nicht nur unsere Männer, sondern auch wir Hüttenmeisterfrauen hatten einander versprochen, zusammenzuhalten und uns in der Not zu helfen. Jetzt aber konnte ich nur noch beten, dass die Familie Franke die Seuche überstehen würde. Zum Trost legte ich der Frankin mein Sterbebüchlein vor die Tür. Dabei stach mir Wacholdergeruch in die Nase.

Einmal noch wagte ich einen Gang durch die Stadt und zählte schon sieben rote Kreuze an den Türen. Sieben Pesthäuser. Sieben Familien, die sich selbst überlassen und in ihren vier Wänden eingesperrt worden waren.

Kurz darauf erging die Anweisung des Rates, in Pesthaushalten den gesamten Viehbestand zu töten. Doch was sollte ein Hüttenmeister, vorausgesetzt, er überlebte die Seuche, in seinem Gewerbe ohne seine Pferde noch ausrichten, mit denen er Holz und Erze transportierte? *Verschone uns, Herr über alle Zeit und Ewigkeit!*

Eine Woche nach dem Fest Mariä Empfängnis blieben die Stadttore ganz geschlossen. Nicht einmal mehr die Hüttenmeister durften zur Verrichtung ihrer Arbeit ausreiten, obwohl sie auf das tägliche Schmelzen angewiesen waren. Hielten sie sich nicht daran, mussten sie horrende Vertragsstrafen an die Saigerhandelsgesellschaften zahlen, die für ihre Familien den Ruin bedeuteten. Den Hauern und Treckjungen wurde mit jedem arbeitsfreien Tag ebenfalls die Möglichkeit genommen, genügend Geld für Nahrungsvorräte und Holz zu verdienen und dadurch den Winter zu überstehen.

Zwei Tage nach Christi Geburt war Mansfeld von der Außenwelt abgeschnitten. Ich trichterte meinen Kindern ein, unbedingt im Haus zu bleiben. Morgens und abends rieben wir uns mit Liobas Balsam aus Liebstöckel, Meisterwurz und wildem Wassereppich den Puls, die Schläfen und die Herzgrube ein. Wahrscheinlich betete Martin im Kloster nicht für uns, mutmaßte ich, sonst würde es nicht immer schlimmer werden. Wo blieben sein Himmelreich und die Hoffnung auf einen gnädigen Gott? Mittlerweile war ich überzeugt, dass Hieronimus Buntz sich an Martin versündigt und eine schreckliche Verfehlung wider die Natur an ihm begangen haben musste, vor der sich mein Sohn im Kloster in Sicherheit bringen wollte; vor der Schwäche seines Fleisches, die er schon in Bezug auf Lioba eindeutig bewiesen hatte. Warum hatte ich ihn davor nicht bewahren können?

Vorausschauend begann ich, unsere Mahlzeiten zu rationieren. Die Stadt war auf Wein, Bier und Gemüse von außerhalb angewiesen, Waren, die nun nicht mehr nach Mansfeld gelangten. Mehl, Käse und Rüben lagen ausreichend für einige Wochen im Keller und auch noch getrocknete Forellen. Fleisch aber besaßen wir lediglich noch in Form eines übrig gebliebenen Rehbratens im großen Grapen, zuletzt war bei den Scherren alles ausverkauft gewesen. Es war Winter, die Jahreszeit, in der es ohnehin schwerer zu leben und zu sterben war.

Und der Winter wurde noch erbarmungsloser. Die Wimpern gefroren mir schon beim Gang über den Hof, und wir mussten mehr Holzvorräte verbrennen als in den Wintertagen der vergangenen Jahre. Täglich räucherte Lioba die Scheune und den Hof aus, über den der Wind bösartig hinwegfegte. Nächtelange Schneestürme kamen hinzu.

Die schlechten Nachrichten, die Hans von den Ratstreffen mit nach Hause brachte, wurden mit jedem Tag zahlreicher. So war der Stadtmedikus nur einer von vielen Neuerkrankten. Er lag mit schwarzer Zunge und Beulen an den Leisten groß wie Äpfel darnieder. Der Herr Pfarrer hatte recht gehabt, dass in Zeiten wie diesen zuerst die Medizinkundigen knapp wurden – noch vor den Pfarrern und den Pestmägden.

Zum ersten Mal in meinem Leben fand das Fest Christi Geburt nicht vor einem Altar, sondern in der heimischen Stube statt. Die neueste Anweisung des Rates war gerade zwei Tage alt und stellte es unter Strafe, Pestverstorbene auf dem innerstädtischen Friedhof von St. Georg zu begraben. Sie mussten in ein Massengrab draußen vor der Stadt gebracht werden. Ebenso wurde es den Erkrankten streng verboten, sich einem gesunden Menschen zu nähern. Und dennoch wagte sich Hüttenmeister Franke zu uns.

Hans öffnete die Tür nur einen Spalt breit. Mit ausgemergelten Zügen bat der Meister uns um Holz, ihre Vorräte hätten sie bereits gestern aufgebraucht, erklärte er noch mit kraftloser Stimme. Ich stand hinter Hans, und es schockierte mich, zu was für einer armseligen Kreatur die Seuche selbst diesen einst vor Kraft strotzenden Mann hatte werden lassen. Meister Franke stand gebeugt vor uns, als bräuchte er einen Stock, und brachte mit gebrochener Stimme noch einen Dank für mein Sterbebüchlein hervor.

Hans überlegte kurz, dann wies er Arnulf an, drei Kiepen mit Holz zu füllen. Wir Hüttenfamilien und Bergleute hielten zusammen. Im Kampf gegen die Pestilenz kamen somit die Bußfertigkeit und die Hoffnung von einigen hundert Menschen zusammen.

Am Dreikönigsfest holten sie Lioba. Als ledige, kinderlose Frau sollte sie in den Pesthäusern helfen, als Pestmagd. Ich dachte sofort an die Abfolge der Sterbereihe: Stadtmedikus, Pfarrer, Pestmagd. Arnulf bot an, ihn an ihrer statt zu nehmen, doch Ratsherr Lichtpein hatte kein Einsehen. Sie selbst trug es mit Fassung. Damit war Lioba dem Tode geweiht, ebenso wie die Totengräber vom Karrendienst. Die Karren wurden von den Totengräbern tagsüber durch die Stadt geschoben und hielten vor den Haustüren mit roten Kreuzen. Sofern im Gebäude jemand der Seuche erlegen war, wurde er aus dem Haus getragen, auf den Karren gehievt und am Abend zu den Pestgräbern außerhalb der Stadt und unweit des neuen Armenspitals auf ungeweihten Boden transportiert.

Sechs Tage nach dem Dreikönigsfest zeigte Jacob erste Anzeichen der Krankheit. Frost und darauf Hitze, schreckliches Kopfweh. Da hatten sie die jüngere Tochter der Frankin wohl gerade in das Massengrab beim Armenspital geworfen. Das Sterbebüchlein lag am nächsten Tag wieder vor unserer Tür. Erst räucherte ich es gründlich aus, dann weinte ich um die gute Seele Berta. Meine Tränen galten auch Jacob und unserer Zukunft. Jacob war der einzige Erbe der Luderschen Hütten. Es galt, unverzüglich zu handeln, selbst für den Fall, dass Jacob nur von einem Fieber befallen war.

Barbara, unser so fröhliches, braves Mädchen, fragte mich, ob wir jetzt alle sterben müssten. »Gewiss nicht!«, antwortete ich und täuschte Standhaftigkeit vor. Meine Angst galt neben Jacob jedoch nicht ihr oder meiner Wenigkeit, sondern Thechen und Maria. Sie waren selbst im Alter von siebzehn und neunzehn Jahren noch nicht richtig zu Kräften gekommen. Sie schienen mir von meinen Kindern die zerbrechlichsten zu sein, mit ihren schmalen Schultern, den dünnen Beinen und der fahlen Gesichtsfarbe.

Vorsorglich brachten wir Jacob ins Dachgeschoss der düsteren Haushälfte, wo seit jeher die Kranken unserer Familie unterkamen. Pestgifte stiegen nach oben, und so waren wir Gesunden im Erdgeschoss der hellen Haushälfte am sichersten. Noch am gleichen Tag begann ich mit allen notwendigen Vorkehrungen. Schwitzkuren und Purgieren, der Entleerung des Verdauungstraktes durch den Darm. Jacobs Entleerung kam nur allmählich in Gang, ich musste ihm die doppelte Menge des Purgierpulvers, vier Quintlein vermischt mit Erbsenbrei, füttern. Zur Beförderung der Ausdünstung möglicher Fäulnisgifte durch die Schweißlöcher gab ich ihm einen Löffel vom Pestessig, immer morgens. Mittags dann wischte ich ihm den Schweiß mit warmen, geräucherten Tüchern vom Leib und reichte ihm ein stärkendes mit Alant versetztes Gerstenbier.

Jacob schwitzte immer stärker. Ich wurde immer hilfloser.

Zum Glück zeigten die Mädchen keinerlei Anzeichen, hielten den Rosenkranz mit meinen drei Gagatperlen aber ängstlich in ihren Händen. Ich wurde nicht müde, sie daran zu erinnern, sich nun auch zur Mittagszeit mit Liobas Mittel einzureiben. Da schlief ich schon nicht mehr bei den Kindern, weil ich mit Jacob so eng in Kontakt war. Als Einzige in der Familie ging ich noch zu ihm. Ich beruhigte meinen Sohn, wenn er die Nacht über im Fieber stöhnte, wenn er bei jeder Bewegung vor Schmerzen heulte und zunehmend seine Sprache verlor. Die Mädchen halfen, das

Haus regelmäßig auszuräuchern und die Wände mit Pestessig zu bespritzen. Kein Mansfelder, der bei Verstand war, wagte sich mehr auf die vom Wind verseuchten Straßen.

Es dauerte nicht lange, bis an Jacobs geschwollenen Lenden Beulen wuchsen. Allen Gebeten und Umschlägen zum Trotz. Purgieren ging nicht mehr, er aß ja kaum noch, schwitzen ließ ich ihn weiterhin. Ein Knecht der Reinickes hatte uns einen die innere Fäulnis bekämpfenden Aufguss in den Hof gestellt, wofür ich ihm dankbar war und von dem ich Jacob, je größer seine Beulen wurden, zunehmend mehr einflößte. Zuerst zwanzig Tropfen, dann jeden Tag zehn mehr. Die Bachstedters sandten uns ein Fass mit Pestessig. Der Zusammenhalt unter den Familien war mir eine Stütze und tröstete mich.

Auch an jenem Abend, an dem sich die Pest bei Jacob nicht länger leugnen ließ, saß Hans stumm und beide Hände vors Gesicht geschlagen in der kleinen Stube, die Mädchen regungslos neben ihm. Schon seit Tagen sprachen wir kaum noch miteinander. Niemand wagte, das schreckliche Wort *Tod* in den Mund zu nehmen, obwohl wir kaum noch an etwas anderes denken konnten. Also tat ich es. Hans sprang sofort auf. »Das kann nicht sein!«, rief er erregt, denn die Pest in unserem Haus bedeutete auch, dass unser gesamtes Vieh getötet werden würde. Die Pferde und Hühner, die gleichsam mit den Pesttoten auf dem Karren landeten.

Der Herr Pfarrer hatte uns in seinem lehrsamen Unterricht angewiesen, zu Pestzeiten den Schlaf nicht durch traurige Gedanken und Sorgen zu unterbrechen. Doch wie um alles in der Welt sollte das möglich sein? Ich lenkte mich ab, indem ich ausrechnete, wie lange unsere Holzvorräte wohl noch reichten. Wahrscheinlich würden wir es noch zehn Tage lang warm in der hellen Haushälfte haben.

Dann deutete ich mit dem Kinn zum Kreuz an der Wand. »Wir müssen dringend beten.« *Und unsere Sünden beich-*

ten, dachte ich. Denn nur wenn wir reuten, beichteten und Buße leisteten, wurde uns Gottes Gerechtigkeit zuteil.

Hans zögerte, mir vors Kreuz zu folgen. Jacobs Schreie aus der düsteren Haushälfte ließen ihn dann aber doch an meiner Seite niederknien.

Wenig später kam das rote Kreuz auch an unsere Tür. Von nun an sollte der Pestkarren auf seinen Runden auch vor dem Hause Luder halten. Jetzt konnte uns nur noch ein Wunder retten. Der Frau, die in meinem Leben bisher dafür verantwortlich gewesen war, hatte ich Hausverbot erteilt, was sich bereits bei Jacobs Erkrankung als Fehler herausgestellt hatte. Augustine wusste in jeder Lebenslage sofort, was zu tun war. Arnulf bot sich an, der Hebamme meine dringliche Bitte um Hilfe zu überbringen. Er hatte Augustine zuletzt bei den Bedürftigen gesehen, die an der Stadtmauer unweit des Obertores lebten. Niemandem außer ihr traute ich jetzt noch Jacobs Heilung zu.

Nur einen Tag später streifte sich Augustine die Handschuhe über ihre riesigen Hände und stieg ins Dachgeschoss der düsteren Haushälfte zu Jacob hinauf. Als Atemschutz band sie sich einen Lederlappen vor den Mund. Das war am achten Tag nach dem Dreikönigsfest. Augustine erledigte ihre Arbeit erfahren und ohne jede sichtbar äußerliche Gemütsbewegung. Wie damals bei Martins Geburt. Das hatte ich entgegen ihrer Anweisung durch den Türspalt hindurch beobachtet, und ich glaube, ihre Stärke und Unberührtheit halfen mir in den Pesttagen, die Fassung nicht komplett zu verlieren.

An den folgenden Tagen gab es nur leicht Verdauliches für Jacob, damit er Kräfte gegen das Gift sammeln konnte. Keine Früchte wie gedörrte Pflaumen und Pfirsiche, keine schweren Speisen, die das innere Verfaulen förderten, und alles nur genügsam gewürzt. Am besten wäre Hühnersuppe gewesen, nur war unser Federvieh bereits getötet und auf dem Karren des Totengräbers fortgebracht worden. Ich achtete streng darauf, Jacobs Unreinheiten sofort hinunter in die Grube zu bringen und ihn nicht mehr auf unseren Abort zu lassen. Über seine Ausscheidungen schüttete ich sofort Kalk, wie er auch über den Pesttoten in den Massengräbern beim Armenspital ausgebracht wurde. Kalk saugte die Gifte in sich auf und band sie. Das hatte Augustine mir erklärt, als sie Jacob Kräuterumschläge um die geschwollenen Lenden gewickelt hatte. Und wie ich ihr dabei zusah, fiel mir auf, was für entsetzliche Spuren die Seuchenarbeit an ihr hinterlassen hatte. Dunkle Ringe lagen unter ihren Augen, die in noch tiefer liegenderen Höhlen als zuvor zu liegen schienen. Sie war bleich und bis auf die Knochen abgemagert. Augustine schien um Jahre gealtert zu sein. Und dennoch legte sie keine Pause ein. Ich bewunderte, wie sie mit all ihrer Kraft für Jacobs Genesung kämpfte, obwohl sie von morgens bis abends von Pestgiften und Fäulnis umgeben war. Nicht einmal der Wacholdergestank in Jacobs Krankenkammer schien sie zu stören. Mich ließ er immer wieder würgen, so dass ich mir das Kräutertüchlein sogar nachts vor dem Einschlafen vor die Nase hielt. Die Mädchen hatte ich ebenfalls dazu angehalten.

»Seliger Sebastian, bitte den Allmächtigen, Jacob von der todbringenden Seuche zu heilen und uns wieder reine Luft zu schicken«, wiederholte ich regelmäßig vor Jacobs Bett.

Augustine sah täglich nach meinem Sohn. Seine Beulen waren inzwischen so groß wie Hühnereier und blutverkrustet. Anfangs waren sie mir noch hart erschienen, inzwischen weichten sie innerlich auf. Jacob schlug um sich, sobald Augustine auch nur versuchte, eine mit ihrem Salbtüchlein zu betupfen. Jede noch so sachte Berührung verursachte ihm grauenvolle Schmerzen.

»Ihr müsst ihn zur Ader lassen, ehe sich das Gift einwurzelt und ihm auch noch die letzten Kräfte zur Abwehr nimmt«, fuhr Hans die Hebamme am dreizehnten Tag nach dem Dreikönigsfest an. »Der Medikus sagt, dass dies das beste Mittel ist, um das Gift und die Fäulnis aus seinem Körper zu bekommen!«

Nun war der Medikus als einer der Ersten von der Pestilenz dahingerafft worden, was nicht gerade für den von ihm empfohlenen Aderlass sprach.

Augustine zögerte zuerst, nickte dann aber. Ich glaube, sie tat es, weil sie Hans nicht die Hoffnung auf Heilung rauben wollte. Schon bei Elisabeths Geburt hatte sie sich mir gegenüber kritisch über den Aderlass geäußert. Augustine war seit jeher allein von der Wirkung heilender Kräuter überzeugt. Für jede Krankheit gab es ein Kraut. Auch für die schlimmste aller Seuchen?

Jacob wurde zur Ader gelassen. Doch das Pestgift war hartnäckig. Mein Sohn wurde mit jedem Tag schwächer. Wir hielten ihn weiter am Schwitzen, indem wir seinen Körper in mehrere Lagen Tücher wickelten. Ganze fünf Kiepen Strauchwerk standen zu diesem Zeitpunkt noch im Keller. Ich entschied, nicht mehr als eine pro Tag zu verheizen: je eine Halbe pro Haushälfte. Meine Mädchen und Hans schliefen ja drüben. Wie sehr hätte uns jetzt Schlacke aus den Hütten geholfen.

Jacob erbrach inzwischen selbst kleinste Portionen Flüssiges. Täglich wechselte ich seine Gewänder und verbrannte sie sofort im Hof, niemals im Ofen. Meine Familie und auch Arnulf hielt ich auf Abstand. Seit Tagen schon gab es nur noch Fisch mit Rüben.

Nach dem zweiten Aderlass gleich am Folgetag berichtete mir Augustine knapp, dass der Ratsherr Lichtpein gestern mit drei seiner Kinder begraben worden war. Unter den Namen, die sie sonst noch aufzählte, waren auch die zweier Hüttenmeisterfamilien.

Hans und ich schlossen sie in unsere Gebete mit ein. In meiner Hilflosigkeit wandte ich mich an die Heiligen Anna, Maria, Rochus und Sebastian. Auch Hans hatte ich nie zuvor so inbrünstig beten gesehen. Weil der Herr Pfarrer nur selten abkömmlich war, beichteten wir uns unsere Verfehlungen gegenseitig. Die Kinder fühlten sich inzwischen beengt im Haus. Seit so vielen Tagen waren wir schon nicht mehr auf der Straße gewesen. Einzig im Erdgeschoss drüben hielten sie sich auf. Die Mädchen schliefen zusammen in der kleinen Stube, Hans in der Küche der hellen Haushälfte. Ich wollte ihn nicht unnötig in Gefahr bringen, weswegen ich weiter in der Küche der düsteren Haushälfte nächtigte. Arnulf musste sich mit dem Keller begnügen.

Einmal, als ich zu meiner Familie hinüberging, sah ich die Mädchen lange vor den Butzenglasfenstern stehen, weil sie dort am meisten von der winterlich dürftigen Tageshelle abbekamen.

Luft, reine Luft!, bat ich weiterhin im Stillen. *Heiliger Rochus, sprich für uns beim Allmächtigen vor. Du, der du Pestkranke allein durch das Kreuzzeichen zu heilen vermagst.*

Am fünfzehnten Tag nach dem Dreikönigsfest schickte sich Augustine an, die Beulen an Jacobs Leiste zu öffnen und den Eiter daraus abzulassen. Sie schien mir völlig übermüdet zu sein, ihr Gesicht glänzte vor Schweiß.

Auf mein Drängen hin durfte ich Jacob zumindest von der Tür aus gut zureden. Ich war überzeugt, dass er unsere Stimmen nicht mehr wahrnahm, er befand sich bereits in einer Übergangswelt. Doch ich war seine Mutter, ich konnte ihn in dieser Situation nicht allein lassen. Er war der einzige Sohn, der mir noch geblieben war.

Beim Anblick des Messers glitt mir unbemerkt das Kräutertuch aus der Hand. Als dunkelgrüner Schleim aus der ersten Beule rann, übergab ich mich in meine Hände. So hatte die Pest in Eisenach gestunken: Nach Eiter und Fäulnis, vermischt mit geräuchertem Wacholder. Überall roch es nach Wacholder.

Ich verließ die Kammer, reinigte meine Hände und machte mir ein neues Mundtuch zurecht. Als ich wieder hinaufgehen wollte, schlug mir der Geruch von verbranntem Fleisch entgegen. Noch heute habe ich Jacobs Jaulen, das nicht mehr menschlich klang, im Ohr.

Noch zwei weitere Male kam Augustine, um Jacobs Beulen zu öffnen, auszubrennen und mit einer harzigen Paste einzuschmieren. Im Haus hatte ich überall Kübel mit heißer Milch – erwärmt mit unseren knappen Holzvorräten – aufgestellt, die das Gift aus der Luft ziehen sollten. Ich wurde immer verzweifelter, was die Wahl der Gegenmittel betraf. Barbara schlug mutig vor, für das Leben ihres Bruders draußen auf Krötensuche zu gehen, doch das verbot ich ihr. Ohnehin war das im Winter ein aussichtsloses Unterfangen. Der Gedanke, Jacob getrocknetes Krötenpulver zu verabreichen, scheiterte allein daran, dass es nicht verfügbar war. Für die Kinder galt, was in der letzten Pestmesse beschworen worden war: Sühne und Beichte sind anderen Arzneien grundsätzlich vorzuziehen!

Am achtzehnten Tag nach dem Dreikönigsfest sprach Jacob nicht mehr und zeigte auch sonst keinerlei Regung. Seine Lippen waren spröde, sein einst weiches Haar ein einziger Filz. Keine Flüssigkeit konnte er mehr bei sich behalten. Arnulf hatte gerade die Ästlein der letzten Kiepe zum Heizen auf die Kochstelle der düsteren Haushälfte geworfen, und ich begab mich hinauf in die Krankenkammer, um Jacob auf die Sterbebeichte vorzubereiten. Mein Kind sollte auf keinen Fall unbußfertig von uns gehen. Den ganzen Tag und auch noch bei Einbruch der Nacht las ich ihm aus meinem Sterbebüchlein vor, und zuletzt schnitt ich ihm die Nägel kurz. So hatten wir es in Eisenach mit den Sterbenden gehalten. Nägel sind Baumaterial für Schiffe, die uns aus dem Jenseits zurück in die diesseitige Welt bringen. Als Geister.

Während der Pflege vernahm ich in Gedanken immer wieder das donnernde Klopfen des Totengräbers an unserer Tür. Hans schaute derweil, dass er den Herrn Pfarrer auf der Straße erwischte, wenn der von einem Seuchenhaus zum anderen ging.

Am darauffolgenden Morgen rüttelte mich Augustine an der Schulter, ich musste vor Jacobs Bett eingeschlafen sein. »Luderin!« Sie presste mir ein frisches Kräutertuch vor den Mund und schob mich aus der Kammer, um mich außer Reichweite der Pestgifte zu bringen. Ich vernahm ihr Husten, kein Wunder bei der galligen Luft. Ich hatte nicht einmal mehr nach Jacob schauen können, so vehement hatte sie mich in den Flur befördert.

Hans und der Herr Pfarrer kamen da gerade die Treppe hinauf. Hans war kalkweiß im Gesicht. Die rot geäderten Augen des Herrn Pfarrer zeugten von dessen unermüdlichem wochenlangen Einsatz, so dass er nicht einmal mehr einen abfälligen Blick für meine Hebamme übrig hatte. Er faltete die Hände zum Gebet. Wir anderen schauten Augustine erschrocken an. War Jacob so schnell entschlafen?

»Sein Fieber ist über Nacht gesunken!«, unterbrach Augustine die ersten Worte des Sterbepsalms.

»Das bedeutet …« Hans brachte den Satz nicht zu Ende.

»Das bedeutet, dass er womöglich genesen wird«, sagte Augustine in gewohnt kühlem Ton. Lediglich ihre aufgerissenen Augen verrieten mir, dass diese Wendung auch sie überrascht hatte. »Er braucht nach wie vor Ruhe und muss weiter schwitzen.«

Fieberhaft überlegte ich, wie ich die Stadtwachen dazu bringen könnte, weiteres Holz für uns zu sammeln. Ohne Wärme hatte Jacob wenig Aussicht auf Genesung.

»Danke«, entgegnete Hans in Augustines Richtung.

»Ihr solltet ihm weiterhin nicht zu nah kommen. Erst wenn das Fieber beständig sinkt, ist Dank angebracht«, stellte Augustine fest.

»Dankt dem Allmächtigen«, beeilte sich der Herr Pfarrer anzufügen. »Er alleine heilt die Kranken.«

Augustine stieg die Treppen hinab.

»Es wäre ein Wunder, wenn er es schafft«, sagte ich ihr noch, während ich die Haustür gerade einmal so weit öffnete, dass sie ins Freie treten konnte.

»Wisst Ihr etwas von Grete? Und von Lioba?«, fragte ich in der Hoffnung, dass Augustine als eine der wenigen, die noch auf den Straßen unterwegs waren, etwas mitbekommen hatte.

»Lioba arbeitet sehr hart als Pestmagd«, antwortete Augustine weich, beinahe zärtlich.

»Und Grete?«, fragte ich nochmals, da meine Tochter ja jetzt mit ihrem Ehemann Meister Kaufmann in dessen Haus wohnte.

»Grete geht es bestens!«, antwortete Augustine nach langem Zögern mit zynischem Unterton, den ich mir nicht erklären konnte. Sollte Grete meiner Hebamme mit einer ihrer spitzen Bemerkungen zu nahegetreten sein?

»Sagt beiden, dass ich für sie bete.«

Augustine nickte und zog ihre Kapuze tiefer ins Gesicht.

»Ich danke Euch vielmals«, sagte ich, doch da stapfte sie schon durch den Schnee davon.

Wunder geschehen. Mit jedem Tag ging es Jacob besser. Bald konnte er sogar etwas Kräuterbrühe schlürfen. Die ausgebrannten Pestbeulen – braune Flecken – auf seiner Haut verheilten nur langsam. Zu diesem Zeitpunkt hatten wir den Tisch in der großen Stube bereits verheizt. Am dreißigsten Tag seiner Krankheit waren die Beulen ausgetrocknet und verschorft, und eine erneute Fäulnis hatte nicht eingesetzt. Das war am Tag der heiligen Agatha.

Ich erinnere mich nicht mehr, was in mich gefahren war, aber nach dieser frohen Erkenntnis stürzte ich aus dem Haus in den zugeschneiten Hof, vorbei an der Feuerstelle mit der Asche verbrannter Pestgewänder. Ich wollte dem Herrgott danken. Es drängte mich durch das Hoftor auf die Straße hinaus und in die Kirche. Die Häuser links und rechts von mir beachtete ich nicht weiter. Die Straße hoch zu St. Georg war menschenleer. Da waren nur ich und der Rauch der Wacholderfackeln, der alles um mich herum in ein einheitliches Grau hüllte. Erst ging ich zügig, dann rannte ich, so dass mir der Schleier vom Kopf rutschte und mein Haar freilegte.

Die Bretter, die man, soweit dies möglich war, zum Schutz vor den Unbilden des Wetters von Mauer zu Mauer gelegt hatte, waren vom Sturm hinabgefegt worden. Es hatte mehrere Tage lang in den Kirchenraum hineingeschneit. Die letzte Seuchenmesse musste schon eine Weile zurückliegen, denn meine Spuren im Schnee waren die einzigen. Schweratmend fiel ich vor dem Hauptaltar von St. Georg auf die Knie. Ich schaute zu den Fenstern, in denen früher die bunten Glasfenster mit den Motiven des Weltengerichts geleuchtet hatten. Noch immer waren sie von der Feuersbrunst geschwärzt. Die Hüttenleute hatten unser Gotteshaus schon zwei Mal wieder aufbauen wollen, aber immer war etwas dazwischengekommen.

»Herr, über alle Zeit und Ewigkeit. Ich danke dir«, begann ich und fühlte, wie der Schnee durch die Gewänder an meine Knie drang. »Du hast einen Unschuldigen nicht bestraft. Du hast unsere Not gesehen. Dir danke ich mit allem, was ich habe.« Die Hoffnung, dass Gott doch barmherzig war, wühlte mich auf und ließ mein Herz noch schneller schlagen.

Pflichtbewusst horchte ich nach nahenden Schritten, um mich in diesem Fall sofort als eine Pestmutter zu erkennen zu geben, von der Gefahr ausging. Ich kam aus einem Haus mit einem roten Kreuz an der Tür, das sollte jeder wissen und mir nicht zu nahe kommen. Doch an diesem Tag vernahm ich nicht einmal das Fiepen einer Ratte.

Ich weiß nicht mehr, wie lange ich so vor dem Altar kniete, Gott dankte und für die Seelen der bereits Verstorbenen und der Lebenden betete. Irgendwann erhob ich mich wieder und führte meinen Blick über die rußschwarzen Chorfenster zum Himmel. Es war ein klarer Wintertag. Der Himmel zeigte sich in einem wunderbaren Hellblau. Nicht eine einzige Wolke war zu sehen. *Endlich wieder Farbe!*, freute ich mich. Mein erster Tag in Mansfeld ohne den Rauch der Hütten und ohne Aschefetzen in der Luft. In den Hütten arbeitete ja seit Wochen niemand mehr.

In diesem Moment wurden mir zwei Dinge bewusst: Es konnte auch am Rande der Erdscheibe schön sein. Und: Brauchten wir nicht erst das eine Extrem, um das andere Extrem erkennen zu können? Hatten mir die Jahre der Bedrückung durch Qualm und Flugstaub nicht erst ermöglicht, Farben zu sehen? Nie hatte ich mich in Eisenach über den blauen Himmel gefreut. Vielleicht, weil er einfach da gewesen war. War es nicht erst Dunkelheit, die uns Licht erkennen ließ? War es nicht das Leid, das bewirkte, dass wir die Freude umso heftiger spürten? Diese Gedanken bewegten mich, und ich stellte fest, dass ich Wurzeln in den Mansfelder Boden geschlagen hatte. Zudem hatte ich das angenehme Gefühl, Teil einer Gemeinschaft zu sein: der Gemeinschaft der Berg- und Hüttenleute. In ihren Schmelzkitteln und Kapuzen mochten ihre dreckigen Gesichter düster wirken, aber in ihrem Inneren waren sie herzliche, gute Menschen. Die Frauen mit ihren aufwendigen Roben und perfekt gefächerten Hauben zeichneten sich dadurch aus, dass sie in schlechten Zeiten jede Art von Äußerlichkeit zurückzustellen vermochten und sich auf das konzentrierten, was wichtig war: Zusammenhalt. Zuletzt hatte die Frankin mir schriftlich Mut zugesprochen. Diese Fähigkeit der Berg- und Hüttenfamilien, für einander einzustehen, hatte Mansfeld, Eisleben und Hettstedt erst den Aufstieg ermöglicht. Ich war überzeugt, dass Mutters geheime Beichte Mansfeld betreffend, auf einer Fehleinschätzung beruhte.

Berührt ließ ich das Tuch vor meinem Mund sinken und

begann zu singen: »Dein Durst und Gallentrunk mich lab, wenn ich sonst keine Stärkung hab. Dein Kreuz lass sein mein Wanderstab, meine Ruhe und Kraft, dein heiliges Grab.« Den Rest des Liedes summte ich und endete mit einem gehauchten »Amen«.

Nachdem ich mir den Schleier wieder über das Haar gezogen hatte, machte ich mich auf den Heimweg. Die Stille wurde nur durchbrochen vom Knarzen des Pestkarrens, den ein vermummter Totengräber zog. Auf dem Karren lag ein Säugling, der noch an den Brüsten seiner toten Mutter hing. Bei diesem Anblick wurde mir das ganze Ausmaß der Seuche erst bewusst. Umso mehr erschien es mir wie ein Wunder, dass Jacob überlebt hatte. Es war das dritte Wunder in meinem Leben. Dank Augustine. Zum wiederholten Mal.

Ich beobachtete den Totengräber aus der Ferne. Er hatte eine Schaufel in der Hand und stieß nach einem lauten Klopfen die Tür eines schmalen Hauses auf, aus der heraus ihm ein lebloser Körper übergeben wurde. Erst nachdem der Karren verschwunden und das Schluchzen der Hausbewohner verklungen war, setzte ich meinen Weg fort.

Als ich unser Haus betrat, war Arnulf gerade dabei, meinen Eisenacher Stuhl vor dem Ofen in seine Einzelteile zu zerlegen, um diese zu verbrennen. Mir war, als ob meine Vergangenheit in Stücke brach. Martin und ich hatten auf dem Möbelstück viel Zeit verbracht. Wir hatten Fabeln gelesen, gemeinsam gesungen und uns gegenseitig viel erzählt. Nachdem Martin das Haus verlassen hatte, hatte ich mich immer wieder auf den Stuhl gesetzt, in der Hoffnung, dass er eines Tages wieder zu mir zurückkehren würde. Zuerst wollte ich unseren Knecht deswegen auch davon abhalten, ihn zu verfeuern, hielt dann aber inne. Für Jacob mussten wir das Haus um jeden Preis warm halten. Vierzig Tage lang musste er durchhalten, damit er als geheilt galt.

Noch immer wechselte ich täglich seine Kleidung. Die

Mädchen hatten es übernommen, die Rübengerichte zuzubereiten. Etwas anderes gab unser Keller nicht mehr her. Ich aß separat in der düsteren Haushälfte. Nach wie vor rieben wir uns dreimal täglich mit Liobas Balsam ein. Augustine kam nur noch gelegentlich bei uns vorbei, denn langsam verlor Jacob den leidenden Ausdruck in seinem Gesicht. Über seine Pflege hinweg hatte ich die Mädchen beinahe aus den Augen verloren. Hans war schließlich derjenige, der Augustine bat, sich Barbara genauer anzuschauen und Elisabeth gleich mit.

»Ich bringe Barbara hinauf!«, erklärte Augustine, und zuerst begriff ich gar nicht, was ihre Worte bedeuteten.

Fassungslos schaute ich ihr und meiner Tochter nach. Barbara, unser Sonnenschein, die einer Heiligen am nächsten kam, sollte die todbringende Krankheit in sich tragen? Sie und Elisabeth waren ständig in Berührung miteinander, wie konnte es sein, dass Elisabeth gesund und Barbara befallen war?

Ich lief in die düstere Haushälfte und dort die Treppe ins Dachgeschoss hinauf, dabei stürzte ich zwei Mal, so kraftlos hatten mich die kargen Rübenportionen inzwischen werden lassen. Ich stieß die Tür zu der Kammer auf, die sich neben Jacobs Krankenkammer befand. Da lag Barbara bereits im Bett und wurde von Augustine mit einer Decke gewärmt.

Barbaras Zustand verschlechterte sich rasch. Auf Hitze, Frost und Kopfweh folgten Blutstreifen in den inneren Augenwinkeln, ihr Blick war ängstlich und wild. Geschwülste wuchsen ihr in den Achselhöhlen, am Hals und an den Leisten. Bald schon sprach sie nicht mehr klar, sondern lallte nur noch, als sei sie volltrunken. Die Geschwülste wuchsen zu Beulen heran, sie waren violetter als die Jacobs und viel schneller gekommen. Hart und faustgroß entstellten sie mein Mädchen.

Hilf lieber mir als ihr, beschwor mich Christina, und ich

hätte mir am liebsten die Hände auf die Ohren gepresst. *Das dumme Ding ist eh schon verloren.* Vor meinem inneren Auge sah ich wieder überall Schmutz und Lehm und dachte trotz Christinas böser Worte mitleidig, dass sie für mein erstgeborenes Mädchen nur die schmale, kalte Kammer übrig gehabt hatten. Dabei war so viel Platz in Möhra gewesen.

»Sie eitern nicht, deswegen sind sie so hart!«, erklärte mir Augustine und holte mich aus meiner Erinnerung zurück. »Wenn sie nicht eitern, steht es schlimm«, fuhr sie fort und atmete dabei ebenso schwer wie mein Kind.

Dreck und Lehm traten in den Hintergrund, Barbara brauchte mich jetzt dringend. Meine Hebamme versprach, jeden Tag nach unserer Tochter zu sehen, und ich vertraute fest auf Augustines Kräfte.

Barbaras Hände und Füße wurden dunkler und verfärbten sich schließlich von Lilablau zu einem nahezu schwarzen Ebenholzbraun. Die Farbe kam vom verdorbenen Blut, das in ihren Gliedmaßen stand. Wie Leichenflecken mutete es an.

Am vierten Tag der Erkrankung kam Augustine nicht mehr. Ich verstand, dass es jetzt zu gefährlich für sie war, wollte sie sich nicht anstecken. Barbaras ganzer Körper war inzwischen mit schwarzbraunen Striemen überzogen. Ihr zarter, einst elfenbeinfarbener, dreizehnjähriger Körper, der sich nie versündigt hatte. Ich versuchte es mit Kräuterumschlägen, doch Barbara ließ sich bald nicht mehr berühren. Mein sonst so widerspruchsloses Mädchen weigerte sich. Eigentlich hatte ich ihre Krankenkammer täglich ausräuchern wollen, doch der Wacholder war uns ausgegangen. Wie Holz, Fleisch und Fisch. Nun lag unser aller Schicksal in Gottes Händen.

Ich war nach meiner Freude über Jacobs Genesung so tief gefallen. Das Blau des Himmels über der Ruine von St.

Georg war nun von Peststriemen durchzogen. Gottes Barmherzigkeit war nur ein flüchtiges Trugbild gewesen, der verzweifelte Wunsch einer verzweifelten Mutter.

Dass ich mit Gott haderte, bekam auch der Herr Pfarrer zu spüren, der am fünften Tag von Barbaras Erkrankung zu uns ins Haus kam. Bis dahin war Augustine nicht wieder aufgetaucht. Auch von Lioba wussten wir nichts, mir schwante Übles. An diesem fünften Tag von Barbaras Erkrankung war ich so weit, meine quälenden Gedanken, wenn auch nur leise und in Abwesenheit von Hans, auszusprechen.

Flüsternd fragte ich den Herrn Pfarrer: »Unterscheidet der Allmächtige nicht zwischen schuldig und unschuldig? Straft er blindwütig in seinem Zorn? Was hat Barbara in ihrem kurzen Leben denn verbrochen?« Ich schaute den Geistlichen auffordernd an, als könne er entscheiden, wer starb und wer blieb. »Sie ist ein Vorbild an Gehorsam, Güte und Liebreiz«, drängte ich vehementer. Ich fühlte mich zurückversetzt an den Fünfzehnertag, an dem Martin erschüttert und zornig nach Hause gekommen war, weil der Lehrer ihn für eine Tat bestraft hatte, mit der er lediglich hatte helfen wollen. Um sein Gottvertrauen zu stärken, hatte ich ihm damals vom Ritter Georg erzählt und Martin und Grete eine eigene Rosenkranzkette zusammengesteckt.

Doch der Herr Pfarrer erklärte mir nur, was ich gerade bezweifelte, nämlich dass Gott die Pestilenz den Sündern als Strafe auferlege, damit sie ihre Sünden endlich bereuten. Dann würden sie auch genesen. Doch meine Barbara hatte nicht gesündigt.

»Und wie ist es mit denen, die nicht gesündigt haben?«, wollte ich daher wissen.

Diesmal benötigte der Herr Pfarrer für seine Antwort etwas länger. »Wer leidet, findet zu Gott«, meinte er schließlich und fügte noch hinzu, dass der Allmächtige damit allen anderen die Leidensfähigkeit der Unschuldigen als beispielhaft vorführen wollte.

»Dann will ich dieses Beispiel sein, aber meine Tochter soll der Herrgott leben lassen!«, flehte ich ihn an und griff nach seinen Händen.

Sofort machte er sich von mir los und trat in den Flur.

Ich war eine Pestmutter, wie hatte ich ihn nur berühren können! »Verzeiht mir, verzeiht mir!« Vor seinen Augen sank ich auf die Knie.

»Ich sollte Eurer Barbara jetzt die Sterbesakramente reichen!« Mit diesen Worten stieg der Herr Pfarrer die Treppe hinauf.

Mein Kind durfte nicht sterben! Es war unschuldig und beichtete sogar gute Taten. Wenn Jacob verschont blieb, dann Barbara erst recht. Ich dachte nicht daran, ihr jetzt schon die Nägel zu schneiden. *Augustine, wo steckst du? Warum kommst du nicht?*

Nach den Sakramenten verließ der Pfarrer unser Haus mit den strengen Worten: »Die Menschen müssen endlich demütig zu einem gottgefälligen Leben zurückkehren!«

Das Wandkreuz war der einzige hölzerne Gegenstand im Haus, den wir noch nicht verbrannt hatten, und so betete ich die Nacht hindurch vor dem Kreuz, das ich von der Stube der hellen in die düstere Haushälfte hinübergetragen hatte.

In der Küchenecke auf dem Boden kauernd, gestand ich all meine Verfehlungen, die mir aus meinem bisherigen Leben einfielen. Ich beichtete und reute sogar schon die Zukunft. Gewiss hatte ich keine einzige Sünde vergessen. Vergebung und Gottes Gerechtigkeit hätten mir also sicher sein müssen. Was war noch falsch, wozu war ich unfähig?

Am Folgemorgen klopfte es an der Tür, es war noch dunkel draußen. »Der Pestkarren?«, fragte ich Hans mit erstickter Stimme. Gewöhnlich hielt er erst am Nachmittag auf seiner Runde vor unserer Tür.

Hans öffnete. Mit bleichen Zügen schüttelte er den Kopf und trat zurück in den Flur.

Ich erschrak beim Blick durch den Türspalt. Da standen Lioba und … an der Gugel und den riesigen Händen erkannte ich Augustine, die von Lioba gestützt werden musste. Meine Hebamme bot einen schrecklichen Anblick.

»Kann sie in eine Eurer Kammern oben unter dem Dach?«, fragte Lioba. »Niemand anders nimmt sie auf. Sie beschimpfen sie als Weichlerin, die nichts anderes verdiene, als zu verrecken. Und das, obwohl sie die ganze Zeit über die Pestkranken versorgt hat.« Aus Liobas letzten Worten sprach deutlich die Verachtung, die sie für derartige Christenmenschen empfand.

Erst jetzt erkannte ich im Halbdunkel des Morgens, dass Augustines Augen merkwürdig verdreht waren.

»Die Beulen wachsen ihr schon«, sagte Lioba traurig.

Ohne sie einzulassen, trat ich zu Hans in den Flur. Ich war hin- und hergerissen zwischen der Verantwortung für das Wohl meiner Familie und der Nächstenliebe für meine treue Hebamme.

Hans beobachtete meinen inneren Kampf, dann schüttelte er langsam den Kopf. Zu einer anderen Zeit hätte ich ihm ohne Murren gefolgt.

Doch nun bat ich ihn: »Bitte, stimme zu«, und verfolgte, wie er anstatt einer Antwort zurück in die Küche ging.

Er ließ mich also gewähren, so gut kannte ich ihn inzwischen.

Ich gab Lioba und Augustine das Zeichen einzutreten. »Sofort nach oben«, wies ich sie an. »Die dritte Kammer von links.« In der ersten Kammer hatte Jacob die Pest überstanden, in der zweiten lag Barbara mit Beulen so groß wie … ich wollte nicht weiter daran denken.

Lioba brauchte eine Weile, bis sie Augustine die Treppe hinaufgehievt hatte. Ich blieb auf Abstand. Lioba selbst wirkte ebenfalls ausgezehrt, aber ihre grünen Augen leuchteten so kraftvoll wie immer, was mir Mut gab.

»Niemals lasse ich sie im Stich«, erklärte Lioba mir, während sie Augustine ohne Berührungsängste zudeckte.

»Was brauchst du für ihre Pflege?«, fragte ich.

»Ihre Beulen sind sehr hart, sie eitern nicht. Sie wird sterben.«

Diese Einschätzung traf mich tief. Sogar zweifach. Auch Barbaras Beulen waren nicht weicher geworden. Der Forstmann hielt unser Haus mit beiden Händen gepackt. Es war bitterkalt, und ich vernahm schon die Schläge seiner Axt, die auf das Holz niederfuhr und es zersplittern ließ.

»Ich werde versuchen, ihre starken Schmerzen mit Eisenhut zu lindern«, sagte Lioba. »Ich habe noch getrocknete Knollen der Pflanze im Keller.«

Eisenhut war hochgiftig, das wusste sogar ich. Jemand aus Eisenach hatte mir einmal erklärt, dass man ihn vor vielen hundert Jahren in Griechenland nur jenen zum Tode Verurteilten reichte, die die allerschwersten Verbrechen begangen hatten.

Lioba musste mir meine Angst angesehen haben, denn sie meinte kurz darauf: »In geringen Dosen verwendet, ist es das beste Mittel, damit sie nicht länger so schrecklich leiden muss.«

Ich wusste auch keinen besseren Weg, als unserer Magd zu vertrauen.

»Lass uns beten«, empfahl ich und näherte mich dem Bett der Kranken. Gemeinsam sprachen wir beim Allerhöchsten vor und baten darum, Augustine nicht länger leiden zu lassen und zu sich zu nehmen. Dann legten wir Kräuterwickel auf die Beulen, und Lioba bereitete das Eisenhutmittel zu. Augustine wehrte sich nicht gegen die Wickel und nahm auch den Eisenhuttrank zu sich. Der Herr Pfarrer hatte unser Haus gerade erst verlassen, bis er wiederkäme, war es möglicherweise zu spät für die Spendung der Krankensalbung, sofern er sie der in Verruf geratenen Hebamme überhaupt angedeihen ließ. Ich machte mich daran, Augustine die Nägel zu schneiden. Tatsächlich gingen ihre Schmerzen zurück.

Als wir nichts mehr für sie tun konnten, ging ich mit Lioba in die Küche hinab und reichte ihr etwas von den Rüben. Sie waren kalt, aber immerhin weich gekocht. Das Holz war uns ausgegangen, wir besaßen auch keine Möbel zum Verbrennen mehr. Wenige Augenblicke später war Lioba in einer Ecke der Stube erschöpft eingeschlafen.

Als es Mittag wurde, schaute ich zuerst nach Barbara, der es unverändert schlecht ging. Ich sprach tröstende Worte des Abschieds zu meinem Engel. Augustine lag im Sterben, und ich nahm ihr anstatt des Herrn Pfarrers die Beichte ab, erteilte ihr die Absolution und reichte ihr die letzte Wegzehrung. Sie sollte nicht in der Hölle landen.

»Danke«, hauchte sie entkräftet. »Ihr seid die Einzigen, die mir noch in die Augen schauen.«

Ein Weinkrampf überkam mich, zitternd zog ich mir ein paar Handschuhe an und griff nach ihrem blau verfärbten Arm, der kraftlos aus dem Bett hing.

»Du hast mir geholfen, meine Kinder zu gebären.« Sorgsam legte ich ihr eine Hand auf die Brust und faltete die andere darüber. »Du hast mir immer zur Seite gestanden. Du warst die Frau, die für die Wunder in meinem Leben zuständig war.« Augustine aus Eisleben war rauh und kühl, aber ihr Herz war groß und stets voller Liebe für meine Familie gewesen. Ihre Künste in der Geburtshilfe und der Krankenheilung waren unübertroffen. Nach meiner letzten Geburt war es ihr sogar gelungen, die ewig entzündete, nie verheilte Stelle an meiner Schnittnarbe zu heilen. Es schmerzte mich, dass ich sie einst fortgeschickt hatte.

»Ich bin nicht, was Ihr glaubt, Luderin«, sprach sie so leise, dass ich sie kaum noch verstehen konnte. »Keine Hexe, und auch nicht mit dem Teufel im Bunde.« Mit letzter Kraft schob sie ihre Kapuze zurück, die sie nie zuvor abgestreift hatte.

Ich erschrak nicht, als ihr Kopf zum Vorschein kam, an dem nur noch ein paar Büschel Haare hingen, beinahe kahlköpfig wirkte sie mit den vielen kreisrunden haarlosen Stellen. Das also hatte sie vor den Mansfeldern verborgen, nicht irgendwelche Hörner. Ich schwor mir, beim nächsten Mal nicht auf die Hüttenmeisterfrauen, sondern zuerst auf meine Eingebung zu hören, auf mein Gefühl.

»Ich wollte kämpfen gegen diese Verleumder, die die Wahrheit mit Füßen treten und Unschuldige ächten«, Augustine hustete, »aber sie sind zu stark.«

Mit *Verleumder* meinte sie vermutlich die Menschen, die nach den Forderungen des Hexenbuchs vornehmlich weise Frauen verfolgten, wie ich inzwischen wusste. Nicht bei allen stand wohl zweifelsfrei fest, dass sie Schadenszauber bewirkt hatten.

»Du bist eine gute Frau, Augustine«, sagte ich und presste meine Stirn an ihre linke Hand. Tränen liefen mir die Wangen hinab. »Ich danke dir aufrichtig für alles, was du für mich getan hast, und bete für dein Seelenheil.« Hans hatte ihr seinen Dank auf seine Weise gezeigt, indem er ihre Unterbringung hier oben erlaubt hatte. »Wir«, korrigierte ich mich noch, »wir danken dir.«

»Vergesst Martin nicht, er ist Euer größtes Wunder«, flüsterte Augustine noch und tat ihren letzten Atemzug.

Ich schloss ihr die Augen und streichelte noch einmal über ihre riesigen Hände. Mit ihnen hatte meine Zeit in der Grafschaft einst begonnen. Ohne sie fühlte ich mich schutzloser. *Die Pestilenz ist wie ein scharf geschliffenes Messer, das das Band zwischen eng miteinander verbundenen Menschen durchtrennt,* dachte ich und erhob mich von Augustines Sterbebett. Heute würde der Pestkarren zum ersten Mal auch aus diesem Haus einen Menschen mitnehmen.

Noch am Abend desselben Tages, gerade war Augustine aufgeladen worden, starb Barbara, unsere Fee, unser unschuldiges Mädchen. Wenigstens war ihr der gähe Tod erspart geblieben. Gott strafte zu hart. Er war erbarmungslos, denn er ließ das Messer immer mehr Bande durchtrennen. Vielleicht war mein Flehen, Gott möge mich als Beispiel für die menschliche Leidensfähigkeit nehmen, nicht erhört worden, weil mich der Allerhöchste nicht zu den Unschuldigen zählte. Doch nicht einmal eines zarten, dreizehnjährigen Mädchens, einer Ausgeburt an Gottesfurcht und Folgsamkeit hatte er sich erbarmt. Einer jungen Weide, deren Äste nie auch nur in den Bereich des Wassers gekommen waren. Wenn nicht Barbara auf Erbarmen hoffen durfte, wer dann? Und warum musste ihr Leib in einem Massengrab draußen vor der Stadt auf seine Auferstehung warten? Normalerweise wurden die Toten von ihrer Familie für das Begräbnis vorbereitet und nach einer oft mehrtägigen, öffentlichen Totenwache von ihren Angehörigen und einem Priester bestattet. Das war Barbara aufgrund der Ansteckungsgefahr versagt. Ich ertrug den Gedanken nicht, dass sie ohne ein Namenskreuz in der Erde verscharrt werden würde und darum am jüngsten Tag nicht namentlich zur Auferstehung gerufen werden konnte.

Sie wurde von unserer Seite gerissen ohne Aufbahrung, ohne Zeit zum Abschiednehmen und ohne einen Geistlichen, der ihr den zeremoniellen Segen auf den letzten Weg mitgab. Schon einmal hatte ich eines meiner Mädchen hergeben müssen, weshalb Christina mir zur Bestrafung ihre zermürbende Stimme in den Kopf gepflanzt hatte. Noch einmal würde ich das nicht zulassen. Ein kühner Plan reifte in mir, für den ich Hans' Zustimmung brauchte.

Es war am Festtag des heiligen Faustinus, an dem Barbara aufgeladen werden sollte. Bis dahin ruhte sie oben in ihrem Sterbebett, uns blieben nur noch wenige Stunden mit ihr. Am frühen Morgen bat ich Hans zu mir in den Flur der düsteren Haushälfte. Auch ihn schien der Verlust unserer Tochter tief zu treffen, er wirkte fahrig und aufgelöst. »Das alles ist Martins Schuld! Mit seinem Ungehorsam hat es angefangen«, suchte er nach Erklärungen.

Vergesst Martin nicht, er ist Euer größtes Wunder!, hatte Augustine zuletzt gesagt, aber erst jetzt dachte ich über ihre Worte wirklich nach. Während Jacobs Pflege hatte ich Augustine von Martins Entscheidung berichtet. Aber *mein größtes Wunder?* Wie konnte das sein, wo er uns doch so enttäuscht, mich geradezu von sich gestoßen hatte? Augustines Worte ließen mich ratlos zurück.

»Wir sollten Barbara ein würdiges Grab verschaffen«, forderte ich.

Hans schüttelte den Kopf. »Wir können Barbara nicht vor dem Karren retten. Das ist unmöglich, Margarethe.«

»Das hat sie nicht verdient!«, entgegnete ich aufgebracht.

Hans schüttelte kaum merklich den Kopf. »Niemand hier in Mansfeld hat das verdient.«

Da hatte er recht und dennoch: »Wir könnten den Totengräber bitten, sie heimlich auf dem Friedhof von St. Georg abzuladen.« Das war mein Plan. »Wir könnten ihm Geld dafür geben, dass er sie dort, in geweihter Erde, begräbt.«

Hans schaute mich an, aber ich wich seinem Blick aus, wusste ich doch, wie grotesk mein Anliegen auf ihn wirken musste.

»Und was sagen wir den Frankes und Reinickes zur Rechtfertigung?«, fragte er mich prompt.

Ich verstand nicht, was er damit meinte.

»Warum müssen sie ihre Toten in die Grube beim Armenspital schmeißen, während wir unser Kind auf dem Friedhof in geheiligter Erde begraben? Von uns Hüttenmeistern hat ein jeder das gleiche Recht. Im Leben wie im Sterben. Wie könnte ich unsere Tochter über ihre toten Töchter und Söhne stellen?«

Verzweifelt rieb ich mir die Hände. »Weil ich es nicht noch einmal ertrage!«

Hans schwieg länger. Dann entgegnete er nicht mehr fahrig, sondern zornig: »Das hätte sich Martin eher überlegen sollen. Seinen Ungehorsam müssen wir jetzt ausbaden ... muss Barbara ausbaden.«

Schwach nickte ich. Ob Martin tatsächlich die ewigen Gelübde ablegen würde? Bald müsste seine Probezeit bei den Augustinern vorüber sein, wie uns Johannes erklärt hatte.

Hans griff nach meiner Hand. Er schien keine Angst davor zu haben, dass die giftigen Dämpfe, die ich von Barbara und Augustine in meinen Kleidern und meinen Poren mit mir trug, auf ihn übergingen. »Du musst das verstehen! Das bin ich den anderen Hüttenleuten als einer von ihnen schuldig.«

Noch vor wenigen Tagen hatte ich den Zusammenhalt der Hüttenleute als tröstend empfunden. Doch angesichts Barbaras Tod kam ich damit ins Straucheln.

»Das sind *wir* ihnen schuldig«, betonte Hans.

Ich stellte meinen Wunsch für die Gemeinschaft der Hüttenfamilien zurück.

Hans ging in den Keller, um nach Arnulf zu sehen, ich begab mich in den Flur der hellen Haushälfte, wo sich Elisabeth, Maria und Thechen aufhielten. Sie trugen sechs Lagen Gewänder gegen die Kälte und rieben sich dennoch die Hände. Unser Haus war wie eingefroren.

»Lasst uns zumindest im Familienkreis eine Totenwache halten!«, schlug ich den dreien vor und hielt sie mit ausgestrecktem Arm auf Distanz, als sie auf mich zutreten wollten.

Sie stimmten sofort zu, und so ging ich ihnen voran in die düstere Haushälfte zurück. Vor der Dachkammer mit Barbaras Leichnam kniete ich abseits der Mädchen nieder und stimmte ein Gebet an. Meine Kinder standen noch auf der

Treppe und lauschten. Thechen spielte verlegen an ihrer gespaltenen Lippe, ihr Haar war verfilzt und ihr Gesicht wie das der beiden anderen Mädchen von Hunger, Kummer und Kälte gezeichnet. Sie alle hielten ihren Rosenkranz in der rechten Hand. Dann erklärte ich ihnen, wie man eine Totenwache hielt. »Kniet vor der Tür hier nieder, erinnert euch an die schönen Momente mit ihr und betet für ihr Seelenheil. Vielleicht möchtet ihr auch das Rosenkranzgebet sprechen.« Zur Sicherheit stopfte ich mein Obergewand vor den Türschlitz am Boden, so dass die giftigen Dämpfe nicht länger aus Barbaras Kammer strömen konnten.

»Darf ich zuerst?«, fragte Elisabeth.

Gerührt nickte ich. Die drei waren so mutig.

Meine Jüngste kniete sich unmittelbar vor die Tür, ihre zwei Schwestern ließen sich hinter ihr nieder.

Ich musste eingeschlafen sein und wusste nicht mehr, wie viel Zeit vergangen war, als ein unsanftes Klopfen an der Haustür unsere Totenwache unterbrach und ich wieder zu mir kam. Ich hatte von Barbara geträumt und ihr Abschiedsworte zugeflüstert. Doch nun hatte das Klopfen den kurzzeitigen Frieden hier oben im Flur zerstört.

Mein Körper bebte, als der Totengräber meine Tochter – eingewickelt in ihre Bettleinen – auf seiner Schulter die Treppe hinuntertrug. Das Bündel wirkte wie ein zusammengerollter Teppich, den der Mann gerade bei uns erstanden hatte. Wie gelähmt starrte ich ihm nach. Nein, nicht ihm, sondern der braunen Haarsträhne, die aus dem vermeintlichen Teppich heraushing.

Am Tor trat Hans neben mich. Mit aufgerissenen Mündern, aber ohne zu schreien, sahen wir, wie Barbara auf den Karren geladen wurde. Sie landete auf zwei toten Männern mit schwarzblauer Gesichtshaut und einem Schweinekadaver. Ich schätzte, dass darunter noch einmal so viele Pestopfer und Tiere lagen. Dann zog der Totengräber mit dem Karren davon.

Ich wünschte mir, dass Martin unser Leid in diesem Moment hätte sehen können. Da hatten Maria und Thechen längst von hinten nach meinen Händen gegriffen. Betäubt vor Schmerz machte ich mich los und lief auf die Straße. Ich wollte Barbara zum Abschied hinterherwinken, als ginge sie lediglich auf eine Reise, von der wir sie bald wieder zurückerwarteten.

Aber Hans zog mich zurück ins Haus, wo ich mich in der Küche der düsteren Haushälfte verkroch. Die Mädchen hatte ich in die helle Haushälfte zurückgeschickt. Ich wollte allein sein und schloss, an den kalten Ofen gelehnt, meine Augen. Erneut hatte ich eines meiner Kinder nicht beschützen können. Ich fühlte, dass ich wie damals bei Christina versagt hatte, und erwartete schon jeden Augenblick ihre Beschimpfung, doch dieses Mal blieb es still.

Es dauerte eine Weile, bis ich die Enge in meiner Kehle ertragen konnte. Barbaras Haarsträhne, die aus dem Bündel herausgehangen hatte, ging mir nicht mehr aus dem Kopf. Ebenso wenig wie das Bild vom Totengräber, der seinen Karren in der Pestgrube entleerte und diese Schicht um Schicht mit leblosen Körpern füllte. Zwischen denen lagen nur wenige Krümel Erde, dafür so viel Kalk, dass die Grube geradezu davon überquoll.

Plötzlich war mir, als streiche eine kalte Hand über meine Schläfe, die Stirn entlang und an der anderen Wange hinab. Ich begann, mich in den Schlaf zu weinen.

»Versagerin«, vernahm Lucas Margarethes Flüstern, als er gerade an eine Skizze dachte, die er während der letzten Pestzeit vom Fenster seiner Wohnkammer aus erstellt hatte. Ein Haufen Pesttoter direkt vor der Ruine des Rathauses hatte den Weg auf sein Papier gefunden. Bisher hatte er die Skizze aufgrund ihrer schmerzenden Ehrlichkeit niemandem gezeigt, nicht einmal seiner Ehefrau. Dabei war er sich sicher, dass sie das Herz des Betrachters vermutlich mehr berühren würde als die meisten Bilder aus seiner Werkstatt. Er schaute zu Margarethe, die erneut gedankenverloren und mit trübem Blick auf ihrem Stuhl saß.

Sie hielt die Rosenkranzkette mit beiden Händen umklammert. Ihr Kopf war dabei leicht gesenkt, genauso wie er sie gezeichnet hatte. Er betrachtete das Papier vor sich. Martins Mutter wirkte darauf, als trüge sie eine schwere Last, die sie einfach nicht loswurde, und die auch ihre Schultern hinabhängen ließ. Durch die gezeichneten Schatten wirkte ihr Gesicht beinahe asketisch. Auch ihre Wangenknochen traten dadurch deutlicher hervor, die ihr in ihrer Jugend wohl ein anmutiges Aussehen verliehen hatten. Wie eine Braut Christi – Philipp Melanchthon hatte ihm Martins Mutter jedenfalls als sehr fromme Frau beschrieben.

Technisch war alles so weit einwandfrei, Proportionen und Lichteinfall waren realistisch wiedergegeben. Die Schatten stimmten haargenau, und doch wollte keine Freude über die Vorstudie in ihm aufkommen. Lucas nahm die Hand vom Kinn, wieder hatte er unbemerkt an einer Bartsträhne gezwirbelt. Zwischen Margarethe und ihrem gemalten Abbild bestand ein Unterschied, den er einfach nicht zu fassen bekam. Sollte Ennlein ihn zum ersten Mal im Stich lassen? Lucas hinterfragte jeden Pinselstrich auf dem Papier und glich ihn mit dem vor ihm sitzenden Modell ab. Erneut betrachtete er Margarethe eingängig. Bei keinem anderen Modell zuvor, weder bei den Jungfrauen noch beim Kurfürsten, war ihm das genaue Beschauen so unangenehm gewesen. Denn das Modell musste Nähe, das intime Berühren durch Blicke, wie es unter anderen Umständen unschicklich wäre, zulassen. Und der Maler musste diesen intimen Zustand so gestalten, dass er nicht unerträglich wurde.

»Versagerin«, wiederholte Margarethe gedankenversunken.

Lucas wurde ungeduldig. »Was meint Ihr, wenn Ihr von einer Versagerin redet?«

Da rutschte Margarethe der Rosenkranz aus den Händen.

Er hatte sie erschreckt. Das Klacken der Perlen auf dem Dielenboden hallte nach.

»Es ist sehr schwer, all seinen Kindern gerecht zu werden.« Sie machte eine Pause.

Lucas musste sofort an seinen zweiten Sohn denken, der gleich ihm Lucas gerufen wurde. Vielleicht sollte er mehr Geduld mit ihm haben, wenn dieser zum wiederholten Mal Farbpigmente und Bindemittel nicht richtig zusammenmischte und die fertige Farbe deshalb später riss oder schneller vergilbte. Vielleicht war es ja eher dem Trotz als fehlender Begabung geschuldet, dass dem jungen Lucas so wenig gelang.

»Christina war ich mehr Beistand schuldig als den anderen«, sprach Margarethe weiter. Neben Verzweiflung schwang nun auch wieder Liebe in ihrer Stimme mit. »Ihr schlimmes Schicksal hatte ich ja zu verantworten.«

Christina? Lucas konnte sich nicht daran erinnern, dass ihm Martin von einer Schwester dieses Namens erzählt hatte.

Margarethe schaute Lucas nach wie vor an. »Meine Mutter hatte die schönste Stimme, die ich jemals gehört habe.«

Margarethe schien nicht weiter über Christina reden zu wollen, das respektierte er selbstverständlich. »Martin hat mir das Gleiche von Euch berichtet«, erwiderte er und musste unvermittelt schmunzeln. Nicht nur weil Margarethe und Martin sich beide an der Stimme ihrer Mutter erfreuten, sondern weil seine Gedanken gestern ebenfalls um die Schönheit ihrer Stimme gekreist waren.

Ein Lächeln huschte über Margarethes Gesicht, das sich im nächsten Moment aber auch schon wieder verhärtete. »Meine Mutter starb aus Gram über mich.«

Lucas hielt die Luft an.

»Sie schrieb es mir in einem Brief, kurz bevor sie starb«, ergänzte Margarethe leise. »Mutters Lächeln war nicht immer echt. Es hat sie innerlich zerrissen, ihre Tochter, die Tochter eines Ratsherren, an der Seite eines schmutzigen, groben Bergmanns zu sehen. Innig hat sie dafür gebetet, dass sich alles noch ändern und ich eines Tages doch noch aus dem Dreck der Bauern und Bergleute, die die Luders waren, herauskommen würde. Sie bat mich, Vater niemals davon zu erzählen, war doch er derjenige gewesen, der meine Heirat mit Hans Luder befürwortet hatte.«

Lucas sah, wie Margarethe nachdenklich über die Fächerungen ihres Sturzes strich. Dann nahm sie das wuchtige Teil ab, so dass ihr Kopf lediglich noch von einem einfachen Tuch bedeckt war.

»An Vaters Seite hat Mutter stets getan, was man von ihr erwartete. Und dazu gehörte, seine Entscheidungen nicht anzuzweifeln. Eine dieser Entscheidungen war es auch, mir Hans als Ehemann an die Seite zu stellen. In Wirklichkeit war Mutter jedoch all die Jahre über unglücklich, verbarg dies aber vor uns.«

Lucas fühlte sich an die Masken seiner vielen Modelle erinnert und war sprachlos ob Margarethes überraschender Offenheit. Auch ihm war während der Sitzungen mit ihr Privates entfahren, das er in anderen Porträtsitzungen noch nie offenbart hatte. Vielleicht hatte dies Margarethe ja ein Gefühl von Vertrautheit gegeben, von ehrlicher Achtung?

Martins Mutter war nicht nur die zurückhaltende, alternde Frau. Sie war aufrichtig und verstellte sich nicht, auch wenn die Wahrheit unangenehm war. Lucas musste sofort an Martin denken, und wie er vor Kaiser und Papst in Worms seine Wahrheit verkündet hatte. Diese Wahrheit war für viele Zuhörer unangenehm gewesen, was Martin aber nicht hatte zurückweichen lassen. Vielleicht hatte die Frau auf dem Stuhl vor ihm ihrem Sohn doch mehr mitgegeben, als er bisher gedacht hatte.

Das spätere Bildnis von ihr musste etwas ganz Besonderes werden! Und dafür benötigte er auf jeden Fall mehr Zeit für die Vorstudie. Zeit, die er bei Hans Luthers Vorstudie einsparen würde. Martins Vater war gesprächiger, ein Mann der Tat, außerdem könnte Lucas für sein Porträt die Schablone von

Martins Gesicht benutzen. Schablonen waren eine große Malhilfe und erleichterten das Vervielfältigen von Bildern erheblich, sie waren so etwas wie Vorlagen zum Abpausen. Nicht nur die von Gesichtern bekannter Persönlichkeiten wie das des verstorbenen Kurfürsten Friedrich der Weise oder eben Martins, sondern auch Schablonen von Akten, Landschaften und biblischen Motiven wurden in der Malwerkstatt aufbewahrt.

Clemens und Valentin waren talentierte Maler, er könnte sie guten Gewissens auf der Basis seiner Vorstudie von Hans Luther dessen Ölbildnis erstellen lassen und dieses dann mit dem Signum der geflügelten Schlange versehen.

Das war natürlich eine ganz andere Vorgehensweise als die Albrecht Dürers, der nur unreproduzierbare Einzelstücke schuf. Seit Jahren schon hatte Lucas nicht mehr daran denken müssen, dass eigentlich Dürer die erste Wahl für die Stelle des kurfürstlichen Hofmalers gewesen war. Doch Dürer hatte damals abgesagt. Lucas war also nur dahin gekommen, wo er heute war, weil Dürer verhindert gewesen war.

Neben der Benutzung einer Schablone würde er außerdem weitere Zeit sparen, indem er die Ölfarben für beide Luther-Porträts später mit Eitempera mischte. Das verkürzte die Trocknungszeiten, nahm den Ölfarben aber auch die Eigenschaft, Licht und Farbe realistisch wiederzugeben.

Lucas klingelte nach Hufnagel und bestellte einen frischen Kräuteraufguss. Zur Abwechslung dieses Mal keine Pfefferminze. In Windeseile war der Diener mit zwei vollen Bechern zurück. Nachdenklich schwenkte Lucas seinen Becher, so dass sich der Geruch des Inhalts verbreitete.

Margarethe verzog das Gesicht und wandte den Kopf ab. »Bitte keinen Wacholder, Meister Lucas!«

Vierzig Tage nach Barbaras Tod verschwand das rote Kreuz an unserer Tür. Damit galten wir nicht mehr als Seuchenhort. Ohne Barbara war es auch im hellen Haus dunkler geworden. Ich verdrängte meine Trauer mit Arbeit. Das Haus musste gereinigt und frisch gekalkt werden. Wir warfen vieles weg, zuerst Barbaras eiserne Truhe mit der Aussteuer, die sie kurz vor der Pest noch durchgesehen hatte. Reich verzierte Kleider, sogar das Notgeld und ihr Schmuck landeten in der Abfallgrube.

Noch einmal dreißig Tage später wurden die Stadttore wieder für die Hütten- und Bergleute geöffnet. Holz, Wein und Gemüse durften in die Stadt gebracht werden.

Hans unternahm seinen ersten Ritt zur Hütte *Am Möllendorfer Teich* auf dem Pferd, das er sich von Meister Kaufmann, Gretes Ehemann, geborgt hatte. Bei diesem Ritt trug er auch seine Fuchsschaube, die er sich nach Barbaras und Augustines Tod zu verbrennen geweigert und stattdessen nur mehrmals gründlich ausgeräuchert hatte.

Am Folgetag kam Lioba gesund zurück in unser Haus. Grete fragte ich bei nächster Gelegenheit, was zwischen ihr und Augustine vorgefallen sei. Augustine hatte damals auf meine Frage nach Gretes Befinden sehr barsch reagiert. Grete schwor beim Herrn, dass sie Augustine nichts angetan hatte, nicht einmal lose Worte seien ihr über die Lippen gekommen. Traurig war sie über das Ableben der Hebamme dennoch nicht gewesen. Das Gespräch hatte sich an jenem Tag ereignet, an dem Lioba zu uns zurückgekehrt war.

Ich bewunderte Hans für seine Kraft. »Es muss weitergehen«, betonte er immer wieder, obwohl ein Drittel der Hüttenmeister und beinahe die Hälfte der Hauer und Schmelzer von der Seuche dahingerafft worden waren. Er würde es schwer haben, seine Hüttenfeuer wieder in Gang zu setzen, denn ihm fehlten schlichtweg die Arbeiter. »Wer zögert, geht unter!«

Man begann auch endlich, St. Georg wieder aufzubauen. Der Brand lag nun schon mehrere Jahre zurück. Unsere

Kirche sollte neue spitzbogige Fenster erhalten, und die Hüttenmeister gaben das meiste Geld dafür.

Die Seuche war noch keine zwei Monate aus Mansfeld verschwunden, da bat mich Hans, ihm zum Friedhof von St. Georg zu folgen. Dort angekommen führte er mich vor ein hölzernes Kreuz gleich vor der Südwand, auf dem in Großbuchstaben BARBARA LUDER geschrieben stand.

»Ist das … ?«, stotterte ich und spürte Tränen in meine Augen steigen.

»Ihr Körper ruht zwar im Massengrab draußen beim Armenspital, aber hier können wir ihrer besser gedenken«, erklärte Hans.

Trotz aller Narben, die die Pestilenz bei mir hinterlassen hatte, lächelte ich Hans an. Das Lächeln kam mir aus dem Herzen, ohne Übung, ohne Pflicht.

Das machte Hans wohl verlegen. »Ich habe ihren Rosenkranz anstelle ihres Leibes in das Grab hier legen lassen.« Hans musste Barbara die Kette nach ihrem Tod abgenommen haben, vielleicht während ich bei der Totenwache auf der Treppe weggenickt war.

In einvernehmlichem Schweigen standen wir eine Weile so da, den Blick auf Barbaras Kreuz geheftet. Das war ein schönes Geschenk in den ersten Wochen nach der Pestilenz. Dank Hans hatten wir unsere Barbara doch nicht im Stich gelassen. An diesem geweihten Ort roch ich zum ersten Mal den aufdringlichen Wacholder nicht mehr und fühlte mich wie befreit.

Vorsichtig schaute ich zu Hans. Er hatte die Augen zum Gebet geschlossen, so dass ich ihn in Ruhe ein Weilchen betrachten konnte. Sein Haar war von grauen Strähnen durchzogen, sein Gesicht während der Pestzeit schmaler geworden, wo er in den Jahren zuvor doch kräftig zugelegt hatte. Mein Mann war mit den Jahren versöhnlicher geworden, das meinte ich auch, in seinen Zügen zu lesen. Vor der Pestilenz hatte er an manchen Abenden sogar ausgelassen mit den anderen Hüttenmeistern gelacht. Hin und wieder auch gemeinsam mit den Kindern vor dem Schlafengehen gebetet.

Ich spürte, dass Hans und ich zusammengewachsen waren, und wir uns gegenseitig zu stärken vermochten. Mutter hatte recht damit gehabt, dass eine Ehe durch gemeinsam überstandene Krisen gefestigt wurde.

Über all den Gedanken an Barbaras Grab und die Entwicklung unserer Ehe hatte ich meine Rechnung jedoch ohne den verlorenen Sohn gemacht.

Am Osterfest erreichte uns ein Schreiben. Martin bat uns zu seiner Priesterweihe, der Primiz, in den Dom nach Erfurt zu kommen. Tatsächlich hatte er die ewigen Gelübde nunmehr abgelegt.

»Ich fahre mit großem Aufgebot dorthin«, verkündete Hans am nächsten Tag entschlossen. »Ich bitte die Reinickes und noch einige andere Hüttenmeister mit mir mitzukommen, damit wir ihn vereint umstimmen können. Wir werden ihm klarmachen, dass er mit seinem Gewitter bei Stotternheim nicht dem Allerhöchsten, sondern dem Leibhaftigen aufgesessen ist. Alles Täuschungen und Blendwerk des Pfaffen in Eisenach, der hat ihm das alles eingeflüstert!«

Am liebsten wäre mir gewesen, von alldem nichts mehr wissen und nie mehr daran denken zu müssen.

Eines schönen Tages stand die Frankin vor unserer Haustür, und gemeinsam gingen wir zu den Gräbern unserer Töchter. Dabei gestand sie mir, dass ich gar nicht die hochnäsige Ratsherrentochter sei, für die sie und die anderen Frauen mich früher gehalten hatten. Von da an trafen Angelika und ich uns häufiger für einen Gang zu den Gräbern.

Hans kam mit der wenig überraschenden Erkenntnis aus Erfurt zurück, dass sein Sohn stur sei, zudem völlig ausgemergelt und dass die schwarze Robe der Prediger ihm überhaupt nicht stünde. Nach dem Primiz-Mahl sei es vor vielen

Gästen zu einer Auseinandersetzung gekommen. Aber nicht einmal Hans Reinicke, Martins Schulfreund aus Mansfeld, hätte etwas ausrichten können. Ich war froh, nicht Zeugin dieser Konfrontation gewesen zu sein. Nebenbei erwähnte Hans noch, dass Martin nach mir gefragt hatte.

Die Tage nach seiner Rückkunft war Hans nach wie vor sehr aufgewühlt. »Ein Pfaffe wird es niemals bis zu den Adligen hinaufschaffen!«, meinte er immer wieder.

»Hat er dir die Wahrheit gesagt?«, fragte ich mit einem Kloß im Hals. Es tat unverändert weh, wenn ich an Martin und seine neu erwählte Familie dachte.

Als Hans mich daraufhin nur verdutzt anschaute, fügte ich erklärend hinzu: »Ich meine damit, warum er wirklich ins Kloster eingetreten ist?«

Doch Hans winkte nur ab. »Keine Wahrheit ist dazu angetan, seinen Ungehorsam zu rechtfertigen!«

Vereint nickten wir. Auch der Ärger mit Martin hatte uns zusammenwachsen lassen.

Schon bald aber sollte unser Sohn uns wieder entzweien.

Es begann mit den Briefen. Heimlichen Briefen, die mir Johannes, der die Seuche mitsamt seiner Familie in Eisleben überlebt hatte, hinter Hans' Rücken zusteckte. Ich fühlte mich jedes Mal schändlich, wenn ich sie heimlich in Empfang nahm. »Nur für dich«, flüsterte mir Johannes bei jeder Übergabe ins Ohr, sobald wir ungestört waren.

Die ersten beiden Schreiben schmiss ich ungelesen weg. Warum nur brachte mich Martin in die Zwangslange, Hans etwas verschweigen zu müssen!

Den dritten las ich jedoch, wobei meine nervösen, feuchten Finger Abdrücke auf dem Pergament hinterließen. *Vergesst Martin nicht, er ist Euer größtes Wunder!*, hatte Augustine gemahnt, bevor sie gestorben war.

Als ich seine Zeilen studierte, vernahm ich zu meiner Überraschung nicht die kalte, unehrliche, sondern die zärtliche Stimme meines Sohnes und sah mich wieder auf dem

Eisenacher Stuhl in der Küche vor dem Ofen sitzen. Martin kniete vor mir, wie damals bei unserem Gespräch über die Liebe. Nur trug er diesmal eine Mönchskutte, und seine Augäpfel waren vor Entsagung und Geißelung gelblich verfärbt und zeigten Einblutungen.

Anfangs glaubte ich, dass ich nur aus Mitleid auch die folgenden Briefe Martins las. Ich spürte sein Unglück, sah ihn die niedersten Dienste im Kloster verrichten, zumal er mir ja auch sehr eindringlich beschrieb, wie er die Aborte schrubbte, Böden reinigte und Dreck aus den Fugen kratzte. In Wirklichkeit las ich seine Briefe aber nicht aus Mitleid, sondern weil ich die Wahrheit erfahren wollte.

Keines seiner Schreiben beantwortete ich, stets übergab ich sie nach dem Lesen sofort dem vernichtenden Feuer. Ich stieß sie mit dem Schürhaken geradezu in die Flammen hinein, als enthielten sie Weichlerei.

Hans hatte zu dieser Zeit schwer am Tod von Meister Lüttich, seinem Geschäftspartner, zu tragen. Dem Hüttenmeister aus Eisleben hatte die Hütte *Vorm Raben* gehört. In Lüttichs letztem Willen war Hans als Verwalter für seine Hütten eingesetzt, eine Geste, die Hans sehr zu schätzen wusste. Denn er selbst betrieb auch Feuer in dieser Hütte. Sehr oft ritt er in dieser Zeit daher zu *Vorm Raben* und kam erst spät heim. Nach der Seuche arbeitete er noch härter als früher, es galt, die Baukosten für die neuen Kirchenwände mit den teuren bunten Glasfenstern bezahlen zu können.

In den kommenden Jahren schrieb Martin mir von seiner Versetzung in das Augustiner-Kloster nach Wittenberg, berichtete mir von der Heiligen Schrift, die immer öfter sein einziger Trost war, und von seinen Gebeten für uns. Nach wie vor war er auf der Suche nach Gottes Gnade.

Hans ließ in diesen Jahren nicht ein einziges Wort über Martin fallen. Nach außen hin existierte unser Sohn nicht mehr für uns. In meiner kleinen eigenen Welt sah dies jedoch anders aus, auch wenn ich mir jedes Mal vornahm, kein weiteres Schreiben Martins mehr zu öffnen. Doch die Hoffnung darauf, endlich die Wahrheit zu erfahren, ließ mich ein ums andere Mal wieder schwach werden.

Während Martins Jahr in Rom bekamen wir – dem Herrn sei es unendlich gedankt – Thechen und Maria mit zwei Hüttenmeistern verheiratet, die sogar Erbfeuer besaßen. Das große Haus leerte sich.

Es war an einem der letzten Wintertage im Jahre 1511, als Johannes mir bei einem seiner Besuche wieder einen Brief zusteckte. Zu diesem Zeitpunkt war ich mit meiner Geduld fast schon am Ende gewesen, ich hatte das Schreiben mehrmals ungeöffnet über das Feuer gehalten und es dann doch gelesen. »Das ist das letzte Mal«, schwor ich zuvor, und es war keine leere Drohung gewesen.

Hans schlief an diesem Abend bereits. Die Glut in der Kochstelle ließ die mit roter Tinte geschriebenen Buchstaben hell aufleuchten. Eingangs erfuhr ich von Martins neu aufgenommenem Theologiestudium, für das die Augustiner eine eigene Studienanstalt besaßen. Und dann stand da plötzlich der Name:

Hieronimus Buntz

geschrieben.

Endlich die Wahrheit! Meine Augen flogen über die Zeilen, ich las sie zwei, drei und schließlich sogar ein viertes Mal. Mitten im Text sprach er mich plötzlich wieder mit *Hanna* an. Erleichterung machte sich deswegen nicht in mir breit. Denn die Wahrheit übertraf selbst die furchtbarsten Überlegungen, die ich wegen Martins Rückzug ins Kloster angestellt hatte, noch bei weitem.

Die Wahrheit lautete, dass mein Sohn ein Mörder war!

*****

TEIL 4
FÜNFZEHNHUNDERT-SIEBZEHN

Martin schrieb mir weiter halbjährlich Briefe, und Johannes steckte sie mir heimlich zu. So erfuhr ich, dass mein Sohn inzwischen Doktor der Theologie geworden war und an der Universität in Wittenberg die Professur für Bibelauslegung übernommen hatte. Martin sollte also andere Menschen im Glauben anleiten, obwohl er jemanden getötet hatte? Er schrieb mir auch, dass er zum Subprior des Wittenberger Augustiner-Klosters aufgestiegen war. Sein Leben war geschäftig. Er hatte gelernt, Hebräisch und Griechisch zu lesen, die Ursprachen der Bibel. In seinen Vorlesungen an der Universität sprach er über den Sinngehalt der Psalmen und über die biblischen Bücher. Überhaupt begeisterte er sich immer mehr für die Heilige Schrift. Martin nahm seine Aufgaben als Professor sehr ernst, das konnte ich dem Inhalt seiner Briefe entnehmen. Einmal schrieb er mir, dass, sofern ein Text eine harte Schale habe, er ihn gegen einen Felsen schleudere und daraufhin den süßesten Kern darin vorfinde. Immer häufiger berichtete er mir in einer bildhaften Sprache, die mich an den jungen Martin erinnerte, der seine körperlichen

Schmerzen nach mehreren Schlägen mit dem schulmeisterlichen Rohrstock mit einer Laute verglichen hatte, deren Saiten gezupft werden. Außerdem predigte er nicht mehr nur im Kloster, sondern auch in der Wittenberger Stadtkirche. Er wolle ohne große Komplikationen predigen, schrieb er mir, denn ein jeder müsse seine Worte verstehen können. Das Predigen wurde geradezu Zwang für ihn. Das wusste ich von Johannes.

Der war im Jahr 1514 zu Martin nach Wittenberg gereist und hatte mir berichtet, dass mein Sohn ausgesprochen lebhaft vor vielen hundert Menschen spräche, häufig sogar bis zur Erschöpfung. Unser Herr Pfarrer in Mansfeld hielt nur kurze Predigten.

Mansfeld und Eisleben waren Johannes im Vergleich zu Wittenberg wie zwei polierte Schmuckstücke vorgekommen. Johannes war so etwas wie ein Mittler zwischen mir und meinem Sohn geworden. Wenn Hans nicht dabei war, sprach er fast ausschließlich von Martin, beinahe schwärmerisch. Martin hatte ihm seinen Beichtvater, den Generalvikar des Augustiner-Ordens Doktor Staupitz vorgestellt, den Johannes auf Anhieb mochte. Der Doktor war einer der beiden Hauptberater des sächsischen Kurfürsten.

»Kannst du dir vorstellen, dass Buße eine freudige Angelegenheit sein kann?«, fragte mich Johannes eines Tages, als wir alleine waren. Das geschah, kurz nachdem ich von Vaters Tod erfahren und mich gerade wieder etwas gefangen hatte.

Ich schüttelte den Kopf. »Freudige Angelegenheit?« Beichtete man seine Sünden, konnte man sich doch nicht anders als schlecht und klein vor dem Herrn fühlen und daher bedrückt sein. Davon war sogar die Ahne in Möhra überzeugt gewesen.

»Martin hat herausgefunden, dass die Beichte das wichtigste Mittel ist, sich zu Gott zu bekennen. Wenn ich beichte, gestehe ich damit vor Gott ein, dass er Gott ist und ich der Sünder bin. Erst dadurch entsteht eine Beziehung zu ihm, und deswegen ist die Beichte wichtiger als jede fromme Tat, ja sogar wichtiger als jeder Messbesuch.« Johannes schien mir tief im Herzen berührt zu sein von dieser Vorstellung. Er lächelte sogar verklärt während dieser Ausführungen.

Ein bisschen machte ich mir Sorgen um seinen Ruf als guter Jurist, seitdem er von der Buße als einer freudigen Angelegenheit sprach. Der Herr Pfarrer nämlich pochte in jeder seiner Predigten darauf, dass wir in Angst vor dem Zorn des unnachgiebigen göttlichen Richters leben müssten. Und fromme Taten, Messbesuche und Ablassbriefe seien genauso wichtig wie Buße. Folglich riet ich meinem Bruder, seine Gedanken für sich zu behalten und den Herrn Pfarrer nicht zu verärgern. Doch was war mit Martin geschehen, dass er solch seltsame Überlegungen laut vor meinem Bruder aussprach? Erst das Geständnis mir gegenüber, dass er ein Mörder ist, und nun noch gotteslästerliche Worte?

Der Schock über die Tatsache, dass Hieronimus Buntz seinetwegen hatte sterben müssen, saß tief in mir. Erst mit etwas zeitlichem Abstand kam der Wunsch in mir auf, Martin nach den Gründen für das Verbrechen zu fragen. *Du sollst nicht morden!*, lautete das fünfte der zehn Gebote. Was hatte meinen bis dato friedlichen, ja zärtlichen Sohn zum schlimmsten aller Sünder gemacht? Ich befürchtete, dass der Grund dafür bei mir lag. Ich musste erfahren, worin ich in seiner Erziehung versagte hatte, nur dann konnte ich für meine Taten wie auch für die meiner Familie büßen. Wie viele Jahre musste man wegen Mordes im Fegefeuer verbringen?

Ich glaube, die Bachstedterin war es gewesen, die mir von ihrem neuesten Erwerb berichtet hatte, der Meister Bachstedter ganze vierzig Gulden – das Jahreseinkommen eines Hauers lag bei dreißig – wert gewesen war. Dafür allerdings wurden der gesamten Familie auch zwanzigtausend Jahre im Fegefeuer erspart, und sie hatte dafür nicht einmal zur Buße gehen müssen. Allein der Kauf des Ablassbriefes genügte. Es klang verlockend, sich die Buße beim Herrn Pfarrer zukünftig ersparen zu können, samt der Angst, dass schon eine einzige vergessene Sünde ausreichte, um keine Vergebung zu erhalten.

Zwanzigtausend Jahre könnten ausreichend sein, mutmaßte ich nun, was Martin betraf. Doch schon tat sich die nächste Schwierigkeit vor mir auf: Wie konnte ich von Hans einen solch großen Geldbetrag bekommen, ohne ihm von Martins heimlichen Briefen zu erzählen, die mir die Wahrheit erst offenbart hatten? Oder sollte ich mich mit dieser Angelegenheit besser an Johannes wenden? Seine Geschäfte liefen ausgezeichnet. Ich entschied, es im richtigen Moment bei meinem Bruder zu versuchen. Nachdem er sich so sehr für die Gedanken meines Sohnes begeisterte, lag ihm Martins Seelenheil sicherlich am Herzen.

Im Jahr 1514 antwortete ich Martin zum ersten Mal auf seine Briefe und fragte ihn nach den Gründen für den Mord. Ich schrieb ihm die wenigen Zeilen mit schlechtem Gewissen, musste das Schreibzeug sogar mittendrin ganz schnell unter dem Tisch in der kleinen Stube verschwinden lassen, weil Hans früher als gewöhnlich von den Hütten nach Hause gekommen war. Noch immer galt das Verbot, keinen Kontakt mit Martin zu haben, schon gar nicht, ihn wiederzusehen. Mein Herz schlug mit jedem Buchstaben, den ich zu Papier brachte, schneller.

An diesen ersten Brief erinnere ich mich deswegen so gut, weil ich ihn wenige Wochen, nachdem Jacob die Tochter eines Hettstetter Hüttenmeisters zur Frau genommen hatte, verfasst hatte. Das junge Ehepaar bewohnte die düstere Haushälfte, und unsere Schwiegertochter gebar uns bald ein Enkelkind, das allerdings schon wenige Wochen nach der Geburt verstarb.

Die Pest hatte meinen jüngsten Sohn nachhaltig verändert. Hatte er früher eher gleichgültig und phlegmatisch gehandelt, zeigte er sich nun emsig und interessierter. Jacob hatte nie wieder seine Pestkammer im Dachgeschoss der dunklen Haushälfte betreten. Mehrmals hatte ich ihn davor verharren sehen, die Hand bereits an der Türverriegelung, aber immer war er dann wieder gegangen, ohne einen Fuß in sie hineingesetzt zu haben.

Sobald ich mich diesem Ort näherte, tauchte Barbaras Haarsträhne und wie sie aus dem Bündel über der Schulter des Pestknechtes herausgehangen hatte, wieder vor mir auf. Nach der Pest hatten wir unser Haus eher zweckmäßig eingerichtet, und manchmal dachte ich, dass die Seuche auch am Haus ihre Narben hinterlassen hatte.

Johannes übersandte mein Schreiben an Martin, und er antwortete, dass er mir die Gründe für seinen Rückzug ins Kloster persönlich erklären wolle. Er sei im Mai des Jahres 1516 am Fronleichnamstag für die Weihe im neu gegründeten St.-Anna-Kloster der Augustiner in Eisleben, wo er mich treffen wollte. Das Kloster lag in einer Siedlung nahe der alten Stadt, in die Graf Albrecht IV.-Hinterort Bergleute aus anderen Regionen geholt hatte, um den Mangel an Arbeitern durch die Pestilenz auszugleichen.

Hans würde mir dieses Treffen nie erlauben.

Johannes wusste von Martins Wunsch, mich wiederzusehen, und versprach mir für den Fall meiner Zusage zu dem heimlichen Treffen Geleit und – was noch wichtiger war – vierzig Gulden für den Kauf des Ablasses, der Martins Todsünde der Tötung erleichtern würde. Ich war hin- und hergerissen, jetzt, wo Hans mich sogar regelmäßig zu Barbaras Grab begleitete. Vorsichtig kam ich beim Abendessen auf das Thema Martin zu sprechen, aber Hans tadelte mich sofort, stand auf und verließ die Kammer.

Johannes leistete weiterhin hartnäckige Überzeugungsarbeit, indem er an mein Mutterherz appellierte und mich darauf aufmerksam machte, dass niemand ohne den Versuch einer Versöhnung aus dem Leben scheiden sollte. Es kam mir so vor, als hätte sich mein Bruder mit meinem Sohn verbündet und würde mich besser kennen als irgendjemand sonst. Letztendlich bat ich Gott um Entscheidungshilfe, und er sandte mir ein Zeichen: Martins Klosteraufenthalt in Eisleben fiel genau auf jenen Tag, an dem Hans mit einigen Hüttenmeistern für zwei Tage nach Schwarza ins Thüringische reiste, um mit den Saigerhandelsgesellschaften neue Kredite auszuhandeln. Aufgrund der großen Nachfrage mussten viele neue Förderschächte und Stollen für die Entwässerung angelegt werden, was sehr viel Geld kostete und bereits einige kleinere Mansfelder Hüttenmeister in den Ruin getrieben hatte. Aufgrund ihrer geringen Fördermengen waren ihnen die Kredite verwehrt worden. Auch die größeren Hüttenmeister zahlten einen hohen Preis, denn sie wurden mehr und mehr von den Krediten der Saigerhandelsgesellschaften abhängig und mussten sich im Gegenzug für das geliehene Geld verpflichten, Schwarzkupfer zu lange vorher vereinbarten Preisen zu liefern, was oftmals nachteilig für sie war. Ich glaube, wir waren damals schon viel höher verschuldet, als Hans es mir gestanden hatte. Er wollte nicht, dass ich mir Sorgen wegen seiner Geschäfte machte. Sein Bemühen um mein Wohlergehen erschwerte es mir, mich für ein Treffen mit Martin zu entscheiden, und spaltete meine blutende Seele weiter. Noch am Morgen von Fronleichnam, kurz vor der geplanten Abfahrt nach Eisleben, war mir danach, alles abzusagen. Jacob hatte ich bereits erklärt, dass ich für einen Nachmittag Johannes und seine Familie besuchen wollte. Am liebsten hätte ich das auch getan, und mit Johannes einfach ein Glas Wein getrunken und dabei über seine Kinder gesprochen. Ich war Hans nicht nur aufgrund unseres Ehevertrags Gehorsam schuldig, sondern auch aus Dankbarkeit. In den Jahren vor und nach der Pestilenz war er mir eine Stütze geworden.

Doch Johannes führte als Argument einmal mehr die Notwendigkeit einer Versöhnung an, die auch Hans gutheißen würde – wenn vielleicht erst im Jenseits. Niemand sollte, mit einem anderen Menschen verstritten, unversöhnt sterben.

Ich bestieg den Wagen. Johannes war mit einem kleinen zweirädrigen Gefährt gekommen, was mir nur recht war. Anders als gewöhnlich, wenn ich als Hüttenmeisterfrau unterwegs war, verzichtete ich auf meine Schwanen-Haube, ich wollte nicht auffallen. Stattdessen hatte ich mir einfach ein schwarzes Tuch umgebunden.

Es war ein nebliger Tag, verrauchter als gewöhnlich. Es hätte ein Tag im November sein können, an dem sich winterliche Kälte und Düsternis mit viel Feuchtigkeit in der Luft vermischten, aber der Kalender schrieb bereits Mai.

Ich zitterte, als wir Mansfeld verließen. Johannes führte die Pferde auf kürzestem Weg durch das Obertor aus der Stadt hinaus und bog erst danach Richtung Süden nach Eisleben ab.

Mit jedem Hufschlag, dem wir uns Martin näherten, zitterte ich heftiger. *Grete hätte sich wahrscheinlich gefreut, ihren Bruder wieder einmal in die Arme schließen zu können,* dachte ich mir. So wie früher, wenn er nach der Schule heimgekommen war und sie schon an der Tür auf ihn gewartet hatte. Zuletzt hatte ich allerdings, wenn das Gespräch auf Martin kam, eher Kälte in ihren Augen gesehen. Als hätte sie das Band zwischen sich und ihm absichtlich durchschnitten, um sich vor weiterem Schmerz zu schützen. Ein Wiedersehen hätte auch ihr gutgetan.

Johannes bemerkte mein Zittern wohl, legte irgendwann den Arm um mich und begann, Geschichten aus unserer Kindheit zu erzählen. Ich zitterte dabei zwar nicht weniger, aber meine Gedanken beruhigten sich, wenn sie in Eisenach weilten. Ein bisschen fühlte es sich sogar wie damals an, als wir beide auf dem Weg in die Pfarrkirche gewesen waren, um heimlich im Beichtstuhl zu übernachten. Schon damals hatte ich gezittert und mich doch in Johannes' Nähe sicher gefühlt.

Dicht an ihn geschmiegt, fühlte ich mich jünger. Einige Augenblicke war ich sogar wieder die unbeschwerte Hanna Lindemann, die von der ehelichen Pflicht des Gehorsams noch nichts wusste. Dabei hatten Johannes und ich unser fünfzigstes Lebensjahr längst überschritten. Johannes gehörte zu der Art von Männern, die auch im Alter noch jugendlich aussahen. Seine Haut war glatt und sein Haar noch blond. Und das, obwohl wir beide inzwischen Enkelkinder besaßen. Grete hatte mich bereits mehrfach zur Großmutter gemacht, ebenso Thechen und Jacob. Einzig bei Maria warteten wir noch auf Nachwuchs.

Kurz bevor wir Eisleben erreichten, bat ich Johannes anzuhalten. Es war noch nicht zu spät, um umzukehren! Aus Hanna Lindemann war schlagartig wieder Margarethe Luder geworden. Mein Blick sprang unruhig über die vom Nebel aufgeweichten Umrisse der Stadt, auf das Dach von St. Andreas und an den Punkt, wo ich verschwommen das prächtige Haus der Münze vermutete. Es fühlte sich anders an als damals bei meiner Ankunft, kurz bevor Martin geboren worden war. Eisleben war der Ort, in dem sich nicht einmal das Mondlicht auf den Dächern spiegelte. Seit damals war ich nie wieder hier gewesen. In der Stadt, in der ich meine ersten neun Monate in der Grafschaft verbracht hatte, mit meinem Säugling in der kleinen Wohnung bei St. Peter und Paul, deren Ofenkacheln grün und blau wie das Meer schimmerten. Hier hatten Martin und ich die ersten intensiven Momente miteinander verbracht. Nur wir beide. Etwas anderes oder jemand anderen hatte ich damals kaum wahrgenommen. Hans am allerwenigsten.

Ich fand es seltsam, dass Martin und ich zweiunddreißig Jahre später wieder in Eisleben aufeinandertreffen sollten. Ich zitterte wieder heftiger, meine Fingerspitzen fühlten sich taub an. Steif stieg ich vom Wagen. Martin und ich hatten uns voneinander entfernt, zwischen uns stand ein Hindernis, mindestens so groß wie der Hügel, auf dem das Schloss der Mansfelder Grafen lag. Zudem standen wir in übertragenem Sinn jeweils auf einer anderen Seite des Tals, sahen uns also nicht und hörten vom anderen jeweils nur das zerstückelte Echo seiner Worte.

»Die Stadt ist ein Teil von dir«, sagte Johannes.

Ich hatte nicht bemerkt, dass er neben mich getreten war.

»Und auch von Martin. Eisleben ist euer beider Stadt«, betonte er. »Damals bei seiner Geburt, ich erinnere mich noch gut, hat sie ein unsichtbares Band um euch geschlungen.«

Ein Band, das über die Jahre hinweg zerrissen war.

Johannes führte mich zum Wagen zurück, denn die Pferde wurden ungeduldig. Vielleicht weil ein Fuchs in der Nähe herumstreunte.

Es kam mir fast wie eine Ewigkeit vor, bis wir das neue Augustiner-Kloster erreichten. Es lag auf einer Anhöhe mit Blick auf die alte Stadt. Einzig um die Kirche mit dem unfertigen Ostchor herum war die Luft klar. Die Klausurbauten waren noch nicht einmal zur Hälfte fertiggestellt, der Blick in den Kreuzgang noch offen.

Johannes meldete uns an der provisorischen Pforte an. Ein Mönch führte uns in eine winzige Zelle, in der sich lediglich ein Tisch und ein Holzkreuz an der Wand befanden, und stellte ein schwaches Unschlittlicht auf der Tischplatte ab. Der Geruch von frischem Mörtel stieg mir in die Nase. Martin sei noch bei der Predigt, die er gemeinsam mit Doktor Staupitz hielt, ließ uns wissen. Es verwunderte mich nicht, dass Johannes im Kloster schon bekannt war und man ihn einfach einließ.

Während wir warteten, sprach ich ein leises Gebet. »Vater unser im Himmel, geheiligt werde dein Name.« Aber ich konnte mich nicht konzentrieren, denn immer wieder sprangen meine Gedanken zu der bevorstehenden Begegnung.

»Dein Reich komme. Dein Wille geschehe, wie im Himmel so auf Erden.« Es schmerzte mich, Hans zu hintergehen, weshalb ich plante, Martin sofort nach Hieronimus Buntz zu befragen und unser Wiedersehen so kurz wie möglich zu halten. »Unser tägliches Brot gib uns heute«, fuhr ich fort, während Johannes meine Fingerspitzen zwischen seinen Händen wärmte. »Und vergib uns unsere Schuld, wie auch wir vergeben unseren Schuldigern. Und führe uns nicht in Versuchung, sondern erlöse uns von dem Übel.«

Das »Amen« sprachen Johannes und ich gemeinsam.

Dann ließ ein heftiger Luftzug das Unschlittlicht aufflackern. Die Tür war geöffnet worden.

Martin trat ein. Sein Gesicht war noch rot, vermutlich von der Anstrengung der Predigt. Er zog die Tür hinter sich zu und blieb stehen.

Ich war ihm dankbar für diesen Abstand, so hatte ich Zeit, mich an seine Anwesenheit zu gewöhnen. Elf Jahre waren vergangen, seitdem ich meinen Sohn zuletzt gesehen hatte.

»Gnade und Friede in Christus!«, sagte er ernst und fügte nach einer Pause weicher an: »Schön, euch beide zu sehen.«

Beim Anblick meines Sohnes bekam ich keinen einzigen Laut heraus. Johannes ließ mich wissen, dass er draußen auf mich warte und verließ die Zelle.

Eigentlich hatte ich Martin sofort in einem strengen Tonfall zur Aufklärung seines Vergehens auffordern wollen, aber jetzt, wo er in Fleisch und Blut vor mir stand, gelang es mir nicht.

Mit langsamen Schritten kam Martin um den Tisch herum auf mich zu. Ich regte mich nicht, meine Fingerspitzen kribbelten. Ich presste meine Hände fest auf meine Oberschenkel, ohne Martin aus den Augen zu lassen.

Er betrachtete mich mit jener staunenden Neugier, die mich früher immer wieder aufs Neue für ihn eingenommen hatte und die seine Geschwister nicht besaßen. Ich denke, er hatte schon nicht mehr daran geglaubt, dass wir uns noch einmal wiedersehen würden.

Ich hatte ja selbst nicht mehr daran geglaubt.

»Wie geht es dir und meinen Geschwistern?«, fragte er leise und blieb drei Armlängen vor mir stehen.

Anstatt zu antworten, tasteten meine Augen jede Linie in seinem Gesicht ab, die knochigen Wangen, die breite Kinnpartie und seine mandelförmigen Augen, die kleiner geworden waren. Bis auf letztere war er das Abbild seines Vaters. Zum Schluss blieb mein Blick an seiner Tonsur hängen, keine drei Fingerbreit war der Haarkranz um seinen Schädel herum, und doch erkannte ich sofort Hans' weiches, braunes Haar wieder. Martins Predigergewand wirkte abgewetzt. Hans hatte damals behauptet, es stehe ihm nicht. Ich konnte das bestätigen, aber das war es nicht, was mir am eindringlichsten aus dieser Begegnung in Erinnerung geblieben ist. Das Auffälligste waren seine leuchtenden Augen, die alles andere überstrahlten. In meiner Gegenwart hatten sie zuletzt so geleuchtet, als er mir in der Küche in Mansfeld von seiner Verliebtheit erzählte. Als wir noch Mutter und Sohn gewesen waren, auf dem Stuhl aus Eisenach.

»Margarethe?«, fragte Martin leise.

So hatte er mich noch nie genannt. Das Vertraute zwischen uns war verlorengegangen.

Ich räusperte mich, dann berichtete ich bemüht sachlich von den Familienverhältnissen in Mansfeld. Jacobs junge Ehefrau war verstorben, so dass wir uns nach einer neuen Frau für ihn umschauten. Keinen einzigen Moment ließ ich Martin aus den Augen. Es war, als wollte ich seinen Anblick für die kommende Zeit in Mansfeld bevorraten.

Martin war es, der auf den eigentlichen Anlass unseres Wiedersehens zu sprechen kam. »Es tut mir leid, dass ich euch damals nicht die ganze Wahrheit gesagt habe.« Ich hatte ihm gerade von Elisabeths Ehemann, Doktor Johannes Rühel, erzählt. Er war kursächsischer Rat – und diese Ehe erfüllte uns mit Stolz. Ich verstummte und erinnerte mich wieder an das schnelle Blinzeln von Martins Augen, als er uns damals den Grund für seinen Gang ins Kloster vorgetragen hatte.

»Hieronimus unterlag mir bei einem Kampf mit dem Degen«, führte Martin ohne Umschweife aus. Er wischte sich die Hände mehrmals an seiner Kutte ab, bevor er herausbrachte: »Hieronimus hat sie auch begehrt.«

Ich wusste sofort, von wem er sprach: von Lioba.

Das Unschlittlicht flackerte wild und ließ unsere Schatten über die Wand tanzen.

»Hieronimus waren die gleichen Dinge an ihr aufgefallen wie mir einige Jahre zuvor. Ihr weiches Haar und das Leuchten in ihren Augen. Er sagte mir, dass ihm nie eine stärkere Frau begegnet wäre. Erinnerst du dich, dass ich ihn einmal mit nach Hause brachte?«

Ich nickte knapp, und mir wurde bewusst, dass Martin noch immer nicht vollends von Lioba abgelassen hatte, zumindest nicht gedanklich.

»Hieronimus wusste, dass es nicht standesgemäß wäre, Lioba zur Frau zu nehmen. ›Deine Eltern werden dir die gleiche Antwort geben wie mir die meinen‹, erklärte ich ihm. Deswegen entschied er, sie auf unehrenhafte Weise zu besitzen.«

Ich dachte sofort, wie gut es doch war, dass Lioba ein Messer besaß.

Martin verkürzte den Abstand zwischen uns auf zwei Armlängen. »Ich verbot ihm, sie zu entehren. Doch Hieronimus kümmerte das nicht. Mir blieb nichts anderes übrig, als ihn zum Degenkampf zu fordern.«

Also sollte ein Kampf über das Schicksal unserer Magd entscheiden? Und was für eine schreckliche Alternative war es doch, entweder eine entehrte Jungfrau oder einen Toten zu haben?

Als hätte er einmal mehr meine Gedanken gelesen, sagte Martin: »Ich hatte nicht vor, ihn zu töten, ein tiefer Stich ins Fleisch reicht zum Sieg, und der gelang mir auch!« Er sprach so leidenschaftlich, als wäre es gerade erst passiert, und fasste sich an die Stelle, an der sich seine Niere befand. »Doch einige Tage nach dem Zweikampf entzündete sich die Wunde, und er starb einen gähen Tod.« Martin starrte zu Boden, und ich sah ihm an, wie sehr er den Ausgang der Geschehnisse noch immer bedauerte.

»Du hast das alles für Lioba getan?«, fragte ich. Er hatte mir und seinem Vater der Liebe wegen den Gehorsam verweigert? Ich hätte ihn also noch früher und noch inniger zu Gott bringen müssen, um seine durch die Liebe verursachte Haltlosigkeit zu mildern.

Schweiß glänzte auf Martins Stirn, und er wusste nicht, wohin mit seinen Händen. Langsam hob er den Blick. »Sie hat mich verzaubert.«

Vielleicht hatte sie das. »Aber wieso dann noch der Gang ins Kloster?«, wollte ich wissen. »Ein Gericht hätte sich der Sache annehmen und dir eine Strafe auferlegen können. Soweit ich von den Bachstedters weiß, geht das Universitätsgericht nicht besonders hart mit seinen Studenten um. Du wärst also mit einer milden Strafe davongekommen, anstatt für immer von uns getrennt zu werden.«

Martin schüttelte den Kopf. »Kurz vor dem Zweikampf hatte der Rektor der Universität entschieden, die Sondergerichtsbarkeit der Universität aufzugeben. Demnach unterstanden wir Studenten nicht mehr der milden Rechtsprechung der Universität, sondern der des Erfurter Generalgerichts, wie jeder andere Erfurter Bürger auch. Und erinnerst du dich noch an meine schlimme Blutung zu Ostern, die ich mir auf dem Heimweg von der Universität nach Mansfeld zugezogen hatte? Das war zur Zeit meiner Magister-Studien an der Artistenfakultät.«

»Ja.« Als er damals mit Cappa und Hut der Studenten vor mir gestanden hatte, war ich sehr stolz auf ihn gewesen. »Diese Verletzung stammte auch von einem Degenkampf. Es war absurd. Wir sollten zwar eine Stoßwaffe tragen, gleichzeitig aber war uns deren Gebrauch bei Strafe untersagt.«

»Noch eine Lüge«, kam es mir über die Lippen. Hans und mir hatte er erklärt, sich die Verletzung bei einem unbedachten Sprung über einen Bach zugezogen zu haben.

Ich wandte mich vom ihm ab und drehte mein Gesicht der kahlen, feuchten Wand zu. Als Mutter war ich immer ehrlich zum ihm gewesen, selbst beim Gespräch über die Liebe. Ich hatte mit so vielem gerechnet, aber nicht damit, dass er mir das Herz erneut zerreißen würde. Ich überlegte, die Unterredung auf der Stelle zu beenden, die Wahrheit war einfach zu grausam.

»Nach meiner Beinverletzung drohten sie mir damit, dass sie mich, sollte es jemals wieder zu einem Zweikampf kommen, wegsperren würden – und genau das war es ja, was Hieronimus und ich taten: Wir traten mit dem Degen gegeneinander an! Wäre es damals nicht schlimmer für euch gewesen, wenn ich eingesperrt worden wäre, als heute einen Doktor der Theologie in der Familie zu haben?«

Ich wusste nicht, was ich antworten sollte, zeigte ihm weiterhin nur meinen Rücken. Was ich allerdings ganz sicher wusste, war, dass ich nicht belogen werden wollte. War Ehrlichkeit nicht der Grundstein jeder familiären Verbindung? Innerhalb der Familie musste kein Schein gewahrt und keine Wahrheit beschönigt werden. Die Familie war wie eine Höhle, ein Schutz vor den Unwettern des Lebens, vor der Kälte der Außenwelt. In ihr brannte mittig ein wärmendes Feuer, um das herum wir uns versammelten. Das Feuer war die Liebe, die uns alle zusammenhielt, die uns immer wieder in die Höhle zurückführte. In ihr durften wir all unsere Sorgen und Kümmernisse ablegen und einfach die sein, die wir waren. In der Höhle konnten wir uns schlafen legen, ohne auch nur ein Auge offen halten zu müssen und wachsam zu sein.

»Warum aber der Gang ins Kloster? Damit dich das Gericht nicht verurteilt?« Ich dachte für einen Moment an Barthel Bachstedter, dem Martins Rückzug damals sehr gelegen kam, das hatte ich an seinem triumphierenden Blick gesehen, den er mir danach des Öfteren auf der Straße zugeworfen hatte. Als hätte er Martin besiegt, als würde er den Ruf als klügster und fähigster Mann der Stadt bis ans Ende seines Lebens nicht mehr hergeben. In meiner Familie war mit Martins Klostergang eine der tragenden Steinformationen beschädigt, wenn auch nicht herausgebrochen worden.

Martin nickte. »Das Erfurter Gericht hätte mich, wie gesagt, weit härter für den Zweikampf mit Hieronimus bestraft. Außerdem wollte ich unbedingt verhindern, dass man mich anklagt und ihr mit dem Ruf, die Eltern eines Mörders zu sein, leben müsst.« Fast flehend schaute er mich an. »Und im Kloster wollte ich den gnädigen Gott finden, der mir trotz des Vorfalls mit Hieronimus eine Möglichkeit aufzeigt, in den Himmel zu kommen. Das erschien mir anders nicht mehr möglich zu sein.«

»Du warst damals von Gott verlassen, Junge.« Denn Gott spricht vom Gehorsam der Kinder gegenüber ihren Eltern – und vom Gehorsam der Ehefrau gegenüber ihrem Ehemann. Ich war ihm ein schlechtes Vorbild gewesen.

»Und weil ich gottlos war, musste ich erst recht ins Kloster«, sagte Martin überzeugt.

Mein Sohn war mir im Umgang mit Worten überlegen.

»Margarethe«, sagte er leise und legte seine Hand von hinten vorsichtig auf meine Schulter. Doch ich blickte weiterhin auf die Zellenwand. Trotz meiner drei Gewandlagen fühlten sich Martins Finger warm an. Ich hob meine Hand, etwas in mir wollte seine zärtliche Geste erwidern und seine Finger berühren, doch auf halbem Weg zog ich sie wieder zurück. Ich konnte und wollte ihm nicht verzeihen. »Ich danke dir für deine Offenheit«, sagte ich und schaute ihm nun tief in die Augen. Anders als in meiner Vorstellung waren sie nicht kränklich gelb verfärbt und zeigten vor Entsagung und Geißelung auch keine Einblutungen. »Lebe wohl«, flüsterte ich und hielt an ihm vorbei auf die Tür zu.

Martin verfolgte meinen Gang zur Tür, das sah ich aus dem Augenwinkel. »Bleib noch«, bat er leise, als ich die Tür gerade öffnen wollte. Langsam wandte ich mich noch einmal zu ihm um. »Und … hast du den gnädigen Gott gefunden?«, fragte ich ihn zum Abschied.

»Der Apostel Paulus ist gerade dabei, mir den Weg zu Gottes Gnade zu zeigen.« Er lächelte sanft, genauso wie er es früher immer getan hatte, wenn wir gemeinsam in seiner Kammer oder auf dem Stuhl vor dem Ofen sangen.

Da stand mein Sohn nun nach elf Jahren vor mir, und ich war unfähig, ihn wie früher in den Arm zu nehmen, obwohl es mir weh tat, mich erneut von ihm trennen zu müssen. Aber mehr konnte ich Hans zuliebe nicht zulassen.

Ohne die Zellentür zu schließen, rannte ich auf Johannes zu. Der unterhielt sich am Ende des Flures mit einem weiteren tonsierten Mann, den er mir gleich darauf als Doktor Johannes von Staupitz vorstellte. Der Mann war klein und ziemlich rundlich. Einen kurfürstlichen Berater hatte ich mir anders vorgestellt, aber das war in diesem Moment belanglos.

»Bitte passt auf Martin auf!«, bat ich Doktor Staupitz noch außer Atem, kaum dass wir einander höflich begrüßt hatten. So aufgeregt wie ich war, ließ ich ihm keine Zeit zur Erwiderung, sondern wandte mich umgehend an Johannes. Ich wollte nur noch fort von hier. »Können wir aufbrechen?«

Johannes sah mich irritiert an, verbeugte sich dann aber vor Doktor Staupitz und führte mich hinaus zu unserem Gefährt.

Die erste Hälfte der Strecke zurück nach Mansfeld schwiegen mein Bruder und ich. Der Nebel hatte sich etwas aufgelöst. Zwischen den Rauchsäulen der Schlackehalden sahen wir frisch gerodete Waldflächen, Wege für den Erztransport, und ab und an ließ sich sogar die Sonne blicken. Ihre Strahlen schienen wie dünne Ärmchen nach dem Erdboden zu greifen.

Unser Wagen huckelte über die Wege, und irgendwann begann ich zu singen: »Mir und dir ist keiner hold ...«

Johannes lauschte, ohne einzustimmen. Er kannte das Lied aus unserer Kindheit.

Als ich die Umrisse des Mansfelder Schlosses in der Ferne sah, dämmerte es bereits. Doch ich hatte bislang schon so viel Düsteres in meinem Leben erlebt, dass mir ein dunkler Abend im Mai keine Angst mehr machte. Schon gar nicht, wenn ich ihn am Rande der Erdscheibe verbrachte.

Eisleben veränderte mein Leben mit jedem Besuch. Obwohl ich es bereits zuvor gewusst hatte, war ich verletzt, dass Martin uns damals über den wahren Grund für seinen Gang ins Kloster belogen hatte. Allmählich gesellte sich aber auch die Erleichterung hinzu, dass er kein hinterhältiger Mörder war. Er hatte ehrenhaft gefochten, zudem aus Liebe. Er war mein Fleisch und Blut, und ich hatte deutlich das Leuchten in seinen Augen gesehen, als er zuletzt sagte: *Paulus ist gerade dabei, mir den Weg zu Gott zu zeigen.* Der gleiche Ausdruck hatte damals auch in seinen Augen gelegen, als er sagte, dass er so mutig und stark sein wolle wie Ritter Georg. Zwischen den beiden Sätzen lagen mehr als zwanzig Jahre. Und die Begeisterung, die in seiner Stimme lag, zeigte mir, dass er in seinem Tun aufging und dass es ihn erfüllte. Allerdings verstand ich es erst jetzt, als wir auf das Obertor von Mansfeld zufuhren. Und sein Wunsch mich wiedersehen, zeigte mir, dass er mich nicht vergessen hatte, was mich insgeheim erwärmte.

Ich nahm mein Lied wieder auf.

»Mir und dir ist keiner hold …«, sang ich Mutters Melodie.

»Erzähl mir von deiner ersten Tochter«, bat Johannes plötzlich und zog an den Zügeln, um unser Reisetempo zu verlangsamen.

»Von Christina?«, fragte ich verblüfft.

»Du hast diesen besonderen Ausdruck im Gesicht. Eine Mischung aus Schmerz und Angst. Dann ziehst du deine Mundwinkel nach unten. Es scheint auf jeden Fall etwas Schmerzvolles zu sein, an das du dann denkst.«

So, wie er es nachstellte, brachte er mich sogar zum Lächeln. Bei ihm sah es lustig und unbekümmert aus, mir selbst war meine Mimik in diesen Momenten nie bewusst gewesen.

Meine Mutter musste Johannes von Christinas Schicksal erzählt haben. Die einzig Eingeweihten über das, was sich damals zu Mariä Heimsuchung zugetragen hatte, waren Mutter, vermutlich Hans, die Ahne und die Weisen Frauen aus Möhra.

»Ich sehe nur all das Blut, wenn ich an damals denke. Es war so heiß und so laut und mein winziges Mädchen mittendrin. Ich habe sie Christina getauft, nach der Heiligen, die von allen die meisten Geißelungen auszustehen hatte.«

Bis zur Einfahrt durch das Obertor kannte Johannes sämtliche meiner Erinnerungsfetzen, die ich an jenen Tag hatte, Christinas Stimme in meinem Kopf eingeschlossen, die ich seit Barbaras Tod nie wieder vernommen hatte. War meinem Kind etwas zugestoßen?

»Damit du und deine Tochter Frieden miteinander schließen könnt«, sagte er, »müsst ihr euch wiedersehen.«

Dieser Gedanke wühlte mich auf. »Sie haben mir damals verboten, mich ihr je wieder zu nähern.«

»Verlier nicht den Mut!« Johannes hob mein Kinn mit dem Finger an. »Was Martin betrifft, haben wir ja auch ei-

nen Weg gefunden. Und du bist stark, Hanna.« Er war der
Erste, der mir das sagte. »Stärker, als du glaubst.«

Ich lächelte müde.

In Mansfeld zurück ließ ich mich von Johannes direkt zu
St. Georg bringen, wo mir der Herr Pfarrer hinter dem Altar die Beichte abnahm. *Allmächtiger, sieh meine Not und
verzeih mir Torheit und Sünde. Gib, dass ich nur Gutes will
und es mit deiner Kraft vollbringe.* Ich gestand das heimliche Wiedersehen mit meinem verstoßenen Sohn, und wie
ich so hinter dem Altar zu Füßen des Herrn Pfarrer kniete,
bestätigte sich, was ich von jeher wusste: Die Beichte war
nichts Schönes. Sie erzog und tat weh, sie ängstige und
drängte, nur ja keine einzige Sünde zu vergessen. Zur Buße
bekam ich zwanzig Ave Marias vor dem Bild der Jungfrau
auferlegt. Erst dieser Tage hatte man damit begonnen, ein
neues Dach auf unsere Kirche zu setzen. Sie wirkte jetzt
viel höher als früher.

Als ich am Abend in meinem Bett einschlief und auf das
leere Lager neben mir schaute, quälte mich der Ungehorsam besonders stark. Ob Hans in Schwarza spürte, was
während seiner Abwesenheit vor sich gegangen war?

Hans hatte mir einmal gesagt, dass keine Wahrheit dazu
angetan wäre, Martins Ungehorsam zu rechtfertigen, und
der gesamten Familie den Kontakt zu ihm untersagt. Ich
war mir nicht mehr sicher, ob er recht hatte. Augustine,
meine kluge Hebamme, hatte von Martin als meinem größten Wunder gesprochen. Gegensätzlicher konnte die Einschätzung eines Menschen nicht ausfallen.

Ob Hans vielleicht die Tatsache milde stimmen würde,
dass wir jetzt immerhin einen Doktor der Theologie in der
Familie hatten, der mit dem Berater des Kurfürsten ver-
kehrte? Johannes könnte es ihm beiläufig erzählen.

Mein Bruder blieb über Nacht und reiste am nächsten
Tag mit dem Versprechen nach Eisleben zurück, mir den
zugesagten Ablassbrief für Martins Sündenerlass zu besor-

gen, dafür würde er bis nach Magdeburg fahren müssen. Johannes verfügte über gute Kontakte.

»Du bist stark, Hanna. Stärker, als du glaubst«, sagte er mir zum Abschied erneut. »Vergiss das nicht.«

Hans kam mit niederschmetternden Nachrichten aus Schwarza zurück: Er bekam keine neuen Kredite mehr. Auch war es fraglich, ob er das Geld, das er den anderen Mansfelder Hüttenmeistern geliehen hatte, jemals zurückerhalten würde.

Dem Bergbau ging es von Tag zu Tag schlechter. Selbst einige der reichsten Hüttenmeister konnten ihre Kredite an die Saigerhandelsgesellschaften nicht mehr zurückzahlen, so dass ihre Feuer in deren Hände fielen, mit Ausnahme einiger weniger, für die der Graf als Bürge eintrat.

Es wurde nach Verfahren zum Heben von Wasser und nach neuen Stützkonstruktionen für die Stollen gesucht. Inzwischen waren die Hüttenmeister allerdings nicht mehr diejenigen, die darauf drängten, sondern die, die gedrängt wurden. Die Mansfelder Grafen beschleunigten den Niedergangsprozess im Jahr 1516 noch zusätzlich, indem sie nun auch noch den Zehnt von den Betreibern der Herrenfeuer verlangten. Wie Zecke es damals bei seinem ersten Besuch in unserem Haus angekündigt hatte. Diese Abgabenänderung führte dazu, dass Herrenfeuer gegenüber den Erbfeuern nicht länger privilegiert besteuert waren. Das machte Hans sehr zu schaffen. Der Grund für die gräfliche Gier war Schloss Mansfeld, das Albrecht IV.-Hinterort zu einer Festung ausbauen wollte.

Mansfeld ging es schlecht, die Stimmung auf den Nadelnachmittagen war gedrückt, die Reinickerin war verstorben, ebenso zwei der Ratsfrauen. Die Runde dünnte sich aus, wie unser aller Geldreserven.

Lucas trank einen Schluck vom warmen Wein, den er gegen den Wacholderaufguss hatte austauschen lassen. Korbinius musste ihm seine Anspannung angesehen haben, denn er hatte etwas gestoßenen schwarzen Pfeffer ins Getränk gegeben, was ihm augenblicklich guttat.

Der Vorstudie auf der Staffelei fehlte immer noch die Seele!

Lucas wässerte die Farben auf seiner Palette erst, nachdem er den Becher Pfeffer-Riesling komplett gelehrt hatte. Doch selbst dann schien er die verkrusteten Farben nicht mehr mit dem Pinsel durchstoßen zu können. Dabei wollte er die bereits gezeichnete Haube unbedingt wieder vom Bild entfernen. So trug er neue Farben auf die rechte, noch saubere Seite der Palette auf und mischte sie im Farbton seines Papiers an, um die Linien der Haube damit zu überdecken. Er wollte Margarethe mit dem einfachen Tuch zeigen, so wie sie vor ihm saß. Er durfte ehrlich zeichnen, musste ihr keine Haube oder sonstigen Putz auf den Kopf setzen, um sie größer und mächtiger erscheinen zu lassen.

Margarethe war ihm gegenüber ehrlich und aufrichtig gewesen. Ihr Geständnis über den Tod der Mutter, die aus Gram über das Schicksal ihrer Tochter gestorben war, hatte ihn genauso berührt wie ihre Worte über Kinder und gegenseitige Wertschätzung. *Jedes Kind ist ein besonderes Geschenk Gottes, ein Vertrauensvorschuss an uns!,* hatte sie gestern gesagt – ein Satz, der ihm nicht mehr aus dem Kopf gehen wollte.

»Lutherin? Würdet Ihr mich für einen Moment entschuldigen?« Lucas legte den Pinsel beiseite, wohlwissend, dass er gerade frische Farbe auf die Palette aufgetragen hatte.

Margarethe nickte, ihr Blick folgte ihm, als er die Porträtkammer verließ, das sah er aus dem Augenwinkel.

Lucas schloss die Tür hinter sich und lief durch die Schreibstube in den Flur, wo er die Treppe hinabeilte. Mit jedem Schritt nach unten wurde es lauter und emsiger. Die vielen durcheinanderredenden Stimmen und das Klirren von Geschirr schmerzten in seinen Ohren. Am liebsten hätte er auf dem Absatz kehrtgemacht, aber sein Vorhaben duldete keinen Aufschub.

Im Erdgeschoss angekommen, erwarteten ihn schon sein Apotheker und weitere Bittsteller, die Lucas jedoch mit einer freundlichen Handbewegung um Geduld bat. Unter ihren überraschten Blicken öffnete er die Tür zum Hof und trat ins Freie. War es tatsächlich schon Nachmittag? Die schwache Wintersonne war bereits ums Haus herumgezogen und beschien nun den Hof, an dessen hinterem Ende die Stadtmauer verlief. Im Schatten der Mauer hatte Barbara vor Jahren einen Kräutergarten angelegt, dessen kraftvolles Grün im Frühjahr regelrecht leuchtete. Derzeit waren die meisten Pflanzen jedoch nur braune Halme.

Lucas lief über den Hof auf den Seitenflügel des Hauses zu, in dem sich fast über die gesamte Länge des Baus hinweg die Malwerkstatt erstreckte. Auch von dort drangen lebhafte Stimmen durch die übergroße Tür, durch welche die riesigen Holztafeln für seine Bilder hinein- und wieder herausgetragen wurden. In der Schlossstraße 1 gab es keine so engen Türrahmen mehr wie in seinem Haus am Markt. Hier stießen seine Bildtafeln beim Transport nicht mehr an Türen und Wände und ruinierten sie.

Als er die Werkstatttür öffnete, stieg ihm sofort der harzige Geruch in die Nase, der von der Grundierung herrührte, mit der seine Lehrjungen im vorderen Bereich gerade einige Tafeln vorbehandelten. Im Gegensatz zu seinen zwei Malern, Clemens und Valentin, die im hellsten Teil des Raumes direkt vor der Fensterreihe in ihre Arbeit versunken waren, redeten die Lehrjungen wild durcheinander und versuchten sich gegenseitig Ratschläge zu geben. Sie bemerkten ihren Meister nicht gleich. Erst als Lucas an ihnen vorbeilief, brachten sie eine Begrüßung hervor und verbeugten sich angemessen.

»Arbeitet gewissenhaft!«, ermahnte sie Lucas, doch deswegen war er nicht gekommen. Erst vergangene Woche hatten die Jungen vergessen, das Grundieröl auch auf die Rückseite frisch gelieferter Bildträger aufzutragen. Hätten es Clemens oder Valentin nicht rechtzeitig bemerkt, hätte sich das Holz mit der Zeit unschön verziehen können. Immer wieder musste Lucas betonen, dass das Vorbehandeln der Tafeln zwar stupide Arbeit war, aber nicht minder wichtig als der spätere Farbauftrag. »Aber tragt es nicht zu dick auf!«, mahnte er sie noch, denn Grundieröl war zwar billiger und einfacher zu beschaffen als so manches Farbpigment. Aber zu verschenken hatte er dennoch nichts.

Lucas war auf der Suche nach seinem zweitältesten Sohn. Er ging an der Staffelei vorbei, auf der das Bild der nackten Lukretia stand, für ihn die wahre Verkörperung von Mut und Überzeugung. Isidor, sein Geselle, kolorierte gerade ihre Brustwarzen in einem fleischfarbenen Ton. Von der Spindel, mit der Lukretia sich das Leben nehmen würde, waren allerdings noch die Unterzeichnungen zu sehen. »Du musst zügiger arbeiten, Isidor«, forderte er im Vorbeigehen.

Der Geselle nickte willig. »Sehr wohl, Meister!«

Mit den Darstellungen nackter Frauen war es ihm einst gelungen, große Nachfrage nach seinen Bildern zu schaffen. Unbedeckte Haut, vor allem weibliche Nacktheit, bannte den Blick des Betrachters, sobald sich dieser allein und unbeobachtet wusste, während er sich in Gesellschaft dafür schämte. Seine Werkstatt war in der Lage, Motive wie das der nackten Lukretia innerhalb weniger Wochen dutzendfach zu replizieren. Dazu war außer ihm, soweit er unterrichtet war, kein anderer Maler in der Lage. Die Geschäfte liefen hervorragend, und Lucas entschied im nächsten Moment, zwei weitere Gesellen aufzunehmen. Dann konnten Ansgar, Isidor, Brun und Jacob sich auf die malerische Ausführung der Gemälde konzentrieren und verloren keine kostbare Zeit mehr mit dem Abpausen der Motive auf das grundierte Holz. Aber auch deswegen war er nicht hier!

An einem großen Tisch neben den Staffeleien sah er zwei der Lehrjungen Pinsel säubern und sie in verschiedenfarbige Becher stellen. Nicht nur er selbst, sondern alle seine Mitarbeiter malten nur mit ihrem eigenen Satz Pinsel, die sich – davon war er überzeugt – mit der Zeit der Hand ihrer Besitzer anpassten und entsprechend wichtig für ein gelungenes Porträt waren. Mit fremden Pinseln würde er jedenfalls keinen einzigen Strich auf den Malgrund setzen wollen. Es war, als startete man ein Rennen mit dem falschen, unpassenden Schuhwerk an den Füßen. Damit das nicht geschah, sammelte jeder Werkstattmitarbeiter seine Pinsel in einem verschiedenfarbigen Becher.

Hansis Becher war zum Beispiel orange, und die Pinsel darin, erinnerte sich Lucas, hatte er sogar mit den Initialen HC versehen.

Da kreuzte Hansi auch schon seinen Weg. »Vater, kann ich Euch helfen?« Er strahlte über das ganze Gesicht und hielt ihm eine Skizze vom letzten Abendmahl in perspektivischer Darstellung hin.

Lucas betrachtete es, erinnerte sich dann aber an sein ursprüngliches Ansinnen. »Im Moment nicht, Hansi«, antwortete er und hielt auf die hinterste Ecke der Werkstatt zu.

Nahe der Wand, wo die Lindenholztafeln lagerten, entdeckte er nun den jungen Lucas. Der Junge stand vor der Kiste mit den Scharnieren, mit denen sie zwei oder drei Bildnisse zu einem Dipty- oder Triptychon, zu Klappbildnissen, zusammenmontierten, die dann platz- und werkschonend verwahrt werden konnten. Der junge Lucas betrachtete eines der Scharniere gerade wie einen Edelstein. Fasziniert wendete er es immer wieder in seiner Hand und klappte es auf und zu. Er war schlaksig und gerade einmal zwölf Jahre alt, sein Gesicht wie auch sein leinenfarbenes Malerhemd waren über und über mit Farbspritzern bedeckt.

»Lucas, mein Junge. Komm!«, sagte er statt eines Vorwurfes und bedeutete seinem Sohn, mit ihm zu gehen.

»Was hast du denn heute wieder angestellt, dass Vater dich sprechen will?« Hansi trat zu ihnen und strubbelte dem jüngeren Bruder durch das rötliche Haar. »Na, so schlimm wird es schon nicht werden.«

Der junge Lucas schaute verwirrt zu seinem Bruder und hob verunsichert die Schultern, dann folgte er seinem Vater mit hängenden Mundwinkeln.

Wortlos stiegen sie die Treppe in das zweite Obergeschoss hinauf. Kurz darauf standen sie vor dem Stuhl in der Porträtkammer.

»Das ist meine Nummer zwei«, sagte Lucas, und erst als er die Worte ausgesprochen hatte, fiel ihm ihre Zweideutigkeit auf.

Der junge Lucas verbeugte sich sichtlich irritiert vor Margarethe. Noch nie zuvor hatte ihn sein Vater während einer Malsitzung in die Porträtkammer geholt.

»Ich heiße auch Lucas, wie mein Vater«, sagte er, hätte sich aber gleich darauf am liebsten auf die Zunge gebissen. Wusste er doch nicht, ob er sich richtig verhalten hatte, da sich sein Vater normalerweise jede Störung in der Porträtkammer strengstens verbat und nur Korbinius oder Hansi, der ihm frische Farben brachte, diese betreten durften. Nicht einmal seine Mutter wagte es, der Anweisung zuwiderzuhandeln.

Margarethes Augen leuchteten auf. Sie beugte sich vor und streckte dem Jungen die Hände entgegen. Eine jener Gesten, die Lucas nur von Großmüttern kannte.

»Was malst du am liebsten, Lucas?«, fragte sie ihn.

Der junge Lucas schaute verunsichert zu seinem Vater. Er wirkte kindlich und hilflos, nicht wie jemand, dem schon der erste Bartflaum über der Oberlippe wuchs.

»Antworte ehrlich, Junge«, forderte ihn sein Vater auf.

Lucas überlegte kurz und sagte dann zögerlich: »Ich male gerne bunt. Sehr bunt.«

Margarethe lächelte. »Sehr bunt zu malen, das ist sehr mutig.«

»Ganz gewiss«, bestätigte Lucas und legte seinem Sohn vertrauensvoll die Hand auf die Schulter, was den verwirrten Jungen zusammenzucken ließ. Lucas wurde sich bewusst, wie lange er für seinen jüngeren Sohn schon keine Geste der

Zuneigung mehr übrig gehabt, ihn stattdessen wegen seiner Unpünktlichkeit und mangelnden Konzentration in der Werkstatt immer nur gescholten hatte.

Der junge Lucas entzog Margarethe seine Hände und wandte sich seinem Vater zu. »Aber Ihr sagt stets, bunt sei zu teuer und verwirrt die Augen des Betrachters.« Seine Stimmlage wechselte dabei zwischen hoch und tief. »Du hast uns gelehrt, dass ein stimmungsvolles Bildnis nicht zu viele Details und farbliche Schwerpunkte besitzen darf.«

Lucas nickte und war insgeheim überrascht, dass sein Sohn entgegen seinem bisherigen Eindruck seine Lehrsätze anscheinend doch verinnerlicht hatte. Neben der Spielerei mit Scharnieren und anderem nutzlosen Tun, das in seinem Kopf herumspukte. »Was hältst du davon, einmal ein Bild ganz nach deinen Vorstellungen zu malen?«, fragte er. »Du darfst deine Farben und das Motiv wählen, ohne auf die Kosten zu achten.«

Dem jungen Lucas klappte die Kinnlade herunter. Verunsichert schaute er zu Margarethe. Die nickte bestärkend.

»Danke, Vater!«

Lucas führte seinen Sohn zur Tür. »Ich bin sehr gespannt auf dein Bild«, flüsterte er ihm noch zu, bevor er ihn aus der Porträtkammer entließ.

»Er ist ein gutes Kind«, sagte Margarethe. »Vielleicht geht er einen neuen Weg.«

»Es kostet Mut, das zuzulassen«, gestand Lucas. »Das Scheitern der eigenen Kinder ist schlimmer mit anzusehen als das eigene.«

Margarethe nickte. »Das war auch einer der Gründe, weswegen mich Martins Thesenanschlag so ängstigte. Ich sah ihn schon scheitern und viel zu früh sterben.«

»Ja, an diesen Tag erinnere ich mich noch sehr genau, es war am einunddreißigsten Oktober des Jahres 1517.« Lucas machte keine Anstalten, den Pinsel wiederaufzunehmen. »Am Tag nach dem Thesenanschlag, also an Allerheiligen, zeigte seine kurfürstliche Hoheit Friedrich seine Reliquien öffentlich im Schlosshof wie auf einem Jahrmarkt, weswegen tausende Menschen nach Wittenberg strömten. Sie alle hörten auch von den Thesen. Ein Lateinkundiger übersetzte sie ihnen unmittelbar vor dem Portal der Schlosskirche. Bald sprach die gesamte Stadt davon. Ich saß an diesem Tag leider an meinem Arbeitstisch, denn ein wichtiges Schreiben des Kurfürsten hatte mich erreicht.«

Darin hatte Kurfürst Friedrich der Weise seinen Hofmaler um eine Liste mit möglichen Gemälden gebeten, die den Geschmack des französischen Königs Franz I. treffen könnten. Der hatte Friedrich im Tausch für die Bilder nämlich wertvolle Reliquien für die Schlosskirche in Aussicht gestellt.

»Martins Unruhe hatte ich zuvor in seinen Predigten gespürt. In seinem Inneren brodelte ein Vulkan, der bei jeder Predigt auszubrechen drohte.«

Martin schrieb mir weiterhin. Inzwischen fügte er seinem Schreiben die Zeichnung einer Rose hinzu, in deren Mitte sich ein rotes Herz mit einem schwarzen Kreuz befand. Martin zitierte ganze Abschnitte aus der Heiligen Schrift und sprach von Gottes Gnade und Gerechtigkeit, die ihn schon als Kind beschäftigt hatten. Ich dachte nicht weiter über seine Ausführungen nach, vielleicht aus Angst. Er nannte sich jetzt Martinus Eleutherios, weil es in der Wissenschaft üblich war, so erklärte es mir Johannes, sich einen neuen griechischen oder lateinischen Namen zu geben. Eleutherios bedeutete sowohl *der Befreite* als auch *der Befreier.*

Von Martins Thesen erfuhren wir ebenfalls durch meinen Bruder Johannes. Es war kurz vor dem Ende des Jahres 1517, Hans hatte sich mit den verbleibenden Hüttenmeistern und Jacob an seiner Seite in unserer Stube in der hellen Haushälfte getroffen. Gemeinsam wollten sie Pläne gegen den Niedergang und den Verkauf der Feuer schmieden. Zuvor schon hatte Hans von nichts anderem mehr gesprochen und nicht mehr geschlafen. Er war magerer geworden. An jenem Abend, es war am Fest des Evangelisten Johannes, stürmte mein Bruder unangemeldet in unser Haus. Ohne die Hüttenmeister wegzuschicken, verkündete er: »Martin ist in Gefahr! Er wird bedroht!«

Hans regte sich nicht.

Ich stand neben Johannes und schlug das Kreuzzeichen.

»Martin sagt, das Aushängen der Thesen war seine Pflicht, als Doktor der Theologie ...«

Hans unterbrach Johannes irritiert. »Doktor der Theologie?«

Auch Barthel Bachstedter hatte ich bei diesen Worten zusammenzucken sehen. Vermutlich war er überrascht, dass Martin über die Klostermauern hinaus von sich reden machte.

Mein Bruder schaute mich auffordernd an, damit ich Hans von dem Doktortitel berichtete, doch ich schwieg und senkte betreten den Kopf. Neben all seinen Sorgen um die Hütten hatte ich Hans nicht auch noch mit meinen Heimlichkeiten um Martin belasten wollen.

Johannes fuhr daraufhin an die Runde gerichtet fort: »Als Doktor der Theologie war es Eleutherios' Pflicht, über alle Fragen, die durch kirchliche Lehrentscheidung noch nicht entschieden waren, zu disputieren. Solange nichts entschieden ist, darf disputiert werden. So lief es bisher immer an den Universitäten.« Johannes erklärte den Anwesenden knapp, was es mit Martins neuem Namen *Eleutherios* auf sich hatte.

»Noch etwas zu trinken, die Herren?«, fragte ich, weil ich der Enge des Raumes entkommen wollte.

Vehement schüttelte Johannes den Kopf, auch die Hüttenmeister verlangten nicht nach mehr Bier. Hans reagierte gar nicht erst, so sehr war er in Gedanken versunken.

Mit einem »Verzeiht« erhob ich mich und begab mich in die Küche. Dort lehnte ich mich an den Ofen, wo früher der Eisenacher Stuhl gestanden hatte. Danach hatte ich nie wieder ein anderes Möbel an diese Stelle gerückt. Lioba war an der Kochstelle beschäftigt, ich gab ihr ein Zeichen, mich nicht weiter zu beachten und mit ihrer Arbeit fortzufahren. Sie war dabei, ihre Eisenhutsalbe für die Bergleute zuzubereiten. Die meisten Hauer und Treckjungen litten unter Rücken- und Gelenkschmerzen und waren dankbar für das schmerzstillende Mittel, das Lioba ihnen hin und wieder nach den Zusammenkünften in unserem Haus mitgab.

Ich atmete heftig, während Johannes' Worte in der Stube bis in die Küche drangen. Er zitierte aus Martins Brief, den dieser an den Mainzer Erzbischof Albrecht gerichtet hatte. Das Schriftstück war anscheinend der Grund dafür, dass Martin in Gefahr schwebte. »›Verzeiht mir, ehrwürdigster Vater in Christo, dass ich, der geringste unter den Menschen, so unbesonnen und vermessen bin und es wage, an Eure höchste Erhabenheit einen Brief zu richten.‹« Johannes' Stimme mutete feierlich an. Er passte sie sogar eigens dem Sprachduktus Martins an. »›Der Herr Jesus ist mein Zeuge, dass ich, eingedenk meiner Niedrigkeit und Nichtswürdigkeit, lange aufgeschoben habe, was ich jetzt mit unverschämter Stirn vollbringe.‹« Das klang ganz nach Martin, auch was die Melodie der Worte betraf.

»›Es werden päpstliche Ablässe im Namen Euer Kurfürstlichen Gnaden zum Bau von St. Peter herumgetragen. Dabei klage ich nicht so sehr das Ausschreien der Ablassprediger an, weil ich es nicht gehört habe, ich bin aber schmerzlich besorgt über die überaus falschen Anschauungen des Volkes, die aus dem entstehen, was man überall und allerorts im Munde führt: Etwa, dass die unglücklichen Seelen glauben, dass sie, wenn sie die Ablassbriefe gekauft hätten, ihres Heiles sicher sind.‹«

Dass Johannes den Wortlaut aus Martins Schreiben auswendig wiederzugeben wusste, verriet mir, dass er es unzählige Male gelesen haben musste. Wahrscheinlich hatte Martin es ihm gezeigt.

Verstohlen wie eine Diebin lugte ich von der Küche in die Stube hinüber und sah Meister Kaufmann, Gretes Ehemann, mit gespreizten Beinen am Kopfende des Tisches sitzen. »Und?«, fragte er ungeduldig. Er schien nicht zu wissen, dass der Mainzer Erzbischof die *Instructio Summaria* mit den Anweisungen für die Ablassregeln erlassen hatte und Martin ihm mit dieser Kritik zu nah trat. Ob mein Sohn wusste, was er tat?

Ohne auf Meister Kaufmanns Frage einzugehen, zitierte Johannes weiter aus Martins Brief: »›Aber was soll ich tun, bester Vorgesetzter, außer dass ich durch den Herrn Jesu Christi Eure ehrwürdigste Väterlichkeit bitte, auf diese Sache ein Auge väterlicher Sorge zu werfen und den Ablasspredigern eine andere Form der Verkündigung aufzuerlegen, damit nicht vielleicht am Ende einer auftritt, der mit veröffentlichten Schriften sowohl diese selbst als auch jenes Büchlein widerlegt zu höchstem Schimpf für Eure durchlauchtigste Hoheit.‹«

»Martin wagt es, dem Mainzer Erzbischof zu drohen?!«, erboste sich Barthel. »Wenn das nur nicht auf unsere ganze Stadt zurückfällt! Haben wir es nicht auch schon so schwer genug?« Die Bachstedters, Vater und Sohn, waren bei der Leutenberger Saigerhandelsgesellschaft mit über zehntausend Gulden verschuldet, und die neuen Methoden, mit denen sie gehofft hatten, Wasser aus den tiefsten Regionen im Berg nach oben zu befördern, erwiesen sich noch als unzuverlässig, als unausgereifte Erfindung.

Obwohl sich unter den Anwesenden Unruhe auszubreiten begann, was ich sogar in der Küche bemerkte, überging Johannes auch Barthels Einwand. »›Dass dieses geschieht, verabscheue ich entschieden, aber ich fürchte, es wird geschehen, wenn nicht schnell für Abhilfe gesorgt wird. Wenn es Eurer ehrwürdigsten Väterlichkeit gefällt, könnte

sie meine Disputationsthesen durchlesen und daraus ersehen, wie zweifelhaft die Lehre vom Ablass ist, die jene als
ganz sicher ausstreuen.‹« Die Runde war bei Johannes'
letzten Worten in Sprachlosigkeit erstarrt.

Auch ich hatte erschrocken die Augen aufgerissen. Mein
Sohn hatte es gewagt, sich mit dem größten Kirchenmann
nördlich der Alpen anzulegen? Soweit ich wusste, war Albrecht nicht nur Erzbischof von Mainz, sondern stand
auch dem Erzbistum Magdeburg vor. Zudem war er noch
Markgraf von Brandenburg.

Als spürte Johannes das Entsetzen seiner Zuhörer nicht,
wartete er mit weiteren Details auf, die mich um das Leben
meines Sohnes bangen ließen. Wenigstens sprach mein Bruder nun wieder mit normaler Stimme weiter. »Martins
Schreiben lagen fünfundneunzig Thesen bei, die seine Gedanken untermauern. Mehrere Abschriften seines Briefes
samt Anhang schickte er auch an den für Wittenberg zustän-
digen Diözesanbischof von Brandenburg und an befreunde-
te Gelehrte. Den Pedell der Wittenberger Universität bat er,
die Thesen am Portal der Schlosskirche, die von den Univer-
sitätsangehörigen mitgenutzt wurde, anbringen zu lassen,
als Aufruf zur Disputation an Studenten und Kollegen.«

»Aber …«, setzte einer der Meister an, verstummte aber
sofort wieder, als hätte ihm die Ungeheuerlichkeit von
Martins Vorgehen die Sprache geraubt. Selbst Meister
Kaufmann war zu keiner Reaktion mehr fähig.

Ich hatte mich von meinem ersten Entsetzen noch nicht
erholt, als Johannes auch schon erklärte, dass Martin eigentlich nur innerkirchlich diskutieren wollte, Gelehrte und
Freunde seine Gedanken jedoch auch unters Volk brächten.
»Sie kennen einige Buchdrucker und ließen die fünfundneunzig Thesen ins Deutsche übersetzen und vervielfältigen, hundertfach, stellt euch das vor!« Johannes ereiferte
sich zunehmend. »Derzeit gibt es in Kursachsen und Brandenburg kein anderes Thema mehr als Martins Kritik am

Ablass! Es ist, als wären die Engel selbst Martins Botenläufer und trügen seine Thesen von Mensch zu Mensch.«

Auf diese Worte hin ging ich zum Tisch mit dem Wasserkrug und spritzte mir etwas Wasser ins Gesicht. Lioba reichte mir einen Becher verdünnten Weins, den ich in einem Zug leerte.

»Woher weißt du das alles so genau?«, vernahm ich Hans' Stimme in der Stube und horchte erneut auf.

»Ich bin regelmäßig in Wittenberg, schon seit Jahren«, offenbarte Johannes, und ich war sicher, dass Hans von seinen Worten schwer getroffen war. »Martin ist mir ein Freund geworden. Er meint es gut und will die Wahrheit finden. Für sich, für Euch, für alle Christen.«

Schließlich ging ich zurück in die Stube und sah, dass Hans aufgestanden war. Die anderen Hüttenmeister, Jacob eingeschlossen, saßen reglos am Tisch. Inzwischen war es sehr heiß und stickig im Raum.

»Und wer bedroht Martin?«, fragte Barthel, der als Einziger unter den Meistern einen kühlen Kopf behalten zu haben schien. Sein Gesicht zeigte keinen Funken Besorgnis, eher Neid und Anspannung. Und ich las unverändert jene Abneigung darin, die er Martin schon zu Schulzeiten entgegengebracht hatte.

»Wer ihn bedroht? Dieser schreckliche Tetzel!«, entgegnete Johannes.

»Sprecht Ihr von dem Ablassprediger Tetzel, dem Dominikaner?«, wollte Barthel sofort wissen. Von seiner Mutter wusste ich, dass die Familie sich, trotz ihrer hohen Schulden, jüngst einen der Petersablässe gekauft hatte. Sie benannten Erzbischof Albrechts Ablassbrief nach St. Peter, weil die Einkünfte aus dem Brief vor allem für den Bau der Peterskirche und die dazugehörigen päpstlichen Gebäude in Rom verwendet werden sollten. Für unsere Gegend hatte Kurfürst Friedrich diesen Ablassverkauf untersagt, das Versprechen, dass damit alle Sünden vergeben wären, war dennoch bis nach Mansfeld vorgedrungen. *Laufet alle nach dem Heil eurer Seele. Seid bereit und sorgfältig für das Seelenheil, wie für zeitliche Güter, davon ihr weder Tag noch Nacht ablasset. So bald der Gulden im Becken klingt, im nu die Seele in den Himmel springt!*

»Genau dieser Tetzel ist es, sehr wohl!« Ich spürte an Johannes' aufgeregter Stimme, dass sich Martin in ernsthafte Schwierigkeiten gebracht hatte, vermutlich waren die Ablasskäufe seit seinem Thesenanschlag zurückgegangen. »Dieser Tetzel ist ein Scharlatan im Auftrag des Erzbischofs, wusstet Ihr das?«, eiferte sich Johannes.

»Wie könnt Ihr es wagen, die Ablässe des Erzbischofs zu kritisieren?! Sie ebnen uns den Weg in den Himmel!« Meister Franke hatte die Sprache wiedergefunden und war empört aufgesprungen.

»Mit einem seiner Ablässe kauft man sich von allen Sünden frei«, übernahm Meister Meinhardt. »Jeder Käufer geht nach dem Tod direkt in den Himmel ein! Er muss nicht mehr ins Fegefeuer und zu Lebzeiten auch nicht mehr zur Beichte gehen, ebenso wenig muss er noch Reue zeigen. Der Ablass des Erzbischofs befreit sogar jemandem vom Fegefeuer, der die Jungfrau Maria verführt und geschwängert hat!«

»Das Heil Eurer Seele rettet Ihr nicht mit solch einem Generalablass, im Gegenteil!«, entgegnete Johannes so leidenschaftlich, wie ich ihn noch nie zuvor hatte reden hören. Als er den Kopf zu den Meistern ganz links am Tisch drehte, sah ich Schweißperlen auf seiner Stirn stehen. »Tetzel verspricht, dass jeder nach dem Kauf des Petersablasses kräftig sündigen kann. Sein Schreiben ist ein Freibrief für Gewalt, Unzucht und wider jede Barmherzigkeit!«

Vor Bestürzung schlug ich mir die Hände vors Gesicht. Auch mein Vierzig-Gulden-Ablass, den mir mein Bruder im vergangenen Jahr in Magdeburg – allerdings unter Protest – besorgt hatte, versprach mir nicht nur die Aufhebung meiner Sündenstrafen wie die früheren Ablässe, sondern die vollständige Vergebung meiner Sünden selbst.

»Martin sieht das Seelenheil seiner Gemeinde in Gefahr. Es werden immer weniger Menschen zur Beichte gehen, weil sie sich auf den gekauften Ablass berufen.«

Nach diesen Worten wurde mir außerdem bewusst, dass auch ich seit dem Erhalt meines Magdeburger Ablassbriefes keine Sünde mehr gebeichtet hatte, wo ich früher doch wöchentlich vor dem Herrn Pfarrer auf die Knie gesunken war.

»Mit Tetzels Ablässen wird Sünde beliebig, denn wir müssen sie nicht mehr bereuen, weil wir ja sowieso in den Himmel kommen.« Johannes' Gesicht war mittlerweile rot angelaufen, so sehr hatte er sich in Rage geredet. »Wollt ihr wirklich auf dieses erkaufte Heilsversprechen bauen?«

Dass Ablassbriefe Teufelszeug sind, eine böse Täuschung, ließ er uns als Nächstes wissen und blickte zuerst Hans, dann alle anderen eindringlich an. Zum Schluss verharrte sein Blick auf mir, als fragte er mich, ob es nicht wichtiger sei, unsere Sünden zu bereuen und sie ganz offen und ehrlich vor unserem Gott zu bekennen. Entgegen Johannes' Überzeugung fand ich es jedoch tröstlich, das nicht nur fromme Taten, sondern auch Ablassbriefe die Zeit im Fegefeuer verkürzten. Und ich glaube, den Hüttenleuten ging es wie mir. Jedenfalls schwiegen wir allesamt.

In die gespannte Stille hinein sagte Johannes, dass Erzbischof Albrecht den Petersablass an die Geistlichkeit weitergegeben, das Ablassversprechen an sich aber vom Heiligen Vater persönlich stamme. Der Freispruch von jeglicher Sünde käme damit von ganz oben. Johannes erklärte, dass dies bedeute, dass der Papst es fördere, dass die Gläubigen die Buße mit Füßen treten, obwohl doch die Buße das einzig wahre Mittel überhaupt ist, um von Gott angenommen zu werden, und damit wichtiger als fromme Taten oder Messbesuche.

Johannes zog einen Stapel Papiere unter seinem Umhang

hervor, Abschriften von Martins fünfundneunzig Thesen. Einem jeden von uns reichte er ein Blatt, auch wenn er wusste, dass die wenigsten von uns lesen konnten.

Er begann mit der Einleitung. »›Aus Liebe zur Wahrheit und im Verlangen, sie zu erhellen, sollen die folgenden Thesen in Wittenberg disputiert werden unter dem Vorsitz des ehrwürdigen Pater Martin Luther, Magister der freien Künste und der heiligen Theologie, dort auch ordentlicher Professor der Theologie. Daher bittet er jene, die nicht anwesend sein können, um mit uns mündlich zu debattieren, dies in Abwesenheit schriftlich zu tun. Im Namen unseres Herrn Jesus Christus. Amen.‹« Mit dem Finger fuhr Johannes Zeile für Zeile ab und las weiter: »›Erste These: Als unser Herr und Meister Jesus Christus sagte: ‚Tut Buße‘, wollte er, dass das ganze Leben der Gläubigen Buße sei.‹«

Er ließ seine Worte eine Weile wirken, die Hüttenmeister fanden ihre Sprache nicht so schnell wieder.

»Wie können wir also die Buße mit Füßen treten, wenn die Heilige Schrift doch verlangt, dass wir unser Leben hindurch büßen sollen?!« Johannes las gefesselt weiter, während die ersten Thesenpapiere bereits auf den Tisch zurückgelegt wurden. »Oder hier, die fünfte These: ›Der Papst will und kann nicht irgendwelche Strafen erlassen, außer denen, die er nach dem eigenen oder nach dem Urteil von Kirchenrechtssätzen auferlegt hat.‹« Johannes fügte noch erklärend hinzu: »Der Papst darf also niemals alle Sündenstrafen erlassen, wie es Tetzel jedoch verkündet.«

Martin ging also tatsächlich den Heiligen Vater an? Ich hörte, wie Meister Meinhardt scharf die Luft einsog. Ich war nicht einmal mehr dazu fähig. Ich dachte plötzlich an die Fabel vom Lämmlein und dem Wolf, Martins Lieblingsfabel. Darin wurde man getötet und aufgefressen, wenn man sich mit einem Stärkeren anlegte. Das wusste Martin doch!

»Die Erlassung aller Sünden obliegt keinem Stück Papier, sondern Gott allein und …«, betonte Johannes, wurde aber jäh unterbrochen.

Barthel Bachstedter war aufgesprungen und mit ihm sein Vater. »Das ist Ketzerei! Wir machen uns alle schuldig, wenn wir uns das weiter anhören.«

Erwartungsvoll blickten die anderen Meister zu Hans, auf dem nun ihre ganze Aufmerksamkeit ruhte. Er schien angestrengt zu überlegen und schaute zwischen Johannes und den Hüttenmeistern hin und her.

»Als Hüttenleute müssen wir zusammenhalten!«, beschwor ihn Meister Franke und legte Hans seine Hand auf die Schulter. Für meinen Bruder hatte er nur einen verächtlichen Blick über.

Johannes ließ sich dadurch aber nicht beirren, im Gegenteil wollte er die Runde daraufhin nur umso dringlicher überzeugen. »›Dreiundvierzigste These: Man muss die Christen lehren: Wer einem Armen gibt oder einem Bedürftigen leiht, handelt besser, als wenn er Ablässe kauft. Vierundvierzigste These: Denn durch ein Werk der Liebe wächst die Liebe, und der Mensch wird besser. Aber durch Ablässe wird er nicht besser, sondern nur freier von der Strafe.‹«

Auf diese Worte hin verließen die Bachstedters, Meister Kaufmann und Meister Franke unser Haus, Hans' Bitten halfen nichts. Kurz darauf gingen auch die restlichen Besucher.

Als ich in die Stube zurückkehrte, war Johannes wie in Trance. »›Sechsundachtzigste These: Wiederum: Warum baut der Papst, dessen Reichtümer heute weit gewaltiger sind als die der mächtigsten Reichen, nicht wenigstens die eine Basilika des heiligen Petrus mehr von seinen eigenen Geldern als von denen der armen Gläubigen?‹«

»Es reicht jetzt!«, verlangte Hans.

Doch Johannes schien nichts und niemanden mehr um sich herum wahrzunehmen: »›Neunundachtzigste These:

Vorausgesetzt, der Papst sucht durch die Ablässe mehr das Heil der Seelen als die Gelder – warum setzt er dann schon früher gewährte Schreiben und Ablässe außer Kraft, obgleich sie doch ebenso wirksam sind? Neunzigste These: Diese scharfen, heiklen Argumente der Laien allein mit Gewalt zu unterdrücken und nicht durch Gegengründe zu entkräften, heißt, die Kirche und den Papst den Feinden zum Gespött auszusetzen und die Christen unglücklich zu machen.‹« Es war längst dunkel geworden, als Johannes mit dem Datum des Schreibens am Ende der Thesenliste schloss. Dann verstummte er endlich, sein Kopf war hochrot.

Ich führte ihn in die Küche, wo Lioba ihm einen Hartgebrannten aus Kräutern gab. Unsere Magd half inzwischen auch in Jacobs Haushalt mit. Dafür gestand ich ihr einen halben freien Tag unter der Woche zu.

»Du verbringst die Nacht heute hier«, wandte ich mich an meinen Bruder, »in deiner Verfassung lasse ich dich nicht zurück nach Eisleben reisen.« Ich glaube, Johannes war mir dankbar dafür.

Ich gab ihm die Kammer, in der Thechen und Maria früher geschlafen hatten. Als ich ihm eine Decke für das Bett brachte, griff er nach meinen Händen.

»Hanna«, flehte er heiser. »Martin hat mit dem, was er sagt, so recht, dass es mich beinahe um den Verstand bringt, wie fehlgelenkt unsere irdische Welt ist!«

»Ich habe Angst um dich und um Martin«, sagte ich. »Den Mainzer Erzbischof und sogar den Papst herauszufordern, kann Martin nur ins Unglück stürzen. Und dich auch, wenn du nicht aufhörst, seine Worte zu verbreiten.« Johannes sollte vorsichtiger sein. Nicht nur um seiner selbst, sondern auch um Wilhelmines, seiner Kinder und Enkel willen.

»Hast du gewusst, dass der Mainzer Erzbischof ein Viertel der Ablassgelder aus Tetzels Kiste bekommt und damit seine Schulden in Rom tilgt? Man erzählt sich, dass ihn die päpstliche Ausnahmegenehmigung dafür, zwei Erzbistümern – Magdeburg und Mainz – vorstehen zu dürfen, fünfzigtausend Gulden gekostet hat, die er jetzt abstottert. Oder besser gesagt: Die die Gläubigen jetzt für ihn abstottern.« Zuletzt murmelte Johannes nur noch: »Geldgier und Geiz regieren die Christenheit und …« Er hatte sich müde geredet und ließ sich kraftlos aufs Bett sinken. Ich deckte ihn zu und strich ihm noch einmal über die Hände.

Nachdem er eingeschlafen war, ging ich in die Stube zurück, wo Hans noch immer im Düstern am Tisch saß.

»Du hast es gewusst, nicht wahr?«, fragte er mich.

Ein tiefer Schmerz durchzog meinen Körper.

»Ich habe es an deinem Blick gesehen, als Johannes vom Doktor der Theologie sprach«, sagte er.

Ich fühlte mich schrecklich, aber es berührte mich auch, dass Hans mir mittlerweile ansehen konnte, wie es um mich stand. Früher war das anders gewesen, doch jetzt war er mir näher – und ich ihm.

»Es tut mir leid. Martin schreibt mir schon seit mehreren Jahren Briefe«, entgegnete ich nach einer Weile, um seinen Blick, der noch immer auf mir ruhte, noch etwas länger auszukosten.

Hans wurde rot, wie früher, aber er blieb sitzen.

»Zu Fronleichnam im vergangenen Jahr haben wir uns kurz in Eisleben getroffen. Ich wollte wissen, warum er wirklich ins Kloster gegangen war.«

Hans schaute mich enttäuscht an, das erkannte ich trotz der Düsternis in der Kammer, in die nur von nebenan etwas Licht fiel. »Erst verweigert mir der Sohn den Gehorsam und dann auch noch die Frau.« Müde erhob er sich. »Was ist das nur für eine Familie?«

Seine Worte machten mich unendlich traurig. Ich dachte an die Familie als Höhle, deren Dach er für mich bildete und als solches jeden Tag aufs Neue Wind und Wetter von uns fernhielt.

Ohne einen Anflug von Wut, so wie früher, ging Hans an mir vorbei und stieg in unsere Schlafkammer hinauf. Ich spürte, dass jetzt nicht der richtige Moment war, ihm von Martins Degenkampf mit Hieronimus Buntz zu berichten. Wie sehr wünschte ich mir in diesem ausweglosen Moment doch meine Augustine herbei.

Ich kniete mich vor das Holzkreuz in der Stube.

»Herr, reiß ihn nicht wieder von mir«, bat ich. Mit Hans fühlte ich mich inzwischen sicher. Nur dank ihm hatte Barbara ein würdiges Grab erhalten, nur vereint konnte unser Leben gelingen und unser beider Kraft die Höhle vor dem Einsturz bewahren. Wir würden immer ein Feuer für die Kinder wie auch für uns brennen haben.

In dieser Nacht machten wir beide kein Auge zu, und am Morgen verließ Hans wortlos das Haus und begab sich zu den Hütten. Nur wenig später war Johannes zur Abreise bereit.

»Du musst Martin um seiner eigenen Sicherheit willen darum bitten, sich beim Erzbischof zu entschuldigen«, gab ich ihm noch mit auf den Weg. »Erzbischof Albrecht ist stärker als er! Martin ist doch bloß ein Mönch!« Ein Lämmlein. Und schutzbedürftig. Aber das sagte ich meinem Bruder nicht.

»Er ist mehr als das«, erwiderte Johannes überzeugt. »Er ist unser Befreier!«

Langsam wurde Johannes mir unheimlich. Martin war klug, leidenschaftlich und strebsam, aber kein Befreier. Befreien konnten uns nur Gott, die Heiligen, der ehrwürdige Vater in Rom oder der Herr Pfarrer.

»Du trägst auch Verantwortung für Wilhelmine und deine Kinder und Enkelkinder«, appellierte ich an sein Gewissen. Seine Familie war ihm schon immer wichtig gewesen.

»Gerade deswegen!«, sagte er und küsste mich väterlich auf die Stirn. »Ich werde dafür sorgen, dass meine Familie bald ehrlicher leben kann. Unsere Kirche hat sich schändlicherweise von den Vorgaben der Heiligen Schrift entfernt. Von Gier steht dort nämlich nichts geschrieben.« Zum Abschied steckte er mir eines der Thesenblätter vom Vorabend zu. »Je öfter ich es gelesen habe, desto richtiger erscheint es mir.«

Nach einem Monat kannte ich beinahe jede der fünfundneunzig Thesen auswendig. Die in ihnen enthaltenen Anklagepunkte waren in ihrer Gesamtheit noch viel schärfer, als ich es von Johannes' glühendem Vortrag in Erinnerung hatte.

Hans verbrachte viel Zeit bei den Hütten, während ich mit der Frankin gemeinsame Gänge zum Friedhof unternahm. Unser Haus war wieder so leer wie zu Anfang, als wir nach Mansfeld gekommen waren. Immer wieder einmal schaute Maria mit ihren Kindern Johannes und Magdalena vorbei. Ihre Besuche waren die einzige Aufheiterung bei all den Sorgen, die ich mir um Martin, unsere finanzielle Situation und um die offensichtliche Abkehr meines Mannes machte. Der kleine Johannes liebte es, einmal im Kreis Purzelbäume durch die Stube zu schlagen. Seine jüngere Schwester Magdalena legte dafür eigens auf dem harten Boden eine leinene Unterlage für ihn aus, damit er sich den Kopf nicht allzu sehr stieß.

Inzwischen brauchte ich nicht einmal mehr Johannes' oder Martins Briefe, um über die Geschehnisse in Wittenberg unterrichtet zu sein. Irgendjemand in der Stadt wusste immer Bescheid. Im Laufe des Jahres 1518 hatte sich Martins Konflikt mit dem Mainzer Erzbischof nicht entspannt. Er hatte den hohen Kirchenmann nicht um Verzeihung gebeten.

Darüber war der Unfall von Barthel Bachstedter fast in den Hintergrund getreten. Beim Ausbruch eines Feuers in einem zu seinen Hütten gehörenden Bergteil, verursacht durch eine einzige unbeaufsichtigte Unschlittlampe, waren in einem maroden Stollen die stützenden Holzbalken zerstört worden und der Stollen teilweise eingebrochen. Nachdem man ihn und die Bergleute aus dem Brandgefängnis, sie waren eingeschlossen gewesen, befreit hatte, lag der Sohn der Bachstedterin bewegungsunfähig mehrere Tage im Bett, seine Eltern dachten, er stürbe. Mittlerweile sah ich ihn aber wieder auf der Straße mit schmerzverzerrten, harten Zügen, den Oberkörper ganz steif. Die Brandnarben in seinem Gesicht würden ein Leben lang sein Unglück im Berg bezeugen.

Auch das Verschwinden zweier heilkundiger Frauen hatte man in Mansfeld wegen der Ereignisse um Martin schnell vergessen. Man munkelte, dass eine von ihnen vor den Hexenhäschern geflohen war. Walburga Handschuher hingegen sollte sogar schon befragt, der Weichlerei für schuldig befunden und getötet worden sein. Die Handschuherin war eine der Töchter unseres Vermieters in Eisleben gewesen. Ihr Ehemann war zwei Jahre nach der Hochzeit gestorben, sie hatte daraufhin als kinderlose Witwe zurückgezogen am Stadtrand gelebt.

Angetrieben vom Sturm, den Martins Thesen ausgelöst hatten, waren jüngst Gerüchte nach Mansfeld gedrungen, dass mittlerweile mehrere Frauen, so wie Augustine damals, gegen das Hexenbuch angingen. Sie verteilten Einblattdrucke, auf denen sie vor falschen Bezichtigungen warnten.

Ablassprediger Tetzel hatte als Antwort auf Martins Thesen einhundertsechs Gegenthesen verbreiten lassen. Auf Tetzels Gegenthesen antwortete Martin mit *Einem Sermon von Ablass und Gnade,* den er auf Deutsch verfasste, so dass ihn jeder, der des Lesens mächtig war, ohne Übersetzer selbst studieren konnte. Martin war inzwischen so weit, dass er sogar die Dreiteilung der Buße in Frage stellte. Nur zu gut erinnerte ich mich noch der Worte, mit denen ich die dreigeteilte Buße meinen Kindern einst beigebracht hatte: Erst *reuen* wir, dann *bekennen* wir die Sünden vor dem Herrn Pfarrer, dann *leisten wir Genugtuung*, indem wir die uns auferlegten Bußleistungen erbringen.

Zu einem weiteren Aufschrei in Mansfeld führte seine Behauptung, dass die Buße eine Form der Selbsterkenntnis und -beurteilung sei, zu der es keines Pfarrers bedurfte. Jeder Mensch könnte sie alleine durchführen, solange er mit vollem Herzen dabei wäre. Und das Tag für Tag, an jedem Ort, sogar auf dem ... Abort.

Martin schrieb auch von so seltsamen Dingen wie der Aufhebung des Vorleistungsprinzips. Um Gottes Gnade zu erlangen, sollten wir demnach nicht mehr mit frommen Taten in Vorleistung gehen müssen? Davon hatte mir zwar Johannes schon berichtet, aber ich glaubte noch immer nicht daran, denn Gott war ein unbarmherziger Richter, er würde dem niemals stattgeben.

Im Jahre 1518 stand die nächste Pestwelle vor den Toren der Stadt. Wieder wurden Wacholder geräuchert, Brennholz und Lebensmittel hamsterartig bevorratet.

»Allein Euer Martin ist schuld«, schimpfte die Bachstedterin offen beim Nadelnachmittag, der auf das Fest des heiligen Bonifatius folgte.

Ich war mir nicht sicher, ob Verena von der Pestilenz oder vom Unfall ihres Sohnes Barthel sprach, der seitdem nicht mehr in der Schmelzhütte arbeiten konnte. In Verenas Zügen hatte genau jener wenig mütterliche Ausdruck gelegen, den ich seit dem Unfall an ihr ausmachte, wenn sie mit ihrem geschwächten Sohn, der wegen der starken Schmerzen in seinem versehrten Bein nur noch mit nach vorne gebeugtem Oberkörper gehen konnte, in der Stadt unterwegs war. Seit einiger Zeit ging Verena immer ein paar Schritte vor ihm, so als schäme sie sich Barthels entstellten Gesichts und seiner hinkenden Schritte.

»Mit seinem Eigensinn hat Martin Gottes Zorn auf Mansfeld gelenkt«, glaubte auch Grete zu wissen. »Immer öfter kommen Rufe auf, dass er mit dem Teufel im Bunde steht, oder gar selbst der Satan ist!«

Ich bekreuzigte mich, so schrecklich waren diese Worte. Seitdem Grete nicht mehr bei uns wohnte, war ihr Tonfall noch herrischer geworden. Regelmäßig nahm sie an den Nadelnachmittagen teil und saß direkt neben Verena Bachstedter.

»Bringt Euren Sohn endlich zum Schweigen! Oder wollt Ihr, dass ganz Mansfeld an der Pestilenz zugrunde geht?«, forderte die Bachstedterin ungehalten und gar nicht mehr höflich. Das Aprikosengebäck, das sie gerade zum Mund führte, legte sie angewidert in die Schale zurück.

»Die Seuche ist nicht seine Schuld«, widersprach ich vorsichtig und mit leiser Stimme. Mit großen Augen starrten mich die acht Frauen an. Wahrscheinlich war ich die Erste in Mansfeld, die es wagte, der Bachstedterin Widerworte zu geben. »Er hat außerdem recht, wenn er sagt, dass wir die Buße über dem Ablasskauf nicht vergessen dürfen«, fuhr ich fort. Ich ging wieder wöchentlich zum Herrn Pfarrer, vielleicht um mir selbst und Martin zu beweisen, dass die Ablassbriefe nicht grundsätzlich schlecht waren und uns nicht zwingend von der Beichte fernhielten, wenn wir gute Christen waren.

»Mutter, jetzt wirst du auch noch verrückt!«, entgegnete Grete mit eisigem Blick. »Onkel Johannes ist es schon längst.«

Verena Bachstedter nahm meine Tochter zur Beruhigung in den Arm, was eigentlich meine Aufgabe gewesen wäre.

»Wir glauben, was die Kirche glaubt!«, zitierte Grete, entzog sich der Umarmung, ließ ihre Hand aber in der Verenas. »Hast du uns das nicht gelehrt, Mutter?«

Ich schluckte. Ja, das hatte ich, weil ich daran geglaubt hatte – noch immer daran glaubte … oder aber, weil der Herr Pfarrer es am besten wissen musste.

»Die Gedanken unserer Kirche anzuzweifeln, obliegt

wohl kaum jemandem, der seinen Eltern gegenüber ungehorsam war und die Familie im Stich gelassen hat!« Gretes Gesichtsausdruck wirkte wie eingefroren. Ein bisschen erinnerten mich ihre Züge an die steifen, wenn auch anmutigen meiner Mutter.

Als es um Augustines Verstoßung gegangen war, hatte ich mich gegen mein inneres Gefühl von den Hüttenmeisterfrauen dazu drängen lassen, mich von meiner treuen Hebamme zu trennen. Bei Augustines Tod hatte ich mir geschworen, dass mir das nicht mehr passieren und ich beim nächsten Mal auf mich selbst hören würde. Nun war es so weit. »Martin ist der Sohn eines Mansfelder Hüttenmeisters«, fuhr ich deshalb eindringlich fort. »Damit ist er auch ein Mitglied unserer Gemeinschaft und sollte auf unseren Schutz zählen können.«

Ihm hilfst du, aber mich hast du schutzlos zurückgelassen!, hätte Christina gewiss geschimpft, würde ich ihre Stimme noch wie früher in meinem Kopf hören. Doch da war nichts mehr, nichts war mir mehr von ihr geblieben. *Sprich mit mir, Liebes, auch wenn es Neidverse sind!*, flehte ich meine Erstgeborene in Gedanken an, doch Christina ließ sich nicht erweichen.

»Das gilt in unserer Gemeinschaft aber nicht für Ketzer«, entgegnete die Bachstedterin resolut. »Unabhängig davon, ob es sich um einen Hüttensohn oder Adelsspross handelt. Verstünde sich Martin noch als Teil unserer Gemeinschaft, würde er in Zeiten, in denen unsere Männer um jedes Lot Schwarzkupfer bangen müssen, nicht für solch einen schlimmen Aufruhr sorgen!«

»Das sehe ich genauso«, pflichtete Grete ihr bei und schob sich genüsslich ein Stück Aprikosengebäck in den Mund.

»Er ist dein Bruder, Grete!« Ich war aufgestanden und spürte damit die Blicke aller acht Frauen weiter auf mir. Sie durchbohrten mich förmlich.

»Mein Bruder?«, wiederholte Grete abweisend. »Dass er sich wie ein Bruder benommen hat, ist lange her. Ich kann mich kaum noch daran erinnern!«

»Wir Hüttenmeisterfrauen sollten zusammenhalten«, forderte ich, vielleicht war es das Unbehagen, was mich diese kühnen Worte hatte sagen lassen. »Gemeinsam haben wir den Brand von St. Georg und die Seuche überstanden. Wir überstehen auch diese Krise.«

Die Frankin schaute betreten zu Boden, ebenso die Frau des verstorbenen Ratsherrn Lichtpein. Die anderen saßen weiterhin stocksteif da, ihre Blicke unverändert auf mich gerichtet. Was die erste Pestwelle nicht geschafft hatte, drohte meinem Sohn jetzt zu gelingen: den Zusammenhalt der Hüttenleute zu zerschlagen. Vorzeitig verließ ich den Nadelnachmittag. Ich ging nie wieder zu einem.

Zehn Tage später wurden die Stadttore geschlossen, um die Pestilenz aus Mansfeld herauszuhalten. Die zweite Pestwelle machte mir weniger Angst als die erste, bei der wir unsere Barbara und Augustine verloren hatten. Vielleicht, weil ich nicht mehr so viel zu verlieren hatte.

Die letzte an mich adressierte Nachricht, die noch nach Mansfeld kam, erreichte mich in Form einer gedruckten Schrift, deren Verfasser Doktor Staupitz war. Zuerst wollte ich sie gar nicht lesen, weil der Vorsteher des Augustiner-Ordens meiner damaligen Bitte in Eisleben, besser auf Martin aufzupassen, nicht nachgekommen war. Das Titelblatt zeigte den gekreuzigten Jesus mit den Wundmalen auf dem Boden vor dem Kreuz stehend. Das Bild fesselte mich, weil es Christus so stark und hoffungsvoll zeigte. *Ecce homo!,* stand hinter ihm auf einer Banderole geschrieben. *Seht, ein Mensch!,* wusste ich die zwei Worte dank Martins Lateinübungen zu übersetzen. Über dem Gekreuzigten las ich schließlich den Titel: *Ein seliges neues Jahr – Von der Liebe Gottes.*

Als Letztes, beinahe hätte ich die dünnen Federstriche

übersehen, fiel mein Blick auf die handschriftliche Widmung:

Meiner lieben Mutter Margarethe Luther

Meine Finger strichen von ganz allein über die Worte *lieben Mutter*. Martins kurzem, beigelegtem Schreiben entnahm ich, dass er von der Aufregung um sich und seine Schriften selbst überrascht war.

Ich zeigte Hans die Schrift und die beigegebenen Zeilen, weil ich wollte, dass er von allem, was Martin mir seit meinem Geständnis zukommen ließ, ebenfalls erfuhr. Nie wieder wollte ich ihn hintergehen. Doch Hans wollte nichts davon wissen.

Hans mied mich wie in den ersten Jahren unserer Ehe, jedoch mit dem Unterschied, dass es mich jetzt weit mehr schmerzte als damals. So legte ich die Schrift des Doktor Staupitz in das Schränkchen neben dem Bett, wo ich auch die Ablassbriefe und das Fabelbuch aufbewahrte. *Von der Liebe Gottes*, der Titel verwirrte mich.

Die Dominikaner unter Tetzel verfassten erneut Gegenthesen und bezichtigten Martin der Ketzerei. Ihre Anklageschrift gegen Martin, so erfuhren wir von Johannes, der seine Familie immer öfter allein ließ, um nach Wittenberg zu reisen, schickten sie an den Ordensgeneral der Dominikaner, Kardinal Tommaso de Vio von Gaeta, Cajetan genannt, der Martin zu einem Gespräch nach Augsburg befahl.

Johannes verriet mir nie, wie es dazu gekommen war, jedenfalls begleitete Doktor Rühel, Elisabeths Ehemann, Martin auf seiner Reise nach Augsburg, was mich etwas beruhigte.

Die hohen Geistlichen verlangten in der Reichsstadt von Martin, dass er seine Thesen widerriefe und in den Schoß der heiligen Mutter Kirche zurückkehre. Sie fragten ihn, warum sich ein Einzelner gegen die gesamte Kirche stellte, und mein Sohn antwortete darauf, dass er gar nicht allein, sondern die Wahrheit mit ihm sei.

»Martin besteht darauf, allein von der Heiligen Schrift widerlegt zu werden, und das können sie nicht«, erklärte uns Johannes, der mir im Jahr 1518 zum ersten Mal alt und abgekämpft vorkam. Die Vorkommnisse zehrten auch an seinen Kräften.

Martin schrieb mir, er hätte nach dem Gespräch mit Kardinal Cajetan, das er ein Verhör schimpfte, fliehen müssen, wollte er nicht riskieren, festgehalten und eingesperrt zu werden.

Nachdem Kurfürst Friedrich der Weise vor Martins Reise nach Augsburg schon seine Auslieferung nach Rom abgelehnt hatte, sah er nun in der Reichsstadt den Scheiterhaufen vor sich und glaubte, sterben zu müssen. Was mich am meisten daran berührte, war seine Angst, als verbrannter Ketzer eine Schande für uns, seine Familie in Mansfeld, zu sein. Einen schäbigen Bettelmönch schimpften die Mansfelder ihn mittlerweile; ich konnte nur hoffen, dass ihm dies nicht zu Ohren kam. Sie schoben meiner Familie die Schuld für ihre Toten, für ihre schlechten Geschäfte und überhaupt für alles Leid, das sie traf, zu. Die zweite Pestwelle hatte drei Enkelkinder der Frankes hinweggerafft. Die Bachstedters beklagten ebenfalls Verluste, während wir Luders von der Pestilenz verschont blieben.

In dieser Zeit rief ich mir oft Johannes' Worte auf unserer Rückreise von Eisleben nach Mansfeld ins Gedächtnis: *Du bist stark, Hanna!* Danach fühlte ich mich tatsächlich besser gegen die zunehmenden Anfeindungen gewappnet.

Einmal ließ uns sogar der gnädige Graf Hoyer VI.-Vorderort auf seinen Teil des Schlosses kommen, wo er von uns verlangte, auf Martin einzuwirken. Worauf Hans nur antwortete: »Wir haben unseren Sohn längst verstoßen. Er hätte Jurist werden sollen!«

Erst da wurde mir klar, wie die miteinander verstrittenen

Mansfelder Grafen zu der Glaubenssache standen. Graf Hoyer VI.-Vorderort, der Geheimer Rat unter Kaiser Maximilian war und das gleiche Amt auch für den neuen Kaiser Karl V. ausführte, widersprach Martin in allen Punkten. . Graf Albrecht IV.-Hinterort sah das wohl anders. Die Grafschaft war damit auch im Glauben gespalten.

Hans bekam sein Schwarzkupfer immer schlechter verkauft, zudem fanden wir eines Tages unseren treuen Knecht Alfred tot auf dem Feld liegend vor. Als habe ihn der Schlag getroffen. Wir fanden keinen anderen Mann, der unsere Felder bewirtschaften wollte, nicht einmal einen Käufer für das Land, es verdarb immer mehr. Damit war Lioba die einzige Unterstützung, auf die wir noch zählen konnten.

Martin wurde bei einer Disputation in Leipzig öffentlich als Ketzer bezeichnet. Damit waren wir nicht mehr nur in den Köpfen der Mansfelder die Eltern eines Ketzers. Hans entzog man daraufhin das Amt des Vierherrn.

Meine Schnittnarbe brannte wieder.

Die Geburt des Antichristen.

Je stärker Martin beschimpft wurde, umso mehr wollte ich ihn verteidigen. Ihn und meine anderen Kinder beschützen.

Dann starb unser Thechen unerwartet, es war an einem der letzten Frühlingstage im Mai des Jahres 1520. Kurz darauf erzählte uns Johannes von der Bannandrohungsbulle gegen Martin. Die Bulle war im Juni in Rom erlassen worden und gab Martin sechzig Tage Zeit, den Inhalt seiner Schriften zu widerrufen und dieselben zu verbrennen, wollte er nicht als Ketzer verurteilt und exkommuniziert werden.

Wir bestatteten Thechen direkt neben Barbara in geweihter Erde. Für mich stand die Welt und alle Sorge um Martin an den Tagen von Thechens Totenwache still. Ich brauchte mehrere Stunden, um ihr die Nägel zu schneiden. Die ganze Nacht hindurch hielt ich die Hand meiner Tochter und sprach mit Gott.

»Thechen war, wie schon unser Knecht zuvor, plötzlich erbleicht und umgefallen. Sie hauchte gleich nach Reichung der Sterbesakramente ihren letzten Lebensatem aus«, vernahm Lucas erneut Margarethes zärtliche, liebevoll klingende Stimme. Er hörte ihr gerne zu.

»Thechen hatte das schönste Lächeln von all meinen Kindern. Und das schüchternste zugleich, weil sie immer ihre gespaltene Lippe verbergen wollte. Genau deswegen war jedes Lächeln von ihr aber auch so ehrlich und kam von ganzem Herzen. Ich werde sie immer in Erinnerung behalten.«

Lucas machte das Kreuzzeichen. Kinder starben, das war nun einmal so, auch wenn er bislang – dem Herrn sei Dank – von einem solchen Verlust verschont geblieben war. Und das obwohl er, rechnerisch gesehen, längst überfällig war. All seine Freunde und Bekannten hatten mindestens schon ein Kind, wenn nicht sogar zwei oder drei begraben müssen. Die Kinder und die Alten starben zuerst, sie waren die schwächsten. Danach die Frauen, dann die Männer. Zuerst die Armen, dann die Reichen. Außer in Kriegszeiten. Da war die Abfolge eine andere.

»Wenn das eigene Kind nach der Geburt zum ersten Mal schreit, ist das einmalige Gefühl alles übersteigender Liebe und Wärme meist am intensivsten«, sprach Margarethe leise.

Was Hansi betrifft, dachte Lucas, *hat dieses Gefühl eigentlich nie nachgelassen. Und der junge Lucas? Und Ursula, Anna und Klein-Barbara?* Er hatte noch nie darüber nachgedacht. Lucas schaute hinauf zur Decke. Direkt über ihm befanden sich die Kammern der Kinder. Was die Mädchen betraf, riefen sie in ihm einen ungeheuren Beschützerinstinkt wach. Ob der junge Lucas sein Angebot tatsächlich ernst nehmen und ein Bild ganz nach seinen Vorstellungen zeichnen oder aber nach wie vor sein Bett und das Nichtstun bevorzugen würde, so wie er es in den letzten Wochen getan hatte? Verunsichert hatte der Junge ihn auf sein Angebot hin angesehen. Allerdings war da auch ein Leuchten in seinen Augen gewesen.

Gleich heute Abend nach der Malsitzung, nahm Lucas sich vor, würde er seinem jüngeren Sohn die für sein Bild notwendigen Farben auf einem separaten Tisch in der Werkstatt bereitstellen. Vielleicht sogar die kostbaren Ölfarben, die die Tempera-Farben an Intensität und Leuchtkraft weit übertrafen. Schließlich hatte er seinen Sohn nach dem Evangelisten Lukas, dem Beschützer der Kunstmaler, benannt.

Als Lucas wieder zum Stuhl schaute, bemerkte er zu seiner Verwunderung, dass Margarethe endlich ihren Umhang, den sie bisher wie eine zweite Haut trug, ausgezogen und über die Stuhllehne gelegt hatte. Nun saß sie in einem schwarzen Überkleid vor ihm, unter dem im Hals-, Schulter- und Armbereich ein weißes Unterkleid zum Vorschein kam. Langsam öffnete sie sich ihm. Die Muschel zeigte ihre Perle, das wertvolle Innere, die Seele.

Lucas rückte Ennlein noch einmal zurecht, nahm den Pinsel zur Hand und folgte seiner Intuition. Er setzte die Pinselspitze, an der graue Farbe hing, auf das Papier. Mit wenigen Strichen sorgte er dafür, dass die porträtierte Margarethe ihre Oberlippe fest auf die Unterlippe presste. Damit arbeitete er ihren festen Willen heraus, den sie zweifelhaft besaß. Gleichzeitig aber auch ihre Besonnenheit und kritische Distanz, die trotz ihrer Annäherung an ihn nach wie vor vorhanden war. *Sie hat ihre Kinder sterben sehen!,* schoss es ihm durch den Kopf, worauf er ihren bisher trüben Blick aufklarte, indem er ihre Augenlider etwas weiter öffnete. Sie sah die Dinge um sich herum, wie sie waren, und traf auf dieser Basis ihre Entscheidungen. Ihr nunmehr leicht spähender Blick war ein guter Hinweis auf ihr Urteilsvermögen. Seine Hand zeichnete dabei beinahe wie von allein, er hatte das Gefühl, sie nicht führen zu müssen.

Die Gegensätze, die Überraschungen für den Betrachter, wollte er später im Ölbildnis noch durch Hell-Dunkel-Kontraste besser herausarbeiten. Dazu passten auch das schwarze Oberkleid und das weiße Unterkleid mit seiner feinen schwarzen Bordüre am Kragen ausgezeichnet.

»Wenn das eigene Kind stirbt, hat der Schmerz die gleiche Intensität wie die Liebe, die man für dieses Kind empfunden hat«, sagte Margarethe nun. »Dabei ist es völlig gleich, ob ein Kind im Säuglingsalter oder im Erwachsenenalter stirbt, die Tiefe des Schmerzes ändert sich dadurch nicht.« Margarethe schaute zu Lucas, der an seine verstorbenen Geschwister denken musste.

Nicht nur Ennlein, sondern noch eine weitere Schwester und ein Bruder waren viel zu früh gestorben. »Habt Ihr einen Rat, wie man diesen Schmerz bewältigen kann?« Seine Jüngste, Anna, war nur wenige Wochen alt, die Gefahr eines frühen Todes damit am höchsten.

»Meister Lucas, es bleibt uns in diesem Fall nur, Gottes Wege anzunehmen und auf seinen Plan zu vertrauen.«

Meine stille Maria trauerte ein Jahr lang an Thechens Grab, jeden Tag. Die beiden waren auch nach ihrer Heirat eng miteinander verbunden gewesen. Meister Mackenrodt, Thechens Ehemann, behauptete, dass Martin am Tod seiner Schwester schuld sei. Niemand falle einfach so um. Eine Frau sterbe bei einer Geburt, an einem Fieber oder weil sie zu viel keifte, aber niemals einfach so beim Aufsetzen ihrer Haube.

Mit Thechen war das nächste meiner Kinder unter die Erde gekommen. Mit ihr wurde die nächste Rosenkranzkette mit den drei Gagatperlen begraben.

Nur langsam richtete sich meine Sorge wieder auf Martin. Er verfasste weitere Schriften, die er mir auch auf Papier gedruckt schickte. Und immer wieder sprach er von Gottes Gnade und darüber, dass alle Christen gleich vor Gott seien. Welch seltsamer Gedanke! Wie konnte ich vor Gott einem Bischof gleichgestellt sein? Dieser musste ihm doch viel näher sein, da er Sakramente austeilte und gewiss nicht solche schweren Fehler beging wie ich.

All dies predigte Martin unnachgiebig von der Kanzel

hinab, bis ihm vor Erschöpfung die Sinne schwanden. Und doch gab es auch den ängstlichen Martin. Mein Sohn schrieb mir, dass er sich im Kampf gegen den Papst alleingelassen fühlte, obwohl er viele Unterstützer habe. Dennoch hinge es allein von ihm ab, dass seine Kritik nicht im Sand verlaufen würde. Er bezweifelte, Gottes Sache, die Reformation der Kirche, die er zu der seinen gemacht hatte, zu dem von ihm gewünschten Ende bringen zu können. Doch dies sei allein Gottes Entscheidung. Die Zeit für die Reformation kenne allein der, der die Zeiten geschaffen hat.

Ist es nicht der herannahende Tod, der uns am häufigsten zur Buße, zur Gewissenserforschung, zur Reue und zur Beichte antreibt? Kurz vor dem Feste Christi Geburt im Jahr 1520 wurden Hans und ich zu den Kaufmanns gerufen. Grete hatte schlimme Schmerzen beim Ein- und Ausatmen und fieberte heftig. Als wir eintrafen, hatte sie bereits die Absolution und die letzte Wegzehrung erhalten. Meister Kaufmann hatte sich bereits ihrer Nägel angenommen, und ich, wie es sich gehörte, mein Sterbebüchlein mitgebracht. Als Kind hatte Grete die Stelle über die Verschlagenheit des Leibhaftigen geliebt, der auf dem Jahrmarkt umging und dort seine angeblich nützlichen Waren wie Hinterlist und Hass feilbot und zur Völlerei aufrief.

Hans hatte sich bereits von Grete verabschiedet und führte den völlig aufgelösten Hentze Kaufmann ins Erdgeschoss hinab. Sechs Kinder hatte Grete ihm in ihrer Ehe geschenkt.

Ich streichelte meiner Tochter über das Gesicht und drückte ihre schweißnassen Hände an meine Wangen. In den vergangenen Jahren hatten wir uns voneinander entfernt, aber trotz allem war sie mein Fleisch und Blut, ihr Leid bedrückte mich. Als ich mich von ihr verabschiedete, regte sie sich kaum noch.

Ich war schon am Hinausgehen, da hörte ich auf einmal ihre Stimme, die trotz des nahen Todes plötzlich schrill klang, wie es von Anfang an ihre Art gewesen war. »Mutter!«, rief sie. »Bleib noch!«

Ich trat erneut an ihr Bett.

Grete griff nach meiner Hand, ich war überrascht, wie viel Kraft sie noch immer besaß, als sie sie schließlich zu fassen bekam. »Sag ihm, dass ich ihn trotz allem liebe«, sagte sie.

Ich betrachtete meine Tochter genauer. Das lange braune, verfilzte Haar reichte ihr auf der Bettstatt zu beiden Seiten bis hin zum Bauch. Schweiß rann ihr die Schläfen hinab. Vom Schmerz gepackt, wirkte sie fast wieder wie meine kleine, hilflose Grete, die meiner Führung bedurfte.

»Das muss ich deinem Vater nicht sagen«, antwortete ich. »Das weiß er.«

Grete schüttelte mühsam den Kopf. »Nicht ihm«, röchelte sie. »Martin!«

»Ich werde es ihm schreiben«, versprach ich und versuchte vergeblich, meine Tränen zurückzuhalten.

Grete atmete nun tiefer ein, obwohl dies ihre Schmerzen um ein Vielfaches vergrößern musste. Tatsächlich presste sie die Hände sogleich auf ihren Brustkorb. Der Medikus hatte auf die Seitenkrankheit geschlossen, wie uns von ihrem Ehemann berichtet worden war. »Ruh dich aus, Grete. Streng dich nicht so mit dem Sprechen an.«

»Er hat mich mit jedem Jahr weniger geliebt«, wisperte sie und versuchte nun verzweifelt, mit ihren Händen unter ihre Bettdecke zu greifen.

Vor der Tür vernahm ich Kindergeschrei und Weinen.

»Deinen Kindern wird es gutgehen«, versprach ich meiner Tochter sofort.

Sie atmete jetzt nur noch flach und schnell hintereinander.

Unter großer Anstrengung kam ihre Hand wieder unter der Bettdecke hervor, in ihr befand sich eine tönerne Murmel.

Ich erkannte sie zuerst nicht wieder, bis Grete sagte: »Seitdem Lioba ins Haus kam, habe ich«, sie pausierte, weil sie nur noch genug Luft für ein paar Worte am Stück hatte, »habe ich mich immer zweit... zweitrangig gefühlt.« Ein trockener Husten folgte. Ich litt mit meiner sterbenden Tochter.

Ich schloss ihre Finger um die Murmel, damit sie ihr nicht aus der Hand fiel. Es war die Murmel, die Martin ihr einst geschenkt hatte, damit sie etwas von ihm bei sich tragen konnte, während er in der Schule war. Die Murmel besaß kleine kupferrote Sprenkel, von denen Martin immer behauptet hatte, dass es die Überreste von Sternen wären, die auf die Erdscheibe gefallen waren.

»Nimm sie ... an dich«, verlangte Grete.

»Die Liebe eines Jungen zu seiner Schwester ist eine andere als die zu einer Frau, die er begehrt«, sagte ich. »Der herbeigesehnten Frau schenkt ein Mann vielleicht mehr Aufmerksamkeit, singt ihr Lieder vor oder macht Geschenke. Dennoch liebt er seine Schwester weiterhin, nur eben auf geschwisterliche Art.« So hatten es meine Brüder mir stets beteuert. »Die Geschwisterliebe steht der Liebe von Ehepartnern nicht nach. Sie ist einfach nur anders. Aber verletzlich und ganz wir selbst können wir doch am besten vor unseren Geschwistern sein. Ist das nicht mindestens genauso viel wert?« Ich erinnerte mich an meine zwei verstorbenen Brüder und wie ich mich an ihren Schultern hatte ausweinen dürfen. »Nimm Martins Murmel mit auf deine letzte Reise, Grete.«

Sie lächelte kurz. Mein Schreikind lächelte. Grete war mein kühnstes Kind gewesen, sie hatte immer ohne Angst laut ausgesprochen, was sie dachte. Eine Eigenschaft, die mich in gewisser Weise immer stolz gemacht hatte.

»Gib Martin ... die Murmel zurück ... zur Entschuldigung für ... mein Verhalten«, brachte Grete mit schmerzverzerrtem Gesicht heraus und hielt mir die Murmel wieder hin. »Vielleicht lässt sie … ihn ab und zu … an mich denken.«

Ich griff zu und musste jetzt gleichfalls lächeln. Das würde Martin auch ohne die Murmel tun, und ich war überzeugt, dass er die Kinderzeit mit ihr in Mansfeld als etwas ganz Besonderes empfunden hatte. Draußen vor der Tür war es wieder ruhig geworden, einzig Gretes Röcheln begleitete meine Gedanken.

Ihre freie Hand hatte sie wieder auf die linke Brusthälfte gepresst, wo sie der Schmerz wohl am heftigsten quälte.

»Damals … Hentze kannte die Ratsherren gut«, brachte sie hervor, wobei ihre Adern an Hals und Schläfen stark hervortraten. »Er hat meinen Vorschlag … auf mein Drängen hin im Rat vorgetragen.«

»Dein Ehemann vor dem Rat? Wovon redest du, Kind?« Ich merkte, wie sehr sie jedes Wort quälte, und fragte mich, was an den Geschäften ihres Mannes so wichtig war, dass sie in ihrer Sterbestunde noch darüber reden musste.

»Es war im Jahr, als Barbara starb …«, Grete zögerte, als wollte sie ihre Gedanken doch lieber für sich behalten, sprach dann aber weiter: »Ich habe Lioba den Räten … über Hentze als Pestmagd empfohlen.«

Sofort kamen mir Augustines Worte wieder in den Sinn, nachdem sie Jacob von der Pestilenz geheilt und ich sie nach Gretes Befinden befragt hatte. *Grete geht es bestens!*, hatte meine Hebamme spöttisch geantwortet. Augustine musste von dem Vergeltungsschlag meiner Tochter erfahren haben.

Grete sprach nun mit geschlossenen Augen. »Ich wollte, dass Lioba an der Pestilenz stirbt und ich sie nie wiedersehen muss.« Eine Träne lief ihre Wange hinab und tropfte auf das Kissen. Ihre letzten Kräfte verwendete Grete darauf, ihren Kopf noch einmal anzuheben. »Sie ist keine Mörderin. Das wollte ich damals nicht wahrhaben. Sie sollte in deinen Augen einfach nicht unfehlbar sein.«

Schon damals hatte ich Gretes Eifersucht auf Lioba, weil Martin die Magd zuerst gemocht und dann geliebt hatte, nicht übersehen. Als mich Grete dann mit aller Kraft überzeugen wollte, dass Lioba eine Mörderin sei, war mir bald klar gewesen, dass sie unsere Magd nur hatte schlechtreden wollen.

»Verzeih mir«, sagte sie nach einer Weile, und ihr Kopf sackte kraftlos aufs Kissen zurück. Ich wartete, bis ihr Röcheln leiser wurde, und nahm ihre Hand als Zeichen der Vergebung.

»Wenn Martin auf der Empore in St. Georg stand, hat er nur für dich gesungen, Grete. Du hast ihn verletzlich, ängstlich und sehr, sehr wütend erleben dürfen, aber auch zufrieden. Selbst wenn er krank war, wollte er, dass du ihm die Aufgüsse bringst, niemand anders«, sagte ich. »Ohne deinen Zuspruch und deine Fürsorge wäre er ein anderer geworden.«

Nach einer Weile dachte ich, Grete wäre schon entschlafen, dann antwortete sie aber doch noch: »Das wusste ich nicht.« Ihre Stimme war kaum mehr als ein Hauchen. »Sag ihm, ich … verzeihe ihm, dass er nicht … zu meiner Hochzeit mit Hentze gekommen ist.«

»Das tue ich«, versprach ich.

Grete besaß nicht einmal mehr die Kraft, ihre Lider zu öffnen. Auch ich schloss meine Augen und sah zum ersten Mal in meinem Leben den Forstmann klar vor mir. Er war komplett silbern, so eisern wie seine Axt. Alle seine Körperteile funkelten, und ein eiskalter Wind umtoste ihn. Ich glaubte, er käme mir ganz nahe, aber in Wirklichkeit drängelte er sich nur an mir vorbei zu Grete. »Ich bin bei dir«, sprach ich leise zu meiner Tochter, und strich ihr mit zitternder Hand über die Wangen.

Ehepartner, Freunde oder Eltern, die wir überleben, weichen von unserer Seite. Kinder werden uns aus dem Herzen gerissen.

Gretes letzte Worte lauteten: »Ist Martin so stark ... wie Ritter Georg?«

Ich zögerte mit der Antwort.

Dann schlug der Forstmann zu.

Fünf ganze Schläge brauchte er für mein starkes, widerspenstiges Mädchen. Meine zweitgeborene Tochter starb kurz nach Mitternacht.

Wie früher griff ich nach Gretes Haar und entwirrte es mit den Fingern. Wie früher, als sie unser wirbelndes Mädchen war, flocht ich ihr zwei Zöpfe, unser Moment der Zweisamkeit, von jeher. Mir erschien das Bild meines Mädchens, wie es in bestimmten Situationen ratlos oder aufgewühlt an seinen Haarenden gekaut oder gezupft hatte.

Erst als alles gerichtet war und ich die Murmel in meine Gewandtasche gesteckt hatte, rief ich die Familie zur Totenwache herein. Mit Margarethe, meiner Grete, kam nach Barbara und Thechen die dritte Rosenkranzkette viel zu früh unter die Erde. Der Herr Pfarrer sagte, dass der Tod nur den Urteilsspruch Gottes ausführen würde. Ich zweifelte mit jedem weiteren toten Kind mehr daran, dass der Tod weise handelte. Er erwürgte unschuldige Kinder und Jungfrauen, nahm bekehrungswürdigen Dieben die Möglichkeit der Läuterung und riss gute Eheleute auseinander. Thechen und Meister Mackenrodt, aber auch Grete und Meister Kaufmann waren einander herzlich verbunden gewesen. Log mein Sterbebüchlein, wenn es vom weisen Tod sprach?

Am Morgen nach Gretes Todesnacht schneite es zum ersten Mal, es wurde Winter. Ich glaube, es war ein zärtliches Zeichen Gretes an mich, denn ich spürte den Schnee nicht kalt, sondern warm auf meinen Wangen, warm wie ihre kleinen Fingerspitzen nach der Geburt. Mein drittes Kind war fünfunddreißig Jahre alt geworden.

Im Dezember des Jahres 1520, und damit nach Ablauf der Widerrufsfrist, verbrannte Martin öffentlich eine Abschrift der päpstlichen Bulle. Die Verbrennung geschah vor dem Wittenberger Elstertor, wo sonst nur Pestsachen verbrannt wurden. Johannes war dabei.

Zu dieser Zeit sah ich im Geiste schon das vierte Grab vor mir ausgehoben, das neben Grete. Gleichzeitig ließ uns der Herr Pfarrer wissen, dass ein Ketzer wie Martin niemals unter seinen geweihten Boden käme, obwohl mein Sohn zu diesem Zeitpunkt noch gar nicht exkommuniziert war. Ich ertappte mich bei dem Gedanken, ob wohl zumindest der Augustiner-Orden Martin in Wittenberg bestatten würde?

Die Berichte über Martin und seine Briefe an mich, die ich weiterhin verbrannte, sobald ich sie gelesen hatte, allerdings nicht mehr, um sie vor Hans zu verbergen, sondern weil ihr Inhalt zu gefährlich war, zeigten mir, wie sehr sich Martin verändert hatte. Er war entschiedener geworden, es gab für ihn nur noch schwarz oder weiß, heiß oder kalt, aber nichts mehr zwischendrin. Als Sohn eines Bergunternehmers hatte er den Zwang zu Entscheidungen, den Mut zum Wagnis wie auch das Eingehen von Risiken vorgelebt bekommen. Des Öfteren war er Zeuge geworden, wie man in den Gesprächen mit den Hüttenmeistern und Vierherren, zweimal sogar bei Rücksprachen mit den Grafen, in denen es um die Bergordnung ging, die eigenen Interessen darzustellen und durchzusetzen versucht hatte. *Wer zögert, geht unter!* Das hatte Hans ihn gelehrt. Den Mut und die Entschiedenheit, aber auch die nie versiegende Energie – genau all das war Hans. Wie konnten wir unserem Sohn daher verübeln, dass er nach seinem Vater kam? Hans' ständiges Abhören von lateinischen Texten, bis es beim Vorlesen an keiner einzigen Stelle mehr hakte. Martin war mit all seinen Sinnen in die Wahrheit der Heiligen Schrift eingetaucht, genauso wie Hans einst in den Kupferrausch im Mansfelder Land. Beide hatten für kaum etwas anderes noch Augen. Für Hans gab es nur seine Hütten, für Martin nur die Heilige Schrift.

Ich hatte ihm von Gretes Tod geschrieben, worauf er mit Worten des Bedauerns geantwortet hatte. Doch zuletzt war er doch wieder auf seine Theologie und auf seine Schrift *Von der Freiheit eines Christenmenschen* zu sprechen gekommen. Martin unterschrieb seine Briefe jetzt nicht mehr mit Eleutherios. Er war ein Mann für das Volk geworden, der keinen unverständlichen, griechischen Namen haben sollte. Aus Eleutherios leitete er Luther ab. Mir gefiel der Name Luder besser als Luther, er lenkte nicht so sehr von seinem Vornamen ab: Der Mann der Barmherzigkeit, der stets auch die anderen im Blick hatte. Der seinen Mantel mit den Armen teilte, damit sie nicht froren.

Aus Martin Luder war also Martin Luther geworden.

Und aus Margarethe Luder? Aus mir war eine Mutter geworden, die aufs härteste bestraft wurde: Ich hatte drei meiner Kinder zu Grabe tragen müssen, und das vierte Begräbnis schien zum Greifen nah.

Auch für Hans war es nochmals schwerer geworden. Die Preise für Rohkupfer sanken weiterhin ins Bodenlose, seitdem sich die Menschen nur noch mit Martins Worten über die Buße beschäftigten – sei es auf beifällige oder verächtliche Weise. Hans hatte Probleme, den Hauern das Haugeld pünktlich und in der festgelegten Höhe zu zahlen.

Zu diesem Zeitpunkt trat Dietrich Zecke wieder in unser Leben, nachdem es zuletzt eher ruhig um ihn geworden war. Das Einzige, was man sich über ihn erzählte, war, dass er jetzt oben auf dem Schloss wohnte. In Mansfeld oder bei der Messe in St. Georg war er seit Jahren nicht mehr aufgetaucht.

Ein gräflicher, von Zecke unterschriebener Befehl ging uns Anfang des Jahres 1521 zu und erzwang, dass die acht Lohntermine für das Jahr bei Strafe einzuhalten wären und Hans dazu verpflichtet sei, den Lohn nicht nur in Pfennigen, sondern mindestens zur Hälfte in vollwertigen Münzen mit mehr Silbergehalt auszuzahlen. Zu diesem Zeitpunkt hatten die Bachstedters bereits eine Saigerhandelsgesellschaft als

Mitbesitzer zweier ihrer Hütten akzeptieren müssen, für eine dritte hatte Graf Hoyer VI.-Vorderort gebürgt. Bei anderen Hüttenmeistern hatten wir gesehen, dass die neuen Mitbesitzer oft zügig das Ruder übernahmen. Ich wusste außerdem, dass auch Hans Reinicke, der Sohn der Reinickes und Martins früherer Mitschüler, aus Geldnot eine solch nachteilige Verbindung hatte akzeptieren müssen.

Für Hans war es im Januar des Jahres 1521 so weit, den Grafen Albrecht IV.-Hinterort als Bürgen für die Hütte *Am Möllendorfer Teich* akzeptieren zu müssen. Eigentlich war es eine Ehre, wenn die hohen Herren sich derart für die Geschäfte der Hüttenleute einsetzten, aber Unglück bedeutete es dennoch. Ein noch größeres Unglück wäre es allerdings gewesen, das Pachtrecht billig verkaufen zu müssen. Mit dem hochwohlgeborenen gräflichen Bürgen verlor Hans das Sagen über die Feuer *Am Möllendorfer Teich*. Bürgen hatten das Recht, einen eigenen Verwalter einzusetzen, in unserem Fall war das Dietrich Zecke.

Zecke übernahm also für die Feuer *Am Möllendorfer Teich* den eigentlichen Bergwerks- und Hüttenbetrieb. Damit war Hans zu einem besseren Schmelzer degradiert worden. Dennoch legte er seine Schaube und seinen Tatendrang nicht ab. Als gräflicher Verwalter trat Zecke auch bei den Westermanns und den Bachstedters auf. Die Hüttenmeister waren überzeugt, dass die Grafen sie hintergangen hatten, trotz der von ihnen übernommenen Bürgschaften. Die Stimmung kippte gegen die hohen Herren vom Schloss, was zum allgemeinen Aufruhr um die Ablasskritik und Martins Auflehnung gegen die Kirchenobersten noch hinzukam.

Hans' Jahreslohn belief sich nun nur noch auf fünfzig Gulden, davon unterhielten wir unser Haus, den Garten und zahlten unseren Kredit weiterhin ab. Um Geld zu sparen, erwärmten wir unser Wasser nur noch mit Schlacke. Ich verkaufte zwei meiner vornehmen Kleider und trug oftmals nur noch einfache Schleier. Der Schwan mutete wie ein Relikt aus einer längst vergangenen Zeit an, zu der die Kinder noch im Haus und die Geschäfte noch vielversprechend gewesen waren. Einer Zeit, in der wir uns etwas Anmut und den guten Wein aus dem Ratskeller noch hatten leisten können.

In den Hütten wurde weniger gearbeitet, die Rauchsäulen der Feuer wurden schmaler, als gingen die Öfen im nächsten Moment aus, als täten sie ihre letzten Atemzüge. Weniger Rauch hing über der Stadt, Mansfeld wurde heller. Was mir jetzt nicht mehr gefiel. Vor dem Holzkreuz in der Stube betete ich mehr Ascheflocken herbei, ich wollte, dass der Bergbau um Hans' und der anderen Hüttenfamilien willen wieder besser lief. Ich wollte Asche, wieder mehr Farblosigkeit. Mansfeld sollte wieder leben!

Oftmals ging ich alleine zum Friedhof, denn auch nach mehrmaligem Klopfen hatte mir die Frankin ihre Haustür zuletzt nicht mehr geöffnet. Verreist konnte sie nicht sein, denn erst kürzlich hatte ich sie bei den Scherren viel frisches Fleisch kaufen sehen. Verunsichert hatte sie in eine andere Richtung gesehen und sich beeilt, nach Hause zu kommen, anstatt mich wie früher mit einem freudigen Winken zu grüßen.

Es war noch kalt an jenem Februartag im Jahr 1521, als ich mir eine Kiepe auf den Rücken band, um noch etwas Astwerk vor den Stadtmauern zu holen, und es an unserer Haustür klopfte. In der Hoffnung, die Frankin hätte sich eines Besseren besonnen, öffnete ich.

Ich stand eine Weile wortlos auf der Schwelle und überlegte, ob ich die Tür gleich wieder schließen sollte, entschied mich aber dagegen. Jeder Mensch hatte eine zweite Chance verdient, selbst Dietrich Zecke. Er sah bemitleidenswert aus. Sein Haar klebte ihm am Kopf. Über die Jahre hinweg war seine Haut noch speckiger geworden, seine Wangen waren von Pusteln überzogen wie die eines Heranwachsenden.

»Könnt Ihr mir sagen, wo Hüttenmeister Meinhardt wohnt?«, wollte er wissen und wedelte dabei mit einem Schreiben in der Luft herum. Dem Geruch nach, den er verströmte, musste er gerade in einem Wirtshaus gewesen sein. Zecke war nicht der Erste, der angetrunken an unserem Haus vorbeizog.

»Meister Meinhardt?« Ich deutete mit der Hand die Straße zu St. Georg hinauf. Familie Meinhardt wohnte unweit der Brotbänke hinter der Kirche.

»Wisst Ihr, warum ich dorthin will?« Zecke öffnete seinen Mund beim Sprechen etwas mehr als sonst – was wohl dem Alkohol zuzuschreiben war –, dennoch kamen die Worte noch immer zischend aus seinem Mund. »Meister Meinhardt kann einpacken, seine Feuer waren die längste Zeit *seine* Feuer!« Er lachte so laut auf, dass es in seiner Kehle gurgelte.

Trotz der Hoffnung auf Versöhnung wollte ich den Montanbeamten in dieser Verfassung rasch wieder loswerden. Hans war nicht da. »Kann ich Euch sonst noch behilflich sein?«, fragte ich bemüht höflich. Meine Hand lag schon auf der Tür, bereit, sie im nächsten Moment zu schließen.

Zecke schüttelte den Kopf, als tadelte er eine Erstklässlerin. »Margarethe, du dummes Frauchen!«, sagte er dann ernst.

»Was …« Ich war verwirrt über die Wendung, die unser Gespräch nahm, und konnte es kaum fassen, dass er mich einfach so beim Vornamen nannte. Plötzlich nahm ich auch wieder seinen aufdringlichen Schweißgeruch wahr.

»Du hast mir schon genug geholfen!« Jetzt klang seine Stimme gehässig.

»Du und dein Hans bereitet mir wahrhaft Vergnügen! Euch um jedes eurer Feuer kämpfen zu sehen, ist genauso unterhaltsam wie der Tanz eines Bären auf glühenden Kohlen.« Er ahmte dabei die zuckenden Bewegungen des Tieres nach und lachte verächtlich.

Ich wollte die Tür schließen, aber Zecke stellte seinen Fuß in den Spalt. »Ich bin noch nicht fertig!«

Von der Küche her hörte ich ein Geräusch, das mich fahrig in diese Richtung schauen ließ. *Lioba?,* fragte ich mich. Denn Jacob und Hans waren am Morgen zur Hütte bei Vatterode aufgebrochen, so schnell kämen sie von dort sicher nicht nach Hause zurück.

»Hast wohl Angst, Luderin?«

Zecke hatte zweimal ansetzen müssen, um den Satz herauszubekommen.

»Ich habe keine Angst«, log ich mit bebender Stimme und erinnerte mich kurz an meine kühne Grete.

»Bist du da ganz sicher?«, fragte Zecke und näherte seinen Kopf dem Türspalt. Eine Mischung aus Hartgebranntem, vermischt mit altem Gemüse und schlechtem Fleisch schlug mir entgegen. Mit seiner rechten Hand drückte er gegen unsere Tür. Ich befürchtete schon, dass er sie im nächsten Augenblick auftreten würde.

»Du bist so nutzlos, Margarethe. All die Jahre hast du nichts dazugelernt. Und ich verachte Nutzlosigkeit!«

Ich zuckte zusammen und wünschte mir nur, dass er endlich damit aufhören würde, mich so würdelos zu duzen.

Er spielte wohl auf das große Essen in meinem ersten Mansfelder Jahr an, bei dem er mich meine Verunsicherung deutlich hatte spüren lassen. War es nicht so, dass man andere erniedrigte, um sich selbst dadurch zu erhöhen?

Zecke grinste hämisch: »Lange überlebt ihr eh nicht mehr. Du und der Bauerntrottel, dem es einfach nicht gelingt, dich aus der Nutzlosigkeit herauszuholen!«

Ein eiskalter Schauer lief mir den Rücken hinab. Was wollte er uns von den fünfzig Gulden noch wegnehmen? Bald bliebe uns nicht einmal mehr genug Geld für Brot und Butter übrig. Auch das Pferd, das wir uns nach der ersten Pestwelle mühsam vom Munde abgespart hatten, würden wir uns dann nicht mehr leisten können. »Ein Jahr lasse ich dir und ihm noch, dann werdet ihr mittellos die Stadt verlassen müssen. Das verspreche ich dir!«

Mein gesamter Körper erstarrte bis zu den Zehen hinab.

Mein erster Impuls war, ihn um Nachsicht zu bitten, aber das brachte ich beim Anblick seines hämischen Grinsens einfach nicht über mich.

In der Küche war es nunmehr mucksmäuschenstill, vermutlich war da nur eine Ratte gewesen. Und nicht Lioba.

Zecke winkte ab und ließ auch endlich von der Tür ab. »Margarethe ... ich ertrage deinen schäbigen Anblick nicht länger!« Er stolperte von der Tür weg auf die Straße.

Durch einen Spalt, kaum breiter als mein Auge, verfolgte ich, wie er von unserem Haus die Straße entlanglief. Ich schloss die Tür erst, als ich ihn nicht mehr sehen konnte.

Dann verriegelte ich die Tür bis zu Hans' und Jacobs Rückkunft doppelt, setzte die Kiepe ab und lehnte mich gegen die Wand im Flur.

Und erneut kam alles noch schlimmer.

Es geschah während jener Tage, an denen uns mein Bruder Johannes besuchte. Es war im Mai des Jahres 1521, und er war direkt vom Reichstag in Worms zu uns geritten.

Auf dem Wormser Reichstag ruhte meine ganze Hoffnung, denn Anfang des Jahres war der Kaiser vom Papst aufgefordert worden, nach dem Kirchenbann auch die Reichsacht zu vollziehen, nachdem Martin die sechzig Tage-Frist hatte verstreichen lassen, ohne seine Schriften zu widerrufen und zu verbrennen. Da ein Teil der Reichsstände Martin jedoch wohlgesonnen war, erreichten sie für ihn eine weitere Anhörung und keine sofortige Verhängung der Reichsacht. Meine Gebete waren erhört worden.

Auf dem Wormser Reichstag konnte Martin nun zum zweiten Mal sein Leben retten, indem er seine Aussagen zurückzog. Martins Schriften wurden inzwischen sogar in Antwerpen in spanischer Sprache gedruckt, in Gent verbreiteten die Augustiner seine Gedanken, und in Holland sprach man angeblich sogar auf offener Straße darüber, dass die Autorität der Heiligen Schrift unanfechtbar über der des Papstes stehe.

Einige Tage vor Johannes' Besuch war Wilhelmine zu mir gekommen. Sie war es leid, ständig allein in Eisleben zu sitzen und um das Leben ihres Mannes bangen zu müssen. Wilhelmine war Johannes beim Wiedersehen verzweifelt um den Hals gefallen. Hans wandte sich bei dieser Geste ab. Wir saßen schon seit Wochen über zwei Stühle hinweg so weit wie möglich voneinander entfernt am Esstisch. Es rührte mich, dass die beiden einander so fürsorglich und liebevoll behandelten. Ich glaube, ich habe nie ein zärtlicheres Paar über all die Jahre hinweg gesehen. Früher hatte ich die Art ihres gegenseitigen Umgangs miteinander allerdings weniger beachtet, weil ich zu sehr mit anderen Dingen beschäftigt gewesen war.

Ich verstand, wie sehr sich Wilhelmine um Johannes sorgte, der weiterhin glühend für Martins Sache eintrat. Zuletzt hatten die Eisleber Bürger meinem Bruder die Pest an den Hals gewünscht und auch ihn als Ketzer bezeichnet. Immer seltener war sein juristischer Rat gefragt. Und Johannes' viele Reisen ließen Wilhelmine kaum einen Tag zur Ruhe kommen. Wäre Hans regelmäßig so oft und so weite Strecken unterwegs gewesen, wäre ich vermutlich sogar in den Berg gestiegen, um nicht über die vielen Gefahren grübeln zu müssen, die am Wegesrand auf ihn lauerten. Ich glaube, Hans' längste Reise war die nach Schwarza im Thüringischen gewesen. Worms war wesentlich weiter weg. Von Mansfeld aus gerechnet lag es zehn Tagesreisen entfernt.

Martins letzte Zeilen, geschrieben vor seiner Abreise nach Worms, verlangten nach einem Wunder, um das ich die Heiligen inbrünstig anflehte. Drei Wunder waren mir im Leben ja schon zuteilgeworden.

Martins Zeilen lauteten:
Erwartet alles von mir, aber niemals
Flucht und Widerruf. Keines von beiden
könnte ich je tun ohne Gefahr für den
Glauben und das Heil so vieler.
Lebet wohl und seid stark in Gott.

Als ich das erste Mal von Martins fünfundneunzig Thesen erfahren hatte, dachte ich mir: *Dieses aufbegehrende Wesen, das ist nicht mein Junge.* Aber mit jedem Tag, der seitdem vergangen war, wuchs die Einsicht, dass genau dies mein Martin war. Mein Schnittkind, der Junge, der mir durch seinen unbändigen Lebenswillen damals im November des Jahres 1483 das Leben gerettet hatte. Schon als Kind hatte er die Predigten des Herrn Pfarrer hinterfragt, sich als Jugendlicher meinem Ratschlag bezüglich der Liebe widersetzt und später dann dem Befehl seines Vaters, indem er sein Studium der Jurisprudenz abbrach.

Wilhelmine und ich führten Johannes in die kleine Stube. Johannes konnte sich gerade noch so auf den Beinen halten. Er schwitzte und hatte offensichtlich Fieber. Schwer ließ er sich auf einen der Stühle fallen.

»Martin ist tot!«, verkündete er niedergeschmettert.

Ich schlug die Hände vors Gesicht und schimpfte in Gedanken meine Hoffnung auf ein Wunder eine Hoffart, zu der ich vom Leibhaftigen verführt worden war.

Wilhelmine ruckelte ungeduldig am Arm ihres Mannes. »Was ist passiert, Johannes?«

Johannes schüttelte erschüttert den Kopf, als könne er es immer noch nicht wahrhaben. »Martin kam aus Wittenberg auf einem sächsischen Rollwagen daher, begleitet von vielen Berittenen. Hunderte von Menschen folgten ihm bis zu seiner Herberge in Worms. Sie stiegen sogar auf Mauern und Hausdächer, um ihn zu sehen. Am siebzehnten Apriltag, früh am Morgen, wurde er vor den Kaiser, die Kurfürsten und die Vertreter der Reichsstände gerufen. Ich war mit im Saal und habe sie alle gesehen. Auch den Kurfürsten.«

Während Johannes sprach, ging mir immer wieder sein Satz: *Martin ist tot. Martin ist tot!*, im Kopf herum.

»Martin war an diesem Tag so aufgeregt, dass ihm mehrmals die Stimme versagte und er eine Vertagung erbat. Erst am Folgetag lehnte er den Widerruf seiner Schriften ab – außer …« Johannes sprang auf, hob den Kopf und zitierte: »›Es sei denn, dass ich mit den Zeugnissen der Heiligen Schrift überwunden werde oder durch einleuchtende Gründe. Denn ich glaube weder dem Papst noch den Konzilien allein, weil es am Tag ist, dass dieselben mehrmals geirrt und gegen sich selbst geredet haben. Ich bin überführt durch die Schriftstellen, die von mir angeführt werden, und mein Gewissen ist in Gottes Wort gefangen. Deshalb kann und will ich nichts widerrufen, weil es beschwerlich, unheilsam und gefährlich ist, wider das Gewissen zu handeln. Gott helfe mir, Amen.‹« Johannes wartete kurz, dann fügte er noch gewichtig hinzu: »Martin wird als Märtyrer für uns weiterleben.«

Mein Sohn hatte also erneut nicht widerrufen, das war sein Todesurteil gewesen. Sein Verlust traf mich mitten ins Herz, es war, als brächte diese Nachricht meine Höhle, meine Familie, zum Einsturz. Hans entfernte sich mit jedem Tag weiter von mir, und Martin war jetzt auch nicht mehr da. Kurz sah ich ihn wieder in den Armen von Augustine, gleich nach seiner Geburt. Der Brustkorb seines kleinen Körpers hatte sich heftig auf und ab bewegt, so als sauge er das Leben geradezu in sich auf.

Ich spürte, wie mir die Tränen in die Augen stiegen, auch Johannes' Augen wurden feucht. »Als er vom Reichstag in seine Herberge zurückging«, fuhr er mit seinem Bericht fort, »reckte er die Hände in den Himmel und schrie mit fröhlichem Gesicht: ›Ich bin hindurch. Ich bin hindurch!‹ Er sah aus wie ein Landsknecht, der sich über einen treffsicher ausgeteilten Hieb freut.« Johannes lachte ob dieser Erinnerung, während ihm die Tränen über die Wangen liefen. Nie zuvor hatte ich einen meiner Brüder weinen sehen.

»Eine gute Woche nach diesen Worten reiste Martin aus Worms ab, ich war an seiner Seite. Wir waren in zwei Reisewagen unterwegs.«

»Ist er gäh gestorben?«, wollte ich wissen und machte das Kreuzzeichen. Wilhelmine tat es mir gleich.

Johannes nickte. »Auf der Rückreise hat er in Eisenach noch gepredigt und dem Grafen Albrecht IV.-Hinterort einen Bericht über den Verlauf des Wormser Reichstages geschrieben.« Johannes deutete auf seine Schaube, unter der sich das Schreiben, das er vermutlich überbringen sollte, befand. »In Eisenach trennten sich dann unsere Wege. Martin ist mit Gefährten über Möhra nach Gotha weitergefahren. Er wollte dort seine Verwandten väterlicherseits wiedersehen, bei seinem Onkel Heinz übernachten und den Menschen in Möhra die neue Lehre predigen.«

»Neue Lehre?«, wiederholte ich irritiert und sah vor meinem inneren Auge ein ersoffenes Lämmchen in einem Fluss treiben. Getötet von den scharfen Zähnen eines Wolfes. Das Wasser wusch das rote Blut aus seinem weißen Fell aus.

»Ja, er hat eine neue Lehre begründet.« Johannes' Augen leuchteten kurz auf, seine Tränen versiegten. »In Möhra war er wohl noch. Am Nachmittag brachten ihn die Luder'schen Verwandten noch bis nahe der Burg Altenstein, dann reiste er mit seinen Gefährten weiter. Seitdem wurde er nicht mehr gesehen.«

Ich kniete mich vor das Holzkreuz an der Wand und begann, den Trauerpsalm für meinen toten Sohn zu sprechen, auf den, als gäh Verstorbenen, nurmehr die Hölle wartete. Alle meine Anstrengungen, aller Schutz, alle Lenkung und all meine Liebe waren umsonst gewesen … weil ich ihn falsch geboren hatte. Wie unbarmherzig diese Welt doch war.

Johannes und Wilhelmine knieten sich neben mich. Gemeinsam sprachen wir den Psalm: »Mein Gott, mein Gott, warum hast du mich verlassen? Warum bist du so fern, wenn ich schreie und klage?«

»Diese römischen Wölfe haben ihn auf dem Gewissen«, murmelte Johannes und meinte damit sicher den Papst, die Kardinäle und Gesandten auf dem Reichstag. »Nachdem Martin aus Worms abgereist ist, hat Kaiser Karl V. die Reichsacht über ihn verhängt und die Lektüre und Verbreitung seiner Schriften verboten. Damit ist Martin vogelfrei, ein von allen Geächteter. Niemand darf ihn mehr verköstigen, bei sich aufnehmen oder ihm sonst in irgendeiner Form Hilfe leisten. Wer auch immer ihm begegnet, darf ihn ungestraft umbringen. Auf dem Weg nach Mansfeld hörte ich, dass man Martin tot in einer Silbermine in Kupfersuhl gefunden hat, von einem Stoßdegen durchbohrt!«

Ich wollte das nicht hören, denn erst wenn etwas ausgesprochen war, existierte es. Also betete ich den Psalm weiter: »Ich bin wie hingeschüttetes Wasser, gelöst haben sich all meine Glieder.«

Wilhelmine schniefte noch einige Male, dann fiel auch sie wieder mit ein: »Mein Herz zerfließt in meinem Leib wie Wachs.«

Erst jetzt drangen Johannes' Worte wirklich zu mir durch. Martin ... tot in einer Silbermine ... durchbohrt mit einem Stoßdegen. Schlagartig kam mir ein Name in den Sinn: Buntz. Sollte Martins Tod eine späte Rache der Familie Buntz für den tragischen Zweikampf zwischen Martin und Hieronimus sein?

Wilhelmine sprach als Einzige weiter: »Du Allmächtiger aber, halte dich nicht fern, du bist meine Kraft. Du, meine Stärke, eile mir ...«

Johannes unterbrach seine Frau mit den entschlossenen Worten: »Ich werde Graf Albrecht IV.-Hinterort den Bericht übergeben und dann sofort nach Kupfersuhl reiten, um Martins Leichnam hierherzubringen.« Er erhob sich.

Wir schauten überrascht zu ihm auf.

»Nikolaus von Amsdorf war mit auf Martins Wagen. Seine Leiche ist noch nicht gefunden worden, auch nicht die von …«

»Gib du nicht auch noch dein Leben für diese verrückte Sache«, bat ich ihn, und Wilhelmine nickte heftig.

Sie erhob sich, schmiegte sich an Johannes und nahm sein Gesicht zwischen ihre Hände.

»Ich kann nicht, das weißt du!«, bat er seine Frau und presste sie noch fester an sich. Sein Blick war unstet, und er drohte, ihm nächsten Moment zusammenzubrechen.

Wilhelmine küsste ihn daraufhin lange, ich konnte den Blick nicht von ihnen abwenden. Es war ein Abschiedskuss zwischen Geliebten. Ich selbst bekam noch einen Kuss auf die Stirn, dann verließ Johannes unser Haus.

Wilhelmine und ich saßen in der Stube, bis es Abend war. Abwechselnd hatten wir vor dem Kreuz gekniet und ein Gebet nach dem anderen zum Himmel geschickt. Für Martins und Johannes' Seelenheil. Gebete sind unsere einzigen Waffen. Ich befürchtete, mein geliebter Bruder könnte der Nächste sein, der sein Leben lassen musste, und Wilhelmine dachte das Gleiche. Sie hatte sich mir anvertraut.

Liobas abendliches Mahl hatte keiner von uns hinunterbekommen, nicht einmal Hans. Der Gedanke an den Forstmann ließ mir keine Ruhe, zumal er sich verändert hatte. Ich wusste nun, dass er ein Teil des Lebens war und ich ihn niemals ganz verdrängen könnte. Dass er die Erlösung aus dem leiblichen Kerker und das Ziel der lebenslangen Pilgerfahrt – das Ablegen der schwersten Last war. Der des Leibes. Eine Mutter durfte keine Angst vor dem Tod haben. Sie war das Holz, mit dem das Feuer in der Familienhöhle am Brennen gehalten wurde. Die Mutter spendete damit Wärme, Schutz und Nähe, davon war Augustine immer überzeugt gewesen, und die Kinder erwiderten dies mit Fröhlichkeit und Zuneigung. Alle in der Familie waren am Erhalt der Höhle beteiligt. Hans hatte sie für uns errichtet.

Als ich Hans von Martins Tod unterrichtete, nickte er nur. Sein Verhalten bestätigte mir, dass Martin schon mit seinem Gang ins Kloster für ihn gestorben war.

Wilhelmine ging früh zu Bett, und ich folgte Hans in die eheliche Schlafkammer. Trotz seiner kühlen Reaktion auf Martins Tod presste ich mich im Bett an ihn. Er ließ es geschehen, reagierte aber in keiner Weise darauf. Es war fast, als umarmte ich den nächsten Toten. Eine Vorausschau?

»Wir können das nur gemeinsam durchstehen«, flüsterte ich.

Hans tat eine Weile, als schliefe er. »Es konnte nur ein solches Ende mit ihm nehmen«, sagte er irgendwann in die Dunkelheit der Kammer hinein. »Die Ungehorsamen enden oft so.«

Sein letzter Satz galt auch mir. Hans konnte nicht verzeihen. Und ich wollte nicht wahrhaben, dass er unseren Sohn nicht mehr liebte.

Das wog weitaus schwerer für mich als die Weigerung des Herrn Pfarrers am Folgetag, in St. Georg eine Totenmesse für Martin zu lesen. Außerdem erhielt ich die Nachricht, dass Johannes Martins Leichnam in der Silbermine in Kupfersuhl nicht hatte finden können, vom doch noch lebenden Nikolaus von Amsdorf aber erfahren hatte, dass Martin entführt und wohl erst danach ermordet worden war. Also doch kein Racheakt der Familie Buntz. Wie genau es passiert war, wusste niemand zu sagen. Wieder sah ich ein totes Lämmchen im Fluss dahintreiben. Martin war das zärtlichste meiner Kinder gewesen und zugleich das mit den größten Träumen. Trotz Thechens und Marias Verletzlichkeit und Schüchternheit, trotz Barbaras Fröhlichkeit, Jacobs Unbeholfenheit und Gretes Kühnheit hatte Martin meinen Schutz am dringendsten benötigt und war zugleich dennoch mein stärkster Halt gewesen. So oft hatte er als Kind meine Nähe gesucht und nun als einziges meiner Kinder allein sterben müssen.

Während der Trauerzeit zeigten wir uns nicht in der Öffentlichkeit. Mit Ausnahme des Kirchgangs, wo viele den Finger anklagend auf uns richteten. *Das habt ihr nun davon!*

Im Spätsommer des Jahres 1521 kamen neue Schriften aus Wittenberg in die Stadt, die den Zorn der Mansfelder weiter schürten. Dass jetzt, wo Martin tot war, immer noch neue Schriften gedruckt werden konnten, verstand ich nicht. Mein Sohn musste in seinen letzten Lebensmonaten ganze Nächte hindurch geschrieben haben.

An einem Tag im Dezember klopfte es nach langer Zeit wieder einmal an unserer Tür. Es war schon spät, wir schickten uns gerade an, zu Bett zu gehen.

Dietrich Zecke!, schoss es mir gleich durch den Kopf, weil das Klopfen so drängend war. Seit Zeckes letztem Besuch fuhr ich bei jedem Klopfgeräusch regelmäßig auf.

Wir öffneten nicht, aber der nächtliche Besucher gab nicht auf, was dem Montanbeamten ähnlich sah. Hans sah mich fragend an, ich hatte ihm von dem damaligen Vorfall erzählt. Dann trat er mit einem Unschlittlicht an mir vorbei, ging die Treppe hinab und öffnete. Ich folgte ihm nach unten.

An die Wand im Flur gepresst, hielt ich den Atem an.

»Der hochwohlgeborene Graf Albrecht IV.-Hinterort verlangt Eure Anwesenheit«, hörte ich eine Männerstimme verkünden, die nicht Dietrich Zecke gehörte. Ich ging daraufhin noch ein Stück den Flur entlang.

Durch die geöffnete Haustür sah ich nun im Schein des Unschlittlichtes das rot-silberne Wappen der Mansfelder Grafen auf dem Umhang unseres nächtlichen Besuchers. Hans schaute den Mann prüfend an und erklärte: »Wir sind alte Leute, und es ist mitten in der Nacht.«

Der Mann gab nicht so schnell auf, zwei weitere Männer traten zu seiner Verstärkung hinter ihn. »Der Graf sagt, dass es dringend ist! Sofern Ihr Euch widersetzt, soll ich …«

Hans fiel ihm ins Wort: »Geht es darum, die Pacht erneut hochzusetzen, oder will der Hochwohlgeborene noch weitere Bürgschaften übernehmen?«

Der Mann schüttelte den Kopf und sprach nun leiser: »Es geht um Euren Sohn Martin.«

Hans reckte seinen Kopf, während mein Herz schneller zu schlagen begann.

»Über meinen toten Sohn ist alles gesagt.« Hans wollte schon die Tür schließen, als der Gräfliche ihn schnell an der Schulter packte und aus dem Haus zog.

Einer der beiden anderen Männer stand plötzlich auch vor mir. »Kommt Ihr nun freiwillig mit, Luderin?«

Ich nickte und folgte ihnen wortlos. Ich war davon überzeugt, dass Dietrich Zecke etwas mit diesem nächtlichen Überfall zu tun hatte.

Irgendwo am westlichen Teil der Stadtmauer führten sie uns in einen unterirdischen Gang. Ich watete zuerst durch Matsch, dann war der Boden teilweise sogar gefroren. Die Sicht war schlecht, keiner der Männer trug ein Licht bei sich. Erst verlief der Gang abschüssig, dann stieg er steil bergan. Ich keuchte vor Anstrengung, als wir an seinem Ende angekommen waren.

An dem imposanten Gebäude vor uns erkannte ich, dass wir uns vor dem Schloss befanden. Die Männer führten uns zum Schlossteil Hinterort. Das gesamte Gelände war von hohen, mannsbreiten Mauern umgeben.

Der hochwohlgeborene Graf Albrecht IV.-Hinterort empfing uns in einem Saal, der rundum beleuchtet war, so als herrschte in der Grafschaft weder Wachs- noch Holzmangel. Die Wände waren mit feinsten Schnitzarbeiten und eisernen Kerzenhaltern verziert. Vom Niedergang des Bergbaus war hier oben nicht die geringste Spur zu sehen.

Es war, als hätte man uns in einen glitzernden Berg voller Edelsteine gebracht, die von Zwergen und Berggeistern gefördert wurden, so wie es die Ahne oft beschrieben hatte. Der Graf selbst trug vornehmste Kleidung aus Samt und um seinen Hals einen in vielen Rüschen gelegten Kragen. Das Kopfhaar war in einer Rolle streng zurückfrisiert und wurde von einem Haarnetz gehalten.

»Guten Abend, Familie Luder«, lauteten seine ersten Worte an uns.

Wir verbeugten uns.

Als Nächstes wandte sich der Graf einer weiteren Person im Raum zu und meinte: »Das viele Haar steht euch gut, Junker Jörg.«

Ich konnte mir keinen Reim aus seinen Worten machen, fand aber, dass sie geisterhaft klangen. Als ich wieder aus meiner Verbeugung hochkam, glaubte ich meinen Augen nicht zu trauen: Denn hinter dem Grafen trat ein höchst lebendiger Martin hervor.

*****

TEIL 5

FREIHEIT

Ich wich zurück. In den zurückliegenden Jahren hatte ich die Zwölfnächte fast vergessen. Aber an diesem Dezembertag im Saal, wo überall Glas in den Fenstern funkelte und bunte Steine und goldene Ausmalungen an den Wänden glitzerten, kam das Unbehagen zurück. Die Zwölfnächte waren nicht mehr fern, nur noch wenige Tage, dann öffnete sich das Portal zur Geisterwelt. Doch manchmal gelang es den Dämonenwesen auch schon einige Tage früher, in unsere Welt zu gelangen.

Ich schüttelte den Kopf, als könnte ich den Dämon, der die Gestalt meines Sohnes angenommen hatte, dadurch vertreiben. Mein vermeintlicher Sohn sah rundlich aus, so wohlgenährt, wie er es zu Lebzeiten nie gewesen war, und er trug den Wappenrock eines Edelmanns. Ein Bart bedeckte die ganze untere Hälfte seines Gesichtes.

Hans hustete und griff nach den abgewetzten Enden seiner Schaube, als suche er daran Halt. Steif verharrte er vor Graf Albrecht, doch mit jedem Atemzug zeigte sich mehr Entsetzen auf seinen Zügen. Nun kam die Gestalt, die vorgab, unser Sohn zu sein, auf mich zu.

Erschrocken wich ich bis an die Wand mit dem goldgerahmten Spiegel zurück und schaute mich nach einer Fluchtmöglichkeit um.

»Was wird hier gespielt?«, fragte Hans und schaute auffordernd zum Grafen. In seiner Verwunderung hatte er sogar die angemessene Anredeform vergessen.

»Vater, Mutter, ich bin nicht tot. Fühlt doch, wie ich atme!« Die Gestalt kniete vor mir nieder, ergriff meine Hand und legte sie auf ihre Brust.

Ich wusste, dass Geister klug und trickreich waren, und wollte meine Hand zurückziehen, doch er hielt sie fest umschlossen.

»Seine Kurfürstliche Hoheit hat mich in Sicherheit vor den Häschern des Kaisers bringen wollen, nachdem ich durch des Kaisers Reichsacht für vogelfrei erklärt wurde und mich ein jeder töten durfte. Bei Burg Altenstein täuschte der Kurfürst dann meine Entführung vor und setzte das Gerücht in die Welt, ich sei tot, damit niemand mehr nach mir sucht. Ich habe Reiterkleidung anlegen, mir Haar und Bart wachsen lassen und meinen Namen ändern müssen, damit Martin Luther erst einmal tot ist. Sie brachten mich zu Hans Berlepsch auf die Wartburg, nahe der Stadt unserer Vorfahren, Mutter! Ich bin jetzt Junker Jörg, nicht mehr Martin Luther.«

Die Stimme des Dämons klang tatsächlich wie die meines Sohnes.

»Beweise, dass du Martin bist«, verlangte ich. Meine Hand befand sich weiterhin in seinen Fängen.

Ohne nachzudenken, bot er mir sein Handgelenk dar, an dem ich eine Kette mit Perlen sah: drei davon aus Galgat – Glaube, Hoffnung, Liebe.

Als ich noch immer keine Regung wagte, begann Martin zu singen: »Mir und dir ist keiner hold …«

Es war Mutters Lied, und Martins Stimme besaß die gleiche Klarheit und Sehnsucht wie in seinen Kindertagen, wenn wir zusammen in der Küche gesungen hatten. Auf dem Eisenacher Stuhl mit den Schnitzereien, den Rücken am Ofen. *Er ist es wirklich!*, durchfuhr es mich, und ich spürte wieder, wie das Blut durch meine Adern strömte.

Als wäre sich Martin dessen bewusst, nickte er mir aufmunternd zu. »An Großvaters Grab war ich auch schon.«

Mein Vater war vor fünf Jahren gestorben, und mein Neffe in Eisenach hatte sich aller Sterbeangelegenheiten angenommen. Mit Martins Aufenthalt auf der Wartburg war es ein bisschen, als ob sich der Kreis meines Lebens schloss. Mein Sohn durfte dort sein, wo zu sein ich mir in den ersten Jahren meiner Ehe stets gewünscht hatte: in Eisenach.

»Auf der Wartburg wohne ich auf dem Berge bei den Vögeln, wo sie mir aufs beste begegnen. Burghauptmann Berlepsch reicht mir alles fröhlich und gerne dar und versorgt mich mit den neuesten Schriften. Außerdem habe ich gerade begonnen …«

Hans unterbrach ihn: »Du hättest deiner Mutter umgehend darüber Bescheid geben müssen!«

Es tat mir weh, dass Hans nur von mir sprach.

»Ich hätte euch beide«, Martin betonte das Wort *beide,* »damit in Gefahr gebracht. Niemand durfte davon wissen.« Martin erhob sich und trat nun vor seinen Vater. Er beugte das Knie auch vor ihm und presste Hans' Hand an seine Stirn, aber mein Mann rührte sich nicht, ließ es wie leblos über sich ergehen.

»Martin lebt und ist wohlauf. Wir sollten Gott dafür danken«, bekräftigte nun Graf Albrecht.

Ich spürte das drängende Verlangen, meinen Sohn wie früher in den Arm zu nehmen, ihn zu streicheln und ihm etwas vorzusingen. Mir war, als hätte ich Martin gerade zum zweiten Mal geboren. Er lag nicht tot in irgendeiner Silbermine. Und war schon gar nicht gäh verstorben. Da pochte es plötzlich lautstark an der Tür des Saales.

Martin fuhr zusammen, ich aber nutzte die Gelegenheit,

um ihn mir genauer anzuschauen. Sein Gesicht wirkte finsterer als früher, angestrengt und geschunden, wie nach tagelanger Schlaflosigkeit. Seine Mandelaugen jedoch leuchteten noch immer hell und strahlten Kraft und unbändigen Willen aus. Er war es tatsächlich, und zwischen den Schreckensmomenten erwiderte er meinen Blick mit einem kurzen Lächeln.

Graf Albrecht IV.-Hinterort war auf einmal unruhig. »Dort hinten hinein, schnell!«, sagte er und zeigte dabei auf eine Tür am Ende des Saales. Schweiß stand auf seiner hohen Stirn. »Folgt dem Gang bis zum Ende«, wies uns der Graf im Flüsterton an. »Hinter der Tür mit dem Mansfelder Wappen befindet sich meine Arbeitskammer. Darin hängt ein großer Wandteppich, der die Tür zum Altarraum verdeckt. Im Altarraum seid ihr sicher!«

Ich brauchte noch einen Moment, bis ich den ersten Schritt tun konnte. Hans war mit einem der gräflichen Männer schon am Ende des Saales angelangt, Martin zog mich schließlich an der Hand mit sich.

Kaum waren wir im Gang, vernahm ich im Saal schon tiefe, aufgeregte Stimmen und Fußgetrappel. Wahrscheinlich suchten Martins Häscher gerade jede Ecke des Raumes nach ihm ab. Ich eilte weiter den Gang entlang.

Martin wandte sich zu mir um. »Geht es, Mutter?«

Ich nickte, obwohl mir vom schnellen Laufen die Lunge brannte. Auch Hans hörte ich weiter vorne keuchen. Je mehr er sich körperlich anstrengte, umso schlimmer wurde sein Husten, den er jetzt wohl unter Auferbietung all seiner Kraft unterdrückte.

»Weiter, los!«, ließ sich eine Stimme vernehmen.

Martin hielt noch immer meine Hand, denn der Geheimgang war unbeleuchtet, und wir hatten nur eine einzige Kerze aus dem Saal mit in den Gang genommen.

Schließlich erreichten wir die Arbeitskammer mit dem gräflichen Wappen an der Tür. Wir betraten die Kammer, die voller Bücher und Schreibzeug war. Auf einem der Bücherstapel lag *Von der Freiheit eines Christenmenschen* von Martinus Luther obenauf. Ich erinnerte mich, dass Graf Albrecht IV.-Hinterort studiert hatte, was für einen Mann seines Standes unüblich war. Schon als Jüngling war er mir damals bei der Annenmesse wegen seines neugierigen, offenen Blicks unter den Grafenkindern aufgefallen.

Während ich mich umschaute, hatten die beiden Männer des Grafen den bodenlangen Wandteppich ein Stück nach oben gerollt. Dahinter kam, wie vorhergesagt, eine schmale Tür zum Vorschein. Ich konnte mir nicht vorstellen, wie der hünenhafte Graf durch sie hindurchpassen sollte. Martin schob mich durch die Tür. Als Letzte kamen die Männer des Grafen, lösten die Aufrollung des Wandteppichs wieder und zogen die Tür hinter sich zu. Wir befanden uns in einem kleinen Raum, kaum größer als unsere Küche in der hellen Haushälfte. Einer der Männer entzündete mit der mitgebrachten Kerze mehrere bevorratete Unschlittlichter, woraufhin sich mir ein einzigartiger Raum offenbarte. Fast vergaß ich darüber, dass wir uns hierher hatten flüchten müssen.

Mich zog es vor die Wand links vom Eingang, auf der sich ein großes Wandgemälde befand. Es zeigte den genagelten Christus zwischen den beiden Männern, die auf dem Hügel von Golgotha neben ihm ans Kreuz geschlagen worden waren. In einem der Adligen, die zu Füßen Christi knieten, erkannte ich Graf Albrecht IV.-Hinterort wieder. Die anderen neben ihm mussten Familienmitglieder sein. Im Hintergrund war eine Stadt in weißgelben, goldenen Farbtönen angedeutet. Ich konnte den Blick nicht von dem Wandgemälde nehmen, das so einzigartig und von solch außergewöhnlicher Strahlkraft war. Seltsamerweise überwog bei seiner Betrachtung auch nicht der Schmerz ob des gekreuzigten Jesus, sondern die Hoffnung. Ich roch frische Farbe und feuchten Kalk. Das Bild musste erst kürzlich auf die Wand aufgebracht worden sein.

Das Bild an der Wand gegenüber war ähnlich eindrucksvoll. Es zeigte Jesus als Hirten, der sich ein Lamm über die Schultern gelegt hatte und es an den Beinen festhielt. Wieder ein Lamm! Sofort musste ich an die Fabel vom Lamm und dem Wolf denken.

Nie zuvor hatten Jesu Züge auf einem Bild so menschlich gewirkt. Der Erlöser trug ein einfaches leinenes Gewand und füllte mit dem Tier die gesamte Wand aus. Die beiden Gemälde hatten mich von den Geschehnissen im Saal abgelenkt und wieder etwas beruhigt. Auch Martin wirkte gelassener, er stand neben mir und bewunderte die Malerei gleichfalls.

Erst jetzt fiel mir auf, dass in einer Ecke des Raumes ein Altar mit einem goldenen Kreuz stand. Ehrfürchtig machte ich das Kreuzzeichen. Dann wandte ich mich wieder der Gruppe zu, von der noch kein Einziger ein Wort gesprochen hatte, seitdem wir hier waren.

Die Stille, die im Raum herrschte, ließ mich einer Sache ganz bewusst werden: Der Gefühle für meinen Sohn und dem Wunsch, ihn zu beschützen. Beides war stärker als bei unserem letzten Wiedersehen im Augustiner-Kloster in Eisleben. Wahrscheinlich hatte dies sein vermeintlicher Tod und der unglaubliche Schmerz darüber bewirkt. Niemals hätte ich zu hoffen gewagt, dass Martin noch am Leben war. Doch er lebte! Und eine längst aufgegebene Hoffnung, die sich doch noch erfüllt, ist ein berauschendes Gefühl, das hatte mich das Leben gelehrt.

Schließlich ergriff Martin das Wort: »Niemand darf wissen, dass ich hier bin, schon morgen bei Sonnenaufgang will ich für einige Tage nach Wittenberg reiten. Es soll dort übel stehen und viele Neuerungen gegeben haben. Ich werde mich im Haus der Amsdorfs verstecken.«

Den Namen Amsdorf kannte ich von Johannes' letztem Bericht. Nikolaus von Amsdorf hatte Martin auf dem Wagen von Worms zurückbegleitet. Mein Bruder hatte zuletzt auf seiner Suche nach Martins Leichnam von Amsdorf erfahren, dass Martin zunächst entführt und wohl erst danach ermordet worden war, obwohl er gewusst haben musste, das mein Sohn noch lebendig war und sich versteckt hielt.

»Bist du alleine hier?«, fragte ihn Hans barsch.

Martin nickte und antwortete in ruhigem Tonfall: »Ich wollte kein Aufsehen erregen.«

Mein Sohn war den Weg von Eisenach bis nach Mansfeld, eine gut dreitägige Reise für einen ungeübten Reiter wie Martin, ganz alleine geritten? Erneut hatte er mit seinem Leben gespielt. Niemand ritt bei Dunkelheit unbegleitet durch die Wälder des Hainich und auch nicht durch die Flur.

»Kein Aufsehen erre…«, begann Hans, Martins Worte zu wiederholen, als ihm ein trockener Hustenanfall die Stimme raubte und er sich die Hand vor den Mund presste. Schon seit mehreren Monaten tat er sich mit dem Atmen schwer. Das kam von all den Jahren in der schlechten Mansfelder Ascheluft. Auch mir wurde die Kehle zunehmend enger, so viel ich auch trank.

Martin wollte seinen Vater stützen, doch Hans machte sich umgehend von seinem Sohn frei.

»Ich wollte euch sehen, unbedingt! Und euch nicht länger im Unklaren lassen. Euch und Johannes, der mich stets so treu unterstützt hat.«

Hans warf mir einen vorwurfsvollen Blick zu: *dein Bruder!*

»Johannes sucht noch immer nach deinem Leichnam«, brachte ich hervor.

»Ich musste den Plan des Kurfürsten auch Johannes gegenüber verschweigen«, entgegnete Martin verzweifelt. »Bitte ziehe ihn ins Vertrauen, Mutter, und bitte ihn um Nachsicht für diese Täuschung.«

»Du machst nur, was du willst!«, fuhr Hans ihn an. Seine

Stimme war noch ganz rauh vom vielen Husten, sein Gesicht kreidebleich und nicht mehr zornesrot wie früher in solchen Situationen.

Martin trat neben mich, sah aber noch immer seinen Vater an. Dann sagte er zärtlich: »Ich tue, was mein oberster Vater, was Gott von mir verlangt.«

Hans' Augen verengten sich zu schmalen Schlitzen, aber eingedenk der gefährlichen Situation, in der wir uns befanden, wagte er keinen Streit vom Zaun zu brechen.

Zudem fuhr Martin mit eindringlicher, leiser Stimme fort: »Gott hat mich zur Heiligen Schrift geführt. Ich sollte sie lesen und wirklich verstehen. Gerade habe ich begonnen ...«

In diesem Moment wurde die Tür geöffnet.

Martin brach ab, Hans fixierte seinen Sohn weiterhin.

Der Graf schob sich geschmeidig durch den schmalen Eingang in die Kammer und verriegelte den Eingang. »Wir sind wieder sicher«, verkündete er. »Mein Vetter Hoyer war neugierig geworden, wegen der Beleuchtung im Saal. Ich konnte ihn abwimmeln, allerdings nicht, bevor er mich noch einmal dazu ermahnt hat, mich nicht auf die falsche Seite zu schlagen.«

»Danke, Euer Gnaden«, entgegnete Martin, und erst da fiel mir auf, dass der Graf das Wort *Wir* benutzt hatte.

Ich wusste erst nicht, was so unterschiedliche Menschen wie uns, die wir hier im Schloss versammelt waren, zu einem *Wir* machte und gegen den Grafen von Vorderort verband. Doch im Laufe der Nacht wurde mir klar, dass es sowohl die Sorge um Martins Wohlbefinden wie auch die Annahme des Grafen Hinterort war, dass Hans und ich bereits zum neuen Glauben konvertiert waren, was nicht stimmte. Wir verstanden Martins Behauptungen ja nicht einmal richtig.

»Graf Hoyer steht mit dem Kaiser in Verbindung, der Martin lieber tot als lebendig sieht. Ich muss vorsichtig sein«, erklärte uns der Graf und zupfte an seinem gefältelten, engen Halskragen, um sich Luft zu verschaffen.

»Der Kaiser hat die Wahrheit des Evangeliums immer noch nicht akzeptiert?«, fragte Martin.

Graf Albrecht schüttelte den Kopf. »Selbst auf seinem Sterbebett wird er noch gegen Euch wettern, Martinus.« Er winkte seine Gefolgsleute neben sich. »Ich lasse Euch jetzt allein. Ihr findet mich in der Arbeitskammer. Ich werde Proviant für Eure weitere Reise besorgen.«

Ehrfurchtsvoll senkte der Graf den Kopf vor Martin und verließ dann mit seinen Männern den Raum.

Ein hochwohlgeborener Graf verneigte sich vor meinem Jungen? Ich deutete meinerseits eine Verbeugung vor Albrecht IV.-Hinterort an; Hans tat es mir gleich.

Nun waren wir nur noch zu dritt im Altarraum.

Ich stand vor dem Wandgemälde mit Jesus als gutem Hirten, Hans vor dem gekreuzigten Jesus gegenüber. Martin war zur Verabschiedung des Grafen in die Mitte des Raumes getreten und befand sich damit zwischen uns.

Hans holte tief Luft, bekam aber kein Wort heraus. Mir hatte das Wiedersehen mit Martin Kraft gegeben, deswegen sprach ich an seiner statt: »Du musst besser auf dich aufpassen, Junge.«

»Es ging bisher nicht anders, Mutter.«

»Aber warum eine Rebellion gegen die höchsten Herren im Reich?«, fragte ich, denn das war es, was ich am wenigsten verstand. Es war ein Kampf, der nicht zu gewinnen war. Das Lamm gegen den Wolf!

»Du hast deinen Platz im Leben vergessen!«, fügte Hans streng an.

»Ich wollte keine Rebellion, sondern war auf der Suche nach einem Weg, wie wir Gottes Gnade erhalten«, rechtfertigte sich Martin leise, als sei er es müde, diesen Satz immer wieder vorbringen zu müssen. »Ich habe ihn gefunden, den Weg in die ewige Seligkeit, ins Himmelreich.«

Hans und ich schauten uns kurz an. Ich sah Unverständnis und Verzweiflung in Hans' Augen stehen.

»Endlich habe ich Paulus' Worte im Römerbrief richtig verstanden: Der Gerechte lebt aus dem Glauben. Die Gerechtigkeit Gottes wird in Jesus Christus, der für uns gelitten hat, offenbart.« Martin sprach leise, wie zu sich selbst: »Gott ist gnädig, und seine Gnade ist ein Geschenk an uns. Wer sie annimmt, erfährt Gerechtigkeit.«

Ein Geschenk sollte all das sein, was unsere Familie in den zurückliegenden Jahren erlitten hatte? Ich ließ von Hans ab und wandte mich Martin zu.

»Könnt ihr euch vorstellen, dass ihr nicht erst durch gute Taten in Vorleistung gehen müsst, um Gottes Gnade zu empfangen, und trotzdem auf das Himmelreich hoffen könnt?«

Gott hat von jeher Vorleistungen von uns erwartet!, widersprach ich Martin in Gedanken.

Martin machte einen Schritt auf seinen Vater zu, blieb aber sofort stehen, als er Hans' sich verdüsternde Miene sah. »Allein durch den Glauben an Gott kann jeder Gläubige Gottes Heil empfangen. Allein unser Glaube eröffnet uns den Zugang ins Himmelreich, sonst nichts. Mehr als unseren Glauben brauchen wir nicht, um Verständnis und Barmherzigkeit von oben zu erhalten.«

»Nur unseren Glauben«, wiederholte ich, mein Blick war unwillkürlich wieder zu dem seltsam zufrieden wirkenden Gesicht des hellen Christus zurückgekehrt, der hinter Hans am Kreuz hing. Es war dieser selige Gesichtsausdruck, der mich schon vorher nicht an Schmerz, sondern an Hoffnung hatte denken lassen.

»Ein Christ braucht kein gutes Werk zu tun, um fromm zu sein. Es ist genau umgekehrt. Kaum dass er meint, sich Frömmigkeit erst verdienen zu müssen, verliert er seinen Glauben. Es ist wie mit einem Hund, der ein Stück Fleisch im Maul trägt, nach seinem Spiegelbild im Wasser schnappt und genau deshalb Fleisch und Spiegelbild verliert.«

Das Bild des Hundes mit dem Fleisch im Maul entstammte dem Fabelbuch, aus dem ich Martin früher vorgelesen hatte. Seine Worte fesselten mich.

»Gottes Gnade ist uns durch den Glauben an Christus gewiss! Deswegen sind Ablässe nichts wert. Christus Gnade kostet nichts. Das ist es, was das Evangelium sagt.«

Das Evangelium umfasste die vier Evangelien, die wichtigsten Texte des Neuen Testaments, in denen die Evangelisten Markus, Matthäus, Lukas und Johannes unabhängig voneinander vom Lebensweg Christi berichteten. Martin waren diese Texte wichtiger als andere Bibeltexte, das wusste ich aus seinen Briefen.

Gottes Gnade allein durch unseren Glauben? *Das klingt zu schön, um wahr zu sein,* dachte ich, und mein Blick wanderte zu Christus linker Brust, wo Blut aus einer Wunde floss.

»Mir wurde vom Herrn Pfarrer und von euch beigebracht«, fuhr Martin fort, »dass ich erblassen und erschrecken möge, sobald ich den Namen Christus auch nur höre. Ihr predigt mir, dass ich ihn für einen strengen, zornigen Richter zu halten habe, der unnachsichtig straft.«

»Genau das tut Gott auch!«, entgegnete ich überzeugt. Zu oft schon hatte ich Gott als unnachgiebigen Richter erfahren: Als St. Georg brannte, als unsere unschuldige Barbara und Augustine an der Pest elendiglich verreckten und auf dem Pestkarren landeten. Christus war unbestritten streng und unnachsichtig mit uns. Er musste es sein, sonst geriet alles aus den Fugen. Strenge war das Mittel der Erziehung, so hatten wir es auch mit unseren Kindern gehalten. Sonst hätten sie vermutlich weniger Respekt vor anderen Menschen und noch weniger Regeln mit auf ihren Lebensweg bekommen. In mir kam die Frage auf, ob der Einsatz von mehr Strenge vielleicht verhindert hätte, dass

Martin zum Totschläger wurde. All das dachte ich und erwiderte daher unnachgiebig: »Er nimmt Müttern die Kinder und Kindern die Mütter, straft sie mit der Pestilenz, lässt Gotteshäuser abbrennen. Zu oft habe ich ihn unbarmherzig erlebt.«

Martin ging zum Bild auf meiner Seite der Wand. Er stand nun direkt neben Jesus mit dem Lamm und legte gleich dem Erlöser den Kopf schief. »Vergiss den strengen Richter und sieh endlich den barmherzigen Gott, der er ist. Vielleicht war Gott bisher so streng, weil du nicht fest genug an ihn und seine Gnade geglaubt hast.«

Ich spürte, dass Hans mich beobachtete. Mir kam ein Satz aus dem Evangelium des Johannes in den Sinn: *Ich bin der gute Hirte,* und sah gleichzeitig eine Schafherde auf leuchtend grünem Weidegrund vor mir. Der Hirte wies den Tieren die Richtung, damit sie nicht durch die Gegend irrten und von wilden Tieren gerissen wurden. Um die Herde herum lief ein Hund, der den Hirten bei der Lenkung der Herde unterstützte. Der Hirte mit seinem langen, knochigen Stab stand genau dort, wo die größte Gefahr lauerte: Vor einem tiefen Abgrund. Auf dem Arm trug er ein Lamm, das ausgerissen war. Das Tier schmiegte sich an seinen Retter, der für diese Errettung nichts verlangte. Die Szenerie vor meinem inneren Auge wurde eins mit dem Bild des Hirten an der Wand des Altarraums. Das Lämmchen musste nichts tun, um beschützt zu werden, außer bei der Herde zu bleiben und auf den Schutz des Hirten zu vertrauen. Dann stellten weder Felsspalten noch Abgründe oder Wölfe eine Bedrohung dar.

»Du musst nur glauben«, drangen Martins Worte zu mir. »Und glauben heißt, sich als Sünder vor Gott zu bekennen. Denn wer sich als Sünder bekennt, erkennt auch Gottes Größe.«

Langsam verstand ich. Als Erstes sollte ich mir meine Sündhaftigkeit bewusstmachen und mein Leben ganz in

Gottes Hände legen. Dafür beschützte er mich, dafür behandelte er mich gerecht, ohne dass ich ihm eine einzige Münze dafür geben oder auf blanken Knien vor dem Bild der heiligen Anna ausharren musste, bis mir die Knochen schmerzten. Den Worten meines Sohnes nach stand jedem das Himmelreich offen, sofern er nur an Gott glaubte.

»Sünde ist keine Schwäche, sondern Teil der göttlichen Ordnung«, riss mich Martins Stimme erneut aus meinen Überlegungen. »Da ist Gott, und da sind wir sündhafte Menschen. Und weil wir sündhaft sind, brauchen wir die Beichte. In ihr werden wir uns unserer Sündhaftigkeit bewusst. Darum ist die Beichte auch so wichtig. Sie ist unser Bekenntnis zu Gott. Es mag unangenehm sein, eine Verfehlung preiszugeben, aber wenn man die Scham erst einmal überwunden hat, tut die Beichte gut, weil Gott uns verständnisvoll zuhört, wie ein vertrauter Freund.«

Ja, genauso sah der Sohn Gottes, der gute Hirte, auf dem Wandbildnis aus. Verständnisvoll und zärtlich trug er das Lamm auf seinen Schultern. Bei Martins letzten Worten war Hans' Blick gleichfalls zu der Malerei gewandert, und ich kannte ihn gut genug, um zu erkennen, dass er über das Gesagte nachdachte.

»Beichte ist Selbstbeurteilung und Selbsterkenntnis, vor allem aber die Verbindung zu Gott und seiner Gnade. Das kann kein Ablasskauf ersetzen. Und beichten kannst du an jedem Ort dieser Welt, denn Gott ist überall. Auch den Herrn Pfarrer brauchst du nicht dazu. Der kann nämlich, außer seine eigenen Sünden zu beichten, nichts dazu beitragen. Vor Gott sind alle gleich. Du, genauso wie der Herr Pfarrer, seine Exzellenz Erzbischof Albrecht von Brandenburg und der Papstesel in Rom. Sie alle sind Menschen, machen damit Fehler wie du und ich und haben Vergebung nötig. Und diese kann ihnen allein Gott in seiner Allmacht vergeben. Allein er spricht dich von deinen Sünden frei, nicht irgendein Kirchenmann. Gott ist unser Hirte, und wir sind seine Schäfchen.«

Mein ganzes Leben lang hatte ich Gott als unbarmherzigen Richter angesehen, unter dessen strengen Augen ich die Beichte deshalb nur zögerlich ablegte. So groß war meine Angst vor seinem unbarmherzigen Richterspruch gewesen, reichte sie doch von weiteren Schicksalsschlägen bis gar zur Entsagung des Himmelreiches. Darum hatte ich auch Johannes' einstige Ausführungen über die *wahre Beichte* nicht nachvollziehen können.

»Versuch es, Mutter. Beichte zu Hause und sieh dabei Gott als gütigen Retter. Suche nicht krampfhaft nach Sünden. Gottes Vergebung ist dir auch dann sicher, wenn du deine Sünden nicht vollständig aufzählst. Es gibt keine Unsicherheit bei der Beichte mehr, das würde Unsicherheit im Glauben bedeuten.«

Ich nickte, weil Martins Worte einen Sinn für mich ergaben, wenn auch einen lebensfernen.

»Das reicht jetzt!«, fuhr Hans dazwischen. »Ich habe es satt, wegen meines Sohnes ständig Nachteile zu erfahren.« Kurz blickte er Martin an. »Den letzten Kredit haben sie mir deinetwegen nicht gegeben.«

Martin schaute mich noch einmal eindringlich an, dann sagte er zu Hans: »Gewiss war das nur ein Vorwand, der den Kreditgebern gerade recht kam, Vater.«

Hans trat an Martin vorbei und stellte sich neben mich. »Wir gehen, Margarethe!«

»Wartet … ich wollte noch …« Martin fasste unter seinen Wappenrock und holte ein Papierbündel hervor.

Unbeeindruckt schritt Hans auf die Tür zu. Ich folgte langsamen Schrittes, so schnell wollte ich Martin noch nicht wieder verlassen.

Martin begann aus den Papieren vorzulesen: »Seinem Vater Hans Luther wünscht Martin Luther, sein Sohn, den Segen in Christus.«

Hans schob den Riegel der Tür auf.

»Dass ich dir, lieber Vater, dieses Buch widme, ist nicht in der Absicht geschehen, deinen Namen in der Welt hoch zu erheben. Es sind nun fast sechzehn Jahre her, seitdem ich gegen deinen Willen Mönch geworden bin. Deine Absicht war es sogar, mich durch eine ehrenvolle und reiche Heirat zu fesseln.«

Jetzt ließ Hans vom Türriegel ab, stand aber noch immer mit dem Rücken zu Martin.

Ich blieb neben ihm stehen.

Martin blätterte eine Seite um und las weiter: »Auch war dein Unwille gegen mich nach dem Eintritt ins Kloster lange nicht zu dämpfen. Ich verschloss mein Herz gegen dich und dein Wort.«

Ich bemerkte, wie Hans seine zitternden Hände unter der Schaube vergrub.

»Als ich dir in kindlichem Vertrauen deinen Unwillen zum Vorwurf machte, da wiesest du mich sofort in meine Schranken und tatest das so im rechten Augenblick und so treffend, dass ich in meinem ganzen Leben kaum von einem Menschen ein Wort gehört habe, das mächtiger auf mich gewirkt und fester in mir gehaftet hätte.« Martin schaute von dem Papier auf und zwei Atemzüge lang waren da nur noch er und sein Vater. »Du sagtest nämlich: ›Hast du etwa noch nicht gehört, dass man seinen Eltern gehorchen soll?‹ Mein Gelübde war keinen Heller wert, weil ich mich dadurch der väterlichen Gewalt und dem Willen des göttlichen Gebots entzogen habe. Es war sogar gottlos. Dass es nicht Gott sein konnte, erwies sich auch daran, dass mein Gelübde nicht frei und willig gegeben war.«

Hans wandte sich um und richtete den Blick fest auf seinen Sohn.

Martin fuhr nun leiser und zärtlicher fort, so, wie er früher nur mit mir gesprochen hatte: »Aber Gott, dessen Gnade und Barmherzigkeit unendlich und dessen Weisheit ohne Ende ist, hat aus all diesen Irrtümern und Sünden doch Gutes entstehen lassen.« Martin machte eine Pause und holte tief Luft. »Noch bist du Vater, noch bin ich dein Sohn, der damals aus menschlicher Vermessenheit gehandelt hat.« Er senkte den Kopf tief vor seinem Vater. Tiefer als vorhin vor dem Grafen. Mit gesenktem Kopf trug er vor: »Ich bin eine neue Kreatur: nicht des Papstes, sondern Christi. Ich wurde nicht zum heuchlerischen Mönchsdienst, sondern zum wahren Gottesdienst bestellt.« Martin schaute auf, trat ganz nahe vor seinen Vater und reichte ihm das Pergamentbündel. »Daher widme ich dir diese Schrift, damit du daraus ersehen kannst, durch welche Zeichen und Kräfte Christus mich vom Mönchsgelübde erlöste.« Martin flüsterte jetzt nur noch. »Nimm es, bitte. Für dich habe ich es ins Deutsche übersetzt, damit Mutter es dir vorlesen kann.«

Hans stand ganz still da. Ich hoffte, dass er Martins Entschuldigung annehmen würde, aber stattdessen drehte er sich um und stieß die Tür auf.

Ich ging zu Martin, der seinem Vater durch die schmale Kammertür enttäuscht nachschaute.

»Gib ihm noch etwas Zeit«, riet ich Martin, der genauso ungeduldig war wie sein Vater. Sie waren einander so ähnlich.

»Ich möchte noch zu den Gräbern meiner Geschwister, bevor ich weiterreise. Führst du mich dorthin, Mutter?«, fragte Martin, als wir uns in die Arbeitskammer begaben. Hans lief da schon im Gang zum Saal zurück, was mir zeigte, dass er endlich nach Hause wollte.

»Und dein Vater?« Ich wollte nicht, dass Hans, so aufgewühlt, wie er war, allein nach Hause gehen musste.

»Wir gehen alle gemeinsam durch den Tunnel zurück in die Stadt. Der eine von Albrechts Männern kann Vater dann zurück zum Haus bringen, während wir mit dem anderen zu den Gräbern gehen«, schlug Martin vor. »Das bin ich meinen Schwestern schuldig.«

Graf Albrecht stimmte im großen Saal Martins Vorschlag sofort zu, Hans nickte ebenfalls, aber ohne uns dabei anzusehen. Die Tage, an denen er sich um mich gesorgt hatte, waren vorbei, was mir in diesem Moment einmal mehr schmerzlich bewusst wurde.

Ohne ein einziges Licht, das die Aufmerksamkeit der Bewohner von Vorder- oder Mittelort auf uns hätte lenken können, verließen wir das Schloss. Einmal glaubte ich das Geräusch von Schritten auf gefrorenem Boden zu hören, aber da es keiner der anderen gehört zu haben schien, erwähnte ich es nicht, sondern beeilte mich, den Tunnelausgang zu erreichen.

Die beiden Männer des Grafen, die uns bereits abgeholt hatten, gingen vorneweg, ihnen folgte Hans, dann ich und hinter mir mein wiedergeborener Sohn. Zu fünft durchquerten wir den Tunnel, und ich hatte plötzlich keine Angst mehr.

Über einen Umweg, der mir die letzte Atemluft raubte, gelangten wir schließlich zum Friedhof von St. Georg. Es war eiskalt, und doch fror ich nicht. Martin und ich, wir hielten uns am Arm, während unser Führer am Tor zurückblieb und auf unsere Rückkehr wartete. Kurz blieb sein Blick an unserer neuen Kirche hängen, sie war erst vor drei Jahren neu geweiht worden und schöner anzusehen, aber vor allem heller als ihre Vorgängerin.

Zuerst führte ich Martin zu Barbaras Grab. In wenigen Worten erzählte ich ihm, wie sie den Kampf gegen die Pest verloren hatte, als wir sie schon überkommen glaubten. Kurz sprach ich ein Gebet für die Seele von Augustine.

»Sie war dir eine Vertraute, nicht wahr?«, fragte er, während er weiter auf Barbaras Grab schaute.

Ich strich mir über die Stelle am Bauch, an der sich die Schnittnarbe befand.

»Du hast ihr dein Leben zu verdanken«, antwortete ich. Ich hatte Martin nie von seiner unchristlichen Geburt erzählt, um ihn nicht unnötig zu belasten. Doch jetzt berichtete ich ihm davon; seine Wiedergeburt hatte uns noch enger zusammengebracht. Sein vermeintlicher Tod war mir eine Mahnung, meinen Jungen nicht noch einmal im Stich zu lassen.

»Lass uns für Augustine beten«, schlug er vor, und ich kam dem gerne nach. Er trug die Verse vor, ich wiederholte sie. Es war ein bisschen wie früher mit den Kindern bei der Morgenandacht vor dem Holzkreuz in der Stube, nur dass unsere Rollen damals vertauscht gewesen waren. Damals hatte ich ihnen Gottes Wesen, die Beichte und die Todsünden gelehrt. Jetzt hatte mein kluger Sohn auf so viele meiner Fragen und Einwände Antworten. Ich war stolz auf ihn. Sicher war es auch Gott zu verdanken, dass Martin noch immer lebte.

Als Nächstes traten wir vor Thechens Grab. Mein Kind mit dem einnehmendsten Lächeln. »Sie war wunderschön, unsere Dorothea.« Mir war, als spürte Martin den Verlust seiner Schwestern erst jetzt, wo er vor ihren Gräbern stand. Er griff fester nach meinem Arm und zog mich schließlich zum Kreuz auf Gretes Grab.

»Königstochter«, sagte er. »Kühne Königstochter.«

Ich verstand den Sinn seiner Worte zuerst nicht, bis mir Martin erklärte, was es damit auf sich hatte.

»Sie liebte es, wenn ich sie Königstochter rief und sie mich Ritter Georg. Eines Tages schlug sie mir vor, dass ich sie auch einmal Ritter Georg nennen sollte.«

Wir lächelten beide über unsere verwegene Grete.

Unwillkürlich fuhr meine Linke nun zur Seitentasche meines Obergewandes, in der sich seit Gretes Tod ihre Murmel befand. Ich zog sie heraus und hielt sie noch eine Weile in meiner geschlossenen Hand. *Meine Kinder sind mein Leben*, dachte ich in diesem Moment. Die Erinnerung an unsere gemeinsamen Tage machte mich glücklich. Stets war ich traurig zu ihren Gräbern gegangen. Doch heute war es anders. Erinnerungen können so kraftvoll sein, sie vermögen es, dass Menschen ihren Trennungsschmerz überwinden. »Auf dem Sterbebett wollte sie, dass ich dir berichte, dass sie dich trotz allem liebt.«

»Das habe ich immer gespürt«, erwiderte er und legte den Arm um mich. »Selbst beim Abschied, als sie wütend auf mich war, weil ich als Augustiner-Eremit nicht zu ihrer Hochzeit kommen konnte.«

Wir schwiegen und sprachen, ein jeder für sich, ein Gebet. Eine Weile später sagte Martin: »Deine Liebe, deine Hoffnung und deine Zärtlichkeit haben mich den gnädigen, sanftmütigen Gott überhaupt erst finden lassen.«

Der Mann am Tor wurde langsam unruhig, in seiner Nähe raschelte es beständig. »Die Sonne geht bald auf, bis dahin sollten wir zurück auf dem Schloss sein, Doktor«, rief er und korrigierte sich dann schnell, »Junker Jörg!«

Allen Höflichkeitsregeln zum Trotz nahm ich meinen Sohn zum Abschied fest in den Arm. »Versuch es, mit dem barmherzigen Gott«, flüsterte er mir sanft ins Ohr.

Ich ermahnte ihn im gleichen Tonfall: »Pass besser auf dich auf, versuch es wenigstens.« Ich öffnete meine Hand und reichte ihm die Murmel. »Grete wollte, dass du sie bekommst, damit du sie nie vergisst.«

»Danke«, sagte Martin mit feuchten Augen und ließ die Murmel in der Tasche seines Wappenrocks verschwinden. »Sorge dich nicht um mich. Auf der Wartburg bin ich in Sicherheit. Dort werde ich die Zeit nutzen, um weiterzuarbeiten. Bald kannst du selbst lesen, was Paulus an die Römer schrieb. Und weißt du was?« Er lächelte. »Lämmer sind gar nicht so machtlos gegen Wölfe. Wenn sich eine ganze Horde Lämmer am Ufer des Baches um den Wolf schart, wenn sie um ihn herumspringen, dass ihm schwindelig wird, dann können sie überleben. Und mit dem Glauben an Gottes Gerechtigkeit erwachsen ihnen vielleicht sogar noch Flügel.«

Die Hoffnung, die Martin damit in mir weckte, war eine wahrhaft himmlische: Es bestand also doch Aussicht, dass er diese ganze Sache überlebte?

Seine letzten Worte an mich waren: »Vielleicht wird er ja doch irgendwann einmal reinschauen.« Martin übergab mir die Papiere, die Hans zuvor abgelehnt hatte. Dann bedeutete er unserem Begleiter, mich bis zum Tor unseres Hauses zu bringen. Er selbst hielt auf den Tunnel zu.

Vor meinem Zuhause sah ich, dass in der hellen Haushälfte noch Licht brannte.

Ich verriegelte das Hoftor und beeilte mich, ins Haus zu kommen. Lioba war gerade dabei, die Küche zu reinigen. Mitten in der Nacht. Sie musste Hans' Unruhe gespürt haben.

Als ich unsere Schlafkammer betrat, schlief Hans bereits. Leise, um ihn nicht zu wecken, öffnete ich das Schränkchen neben dem Bett, in dem ich seit Jahren die Ablassbriefe aufbewahrte und begann, unsere Ausgaben dafür zusammenzurechnen. In Summe hatten sie die Familie viereinhalb Jahresgehälter eines Hauers gekostet: einhundertfünfunddreißig Gulden. Am liebsten hätte ich angesichts der Tatsache, dass Hans mit seinem verminderten Lohn unter Dietrich Zecke fast drei Jahre für diese Summe hatte arbeiten müssen, geweint. Zum ersten Mal fühlte ich Unbehagen, wenn ich an die hohen kirchlichen Würdenträger dachte und an die Truhe für die Ablassgelder in St. Georg.

Zur Beruhigung holte ich Martins Geschenk an mich aus dem Schränkchen: *Von der Liebe Gottes*, die Schrift des Doktor Staupitz. Doch diesmal strich ich über die Worte: *Liebe Gottes*. Dabei spürte ich erneut Martins Arm an meinem, wie wir so vor den Gräbern seiner Geschwister verharrt hatten und er mir erzählt hatte, wie ein Lamm die

Attacke eines Wolfes zu überleben vermochte. Nach einer Weile ging auch ich zu Bett.

Den Blick an die dunkle Decke über mir geheftet, dachte ich an Martins barmherzigen Gott und hatte in Gedanken immer wieder ein Lämmlein mit Flügeln vor Augen.

Am Folgetag ging Hans zur gewohnten Zeit zu den Hütten. Abgesehen von seiner Aussage, dass Gott nicht barmherzig sei, hatten wir nicht mehr über die unglaubliche Nacht auf Schloss Hinterort gesprochen. Er erwähnte allerdings die hochverschuldeten Bachstedters und die vielen kleinen Hüttenmeister, die aufgegeben hatten, ebenso wie viele Große, die wie Hans entmachtet und zu kaum mehr als Handlangern von Männern wie Dietrich Zecke degradiert worden waren oder immer mehr Entscheidungsgewalt an die Saigerhandelsgesellschaften abtreten mussten. Das sprach weiß Gott nicht von Gottes Gnade!

Erst als ich sicher war, dass Hans wirklich fort war, hob ich sein Kopfkissen an und legte Martins Geschenk darunter. Den Umschlag der Schrift hatte ich bereits vergangene Nacht flüchtig gesehen. Nun sah ich ihn mir genauer an. In einem Bogenfenster stand der Titel *De votis monasticis – Von den Mönchsgelübden*. Darum herum waren wunderbare Ranken zu sehen und links und rechts des Fensters eine mönchs- und eine nonnenähnliche Figur.

Ich las das Exemplar nicht vor Hans, sondern überließ ihm die erste Erkundung. Auch würde ich ihm gern daraus vorlesen, wenn er das wollte. Doch er bat mich nicht darum.

Für mich selbst erwarb ich im Folgejahr einen Druck. *Von den Mönchsgelübden* handelte davon, dass geistliche Orden aufgelöst gehörten und Mönche sogar heiraten durften. Das klang ganz nach meinem Sohn, der wie Hans viele Dinge nur schwarz oder weiß sah.

Die Widmung, die er uns auf dem Schloss vorgelesen hatte, war dem eigentlichen Text vorangestellt, so dass sie inzwischen Hunderte Menschen gelesen hatten. Jeder, der diesen Druck kaufte, erfuhr auf diese Weise von dem Respekt, den Martin seinem Vater zollte.

»Martin hatte den Wormser Reichstag überlebt«, hörte Lucas Margarethe sagen. »Das war das vierte Wunder in meinem Leben. Das Hoffnungswunder, wie ich es nannte.«

Ich habe nie an Martins Überleben gezweifelt, dachte Lucas, denn der Freund hatte ihn brieflich immer wieder über die Geschehnisse in Kenntnis gesetzt, auch darüber, dass er nach dem Wormser Reichstag für einige Zeit zu seiner eigenen Sicherheit an einen geheimen Ort gebracht werden würde. Bei Martins heimlichem Besuch in Wittenberg, das war im Dezember 1521 gewesen, hatte er ihn als Junker Jörg porträtiert. Zu diesem Zeitpunkt hatte Margarethe wahrscheinlich noch immer um das Leben ihres Sohnes gebangt.

»Für Martin war klar, dass er sich in Eisenach auf der Wartburg Jörg – die Kurzform von Georg – nennen würde«, erzählte Lucas.

Dort hatte Martin das Neue Testament ins Deutsche übersetzt. Da hatte es sich als trefflich erwiesen, dass der Leipziger Drucker Melchior Lotter, der schon Martins Thesenpapier gedruckt hatte, nach Wittenberg übergesiedelt war. Für den Druck des Neuen Testaments hatten Lucas und sein Freund Döring die nötigen Gulden vorgeschossen, eine Vorleistung, die sich schnell als wahre Goldmine erwiesen hatte. Denn die ersten viertausend Übersetzungen waren innerhalb von zwei Monaten verkauft gewesen. *Kein Wunder,* fand Lucas. Das Werk war von klarer Sprache und mit fast zwei Dutzend Holzschnitten von ihm illustriert. Für Martin waren die Bilder nicht mehr als Symbole, ein zweitrangiger Ersatz für Worte. Aber sein Freund hatte auch nur wenig Sinn für die bildende Kunst. Ästhetik besaß für Martin einzig und allein die Sprache. Eine Ansicht, die Lucas als Maler natürlich nicht teilte und die immer wieder zu freundschaftlichen Diskussionen zwischen ihnen führte.

Margarethe lächelte warm. »Schon als Junge wollte er so stark sein wie Ritter Georg.«

Lucas seufzte gespielt. »Wie oft hat Martin nicht nur mir, sondern auch Philipp Melanchthon und Spalatin vom Drachenkampf des Heiligen erzählt!« Zuletzt erst vor wenigen Tagen, als sie zusammen das Ende der Pest mit einem anregenden Gespräch und gutem Bier im Schwarzen Kloster gefeiert hatten.

»Auch Fabeln liebte er sehr, zuletzt die von Reinicke Fuchs.«

»Das habe ich gemerkt! Erst jüngst erzählte er mir von seiner neuen Übersetzung der Äsop'schen Tierverse. Für Martin darf kein Tag ohne die Arbeit am Wort vergehen!«, sagte Lucas und dachte im nächsten Moment schmunzelnd daran, dass es ihm mit seinen Bildern ähnlich ging.

»Martin muss auf seine Gesundheit aufpassen. Meister Lucas, ermahnt auch Ihr ihn dazu.« Margarethes Stimme war bei diesen Worten wieder ernst geworden.

Martin musste sie über seine ständigen Krankheiten unterrichtet haben. Seit einiger Zeit litt er an Steinen, und immer wieder fesselte ihn Schwäche ans Bett. Als würde seine Arbeit alle Kraft aus ihm heraussaugen. Kurz bevor die Pest in diesem Jahr nach Wittenberg gekommen war, war er auf dem Weg zur Stadtkirche auf offener Straße zusammengebrochen. Katharina hatte ihn danach für ganze zwei Wochen nicht aus dem Bett gelassen.

»Das will ich tun, Lutherin«, entgegnete Lucas ehrlich, obwohl er ahnte, dass er damit nur wenig Erfolg haben würde. Zu gut wusste er um Martins Leidenschaft für seine Sache, wegen der er keine Rücksicht auf Schmerzen oder sonstige Zipperlein nahm. Und dennoch war es als Martins Freund seine Pflicht, ihn hin und wieder zur Ruhe zu mahnen. Schließlich war er der Ältere von ihnen beiden.

Lucas war froh, sich mehr Zeit für Margarethes Vorstudie genommen zu haben. Je länger er sie betrachtete, desto klarer sah er ihre aufrechte Haltung. Aufrecht auf eine ganz eigene Art, nicht stolz, sondern würdevoll, fand er. Und soeben hatte er entgegen seiner anfänglichen Absicht entschieden, den Farbauftrag auf dem Ölgemälde später selbst auszuführen. Lediglich das Übertragen der Vorstudie auf den Malgrund würde er seinem besten Maler überlassen. Clemens würde die Vorstudie auf der Rückseite mit Holzkohle schwärzen. Das geschwärzte Papier dann auf das grundierte Buchenbrett legen und die Linien des gezeichneten Gesichtes mit einem Holzstift exakt nachfahren. Somit befände sich eine exakte Kopie des Gesichtes auf dem hellen Malgrund. Den Hintergrund des Bildes würde er in einer schwarzen, blauschwarzen oder dunkelgrauen Farbe gestalten und damit das Augenmerk des Betrachters ganz auf Margarethes helles Gesicht lenken. Ihr heller einfacher Schleier, den sie noch immer tief in die Stirn gezogen trug, und das weiße, hochgeschlossene Kleid würden ihr Gesicht rahmen.

Diese Gedanken zur Farbgestaltung des Ölgemäldes wollte er nach der Sitzung sogleich an seine Mitarbeiter weitergeben. So konnte Franz, ein Bursche im ersten Lehrjahr, die Verfügbarkeit der Farben prüfen und Fehlbestände auf die Bestellliste der Apotheke setzen, die die Werkstatt mit dem Notwendigsten versorgte. Für Margarethes Porträt war er glücklicherweise nur auf wenig Blau angewiesen, das besonders teuer und schwer zu beschaffen war. Rebschwarz und Bleiweiß hingegen waren auf den Messen von Frankfurt und Leipzig leicht zu erhalten, so dass er zügig mit dem Ölbild beginnen könnte.

Als Lucas den Kopf streckte, um um Ennlein herum zu Margarethe zu sehen, war der Stuhl mit einem Mal leer. Er entdeckte sein Modell am geöffneten Fenster, den Blick auf die Elbgasse gerichtet.

Das Feuer, das Martin mit seinen Worten über den gnädigen Gott in mir entfacht hatte, breitete sich aus und wurde zum Flächenbrand. Feuer kann wärmen, erhellen, aber auch vernichten. Einmal mehr wurde ich mir der Gefahr des Feuers im Spätsommer 1522 bewusst. Es war am Tag nach dem Feste des heiligen Eusebius, an dem Graf Albrecht IV.-Hinterort gedruckte Predigten von Martin vervielfältigen und verteilen ließ. Die nunmehr offene Befürwortung von Martins Gedanken und Forderungen heizte die Stimmung in der Grafschaft weiter an. Die Altgläubigen unter Graf Hoyer waren deutlich in der Überzahl, und nur wenige Anhänger des neuen Glaubens wagten es, auf dem Marktplatz und in den Wirtshäusern über den barmherzigen Gott zu reden. Erneut kam mir Johannes in den Sinn, der in der Öffentlichkeit Eislebens glühend für Martins Schriften warb, er wagte es sogar, Martins Beschimpfungen des Papstes als *Apostel des Teufels* und *Endchrist* laut zu wiederholen. Hoffentlich würde ihn das nicht das Leben kosten. Unbekannte hatten erst jüngst seine Scheune in Brand gesetzt, hatte mir Wilhelmine geschrieben. Seitdem hatte ich von Johannes und ihr nichts mehr gehört. Ob es ihnen gutging?

Am Tag nach dem Fest des heiligen Eusebius war ich mit Lioba auf dem Weg zum Markt gewesen. Ich trug nur einen einfachen Schleier, die Sommerhitze lag drückend über der Stadt. Eine löchrige Wolkendecke hing über unseren Köpfen, so dass ich auch heute wieder den blauen Himmel sehen konnte. Lioba hielt in jeder Hand einen Korb. Wir wollten Karpfen und Mehl kaufen und die Kräutervorräte aufstocken. Auf Höhe des Thalbachs, der zwischen den Wohnhäusern noch vor St. Georg durch die Stadt floss, vernahmen wir: »Lest es endlich selbst! Überzeugt euch von dem, was die Evangelisten für uns aufgeschrieben haben.«

Die Stimme gehörte einem schmalen, hochgewachsenen

Mann, der ein Buch in den Händen hielt. Um ihn herum hatte sich vor dem Haus der Bachstedters eine Menschentraube gebildet. »Lest das Neue Testament!«, rief der Mann noch einmal lauter, der nun zunehmend beschimpft wurde.

Johannes besaß bereits eine Ausgabe von Martins Übersetzung des Neuen Testaments, das die Buchdrucker in großer Anzahl verkauft hatten. Es wurde auch Septembertestament genannt, weil es im September des Jahres 1522 erschienen war. Ich hatte sogar schon von Schustern und anderen Handwerkern gehört, die, auch wenn sie nur wenige Buchstaben des Alphabets kannten, sich neuerdings am Lesen versuchten. In Eisleben, so erzählte man sich, gab es sogar Frauen, die das Buch an die Brust gepresst durch die Straßen trugen und Textausschnitte daraus vor sich hin murmelten. Fast war es, als ob die Anhänger der neuen Lehre besser aus der Heiligen Schrift zu zitieren vermochten als unser Pfarrer.

»Wartet«, bat Lioba.

Einer der Umstehenden hatte dem Mann gerade das Buch entrissen, um es voller Abscheu auf den Boden zu werfen und darauf herumzutrampeln. Die Leute beklatschten seine Zerstörungswut auch noch. Weitere Schaulustige kamen hinzu, inzwischen war kein Durchkommen mehr auf der Straße. Ich hörte mehrere Stimmen gleichzeitig rufen: »Du Ketzer! Schleich dich!«

Das entmutigte den langen, schlaksigen Mann jedoch nicht. Er rief nun: »Lest die Wahrheit aus der Feder des Doktor Martinus Lu…«

Er kam nicht mehr dazu, seinen Satz zu beenden, weil ihn brutale Fußtritte jäh in die Knie zwangen.

»Sie dürfen ihn nicht einfach niedertreten«, sagte ich zu Lioba, steif vor Schrecken.

In diesem Moment trat Barthel Bachstedter aus seinem

Haus. *Endlich naht Hilfe!*, dachte ich. Barthel würde dazwischengehen und der Gewalt ein Ende bereiten. Tatsächlich hielten die Kampflustigen inne, als sie ihn erblickten. Immerhin hatte er kurz vor seinem Unfall, als Erster aus der Reihe der Hüttenmeister, Ratsherr werden sollen. Die Stadt hatte sich wegen seiner körperlichen Einschränkungen – auch wenn man andere Gründe vorschob – dann aber doch gegen ihn entschieden.

Mit krummem Rücken und nach vorne gebeugt schob er sich durch die aufgebrachte Menge bis vor den schlaksigen Mann, der zusammengekrümmt auf dem Boden lag. Durch die Füße der Umstehenden hindurch sah ich sein blutiges Gesicht und dass er sich den Bauch hielt, wo ihn einige der Tritte getroffen haben mussten.

»Lest die Wahrheit des Martinus Luther«, stieß er noch einmal mit letzter Kraft hervor, bevor sein Kopf in den Straßendreck sackte.

Barthel Bachstedter zuckte beim Namen meines Sohnes zusammen. Ich erkannte es ganz deutlich. Ebenso wie die tiefe Abneigung, die wieder in seinen Augen stand.

»Wir machen uns alle schuldig, wenn wir uns das weiter anhören!«, erklärte Barthel den Umstehenden und trat keinen Atemzug später zu.

»Das darf er nicht! Mansfeld ist ein friedliebender Ort«, murmelte ich erschrocken. Ängste verändern Menschen, und die Angst vor dem Feuer, das Martin entzündet hatte, vermochte sogar den Tod zu bringen. Tod und Feuer mussten Geschwister sein. Nicht selten treten sie gemeinsam auf. Das Feuer schreitet voran, der Tod sammelt das Werk seines Bruders ein. Der Tod war nicht nur kalt, er konnte auch glühend heiß daherkommen, so wie es vermutlich in der Hölle zuging.

»Das können wir nicht zulassen!«, sagte Lioba, stellte die Körbe ab und raffte die Röcke. »So viele gegen einen, das ist unmenschlich«, sagte sie mir noch, als wolle sie sich für ihr eigenmächtiges Handeln entschuldigen, dann warf sie ihr weißblondes Haar auf den Rücken und hielt auf die Menge zu.

Barthel setzte da gerade zu einer Reihe von Tritten an. Trotz seiner körperlichen Einschränkung steckte eine enorme Kraft in ihm. Danach griff er nach dem schwer lädierten Buch, aus dem er die Seiten heraus und in Fetzen riss. Sein Opfer lag reglos am Boden. Inzwischen war Lioba in die vorderste Reihe vorgedrungen, die Menschenmenge löste sich gerade auf. Barthel Bachstedter wischte sich seine Schuhe noch mit einem Lappen ab, den der Schmied ihm reichte, richtete sich dann die Schaube und hinkte wieder ins Haus. Ohne Erklärung, ohne ein weiteres Wort. Nur geballte Wut.

Meine Magd kniete jetzt vor dem zusammengekrümmten Mann nieder und legte ihre Hand auf seine Brust. »Er lebt noch!«, rief sie, aber die noch verbliebenen Menschen kümmerte es nicht. Eine Frau spuckte sogar vor dem Verletzten und auch vor Lioba aus. Wann waren die Mansfelder so kaltherzig geworden?

Nun erwachte auch ich aus meiner Schockstarre und lief zu meiner Magd, die den übel zugerichteten Mann mitfühlend begutachtete. Ich bemerkte eine Platzwunde an seinem Kopf, sein Hemd war blutig und eingerissen, und seine Finger waren merkwürdig verdreht oder gar schief. Sie mussten ihm, als er am Boden gelegen hatte, die Hand zertreten haben.

»Wir müssen seine Wunden versorgen, sonst stirbt er«, sagte ich.

Lioba sagte kein Wort, sondern schaute zum Haus der Bachstedters. Ihre grünen Augen funkelten wütend. Einmal mehr erinnerte sie mich an eine fauchende Katze, der man gerade die Jungen von den Zitzen gerissen hatte. Ich wollte ihre Aufmerksamkeit zurück auf den Verletzten lenken und strich ihr deshalb beruhigend über die Schulter.

Sich mit den Bachstedters anzulegen, das wagten nicht einmal die alteingesessenen Ratsherren von Mansfeld.

Lioba fasste sich langsam wieder. Schließlich hob sie zuerst vorsichtig den Kopf, dann den Oberkörper des Mannes an, den ich auf etwa dreißig Jahre schätzte. Er trug gute Kleidung, wenn sie über die Jahre hinweg an manchen Stellen auch abgenutzt und zerschlissen war.

»Hört Ihr mich?«, fragte sie ihn und nahm seine Hand mit den zerschmetterten Fingern behutsam auf.

Er blinzelte und brachte schließlich unter Stöhnen ein »Ja« heraus.

Lioba schaute zu mir auf. »Wir müssen ihn fortschaffen, um ihn anständig zu versorgen.«

»Aber alleine schaffen wir es nicht.« Ich schaute mich unter den noch Verbliebenen um, sah aber nur verächtliche, wenn nicht sogar hämische Blicke auf uns gerichtet. Unter ihnen befanden sich auch einige Männer, mit denen Hans vor einigen Jahren noch gemeinsame Verkaufserfolge im Ratskeller gefeiert hatte. Wagenmacher Kunstmann war vor nicht allzu langer Zeit noch Gast an unserer Tafel gewesen. »Meister Ortwin!«, rief ich, doch Ortwin Kunstmann drehte sich einfach weg von mir und beschleunigte sogar noch seinen Schritt auf St. Georg zu.

»So helft doch!«, bat ich andere Vorbeigehende, doch diese machten daraufhin einen nur noch größeren Bogen um uns herum. Auch auf meine Bitte hin, den Ratsdiener zu verständigen, passierte nichts.

Ich überlegte kurz und wies dann Lioba an: »Lauf schnell zurück und hole Jacob, er wollte heute Vormittag zu Hause die Rechnungsbücher kontrollieren. Er soll mit anpacken.«

Ich ging in die Hocke und bettete den Kopf des Verletzten in meinen Schoß. Eine Weile schaute ich Lioba noch nach, wie sie die Straße hinablief. Noch nie hatte ich eine derart schnelle Läuferin gesehen.

Erst als der Mann in meinen Armen zu stammeln begann, wandte ich mich ihm wieder zu. Blut rann aus seinen Mundwinkeln auf meine Gewänder.

Sehr bald war Lioba mit Jacob zurück. Jacob schnappte nach Luft, Lioba hingegen war der schnelle Lauf nicht anzumerken. Das machte wohl die viele Arbeit und Bewegung in unserem Garten. In den vergangenen Jahren hatte sie zudem oftmals auch noch die Feldarbeit übernommen.

»Wo sollen wir ihn hinbringen?«, fragte Jacob außer Atem.

»Er kann in die Kammer neben meine«, schlug Lioba vor, bevor ich zu Wort kommen konnte. Das war ziemlich forsch, denn einer Magd stand es eigentlich nicht zu, über die Aufnahme von Gästen in unserem Haus zu entscheiden. Doch dies war ein Notfall, weshalb ich sie nicht zurechtwies.

»Zu uns?«, fragte Jacob entsetzt. Ich sah, wie er die Papierschnipsel um uns herum betrachtete. Sogar der Einband des Buches war geviertelt worden. »Wirklich in unser Haus, Mutter?«

Wir Menschen sind wie Wanderer mit schwerem Gepäck auf dem Rücken, und wir müssen uns entscheiden. Sollen wir am Wegesrand verharren, im Wirtshaus prassen, nur unseren Freuden und Gelüsten nachgehen und einzig uns selbst sehen, oder schreiten wir auf dem unebenen, ansteigenden Pfad voran zum Heil. Ich blickte zu dem Verletzten mit den Blutfäden an den Mundwinkeln und den geschwollenen Händen so groß wie Gärballons. *Lest die Wahrheit aus der Feder des Doktor Martinus Luther!*, hatte er verkündet. Irgendwie fühlte ich mich für seinen Schmerz verantwortlich. »Ja, in unser Haus!«, entgegnete ich entschieden.

Lioba war die Erste, die zupackte und dem Mann unter die Arme griff. Ich half ihr dabei, während Jacob ihn nun an den Beinen fasste. So machten wir uns auf den Weg zurück zum Haus. Es war ein ungeheurer Kraftaufwand, den großgewachsenen Mann die Straße hinabzutragen, zumal ihm jede Bewegung schlimme Schmerzen zu bereiten schien. Kurz vor unserem Tor fiel mir ein, dass unsere Körbe noch immer vor dem Haus der Bachstedters standen. Ich wollte sie schnell holen gehen und bat die anderen, kurz zu warten. Wegen Hans' verminderten Einkünften konnten wir es uns nicht leisten, dass sie uns am Ende noch gestohlen wurden.

Als ich ankam, waren die Körbe zwar noch da, aber jemand hatte sie zertreten. Das Flechtwerk war zerdrückt, die Henkel abgerissen. Ich beugte mich hinab, um die kümmerlichen Überreste aufzunehmen. Als ich wieder hochkam, traf mich etwas im Gesicht. Es brannte kurz und heftig, vor allem aber konnte ich nichts mehr sehen.

»Du bist die Mutter des Satans!«, rief da jemand.

Ich zog mir den Schleier aus dem Haar und wischte mir damit die breiige Masse aus den Augen, die mittlerweile auch meine Lippen erreicht hatte. Sie schmeckte bitter und verdorben.

»Du hast Satan geboren«, gesellte sich nun eine zweite Stimme hinzu. Gehörte die Meister Ortwin?

Das war der Moment, der mich die Hitze des Feuers spüren ließ. *Rette mich, Herr, vor bösen Menschen, vor gewalttätigen Leuten schütze mich. Wie die Schlangen haben sie scharfe Zungen und hinter den Lippen Gift wie Nattern!*

Endlich bekam ich die verklebten Augen wieder auf, konnte aber nicht ausmachen, wer mich gerade beschimpft hatte. Weit und breit war keine Menschenseele mehr zu sehen. Man hatte mich mit Biermaische – wie ich jetzt erkannte – beworfen.

Ich lief zu unserem Haus und bekam auf dem Weg dorthin noch mehrmals die Worte *Mutter des Satans* zu hören.

Im Haus waren Lioba und Jacob gerade dabei, den Verletzten die Treppen hochzutragen. »Bringt ihn in die Kammer, in der Barbara ...« Sie wussten, welche ich meinte.

»Mutter, was ist mit dir geschehen?«, fragte mich Jacob entsetzt, als er mein beschmutztes Gewand bemerkte. Zum dunkelroten Blut des Verletzten waren auf dem grauen Leinenstoff meines Überkleides hellbraune Flecken hinzugekommen.

Ich ertastete Reste vom Maischebrei im Haaransatz an den Schläfen und an der Stirn. »Es ist schon gut«, beruhigte ich Jacob und versteckte die Reste der kaputten Körbe hinter meinem Rücken. Ich wollte ihn nicht noch mehr beunruhigen.

»Aber ...«, setzte Jacob gerade an, doch ich schnitt ihm das Wort ab und meinte zu Lioba: »Ich bringe gleich alles Notwendige hinauf.«

Vorher wechselte ich noch mein Obergewand, wusch mir Gesicht und Hände und legte einen frischen Schleier an. Dann trug ich aus unseren Vorräten Tücher zusammen, erhitzte frisches Wasser und setzte einen Kamillenaufguss zum Reinigen der Wunden an.

Als ich damit fertig war, stieg ich die Treppe ins Dachgeschoss der düsteren Haushälfte hinauf. Seit der Pest im Jahr 1506 hatte ich Barbaras Sterbekammer nie wieder betreten. Wie angewurzelt blieb ich nun im Türrahmen stehen, reichte alles Notwendige hinein und beobachtete Lioba bei der Wundreinigung. Ihr Haar glitt dabei immer wieder über die Wunden des Mannes und färbte sich rot; es schien sie nicht zu stören. Zuerst stöhnte er noch eine Weile, verstummte dann aber unter ihren behutsamen Griffen.

Lioba kümmerte sich aufopfernd um den Verletzten. Nach wenigen Tagen erfuhren wir, dass er Matthes hieß, und bald wussten wir auch, dass er aus Alsleben stammte. Dort war er Lehrer an der Lateinschule gewesen, bis man

ihn verjagt hatte, weil er seinen Schülern Martins Ab-
lassthesen vorgetragen hatte.

Hans äußerte sich nicht zu unserem Gast, duldete ihn
aber. Jacob musste ihm von seinen lebensbedrohlichen
Verletzungen berichtet haben.

Seit dem Vorfall vor dem Haus der Bachstedters klebten fast täglich Dreckklumpen an unserem Haus. Auf unser Tor schrieben sie immer wieder in großen Buchstaben:
SATAN.

Sogar Graf Albrecht IV.-Hinterort wusste davon. Jacob
hatte ihm wohl bei einem ihrer Gespräche über die Hüt-
tenordnung von unserer Bedrängnis erzählt. Jedenfalls bot
er uns an, zu unserem Schutz Wachen an unser Tor zu stellen und uns zukünftig zur Messe auf Schloss Hinterort holen zu lassen.

Hans lehnte ab, was mir recht war. Ich wollte nicht wieder so abgesondert in Mansfeld leben wie in den ersten Jahren nach meiner Ankunft. Ich wollte unter Menschen sein,
ihre Sorgen und Nöte mit ihnen teilen und ansonsten auf
Gott vertrauen. Ich wünschte mir den alten Zusammenhalt
unter den Hüttenleuten zurück.

Matthes wurde wieder gesund und bestand darauf, uns
zur Hand zu gehen. Er schlief weiterhin in Barbaras Sterbekammer, ihm war in ihr Genesung widerfahren. Mehrmals wusch er den Dreck von unserem Tor und den Haus-
wänden. Gemeinsam mit Lioba erntete er unser Feld ab.
An weniger heißen Tagen kam ich hinzu. Wir mussten
schließlich satt werden!

Gleich zu Anfang, als er erfahren hatte, in wessen Haus
er lebte, hatte er mich gefragt, ob wir auch die neue Lehre
vertreten würden, was ich verneint hatte. Wir hielten es
nach wie vor mit den vertrauten, althergebrachten Riten,
beichteten beim Herrn Pfarrer und riefen die Heiligen als
Fürsprecher bei Gott an. Seitdem war der barmherzige
Gott nie wieder ein Thema zwischen uns gewesen, wohl

aber zwischen Matthes und unserer Magd. Ich hörte oft, wie sie sich lange darüber unterhielten, ich glaube, sogar manche Nacht hindurch. Nachdem ich Lioba gegenüber meine Besorgnis über das Drängen des Triebes – das heimliche Leiden des Mannes – geäußert hatte, versicherte sie mir, auf der Hut zu sein.

An einem Abend, an dem die Frankin zwar geladen, aber nicht gekommen war, sang uns Matthes ein aufmunterndes Lied vor. Das Lied von der Wittenberger Nachtigall. Er trug es melancholisch, aber auch kämpferisch vor.

> *Wachet auf, es nahet gen den Tag!*
> *Ich hör singen im grünen Hag*
> *eine wonnigliche Nachtigall;*
> *Ihre Stimme durchklinget Berg und Tal.*
> *Die Nacht neigt sich gen Occident,*
> *der Tag geht auf von Orient,*
> *die rotbrünstige Morgenröt'*
> *her durch die trüben Wolken geht,*

Dabei schaute er einem nach dem anderen auffordernd in die Augen. Sogar Hans saß bei uns, wenn auch abseits. Er ließ sich als Einziger nicht von der fröhlichen Stimmung anstecken. Keinen Ton sagte er, sondern wirkte geistesabwesend und machte sich allein durch seinen Husten ab und an bemerkbar. Lioba rechts von mir lächelte gedankenversunken, während Matthes weitersang:

> *Daraus die lichte Sonne blickt,*
> *des Mondes Schein sie verdrückt;*
> *der ist jetzt worden bleich und finster,*
> *der erst mit seinem falschen Glinster,*
> *die ganze Herde hat geblendt,*
> *von ihrem Hirten und der Weid,*
> *und haben sie verlassen beid,*

sind gangen nach des Mondes Schein,
in die Wildnis den Holzweg ein,
haben gehört des Löwen Stimm,
und sind auch nachgefolget ihm,

Jacob hatte seine Augen nun geschlossen. Vielleicht beschwor er Erinnerungen an die gemeinsame Zeit mit seinem Bruder herauf. Mein zweiter Sohn war mutiger geworden in den letzten Jahren. Er interessierte sich mittlerweile für vieles, während er früher eher alles gleichmütig aufgenommen hatte. Vielleicht war dies auf Martins Einfluss aus der Ferne zurückzuführen, ganz sicher aber rührte es von der Zeit, in der er dem Tode nahe die Pestilenz überlebt hatte.

Ein Bergmann, den Hans zum Abendessen mitgebracht hatte, summte die einfache Melodie mit. Er gehörte zu den wenigen, die das vierzigste Lebensjahr erreicht hatten und noch für die Eltern des Satans in den Berg stiegen.

Mit der Musik im Ohr fühlte ich mich kurzzeitig vor allen Beschimpfungen sicher und kannte auch keine Sorge. Nicht einmal die Schmähbriefe, die wir von erbosten Menschen aus anderen Grafschaften erhielten, konnten mir an diesem Abend etwas anhaben, an dem Hans und ich einmal nicht die Eltern des Doktor Martin Luther waren, sondern nur eine ganz normale Mansfelder Hüttenmeisterfamilie.

Der sie geführt hat mit List,
ganz weit abwegs tief in die Wüste;
da haben sie ihr süß Weid verloren,
gegessen Unkraut, Distel und Dorn,
auch legt der Löwe Stricke verborgen,
darin die Schafe fielen mit Sorgen,
wo sie der Leu dann fand verstricket,

Nun dass ihr klarer mögt verstehn,
wer die lieblich Nachtigall sei,
die uns den lichten Tag ausschrei:
ist Doktor Martinus Luther,
zu Wittenberg Augustiner,
der uns aufwecket von der Nacht,
Darin der Mondschein uns gebracht.

Noch bevor Matthes' Stimme verklungen war, rumpelte es heftig im Raum. Ich schaute mich um und sah Hans Stuhl auf dem Boden liegen. Er selbst verschwand gerade durch die Tür. Hatte dies etwa Martins Name in Matthes' Lied bewirkt? Genügte es nicht, dass er Martins Geschenk, die Schrift *Von den Mönchsgelübden,* in den Ofen geworfen hatte, wie ich vermutete? Seit einiger Zeit lag sie zumindest nicht mehr unter seinem Kopfkissen.

Nach einem Moment absoluter Stille schüttelte mir Matthes die Hand und sagte: »Habt Dank. Ihr wart sehr gut zu mir.«

Ich spürte, dass es von Herzen kam. Dann zog er sich in seine Kammer zurück. Am Morgen danach war er verschwunden.

Lioba erklärte mir, dass er weiterziehen wollte, um Martins Worte weiterzuverbreiten.

»Verlass du uns nicht auch noch«, bat ich sie, denn die Traurigkeit in ihrer Stimme ließ mich vermuten, dass sie Matthes gerne begleitet hätte. Nicht aus Liebe, sondern aus Verbundenheit, weil ihr sein leidenschaftlicher Einsatz imponierte. Doch ohne ihre Bärenkräfte im Haus und auf dem Hof wäre ich verloren. Außerdem wollte ich sie auch nicht ziehen lassen, weil ich sie schätzte und sie mich – den Grund dafür konnte ich mir nicht erklären – an meine erste Tochter erinnerte, die nie hatte bei mir sein dürfen. Lioba weilte länger an meiner Seite als alle meine Töchter.

Am Tag nach Matthes' Fortgang überschlugen sich die

Ereignisse. Am Himmel erschienen neue Sonnen, links und rechts der großen Sonne. Wie zerfetzte, gelbe Lichter sahen sie aus. Die Vorzeichen für Teuerung, Aufruhr und Blutvergießen. Göttliche Schicksalsboten. In der Nacht hatte ich neben dem Vollmond sogar einen zweiten Mond gesehen.

Ich hatte gehört, dass schon fünf Weichlerinnen in Wernigerode verbrannt worden waren. Angeblich ging eine ganze Schar von Herren um und stellte jedem im Ort Fragen. Die Frau von Meister Omler wollte die Herren auch schon in Mansfeld gesehen haben. Sie trugen schwarze Kleider, kamen auf schwarzen, kräftigen Pferden angeritten und besaßen angeblich sogar schwarze Augen. Sie befragten selbst Kinder und erhoben dann Anklage. In Bernburg waren zwei ehrwürdige Bürgersfrauen unter den Angeklagten gewesen, wusste ein Tuchhändler auf dem Markt zu berichten. Man munkelte von hochnotpeinlichen Befragungen, was mir sofort eine Gänsehaut bescherte. Peinliche Fragen waren Fragen, die unter Androhung und Anwendung von Folter gestellt wurden. Hochnotpeinliche Fragen waren noch schmerzhafter, und Menschen, die hochnotpeinliche Fragen stellten, das wusste ich noch von Vater, durften die Todesstrafe verhängen.

Elisabeth erzählte mir bei einem Besuch mit den Kindern, dass man seit einiger Zeit über Liobas ungewöhnliche Ehelosigkeit tuschelte und über ihre profunde Kenntnis der Heilkräuter, dank der sie lange die Rücken- und Gelenkschmerzen der Berg- und Hüttenleute gelindert hatte. So kam zur allgemeinen die persönliche Angst hinzu. H-o-c-h-n-o-t-p-e-i-n-l-i-c-h! Jeder einzelne Buchstabe war beinahe wie einen Hammerschlag auf den Kopf, und ich empfahl Lioba, sich seltener in der Stadt zu zeigen, damit man sie vergaß.

Für eine Weile tat man das auch. Graf Hoyer VI.-Vorderort verkündete, dass wegen all des ketzerischen und weichlerischen Unrats in Mansfeld sicherlich bald die nächste Pest über uns kommen würde, um uns von den Gottlosen zu befreien.

Weiteren Aufruhr verursachte Caspar Güttel, der als Prediger nach St. Andreas in Eisleben gerufen worden war. Er war einer von Martins ältesten Freunden, der die neue Lehre von der Kanzel aus verbreiten wollte.

Martin war inzwischen aus seinem Eisenacher Versteck nach Wittenberg zurückgekehrt, weil er wieder predigen wollte: vor aller Augen. Die wenigsten schienen von seiner Auferstehung überrascht zu sein. Die letzten Monate, die er auf der Wartburg verbracht hatte, war es wohl ein offenes Geheimnis gewesen, dass er noch lebte.

Im Folgejahr kam ein Hofprediger der neuen Lehre nach Schloss Hinterort – was Graf Hoyer VI.-Vorderort gar nicht gefiel. Umgehend holte er daraufhin Verfechter des alten Glaubens in seinen Teil des Schlosses, die nun über die Mauern hinweg wetterten und des Öfteren auch zur Messe nach Mansfeld kamen.

Zwei Mal erschien Graf Hoyer VI.-Vorderort höchstpersönlich an unserer Tür und verlangte, dass wir Martin von seinem Tun abhielten. Einmal war er sogar kurz davor, Hans am Kragen zu packen, worauf Hans nur zum wiederholten Mal erwiderte, dass er keinen Einfluss mehr auf seinen Sohn und ihn schon vor Jahren verstoßen habe.

Kurz darauf fand ich die Gräber meiner verstorbenen Kinder geschändet vor: In alle drei Kreuze waren die Hörner des Leibhaftigen geritzt worden. Umgehend stellte ich neue auf, die nur einen Tag später aber ebenfalls verschandelt waren. So entschieden wir, die Kreuze vorerst nicht mehr zu ersetzen. Einmal mehr sah ich den zweiten Mond am Himmel stehen. Schon bald stand uns der Weltuntergang bevor. In der Stadt ging es immer unruhiger zu – die sichere Ankündigung des Endes.

Die Mehrheit des Mansfelder Rates begehrte gegen Graf Albrecht IV.-Hinterort auf, als der im Jahr 1523 mehrere geflohene Nonnen aus dem Kloster Wiederstedt bei sich aufnahm. Die Frauen mussten Martins *Von den Mönchsgelübden* gelesen haben, das als Befreiungsaufruf an die Geistlichen galt, weil er darin zum Beispiel die Mönchs- und Priestergelübde in Frage stellte. Die Nonnen aus Wiederstedt waren der Auflösung ihres Klosters wohl zuvorgekommen. Graf Hoyer VI.-Vorderort war ein enger Vertrauensmann des Herzogs Georg von Sachsen, der nicht müde wurde, Martin einen Ketzer zu schimpfen. Das Schloss oben war in zwei Lager gespalten. Es war, als gäbe es nun zwei Götter, einen des alten und einen des neuen Glaubens. Auch Maria und Elisabeth gestanden mir ihre Verwirrung. Wir wussten nicht mehr, welchem Gott wir uns zuwenden sollten. Noch oft erschien mir der gute Hirte mit dem Lamm auf der Schulter, aber das Elend in der Grafschaft ließ mich stark an einem barmherzigen Gott zweifeln.

Im Jahr 1523 fielen die Ernten sehr karg aus. Die Brotpreise stiegen, wo wir doch keinen einzigen Gulden für Mehrausgaben übrig hatten. Das Schlachtvieh wurde nicht mehr satt, weniger Kälbchen wurden in Mansfeld geboren, und auch das Federvieh legte so wenige Eier wie schon seit Jahren nicht mehr.

Vernimm, oh Herr, mein lautes Flehen.

Aus Wittenberg wurde uns zugetragen, dass bewaffnete Studenten und Handwerker Priester von ihren Altären verscheucht, Messbücher durch das Gotteshaus geworfen und die Geistlichen mit Spott und auch Schlägen vertrieben hätten. Jeder sei vor Gott gleich, und für die Beichte bräuchte man eben keinen Herrn Pfarrer mehr, hatten sie gerufen. In Wittenberg erschienen daraufhin die Pfarrer, die der neuen Lehre anhingen, in weltlicher Kleidung auf der Kanzel. Sie sollten vor allem predigen und den Menschen von Gott erzählen. Mehrere Studenten und Doktoren hatten angeblich aus Angst vor Gewalt bereits die Stadt verlassen. Von Matthes wussten wir, dass in Alsleben Bilder und Statuen verbrannt worden waren, weil nach der neuen Lehre keine Heiligen mehr als Fürsprecher vor Gott benötigt wurden. Sie waren nur noch Vorbilder im Glauben. Dass man die Bilder unserer Heiligen stürmte, war für mich unfassbar. Sollte es in Mansfeld so weit kommen, würde ich Annas Bildnis in St. Georg mit meinem Leib beschützen.

Die Unruhen hielten auch zu Beginn des Jahres 1524 an, die Unzufriedenheit wuchs vor allem unter den Bauern.

Nur die finanzkräftigsten Höfe konnten die gestiegenen Abgaben noch tragen. Auf den kleineren wurde dagegen gedarbt und der Adel verteufelt, der sie während der Ernteperiode von der Arbeit wegriss und zum Sammeln von Schneckenhäusern zwang, nur damit er sein Garn daran aufwickeln konnte, um sich noch kostbarere, glänzendere Gewänder weben zu lassen. Ebenso eigennützig handelten viele Klöster und Abteien gegenüber den Bauern. Im Württembergischen und im Schwäbischen meuchelten Bauern ihre Herren, weil sie nicht noch mehr Abgaben leisten konnten. *Vor Gott sind alle gleich!* Würden die Aufstände sich bis in unsere Gegend verbreiten?

Graf Albrecht IV.-Hinterort hatte Hans und mir erklärt, dass es zu diesen Kämpfen gekommen wäre, weil die Bauern Martins Schriften eigenwillig und ohne jede Bibelkenntnis ausgelegt hätten. Sie rissen einzelne Gedanken aus dem Zusammenhang, wie Seiten aus einem Buch, formulierten sie um und nannten ihr Vorgehen reformatorisch. Der Graf hatte jene aufständischen Bauern »Klüglinge« geschimpft. Sie bestanden darauf, dass der Abgabenzwang und die Herrschaft der Grundherren dem in der Heiligen Schrift formulierten Recht auf Gleichheit vor

Gott widersprachen. Sie verlangten die gleichen Rechte wie Adel und Klerus. *Vor Gott sind alle gleich!*

Niemand schien noch das Ruder in der Hand zu haben vor lauter Streitereien, Krieg und dem verzweifelten Versuch, Gottes Gnade zu finden.

So viel Verwirrung.

So viel Sterben.

So heiß das Feuer.

Die irdische Welt brannte lichterloh, wie lange würden wir Mansfelder noch vom fernen Feuer verschont bleiben? Die ersten Bauern in unserer Gegend sprachen schon davon, dass sie bereit wären, gegen die Unterdrückung zu kämpfen.

Und meine helle Wittenberger Nachtigall sang weiter.

Ich hingegen wünschte mir Wasser, das das viele Feuer zum Erlöschen brachte.

Bald kam der erste Tag im Februarmonat des Jahres 1524. Der Tag, an dem sich die Planeten Jupiter, Saturn und Mars im Sternbild der Fische trafen. Das sichere Zeichen für eine Sintflut, für den Weltuntergang.

Was ich einzig in dieser Nacht noch vernahm, war eine weibliche Stimme, die weder der Ahne, noch den Weisen Frauen oder Christina gehörte. »Das Kind hat es besser verdient!« Es waren verzweifelte Worte, von jemandem, der an Mariä Heimsuchung auf meiner Seite gestanden hatte. »Das Kind hat es besser verdient!«

Christina schwieg weiter. Vermutlich hatte sie sich schon für den Weltuntergang bereitgemacht. Oder war in Möhra etwas passiert, das sie hatte verstummen lassen?

Unentwegt ist uns der Tod auf den Fersen. Aber wer vor dem Tod flieht, flieht auch vor dem Leben. Ich war lange geflohen, das Sterbebüchlein fest vor die Brust gepresst.

Neun Monate nach der ausgebliebenen Sintflut zwangen Hustenanfälle meinen Ehemann ins Bett. Schon in den

Sommermonaten war Hans des Öfteren schwindelig geworden. Er hatte sich am Mobiliar oder dem Ofen festhalten, sich vorbeugen und tief Luft holen müssen. Zuletzt hatte er sich häufig erbrochen.

Erst als ich ihn einmal auf dem Boden liegend vor dem Abort fand, erlaubte er mir, den Stadtmedikus zu rufen. Der Medizinkundige weigerte sich, unser Haus zu betreten, an dessen Mauern regelmäßig Dreckklumpen klebten. Und so schleppte sich Hans wieder ins Bett zurück. Die Weigerung des Stadtmedikus konnte ihn das Leben kosten!

Nachdem ich mich einige Tage später aus Angst um Hans an Graf Albrecht IV.-Hinterort wandte, schickte er uns seinen Leibarzt. Der Mann sagte, dass Hans' Herz wegen seiner kranken Lunge zu schnell schlage, und dies bei den Berg- und Hüttenleuten weit verbreitet wäre. Er empfahl Ruhe und Gottvertrauen.

»Solange ich nicht fiebere, kann ich zur Hütte«, erklärte Hans und erhob sich, sobald der gräfliche Leibarzt unser Haus verlassen hatte. »Jacob kommt noch nicht ohne mich zurecht!«

Doch schon auf den ersten Treppenstufen wurde Hans erneut schwindelig. Ich brachte ihn ins Bett zurück. Lioba machte ihm einen Aufguss aus Knoblauch, auf den schon ihre Mutter geschworen hatte. Seit meiner Empfehlung hielt sich unsere Magd ausschließlich im Hof und im Haus auf. Allein vor zwei Monaten war sie ein einziges Mal wegen der neuen Aussaat zu unserem Acker gegangen, und auf dem halben Weg dorthin von Verena Bachstedter beschimpft worden.

Die Bachstedterin wollte von Lioba wissen, mit welchem Vers man einen Menschen verfluchen könne. Das nämlich würde man meine Magd als Erstes fragen, wenn sie sich vor dem Rat würde rechtfertigen müssen. Die Bachstedterin hatte Lioba, so berichtete meine Magd mir, vorgeworfen, Barthels Unfall herbeigehext und seine Genesung verhindert zu haben. Oder wie sonst, so lauteten die Vorwürfe der Bachstedterin weiter, wäre es zu erklären, dass Barthels Schmerzen im Rücken immer stärker und sein Gang immer gebückter wurde? Mittlerweile musste er sich beim Gehen sogar auf einen Stock stützen.

Lioba hatte mir beschrieben, wie sich Verenas Gesicht bei diesen Worten angewidert verzogen hatte. Der Stolz auf ihren Sohn schien mit seiner gebeugten Haltung und dem hinkenden Gang geschwunden zu sein. Und dass in diesen schweren Zeiten, wo es so wichtig war, bedingungslos füreinander da zu sein.

Von diesem Tag an wagten nur noch wenige Menschen, bei der Messe in unserer Nähe zu stehen. Lioba stritt die Vorwürfe vehement ab. Bei Augustine hatte ich dem Drängen der Hüttenmeisterfrauen nachgegeben, für Lioba wollte ich diesmal einstehen. Sah ich doch jeden Tag aufs Neue, was für ein gutherziger Mensch sie war. Ich würde für sie aussagen, sollte sie vor den Rat müssen. Doch zunächst galt es, genau dies zu verhindern.

Hans trank Liobas Knoblauchaufguss nur unter Murren. »Schick Jacob her, ich muss ihm Anweisungen geben!« Außerdem weigerte er sich, in eine der Krankenkammern in der düsteren Hausseite zu ziehen, in der sein Sohn wohnte. Er bestand darauf, im Bett unserer Schlafkammer zu bleiben, weil er, wie er meinte, ja nicht krank sei.

Jacob kam, und Hans wies ihn an, welche Röststadel zu reinigen waren und wo er Erzlieferungen umladen sollte. Danach sollte mein Sohn zu Dietrich Zecke gehen, um Hans' Abwesenheit zu entschuldigen.

Am nächsten Morgen, Hans sprach schon davon, dass er endlich wieder zu den Hütten müsse, kam er nicht mehr allein aus dem Bett hoch. Er zwang Jacob, ihm auf- und die Treppe hinabzuhelfen, doch sie kamen nicht weiter als bis zum Treppenabsatz des Obergeschosses.

Hans wollte Geld verdienen und der Ernährer der Familie bleiben, ohne einen einzigen Fehltag. In den mehr als vierzig Jahren unserer Ehe hatte sein Körper ihm nie den Dienst versagt. Das Husten gehörte bei den Mansfeldern einfach mit dazu, genauso wie Qualm, Aschefetzen und blasse, gelbgrüne Nadelbäume. Nachdem er am Treppenabsatz eingeknickt war, redete Hans nicht länger davon, heute unbedingt wieder in die Hütte zu müssen.

Jacob überbrachte mir die Schimpftiraden Zeckes, der unter anderem gewettert hatte, Hans würde sich aus seiner Verantwortung für die Feuer stehlen. Ich verbot Jacob, seinem Vater von diesen Worten zu berichten, zumindest solange er in diesem desolaten Zustand war. Hans wollte in seinem Leiden von niemandem gesehen werden, weswegen ich mich hin und wieder heimlich nachts in unsere Ehekammer stahl, nachdem ich mittlerweile in Martins ehemalige Kammer direkt nebenan gezogen war. Ich wollte für Hans da sein, falls er etwas brauchte, und laut zu rufen, vermochte er ja nicht mehr.

Immer öfter sprach er im Delirium: »Die Silbergehalte reichen nicht mehr.« Ich glaube, das war es, was ihm in den letzten Jahren am meisten Angst machte: dass die Silbergehalte in den Erzen, tief unten im Berg, abnahmen. Wie konnte es auch anders sein, so nahe an der Schlechtigkeit der Welt, wo Satan wohnte, die Seelen der Verdammten fraß und wieder ausspie.

Zuletzt hatten einige Mansfelder, Eisleber und Hettstedter Hüttenmeister gemeinsam ihre letzten Pfennige in neue Wasserkünste, breitere Stollen und tiefere Gänge investiert. Das Unterfangen war äußerst knapp kalkuliert, so dass jedes Tausendstel Silber weniger pro Lot Schwarzkupfer den Ruin bedeuten konnte.

Gemeinsam gingen sie unter Tage, gemeinsam kämpften sie mit den Schmelzöfen, und nur gemeinsam würden sie das tiefe Tal durchschreiten.

Mit fortschreitender Krankheit konnte Hans sich kaum

noch bewegen, und mir wurde kalt, wenn ich unsere Schlafkammer betrat. Der Forstmann war im Haus. Mitten im
Leben sind wir doch immer vom Tod umgeben. Ich fand
keine Ablenkung, nicht einmal mehr durch Maria, die nach
Thechens Tod oft zu mir kam, um sich wortlos an mich zu
lehnen, während ihre Kinder Klein-Johannes und Magdalena im Hof unbekümmert einen Kreisel antrieben. Nicht
einmal einer von Klein-Johannes' berühmten Purzelbäu-
men vermochte mich noch aufzuheitern.

Hans magerte ab und erbrach das wenige, das ihm Lioba
geduldig einflößte. Ich glaube, Hans' Pflege war der einzige Grund, warum unsere Magd noch in Mansfeld blieb. Sie
wollte mich damit nicht allein lassen, wurde aber immer
ungeduldiger, weil sie das Haus nicht mehr verlassen konnte. Unsere Magd und Jacob waren die einzigen, die Hans
noch bei sich duldete. Jacob musste ihm anfangs noch täglich, dann mit Beginn des Jahres 1525 nur noch wöchentlich von den Geschehnissen in den Hütten berichten.

Da kam mir mein Bruder Johannes wieder in den Sinn.
Noch immer hatte er sich auf mein Einladungsschreiben
hin nicht bei mir gemeldet. Über seinen Besuch mit Kindern und Enkelkindern zum Auferstehungsfest hätte ich
mich sehr gefreut: eine willkommene Ablenkung von meinen Sorgen um Hans. Aber kein Schreiben kam aus Eisleben. Zu gerne hätte ich auf seine Enkel, die Zwillinge Lau-
rentius und Friedrich, aufgepasst und den beiden Rabau-
ken von Frau Stempe erzählt.

Mit jedem Tag ging es Hans schlechter, er kämpfte um
jeden Atemzug. Gott hatte ihm ein schlimmes Leiden auferlegt. Selbst das Verdauen und Harnen fiel ihm schwer, als
sammelten sich gleich mehrere Krankheiten in seinem
Leib. Täglich ging ich in der frühesten Morgenstunde zu
St. Georg, um den Allerhöchsten um Hans' Genesung zu
bitten.

Nach dem Auferstehungsfest ging es Hans noch einmal

schlechter, er bekam die Augen kaum noch auf, fieberte heftig und sein Husten ging durch die Schlafkammer wie ein nicht enden wollender Donner, vor dem ich mich in früheren Tagen in den Keller zurückgezogen hätte. Der Donner war ein Nachhall auf seinen unendlichen Schmerz. Ich spürte, dass es mit ihm zu Ende ging.

Zur Pflicht eines wahren Freundes gehört es, dem Kranken während der Zeit seines körperlichen Leidens beizustehen. Die Pflicht eines Liebenden ist es, sich außerdem um sein Seelenheil zu bemühen. Und doch kann niemand für den anderen sterben, ein jeder muss für sich gegen den Tod und den Teufel kämpfen. Hans' letzte Stunde schien nah, die schlimmste und gefährlichste im irdischen Leben. Denn in dieser versuchte Satan alles, um der frei werdenden Seele habhaft zu werden. Hans war stark, bestimmt würde er den teuflischen Einflüsterungen zu Hochmut, eitlem Ruhm und Stolz bis zu seinem letzten Atemzug widerstehen.

Mit meinem Sterbebüchlein in den feuchten Händen trat ich leisen Schrittes vor Hans' Bett. Es war ganz still in der Kammer. Ich öffnete mein Sterbebüchlein, sein leinener Rücken knackte, weil es einige Zeit unbeachtet im Schränkchen bei den Ablassbriefen gelegen hatte. In seiner Mitte, die aufzuschlagen ich gewöhnlich vermied, trat mir das Bild vom Mädchen mit dem Tod entgegen. Ich kannte es seit meiner Kindheit, Mutter hatte es mir oft gezeigt und mir dabei von der Kunst des Sterbens erzählt. Auf dem Holzschnitt umschlang ein mit Fleischfetzen behangenes Skelett – der Tod – das nackte Mädchen. Mich ängstigte das Bild, nie hatte ich es meinen Kindern gezeigt. Furcht sprach aus den Augen des Mädchens, weil der Tod ihm schon so nahe war, beinahe waren sie schon eins. Wie das Mädchen im Bild faltete ich die Hände zum Gebet, legte das geöffnete Büchlein auf dem Bett ab und las: »Herr über alle Zeit und Ewigkeit, komm der trostlosen Seele zu Hilfe, damit sie von den Höllenhunden nicht weggezerrt wird.«

Nachdem Hans sich nicht regte, hielt ich meine Hand vor seinen Mund. Sein Atem ging noch, wenn auch sehr schwach. Das also hatte der Hüttenqualm ihm angetan.

Ich begann nun, die von meinem Sterbebüchlein empfohlenen Fragen gegen teuflische Einflüsterungen in der letzten Stunde vorzulesen. »Glaubst du, dass Jesus Christus, der Sohn unseres lebendigen Gottes, für dich gestorben ist?«

Hans antwortete nicht.

Ich wiederholte die Frage, und diesmal öffnete Hans seine Lippen und brachte hervor: »Ja, ich glaube es.«

So fuhr ich mit dem Lesen aus dem Sterbebüchlein fort: »Dankst du unserem Gott dafür?«

Hans musste erst neue Kraft sammeln, bevor er antworten konnte. »Ja, ich danke ihm.«

»Also setze alle Zuversicht allein in den Tod, nichts anderes gibt dir Hoffnung. In diesen Tod senk dich ganz und gar, mit diesem Tod bedecke dich ganz. In diesen Tod wickele dich ein.«

»Herr, in deine …« Hans hustete, und an seinen verzerrten Zügen erkannte ich, dass er schreckliche Schmerzen haben musste. »… in deine Hände empfehle …« Wieder bekam er nicht genug Luft und litt große Schmerzen.

»Du schaffst es, mein starker Mann«, flüsterte ich. Von vielen Sterbenden wusste ich, dass sie in ihren letzten irdischen Momenten noch einmal Kraft fanden.

»In deine Hände empfehle ich meinen Geist«, sprach er, worüber ich froh war. Mich tröstete der Gedanke, dass das irdische Leben nur ein Teil des ewigen und entscheidenderen Weiterlebens im Jenseits war, wo Hans und ich uns wiedersehen würden. Dafür mussten wir jedoch zuerst den Tod, den unausweichlichen, überstehen.

Jacob kam mit dem Herrn Pfarrer herein, Lioba musste

ihn benachrichtigt und dazu auch das Haus verlassen haben, was sehr gefährlich war. Es war an der Zeit, Hans die Sterbesakramente zu reichen. Vermutlich würde ich nach Hans' Ableben in dieser Kammer nie wieder ruhig und vor allem gewärmt schlafen können.

Bis der Herr Pfarrer bereit war, verlor ich mich in Erinnerungen an unsere gemeinsame Zeit: Ich sah, wie Hans mir in der Hütte *Am Möllendorfer Teich* mit aufmunterndem Blick ein Stück Schwarzkupfer gereicht hatte, wie wir gemeinsam mit den anderen Hüttenleuten Erfolge gefeiert und wie er mich an Barbaras Grab geführt hatte. Außer sonntags und an kirchlichen Festtagen war er tagtäglich zu den Hütten oder in den Berg gegangen, für uns, für seine Familie.

Der Herr Pfarrer gestattete mir, dass ich der Reichung der Sterbesakramente beiwohnte. Als er vor das Bett trat – Jacob hatte die Kammer inzwischen verlassen –, begann ich, entsetzlich zu frieren, und fühlte mich plötzlich ganz allein. Ich wollte noch viel mehr Zeit mit meinem Mann im irdischen Leben verbringen. Hans zählte siebenundsechzig Jahre, er war mir fünf Jahre voraus. Die meisten Menschen in Mansfeld waren nicht einmal vierzig geworden. Und bei vielen hatte es mit dem trockenen Husten angefangen. Auch das einte die Hüttenleute: dass sie an der gleichen Krankheit litten, die sie nacheinander dem Forstmann empfahl.

Als der Pfarrer gerade dabei war, Hans die letzte Ölung zu geben, hielt ich es nicht mehr aus und trat ganz nahe an das Bett. Irritiert schaute der Geistliche mich an, doch dessen ungeachtet ergriff ich Hans' Hand. Sie war genauso schlaff wie in den vergangenen Tagen, und doch war ich froh, dass Hans mich seine Hand überhaupt halten ließ. Die Geräusche und Stimmen, die von der Straße her in die Kammer drangen, ließen auf einen ganz normalen Tag schließen, dabei würde Hans jeden Moment sterben.

Ich verabschiedete den Herrn Pfarrer mit einem dankbaren Nicken und rief nach Jacob. Er sollte zu den nahen Hüttenmeistern laufen, sie zum Abschied herbeiholen und ebenso Maria und Elisabeth Bescheid geben.

In der Zwischenzeit hatte sich Hans keinen Fingerbreit bewegt, nicht einmal gezuckt. Zuerst schnitt ich ihm die Nägel, wie es meine Pflicht als Ehefrau war, dann sank ich vor seinem Bett nieder. Mir blieben nur noch wenige Augenblicke, in denen ich allein mit meinem Ehemann war, bevor die anderen kamen. Ich zog mir den Schleier vom Kopf und schloss die Augen. *Mehr als unseren Glauben brauchen wir nicht, um Verständnis und Barmherzigkeit von oben zu erhalten*, vernahm ich Martins Stimme in meinen Kopf. *Du musst nur glauben. Und glauben heißt, sich als Sünder vor Gott zu bekennen. Denn wer sich als Sünder bekennt, erkennt auch Gottes Größe.*

Ich glaube, ich hatte meine Augen noch geschlossen, als mir in den Sinn kam, den Herrn Pfarrer für eine Beichte zurückzurufen. Doch wieder hörte ich Martins Stimme, die mich davon abhielt: *Den Herrn Pfarrer brauchst du nicht dazu. Der kann nämlich, außer seine eigenen Sünden zu beichten, nichts dazu beitragen.*

Also verharrte ich kniend vor dem Bett meines sterbenden Mannes und begann mit der Beichte, wie ich sie aus meinem Beichtbüchlein kannte und seit Jahren schon vor dem Herrn Pfarrer ablegte: »Ich arme Sünderin, ich bekenne vor dem Allmächtigen, dass ich viel und schwer gesündigt habe in meinem Leben. In Gedanken, Worten und Werken, mit Tun und Lassen. Ich gebe mich schuldig, dass ich gesündigt habe wider die Gebote Gottes und die heilige christliche Kirche.«

Zwischendurch sah ich immer wieder zu Hans, aber er blieb still. Ich nahm das als Zeichen, fortfahren zu dürfen. In unserer Ehe war weniger mit Worten als mit Gesten, Blicken und beredtem Schweigen gesprochen worden.

Und so ungewöhnlich es auch sein mag, so verfuhren wir selbst noch im Angesicht des Todes. Denn Hans war noch nicht tot, sein Brustkorb hob und senkte sich weiterhin, wenn auch nur schwach.

Gedanklich begann ich, die Zehn Gebote und Todsünden aufzuzählen und mit Vergehen meinerseits zu verbinden, wie ich es von jeher gewohnt war, in der Angst, nur keine Sünde zu vergessen. Ich hielt mir erneut das Bild des guten Hirten aus der gräflichen Altarkammer vor Augen und wurde tatsächlich etwas ruhiger. Ich war schmerzerfüllt und traurig, meinen Mann für den Rest meines irdischen Lebens zu verlieren. Hatte er doch gut zu mir gepasst, und hatten wir die Hässlichkeiten des Lebens doch gemeinsam überstanden.

Buße ist Selbstbeurteilung und Selbsterkenntnis, vor allem aber die Verbindung zu Gott und seiner Gnade.

Vorsichtig begann ich: »Ich weiß mich darin schuldig, dass ich Hans nie Anerkennung und Dank für seine Mühen ausgesprochen habe, die er allein für uns, seine Familie auf sich genommen hat.« Erst fühlte es sich seltsam an, die Beichte allein und nicht vor dem Pfarrer abzulegen.

Gott ist überall.

»Ich habe ihm nie danke gesagt für die wundervollen Kinder, die er mir geschenkt hat. Ich gestehe, selbstsüchtig gewesen zu sein. Bitte vergib mir, Gott!« Ich führte meinen Blick zu Hans. »Bitte vergib auch du mir«, flüsterte ich und schluchzte.

Aber Hans rührte sich nicht.

Ich stand auf, ging Richtung Fenster, presste die Hände fest gegeneinander und hob den Kopf zum Allmächtigen empor. »Ich weiß mich darin schuldig, dass ich den Bruder des Schlafes wider besseres Wissen fürchte.« Ohne den strengen Blick des Herrn Pfarrer auf mir, wagte ich sogar zu offenbaren, was ich tief in mir fühlte, nicht nur das, was meine Pflicht mir vorzutragen aufgab. »Mich ängstigt, dass

ich meine Familie im ewigen Reich Gottes vielleicht doch
nicht wiedersehe. Herr, bestrafe mich für diese Zweifel.
Ich habe so große Angst ...«, noch nie hatte ich Gott meine Ängste anvertraut, »... vor der Axt des Forstmanns,
dass er Hans mitnimmt, ein weiteres meiner Kinder gäh
sterben lässt oder meine Enkelkinder unzeitig holt. Ich
habe Angst zu sterben, weil ich Angst habe, Mansfeld für
immer verlassen zu müssen. Hier habe ich, die sündige
Weide, die ich bin, meinen Platz gefunden.« Nach einer
Pause fügte ich beinahe stimmlos an: »Und ich habe Angst,
mein Versagen an Christina zeitlebens nicht mehr gutma-
chen zu können.« Meine erstgeborene Tochter schwieg
schon viel zu lang.

Hatte Hans sich etwa gerade bewegt? Mir war, als hätte
er soeben die rechte Hand ein Stück gehoben. Ich trat an
sein Bett, und in diesem Moment hörte ich Jacob zurückkommen. Ich schob das Schränkchen neben Hans' Bett in
den Flur, damit auch alle, die sich von ihm verabschieden
wollten, Platz in der Kammer fanden. Sicher hatten auch
noch andere Hüttenleute von Hans' Verfassung gehört und
würden jeden Moment hier eintreffen. Soweit ich wusste,
stand zumindest noch ein Dutzend Schmelzer in seinen
Diensten.

Doch Jacob betrat die Kammer, gefolgt von nur einem
einzigen Mann. Es war der alleinlebende Bergmann, der
schon zu dem Gesangsabend mit Matthes in unser Haus
gekommen war. Ich lauschte weiterhin nach Schritten im
Flur und auf der Treppe, aber es blieb still. Enttäuscht
starrte ich auf die offene Tür. Wie sehr hätte ich mich in
diesem Moment über den Beistand der Hüttenleute gefreut. Hans war immer gut zu ihnen gewesen.

Jacob beteuerte, bei allen Hüttenmeistern gewesen zu
sein, die in Mansfeld mit Hans zusammengearbeitet hatten.
Einige hatten ihm die Tür sofort wieder vor der Nase zuge-
schlagen. Andere Meister hätten ihm gar nicht erst geöff-

net, berichtete er beklommen. Den nun neben sich stehenden Bergmann habe er zufällig auf der Straße getroffen und ihm von Hans' nahem Tod erzählt. Hätte Martin die Kirche nicht gespalten, wären sie vermutlich in Scharen gekommen.

Kurz nach dieser Mutmaßung, ich wollte die Tür gerade schließen, betraten meine Töchter Elisabeth und Maria mit ihren Ehemännern die Sterbekammer.

Mit verweinten Gesichtern kamen sie an meine Seite. Es war wohl das erste Mal, dass ich Jacob nicht ruhig, sondern unbeherrscht erlebte. »Vater«, bat er eindringlich, »du darfst uns noch nicht verlassen!« Er rüttelte den Sterbenden, der um jeden Atemzug kämpfte, und erst als der Bergmann, meine Töchter, ihre Ehemänner und Jacob sich von ihm verabschiedet hatten und gingen, betrat Lioba die Sterbekammer und betete gemeinsam mit mir die Nacht hindurch.

Dieser Tag vor dem Fest des Apostels Markus und auch die zehn folgenden blieben mir aus mehreren Gründen in Erinnerung. Zuallererst weil ich so etwas wie eine erste Ahnung vom neuen Glauben gewann, denn Hans starb nicht am Tag vor dem Fest des Apostels Markus. Und auch nicht an den folgenden.

Johannes hatte einst behauptet, dass das Wichtigste an der *wahren* Beichte das Sündenbekenntnis war. Vielleicht hatte meine erste wahre Beichte den Herrn davon überzeugt, mir Hans doch noch etwas länger zu lassen. Der Barmherzige hatte seinen Freispruch offenbart, indem er meinem Ehemann Genesung schenkte. Das war der Moment, in dem ich das erste Mal tief in mir drinnen Martins lieben, barmherzigen Gott ernsthaft in Erwägung zog.

Der zweite Grund dafür, dass ich mich so gut an diese Tage im April 1525 erinnerte, war Lioba, unsere treue Magd.

»Er wird es ganz sicher überleben!«, sagte sie, nachdem es Hans schon bedeutend besser ging.

Wir standen auf dem Flur vor der Schlafkammer. Ich hatte Hans gerade einen Aufguss bringen wollen, da war mir Lioba mit ihrem Bündel in der Hand entgegengekommen und bat mich um ein Gespräch.

»Ich habe mich gerade von ihm verabschiedet«, sagte sie und blickte zu Boden.

Ich wusste sofort, was los war.

Lioba musste gewusst haben, wie sehr mir ihre Unterstützung, nein, wie sehr sie mir am Herzen lag und wie schmerzlich mich die Entscheidung ihres Fortgangs treffen würde. Aber insgeheim hatte ich jeden Tag damit gerechnet, dass es so kommen würde. Sobald Verena Bachstedter nicht mehr nur auf den Straßen der Stadt über Lioba hetzte, sondern mit ihren Beschuldigungen vor den Rat trat, würde man Lioba abholen und der Weichlerei anklagen. Die kleine Magdalena, Marias Tochter, hatte unlängst berichtet, dass sie von fremden Männern danach befragt worden wäre, ob sie jemanden kenne, der zaubern könne.

H-O-C-H-N-O-T-P-E-I-N-L-I-C-H.

Ich war traurig und gleichzeitig auch froh, dass Lioba sich nicht einfach ohne ein Wort auf und davon machte. Vor dieser kalten Art des Abschieds hatte ich mich immer gefürchtet. Dass unsere Magd auch meinem wortkargen Ehemann Lebewohl sagte, zeigte mir, dass die beiden in all den Jahren zu einem gütlichen Miteinander gefunden hatten. Eigentlich hatte Hans schon wenige Monate, nachdem Lioba in unser Haus gekommen war, von ihr nicht mehr als *eine wie sie* gesprochen. Lioba hatte ihn mit ihrem unendlichen Eifer für sich eingenommen und sogar milder gestimmt. Ich habe sie selten anders als stark, wohlüberlegt und klug erlebt, was außergewöhnlich für ein Gesindemädchen ist.

Sie rang ganz offensichtlich mit sich, wusste nicht wohin mit ihren Armen, und um ihre Mundwinkel herum zuckte es.

Ich spürte, dass ihr noch etwas auf der Seele lag, das zu sagen ihr nicht leichtfiel.

Ich führte Lioba ins Erdgeschoss, holte zwei Stühle aus der kleinen Stube und stellte sie in die Küche vor den Ofen.

Lioba schaute mich nicht an, als sie sich setzte. »Ich bin eine Lügnerin«, sagte sie schließlich so leise, dass ich Mühe hatte, sie zu verstehen.

»Du bist ein guter Mensch«, entgegnete ich ihr im Brustton der Überzeugung. Anders als ich war sie nie vermessen, nie unpünktlich oder kraftlos gewesen.

»Ich will, dass Ihr etwas wisst«, presste sie hervor.

Ich hatte keine Ahnung, was Lioba mir offenbaren wollte. »Wo willst du denn hin?« Vermutlich ging es ihr darum, denn das Wissen um ihren neuen Aufenthaltsort war gefährlich.

Lioba schüttelte den Kopf. »Besser Ihr wisst es nicht«, antwortete sie, »dann können sie es auch nicht aus Euch herauspressen.«

Also war es etwas anderes, das ihr so sehr zu schaffen machte.

»Manchmal hilft es, es einfach auszusprechen«, sagte ich vorsichtig und wiederholte: »Du bist ein guter Mensch.«

Jetzt hob Lioba den Blick, und ihre Augen leuchteten wie grüne Turmaline, besondere Edelsteine, die die Bachstedterin in besseren Zeiten auf dem Gewand getragen hatte. »Ich habe ihn erdolcht«, sagte Lioba.

Ich schüttelte den Kopf, weil ich nicht verstand, nicht verstehen wollte, was sie da sagte.

»Er hat es verdient«, fuhr Lioba fort, und ihr Blick richtete sich auf einen Punkt an der weiß gekalkten Küchenwand. »Er hat mir meine Ehre geraubt! Vor fünfunddreißig Jahren.«

Sprach sie von jenem Tag, an dem Augustine sie im Wald aufgelesen hatte?

»Ich war damals ganz alleine unterwegs, um Kräuter zu suchen. Meine Familie war schon viele Jahre zuvor der Pest erlegen, mich als die einzige Überlebende haben sie aus Nordhausen vertrieben, weil ich angeblich über teuflische Kräfte verfügte.«

Liobas ganze Familie war an der Pestilenz gestorben? »Aber dein Vater hatte dich doch in den Wald begleitet?« Sie waren gemeinsam überfallen und er dabei erdolcht worden – so hatte es mir Augustine damals erzählt.

»Von hinten waren sie gekommen, haben mich gepackt und zu Boden geworfen.« Lioba wischte sich eine Träne weg. »Sie waren zu zweit.«

»Aber dein Vater«, setzte ich erneut an, »hat er dich nicht beschützen können?«

Meine Magd schüttelte den Kopf, eine Haarsträhne fiel ihr ins schmale Gesicht, nie zuvor hatte ich sie weinen sehen. »Der Tote neben mir war nicht mein Vater. Er war einer der beiden Männer, der als Zweiter in mich fahren wollte, wie der Teufel! Meine Jungfernschaft hat mir zuvor Zecke geraubt!«

Der Montanbeamte hatte sich also tatsächlich an ihr vergriffen, war aber nicht der Mörder ihres Vaters, wie ich es vor langer Zeit vermutet hatte. Sie war am Annentag vor St. Georg vor ihrem Peiniger davongelaufen. Zecke hatte mich an jenem Tag zu meiner Verwunderung angelächelt. Jetzt wurde mir klar, dass ihn Liobas Anblick und die Erinnerung an ihre Vergewaltigung so freundlich mir gegenüber gestimmt hatten.

»Der andere hielt meine Arme fest, damit ich nicht länger um mich schlagen und kratzen konnte. Zecke stieß immer wieder zu, während er rief: ›Engelstoßen macht selig!‹«

Ich sah, dass Lioba ihre Oberschenkel zusammenpresste und dabei ihre Schürze mit einklemmte.

»Als er fertig war, ritt Zecke einfach davon, als wäre nichts passiert, und überließ mich seinem Kumpan. Der grunzte wie ein Schwein, als er sich die Hose aufknöpfte«, sagte sie verächtlich und ahmte dann täuschend echt die Laute eines Schweines nach. »Genau in diesem Moment bekam ich das Messer, das er an seinem Gürtel trug, zu fassen.« Liobas Hand fuhr durch die Luft und ahmte die Bewegung nach, mit der sie nach dem Messer gegriffen hatte. »Ich stach zu und traf ihn mitten ins Herz. Nur kurze Zeit später kam Augustine hinzu.«

Ich war sprachlos. Meine Grete hatte also doch recht gehabt: Lioba hatte einen Menschen getötet. Das Messer, das Grete in ihrer Kammer gefunden hatte, hatte sie ihrem Peiniger entrissen und ihn damit umgebracht. Den Schnitt an ihrer Hand, den Grete damals während des Essens mit Mutter und Vater als Beweis angeführt hat, hatte sich Lioba tatsächlich beim Zustechen zugezogen. Danach musste Augustine Liobas Wunde an der Hand versorgt und die Blutung gestillt haben, bevor sie sie zu uns gebracht hatte. Wegen der Schnittverletzung musste Augustine auch geahnt haben, was vor sich gegangen und dass der Tote nicht Liobas Vater, sondern ihr Peiniger gewesen war.

Auf den ersten Blick war es schwer vorstellbar, auch wollte ich es nicht so recht wahrhaben, dass unsere zierliche Magd mit einem Messer in der Hand auf einen Mann einstach. Andererseits besaß sie eine unbändige Kraft, die sie über die Jahre hinweg beim Arbeiten immer wieder unter Beweis gestellt hatte.

»Hier in Mansfeld ist mir dieser teuflische Zecke dann wieder über den Weg gelaufen, vor der Annenmesse in St. Georg.« Sie ließ die Hand mit dem imaginären Messer sinken. »Dass sich vieles wiederholt, hat er mir damals zugeraunt. Er wollte es wieder tun.«

»Warum hast du mich nicht um Beistand gebeten?«

»Ihr habt schon so viel für mich getan und hättet gegen ihn sowieso nichts ausrichten können.«

Das stimmte. Keiner der Hüttenleute hatte in all den

Jahren etwas gegen den Montanbeamten ausrichten können. Hans hatte einmal gesagt, dass Dietrich Zecke sich auf keinerlei Diskussion einließ. Er setzte einfach etwas fest.

»Es tut mir leid, was er dir angetan hat.« Ich erinnerte mich daran, wie erbärmlich ich mich schon gefühlt hatte, als Zecke mich einfach nur ungeniert beim Vornamen genannt hatte. Nicht auszudenken, wie verstörend dann erst … Liobas unfertige Seele war im Alter von zwölf Jahren zerstört worden. Eigentlich war es die Aufgabe einer Frau, in jungen Jahren zu heiraten, Kinder zu gebären und ihrem Mann eine Hilfe zu sein. Lioba war eine Frau, die diesbezüglich aus der Art geschlagen war, was sie aber nicht selbst verschuldet hatte. Ob ihr jemals ein anderer Platz als der Limbus vergönnt wäre?

Tränen glitzerten auf Liobas Wangen.

»Hast du es dem Herrn gebeichtet?«, fragte ich vorsichtig.

»Noch nicht«, gestand sie und presste sich an mich.

Vor meinem inneren Auge sah ich Jesus mit dem Lamm auf den Schultern. »Wollen wir es gemeinsam tun?« Vielleicht war der Allmächtige auch barmherzig mit ihrer verlorenen, geschändeten Seele.

Lioba machte sich von mir frei, und gemeinsam gingen wir vor den Stühlen in der Küche auf die Knie. Mit anfänglich zaghaften Worten gestand sie dem Höchsten ihre Todsünde und berichtete auch ihm noch einmal von ihrer Pein und ihren Ängsten. Ich erzählte Gott von ihrem guten Herzen und wie sehr sie ein Teil unserer Familie geworden war. Eine ganze Weile knieten wir so. Es fühlte sich vertraut an, die Runde aus Lioba, mir und dem Herrn.

Zum Schluss nahmen wir uns in den Arm. »Pass gut auf dich auf«, mahnte ich, und nun stiegen auch mir Tränen in die Augen.

Zuletzt gab ich Lioba noch meinen blauen Umhang und eine meiner guten Hauben mit, damit sie ihr blondes Haar besser vor den gierigen Blicken mancher Männer verstecken konnte. Jacob war damit einverstanden, dass sie unser Pferd bekam. Zu Fuß wäre sie eine zu einfache Beute für Wegelagerer und anderes Gesindel gewesen.

Ich brachte Lioba in den Hof, sattelte das Pferd und half ihr hinauf. Hoffentlich ließen die Stadtwachen sie ungehindert passieren. Wie durcheinander die Welt doch mittlerweile war, davon zeugte schon die Tatsache, dass Lioba draußen vor den Stadttoren sicherer war als in Mansfeld, wo die Glaubensfrage und Verdächtigungen über Weichlerinnen die Menschen weiterhin verunsicherten und oftmals ihre schlechtesten Eigenschaften an den Tag brachten.

Hoffentlich ging alles gut. Lioba würde allein unterwegs und jedem Räuber schutzlos ausgeliefert sein. »Hast du dein Messer dabei?« Auch wenn damit schlimme Dinge passiert waren, trug sie es besser bei sich.

Lioba schüttelte den Kopf. »Ich habe es nicht mehr. Der Herr Pfarrer … er verlangte Geld, um Meister Hans die Sterbesakramente zu reichen.«

Der Herr Pfarrer verlangte Geld für Sakramente? »Das hat er früher nie …« Ich hielt inne, als ich begriff. Der Geruch von Biermaische stieg mir in die Nase.

»Neben meinen Sachen, die ich am Leib trage, und die schwarze Kirchgangstracht, die Ihr mir damals genäht habt«, Lioba deutete auf das Bündel neben sich, »war es das Einzige, was ich noch besaß. Und die Kirchgangstracht wollte ich nicht verkaufen.«

Lioba wusste, wie gefährlich es allein im Wald war, und hatte trotzdem für Hans' Seelenheil ihr Messer hergegeben. Gerührt strich ich ihr über die Wange, genauso wie ich es bei Grete getan hatte, als sie starb.

Als Lioba in der Ferne zu einem unkenntlichen Schemen wurde, ging ich ins Haus zurück.

Jetzt waren wir Luders nur noch zu dritt. Hans, ich und Jacob. Ich würde wieder mehr zupacken müssen, wovor ich keine Angst mehr hatte. Wir mussten Jacob endlich eine neue Frau suchen und sparsam kochen, damit wir uns recht bald wieder ein Pferd leisten konnten.

In den ersten Tagen nach Liobas Flucht mussten wir aber erst einmal zuschauen, dass wir überhaupt etwas zu essen in den Bauch bekamen. Die karge Ernte war aufgebraucht, das Mehl knapp, ebenso jede Art von Fleisch. Wir begnügten uns mit Kohlgerichten, selbst ich verspürte in manchen Nächten Hunger.

Darüber trat der plötzliche Tod von Dietrich Zecke fast in den Hintergrund. Es war in der Nacht nach Liobas Weggang geschehen. Nachdem ihn heftige Krämpfe überfallen hatten, so erzählte man sich, war seine Magd zum Stadtmedikus geeilt. Als der keine Stunde später ans Bett des Montanbeamten trat, war Zecke bereits verstorben. Hans und ich erwiesen ihm die letzte Ehre, so wie die meisten Mansfelder. Zum Leichenschmaus war jedoch kaum jemand geblieben.

Den Menschen auf dem Land, den Bauern, ging es immer schlechter. Mir war, als sirrte die Luft, wie im Sommer, wenn viele Grillen auf den Möhraer Wiesen gehockt hatten. Die Ahne war überzeugt gewesen, dass das Sirren in der Luft in Wirklichkeit der Gesang böser Geister war, die uns in schlimmen Zeiten heimsuchten.

In der Stadt Mühlhausen hatte der Theologe Thomas Müntzer Bauern im Kampf gegen ihre Grundherren angeführt. Der Krieg war damit auch zu uns gekommen. Denn es bestanden Handels- und Familienverflechtungen zwischen Mansfeld und Mühlhausen. Mühlhausen war auch nicht allzu fern gelegen, so dass wir von Müntzers Aktivitäten einiges mitbekamen. Wir spürten die Unruhe, die dort herrschte. Sie war die Ursache für die veränderte Luft, glaube ich.

In Schwaben hatten die Bauern ihre Forderungen an die Obrigkeit aufgeschrieben und verlangten – wie Martin ehemals –, einzig und allein durch das Evangelium widerlegt zu werden. Viele Bauern rotteten sich zusammen und forderten Brüderlichkeit. Keiner sollte mehr über dem anderen stehen, die Menschen bildeten eine Gemeinschaft, sagten sie, in der vor Gott alle gleich sind.

Ich wusste von Berg- und Hüttenleuten aus Eisleben, die sich den Aufständischen angeschlossen hatten. Die Flugblätter, die sie vorausschickten, ängstigten mich. Darin wurde angekündigt, dass sie die Adligen erwürgen würden und die Pfaffen gleich mit dazu. Wie zu Pestzeiten hätte ich Nahrungsmittelvorräte und Brennmaterial bevorraten müssen, doch Erstere waren auch ohne den Krieg schon mehr als knapp. So konzentrierte ich mich auf das Holzsammeln. In meiner Verzweiflung schrieb ich Martin, dass er die Bauern doch mit ihrer Obrigkeit versöhnen solle. Er antwortete mir, dass er predigend durch die Lande zog und dazu aufrief, den Kampf nicht mit Schwert und Büchse, sondern mit dem Kreuz und dem Leiden zu führen. Und dass er niemals die existierende Gesellschaftsordnung in Frage hatte stellen wollen.

Gleichzeitig schickte Martin uns eine dringliche Einladung, ohne uns den Grund für diese zu nennen. Wir sollten in Wittenberg erscheinen. Ich las sie Hans erst einmal nicht vor. Zu groß war meine Angst, dass er sofort ablehnte. Die Krankheit hatte deutliche Spuren bei meinem Ehemann hinterlassen. Seine Stimme war brüchiger, rauher, und das Sprechen bereitete ihm Mühe. So redeten wir wieder genauso wenig wie zu Beginn unserer Ehe.

Anfang Mai des Jahres 1525 waren die Kämpfe schließlich bis nach Eisleben vorgedrungen, und Graf Albrecht IV.-Hinterort hatte eingreifen müssen. Das von Bauern besetzte Dorf Osterhausen hatte er zurückerobert und die Aufständischen vertrieben oder getötet. Wieder Tote. Von überall her brachten Reisende Nachrichten von Aufruhr, Gewalt und Sterben nach Mansfeld. Worauf die Messen wieder besser besucht wurden, und an den ersten Maitagen hatte sich Hans wieder so weit erholt, dass wir die Messe gemeinsam besuchen konnten. Trotz der schlimmen Zeiten wollte ich dem Herrn am Altar beim Annenbild für Hans' Genesung danken. Ich spürte, dass es eine besondere Messe werden würde und zog mein reinweißes Unterkleid und darüber das grüne Oberkleid an. Die jungen Frauen trugen die Gewänder inzwischen anders: An den Seiten und vorne waren die Stoffe von der Hüfte bis hinab zum Boden wie aufgeschnitten, so dass das nunmehr viel prächtigere Untergewand deutlich sichtbar hervortrat. Schnürungen am Rücken betonten die weiblichen Formen, immer mehr Haut wurde auch unterhalb der Schlüsselbeine und sogar an den Schultern gezeigt. Der Sturz war bis auf wenige Ausnahmen beinahe vollständig von den Köpfen der höhergestellten Damen verschwunden. Die verheirateten jungen Frauen bedeckten ihr Haar nicht mehr vollständig mit großen Hauben, sondern drapierten durchsichtige Tüchlein, Haarnetze und Schmuckreifen von Ohr zu Ohr, so dass das Haar sichtbar und nicht mehr geziemend verdeckt war. Ich glaube, dass sich die Kinder unserer Generation um keinen Preis die schlechten Geschäfte mit dem Schwarzkupfer ansehen lassen wollten.

Wie in einem Ritual öffnete ich Mutters Silberdose und holte ihre Anleitung heraus. Glasperlen und Hefteln klapperten darin, beinahe fühlte ich mich wieder wie ein junges Mädchen. Das Leben ist wie ein Traum: Wenn man bemerkt, dass man träumt, ist er meistens schon vorbei. Obwohl ich jedes einzelne Wort aus Mutters Anleitung kannte, entfaltete ich das Pergament und legte es auf das Bett neben die gestärkte Haube. Dann nahm ich meinen Rosenkranz aus der Silberdose und band ihn mir ums Handgelenk. Ich holte den Spiegel mit dem verzierten Griff aus dem Schränkchen hervor, in den Kupfersteinchen eingefasst waren. Hans hatte ihn mir in besseren Jahren geschenkt. An diesem Tag nahm ich mir ausreichend Zeit, um mich zurechtzumachen. Noch vor Hans war ich aufgestanden, um mich gründlich zu reinigen, mir das Haar zu bürsten und meinen Kirchgangsmantel zu säubern. Schon seit einigen Jahren hatte ich mich nicht mehr im Spiegel angeschaut, ich glaube, das letzte Mal war gewesen, bevor ich Hans wegen meines heimlichen Kontakts mit Martin enttäuschte. Jetzt fixierte ich mein Ebenbild, als sähe ich es zum ersten Mal. Nicht ein einziges braunes Haar befand sich mehr auf meinem Kopf. Ich fand Vaters Gesichtszüge in den meinen wieder, nicht die Mutters. Je länger ich mich betrachtete, umso deutlicher sah ich auch die Ähnlichkeit zwischen Martin und mir, die vor allem in der Mandelform unserer Augen bestand. Ich packte den Spiegel wieder beiseite und machte mich an den Sturz. Mit geschickter Hand zog ich mir den Sturzschleier über Stirn, Wangenansatz und Kinn und band ihn im Nacken fest zusammen. Er saß knapp über meinen Augenbrauen, so war es richtig; keine einzige Saumnaht war mehr zu sehen. Mutter hätte sich gefreut. Dann kam die Haube, sorgsam gefältelt und mit flatternden Kupferblättchen verziert. Ich benötigte nur einen einzigen Versuch, um die Fächerungen auf beiden Seiten korrekt zu legen, die Randfalten auszurichten und dem Schwan damit zu angemessener Höhe zu verhelfen. Schlussendlich band ich die Haube unter dem Kinn zusammen.

Dann legte ich mir den Kirchgangsmantel um, er war mir noch immer zu groß, aber das störte mich nicht mehr. Der einst reinweiße Innenstoff des Mantels war vergilbt und abgetragen, dennoch trug ich ihn gerne, weil ich wusste, was Hans dafür im Berg und in den Hütten hatte leisten müssen. Mein Ehemann war nun gleichfalls bereit für den Kirchgang. Gestern noch hatte ich den zerrissenen Saum seiner Schaube wieder vernäht und das inzwischen dünne Fuchsfell am Kragen gründlich gebürstet – zum ich weiß nicht wievielten Mal in den fast vierzig Jahren, die mein Ehemann nun schon an diesem Gewandstück hing.

So begaben wir uns die Straße hinauf zu St. Georg. Ich hielt den Blick zu Boden gesenkt, weil ich der vielen verächtlichen Blicke, die uns zugeworfen wurden, überdrüssig war. In den Jahren der Seuche hatten wir noch – vom Leid des jeweils anderen berührt – Pestessige untereinander ausgetauscht. Die Zeit war eine andere geworden. Elisabeth und Maria gesellten sich zu uns. Ich hielt mich allein an Hans, Jacob ging neben seinem Vater. Der Tag hatte eigentlich hell begonnen, aber mit jedem Schritt, den wir Richtung St. Georg gingen, verdunkelte sich der Himmel über Mansfeld.

Die Kirche füllte sich rasch, und ich war froh, dass die Mansfelder sich wenigstens noch zur Messe zusammenfanden. Ich sehnte mich nach dem früheren Zusammenhalt unserer Gemeinschaft zurück. *Gemeinsam gehen die Bergleute unter Tage. Gemeinsam stehen wir auch Kriege und Glaubensverwirrungen durch.*

Viele Kienspäne und unzählige Talglichter waren entzündet worden, so dass es im Kircheninneren heller als draußen war. Dazu trugen auch die spitzbogigen, großen Buntglasfenster bei. Selbst wenn um uns herum Kämpfe tobten oder die Pestilenz Familienbänder zerschnitt, in St. Georg war es immer ruhig geblieben; es war ein Ort, an dem das Schlechte und Düstere vor dem Portal blieb. Dies galt für den alten genauso wie für den neuen Kirchenbau.

Sogar Graf Hoyer VI.-Vorderort, seines Zeichens kaiserlicher Rat, war an diesem Tag zugegen, und das auch noch mit großer Gefolgschaft. Er trug bauschige Kleider aus leuchtenden Stoffen, auf denen das Kerzenlicht funkelte wie in einem Spiegel. Unweit des Eingangs sah ich Meister Kaufmann und neben ihm meine Enkelkinder, seine und Gretes Kinder, stehen. Die Älteste trug Zöpfe, genau wie meine Tochter in jungen Jahren. Ich nickte Meister Kaufmann höflich zu. Er kam mir unruhig, fast schon ruhelos vor und erwiderte meine Geste auch nicht. Nach Gretes Tod hatte er davon gesprochen, sich eine Magd für die Kinder zu nehmen, ich sah jedoch keine Frau bei ihm. Man erzählte sich, dass er das Geld lieber in den Ratskeller trug und auch immer seltener in den Hütten anzutreffen war. Mein Angebot, ihm mit den Kindern zu helfen, hatte er wieder und wieder abgelehnt.

Hans und ich gingen weiter nach vorne. Weihrauchgeruch strömte uns entgegen. Neben dem Altar stand unbeirrt die mit Eisenblechen beschlagene Ablasstruhe mit den drei Schlössern. Daneben zogen wie immer die Lichter und Brote für die verschütteten Bergmänner meinen Blick auf sich. In der Mitte des Kirchenhauses fanden wir schließlich einen Platz. Ich stand mit meiner Familie auf der linken Seite, so dass ich das Geschehen am Altar gut verfolgen konnte. Ich hielt Elisabeths Tochter Else an der Hand. Seitdem meine fünfjährige Enkeltochter zum ersten Mal in St. Georg gewesen war, hatte sie Angst vor dem Weihrauchnebel, sie klammerte sich regelrecht an mich, wenn er sie umwaberte. Die Bachstedterin, die Einzige aus der einstigen Nadelrunde, die neben der Frankin noch lebte, stach durch ihre anmutige Haltung aus den Versammelten heraus. Sie stand ungefähr auf meiner Höhe, aber rechts vom Gang, der für den Herrn Pfarrer freigelassen worden war, und reckte ihr Kinn empor. Ihr Sohn Barthel stand zwei Reihen hinter ihr auf Krücken gestützt, soweit ich das bei all den dicht nebeneinander stehenden Menschen richtig erkennen konnte. Als ich Martins früheren Schulkamerad sah, musste ich unwillkürlich an Lioba denken. Sie hatte die Wunden geheilt, die Barthel Matthes zugefügt hatte. Hoffentlich ging es unserer Magd gut, sie war allein und schutzlos unterwegs. Ein Umstand, der ihr schon einmal großes Unglück gebracht hatte.

Hans stand zu meiner Linken, er atmete seit seiner Genesung lauter, ein leises Zischen begleitete jeden seiner Atemzüge. Solange ich das Zischen jedoch im Ohr hatte, war ich beruhigt. Denn es hatte schon Bergleute gegeben, die sich nach der Schmelzerkrankheit kurzfristig erholt hatten und dann doch gestorben waren.

Der Beginn der Messfeier wurde durch das Glockengeläut angezeigt, Else drückte sich fest an mich. Das Geläut klang anders als früher, ich fragte mich kurz, ob das wohl die veränderte Luft machte. Von irgendwo kam immer ein Husten. Sogar die Ratten fiepten aufgeregt, als stünden giftige Wetter bevor. Der Herr Pfarrer zog feierlich durch den Gang vor zum Chor. Dort angekommen, küsste er den Altar und eröffnete die Messe. Wir sprachen das Schuldbekenntnis. *Der Herr bewahre uns vor weiterem Unheil und führe uns zum ewigen Leben,* fügte ich in Gedanken noch unruhig hinzu. Ich blickte immer wieder zum Bildnis der heiligen Anna, die ruhig das friedliche Spiel Marias mit dem kleinen Jesus beobachtete, aber ihre Ruhe wollte nicht auf mich übergehen. Gewänder raschelten, und das Fiepen der Mansfelder Nager war in ein Quieken übergegangen. Graf Hoyer VI.-Vorderort drehte sich mehrmals um, als suchte er jemand. Vielleicht seinen gräflichen Vetter Graf Albrecht IV.-Hinterort, der angekündigt hatte, in St. Georg die alten Liturgien abzuschaffen? Ich hoffte, dass der Empfang der Hostie sowohl mich als auch die übrigen Anwesenden beruhigen würde.

Der Herr Pfarrer sprach leise Gebete, mischte den Wein mit Wasser und leerte den Kelch. Während er die Händewaschung vornahm, erinnerte ich mich daran, wie mir Johannes vor einiger Zeit den Ablauf der Messe nach der neuen Lehre in Wittenberg beschrieben hatte. »Ein jeder Gläubiger und nicht nur der Herr Pfarrer durfte aus dem Kelch trinken, und alle sangen gemeinsam Lieder.«

Mit leuchtenden Augen hatte mein Bruder erzählt, dass die Predigt der neuen Lehre deshalb so einnehmend und verständlich war, weil sie in Deutsch und nicht in Latein gehalten wurde. Ich fragte mich, ob Johannes mittlerweile tot war, nachdem ich noch immer ohne Nachricht von ihm war. Er war der letzte lebende Verwandte, den ich noch hatte und mit dem ich Erinnerungen an unsere Kindheit austauschen konnte.

Elses älterer Bruder zog mich am Arm vor den Pfarrer. Hans ging mit Else hinterher. Mit trockenen Lippen nahm ich den Leib Christi an. Die Reste des weichen Gebäckes noch auf der Zunge, spürte ich den Blick von Graf Hoyer mit einem Mal auf mir, als ich mich anschickte, durch den Gang zurück an meinen Platz zu schreiten.

»Dass Ihr Euch noch hertraut!«, fauchte er, als ich auf seiner Höhe angekommen war.

Nach diesen Worten blickte er zuerst zu Hans und dann wieder zu mir. Hans ging langsam weiter, ich allerdings stockte. Ich glaube, mein Ehemann hatte besser als ich gelernt wegzuhören.

»Was meinen Euer Hochwohlgeboren?«, fragte ich leise und untertänigst, um die Gabenreichung beim Altar nicht zu stören. Ich wagte nicht, den Grafen anzuschauen. Mein Herz schlug mit einem Mal schneller. Die Luft um mich herum sirrte, und mir war, als verdüsterte sich der gesamte Kirchenraum.

»Euch haben wir das ganze Leid doch erst zu verdanken!«, donnerte Graf Hoyer VI.-Vorderort erregt. Seine Worte hallten durch das Kirchenhaus.

»Ja!«, rief jemand von weiter hinten. »Verschwindet aus unserer ehrenhaften Messe!«

Nun blieb auch Hans stehen, der unseren Platz schon fast wieder erreicht hatte.

»Verschwindet aus Mansfeld!«, forderte nun eine Frauenstimme, die ich sehr gut kannte.

Trotz des Sirrens verstand ich jedes Wort. Hilfesuchend drehte ich mich zum Herrn Pfarrer um und bemerkte, dass er die Austeilung der geweihten Hostie unterbrochen hatte und mich nun ebenfalls mit strengem Blick fixierte.

»Mutter Satans!«, vernahm ich nun in der Menge. Zuerst war es nur ein Flüstern, doch dann wurde es immer kraftvoller, mehr und mehr Stimmen kamen hinzu. Hunderte Augenpaare fixierten mich zornerfüllt, fast schon mordlüstern. Sie starrten mich an, als sei ich eine Aussätzige, als brächte ich Schmerz und Tod in ihre Leben. »Mutter Satans!« und »Verschwinde!« ertönte es nun so kraftvoll wie ein Chor. Hinter mir bauten sich einige Leute aus dem Gefolge des Grafen auf, als wollten sie sicherstellen, dass ich nicht entkam.

Es verletzte mich, dass sie Martin für den inkarnierten Satan hielten. Mein Sohn war ungehorsam und leidenschaftlich, zuweilen melancholisch, aber vor allem gottergeben. Das Gegenteil davon war Satan, der tief unter der Erde nach Seelen hungerte und seine Diener, die Teufelsgestalten, zu uns schickte, um uns von Gottes guten Wegen abzubringen.

»Ihr irrt«, entgegnete ich, worauf sich Hans' Gesicht grimmig verzog. »Ihr irrt!«, rief ich nun laut und war selbst überrascht von der Vehemenz, mit der ich meinen Sohn nun verteidigte. »Martin ist ein guter Junge!« Ich konnte es nicht länger ertragen, dass jeder ihm die Schuld für sein Leid zuwies. »Was er suchte, war allein Gottes Gnade.« Ich schaute gen Himmel. *Allmächtiger, jetzt brauche ich deine Unterstützung!*

»Alles giftiges Geschmeiß aus Wittenberg!«, rief Barthel Bachstedter laut. Mit seinen Krücken fuchtelte er dabei genauso bedrohlich durch die Luft wie die Ahne früher mit ihrem Stock. »Martin ist längst keiner mehr von uns, so hochnäsig und gotteslästerlich wie er geworden ist. So sind wir Mansfelder nicht!«

»Genau!«, stimmten viele zu.

Auch ich hatte Martins Worte zu Beginn als Gotteslästerung empfunden. Den Allmächtigen nicht als strengen Richter zu sehen, bei der Beichte auf den Herrn Pfarrer zu verzichten und Gott vorzutragen, was einem auf dem Herz lag, war mir falsch erschienen.

Die Gräflichen hinter mir drängten mich einige Schritte weiter nach vorne, weg vom Altar, weg von dem Herzen St. Georgs. Da stellte sich auf einmal meine Tochter Maria neben mich. Meine Tochter, die immer die ruhigste von allen gewesen war, rief den Menschen mit ihrer dünnen Stimme mutig zu: »Die Heilige Schrift beweist, dass Gottes Gnade existiert, und wir müssen nichts weiter dafür tun, als an Gott zu glauben und uns als Sünder zu bekennen.«

Es wurde still im Kirchenschiff.

Marias Ehemann, Meister Polner, starrte seine Frau mit großen Augen an. Die kleine Else fing an zu weinen, andere Kinder folgten. Es dauerte eine Weile, bis sie sich wieder beruhigt hatten. Nun traten auch Elisabeth und Jacob zu mir und stellten sich hinter mich.

Mit steif an den Körper gepressten Händen verließ Hans darauf die Kirche. Es tat mir weh, dass er mich einfach zurückließ. Kurz überlegte ich, ihm zu folgen, um endlich dieser beklemmenden Situation zu entkommen, aber der Gedanke an Martin hielt mich zurück. »Warum wollt Ihr jemanden bestrafen, der eine theologische Diskussion führen will?«, fragte ich und wandte mich dabei Graf Hoyer VI.-Vorderort zu. In meinen Schläfen pochte es, und mein Herz drohte, jeden Moment zu zerspringen. Alles Zeichen, mit denen mich der Allmächtige zum Schweigen aufforderte. »Nie war Martin auf Rebellion aus!«

»Rebellion, Rebellion, Rebellion«, hallte es im Kirchenraum wieder.

Maria neben mir wiederholte meine Worte nochmals lauter: »Nie war Martin auf Rebellion aus!« Meine stille Maria.

»Euer Ehemann scheint das aber ganz anders zu sehen!«

Der Graf hatte seine Sprache schnell wiedergefunden und deutete auf den Eingang von St. Georg. Die Tür stand noch offen, und der Wind blies von draußen ein paar blasse Laubblätter herein. »Ein ungehorsames Weib seid Ihr!«

Ich schloss die Augen und hoffte auf Hans. Mit ihm fühlte ich mich stärker, aber er kam nicht. Anstatt seiner Schritte vernahm ich nur das Rascheln von Gewändern.

Als ich die Augen wieder öffnete, streifte mein Blick die Frankin und ihre Tochter Gerburg. Wie so oft seit Martins Thesenanschlag schaute Angelika verunsichert zu Boden, wenn unsere Blicke sich trafen. Sie war nicht die stolzeste oder schönste der Hüttenmeisterfrauen, mit ihrer Narbe am Kinn, aber sie war die Einzige, die ich am Grab unserer Kinder mitfühlend und warmherzig erlebt hatte, was viel wichtiger war und mich den Verlust unserer Freundschaft besonders bedauern ließ.

»Woher wollt Ihr wissen, wie Ihr Ehemann das sieht?«

Ich sah, wie Graf Hoyers Kopf zur Tür schnellte, und wie er verwundert die Augen aufriss. Hans!

Aller Augen waren jetzt auf meinen Mann gerichtet, das Oberhaupt der Familie Luder. Als er auf mich zuschritt, sah ich die Schweißperlen auf seiner Stirn. Hans musste sich räuspern, seit der Schmelzerkrankheit hatte er ständig Schleim im Hals.

Ich war so aufgeregt, als würde ich meinem Mann nach langer Zeit zum ersten Mal wieder begegnen.

»Ich bitte ...«, begann Hans, und das aufkommende Gemurmel verstummte sofort. Sein Atem ging schnell und flach. Er hustete und holte ein paar Mal Luft, um die folgenden Worte auszusprechen: »Ich bitte um Nachsicht für Martin. Es braucht Zeit, seine Gedanken zu verstehen.«

»Seine Schrift *Von den Mönchsgelübden* haben Vater und ich mindestens sechs Mal lesen müssen«, ergänzte Jacob. »Es braucht tatsächlich viel Zeit«, bekräftigte auch er.

Ich hatte nur Augen für meinen Mann, der jetzt neben

mir angekommen war. Hans hatte Martins Schrift, die ich ihm unter das Kopfkissen gelegt hatte, also doch nicht verbrannt, wie ich gedacht hatte, sondern sie sich von Jacob vorlesen lassen.

»Er ist sehr wohl einer von uns«, fuhr Hans mit schwacher Stimme fort. »Er ist ebenso mutig wie wir Berg- und Hüttenleute, die jeden Tag aufs Neue darum kämpfen, dem Berg seine Silber- und Kupferschätze zu entreißen.«

Jemand hüstelte.

»Martin kämpft für unser aller Seelenheil. Ja, er hat sich gegen die Obrigkeit aufgelehnt«, Hans sah Graf Hoyer VI.-Vorderort dabei direkt in die Augen, »aber haben wir Hüttenleute dies nicht auch getan, bei jeder neuen Bergordnung, bei jeder Anhebung der Pachtzinsen und Abgaben?«

Nun herrschte absolute Stille. Nicht einmal der Graf und der Herr Pfarrer entgegneten etwas.

Da machten die Menschen auf einmal einen schmalen Gang frei, denn die Bachstedterin kam mit einem Talglicht in der Hand auf mich zu. Wie ein kampfbereites Heer folgte ihr der Rest ihrer großen Familie, Barthel drängte sich nah an seine Mutter. Fünf Schritte vor mir stoppte Verena und reckte wie zum Angriff stolz das Kinn.

Die grimmigen Gesichter ihrer Familienangehörigen hinter ihr erinnerten mich an ein Rudel hungriger Wölfe, das nur darauf wartete … aber ich war nicht bereit, mich ihnen kampflos zum Fraß vorzuwerfen. Ich dachte an Martin, an die Schnittgeburt, an seine Verletzlichkeit und seinen Hunger nach Zärtlichkeit. Das Gefühl, ihn beschützen zu müssen, war daraufhin so intensiv, dass es mich alles andere vergessen ließ. In meinem Kopf hörte ich Martins Stimme singen:

Wachet auf, es nahet gen den Tag!
Ich hör singen im grünen Hag
eine wonnigliche Nachtigall.

Bilder aus der Vergangenheit tauchten auf und ließen mich lächeln. Da stand mein Junge wieder in der Reihe der Sängerknaben, glücklich und voller Leidenschaft trug er gemeinsam mit den anderen Chorknaben auf der Empore Lieder vor. Er war ein guter Junge! Ein Mensch, der anderen sehr viel Liebe zu geben hatte.

Ich atmete einmal tief durch und machte dann einen Schritt auf die Bachstedterin zu.

Kämpferisch stemmte sie die Arme in die Hüften.

In meiner Fantasie sang Martin mit heller Stimme weiter:

Der ist jetzt worden bleich und finster,
der erst mit seinem falschen Glinster,
die ganze Herde hat geblendet.

Die Wölfe hinter der Bachstedterin ängstigten mich nicht. Ich sah nur mich und Verena, begleitet von Martins Gesang, und fühlte mich zum ersten Mal in meinem Leben mit Verena Bachstedter auf einer Augenhöhe. Vor Gott, ungeachtet ob er ein strenger oder ein gnädiger Richter war, waren wir beide doch vor allem Mütter. Darin waren wir uns gleich.

»Würdet Ihr, Verena«, sprach ich versöhnlich zu ihr, »Euren Sohn fallenlassen, nur weil er Gottes Gnade und einen Weg ins Himmelreich finden will?«

Barthel, der schräg hinter ihr stand, schaute seine Mutter an, doch sie bemerkte es nicht. Anmutig und unangreifbar wirkte sie, und ich sah dafür Bewunderung in den Augen einiger anderer Hüttenmeisterfrauen stehen.

»Ich soll Martin für das, was er getan hat, mit Verachtung bestrafen?«, sprach ich weiter. »Jeder Mensch handelt in eigener Verantwortung, und er allein muss sein Tun vor Gott rechtfertigen. Niemand sonst.« Das hatte man Martin, wie er mir bei einem seiner Besuche erzählte, an der Universität gelehrt.

Aus dem Augenwinkel sah ich, dass die Frankin und auch ihre Tochter Gerburg bei diesen Worten vorsichtig nickten, wofür ihr Nachbar sie unhöflich in die Seite stieß.

»Keines meiner Kinder würde ich im Stich lassen, welchen Weg sie auch immer einschlagen«, sagte ich, das hatte ich in all den Jahren gelernt. »Nie mehr.«

Im Flüsterton wurden meine Worte durch die Reihen getragen, hinein in die Dunkelheit des Kirchenschiffs.

Da spürte ich plötzlich eine Hand auf meiner Schulter. Die Frankin war neben mich getreten, und sie hatte Tränen in den Augen. Sie hielt die Hand ihrer Tochter, welche sie nun stolz betrachtete. »Ich würde Gerburg auch nie im Stich lassen.« Gerburg war das einzige Kind, das ihr der Forstmann gelassen hatte.

Verena Bachstedter erstarrte. Ich schenkte Angelika ein Lächeln, sprach dann aber gleich, an Verena gewandt, das aus, was mir besonders am Herzen lag: »Mutterliebe kann einem Kind Mut machen, und genau den braucht es, wenn es im Leben in eine schwierige Lage gerät.«

Ich blickte zu Barthel, der mich zornig anschaute. Aber da war auch noch etwas anderes in seinen Augen. Ich glaube, es war Enttäuschung. Verena hatte sich von ihm abgewandt, seitdem er nicht mehr der emporstrebende, anmutige Sohn war. Der Unfall hatte einen gebrechlichen, gebückten Mann aus ihm gemacht.

Ich schaute wieder zu Verena, ihr Blick lag unverändert auf mir. Ihre roten Lippen waren geschlossen, obwohl sie sonst als Erste auf alles eine trefflich formulierte Antwort parat hatte. Mir war so heiß, als hielte sie das Talglicht in ihren Händen direkt vor mein Gesicht. »Mutterliebe kann aber nicht nur Mut machen ...«, ließ ich mich von Verenas kaltem Blick nicht beirren, »... sondern kann auch Zuversicht spenden. Und Zuversicht vermag sogar Krankheiten zu heilen.«

Ich empfand Mitleid für Barthel. Nicht wegen seiner

Gebrechen und der Brandnarben im Gesicht, sondern wegen seiner kaltherzigen Mutter.

»Verschwindet endlich«, fauchte Graf Hoyer VI.-Vorderort bösartig. »Weibereien haben in meiner Kirche nichts verloren!«

Verenas breite, immer noch dunkelrote Lippen bebten. Ich sah es so genau, weil das Licht vor ihrer Brust auch ihr Gesicht beschien.

Da nahm mich Hans am Arm und geleitete mich an der Bachstedterin und ihrer mächtigen Familie vorbei aus St. Georg hinaus.

Meine Familie folgte dicht auf, auch die Frankin und Gerburg kamen hinterher. Bevor ich ins Freie trat, schaute ich noch einmal kurz zur heiligen Anna zurück.

Hans und ich hatten Martin vor den Mansfeldern verteidigt. Verena Bachstedter war am Ende sprachlos gewesen. Das hatte ich noch nie zuvor erlebt. Meine Aufregung legte sich erst einige Tage später. Und was ich ebenfalls erst einige Tage nach dem Vorfall begriff, war, dass ich schleichend zu einer Anhängerin des neuen Glaubens geworden war. Martins Gott hatte das bewirkt, denn in St. Georg vor all den Mansfeldern konnte ich seine Barmherzigkeit spüren.

Hans entschied, Martins Einladung nach Wittenberg anzunehmen. Bevor wir jedoch zu unserem Sohn reisten, musste ich noch eine Sache klären. Erst dann würde ich Frieden mit mir selbst schließen können.

Hans sagte zu, mich nach Möhra zu begleiten.

Die Geschehnisse in St. Georg hatten mir gezeigt, dass ich vielleicht sogar stark genug war, um Christina zu begegnen. Ich wollte sie sehen, da ihr Schweigen keine Versöhnung zwischen uns darstellte. Im Gegenteil, sie hatte mich aufgegeben. Kein Kind auf dieser Erde sollte jemals seine Mutter aufgeben müssen.

Wir reisten mit dem Wagen, auf dem Jacob und Hans sonst die Erze vom Berg zu den Hütten beförderten, und einem uns von Graf Albrecht IV.-Hinterort geborgten, kräftigen Rappen. Hans hielt die Zügel. Weil das Sitzen auf der harten Pritsche mühevoll für uns war, mussten wir immer wieder anhalten und kamen dadurch nur langsam voran. Die vielen zerstörten Häuser und Klöster am Wegesrand waren ein jammervoller Anblick. Je tiefer wir in den Süden vordrangen, desto elendiger wurde es.

Es dauerte fünf Tage, bis wir Möhra erreichten. Das Dorf war gewachsen, sogar Steinhäuser waren hinzugekommen. Sofort dachte ich an das bäuerliche Leben zurück, mit dem meine Ehe begonnen hatte. Sommergetreide, Wintergetreide, Brache. Die Hafergült war am Egidiustag fällig gewesen. Im Haus der Luders hatte es immer streng gerochen, weil die Familie mit den Pferden und Rindern unter einem Dach lebte.

Zuerst wollte ich schauen, ob Ilse, meine erste Hebamme, noch lebte. Früher hatte sie die kleine Kate am Dorfende abseits der Höfe bewohnt. Hans lenkte den Wagen dorthin, und tatsächlich stand die Holzhütte noch. Bei all der steinernen Pracht im Dorf wirkte sie wie ein vergessenes Relikt aus alter Zeit. So schnell es mir möglich war, kletterte ich vom Wagen.

Von außen sah das Häuslein unbewohnt aus. Moos überzog die hölzernen Wände, und das löchrige Fensterleder wurde vom Wind unregelmäßig kraftlos hin- und herbewegt.

Ich pochte an die Tür. »Ilse?«

Niemand öffnete. Sofort dachte ich an die vielen alten Frauen, die anderenorts unter dem Vorwurf der Weichlerei abgeführt worden waren, sehr oft waren Heilkundige unter ihnen gewesen.

»Ilse?«, rief ich noch einmal und ging dann betrübt von dem Gedanken, welches Ende die Frau mit den weichsten Händen auf Erden wohl gefunden hatte, zu Hans zurück.

Keinen Atemzug später öffnete sich die Tür doch noch.

Ich kehrte um und trat, da ich niemanden sah, vorsichtig ein. Welkes Laub lag auf dem Boden, anscheinend war schon lange nicht mehr gekehrt worden. Dabei war meine erste Hebamme immer sehr reinlich gewesen.

»Ilse?«, rief ich erneut.

Da raschelte es, ein Räuspern drang zu mir, dann hörte ich ein zaghaftes: »Margarethe?«

Das Stimmlein war von hinter der Tür gekommen. Ich wandte mich um, und da sah ich sie endlich. »Ilse!« Sie war es wirklich, das erkannte ich an ihrem warmen Lächeln. Ilse war vielleicht fünf Jahre älter als ich.

»Ihr seid wegen Mariä Heimsuchung hier«, stellte sie unumwunden fest.

Ich stotterte: »Wo … woher …«

Ilse sprach mehr zu sich selbst als zu mir: »Ich habe nie wieder etwas Grausameres erlebt als damals mit Euch und Eurem Kind. Und das nur wegen dem Aberglauben der Ahne.«

»Würdest du mich zur schmalen Kammer begleiten?«, fragte ich vorsichtig. Ich war mir nicht sicher, ob sie das in ihrem Alter noch aushalten würde, und der Schreck in ihrem Gesicht zeigte mir, dass auch sie ihre Zweifel hatte.

Anstatt einer Antwort nahm Ilse meine Hand. Ihre kleinen Hände waren noch immer warm und weich. Sie umschloss meine Finger. Fast kam es mir vor, als hätte sie mich niemals losgelassen. »Ihr braucht mich wirklich dazu?«

Das Kind hat es besser verdient! Auf einmal fügten sich meine Erinnerungsfetzen zusammen, und ich wusste ganz genau, dass Ilse diese Worte damals gesprochen hatte.

Ich nickte. »Ja, bitte.«

Nach einem weiteren Moment des Zögerns griff Ilse nach ihrem Wollumhang. Bevor sie die Tür hinter sich zuzog, schaute sie sich noch einmal um, so als verließe sie ihre Kate für immer.

Nach Ilse stieg ich auf den Wagen, und Hans trieb das

Pferd in Richtung der Dorfkirche an. Je weiter wir uns dem größten der Luder-Höfe näherten, desto enger rückte ich an Ilse heran. Sie sprach kein Wort während der Fahrt. Außer uns war sonst niemand unterwegs.

Hans half uns vor dem Hof vom Wagen, der wie damals von einem dicken menschenhohen Flechtzaun umgeben war. Den Hof, den die Luders schon lange von Generation zu Generation weitergaben, hatte Hans' jüngster Bruder Heinz geerbt.

Wir betraten das Grundstück durch das angelehnte Tor, und vor mir lag das Haus, das der Schauplatz meiner schlimmsten Erinnerungen war. Das strohgedeckte, steile Dach war tief hinabgezogen, die Außenwände waren entsprechend niedrig. Das Haus wurde von zugehauenen Buchenstämmen getragen, die vom Boden bis zum First reichten und auch waagerecht zwischen den Geschossen eingezogen waren. Die Zwischenräume waren mit Astgeflecht, Steinen und Lehm gefüllt und anschließend verputzt worden – eine Bauart, die es in Mansfeld so nicht gab. Mein Blick erfasste die umliegenden Gebäude: die Scheune für das ungedroschene Getreide, den Hühnerstall und die Rübengrube. Es musste den Luders in Möhra gut ergangen sein, denn sie hatten die Scheune erheblich vergrößert, und das Haus war in bestem Zustand. Schon damals war die Viehwirtschaft zu Gunsten des Ackerbaus zurückgegangen: Mit Getreide bekam man einfach mehr Menschen satt als mit Fleisch, und das auch noch billiger. Hans aber hatte immer schon so wenig wie nur möglich mit den Tieren und der Feldarbeit zu tun haben wollen.

Ein Knecht öffnete uns die Haustür, und nachdem ihm Hans seinen Namen genannt hatte, wurden wir eingelassen. Der Knecht versprach, die Familie sofort zusammenzuholen, während wir im Flur warteten. Wie damals waren Reste von Haferspreu überall auf dem Boden, in Ritzen und Löchern. Der Flur führte auf geradem Weg direkt zu den Rinder- und Pferdeställen. Rechts des Flurs waren die Schlafkammern, links davon die Stube mit der ... nicht einmal in Gedanken vermochte ich es, das Wort der Luders für den Ort, den ich die *schmale Kammer* nannte, zu verwenden.

Hans, Ilse und ich wurden von den Luders freudig begrüßt und in die Wohnstube mit Küche geführt. Zuletzt hatte ich Heinz Luder und dessen Kinder vor zweiundvierzig Jahren gesehen. Die jüngeren Familienmitglieder kannte ich nicht, sie stellten sich als Kinder und Enkelkinder von Hans' Brüdern vor. Hinter vorgehaltener Hand kamen sie auf Martin zu sprechen, und allein die Tatsache, dass sie sich jetzt auch Luther nannten, zeigte mir, welchem Glauben sie anhingen. Sie sagten es mit vorsichtigem Stolz.

Früher war mir nie aufgefallen, wie viele Amulette, Hauswurze und andere Schutzgegenstände gegen Dämonen und böse Geister in der Stube und sogar im Flur angebracht waren. Ich fühlte mich unwohl und vermied jeden Blick in Richtung der schmalen Kammer, die sich an den offenen Herd anschloss. Ich war froh, dass Ilse so dicht neben mir saß.

Als Nächstes berichteten uns die Verwandten davon, wie sie Martin auf dem Heimweg von Worms aufgenommen und er vor seiner Entführung noch in Möhra gepredigt hatte. Heinz' jüngster Sohn wollte wissen, wie sich die Eltern eines Mannes fühlten, der sogar den Päpsten die Stirn geboten hatte. Mir fehlte die Ruhe, um ihm von den Anfeindungen, den Satansrufen und den Dreckklumpen an unserem Haus zu erzählen. Auch Hans antwortete nur einsilbig.

Ich muss zu Christina!, dachte ich nur.

Heinz hatte jedoch andere Pläne und führte uns zu den Gräbern der Familie. Die Ahne lag hinter der Kirche begraben, ebenso Hans' Mutter Margarethe, sein Vater, Klein-Hänschen – der Rüpel der Familie – und noch ein Dutzend weitere Luders.

Den Blick auf das Grab der Ahne gerichtet, erschien mir wieder ihr ungewöhnliches Gesicht mit der seltsam glatten, durchsichtig schimmernden Haut. Den Jahreszahlen auf dem Holzkreuz entnahm ich, dass sie erst viele Jahre nach unserem Weggang gestorben war. Im Jahr von Martins Geburt hatte sie schon achtzig Jahre gezählt. Ich erschauderte beim Gedanken an ihre bedrohliche und gleichzeitig faszinierende Ausstrahlung und ihr wissendes, faltenfreies Gesicht.

Wir sprachen ein Gebet für die Seelen der Möhraer Verwandtschaft, dann wurde ich wirklich unruhig. Mein Blick ging immer wieder zum Haus zurück, in das uns Heinz nun auch wieder hineinführte.

Als ich ankündigte, in die schmale Kammer zu wollen, wirkte Heinz irritiert, auch schienen er und der Rest der Verwandtschaft meine Hebamme Ilse erst jetzt zu bemerken. Sie saß unverändert auf dem Stuhl mit Blick zur schmalen Kammer hin.

»Was will die Vettel hier?«, fragte er gar nicht mehr so freundlich.

»Sie wird mir helfen«, entgegnete ich.

»Aber was wollt ihr in der …«, setzte Heinz erneut an, da ging Hans zu seinem jüngsten Bruder und führte ihn von mir und Ilse weg.

Einer nach dem anderen verließen sie uns jetzt, die ganze Familie musste unbedingt nach dem Mäusefraß beim Korn schauen. Auch die Frauen und Kinder gingen. Niemand wollte etwas mit der schmalen Kammer zu tun haben.

Ohne die nächste Generation im Haus war es wie damals, als Hans und ich hier nach der Hochzeit gewohnt hatten, in der fensterlosen Kammer vor dem Pferdestall. Auch die Angst vor der Wahrheit über den Tag Mariä Heimsuchung war wieder da.

Ich war zu aufgewühlt und konnte nicht länger still auf meinem Stuhl sitzen. Ich ging vom Esstisch zur offenen

Herdstelle mit dem riesigen Rauchabzug darüber und schaute zum ersten Mal seit unserer Ankunft zur schmalen Kammer. Genauso wie damals an Mariä Heimsuchung stieg mir ein fauliger, erdig-feuchter Geruch in die Nase, so dass mir übel wurde. Oder war das nur eine Erinnerung?

Hans kam in dem Moment in die Stube zurück, in dem ich vor die Wand der schmalen Kammer trat. Nervös sah ich ihn an. Es wäre besser, du belässt alles so, wie es ist, sagte mir sein Blick.

»Ich muss zu ihr«, flüsterte ich und konzentrierte mich auf die schmale Kammer. »Christina?«, rief ich meine älteste Tochter und fuhr über die rauhe Wand.

Die Stelle, an der sich früher die Tür befunden hatte, war nach Mariä Heimsuchung für die Ewigkeit mit Astwerk, Lehm und Putz geschlossen worden. Doch war der ehemalige Zugang noch deutlich erkennbar, weil der Lehmputz in der Eile damals nicht sauber und bündig aufgetragen worden war.

Ilse verschwand und kam kurz darauf mit einer Spitzhacke zurück. An ihren Enden klebten noch Erdklumpen. Ilse reichte mir die Gerätschaft, ohne Hans zuvor um Erlaubnis zu bitten. Der stand nachdenklich mitten in der Wohnstube und verfolgte das Geschehen.

Bevor ich ein Loch in die Mauer schlug, schaute ich Hans noch einmal an und sagte: »Das bin ich Christina schuldig.«

Er ließ es geschehen und ging zur Tür. Dort blieb er stehen. Ich vermutete, dass er die Verwandten fernhalten wollte, sollten sie zurückkommen und Einspruch erheben.

Ilses Blick sagte mir: *Überleg es dir nochmal!*, was ich nicht tat. Jahrzehntelang hatte ich nichts anderes getan.

Rasch war das Loch in der Wand groß genug, um den Kopf hindurchstecken zu können. Ein muffiger, aufdringlicher Geruch schlug mir entgegen. Ich weigerte mich weiterhin, die schmale Kammer als Abfallkammer zu bezeichnen. Ilse trat nun mit einem Wachslicht dicht neben mich, damit ich etwas sehen konnte. Langsam näherte ich mein Gesicht dem Loch in der Wand und spürte, wie sich die aus der Kammer dringende Feuchtigkeit und Wärme auf meine Haut legte.

Das Kind bewegt sich nicht, ich bekomme es nicht heraus, vernahm ich Ilses Stimme und sah mich erneut in der Wohnstube auf dem Boden liegen, nachdem ich am Fest Mariä Heimsuchung hochschwanger zusammengebrochen war. Bis dahin hatte meine Erinnerung immer gereicht, doch fast alles, was danach gekommen war, war im Dunkeln geblieben. Das schlimme Ende ausgenommen.

Nun stand ich nach mehr als vierzig Jahren vor der Wand zur schmalen Kammer, und die Bilder der Vergangenheit fanden mich wieder. In meiner Erinnerung holte Ilse nun die Haken raus, die länger als ihre Hände waren. Im schwachen Licht der Kochstelle sah ich Metall funkeln. »Ich muss wenigstens Euch retten!«, hatte Ilse damals gesagt und mir die Haken in den Leib geschoben. »Anders bekomme ich das Kind nicht heraus, wenn ich Euch den Bauch nicht aufschneide, was einem Todesurteil gleichkommt.«

Die Ahne richtete ihren Stock, den sie von jeher wie ein drittes Bein neben sich mitführte, wie ein überlanges Messer auf Ilse und forderte: »Zieh dich zurück und lass Gott entscheiden, wer leben darf!«

Ilse flößte mir einen Trank ein, der mich wirr machte, aber ich bekam noch mit, wie sie das tote Kind in meinem Leib mit den Haken zu zerstückeln begann, damit wenigstens ich leben konnte. Die Schmerzen waren so furchtbar, dass ich aufstehen und weglaufen wollte, doch meine Gliedmaßen waren so schwer, dass ich mich nicht bewegen konnte.

Mit dem Gesicht vor dem Loch zur schmalen Kammer, atmete ich nun so heftig, als läge ich wie damals in den We-

406

hen. Ich presste meine Stirn so fest an den oberen Rand des Mauerloches, dass mir Lehmkrümel über die Wangen rieselten. Mein Unterleib brannte, als hätte Ilse gerade erst die Haken in mich hineingeschoben, um mein totes Mädchen aus mir herauszuziehen.

Meine Gedanken kehrten wieder zu Mariä Heimsuchung zurück. Überall war jetzt Blut, es klebte an meinen Gewändern und an meinem Leib, an Ilses Tüchern. Auch die Haken waren blutbesudelt und schimmerten nur noch matt. Meine Hebamme sagte mit sanfter Stimme: »Es ist ein Mädchen.«

Ich lächelte benommen und gab ihm sofort den Namen Christina. Im nächsten Augenblick stieß die Ahne meine Hebamme mit dem Stock grob zur Seite. Um sie herum standen die anderen weisen Bauersfrauen aus Möhra, die gerade die Tür zur schmalen Kammer geöffnet hatten, deren linke Hälfte sauber und rein war. Die rechte Hälfte der Kammer war hingegen mit Küchenabfällen, zerbrochenem Geschirr und anderem Unrat gefüllt. So manches Mal war sogar der Inhalt der Nachttöpfe hinzugekommen.

»Sie ist eine Gefahr für uns!«, sagte die Ahne und griff nach dem Tuch, in das Ilse mein zerstückeltes Kind gelegt hatte. Die anderen Bauersfrauen um sie herum nickten. Die Ahne trat ganz nahe an mich heran, so dass ich ihre beinahe durchsichtige, straffe Haut und ihre großen, glühenden Augen sehen konnte.

»Gebt mir Christina, bitte!«, keuchte ich noch völlig entkräftet. Am liebsten hätte ich ihr meine Tochter entrissen, doch die anderen Frauen hielten mich fest.

»Es ist ungetauft gestorben«, raunte die Ahne. »Wir müssen uns vor ihm schützen. Längst sind Dämonen in seine Leibesteile gefahren.« Mit strengem Ausdruck deutete die Ahne auf die schmale Kammer.

»Niemals«, schrie ich. Die totgeborene Seele eines gerade erst geborenen Kindes konnte keine Bedrohung für einen gesamten Haushalt sein.

Doch die Ahne interessierte das nicht. »Ungetaufte Kindskörper sind ungeschützt und deswegen ein geeigneter Hort für Dämonen!«, sagte sie mit resoluter Stimme. Nicht einmal Hans hätte ihr in diesem Moment zu widersprechen gewagt.

Natürlich musste Christina beerdigt werden, aber kein Kind sollte unter die Erde kommen, ohne jemals die Liebe seiner Mutter gespürt zu haben, selbst wenn sein Leib schon leblos war. Denn seine Seele konnte ganz gewiss auch nach dem Tod noch Liebe spüren. Ich wollte die Ahne daran hindern, das Tuch mit meinem Kind zur schmalen Kammer zu tragen, doch die Hände der Weisen Frauen hielten mich fest gepackt.

»Schnell!«, befahl die Ahne und pochte mit der Spitze ihres Stockes mehrmals hintereinander auf den Boden vor der schmalen Kammer. »Ich kann sie schon singen hören!«

Damit meinte sie die Dämonen.

Ilse begehrte auf: »Das Kind hat es besser verdient«. Jetzt flehte sie sogar. »Gebt ihm ein anständiges Grab! Ihr versündigt Euch.«

Ich wusste von ungetauften Kindern, die wenigstens vor den Friedhofsmauern beerdigt worden waren. Doch die Ahne verbot Ilse mit einer ruckartigen Bewegung ihres Stockes den Mund und ließ sie mitsamt ihrer Tasche von zwei der Frauen vor die Tür bringen. Ihre Haken blieben.

Jetzt war ich mit den unmenschlichen Weibern und der Ahne alleine. Ohne zu zögern, warfen die angeblich Weisen Frauen Christina auf den Abfallhaufen, dann folgten die blutverkrusteten Haken. »Und jetzt Steine drauf!«, dirigierte die Ahne und fuchtelte dazu mit ihrem Stock. Mit den Steinen wollte sie verhindern, dass der böse Geist, den sie in meinem ungetauft verstorbenen Kind vermutete, jemals wieder zu den Lebenden zurückkehrte. Die Alte vom

Barchfelter Hof wischte sich da gerade ihre dreckigen Hände an einem blutigen Tuch ab.

Während die Frauen über teuflische Mächte, Geister und das Heer der Verdammten fluchten, empfand ich nur Liebe. Liebe für mein erstes Kind. Bis mich die Verzweiflung angesichts meiner Hilflosigkeit übermannte. Ich hatte Christina nicht vor den Frauen beschützen können. Doch wer, wenn nicht die Mutter, war die Beschützerin eines Kindes?

Ich hatte alles geschehen lassen. Ich wollte mich erheben, doch die Ahne gab Anweisung, mich ruhigzustellen. Ein heftiger Schlag ins Gesicht erledigte das.

Verschwommen sah ich, wie sie Türflügel und -rahmen zur schmalen Kammer entfernten und damit begannen, die Öffnung mit einer Mauer aus Lehmgeflecht zu verschließen. Die Ahne hatte dafür nach Heinz schicken lassen, gleich nachdem man mir den Schlag versetzt hatte. Eigentlich hatte sie nach Hans gerufen, aber Heinz hatte ihr erklärt, dass mein Ehemann schon am frühen Morgen zur Kupfermühle aufgebrochen war. Hans hatte also mit Christinas unwürdigem Grab nichts zu tun, verstand ich.

Ich war entsetzt über das, was man der schutzlosen Seele meines Mädchens angetan hatte. Wenn der Allmächtige einem ein Kind entreißt, ist das schon schlimm genug, tun es aber andere Menschen, nicht auszuhalten.

Von diesem Tag an besaß der Hof nur noch die Abfallgrube draußen bei der Scheune. Das ließ die Ahne den gesamten Haushalt wissen.

Erschöpft fielen mir schließlich die Augen zu. Eine Weile konnte ich den Lehm noch gegen das Astgeflecht klatschen hören, dann musste mich der Schlaf oder eine Ohnmacht erlöst haben.

Wenige Tage nach dem Fest Mariä Heimsuchung war die Stelle, an der sich einst die Tür zur Abfallgrube befunden hatte, verputzt. Es war, als sei die Wand schon immer da gewesen. Einzig der frische Lehmgeruch und die Putznaht zur alten Wand hin erinnerten noch an die schrecklichen Geschehnisse. Schon am nächsten Tag verbannte ich sie aus meinem Gedächtnis. Seitdem hatte in meiner Erinnerung stets ein Loch geklafft. Ich sah, wie ich hochschwanger in der Stube zusammenbrach und danach nur noch, wie die Ahne betend mit den Weisen Frauen am Tisch gesessen und mir versichert hatte, mein totgeborenes, ungetauftes Kind hätte in der schmalen Kammer beerdigt werden müssen und gewiss dort seine Ruhe gefunden.

Kurz bevor Hans und ich Möhra in Richtung Eisleben verließen, versprach mir die Ahne auf mein Flehen hin, sie würde auf die schmale Kammer achtgeben. Im Gegenzug musste ich ihr versprechen, nie wieder über Christina zu sprechen, ja nicht einmal mehr an sie zu denken. Ein Versprechen, das ich ihr vor vierundvierzig Jahren gegeben und doch keinen einzigen Tag hatte halten können.

»Christina, Liebes«, flüsterte ich nun in das Loch hinein, das ich zuvor mit der Spitzhacke geschlagen hatte. Hans stand noch immer bei der Tür und verwehrte Heinz, seinem Sohn und dessen Frau Renata den Eintritt, nachdem diese, von den Schlaggeräuschen aufgeschreckt, zurückgekehrt waren, um mich von meinem Tun abzubringen. Nach einer Weile fügten sie sich Hans und ließen sich von ihm wieder auf den Hof hinausschicken.

»Christina, deine Mutter ist bei dir«, sprach ich weiter. »Endlich bin ich bei dir.« Mein Atem ging noch immer heftig, mein Unterleib brannte, und ich empfand wieder diese tiefe Liebe, die ich gleich nach ihrer Geburt gefühlt hatte. Ich streckte meinen Arm in die Kammer und griff nach einem der Steine.

Christina schwieg, wie schon die ganzen letzten Jahre über.

Mit einem Zipfel meines Gewandes säuberte ich den Stein. Dann wickelte ich die Rosenkranzkette, die ich so lange für sie aufbewahrt hatte, um den Stein und hielt ihn Hans hin, der jetzt zu mir herüberkam.

Er wusste, was ich damit vorhatte, und nickte knapp, nahm ihn aber nicht in die Hand. Stattdessen machte er sich daran, das Loch wieder notdürftig zu verschließen.

Als das erledigt war, waren wir bereit heimzukehren. Wir stiegen auf den Wagen. Die Verabschiedung von Hans' Familie fiel knapp aus.

Ilse umarmte ich lange, dann brachten wir sie zu ihrer Hütte zurück, sie wollte nirgendwo anders hin.

Zurück in Mansfeld, gingen Hans und ich als Erstes auf den Friedhof. Vor der Südwand von St. Georg stellten wir neue Kreuze für Barbara, Thechen und Grete auf. Das für Christina kam direkt daneben. Sie sollte ein würdiges Gedächtniskreuz bei ihren Geschwistern erhalten. Das war ich ihr schuldig, der Herr Pfarrer hatte nur widerwillig zugestimmt. Den Körper eines ungetauft gestorbenen Kindes hätte er niemals unter geweihte Erde gelassen, aber in unserem Fall ging es nur darum, eine Rosenkranzkette zu begraben.

Anstatt eines Namens bekam sie einen Engel auf das Kreuz geschnitzt. Erst mit Christina waren wir Luders in Mansfeld vollständig.

Von diesem Zeitpunkt an befand sich meine erste Tochter nicht mehr in meinem Kopf, sondern nur noch in meinem Herzen. Ich spürte, dass Christina mir verziehen hatte, auch wenn ihre Stimme nie wieder zu mir sprach. Aber ihr Schweigen nach Möhra war ein friedlicheres. Das war das fünfte Wunder in meinem Leben, und Hans hatte mir dazu verholfen.

Lucas ließ den Pinsel sinken, sein Blick glitt von Margarethe zum Papier. Darauf sah er in grauen und schwarzen Linien eine von einem arbeitsamen und harten Leben gezeichnete Frau, die aber dennoch keine gebeugte, sondern eine nach wie vor aufrechte Haltung besaß. Sie wirkte ähnlich streng wie Lucas' eigene Mutter. Sie hatte hin und wieder geflüstert, während er sie gezeichnet hatte. Ihre Worte waren teilweise nur in Satzfetzen bei ihm angekommen, aber Lucas hatte ihnen dennoch entnommen, dass sie und ihr Ehemann Martin bei einer Messe sogar vor dem Grafen Hoyer verteidigt hatten. *Diese Frau besitzt ein beeindruckendes Gedächtnis und ist mutig,* dachte Lucas.

Je länger er seine Vorstudie studierte, desto deutlicher erkannte er darin den mönchischen Eifer, den er auch an Martin kannte. Margarethe Luther wirkte auf der Vorstudie ehrlich und würdevoll. Eine herbe Frau, die auf den ersten Blick unnahbar aussah und doch Menschen in ihr Herz und ihre Seele blicken ließ. Sie strahlte Ruhe aus, als könnte ihr nichts mehr etwas anhaben: ein Zeichen für ein erfülltes und zufriedenes Leben. Auf dem Ölgemälde, auf dem er auch ihren Oberkörper darstellte, würde er ihre linke Hand gelassen auf dem rechten Unterarm ruhen lassen, genau in der Stellung, in der sie sich gerade befand.

Vielleicht würde er von jetzt an sogar öfter nach Modellen suchen, die nicht dem Adel entstammten, und sie auch einmal frontal sitzen und ihren Blick direkt auf den Betrachter richten lassen. Zwei Buchenholztafeln hatte er für die Ölgemälde von Margarethe und Hans ausgewählt, die er, bevor sie grundiert wurden, noch einmal auf ihre Güte überprüfen würde. Hochwertiges Kernholz aus der Mitte des Buchenstammes musste es sein. Denn dieses arbeitete weniger und war dauerhaft. Nur bei solchen Tafeln konnte er sichergehen, dass sich das Holz nicht krümmte und die aufgetragenen Farbschichten dadurch aufrissen. Das durfte bei Margarethes Porträt auf keinen Fall passieren. Es war sein erstes ehrliches Bild seit Jahren, das Bild von der Mutter der Reformation. Unwillkürlich musste er an seine eigene Mutter denken. Hatte er vielleicht doch mehr als nur den Ordnungssinn von ihr übernommen? Zumindest hatte sie immer dafür gesorgt, dass er sich sicher fühlte, auch nachdem er Kronach verlassen und sich auf Wanderschaft begeben hatte. Zwar hatte sie ihm mit der Rute sowohl Ordnung als auch die Glaubenssätze beigebracht, aber sie war immer für ihn da gewesen. In ihrer Gegenwart hatte er nie Angst gehabt, keine Not und keinen Hunger gelitten. Bei ihr hatte er sich so sicher wie hinter einer dicken, unüberwindbaren Mauer gefühlt. Auch seine Frau Barbara war für die Kinder so etwas wie eine Festungsmauer, die sie vor den Unbilden des Lebens schützte und hinter der sie sich wärmen konnten.

Ab morgen würde Hans Luther auf dem Stuhl mit dem roten Samtkissen in der Mitte des Raumes platznehmen, was Lucas fast traurig stimmte. Zwar sollte er Margarethe auf der Taufe von Martins Tochter Elisabeth wiedersehen, aber er war überzeugt, dass die Nähe zu Martins Mutter nur hier in seiner Porträtkammer zustande kommen konnte. An dem Ort der Wärme, der Ruhe und der ungestörten Zweisamkeit zwischen Maler und Modell, die einander im wirklichen Leben fremd waren.

Obwohl Lucas mit der Vorstudie fertig war, betrachtete er Margarethe weiterhin. Da erhob sie sich und trat vor ihn, die Frau, die Martin so standfest wie eine Mauer beschützt hatte. Auch in schwierigen Zeiten. Eine Reformation der Kirche hatte ihr Sohn bewirkt, obwohl er anfangs lediglich für die Abschaffung von Missbräuchen eingetreten war. Dank Martin waren Reliquien, Ablässe und die Heiligenverehrung bedeutungslos geworden. Lucas musste an die Reliquiensammlung der Kurfürsten denken, die fast zwanzigtausend Behältnisse zu deren Aufbewahrung umfasste. Klösterliche Gemeinschaften waren aufgehoben worden, Priester und Mönche durften heirateten. Vor allem aber hatten die Menschen Gottes Barmherzigkeit erfahren. »Herzlichen Dank, Lutherin«, waren die einzigen Worte, die er überwältigt herausbrachte.

Margarethe betrachtete die Vorstudie.

Ob sie ihr gefiel? Lucas nahm die Hand vom Bart, er musste wieder unbemerkt mit dem Haarzwirbeln begonnen haben. »Ich würde Euch gerne ins Kloster begleiten«, schlug er vor. Auch wenn die Stadtwachen bis Mitternacht noch in den Straßen unterwegs waren, hielt er es für sicherer, Margarethe Luther nicht alleine fahren zu lassen. Außerdem wollte er ihre Gegenwart noch einige wenige Augenblicke länger genießen.

»Habt Dank, Meister Lucas, für Eure Mühen, auch mit Martin.« Margarethe wandte sich von ihm ab und griff nach der Haube und ihrem Umhang auf dem Stuhl. Sorgfältig legte sie sich beides an.

Gemeinsam verließen sie die Porträtkammer und stiegen nebeneinander die Treppe hinab. Einmal musterte Lucas Margarethe noch mit dem Blick des Porträtmalers und bemerkte dabei, dass ein Lächeln über ihr Gesicht huschte.

Im Flur des Erdgeschosses angekommen, befahl Lucas, die Pferde vor den Wagen zu spannen. Hufnagel selbst sollte sie lenken.

Margarethe trat vor Lucas hinaus auf die Schlossstraße. Das Gefährt war bald bereit. Zuerst half Lucas Margarethe hinauf, dann nahm er ihr gegenüber Platz. Es dämmerte bereits. Demnach hatten sie fast einen halben Tag miteinander verbracht. Sterne waren noch nicht zu sehen, aber vielleicht hätte er heute Abend noch Zeit, sie gemeinsam mit seinen Söhnen vom Hof aus zu betrachten. Schließlich waren es dieselben Sterne, die auch der berühmte Michelangelo in Florenz sehen konnte!

Der Wagen bewegte sich im Schritttempo am Marktplatz vorbei. Das Schwarze Kloster befand sich vor dem Elstertor.

»Wartet!«, rief Margarethe mit einem Mal ungewohnt heftig.

Hufnagel brachte die Pferde sofort zum Stehen.

Margarethe fixierte eine Ansammlung von Menschen mit Kapuzen, die Lucas nie zuvor in Wittenberg gesehen hatte.

414

Vor der Ruine des Rathauses verteilten sie Flugblätter, was in Wittenberg nichts Außergewöhnliches war.

»Das ist doch …«, hörte er Margarethe murmeln.

»Hufnagel, fahrt etwas näher heran, bis auf die Höhe, wo sonst der Tuchhändler seinen Stand hat«, wies Lucas seinen Bediensteten mit gedämpfter Stimme an.

Hufnagel führte die Anweisung seines Herrn umgehend aus.

Wie von fremder Hand geführt, erhob sich Margarethe.

»Matthes«, hörte Lucas sie sagen.

Ihre Aufmerksamkeit galt einer hochgewachsenen Gestalt, die alle anderen überragte und die sie nicht aus den Augen ließ. Lucas gab seinem Diener ein Zeichen, indem er zuerst auf die Gruppe und dann auf die Flugblätter deutete.

Korbinius Hufnagel stieg daraufhin vom Wagen und begab sich zu der Gruppe. Zurück beim Wagen reichte er seinem Herrn eines der bedruckten Blätter.

Der überflog die Überschrift: *Gegen die Verbrennung unschuldiger Frauen!*, und die nachfolgende Zeile darunter lautete: *Die Zauberinnen sollst du nicht leben lassen!* Der Satz mit den Zauberinnen entstammte eigentlich der Heiligen Schrift, aber die Menschen im Reich kannten ihn durch Martin. In seine jüngsten Predigten fügte er häufig den Satz ein, dass Zauberinnen getötet werden sollten, nicht allein, weil sie schadeten, sondern weil sie Umgang mit Satan pflegten. Der Unmut der Leute dort vorne richtete sich gegen Hexenprozesse, wovon es zuletzt einige gegeben hatte, und sie kritisierten Martins Befürwortung, Hexen zu verbrennen. Lucas schaute irritiert von dem Flugblatt auf und reichte es Margarethe.

Die stand noch immer wie angewurzelt auf dem Wagen, schien jetzt allerdings eine zweite Person zu fixieren. Es war eine Frau in einem blauen Umhang, von der Lucas aus der Ferne nicht viel erkannte, außer ihrem weißblonden, langen Haar.

Margarethe schaute flüchtig auf das Flugblatt, nahm es aber nicht, sondern blickte wieder zu der Frau zurück.

»Sie führt Augustines Werk fort, um ihre Seele reinzuwaschen«, flüsterte Margarethe, und einen Lidschlag später sah Lucas, dass die blonde Frau nun ebenso reglos dastand wie Margarethe und ihrerseits zum Wagen hinüberstarrte. Lucas beobachtete, dass die beiden Frauen sich auf eine sehr vertraute Weise zunickten.

»Ich habe Eiswasser anstatt Blut in den Adern«, flüsterte Margarethe und drehte sich zu Lucas um. »Diesen Satz«, fuhr sie fort, »hat Dietrich Zecke in seinem Todeskampf gemurmelt. So hat es mir später seine Magd erzählt.«

Lucas beobachtete, wie Margarethe plötzlich den Kopf schüttelte, während sie ihren Blick nun wieder auf die Frau im blauen Umhang richtete. »Eisenhutvergiftungen bewirken dieses Kältegefühl im Körper. Niemand konnte besser mit Eisenhut umgehen als SIE. Sie muss es heimlich in die Milchkrüge vor die Tür seiner Unterbringung im Schloss getan ... « Margarethe brach ab und nahm wieder Platz.

»Gott ist barmherzig«, sagte sie nach einer Weile und fügte kaum hörbar hinzu: »Nur sie allein kann ihre Strafe abbüßen.«

Lucas wusste, dass Margarethes Worte nicht an ihn gerichtet waren, und dennoch entgegnete er, weil ihm diese Worte aus Martins Übersetzung des Neuen Testaments gerade in den Sinn kamen: »Fürchte dich nicht, ich bin mit dir; weiche nicht, denn ich bin dein Gott; ich stärke dich, ich helfe dir.«

Erst als Margarethe ihm zunickte, wies er Hufnagel an weiterzufahren. Bis zum Kloster saßen sie sich stumm gegenüber. Doch dieses Mal war es keine bedrückende Stille. Hufnagel bog in den bereits von Fackeln erhellten Hof vor dem langen Klostergebäude ein, das direkt vor der Stadtmauer gebaut worden war. Sie verabschiedeten sich knapp und höflich voneinander, die Vertrautheit, die die Situation in der Porträtkammer zwischen ihnen gestiftet hatte, begann bereits zu schwinden. Lucas half Margarethe noch vom Wagen.

Sie hielt zügig auf den Eingang des Gebäudes zu, stoppte aber nach wenigen Schritten und betrachtete den Bau, als sehe sie ihn zum ersten Mal. Es war ein bescheidener Fachwerkbau, der aufgrund der schwarzen Mönchskutten der Augustiner nur das *Schwarze Kloster* genannt wurde. Seit seiner Ankunft in Wittenberg hatte Martin hier gelebt. Zuerst als Mönch, dann als Doktor der Theologie, als Professor der Universität und schließlich als Reformator der christlichen Welt. Seit der Schließung des Klosters waren Martin und seit mehr als zwei Jahren nun auch Katharina und ihr Sohn Johannes die einzigen festen Bewohner des Gebäudes. Abgesehen von den Gästen, die sie regelmäßig empfingen und die gerne mehrere Tage blieben.

Vielleicht denkt sie gerade an Martin und daran, dass das Loslassen schwerer ist als das Festhalten, dachte Lucas. Denn Loslassen brachte Ungewissheit. Doch mit der Ungewissheit im Gepäck war auch Magellan vor wenigen Jahren bei stürmischer See aufgebrochen, um die Welt zu umsegeln.

Hufnagel wendete das Gefährt. Ein letztes Mal betrachtete Lucas Margarethes Gestalt. Dieses Mal nicht als Maler, sondern als Mensch. Regungslos stand sie vor dem Haus ihres Sohnes und schien genauso tief in Gedanken versunken zu sein, wie bei ihrer gestrigen Ankunft in seinem Haus.

Wenige Tage nach unserer Rückkunft aus Möhra hieß es auch schon, nach Wittenberg aufzubrechen. Maria, Elisabeth und sogar mein Bruder Johannes begleiteten uns. Ich war froh, ihn gesund und munter wiederzusehen, denn wie ich mittlerweile wusste, hatte er sich zunächst zum Schutz seiner Familie einige Zeit lang zurückgezogen. Danach hatte ihn sein schwaches Herz mehrere Wochen ans Bett gefesselt. Johannes war inzwischen komplett ergraut und bereits während unserer Reise nach Möhra nach Mansfeld gekommen, um uns nach so langer Zeit des Schweigens seiner Gesundheit zu versichern.

Und nun fuhren wir also auf Martins Einladung hin alle gemeinsam nach Wittenberg. Graf Albrecht IV.-Hinterort hatte darauf bestanden, uns zu unserem Schutz ein paar seiner Männer mitzugeben. Unser Wagen, von Jacob gelenkt, zuckelte also von einem halben Dutzend Berittener umgeben ins Kursächsische. Als wir so dahinfuhren, bat mich Hans, ihm aus Martins Schrift *Von der Liebe Gottes* vorzulesen. Meine Familie saß auf dem Wagen versammelt, als ich die Schrift des Doktor Staupitz herausholte und kurz über Martins Widmung strich:

Meiner lieben Mutter Margarethe Luther

Dann begann ich, von dem gnädigen, barmherzigen Gott zu erzählen, der mit seiner Liebe in uns Wohnung nimmt, wie Doktor Staupitz so schön schrieb, und der Martin erst auf seinen eigenen Weg gebracht hatte.

Johannes strich mir liebevoll über die Schulter. Maria und Elisabeth rückten näher an mich heran, sie wollten noch mehr über die Liebe Gottes hören.

Ob Verena Bachstedter und ihr Sohn Barthel auch wieder so eng beieinandersaßen? Seit unserem Aufeinandertreffen in St. Georg war ich den beiden nicht mehr begegnet. Die Bachstedterin haderte vermutlich damit, dass sich nach der Messe immer mehr versöhnliche Menschen um Hans und mich versammelt hatten. Unter ihnen waren viele Frauen, junge Mütter und Bergleute gewesen. Wolf und Michaela Lüttich zum Beispiel, ebenso Martins frühere Schulfreunde Nikolaus Omler und Hans Reinicke mit ihren Ehefrauen und Kindern. Die Räte Müller und Dürr hatten uns ebenfalls freundlich zugenickt, damals auf dem Vorplatz von St. Georg, nachdem uns die Mansfelder aus der Messe hatten vertreiben wollen.

Nach der Messe wurden die Dreckklumpen und Schmierereien an unserer Hauswand und am Tor seltener, bis sie schließlich ganz ausblieben. Nie wieder erhob die Bachstedterin das Wort gegen meinen Sohn.

In Wittenberg angekommen, erfuhren wir bald den Grund für unsere Reise: Martin feierte seine Heirat mit der Jungfrau Käthe. Ihr vollständiger Name war Katharina von Bora, und sie war eine aus dem Kloster geflohene Nonne. Neben uns, seiner Familie, hatte Martin noch drei Mansfelder Räte eingeladen. Es war eine schöne Geste und ein Zeichen dafür, dass er seiner Heimatstadt weiterhin verbunden war.

Vor der Ehe hatte mein Sohn ganz allein gelebt, und ich war glücklich, dass alsbald eine ordnende und fürsorgliche Hand um ihn herum war. Ein bisschen war es, als würde ich ihn in die Hände einer anderen Frau geben, die von nun an auf ihn achtgab.

Wir verlebten eine fröhliche Feier, auf der mich Meister Lucas nahezu unentwegt beobachtete. Martin war gutgelaunt, und doch sah ich ihm die Anstrengung an, die das viele Schreiben und Predigen in seinen Zügen hinterlassen hatte. Später erzählte er mir von nächtelanger Schlaflosigkeit und dem Steinleiden, das ihn immer schlimmer plagte.

Während Martins Brautrede bemerkte ich, dass er zwei Mal über die Tasche seines Hemdes strich, ich glaube, er bewahrte Gretes Murmel darin auf. Ein bisschen war es, als wären auch Thechen, Barbara und Grete bei dem Fest anwesend. Und vielleicht schaute sogar Mutter heute ein wenig zufriedener auf den einstigen Bauernsohn vom Himmel herab.

Am Tag nach der Feier kam das Gespräch auf Grete, und Martin sagte zu, vier ihrer Kinder nach Wittenberg zu holen, Meister Kaufmann hatte darum gebeten. Johannes' Sohn Caspar wiederum, der nach seinem Medizinstudium zum kurfürstlichen Leibarzt ernannt worden war, nahm Gretes Jüngste auf.

Zurück in Mansfeld hatte sich etwas verändert. Vielleicht waren es die ausbleibenden, bösen Blicke?

Graf Hoyer VI.-Vorderort ließ, nachdem er von der beabsichtigten Eheschließung meines Sohnes erfahren hatte, überall verbreiten, dass Martin die Reformation nur aus Geilheit angezettelt hätte. Ich glaube, viele Mansfelder wussten, dass das nicht stimmte. Ich selbst war davon überzeugt, dass meine Wittenberger Nachtigall nur ein Zeichen der Hoffnung in einer Zeit des Leides setzen wollte, wo doch zur gleichen Zeit das vereinte Thüringer Bauernheer dem Fürstenheer in Frankenhausen unterlegen war. Die Bauern – ohne Rüstung und unerfahren im Kampf, ein Haufen ohne rechte Führung – hatten fünftausend Tote zu verzeichnen, das Fürstenheer verlor gerade einmal sechs Mann. Es muss ein einziges Gemetzel, ein Blutrausch gewesen sein. Der Anführer der Bauern, Thomas Müntzer, war bald darauf mit mehreren Dutzend seiner Anhänger enthauptet worden, wie uns die Frankin berichtete. Die Schlacht bei Frankenhausen bedeutete das Ende der Unruhen, kaum eines der Mansfelder Klöster hatte den Krieg ohne Zerstörungen überstanden. Während die Grafen von Vorderort die geplünderten und verlassenen Klöster wieder errichteten und neu besetzten, löste Graf Albrecht die Konvente auf.

Die Förderung von Rohkupfer im Mansfelder Revier ging trotz der Aufstände normal weiter. Durch die vielen Toten nicht nur in Frankenhausen war der Bedarf an Kupferprodukten wie Töpfen und Pfannen in der Bevölkerung jetzt jedoch beträchtlich gesunken, und es gab zu viel Kupfer, was die Preise fallen ließ. Erstmals hatten wir im Jahr 1526 zudem gegen Kupferimporte aus Schweden und Ungarn zu kämpfen. Das lang ersehnte Pferd hatten wir uns erst Anfang des Folgejahres 1527 leisten können.

Trotz der fallenden Preise vertraute ich auf Gottes Barmherzigkeit und blickte zuversichtlich in die Zukunft.

Hans ging nicht mehr jeden Tag zu den Hütten, Jacob hatte viele seiner Aufgaben übernommen und agierte zunehmend ohne Hilfe seines Vaters. Und eine Braut war auch für ihn in Sicht – für den jüngeren Bruder des bekannten Martin Luther. Als dann von Meister Lucas ein Schreiben aus Wittenberg eintraf, entschieden Hans und ich, seinem Wunsch zu entsprechen und uns für Martin von ihm porträtieren zu lassen.

Kurz danach erfuhren wir von Katharinas erster Niederkunft. Martins erster Sohn sollte Johannes heißen, sie wollten ihn aber nur Hans rufen.

Am Abend des Tages, an dem uns diese schöne Nachricht erreicht hatte, lagen mein Ehemann und ich erschöpft in unserem Bett. Da sagte Hans zwei Worte zu mir, die mir heute noch so viel bedeuten wie anderen Menschen alle Reichtümer der Erde: »Danke, Hanna.«

*****

Nachwort

Die Fürsorge und Liebe, die ein Kind von den Eltern erfährt, ist von **elementarer Bedeutung**, körperlich wie auch seelisch. Das war unser Ansatz, uns Martin Luther und seiner Befähigung zur Reformation zu nähern. Wir haben diesen Roman – die ständige Frage nach Luthers Wurzeln und Prägungen im Hinterkopf – mit dem Ziel geschrieben, ein persönliches und emotionales Bild auf den heroisch verklärten Reformator zu werfen. An erster Stelle unserer Überlegungen standen Martins Erziehung, erhaltene und/oder entzogene Liebe, sein familiäres wie auch sonstiges Umfeld vor dem Hintergrund der sozialen Regeln seiner Zeit. Erst danach haben wir ihn mittels seiner umfangreichen Schriftzeugnisse und seines theologischen Werdegangs ergründet.

Martin Luther sagte über seine **Herkunft**, dass er der Sohn eines Bauern sei und seine Vorfahren ebenfalls Bauern gewesen wären. Später wäre sein Vater dann als armer Berghauer nach Mansfeld gezogen. Die Lutherforschung hat nachgewiesen, dass dies eine starke Untertreibung war. In Wahrheit zählten die Luders in Möhra zu den wohlhabendsten Bauern im Dorf, und Hans Luder gelang der Aufstieg zum Vierherren und angesehenen Bürger in Mansfeld. Noch weniger gilt die Aussage über seine ärmliche Abstammung für Martins Ahnen mütterlicherseits. Martins Mutter Margarethe Luder, geborene Lindemann, war die Tochter einer angesehenen Eisenacher Ratsherrenfamilie, aus der viele Juristen hervorgingen. Über die Lindemanns ist kaum etwas überliefert, nicht einmal der Name von Margarethes Mutter. Margarethe und

Hans selbst übernahmen die veränderte Form ihres Nachnamens vermutlich nicht, solange sie lebten. Sie blieben auch dann noch die Luders, als der Sohn mit seiner Nachnamensvariante *Luther* schon weltberühmt war. Nichtsdestotrotz wurden Martins Eltern von anderen Menschen (Martin eingeschlossen) mit Luther angesprochen und angeschrieben, so wie es auch Lucas Cranach im Roman tut.

Beim Erzählen von Margarethes Leben haben wir uns streng an die überlieferten Fakten gehalten. Im Vergleich zu Martin Luthers Lebensweg ab dem Klostereintritt ist über Margarethes Leben und die Beziehung Martins zu ihr leider nur wenig überliefert. Die wenigen Fakten, die jedoch historisch verbürgt sind, haben wir in den Roman einfließen lassen.

Die meisten Hinweise stammen aus Martin Luthers Feder selbst, aus seinen Briefen und Tischreden sowie der **zärtlichen Widmung** an seine Mutter im Staupitz-Druck *Von der Liebe Gottes,* den wir im Roman erwähnen. Zur Qualität der Mutter-Sohn- wie auch der Vater-Sohn-Beziehung gibt es die unterschiedlichsten Interpretationen. Wir haben uns jener angeschlossen, die eine eher ungestörte **Eltern-Sohn-Beziehung** sieht, denn Martin sprach nie verachtend, sondern stets ehrfürchtig über seine Eltern und resümierte: »Sie meinten es herzlich gut.«

Margarethe und Hans ermöglichten ihrem Sohn eine ausgezeichnete Schuldbildung, mit der er später Berufe ergreifen konnte, die früher ausschließlich dem Adel vorbehalten waren. Als wir uns über die Luders und Martins Erziehung ein Bild machten, mussten wir uns dabei immer wieder ins Gedächtnis rufen, nicht unsere modernen Maßstäbe anzulegen. Martins Zeit war von großer **Frömmigkeit und tiefen Ängsten** geprägt. Um 1500 war es gang und gäbe, an Hexen und Teufel zu glauben, Kinder mit der Rute zu züchtigen und die Frömmigkeit auf die Spitze zu treiben, beispielhaft für Letzteres ist der massive Kauf von Ablassbriefen.

Martin wuchs in einer Zeit auf, in der nicht-adelige Kinder die ersten Jahre ihres Lebens bei der Mutter verbrachten. Sie war die vorrangige Bezugsperson und prägte das Kind erheblich. Erst an zweiter Stelle kam der Vater, der tagsüber berufsbedingt meist außer Haus war. Das galt vor allem für Hüttenmeister, die in ihren Schmelzhütten in unmittelbarer Nähe der Bergwerke arbeiteten. Sie besaßen keine Werkstatt im Haus, wie es bei einem Schmied oder anderen Handwerkern der Fall war, bei denen die Nähe zu ihren Kindern zumindest räumlich gesehen möglich war.

Wir sind davon überzeugt, dass viele unserer Eigenschaften, die wir im Erwachsenenleben aufweisen, bereits **in unserer Kindheit angelegt sind und durch Erziehung befördert oder gemindert werden**. Martin selbst berichtete von der schönen Stimme seiner Mutter und von dem Lied, das sie immer sang: »Mir und dir ist keiner hold ...«. Aus diesem Grund liegt es nahe, dass **Martins Musikalität**, wenn er sie nicht von seiner Mutter geerbt hat, zumindest stark von ihr gefördert wurde. Martin sang nicht nur leidenschaftlich gern, sondern auch gut. Er hat das evangelische Kirchenlied erfunden, das alle in der Kirche versammelten Gläubigen (und nicht nur der Kirchenchor) gemeinsam in der Messe singen sollten. Er textete seine Lieder in deutscher Sprache und ersann neue Melodien. Er liebte es, auf der Laute zu spielen, auch vermochte er, der Querflöte beeindruckende Töne zu entlocken. Wenn wir in der Weihnachtszeit »Vom Himmel hoch da komm ich her« singen, müssen wir seit unserer Arbeit an diesem Roman oft an Martin denken, und woher seine Begabung für die Musik wohl kam, denn er hat das Stück komponiert.

Und Martins Sprachtalent? Er liebte Fabeln, übersetzte später die des Äsop und ersann sogar eigene. Auch die Liebe zum Wort kann Margarethe gefördert haben, indem sie ihm als Kind viel vorlas. Als Erwachsener gelang es Martin mit seiner Übersetzung des Neuen Testaments und deren landesweiter Verbreitung, die sogenannte sächsische Kanzleisprache in Deutschland als einheitliche Standardsprache durchzusetzen. Bis dato waren Bücher entweder in Latein oder in den unterschiedlichsten deutschen Dialekten geschrieben worden, deren Wortschatz sich zum Teil erheblich voneinander unterschied. Die Vereinheitlichung dieser unterschiedlichen Mundarten zu einer übergeordneten Verkehrssprache war unter anderem Luthers Verdienst.

Martins Texte fanden aber auch deshalb so große Verbreitung, weil er derart einfach schrieb, dass ein jeder sie verstand, und weil der Buchdruck ihre Vervielfältigung in großen Stückzahlen ermöglichte. Martin schuf viele neue und bildreiche Wörter, Metaphern und Redewendungen, die wir heute noch verwenden. So stammt der Ausdruck für einen ungeduldigen Menschen *Hummeln im Arsch haben* zum Beispiel von ihm. Neben *Lästermaul* und *Machtwort, Gewissensbisse* und *Perlen vor die Säue werfen,* könnten wir hier noch Hunderte weitere Wortschöpfungen Martins aufzählen, mit denen er unsere heutige Sprache geprägt hat.

Über Margarethes Familie in Eisenach, nicht über die Luder-Bauern in Möhra, erlangte Martin während seiner Schulzeit **Zutritt in die höhere Gesellschaft**. Es war wiederum Margarethe und nicht der vielbeschäftigte Hans Luder, die Martin als kleines Kind **Urvertrauen** gab. Margarethe stattete Martin durch ihre Fürsorge und bedingungslose Liebe mit einem Grundvertrauen aus, ohne das er später vermutlich nicht derart vehement für seinen Glauben hätte eintreten können.

Wir glauben, dass sich Margarethe mit einer liebevollen Strenge ihrer Kinder annahm, die Martin später auch die Liebe und Barmherzigkeit Gottes erkennen ließ. Denn Zärtlichkeit, Wärme und Entzücken kann ein Mensch nur dann empfinden, wenn er sie selbst erfahren hat. Die Liebe und Barmherzigkeit Gottes sind der **emotionale Kern der Reformation** oder »das Mark des Knochens«, wie Martin es formuliert hätte. Der barmherzige Gott ist gütig, er nimmt sich meiner an und in den Himmel auf, wenn ich an ihn glaube. Und an ihn zu glauben bedeutet, ihn als Gott und mich als Sünder zu sehen. Meine Sünden muss ich vor Gott bekennen, also beichte ich. Mehr muss ich nicht für Gottes Gnade tun – dies war im Kern Martins Gedankengut, und mit der Diskussion um sein Verständnis der Beichte begann die Reformation. Martin sah die Beichte spätestens seit dem Petersablass von Papst Leo X. bedroht, wie wir es in Teil vier des Romans Margarethes Bruder Johannes vortragen lassen. Denn die Gläubigen kamen damals schlichtweg nicht mehr zur Beichte, suggerierte ihnen der Petersablass doch, dass ihnen durch den Kauf eines Ablasses all ihre Sünden vergeben werden würden.

Wie gesagt, ohne Margarethes Liebe für ihren Sohn, hätte Martin den liebevollen Gott vermutlich nicht sehen können. Das erachten wir als die größte und wichtigste Leistung Margarethes. Die **Wurzeln der Luther'schen Reformation sind damit weiblich**, davon sind wir überzeugt.

Und der Beitrag väterlicherseits? Hans Luder lehrte seinen Sohn, wie Wirtschaft und Handel funktionierten, was Martin in späteren Jahren, als er sich bei den Mansfelder Grafen für die Hüttenleute einsetzte, zugutekam. Gewiss übernahm Martin auch vom Vater, dass man seine Meinung laut sagen und für seine Sache kämpfen sollte. Davon war Hans Luder nachweislich überzeugt.

Die Heftigkeit von Martins Reaktionen und seine Halsstarrigkeit, die ab 1525 immer mehr zutage traten, stammten ebenso von Hans, was innerhalb der Lutherforschung unumstritten ist. Den Hüttenmeisterfamilien und dem Mansfelder Land blieb Martin zeitlebens verbunden.

Sehr verschiedene Ansichten gibt es über die **folgenschweren Ereignisse im Leben des Reformators**, deren Überlieferungen über die Jahre hinweg fast zu verklärten Anekdoten geworden sind. So zum Beispiel Martins Entscheidung für den Eintritt ins Kloster, die gemeinhin auf ein Gewitter bei

Stotternheim (in der Nähe von Erfurt) zurückgeführt wird. Oder der Zeitpunkt, zu dem die reformatorische Erkenntnis in dem jungen Luther durchbrach. Und natürlich zählt zu den folgenschweren Ereignissen auch der weltbekannte Thesenanschlag im Jahr 1517, der sich 2017 zum fünfhundertsten Mal jährt. Wir haben versucht, all diese Momente auf ihre Faktenlage hin zu hinterfragen und sachlich darzustellen. Und ja, der Tod des Studienfreundes Hieronimus Buntz nach einem Zweikampf mit dem Degen ist einer der möglichen (wenn auch umstrittenen) Gründe, warum Martin sein Studium abbrach und ins Kloster ging. Uns erschien er plausibel, zumal er auch Martins andere Seite, die fehlbare, weniger heroische, offenbart.

Die Wende vom 15. zum 16. Jahrhundert war eine außergewöhnliche Zeit, das Ende des Mittelalters. **Pest, Kriege, Hungersnöte, Ketzertum, starker Aberglauben** und die Angst vor dem Teufel schufen eine Atmosphäre ständiger Angst und Depression. Angst war ein Grundgefühl der damaligen Zeit, wie wir eingangs schon betont haben. Weder zuvor noch danach wurde der Tod so sehr gefürchtet wie damals, und nie wieder war die fast fanatische Sehnsucht nach jenseitiger Erlösung so groß. Die Unsicherheit das eigene Seelenheil betreffend war unermesslich, was auch daher rührte, dass Gott sich in den Augen der vorreformatorischen Menschen selten gnädig zeigte. Er war ein zürnender Gott, ein *un*barmherziger Richter, der hart mit seinen Sündern ins Gericht ging und sie für ihr Zuwiderhandeln bestrafte – mit Seuchen, Krankheiten und Schicksalsschlägen. Gott schickte den Menschen, so glaubten diese damals, die Pest zur Strafe für ihre Vergehen. Ab der zweiten Hälfte des 15. Jahrhunderts und bis weit in das 16. Jahrhundert hinein gab es kaum einen Landstrich, der länger als ein Jahrzehnt von der Pest verschont blieb. Sämtliche Verhaltensweisen und Pestmittel der Mansfelder im Roman, wie zum Beispiel die Verwendung von Pestessigen oder das Räuchern mit Wacholder, entstammen Pestordnungen der damaligen Zeit. Damals wusste der Mensch noch nichts vom Pestbakterium. Er glaubte, dass giftige Luft, die von verseuchten Körpern aufsteigt und vom Wind verbreitet wird, über die Atmung und die Haut in gesunde Körper gelangt. Erstmals zog man Mitte des 16. Jahrhunderts die Mitarbeit von Kleinstlebewesen bei der Verbreitung der Krankheit in Betracht. Die häufigste Übertragung des Pestbakteriums von Ratten auf Menschen – über Flöhe als Zwischenwirt – wurde erst Ende des 19. Jahrhunderts entdeckt.

Der Tod spielt in unserem Roman eine wichtige Rolle, und wir haben die **Kunst des Sterbens** mehrmals in Margarethes Gedanken hervorgehoben. Zu Margarethes Zeiten war der Tod, im Gegensatz zu heute, ein selbstverständlicher Teil des Lebens. *Aber wer vor dem Tod flieht, flieht auch vor dem Leben!*, lassen wir unsere Protagonistin denken. Die Vergänglichkeit war damals allgegenwärtig. Bewusst haben wir unseren Roman daher mit den Worten begonnen: *Der Tod lauert uns Menschen auf allen Wegen auf,* sagen sie doch viel über die damalige Zeit aus, in der im näheren Umfeld immer jemand starb: durch Hungersnöte, Seuchen oder Kriege. Da die **Kindersterblichkeit** um 1500 ungefähr bei **fünfzig Prozent** lag, war es eine Mutter – so schlimm es heute für uns klingt – auch »gewohnt«, einige ihrer Kinder vor sich sterben zu sehen. Auch geringere medizinische Kenntnisse und die damit einhergehende Aussicht auf Heilung machten das Leben viel unsicherer als heute. In Deutschland hat man sich zu keiner anderen Zeit so intensiv mit dem Tod und dem Leben im Jenseits beschäftigt wie um 1500 herum. Das belegen eine mannigfaltige Sterbeliteratur und die Umsetzung des Sterbethemas auf Malereien. Das lebenslange Einüben des Sterbens auch mittels Sterbebüchlein – wie im Roman dargestellt – war damals normal, ja sogar Pflicht von Kindesalter an. Die Sterbestunde hatte außerordentliche Bedeutung für die Menschen, in dieser galt es, den letzten Kampf um das Heil der Seele auszutragen.

Zu **Fakten und Fiktion** im Roman. Die Schnittgeburt am Anfang des Romans ist eine Fiktion. Wie Martin Luther das Licht der Welt erblickte, ist nicht überliefert. Doch wir fanden, dass zu der anstrengenden Reise von Möhra nach Eisleben, die Margarethe tatsächlich schwanger antrat, keine unkomplizierte Geburt gepasst hätte, und zu dem besonderen Mensch, der Martin war, noch weniger. Auch körperliche Gegebenheiten wie Martins großer Kopf und Margarethes zierliche Gestalt sprechen dafür. Margarethe hatte außerdem vor Martin schon eine Fehlgeburt, was die zweite Geburt nicht unbedingt leichter gemacht haben dürfte, was uns zu **Christina** bringt. Margarethes erstes, vor Martin totgeborenes Kind ist belegt. Den Namen und die Einflüsterungen haben wir erfunden. Die Methode, wie man sich im abergläubischen 15. Jahrhundert vor Unheil schützte, das von toten ungetauften Kindern ausging, jedoch nicht. Der Einsatz von Geburtshaken, die Zerstückelung im Mutterleib und Beerdigungen in Mauernischen sind belegt.

Für die Ausstattung von Hans' und Margarethes Haus und für die Essgewohnheiten der Familie Luder haben wir uns unter anderem an neuzeitlichen Ausgrabungsfunden auf dem Luder-Grundstück in Mansfeld orientiert.

Lioba und Matthes sind frei erfunden, auch Augustine und Ilse. Ebenso die Familie Bachstedter und der ehrgeizige Barthel. Eine Vielzahl der genannten Hüttenmeisterfamilien haben wir allerdings alten Mansfelder Urkunden entnommen. Das Gewerbe der Hüttenmeister war neu für uns und sehr spannend zu recherchieren. Wir haben uns dadurch regelrecht für den **Bergbau** im Mansfelder Land begeistert, und das nicht, weil wir in Sachsen-Anhalt geboren sind! Wer einen Einblick in den Bergbau zu Hans' und Margarethes Zeit gewinnen will, dem empfehlen wir einen Besuch des Röhrig-Schachtes in Sangerhausen. Dort haben wir die Enge der Streben sowie die Bedrohung durch Wetter nachempfinden können. Es war unglaublich, wie beengt, wie unbequem und mit wie wenig Licht die Hauer im 15. Jahrhundert in liegender Stellung arbeiten mussten. Erst Ende des 19. Jahrhunderts änderten sich die Arbeitsbedingungen durch die Einführung von Pressluftwerkzeugen und Sprengarbeiten. **Ratten und Singvögel** waren damals tatsächlich lebende Wettermesser.

Als Hans und Margarethe ins Mansfelder Land gingen, herrschte dort eine goldgräberähnliche Stimmung. Aus allen Teilen des heutigen Deutschlands zogen Menschen dorthin, um reich zu werden oder zumindest ein gutes Auskommen zu finden. Gesellschaftlicher Aufstieg war tatsächlich möglich, wie man an Hans Luder sieht, der vom Bauernsohn zum Hüttenunternehmer, zum angesehenen Bürger und Vierherrn aufstieg. Der **Bergbau** spielte **im Mansfelder Land** bis weit in das 20. Jahrhundert hinein eine wichtige Rolle. Mansfelder Kupferschiefererz war aufgrund seines besonders großen Mineralienreichtums sehr begehrt. Die Menge der verarbeiteten Erze aus den zurückliegenden achthundert Jahren Bergbau beschreibt der ehemalige Chef-Metallurg des Mansfelder Kombinats, Walter Klette, *als eine Mauer mit einem Querschnitt von einem Quadratmeter einmal um den Äquator gebaut* (Quelle: Klette, W., Die komplexe Nutzung der Wertkomponenten aus dem Mansfelder Kupferschiefer, DER ANSCHNITT 55, 2003, H. 3-5).

Wahr sind natürlich auch alle im Roman genannten Schriften Martins und seine Lebensstationen. Ebenso der Aufstieg und Niedergang des Mansfelder Bergbaus, die ständigen Streitereien der Mansfelder Grafen und deren gespaltene Haltung zur Reformation wie zu fast allen Themen, die sie betrafen. Graf Albrecht IV.-Hinterort ging als **Reformationsgraf** in die Geschichte ein, denn er verbreitete Martins Gedanken mit großem Einsatz im Mansfelder Land. Ob er Martin in seinem Altarraum empfing und Hans und Margarethe dazuholte, wie wir es in Teil fünf des Romans beschreiben, ist nicht belegt, könnte sich aber so zugetragen haben. Martin stand mit Graf Albrecht IV.-Hinterort in Briefkontakt, ein Zwischenstopp auf dem Weg von Eisenach nach Wittenberg liegt im Bereich des Möglichen.

Für Margarethes Kinder sind eine unterschiedliche Anzahl und teilweise abweichende Namen und Lebensdaten überliefert. Margarethes Brüder **Johannes,** Heinrich und David haben wirklich gelebt. Fiktion ist Johannes' Einsatz für die Reformation und die Verbundenheit mit seinem Neffen Martin. Da Eisleben in der Grafschaft jedoch das Zentrum der Reformation war, könnte Johannes durchaus ein leidenschaftlicher Anhänger der Bewegung gewesen sein. **Dietrich Zecke** ist frei erfunden, nicht aber sein Wirken in Bezug auf die Hüttenleute. Diese waren tatsächlich ständigen Kontrollen durch Montanbeamte unterworfen, und wurden ihre Hütten verpfändet, übernahmen die neuen Gläubiger das Management, wie wir heute sagen würden.

Hans Luder starb im Jahr 1530 und hinterließ ein Erbe von eintausendzweihundertfünfzig Gulden. Sein Sohn Jacob, der schon Jahre zuvor die Hütten zusammen mit seinem Vater geführt hatte, übernahm das Luder-Anwesen. Martin war tief getroffen vom Tod des Vaters, er erfuhr davon während seines Aufenthaltes in Coburg.

Margarethe starb fast taggenau ein Jahr nach ihrem Ehemann im Jahr 1531. Hans und Margarethe erreichten für die damalige Zeit und die Lebensbedingungen in Mansfeld **ein sehr hohes Alter.** Bergunglücke und Atemwegserkrankungen verhinderten, dass Berg- und Hüttenleute alt wurden. Frauen starben, wenn nicht aufgrund zahlreicher Geburten oder Kindbettfieber, so doch oft an körperlicher Erschöpfung noch vor der Menopause. Zwischen zehn und zwanzig Niederkünfte waren im Leben einer Frau keine Seltenheit. Hans wurde zweiundsiebzig, Margarethe achtundsechzig Jahre alt. Ihr hohes Alter liegt, so unsere Vermutung, in ihrer

Partnerschaft begründet und der Stärke, die ihnen daraus erwuchs. **Gemeinsam überstanden sie die Widrigkeiten des Lebens.**

Noch älter als Margarethe und Hans wurde Lucas Cranach, der Protagonist unserer Rahmenhandlung. Er brachte es auf einundachtzig Jahre. Die Persönlichkeit **Lucas Cranachs** des Älteren stellte innerhalb des historischen Figurenensembles dieses Romans die **größte Herausforderung** für uns dar. Bei allen anderen Figuren war es einfacher, sich ein Bild von ihrer Persönlichkeit zu machen, auch aufgrund persönlicher Überlieferungen. Margarethe agiert im bergbaugeprägten Umfeld als Mutter und Ehefrau. Hans ist ein ehrgeiziger Hüttenmeister. Martin sucht leidenschaftlich nach dem gnädigen Gott. Lucas Cranachs Leben hingegen war durch eine immense Vielfalt an Aktivitäten gekennzeichnet, die so unterschiedliche Fähigkeiten wie Kreativität, kaufmännisches Geschick und politisches Gespür verlangten.

Zuallererst war Cranach neben Albrecht Dürer der bedeutendste deutsche Maler seiner Zeit. Er war *der* Maler der sächsischen und norddeutschen Fürstenhäuser und blieb bis zu seinem Tod im Jahr 1553 Hofmaler. Außerdem war er *der* Maler der Reformation und nördlich der Alpen Mitbegründer der modernen Porträtmalerei, die Gesichter nicht länger typisierte, sondern ihre individuellen Züge wiedergab.

Daneben war Lucas Cranach auch Politiker und als solcher seit 1519 immer wieder Mitglied des Rates in Wittenberg. Beginnend mit dem Jahr 1537 wurde er mehrmals zum Bürgermeister von Wittenberg gewählt und **war beliebt**. Zusätzlich besaß Lucas noch eine Apotheke. An das Apothekerprivileg war eine Lizenz zum Ausschank und Handel von und mit Wein geknüpft. Sowohl den Weinausschank als auch die Apotheke betrieb er, wie im Roman beschrieben, im Erdgeschoss seines Wohnhauses in der Schlossstraße 1. Zudem unterhielt er zeitweise eine Druckerwerkstatt und besaß mehrere Immobilien, die ihn auch als Kaufmann forderten. Unbestritten war Lucas Cranach ein vielbeschäftigter, in einfachen Verhältnissen in Kronach aufgewachsener Mann. Von der fränkischen Stadt leitete er später seinen Namen Cranach her. Sein Vater, der ebenfalls Maler war und Lucas vermutlich in die Lehre nahm, hieß noch Moler. Lucas Cranach war ein umtriebiger Mann, wie man nicht nur anhand der Fülle seiner zu bewältigenden Aufgaben, sondern auch an seinen kurzen, flinken Pinselstrichen ersehen kann.

Um die große Nachfrage nach seinen Porträts und Gemälden befriedigen zu können, gründete er seine einzigartige Werkstatt. Ein neuer Gedanke zu seiner Zeit war es, eben nicht unreproduzierbare Einzelstücke zu schaffen, sondern den Kunden zum Beispiel zwischen mehreren biblischen Standardmotiven wählen zu lassen und das ausgesuchte Motiv dann schnell für ihn zu produzieren.

Erste Kunden erreichte Lucas zunächst mit **viel unbekleideter Haut,** also mit der Aktmalerei. Gerüchte besagen, dass ihm seine Frau Barbara dafür häufig Modell gesessen hat, die wunderschön gewesen sein soll und, wie im Roman angedeutet, die Haushaltsorganisation fest im Griff hatte. In Zeiten starker Nachfrage arbeiteten in der Cranach-Werkstatt bis zu zwanzig Mann, darunter auch Lucas' Söhne. Jeder Mitarbeiter besaß im »Produktionsprozess« einen festen Aufgabenbereich, durchaus vergleichbar mit heutigen Produktionsbetrieben. Das reichte von der Vorbereitung der verwendeten Holztafeln bis hin zur Ausführung der Motive. Der Anteil Cranachs bei der Erstellung eines Porträts beschränkte sich häufig allein auf die Anfertigung der Vorstudie und die malerische Ausführung bestimmter Gesichter. Der Meister wollte **Effizienz und Masse,** was ihn stark von Albrecht Dürer unterschied. Deswegen griff er für Landschaften, Gesichter und Körper auch auf zuvor erstellte Schablonen zurück. Zudem wählte er seine Motive danach aus, wie schnell und einfach sie sich reproduzieren ließen und verwendete immer wieder die gleichen Formate. Aus seiner mehr als fünfzigjährigen Schaffenszeit sind heute noch rund tausend Gemälde erhalten. Hinzu kommen zahlreiche Kupferstiche und Holzschnitte. Eine beträchtliche Anzahl.

Es gab wenige Bilder in seiner Wittenberger Zeit, die Lucas nicht auf die oben beschriebene arbeitsteilige Art und Weise »fertigte«. Eines davon ist das Bildnispaar von Hans und Margarethe Luder, das 1527 gemalt wurde und sich von anderen Werken Cranachs abhebt. Ungewöhnlich ist, dass Lucas mit Hans und Margarethe Luder Menschen kleinbürgerlichen Standes und fortgeschrittenen Alters **schonungslos realistisch** porträtierte. Das Gegenteil war damals üblich, nämlich das Abbild der Porträtierten für Zwecke der Repräsentanz und Brautwerbung zu schönen und zu idealisieren. Nördlich der Alpen gibt es nur ein einziges Bild, das an den Ausdruck der Luder'schen Porträts heranreicht: Albrecht Dürers Zeichnung seiner todkranken Mutter Barbara Dürer im Jahr 1524.

Sehr wahrscheinlich entstand das Bildnispaar – wie im Roman dargestellt – anlässlich eines Besuchs der Luthereltern in Wittenberg zur Taufe von Martins Tochter Elisabeth. Es wird weithin angenommen, dass Lucas das Bildnispaar **seinem Freund Martin Luther zum Geschenk** machte. Weil die Inschriften am oberen Bildrand, die u. a. die Namen der Porträtierten enthalten, erst nach dem Tod von Margarethe und Hans hinzugefügt wurden, wird allgemein vermutet, dass die Bildnisse für den Familienbesitz vorgesehen waren. Von Hans' Porträt existiert eine Vorzeichnung, gefertigt mit Pinsel und Deckfarben auf ölgetränktem Papier, was für uns den Schluss nahelegte, dass Lucas auch eine Vorzeichnung von Margarethe machte – ein gängiges Verfahren, das wir in unserem Roman als Rahmenhandlung verwendet haben. Margarethes Porträt befindet sich als Ausschnitt auf dem Cover der Hardcover-Ausgabe dieses Buches. Die originalen Ehebildnisse können auf der Eisenacher Wartburg besichtigt werden.

Was Lucas' Geschichte im Roman betrifft, haben wir vor allem seine Beziehung zu seinen Söhnen herausgearbeitet, weil sie bedeutend für den Fortbestand seiner Werkstatt war. Auch fanden wir es interessant, am Beispiel Margarethes und Lucas' nicht nur das Verhältnis einer Mutter zu ihren Kindern zu schildern, sondern auch das eines Vaters. **Hans (Hansi) Cranach** war die große Hoffnung seines Vaters, ein **Ausnahmetalent**. Er sollte dessen erfolgreiche Werkstatt eines Tages übernehmen, soweit der Plan. Aber es kam anders. Auf seiner Reise nach Italien, von der im Roman die Rede ist und die er tatsächlich antrat, starb Hans im Jahr 1537 unerwartet im Alter von nur vierundzwanzig Jahren an einem Fieber. Bei ihm fand man ein Skizzenbuch, dessen Deckblatt mit seinem eigenen Signum – den Initialen HC und einer Schlange mit Vogelflügeln – verziert und wohl ein Ausdruck seines Wunsches war, als eigenständiger Künstler wahrgenommen zu werden. In einer Romanszene lassen wir Lucas überlegen, Hansi dieses Skizzenbuch vor seiner Abreise als Geschenk zu überreichen. Der Tod seines Sohnes stürzte Lucas Cranach nachweislich in große Trauer. Wie groß, zeigt vielleicht die Änderung, die Lucas an seinem Wappen vornahm. Dieses war Lucas 1508 vom sächsischen Kurfürsten verliehen worden und zeigte eine gekrönte Schlange mit Fledermausflügeln und einem Rubinring im Maul. Nach Hans Cranachs Tod nahm Lucas die Signatur seines Sohnes, die Vogelflügel – anstelle der bisherigen Fledermausflügel – darin auf. Seine Werkstatt führte der junge Lucas fort und machte dem Namen Cranach später alle Ehre. Heute werden beide Lucas in Bezug auf ihr malerisches Können in einem Atemzug genannt. Die Bilder Lucas Cranach des Jüngeren unterscheiden sich von denen des Vaters vor allem durch die größere Individualität und Farbenvielfalt, was wir ebenfalls im Roman angedeutet haben.

Und die **Freundschaft zwischen Lucas Cranach und Martin Luther**? Martin und Lucas waren beruflich und privat verbunden. Lucas war, wie wir heute sagen würden, der **PR-Manager der Reformation**, denn durch seine zahlreichen Porträts von Martin Luther, die in großer Zahl produziert und weit verbreitet wurden, gab er der Reformation ein Gesicht und brachte den Menschen den Reformator über viele Jahrzehnte hinweg näher. Zudem verdeutlichten und schmückten Lucas' wunderbare Illustrationen den Inhalt von Martins Schriften. Privat waren die beiden Männer durch gegenseitige Patenschaften für ihre Kinder, durch Briefkontakt und regelmäßige Treffen eng miteinander verbunden. Lucas war auch Martins Trauzeuge gewesen. Uns sind die beiden Männer spätestens auf unserer Rechercherreise nach Wittenberg ans Herz gewachsen, wo ihre Wohnhäuser besichtigt werden können.

»Die Mutter des Satans« ist unser viertes Buch, und was die Recherche betrifft, hat es sich von unseren ersten drei Büchern stark unterschieden. Mussten wir für das Leben im 11. und 13. Jahrhundert, in denen unsere Uta-Romane spielen, noch äußerst mühsam unsere Quellen zusammensuchen, bestand die Herausforderung nunmehr im genauen Gegenteil, nämlich darin, aus der Fülle an vorhandenem Material das Wesentliche, Plausibelste und Interessanteste über die damalige Zeit und über den Reformator auswählen zu müssen. Eine ganz neue Situation war das für uns.

Und mit welchem Thema geht es nach »Die Mutter des Satans« weiter? Nun, mit einer Zeit, über die uns noch mehr Informationen vorliegen. Mit unserem fünften Roman verlassen wir das Mittelalter, bleiben dem historischen Roman aber auf jeden Fall treu.

Erneut beleuchten wir **einen großen Mann der Geschichte** – durch die Augen einer ihm nah stehenden, wenig bekannten Frau mit einer starken Lebensgeschichte, ganz im Sinne von Brechts Worten aus der Dreigroschenoper:

Denn die einen sind im Dunkeln,
und die andern sind im Licht.
Und man siehet die im Lichte,
die im Dunkeln sieht man nicht.

Vom Wolf und Lämmlein

Die Asöp-Übersetzung Martin Luthers in heutigem Deutsch.

Ein Wolf und ein Lamm kamen an einen Bach, um dort zu trinken. Der Wolf trank oben am Bach und das Lamm fern unten.

Als der Wolf das Lamm bemerkte, lief er zu ihm und sprach: »Warum trübst du mir das Wasser, das ich nun nicht mehr trinken kann?«

Das Lämmlein antwortete: »Wie kann ich dir das Wasser trüben, wo du doch über mir trinkst?«

Der Wolf sprach: »Wie! Du verfluchst mich jetzt auch noch?«

Das Lämmlein antwortete: »Ich verfluche dich nicht.«

Der Wolf sprach: »Ja, dein Vater hat das vor sechs Monaten auch getan.«

Das Lämmlein antwortete: »Damals war ich nicht einmal geboren.«

Der Wolf sprach: »Du hast mir aber meine Wiesen und Äcker abgenagt und verdorben.«

Das Lämmlein antwortete: »Wie ist das möglich, ich habe doch noch gar keine Zähne.«

»Auch wenn du viele Ausreden hast, so will ich heute dennoch etwas zu fressen haben«, sagte der Wolf, tötete das unschuldige Lämmlein und fraß es.

Lehre: Der Welt Lauf ist, dass, wer fromm sein will, leiden muss, sollte jemand Streit suchen. Gewalt geht vor Recht. Wenn man dem Hund übelwill, dann hat der Hund Leder gefressen. Wenn der Wolf will, so ist das Lamm im Unrecht.

Die durstige Krähe

Die Asöp-Übersetzung des Heinrich Steinhöwel (1412–1482),
wie unsere Roman-Margarethe sie ihrem Martin in einsamen
Nächten vorlas, in heutigem Deutsch. Für diese Fabel liegt
keine Luther-Übersetzung vor.

Eine durstige Krähe fand einen Wasserkrug; doch war nur so
wenig Wasser darin, dass sie es mit ihrem Schnabel nicht zu
erreichen vermochte. Sie versuchte, den Krug umzuwerfen;
aber dazu war sie zu schwach.

Da suchte sie nach einer List, wie sie es dahin brächte, dass
sie dennoch aus dem Kruge trinken möchte.

Zuletzt nahm sie kleine Steinchen und warf deren so viele
in den Krug, dass das Wasser immer höher emporstieg, bis sie
es endlich erreichen und ihren Durst löschen konnte.

Diese Fabel lehrt, dass es mehrere Wege zum Ziel gibt, man
nicht so schnell aufgeben soll und dass uns die Lebenserfah-
rung Weisheit schenkt.

(Quelle dieses Fabel-Textes: http://www.fabelnundanderes.at/heinrich_%20
   steinhoewel.htm)

Vom Hund im Wasser

Die Asöp-Übersetzung Martin Luthers in heutigem Deutsch.

Es lief ein Hund durch einen Wasserstrom und hatte ein Stück Fleisch im Maul.

Als er den Schemen vom Fleisch im Wasser spiegeln sah, glaubte er, das wäre auch Fleisch, und schnappte gierig danach.

Da er aber das Maul aufmachte, entfiel ihm das Stück, das er trug, und das Wasser spülte es weg.

Also verlor er beides: das Fleisch und das Spiegelbild des Fleisches.

Lehre: Man soll sich mit dem begnügen, was Gott einem gibt. Wer das wenige verschmäht, der bekommt auch nicht mehr. Wer zu viel haben will, der behält zuletzt nichts. Mancher verliert das Sichere über das Unsichere.

Glossar

Baccalar: Studienabschluss im Mittelalter nach einem mindestens dreisemestrigen Studium, i.d.R. der Philosophie. Erst der danach zu erwerbende Magister-Abschluss in Philosophie befähigte zum Studium der Medizin, der Jurisprudenz oder Theologie.

Binden (hier: Kinderpflege): Auch als Fatschen bezeichnet. Ein strenges Einwickeln sämtlicher Körperteile des Säuglings mit Leinenbinden, einer Mumie ähnlich, zum Zwecke der beinahe absoluten Bewegungseinschränkung. Noch über das Mittelalter hinaus hatten Ärzte große Ängste, dass sich die weichen Knochen der Kinder ohne das Binden ungünstig verformen könnten.

Brache: Begriff aus der Dreifelderwirtschaft, der die Ackerfläche beschreibt, die ein Jahr lang nicht bewirtschaftet wurde, damit sie sich erholen konnte. Dieser Teil wird in der Erholungsphase oft als Weidefläche genutzt.

Burse: Studentenwohnheim, i.d.R. für ärmere Studenten.

Sieben Freie Künste: Fächerkanon für eine wissenschaftliche Grundausbildung an Universitäten im Mittelalter und darüber hinaus. Die Sieben Freien Künste umfassen Grammatik, Rhetorik, Logik, Arithmetik, Geometrie, Musik und Astronomie.

Eisen: Meißel- oder keilförmiges Werkzeug des Bergmanns, auch Bergeisen genannt, das auf einen hölzernen Stiel gesteckt wurde und zum Schlagen oder Spalten von Erzen diente.

Erbfeuer: Eine Schmelzhütte, die im Gegensatz zum Herrenfeuer zeitlich nicht befristet, sondern als Erblehen vom Grafen an den Hüttenmeister übergeben worden ist.

Evangelium: 1) Umfasst als Sammelbegriff die vier Evangelien – die wichtigsten Texte – des Neuen Testaments. Darin berichten Markus, Matthäus, Lukas und Johannes unabhängig voneinander vom Lebensweg Jesu Christi. 2) Meint die Heilsbotschaft von Jesus Christus.

Flöz: Minerallagerstätte, die sich plattenförmig durch das Erdinnere zieht.

Fuder: Altes Flüssigkeitsmaß, das u. a. für Wein, Kohle und Erze verwendet wurde und regional sehr unterschiedlich zirka 500 bis 1800 Liter bemaß.

Gäher Tod: Ein unerwarteter, plötzlicher Tod ohne die Möglichkeit, die Sterbesakramente zu empfangen. Gäh Verstorbene wandern direkt in die Hölle.

Gesätz: Strophe des Rosenkranzgebetes.

Grapen: Gusseiserner Dreibeintopf, den man über die Glut auf der Kochstelle schob, um darin überwiegend Schmorgerichte zuzubereiten.

Hafergült: Bäuerliche Abgabe an den Grundherrn in Form von Hafer.

Haspler: Bergleute, die die Haspel (eine Lastenwinde) über dem Schacht bedienen, um Wasser- oder Erztröge über Tage und unter Tage zu befördern.

Heftel: Nadel, die oft aus Messingdraht gefertigt und dazu verwendet wurde, Kleidung und Kopfputz in Form zu stecken.

Herrenfeuer: Eine Hütte, die der Hüttenmeister vom Besitzer gegen eine Zinszahlung für einen festgelegten Zeitraum pachtete.

Halde: Aufschüttung von taubem Gestein über Tage.

Hauer: Bergmann, der unter Tage Gestein und Erze aus dem Berg schlägt. Um 1500 geschah dies unter Zuhilfenahme von Hammer sowie Meißel oder Schlägel.

Heimliche Krankheit der Frau: Monatsblutung der Frau.

Haugeld: Verdienst eines Hauers. Das Haugeld ist vor allem abhängig von der Qualität der geschlagenen Erze.

Hütte: Hier: Schmelzhütte, in der aus Kupfererzen Schwarzkupfer gewonnen wird.

Kiepe: Großer Tragekorb, der ähnlich einem Rucksack mit zwei Riemen auf dem Rücken getragen wird.

Kindspflegung: Säuglings- und Kleinkindpflege.

Limbus: Neutraler Ort neben der Höhle, in den all diejenigen gelangen, die unverschuldet vom Himmel ausgeschlossen sind, z. B. ungetauft verstorbene Kinder.

Montanbeamter: Für die Verwaltung des Berg- und Hüttenwesens waren die Grafen zuständig, die dafür wiederum Verwaltungsangestellte beschäftigten.

Montanwesen: Umfasst das Berg- und Hüttenwesen. Im Bergwesen geht es um die Gewinnung von Gesteinen oder Salzen aus Lagerstätten; im Hüttenwesen um die Weiterbearbeitung der Gesteine und Salze, z. B. die Gewinnung von Schwarzkupfer und Silber aus gehauenen Erzen.

Psalter: Gebetsbüchlein, das das Buch der Psalmen aus dem Alten Testament enthält.

Saigern: Entsilbern.

Schacht: Ein senkrechter Gang/Grubenbau in die Tiefen des Berges hinein.

Schaube: Faltenreicher, weiter Mantel des 15. und 16. Jahrhunderts. In der oberen Gesellschaftsschicht gerne mit weiten Ärmeln und auffälligem Pelzkragen getragen.

Scherren: Von Metzgern oder Bäckern auf den Märkten vieler Städte gepachtete Fleisch- oder Brotbänke, an denen sie ihre Ware verkauften.

Schlacke: Rückstand beim Schmelzen von Erzen. Erinnert im erkalteten Zustand an vulkanisches Gestein.

Schlägel: Hammerartiges Werkzeug des Bergmanns, auch Fausthammer genannt, mit dem man das Eisen vorantrieb, um Erze zu spalten und herauszuschlagen.

Schwarzkupfer: Zwischenprodukt der Verhüttung im 15. Jahrhundert, enthält zirka 95 Prozent Kupfer und wird in Saigerhütten entsilbert.

Streben: Schmaler, länglicher Abbauraum, in dem der Hauer – meist in Seitenlage – Erze schlägt.

Sturz: Beliebte Haubenform bis ins 15. Jahrhundert hinein. Der Sturz setzte sich zusammen aus einem Sturzschleier und einer über dem Sturzschleier kunstvoll gefalteten und gesteckten Oberhaube.

Treckjunge: Junger Bergmann, der unter Tage für den Abtransport von Erzen zuständig war. Ihm wurde ein Rollwagen (bergmännisch: Hunt) an den Fuß gebunden, mit dem er durch die engen Gänge in liegender Körperhaltung zur nächsten Füllstelle kroch.

Unschlittlicht: Eine Lampe, deren Docht meistens von tierischen Fetten wie Rindertalg (Unschlitt) gespeist wurde. Wachskerzen waren deutlich teurer.

Versehgang: Letzter christlich-liturgischer Akt im Sterbeprozess, der die Spendung der Sterbesakramente beinhaltete.

Weichlerin: Synonym für Hexe, abgeleitet aus dem alten Begriff »Weichlerei« für Zauberei.

Wetter (bergbauspezifisch): Luftverhältnisse unter Tage.

Zwölfnächte: Die Zwölfnächte sind die Nächte um den Jahreswechsel herum. Die Vorstellung, dass in diesen Nächten Dämonen und Geister umgingen, entstammt vermutlich der Glaubenswelt der Kelten und hat ihren Ursprung im Mondkalender mit nur 354 Tagen. Um dennoch mit dem Sonnenjahr aus 365 Tagen übereinzustimmen, wurden die fehlenden elf Tage (also zwölf Nächte) einfach als tote Tage dazu gezählt, die Zeit zwischen den Zeiten, also zwischen den Jahren.

Bibliographische Hinweise

Der Brief am Buchanfang »An die tugendhafte Frau Margarethe Lutherin, Witwe zu Mansfeld, meiner herzlieben Mutter« ist Martin Luthers einziger überlieferter Brief an seine Mutter Margarethe. Die hier abgedruckte Version entstammt nach wenigen sprachlichen Anpassungen zur besseren Lesbarkeit und mit Auslassungen: *D. Martin Luthers Werke, kritische Gesamtausgabe (Weimarer Ausgabe), Abteilung 3: Briefwechsel, Band 6.*

Als Quelle für den Brieftext, den Martin seinen 95 Thesen an Kardinal Albrecht beifügte, orientierten wir uns an: *http://ivv7srv15.uni-muenster.de/mnkg/pfnuer/Luther-Albrecht.html.*

Margarethes Bruder zitiert einige der 95 Thesen Martins. Für deren modernen Wortlaut haben wir uns an die Text-Version der Evangelischen Kirche Deutschlands gehalten, die online veröffentlicht ist unter: *www.ekd.de/glauben/95_thesen.html.*

In Teil 5 liest Martin im Altarraum auf Schloss Hinterort seinem Vater als Entschuldigung für seinen Ungehorsam aus seinem Werk *Von den Mönchsgelübden* vor. Den bereits an den modernen Sprachgebrauch angepassten Text haben wir im Wesentlichen mit Auslassungen übernommen aus: *Rein-*

hard Dithmar (Hrsg.): *Durch Gottes Gnade bin ich wohlauf*, *2008, Evangelische Verlagsanstalt GmbH, Leipzig.*

Das Lied der Wittenberger Nachtigall, das Matthes im Luder-Haus singt, stammt von dem Nürnberger Meistersinger Hans Sachs. Als Textquelle, die wir sprachlich zur besseren Lesbarkeit in Details verändert haben, verwendeten wir: *Oskar Thulin: Martin Luther – Sein Leben in Bildern und Zeitdokumenten, 1963, Evangelische Verlagsanstalt GmbH, Leipzig.*

Sämtliche weitere Äußerungen, die auf Luther-Texte zurückzuführen sind, haben wir mit leichten Anpassungen der oben bereits genannten *Weimarer Ausgabe* entnommen.

Eine einzigartige Reise in das deutsche Mittelalter:
die beeindruckende Trilogie rund um die Kathedrale von Naumburg

CLAUDIA & NADJA BEINERT
DIE HERRIN DER KATHEDRALE

Ballenstedt im 11. Jahrhundert: Hochadlige Gäste suchen die Burg für politische Gespräche auf. Uta, die Tochter des verarmten Burgherrn, genießt das Fest. Doch dann kommt ihre Mutter auf geheimnisvolle Weise ums Leben, und Uta schwört, nicht eher zu ruhen, als bis sie den Mörder vor das kaiserliche Gericht gebracht hat. Dieses Versprechen begleitet sie ihr ganzes Leben lang. Ihr brennender Wunsch nach Wissen und ihre zeichnerische Begabung lassen sie Jahre später das Wahrzeichen für Frieden und Glauben im Heiligen Römischen Reich vollenden – die erste Naumburger Kathedrale!

DIE KATHEDRALE DER EWIGKEIT

Naumburg im 11. Jahrhundert: Uta von Ballenstedt ist überglücklich. Nicht nur ist ihr Traum in Erfüllung gegangen und die Kathedrale von Naumburg vollendet worden, sie darf sich auch Hoffnungen machen, endlich mit ihrem geliebten Hermann vereint zu leben. Doch dann verschwindet Hermann spurlos, und kurz darauf wird eine fast nicht mehr zu erkennende Leiche auf den Burghof gebracht, die Hermanns Kleider trägt. Für Uta bricht die Welt zusammen, und es kommt der Tag, an dem sie sich entscheiden muss: für den Kampf um ihre Liebe oder ihr Lebenswerk – die Kathedrale!

DER SÜNDERCHOR

Thüringen im Jahre 1248: Die siebzehnjährige Hortensia verliert bei einem Angriff auf die heimatliche Burg ihre gesamte Familie. Traumatisiert fällt Hortensia dem Meißener Markgrafen Heinrich von Wettin in die Hände, der sie scheinbar fürsorglich aufnimmt. Das mittellose Mädchen lässt sich von ihm überreden, im Haus des grandiosen Bildhauermeisters Matizo von Mainz dessen neue Entwürfe für den Westchor der Naumburger Kathedrale auszuspionieren. Anstatt jedoch Details über den Chor und die dafür zu schaffenden Stifterstandbilder zu verraten, fühlt Hortensia sich zunehmend zu Matizo hingezogen.